Robert Jordan

Die Heimkehr

DAS RAD DER ZEIT 8

Aus dem Amerikanischen von
Uwe Luserke

Piper München Zürich

Zu den lieferbaren Büchern von Robert Jordan bei Piper
siehe Seite 509.

FSC

Dieses Taschenbuch wurde auf FSC-zertifiziertem Papier gedruckt. FSC (Forest Stewardship Council) ist eine nichtstaatliche, gemeinnützige Organisation, die sich für eine ökologische und sozialverantwortliche Nutzung der Wälder unserer Erde einsetzt (vgl. Logo auf der Umschlagrückseite).

Deutsche Erstausgabe
Januar 2006
Erstmals erschienen:
Wilhelm Heyne Verlag GmbH & Co. KG, München 1995

Titel der amerikanischen Originalausgabe:
»The Shadow Rising 2«, Tom Doherty Associates, Tor Books, New York 1992

Umschlagkonzept: Büro Hamburg
Umschlaggestaltung: Nele Schütz Design, München
Umschlagabbildung: Geoff Taylor
Innenillustrationen: Johann Peterka
Karte: Erhard Ringer
Autorenfoto: Jack Alterman
Satz: C. Schaber Datentechnik, Wels
Papier: Munken Print von Arctic Paper Munkedals AB, Schweden
Druck und Bindung: Clausen und Bosse, Leck
Printed in Germany
ISBN-13: 978-3-492-28558-2
ISBN-10: 3-492-28558-9

www.piper.de

Inhalt

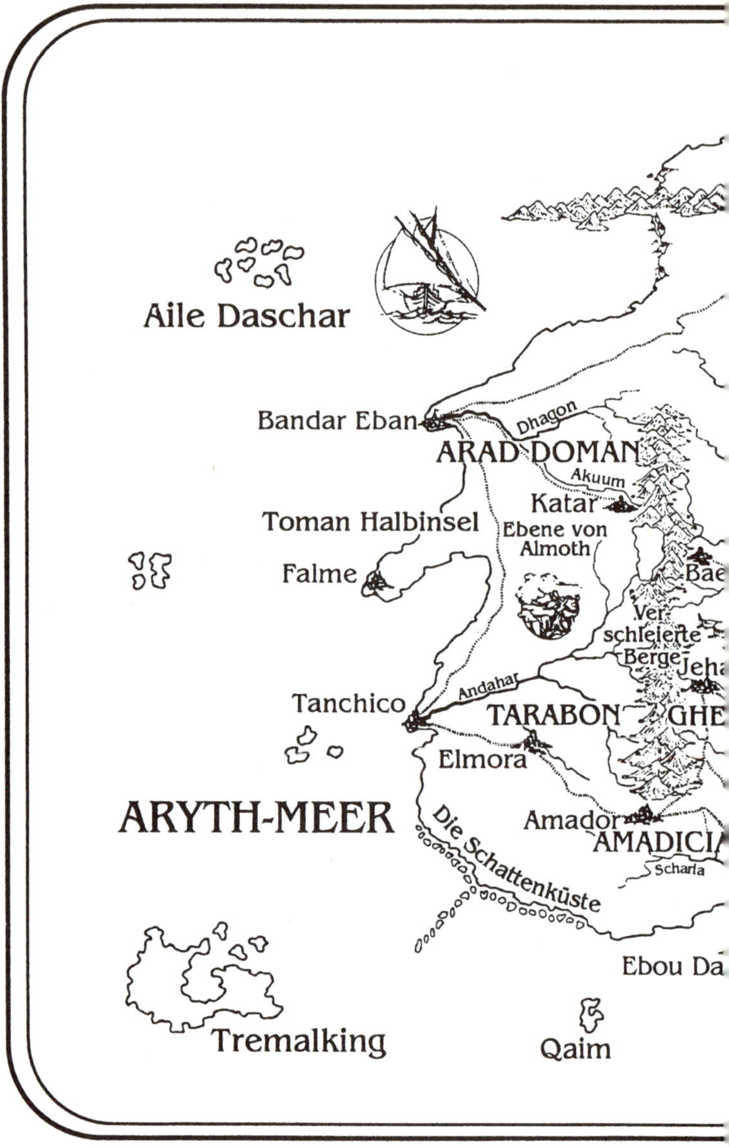
Aile Daschar
Bandar Eban
Dhagon
ARAD DOMAN
Akuum
Katar
Toman Halbinsel
Ebene von
Almoth
Falme
Bae
Ver-
schleierte
Berge
Jeha
Tanchico
Andahar
TARABON
GHE
Elmora
ARYTH-MEER
Die Schattenküste
Amador
AMADICI
Scharla
Ebou Da
Tremalking
Qaim

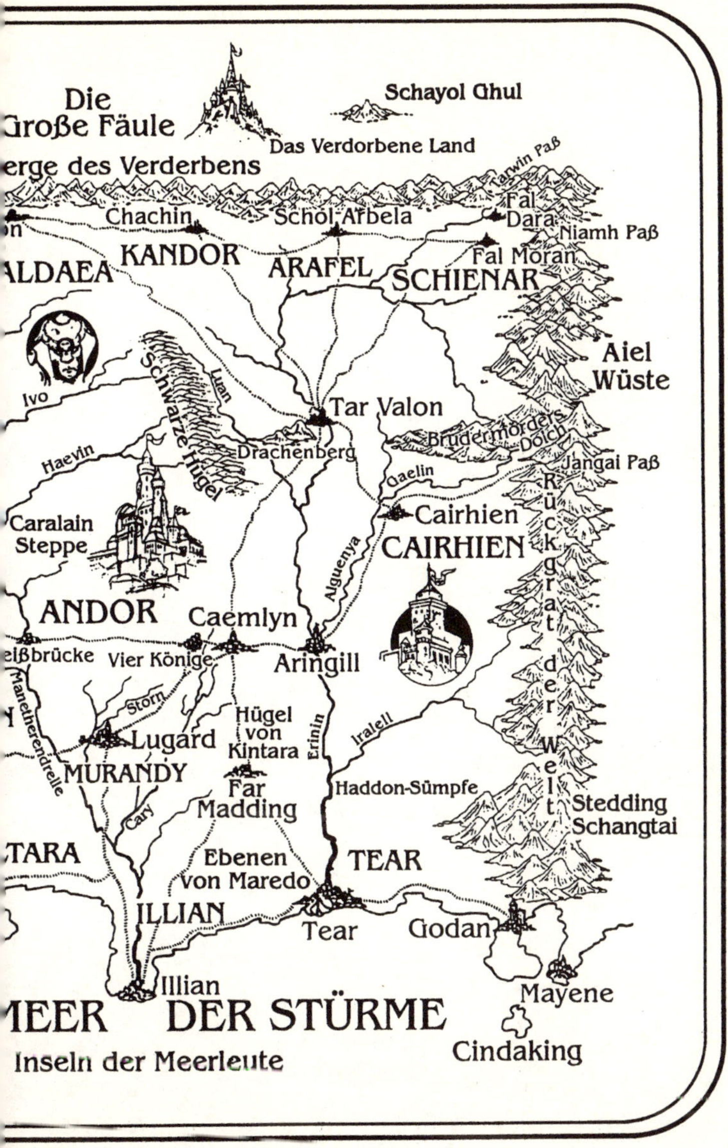

Die
Große Fäule
Schayol Ghul
Das Verdorbene Land
erge des Verderbens
Tarwin Paß
Chachin
Schol Arbela
Fal Dara
Niamh Paß
KANDOR
ARAFEL
Fal Moran
ALDAEA
SCHIENAR
Aiel Wüste
Ivo
Schwarze Hügel
Luan
Tar Valon
Brudermörders Dolch
Haevin
Drachenberg
Jangai Paß
Gaelin
Caralain Steppe
Cairhien
CAIRHIEN
Alguenya
Rückgrat der Welt
ANDOR
Caemlyn
Aringill
Vier Könige
Manetherendrelle
Storn
Hügel von Kintara
Erinin
Iralell
Lugard
MURANDY
Far Madding
Haddon-Sümpfe
Cary
Stedding Schangtai
TARA
Ebenen von Maredo
TEAR
ILLIAN
Tear
Godan
Illian
Mayene
MEER DER STÜRME
Cindaking
Inseln der Meerleute

KAPITEL 1

Jenseits des Steins

Egwene stolperte und warf die Arme um den Hals ihres Pferdes, als sich der Boden unter ihren Füßen aufbäumte. Überall um sie herum bemühten sich die Aiel um die schreienden, sich aufbäumenden Maulesel, die auf dem felsigen, unbewachsenen Abhang ins Rutschen kamen. Hitze, die sie an *Tel'aran'rhiod* erinnerte, hämmerte auf sie ein, die Luft flimmerte vor ihren Augen. Der Boden brannte durch die Sohlen ihrer Schuhe hindurch. Ihre Haut prickelte schmerzhaft, wenn auch nur einen Augenblick lang, und dann rann ihr Schweiß aus allen Poren. Ihr Kleid wurde feucht, doch es war so heiß, daß selbst der Schweiß sofort verdunstete.

Die wildgewordenen Maulesel und die hochgewachsenen Aiel verdeckten ihr fast ganz die Sicht auf ihre Umgebung, doch hin und wieder konnte sie ein paar Ausblicke erhaschen. Eine dicke, graue Steinsäule ragte keine drei Schritte von ihr entfernt schief aus dem Boden. Sie war vom verwehten Sand so kahlgeschliffen worden, daß man kaum noch feststellen konnte, ob es sich wirklich um das Gegenstück zu dem Portalstein in Tear handelte. Zerklüftete und zu Felsplatten zersprungene Berge, die aussahen, als habe die Axt eines Riesen sie aus dem Land gehauen, lagen unter einer aus dem wolkenlosen Himmel unbarmherzig herniederbrennenden Sonne. Und doch hing mitten über dem langgezogenen, unbewachsenen Tal weit drunten eine dichte Nebelbank. Der Nebel quoll auf wie Wolken; eigentlich hätte die sengende Sonne ihn innerhalb von wenigen Augenblicken aufgelöst haben sollen, doch die Schwaden blieben davon unberührt. Und aus diesem kochenden Grau ragten Türme auf, manche mit spitzen Hauben und andere wieder, die abrupt endeten, als arbeiteten die Steinmetzen noch daran.

»Er hatte recht«, murmelte sie leise. »Eine Stadt in Wolken.«

Mat umklammerte seine Zügel und sah sich mit großen Augen um. »Wir haben es geschafft!« Er lachte sie an. »Egwene, wir haben es geschafft! Und das ohne ... Seng mich, wir sind wirklich da!« Er zog sich die Schnüre am Hemdkragen auf. »Licht, ist das heiß. Seng mich, wenn's nicht stimmt!«

Mit einemmal wurde ihr bewußt, daß Rand auf Knien lag und sich mit einer Hand am Boden aufstützte. Sie zog ihre Stute hinter sich her und schob sich durch die Menge der Aiel. Im gleichen Moment war auch Lan bei ihm und half ihm auf die Beine. Auch Moiraine war da und musterte ihn offensichtlich ganz gelassen. Nur die leicht zusammengekniffenen Lippen deuteten ihre innere Anspannung an.

»Ich hab's tatsächlich geschafft!« schnaufte Rand und blickte sich um. Nur der Behüter hielt ihn noch auf den Beinen. Sein Gesicht wirkte erschöpft und ausgezehrt, wie das eines Mannes auf dem Totenbett.

»Es hat Euch viel Kraft gekostet«, sagte Moiraine kühl. Sehr kühl. »Der *Angreal* war nicht stark genug für diese Aufgabe. So etwas dürft Ihr nicht wieder unternehmen. Wenn Ihr ein Risiko eingeht, muß das genau durchdacht sein und einem wirklich herausragenden Zweck dienen. Anders geht es nicht.«

»Ich gehe kein Risiko ein, Moiraine. Mat ist derjenige, der das tut.« Rand zwang sich dazu, die rechte Hand zu öffnen. Der *Angreal,* der fette, kleine Mann, hatte die Spitze seines Schwerts in seine Handfläche getrieben, gleich neben den eingebrannten Reiher. »Vielleicht habt Ihr recht. Vielleicht hätte ich einen etwas stärkeren gebraucht. Ein klein wenig...« Er lachte gequält. »Es hat aber funktioniert, Moiraine. Das ist das Wichtigste. Ich habe einen Vorsprung vor allen anderen gewonnen. Es ist gelungen.«

»Nur das spielt eine Rolle«, sagte Lan mit einem Kopfnicken.

Egwene gab einen empörten Laut von sich. Männer. Der eine brachte sich beinahe um und versuchte hinterher, das Ganze ins Lächerliche zu ziehen, und ein anderer bestätigte ihm, er habe das Richtige getan. Wurden sie denn niemals erwachsen?

»Die Erschöpfung nach dem Gebrauch der Macht unterscheidet sich von anderen Erschöpfungszuständen«, sagte Moiraine. »Ich kann Euch nicht ganz davon befreien, nicht nach einer solchen Anstrengung, aber ich werde mein Bestes tun. Vielleicht wird Euch das, was übrigbleibt, daran erinnern, daß Ihr beim nächstenmal etwas vorsichtiger sein müßt!« Sie war wirklich zornig. Und doch war ihre Befriedigung nicht zu überhören.

Das Glühen *Saidars* umgab die Aes Sedai, als sie die Hände hob und Rands Kopf umfaßte. Er schauderte und keuchte auf. Dann zitterte er unkontrolliert, riß sich aus ihren Händen los und befreite sich auch aus Lans Griff.

»Fragt mich zuerst, Moiraine«, sagte Rand kalt. Er steckte den *Angreal* zurück in seine Gürteltasche. »Fragt mich nächstens bitte erst! Ich bin nicht Euer Schoßhündchen, mit dem Ihr machen könnt, was und wann Ihr wollt.« Er rieb seine Hände aneinander, um ein wenig Blut davon zu entfernen.

Egwene gab noch einmal dieses Zischen von sich. Kindisch und in höchstem Maße undankbar fand sie Rands Reaktion. Mittlerweile konnte er sich allein auf den Beinen halten, aber seine Augen wirkten noch immer müde. Sie mußte seine Handfläche nicht erst ansehen, um zu wissen, daß der kleine Stich verschwunden war, als habe es ihn nie gegeben. Absolut undankbar. Überraschenderweise schalt ihn Lan gar nicht, weil er so zu Moiraine gesprochen hatte.

Nun wurde ihr bewußt, daß die Aiel sich ganz leise verhielten, seit sie die Maulesel unter Kontrolle gebracht hatten. Sie blickten mißtrauisch nach draußen, nicht hinunter ins Tal oder zu der in Nebel gehüllten Stadt, die wohl Rhuidean sein mußte, sondern zu den zwei Lagern, die sich zu beiden Seiten, jeweils vielleicht eine halbe Meile entfernt, befanden. Die beiden Gruppen von niedrigen, an der Seite offenen Zelten, von denen die eine etwa doppelt so groß war wie die andere, klebten förmlich am Berghang und waren nur schwer auszumachen, doch die graubraun gekleideten Aiel darin mit ihren Kurzspeeren und bespannten, schußbereiten Hornbögen konnte man gut sehen. Sie verschleierten sich gerade, soweit sie es nicht schon waren. Angriffsbereit standen sie trotzdem locker und entspannt da.

»Der Friede Rhuideans!« rief eine Frauenstimme von weiter oben her, und Egwene spürte, wie die Anspannung der Aiel in ihrer Umgebung sich löste. Die zwischen den Zelten lösten ihre Schleier wieder, obwohl sie noch immer mißtrauisch herüberspähten.

Jetzt wurde sie auch eines weiteren, wenn auch viel kleineren Lagers hoch droben am Hang gewahr. Dort standen ein paar der niedrigen Zelte auf einem winzigen, ebenen Vorsprung. Vier Frauen schritten von diesem Lager aus den Hang herab, ernst und würdevoll in der Bewegung und angetan mit dunklen, weiten Röcken und lose hängenden weißen Blusen. Um die Schultern trugen sie trotz der Hitze jeweils eine braune oder graue Stola und Halsketten sowie Armreife aus Gold und Elfenbein. Zwei der Frauen hatten weißes Haar, während das einer weiteren golden wie die Sonne war. Sie alle trugen es lang, bis zur Hüfte hinunterfließend und nur von um die Stirn geschlungenen, gefalteten Tüchern zurückgehalten.

Egwene erkannte die eine der beiden weißhaarigen Frauen: Amys, die Weise Frau, die sie in *Tel'aran'rhiod* kennengelernt hatte. Wieder wurde ihr der Kontrast zwischen dem sonnengebräunten Gesicht und dem schneeweißen Haar bei Amys deutlich bewußt; die Weise Frau wirkte einfach nicht alt genug. Die zweite Weißhaarige hatte ein faltiges, großmütterliches Gesicht, und eine weitere, ihr Haar war dunkel und mit Grau durchsetzt, schien etwa gleich alt. Sie war sich sicher, daß alle vier Weise Frauen waren, wahrscheinlich dieselben, die den Brief an Moiraine unterzeichnet hatten.

Die Aielfrauen blieben zehn Schritt oberhalb der Versammlung um den Portalstein stehen, und die großmütterliche Frau breitete die Arme aus. Sie sprach mit alter, doch immer noch kräftiger Stimme: »Der Friede von Rhuidean sei mit Euch. Wer zum Chaendaer kommt, soll in Frieden in seine Festung zurückkehren. Es wird kein Blut vergossen werden.«

Damit begannen die Aiel aus Tear, sich voneinander zu lösen und schnell die Packtiere und den Inhalt ihrer Tragekörbe untereinander aufzuteilen. Diesmal ging es nicht mehr nach Kriegergemeinschaften. Egwene sah bei mehreren Gruppen Töchter des Speers. Ein paar dieser Gruppen gingen sofort los und mieden dabei sowohl die anderen wie auch die Lager, Friede von Rhuidean oder nicht. Andere gingen auf das eine oder das andere der beiden großen Lager zu, wo man nun endlich auch die Waffen ablegte.

Nicht jeder war sich des Friedens von Rhuidean so sicher gewesen. Lan ließ nun den Griff seines Schwerts los, das aber immer noch in der Scheide steckte. Egwene hatte gar nicht bemerkt, wie er es gepackt hatte. Mat steckte schnell ein paar Messer in seine Ärmel zurück. Rand stand da und hatte die Daumen in den Gürtel eingehakt, doch in seinen Augen stand deutlich die Erleichterung.

Egwene sah sich nach Aviendha um, damit sie ihr ein paar Fragen stellen konnte, bevor sie mit Amys sprach. Hier, in ihrem eigenen Land, würde die Aielfrau wohl ein wenig offener von den Weisen Frauen erzählen. Sie entdeckte die Tochter des Speers, die einen großen Jutesack trug, in dem es hörbar klapperte. Über die Schulter hatte sie sich zwei eingerollte Wandbehänge gelegt, und sie ging mit schnellen Schritten auf eines der großen Lager zu.

»Du bleibst hier, Aviendha«, sagte die Weise Frau mit den grauen Strähnen im dunklen Haar laut und deutlich. Aviendha blieb wie angewurzelt stehen und blickte zu Boden.

Egwene wollte zu ihr hinübergehen, aber Moiraine sagte leise: »Mischt Euch am besten nicht ein. Ich bezweifle auch, daß sie Sympathie braucht oder sonst etwas, was Ihr ihr bieten könntet.«

Egwene nickte unwillkürlich. Aviendha sah aus, als wolle sie ihre Ruhe haben. Was wollten die Weisen Frauen von ihr? Hatte sie irgendeine Vorschrift übertreten oder ein Gesetz gebrochen?

Sie dagegen hätte gern ein wenig andere Gesellschaft gehabt. Sie fühlte sich allen Blicken ausgesetzt, nun, da sie nicht mehr von Aiel umgeben war, und von sämtlichen Zelten her blickten alle zu ihnen herüber. Die Aiel, die mit ihr im Stein von Tear gewesen waren, hatten sich zumindest höflich verhalten, wenn auch nicht unbedingt freundlich. Doch diese Zuschauer wirkten weder freundlich noch höflich. Die Versuchung lag nahe, nach *Saidar* zu greifen. Nur Moiraine, ernst und kühl wie immer trotz des Schweißes auf ihrer Stirn, und Lan, der so unbeeindruckt schien wie die Steine ihrer Umgebung, hielten sie davon ab. Sie wußten es bestimmt, falls ihnen irgendeine Gefahr drohte. Solange sie die Situation ertrugen, würde sie das auch. Doch sie wünschte, die Aiel würden aufhören, sie anzustarren.

Rhuarc kletterte lächelnd den Hang empor. »Ich bin zurück, Amys, wenn auch nicht auf dem Weg, den wir erwartet hatten, wette ich.«

»Ich wußte, daß du heute hiersein würdest, Schatten meines Herzens.« Sie faßte hoch, um seine Wange zu berühren. Ihre braune Stola rutschte auf ihre Unterarme hinunter. »Meine Schwesterfrau schickt dir ihr Herz.«

»Das habt Ihr also gemeint, als Ihr vom Träumen spracht«, sagte Egwene leise zu Moiraine. Nur Lan befand sich noch nahe genug, um zu hören, was sie sagte. »Deshalb wart Ihr gewillt, Rand versuchen zu lassen, uns mit Hilfe des Portalsteins hierherzubringen. Sie wußten davon und haben in ihrem Brief davon geschrieben. Nein, das ergibt auch keinen Sinn. Falls sie einen Portalstein erwähnt hätten, hättet Ihr nicht versucht, Rand das Ganze auszureden. Aber sie wußten, daß wir heute ankommen würden.«

Moiraine nickte, ohne den Blick von den Weisen Frauen zu wenden. »Sie schrieben, daß sie uns heute hier am Chaendaer treffen würden. Ich glaubte, das sei… unwahrscheinlich, bis Rand die Steine erwähnte. Als er sicher war, daß hier einer stand, und sich von mir auch nicht mehr abbringen ließ… Sagen wir einmal, da erschien es mir auch höchst wahrscheinlich, daß wir heute den Chaendaer erreichen würden.«

Egwene atmete die heiße Luft tief ein. Also gehörte dies wohl zu den Fähigkeiten eines Träumers. Sie konnte es nicht erwarten, mehr darüber zu lernen. Sie wollte hinter Rhuarc herlaufen und sich von ihm Amys vorstellen lassen, erneut vorstellen lassen, doch Rhuarc und Amys blickten sich versunken in die Augen. Da waren Eindringlinge nicht erwünscht.

Von jedem der Lager war ein Mann herangekommen. Der eine war groß, breitschultrig, hatte Haar von der Farbe der Flammen und war noch nicht ganz von mittleren Jahren, der andere älter und dunkelhäutiger, nicht weniger groß, dafür aber schlanker. Sie blieben ein paar Schritt entfernt von Rhuarc und den Weisen Frauen zu beiden Seiten stehen. Der ältere Mann mit dem ledernen Gesicht trug keine sichtbare Waffe, bis auf ein Messer mit breiter Klinge an seinem Gürtel, doch der andere trug sowohl Speere wie auch einen Lederschild, und er hatte den Kopf stolz erhoben. Er sah Rhuarc wild und finster an.

Rhuarc ignorierte ihn und wandte sich dem älteren Mann zu. »Ich sehe Euch, Heirn. Hat einer der Septimenführer angenommen, ich sei bereits tot? Wer will meinen Platz einnehmen?«

»Ich sehe Euch, Rhuarc. Keiner der Taardad hat Rhuidean betreten oder beabsichtigt das. Amys sagte, sie würde herkommen und Euch heute hier treffen, und diese anderen Weisen Frauen kamen mit ihr. Ich nahm diese Männer aus der Jindo-Septime mit, um sie sicher herzubegleiten.«

Rhuarc nickte ernst. Egwene hatte das Gefühl, irgend etwas Wichtiges sei gerade ausgesprochen oder angedeutet worden. Die Weisen Frauen sahen den Mann mit dem Flammenhaar nicht an, genausowenig wie Rhuarc und Heirn, doch dessen Gesicht lief so rot an, als blickten sie ihm direkt in die Augen. Sie sah hilfesuchend zu Moiraine hinüber und erhielt nur ein kaum sichtbares Kopfschütteln zur Antwort. Die Aes Sedai verstand es auch nicht.

Lan beugte sich zwischen ihnen herab und erklärte leise: »Eine Weise Frau kann in Sicherheit überall hingehen, in jede Festung, gleich, welchem Clan sie gehört. Ich glaube, nicht einmal eine Blutfehde kann daran etwas ändern. Dieser Heirn kam her, um Rhuarc vor denen zu schützen, die sich im anderen Lager befinden, aber es würde die Ehre verletzen, so etwas auszusprechen.« Moiraine hob eine Augenbraue ein wenig, und er fügte hinzu: »Ich weiß nicht viel von ihnen, aber ich habe oft gegen sie gekämpft, bevor ich Euch kennenlernte. Ihr habt mich nie danach gefragt.«

»Das wird sich ändern«, sagte die Aes Sedai trocken.

Als sie sich wieder den Weisen Frauen und den drei Männern zuwandte, wurde Egwene schwindlig. Lan drückte ihr einen bereits geöffneten ledernen Wasserbeutel in die Hände, und sie legte den Kopf in den Nacken und trank dankbar. Das Wasser war zwar lauwarm und schmeckte nach Leder, aber bei dieser Hitze schmeckte es, als käme es frisch aus einer Quelle. Sie bot den halbleeren Beutel Moiraine an, die jedoch nur wenig daraus trank und ihn dann Egwene zurückreichte. Die kippte den Rest schnell hinunter und schloß glückselig die Augen. Schnell öffnete sie sie wieder, als sich Wasser über ihren Kopf ergoß. Lan hatte einen weiteren Wasserbeutel über ihr entleert; auch Moiraines Haar war tropfnaß.

»Diese Hitze kann Euch umbringen, wenn Ihr nicht daran gewöhnt seid«, erklärte der Behüter, als er zwei einfache, weiße Leinenhalstücher befeuchtete, die er aus seinem Mantel gezogen hatte. Auf seine Anweisung hin banden sich beide Frauen die nassen Tücher um die Stirn. Rand und Mat taten es ihnen gleich. Lan tat nichts, um seinen Kopf vor der Sonne zu schützen. Den Mann konnte offensichtlich nichts beeindrucken.

Noch immer herrschte Schweigen zwischen Rhuarc und den beiden anderen Aielmännern, doch endlich wandte sich der Clanhäuptling dem Mann mit den Flammenhaaren zu. »Brauchen denn die Shaido einen neuen Clanhäuptling, Couladin?«

»Suladric ist tot«, antwortete der Mann. »Muradin hat Rhuidean betreten. Sollte er versagen, werde ich ihm nachfolgen.«

»Ihr habt uns nicht um Erlaubnis gebeten, Couladin«, sagte die großmütterlich wirkende Weise Frau mit dieser brüchigen und doch kräftigen Stimme. »Sollte Muradin versagen, müßt Ihr uns erst fragen. Wir sind zu viert, genug also, um die Entscheidung zu treffen.«

»Es ist mein Recht, Bair«, sagte Couladin hitzig. Er wirkte wie ein Mann, der es nicht gewohnt war, daß man ihm widersprach.

»Es ist Euer Recht, uns darum zu bitten«, entgegnete die Frau mit der dünnen Stimme. »Und es ist unser Recht, darauf zu antworten. Ich glaube nicht, daß Ihr die Erlaubnis erhalten werdet, Rhuidean zu betreten, gleich, was mit Muradin geschieht. Ihr seid dem innerlich nicht gewachsen, Couladin.« Sie nestelte an ihrer grauen Stola herum und verschob sie auf eine Weise, die andeutete, sie habe bereits mehr gesagt, als sie für notwendig befand.

Das Gesicht des flammenhaarigen Mannes lief wieder rot an. »Mein Erstbruder wird als Clanhäuptling zurückkehren und wir werden die Shaido zu großem Ruhm führen! Wir werden ...!« Er schloß schnell den Mund. Dabei bebte er sichtlich.

Egwene beschloß, ihn aufmerksam zu beobachten, solange er sich in ihrer Nähe befand. Er erinnerte sie an die Congars und Coplins zu Hause – immer voll von Angebereien und ewig stänkernd. Sie hatte bisher noch keinen Aiel kennengelernt, der soviel Gefühlsaufwallungen zeigte.

Amys beschäftigte sich bereits mit einem anderen Thema. »Es ist jemand mit dir gekommen, Rhuarc«, begann sie. Egwene erwartete, daß die Frau mit ihr sprechen wolle, doch Amys blickte Rand an. Moiraine war offensichtlich davon keineswegs überrascht. Egwene fragte sich, was noch alles in dem Brief der vier Weisen Frauen an Moiraine gestanden hatte, worüber die Aes Sedai ihnen nicht berichtet hatte.

Rand wirkte einen Augenblick lang wie betäubt, zögerte, aber dann schritt er den Hang hinauf und stellte sich neben Rhuarc, genau auf Augenhöhe der Frauen. Der Schweiß ließ sein weißes Hemd am Körper festkleben, und auch an seinen Hosen waren dunkle Schweißflecken zu sehen. Mit dem zusammengedrehten weißen Schal um den Kopf wirkte er keineswegs so beeindruckend wie damals im Herzen des Steins. Er verbeugte sich ein wenig eigenartig, den linken Fuß nach vorn gesetzt und die linke Hand auf dem Knie, während die Rechte mit der Handfläche nach oben ausgestreckt war. »Mit dem Recht des Blutes«, sagte er, »bitte ich um Erlaubnis, Rhuidean betreten zu dürfen, zur Ehre unserer Vorfahren und in Erinnerung an das, was einmal war.«

Amys zwinkerte vor Überraschung, und Bair murmelte: »Eine uralte Art, um Erlaubnis zu bitten, doch die Frage wurde gestellt. Meine Antwort lautet: ja.«

»Ich stimme ebenfalls mit ja, Bair«, sagte Amys. »Seana?«

»Dieser Mann ist kein Aiel«, warf Couladin zornig ein. Egwene hatte den Verdacht, daß er sich ständig über irgend etwas aufrege. »Es bedeutet den Tod für ihn, sich überhaupt hier aufzuhalten! Warum hat ihn Rhuarc mitgebracht? Warum ...?«

»Möchtest du eine Weise Frau werden, Couladin?« fragte Bair, auf deren Stirn sich strenge Falten zeigten. »Zieh ein Kleid an und komm mit, dann werde ich feststellen, ob man dich dazu ausbilden kann. Bis dahin allerdings schweig still, wenn eine Weise Frau spricht!«

»Meine Mutter war eine Aiel«, stieß Rand hervor.

Egwene starrte ihn an. Kari al'Thor war gestorben, als Egwene noch kaum die Wiege verlassen hatte, aber wenn Tams Frau eine Aiel gewesen wäre, hätte sie das sicherlich erfahren. Sie blickte Moiraine an, aber die Aes Sedai sah ruhig und mit entspannter Miene zu. Rand sah wirklich wie ein Aielmann aus, bei seiner Größe, den graublauen Augen und dem rötlichen Haar, aber das war doch lächerlich!

»Eure Mutter nicht«, sagte Amys bedächtig. »Euer Vater.« Egwene schüttelte den Kopf. Das grenzte nun wirklich an Wahnsinn. Rand öffnete den Mund, doch

Amys ließ ihn nicht zu Wort kommen. »Seana, was meinst du?«

»Ja«, sagte die Frau mit dem graumelierten Haar. »Melaine?«

Die letzte der vier, eine gutaussehende Frau mit rotgoldenem Haar, nicht mehr als zehn oder fünfzehn Jahre älter als Egwene, zögerte noch. »Es muß vollbracht werden«, sagte sie schließlich, wenn auch unwillig. »Ich antworte ebenfalls mit ja.«

»Euch ist eine Antwort zuteil geworden«, sagte Amys zu Rand. »Ihr dürft Rhuidean betreten und ...« Sie unterbrach sich, als Mat heraufkletterte und ungeschickt Rands Verbeugung imitierte.

»Auch ich bitte darum, Rhuidean betreten zu dürfen«, sagte er unsicher.

Die vier Weisen Frauen sahen ihn an. Rand riß überrascht den Kopf herum. Egwene glaubte, niemand könne überraschter sein als sie, doch Couladin strafte sie Lügen. Knurrend hob er einen seiner Speere und stach in Richtung auf Mats Brust.

Das Glühen *Saidars* umgab Amys und Melaine. Stränge aus dem Element Luft packten den Mann mit dem Flammenhaar und schleuderten ihn ein Dutzend Schritt zurück.

Egwene starrte die Szenerie mit weit aufgerissenen Augen an. Sie konnten die Macht gebrauchen. Oder zumindest zwei von ihnen. Mit einemmal erkannte sie die jugendlich glatten Gesichtszüge von Amys als ein Äquivalent zu der alterslosen Glätte der Aes-Sedai-Gesichter. Moiraine verhielt sich absolut still. Egwene konnte erkennen, wie sie angestrengt nachdachte. Offensichtlich war die Überraschung der Aes Sedai genauso groß wie die ihre.

Couladin rappelte sich hoch und blieb geduckt stehen. »Ihr akzeptiert diesen Ausländer als einen von uns«, keuchte er und zeigte mit dem Speer auf Rand, mit dem er Mat hatte töten wollen. »Wenn Ihr so entscheidet, dann sei es. Er ist trotzdem ein weicher Feuchtländer und Rhuidean wird ihn umbringen.« Der Speer deutete wieder auf Mat, der sich bemühte, unbemerkt ein Messer in seinen Ärmel zurückzustecken. »Aber er ... es bedeutet den Tod für ihn, sich hier aufzuhalten, und es ist für ihn ein Sakrileg, überhaupt um die Erlaubnis zu bitten, Rhuidean zu betreten! Niemand außer denen vom Blute dürfen Rhuidean betreten! Niemand!«

»Geh zurück zu deinen Zelten, Couladin«, sagte Melaine kalt. »Und auch du, Heirn. Du auch, Rhuarc. Das ist die Angelegenheit von Weisen Frauen und nicht von Männern, außer natürlich denjenigen, die um Erlaubnis gebeten haben. Geht!« Rhuarc und Heirn nickten und schritten auf die kleinere Gruppe von Zelten zu. Sie unterhielten sich dabei. Couladin funkelte Rand und Mat an, warf den Weisen Frauen einen bösen Blick zu, und dann drehte er sich steif um und stolzierte auf das größere Lager zu.

Die Weisen Frauen tauschten Blicke. Besorgte Blicke, wie Egwene festzustellen glaubte, obwohl sie es genausogut wie die Aes Sedai beherrschten, ihre Gefühle für sich zu behalten.

»Es ist nicht gestattet«, sagte Amys schließlich. »Junger Mann, Ihr wißt nicht, was Ihr getan habt. Geht mit den anderen zurück.« Ihr Blick streifte Egwene, Moiraine und Lan, die nun allein mit ihren Pferden am Zügel in der Nähe des verwitterten Portalsteins standen. Egwene bemerkte in diesem Blick kein Wiedererkennen.

»Ich kann nicht.« In Mats Stimme klang Verzweiflung mit. »Ich bin schon soweit gekommen, aber das zählt hier nicht, oder? Ich muß nach Rhuidean.«

»Es ist nicht gestattet«, sagte Melaine in scharfem Tonfall. Ihr langes, rotgoldenes Haar schwang herum, als sie den Kopf schüttelte. »Ihr habt kein Aielblut in den Adern.«

Rand hatte die ganze Zeit über Mat aufmerksam angesehen. »Er kommt mit mir«, sagte er plötzlich. »Ihr habt mir die Erlaubnis gegeben, und er kann mit mir kommen, ob Ihr es nun genehmigt oder nicht.« Er blickte die Weisen Frauen wohl nicht trotzig, aber dennoch entschlossen an. Er hatte diese Frage entschieden. Egwene kannte das bei ihm; er würde keinen Deut davon abweichen, mochten sie sagen, was sie wollten.

»Es ist nicht gestattet«, sagte Melaine entschieden, wobei sie ihre Schwestern ansprach. Sie zog die Stola hoch und bedeckte ihren Kopf. »Das Gesetz ist ganz klar. Keine Frau darf mehr als zweimal nach Rhuidean gehen und kein Mann mehr als einmal, und niemals jemand, der kein Aielblut in den Adern hat.«

Seana schüttelte den Kopf. »Es ändert sich so viel, Melaine. Die alten Sitten ...«

»Wenn er derjenige ist«, sagte Bair, »dann ist die Zeit der Änderungen über uns gekommen. Aes Sedai stehen auf dem Chaendaer und mit ihnen *Aan'allein* in seinem farbverändernden Umhang. Können wir uns immer noch stur an die alten Sitten halten? Obwohl wir wissen, wieviel sich nun ändern wird?«

»Das können wir nicht«, sagte Amys. »Alles befindet sich nun am Rande der Veränderung. Melaine?« Die Frau mit dem rotgoldenen Haar sah sich um, sah die Berge an und die in Nebel gehüllte Stadt unter ihnen, seufzte dann und nickte. »Damit ist es entschieden«, sagte Amys und wandte sich Rand und Mat zu. »Ihr«, begann sie, doch dann unterbrach sie sich. »Welchen Namen führt Ihr eigentlich?«

»Rand al'Thor.«

»Mat. Mat Cauthon.«

Amys nickte. »Ihr, Rand al'Thor, müßt Euch ins Herz Rhuideans begeben, genau ins Zentrum der Stadt. Wenn Ihr wünscht, mit ihm zu kommen, Mat Cauthon, dann sei es, doch Ihr müßt wissen, daß die meisten Männer nie aus Rhuidean zurückkehren, und manche von denen, die wiederkommen, sind wahnsinnig. Ihr dürft weder Lebensmittel noch Wasser mit Euch führen, in Erinnerung an unsere Wanderung nach der Zerstörung der Welt. Ihr müßt auch unbewaffnet nach Rhuidean gehen, außer mit Euren Händen und Euren Herzen, um die Jenn zu ehren. Falls Ihr Waffen bei Euch habt, legt sie auf den Boden vor uns hin. Sie werden hier auf Euch warten, bis Ihr zurückkehrt. Falls Ihr zurückkehrt.«

Rand zog sein Messer aus der Scheide und legte es Amys zu Füßen. Dann, einen Moment später, legte er noch die kleine, grüne Steinfigur dazu. »Mehr habe ich nicht«, sagte er.

Mat begann mit dem Messer an seinem Gürtel und machte dann weiter. Er zog Messer aus seinen Ärmeln und unter seinem Mantel hervor, selbst eines aus einer Nackenscheide, und häufte sie vor den Aielfrauen auf. Selbst die schienen davon beeindruckt. Er wollte schon aufhören, sah die Frauen noch einmal an und holte aus den Stiefelschäften auch noch je ein Messer heraus. »Ich habe sie vergessen«, sagte er grinsend und mit einem Achselzucken. Die ernsten Blicke der Weisen Frauen wischten ihm das Grinsen vom Gesicht.

»Sie haben gelobt, nach Rhuidean zu gehen«, sagte Amys in rituellem Singsang, und sie blickte über die Köpfe der Männer hinweg. Die anderen drei reagierten gemeinsam: »Rhuidean gehört den Toten.«

»Sie dürfen nicht mit den Lebenden sprechen, bis sie zurückkehren«, sang sie heraus, und wieder antworteten die anderen: »Die Toten sprechen nicht mit den Lebenden.«

»Wir sehen sie nicht mehr, bis sie sich wieder unter den Lebenden befinden.« Amys zog sich die Stola über die Augen, und eine nach der anderen folgten ihr die drei. Mit verborgenen Gesichtern sprachen sie im Chor: »Hebt Euch hinweg von den Lebenden und verfolgt uns nicht mit Erinnerungen an das Verlorene. Sprecht nicht von dem, was die Toten sehen.« Dann standen sie schweigend da, hielten die Stolen vor ihre Gesichter und warteten.

Rand und Mat sahen einander an. Egwene wäre gern zu ihnen hinübergegangen und hätte mit ihnen gesprochen. Sie wirkten wie Männer, die niemandem zeigen wollten, daß sie Angst hatten. Doch das hätte möglicherweise die Zeremonie gestört.

Schließlich lachte Mat hart auf. »Na ja, ich schätze, die Toten können wenigstens miteinander sprechen. Ich frage mich, ob das auch für ... Ach, spielt keine Rolle. Denkst du, es ist in Ordnung, wenn wir reiten?«

»Ich glaube nicht«, sagte Rand. »Ich glaube, wir müssen zu Fuß gehen.«

»O je, seng meine schmerzenden Füße. Also, gehen wir halt los. Wir werden den halben Nachmittag brauchen, bis wir dort sind. Wenn wir Glück haben.«

Rand lächelte Egwene beruhigend zu, als sie sich bergab wandten, als wolle er ihr sagen, daß keine Gefahr bestünde und nichts Schlimmes sie erwarte. Mats Grinsen war typisch für ihn, wenn er etwas besonders Idiotisches unternahm, wie beispielsweise auf einem Dachfirst zu tanzen.

»Du willst doch nicht etwa irgendwas ... Verrücktes ... unternehmen, oder?« fragte Mat. »Ich will nämlich lebendig zurückkommen.«

»Ich auch«, antwortete Rand. »Ich auch.«

Sie waren schnell außer Hörweite und wurden immer kleiner dort unten am Abhang. Als sie nur noch winzige Gestalten waren, kaum noch als Menschen zu erkennen, ließen die Weisen Frauen endlich ihre Stolen wieder sinken.

Egwene zupfte ihr Kleid zurecht und wünschte sich, nicht ganz so zu schwitzen. Dann kletterte sie mit ihrem Pferd im Schlepptau das kurze Stück Abhang zu ihnen hinunter. »Amys? Ich bin Egwene al'Vere. Ihr habt gesagt, ich solle ...«

Amys unterbrach sie mit erhobener Hand und blickte hinüber zu Lan, der nun Mandarb, Pips und Jeade'en am Zügel hielt und etwas hinter Moiraine und Aldieb stand. »Das hier ist nur eine Angelegenheit für Frauen, *Aan'allein*. Ihr müßt uns verlassen. Geht zu den Zelten. Rhuarc wird Euch Schatten und Wasser anbieten.«

Lan wartete auf Moiraines leichtes Nicken, bevor er sich verbeugte und in der gleichen Richtung wie zuvor Rhuarc davonschritt. Dieser farbverändernde Umhang auf seinem Rücken ließ ihn manchmal wie einen Geist erscheinen, von dem man nur Kopf und Arme vor den drei Pferden über den Boden dahinschweben sah.

»Warum nennt Ihr ihn so?« fragte Moiraine, als er sich außer Hörweite befand. »Den Einen Mann. Kennt Ihr ihn?«

»Wir wissen von ihm, Aes Sedai.« Bei Amys klang der Titel wie eine Anrede unter Gleichgestellten. »Der letzte der Malkieri. Der Mann, der nicht aufhört, gegen den Schatten zu kämpfen, obwohl seine ganze Nation durch diesen Krieg zerstört wurde. Es ist sehr viel Ehrenhaftes an ihm. Aus dem Traum wußte ich, falls Ihr herkämt, würde *Aan'allein* höchstwahrscheinlich dabei sein, aber ich wußte nicht, daß er Euch gehorcht.«

»Er ist mein Behüter«, sagte Moiraine einfach.

Egwene glaubte, die Aes Sedai sei trotz ihres leichten Tonfalls beunruhigt, und sie wußte auch, warum. *Höchstwahrscheinlich* werde Lan mit ihr kommen? Lan folgte Moiraine immer. Er würde ihr ohne Zögern in der Krater des Todes folgen. Und es war beinahe genauso interessant für Egwene, daß Amys gesagt hatte: ›Falls Ihr herkämt.‹ Hatten die Weisen Frauen nun gewußt, daß sie kämen, oder nicht? Vielleicht war die Auslegung eines Traums doch nicht so einfach, wie sie gehofft hatte. Sie wollte schon danach fragen, als Bair sagte: »Aviendha? Komm her.«

Aviendha hatte verloren an der Seite gehockt, die

Arme um die Knie geschlungen, und auf den Boden geblickt. Sie stand langsam auf. Falls Egwene das nicht besser gewußt hätte, hätte sie annehmen müssen, die Frau habe Angst. Aviendha schlurfte förmlich hinüber zu den Weisen Frauen und legte sich die Tasche und die Rolle mit den Wandbehängen vor die Füße.

»Es wird Zeit«, sagte Bair nicht unfreundlich. Trotzdem war in ihren Augen keine Kompromißbereitschaft zu erkennen. »Du bist mit den Speeren gelaufen, solange es ging. Länger, als du solltest.«

Aviendha hob trotzig den Kopf. »Ich bin eine Tochter des Speers. Ich will keine Weise Frau werden. Ich will nicht!«

Die Gesichter der Weisen Frauen verhärteten sich. Das erinnerte Egwene an die Versammlung der Frauen zu Hause, wenn man eine Frau verhörte, die im Begriff war, etwas Dummes zu tun.

»Du bist sowieso schon viel sanfter behandelt worden, als das zu meiner Zeit üblich war«, sagte Amys mit steinerner Stimme. »Auch ich weigerte mich, als ich berufen wurde. Meine Speerschwestern haben vor meinen Augen meine Speere zerbrochen. Sie brachten mich nackt und an Händen und Füßen gebunden zu Bair und Coedelin.«

»Und mit einer hübschen, kleinen Puppe unter deinen Arm geklemmt«, sagte Bair trocken, »um dich daran zu erinnern, wie kindisch du dich benommen hast. Wie ich mich erinnere, bist du im ersten Monat neunmal weggelaufen.«

Amys nickte grimmig. »Und dafür mußte ich wie ein Kind um Verzeihung bitten – jedesmal. Im zweiten Monat bin ich nur fünfmal weggelaufen. Ich hielt mich für so stark und hart, wie eine Frau nur sein kann. Aber ich war nicht schlau genug. Ich brauchte ein halbes Jahr, bis ich merkte, daß du härter und stärker warst, als ich jemals sein würde, Bair. Schließlich begriff ich dann, was meine Pflicht war, die Verpflichtung meinem Volk gegenüber. So, wie du es lernen wirst, Aviendha. Solche Frauen wie du und ich sind einfach dazu verpflichtet. Du bist kein Kind mehr. Es ist Zeit, die Puppen – und die Speere – beiseite zu legen und die Frau zu werden, die zu werden dir bestimmt ist.«

Mit einemmal wurde Egwene klar, warum sie von Beginn an eine solche Kameradschaft zu Aviendha empfunden hatte. Nun wußte sie, warum Amys und die anderen aus ihr eine Weise Frau machen wollten. Aviendha konnte die Macht gebrauchen. Genau wie sie, wie Elayne und Nynaeve – und natürlich Moiraine – gehörte sie zu jenen wenigen Frauen, denen man nicht nur den Gebrauch der Macht beibringen konnte, sondern die mit dieser Fähigkeit geboren waren und irgendwann die Wahre Quelle berührten, selbst wenn sie gar nicht wußten, was sie taten. Moiraine hatte das Gesicht nicht verzogen und wirkte ganz ruhig, doch in ihren Augen las Egwene die Bestätigung ihrer eigenen Gedanken. Die Aes Sedai mußte das vom ersten Moment an gewußt haben, als sie die Aielfrau kennengelernt hatte. Egwene erkannte, daß sie die gleiche Verbundenheit auch Amys und Melaine gegenüber empfinden konnte. Aber nicht bei Bair oder Seana. Nur die ersteren konnten die Macht gebrauchen, da war sie sich sicher. Und nun konnte sie bei Moiraine dasselbe spüren. Es war das erstemal, daß sie Derartiges empfand; die Aes Sedai war eine Frau, die immer für sich blieb.

Einige der Weisen Frauen allerdings lasen offensichtlich mehr aus der Miene Moiraines heraus. »Ihr wollt sie zu Eurer Weißen Burg bringen«, sagte Bair, »um aus ihr eine von Euch zu machen. Doch sie ist eine Aiel, Aes Sedai.«

»Sie kann sehr stark werden, wenn man sie richtig unterweist«, antwortete Moiraine. »Genauso stark, wie Egwene einst sein wird. In der Burg kann man sie so weit bringen.«

»Wir können sie genausogut unterrichten, Aes Sedai.« Melaines Stimme klang einigermaßen verbindlich, aber in dem steten Blick aus ihren grünen Augen lag ein Hauch von Verachtung. »Besser sogar. Ich habe mich schon mit Aes Sedai unterhalten. Ihr verwöhnt die Frauen in der Burg. Das Dreifache Land ist kein Ort, um jemanden zu verwöhnen. Aviendha wird wissen, was sie mit ihren Kräften anfangen kann, wenn sie bei Euch noch Kinderspiele erlernen würde.«

Egwene warf Aviendha einen besorgten Blick zu. Die andere junge Frau blickte bedrückt zu Boden. Ihr Trotz schien verflogen. Falls sie den Unterricht in der Burg schon für Verwöhnen hielten… Sie hatte als Novizin härter arbeiten müssen und war strenger behandelt worden als je zuvor in ihrem Leben. Sie empfand eine Menge Sympathie für die Aielfrau.

Amys streckte die Hände aus, und Aviendha legte ihr zögernd die Speere und den Schild hinein. Sie zuckte zusammen, als die Weise Frau krachend ihre Bewaffnung zur Seite warf. Langsam zog sie sich den in seiner Hülle steckenden Bogen über den Kopf und übergab ihn. Dann schnallte sie den Gürtel ab, an dem der Köcher und ihr Messer hingen. Amys nahm alles entgegen und warf es wie Abfall zur Seite. Jedesmal zuckte Aviendha zusammen. In einem Winkel ihrer blaugrünen Augen schimmerte eine Träne.

»Müßt Ihr sie so grob behandeln?« brach es zornig aus Egwene heraus. Amys und die anderen sahen sie ausdruckslos an, doch sie ließ sich nicht einschüchtern. »Ihr behandelt Dinge, die für sie etwas bedeuten, als wären sie Schrott.«

»Sie muß lernen, solche Dinge als Schrott zu sehen«, sagte Seana. »Wenn sie zurückkehrt – falls sie zurückkehrt –, wird sie alles verbrennen und die Asche in den Wind streuen. Das Metall wird sie dem Schmied übergeben, um daraus einfache Dinge zu fertigen. Keine Waffen. Nicht einmal ein Brotmesser. Gürtelschnallen oder Kochtöpfe oder Puzzles für Kinder. Diese Dinge wird sie hinterher mit eigenen Händen verteilen.«

»Das Dreifache Land ist kein weiches, Aes Sedai«, sagte Bair. »Weiche Dinge sterben hier.«

»Dein *Cadin'sor,* Aviendha.« Amys deutete auf die weggeworfenen Waffen. »Deine neue Kleidung wird dich bei deiner Rückkehr erwarten.«

Mit mechanischen Bewegungen zog sich Aviendha aus und warf Mantel und Hosen, Stiefel und alles andere auf einen Haufen zu den Waffen. Nackt stand sie da und rührte sich nicht. Nur Egwene glaubte, ihre Füße hätten trotz der Stiefel schon Brandblasen aufzuweisen. Sie erinnerte sich daran, wie sie zugesehen hatte, als man ihre Kleider verbrannt hatte, die sie auf dem Weg zur Weißen Burg getragen hatte. Auch damals hatte man das Band zerschnitten, das sie an ihr früheres Leben gebunden hatte, aber es war nicht so schlimm gewesen wie hier. Nicht so kraß.

Als Aviendha auch noch den Sack und die Wandbehänge auf den Stapel legen wollte, nahm ihr Seana die Sachen ab. »Die kannst du zurückbekommen. Falls du zurückkommst. Wenn nicht, gehen sie an deine Familie, deines Angedenkens wegen.«

Aviendha nickte. Sie schien keine Angst zu haben. Zögern, Zorn, ja vielleicht schmollte sie auch ein wenig, aber Angst hatte sie keine.

»In Rhuidean«, sagte Amys, »wirst du drei Ringe finden, die so angeordnet sind.« Sie zeichnete mit dem Finger drei Linien in die Luft, die sich in der Mitte trafen. »Tritt durch irgendeinen hindurch. Du wirst deine eigene Zukunft erleben, wieder und wieder, in immer neuen Abwandlungen. Sie werden dir keine eindeutigen Hinweise geben, und das ist auch das Beste, denn wie Geschichten, die du vor langer Zeit gehört hast, werden sie verschwimmen und miteinander verschmelzen, doch wirst du dich an genügend Dinge erinnern, um zu wissen, daß vieles sein muß, was zu tun du haßt, und anderes nicht sein darf, worauf du gehofft hattest. Das ist der Anfang, der erste Schritt zu dem, was man Weisheit nennt. Manche Frauen kehren niemals aus den Ringen zurück. Vielleicht wurden sie nicht mit ihrer Zukunft fertig. Manche, die wohl die Ringe überleben, überleben jedoch ihre zweite Reise nach Rhuidean nicht, wo sie ins Herz gelangen. Du gibst kein hartes und entbehrungsreiches Leben auf, um ein angenehmeres zu führen, sondern tauschst ein noch härteres und gefährlicheres dagegen ein.«

Ein *Ter'Angreal.* Amys hatte einen *Ter'Angreal* beschrieben. Was für eine Art von Stadt war dieses Rhuidean? Egwene fühlte in sich den Wunsch aufsteigen, selbst hinunterzugehen und es herauszufinden. Das war wohl ziemlich närrisch. Sie war nicht hier, um unnötige Risiken mit *Ter'Angreal* einzugehen, die sie überhaupt nicht kannte.

Melaine faßte Aviendha unter das Kinn und drehte den Kopf der jungen Frau zu sich hin. »Du hast die Kraft«, sagte sie ruhig und überzeugt. »Ein starker Verstand und ein starkes Herz sind nun deine Waffen, aber du hältst sie genauso fest und sicher wie zuvor deine Speere. Denke daran, benütze sie, und du wirst alles unbeschadet überstehen.«

Egwene war überrascht. Von den vier Frauen hätte sie bei Melaine am wenigsten erwartet, so etwas wie Mitgefühl zu entdecken.

Aviendha nickte und brachte sogar ein Lächeln zustande. »Ich werde schneller als diese Männer in Rhuidean sein. Sie können nicht laufen.«

Eine der Weisen Frauen nach der anderen küßte sie leicht auf die Wange und alle murmelten leise: »Komm zu uns zurück.«

Egwene ergriff Aviendhas Hand, drückte sie und erhielt ebenfalls einen kräftigen Händedruck zur Antwort. Dann lief die Aielfrau in langen Sätzen los, den Abhang hinunter. Es schien, daß sie durchaus in der

Lage sei, Rand und Mat einzuholen. Egwene sah ihr besorgt hinterher. Was sie vor sich hatte, entsprach ungefähr der Prüfung, mit der man in der Burg zur Aufgenommenen wurde, doch ohne jede Unterweisung als Novizin und ohne jede Helferin, die ihr anschließend ein wenig Trost und Unterstützung geben konnte. Wie wäre das wohl gewesen, wenn sie gleich am ersten Tag in der Burg ihre Prüfung zur Aufgenommenen hätte absolvieren müssen? Wahrscheinlich wäre sie vollkommen durchgedreht. Bei Nynaeve war es so ähnlich gelaufen, weil sie über derartige Kräfte verfügte. Sie glaubte aber, daß zumindest ein Teil der ablehnenden Haltung Nynaeves den Aes Sedai gegenüber von ihren Erlebnissen bei dieser Prüfung herrührte. *Komm zu uns zurück,* dachte sie. *Sei standhaft.* Als Aviendha außer Sicht war, seufzte Egwene und wandte sich wieder den Weisen Frauen zu. Sie war schließlich auch nicht umsonst hier, und es würde niemandem helfen, sich mit ihrem Anliegen zurückzuhalten. »Amys, in *Tel'aran'rhiod* habt Ihr mir gesagt, ich solle hierher zu Euch kommen, um zu lernen. Nun bin ich da.«

»Diese Hektik«, stellte die weißhaarige Frau fest. »Wir haben uns so sehr beeilt, da Aviendha sich die ganze Zeit gegen ihr *Toh* sträubte und weil wir fürchteten, die Shaido würden selbst hier die Schleier anlegen, falls wir Rand al'Thor nicht nach Rhuidean schickten, bevor sie überhaupt zum Nachdenken kämen.«

»Glaubt Ihr, sie hätten versucht, ihn zu töten?« fragte Egwene. »Aber er ist doch derjenige, dessentwegen Ihr Eure Leute über den Drachenwall geschickt habt. Er, Der Mit Der Morgendämmerung Kommt.«

Bair rückte ihre Stola zurecht. »Vielleicht ist er das. Es wird sich herausstellen. Falls er überlebt.«

»Er hat die Augen von seiner Mutter«, sagte Amys, »und die Gesichtszüge sowohl von ihr wie auch von seinem Vater, aber Couladin sah natürlich nur seine Kleidung und sein Pferd. Das wäre allerdings bei den anderen Shaido genauso gewesen, und wahrscheinlich auch bei den Taardad. Fremde dürfen diesen Boden nicht betreten, und nun sind gleich fünf von Euch da. Nein, vier: Rand al'Thor ist kein Fremder, wo er auch aufgewachsen sein mag. Aber einem haben wir bereits gestattet, Rhuidean zu betreten, obwohl es verboten ist. Die Veränderungen kommen wie eine Lawine, ob wir wollen oder nicht.«

»Es muß sich alles ändern«, sagte Bair, und es klang etwas unglücklich. »Das Muster setzt uns an den Platz, den es für uns erwählt.«

»Ihr kanntet Rands Eltern?« fragte Egwene vorsichtig. Was sie auch sagen mochten, so dachte sie doch an Tam und Kari al'Thor, wenn es um Rands Eltern ging.

»Das ist seine persönliche Geschichte«, sagte Amys, »falls er sie hören will.« Nach der Haltung ihres Kinns zu schließen, würde sie kein Wort mehr darüber sagen.

»Kommt«, sagte Bair. »Jetzt müssen wir uns nicht mehr beeilen. Kommt. Wir bieten Euch Wasser und Schatten an.«

Egwene versagten beinahe die Beine, als sie das Wort ›Schatten‹ hörte. Das einst tropfnasse Tuch, das sie um ihre Stirn gewickelt hatte, war schon beinahe trocken. Ihr Kopf fühlte sich vollkommen ausgedörrt an, und der Rest ihres Körpers nicht weniger. Auch Moiraine schien dankbar, den Weisen Frauen hinauf zu der kleinen Gruppe der niedrigen, an der Seite offenen Zelte folgen zu dürfen.

Ein hochgewachsener Mann in einem weißen Gewand mit Kapuze nahm ihnen die Zügel der Pferde ab. Sein Aielgesicht wirkte eigenartig, so eingebettet in die tiefe, weiche Kapuze. Die Augen hatte er niedergeschlagen.

»Gib den Tieren Wasser«, sagte Bair, und dann bückte sie sich und trat geduckt in das niedrige Zelt hinein. Der Mann verbeugte sich hinter ihr her, wobei er die Stirn mit der Hand berührte.

Egwene zögerte, ihr Pferd von dem Mann wegbringen zu lassen. Er schien durchaus selbstbewußt, aber was verstand ein Aiel schon von Pferden? Nun ja, sie glaubte andererseits nicht, daß er ihnen Schaden zufügen werde, und im Zelt war es wunderbar dunkel und dann auch noch herrlich kühl, wenn man es mit draußen verglich.

Am höchsten Punkt des Zelts befand sich eine Öffnung, doch selbst hier konnte man kaum aufrecht stehen. Wohl als Ausgleich für die eintönigen und faden Farben der Aielkleidung, lagen überall große, rote Kissen mit Goldfransen auf leuchtend bunten Teppichen verstreut. Die Teppiche lagen übereinandergeschichtet, so daß man den harten Boden darunter nicht spürte. Egwene und Moiraine taten es den Weisen Frauen gleich. Sie ließen sich auf den Teppichen nieder und stützten sich mit einem Ellbogen auf eines der Kissen. Sie saßen schnell alle im Kreis, nahe genug beieinander, um sich zu berühren.

Bair schlug einen kleinen Messinggong, und zwei junge Frauen kamen mit silbernen Tabletts herein, beide in die gleichen weißen Gewänder mit den großen Kapuzen gehüllt wie der Mann draußen, der sich um die Pferde kümmerte. Trotz der gebückten Haltung bewegten sie sich mit natürlicher Anmut. Den Blick hatten auch sie zu Boden gesenkt. Sie knieten in der Zeltmitte nieder. Eine füllte für jede der sitzenden Frauen einen silbernen Becher mit Wein, während die andere größere Pokale mit Wasser füllte. Wortlos erhoben sie sich und gingen unter Verbeugungen rückwärts hinaus. Die schimmernden Tabletts und Krüge, von denen Wassertropfen rannen, blieben im Zelt stehen.

»Hier habt Ihr Wasser und Schatten«, sagte Bair und erhob ihren Pokal mit Wasser. »Wir geben Euch beides gern und mit Freude. Laßt nichts zwischen uns stehen. Alle hier sind willkommen, so wie Erstschwestern willkommen wären.«

»Laßt nichts zwischen uns stehen«, murmelten Amys und die beiden anderen. Nach einem Schluck Wasser stellten sich die Aielfrauen offiziell vor: Bair von der Haido-Septime der Shaarad Aiel. Amys aus der Neun-Täler-Septime der Taardad Aiel. Melaine aus der Jhirad-Septime der Goshien Aiel. Seana aus der Schwarzklippen-Septime der Nakai Aiel.

Egwene und Moiraine schlossen sich dem Ritual an, auch wenn Moiraine leicht den Mund verzog, als sich Egwene als Aes Sedai von den Grünen Ajah bezeichnete.

Als habe die Vorstellung und die Gabe des Wassers den Bann gebrochen, änderte sich die Stimmung im Zelt fühlbar. Die Aielfrauen lächelten, entspannten sich und gaben zu erkennen, daß alle Formalitäten erledigt seien.

Egwene war noch dankbarer für das Wasser als für den Wein. Selbst wenn es im Zelt kühler als draußen war, trocknete ihr allein das Atmen die Kehle aus. Auf ein Nicken Amys' hin leerte sie begierig einen weiteren Becher.

Die Menschen in den weißen Gewändern hatten Egwene überrascht. Es war natürlich töricht, trotzdem hatte sie sich die anderen Aiel – außer den Weisen Frauen – immer wie Rhuarc und Aviendha als Krieger vorgestellt. Selbstverständlich hatten sie auch Schmiede und Weber und andere Handwerker; das mußte ja wohl sein. Warum nicht auch Diener? Nur hatte Aviendha die Diener im Stein voller Verachtung zurückgewiesen und sie nichts für sie tun lassen, was sie selbst hatte erledigen können. Diese Leute hier mit ihrem demütigen Verhalten wirkten überhaupt nicht wie Aiel. Sie konnte sich auch nicht erinnern, in den beiden großen Lagern die Farbe Weiß gesehen zu haben. »Haben nur die Weisen Frauen hier Diener?« fragte sie.

Melaine erstickte fast an ihrem Wein. »Diener?«

keuchte sie. »Das sind *Gai'schain,* keine Diener.« Es klang, als sei damit alles erklärt.

Moiraine runzelte über ihrem Weinbecher leicht die Stirn. »*Gai'schain?* Wie würdet Ihr das übersetzen? ›Die auch in der Schlacht den Frieden gelobt haben‹?«

»Es sind einfach *Gai'schain*«, sagte Amys. Sie schien zu bemerken, daß die beiden nichts verstanden. »Vergebt mir, aber wißt Ihr von *Ji'e'toh,* Aes Sedai?«

»Ehre und Verpflichtung«, antwortete Moiraine sofort. »Oder vielleicht Ehre und Pflicht.«

»Das sind die richtigen Worte, ja. Aber die Bedeutung. Wir leben nach *Ji'e'toh,* Aes Sedai.«

»Versuche nicht, ihnen alles auf einmal zu erklären, Amys«, mahnte Bair. »Ich habe einst einen Monat damit verbracht, einer Feuchtlandfrau *Ji'e'toh* zu erklären, und am Ende hatte sie mehr Fragen als je zuvor.«

Amys nickte. »Ich werde mich an das Wesentliche halten. Falls Ihr eine Erklärung wünscht, Moiraine.«

Egwene hätte lieber gleich über das Träumen und ihre Ausbildung und alles gesprochen, und deshalb ärgerte sie sich, als die Aes Sedai sagte: »Ja, gern.«

Amys nickte Moiraine zu und begann: »Ich werde das mit den *Gai'schain* einfach zu erklären versuchen. Im Tanz der Speere gewinnt man das meiste *Ji,* also die meiste Ehre, wenn man den bewaffneten Gegner berührt, ohne ihn irgendwie zu verletzen oder gar zu töten.«

»Die größte Ehre, weil es so schwierig ist«, warf Seana mit einem Blinzeln ihrer blaugrauen Augen ein, »und deshalb so selten.«

»Die geringste Ehre gewinnt man durch Töten«, fuhr Amys fort. »Jedes Kind und jeder Narr kann töten. Dazwischen liegt noch die Gefangennahme. Wie Ihr seht, vereinfache ich alles. Es gibt viele Abstufungen. *Gai'schain* sind Aiel, die auf diese Art gefangengenommen wurden. Manchmal allerdings bittet auch ein

Krieger darum, als *Gai'schain* gefangengenommen zu werden, wenn er berührt wurde und die Ehre seines Gegners oder seinen eigenen Verlust in Grenzen halten will.«

»Das kennt man vor allem von Töchtern des Speers und Steinhunden«, warf Seana ein, was ihr einen scharfen Blick von Amys einbrachte.

»Bin ich am Erzählen oder du? Also weiter. Es gibt auch welche, die man nicht als *Gai'schain* gefangennehmen darf: eine Weise Frau zum Beispiel, einen Schmied, ein Kind, eine schwangere Frau oder eine solche, die ein Kind unter zehn Jahren hat. Ein *Gai'schain* hat *Toh* gegenüber seinem oder ihrem Gegner. Für den oder die *Gai'schain* bedeutet das, ein Jahr und einen Tag dienen zu müssen, treu und demütig zu gehorchen, keine Waffe anzurühren und niemandem Gewalt anzutun.«

Egwene war trotz ihrer Ungeduld interessiert. »Versuchen sie nicht, zu entfliehen? Ich würde das tun.« *Ich werde mich nie mehr von irgend jemanden zur Gefangenen machen lassen!*

Die Weisen Frauen blickten verstört drein. »Es ist schon vorgekommen«, sagte Seana mit gepreßter Stimme, »aber darin liegt keine Ehre. Ein weggelaufener *Gai'schain* würde von seiner oder ihrer Septime zurückgeschickt, um das Jahr der Dienerschaft erneut zu beginnen. Doch man verliert dabei soviel Ehre, daß möglicherweise ein Erstbruder oder eine Erstschwester ebenfalls als *Gai'schain* mitgeht, um das *Toh* der Septime zu erfüllen. Und wenn der Verlust an Ehre besonders groß ist, gehen vielleicht sogar mehrere mit.«

Moiraine schien das alles sehr ruhig aufzunehmen. Sie nippte an ihrem Wasser, Egwene dagegen mußte sich zusammennehmen, um nicht den Kopf zu schütteln. Diese Aiel waren verrückt; anders konnte sie das nicht sehen. Es wurde immer schlimmer.

»Es gibt auch ein paar *Gai'schain,* die ihre Demut in Arroganz umkehren«, sagte Melaine mißbilligend. »Sie glauben, damit Ehre zu gewinnen, daß sie Gehorsam und Unterwürfigkeit auf die Spitze treiben und zu blankem Hohn werden lassen. Das ist wohl etwas Neues und ziemlich närrisch. So etwas gehört nicht zu *Ji'e'toh.*«

Bair lachte. Es war ein klangvolles Lachen, ganz unerwartet bei ihrer brüchigen Stimme. »Es hat immer schon Narren gegeben. Als ich ein Mädchen war und die Shaarad und Tomanelle sich gegenseitig jede Nacht Rinder und Ziegen stahlen, wurde eines Nachts Chenda, die Dachherrin des Mainde-Passes, bei einem Überfall von einem jungen Wassersucher der Haido zur Seite gestoßen. Sie kam ins Gekrümmte Tal und verlangte, von dem Jungen zur *Gai'schain* gemacht zu werden, denn sie gönnte ihm die Ehre nicht, sie im Kampf berührt zu haben, weil sie bei dieser Berührung *ein Küchenmesser in der Hand hatte!* Ein Küchenmesser! Sie behauptete, auch das sei eine Waffe, als sei sie eine Tochter des Speers! Der Junge hatte keine andere Wahl, als ihr Verlangen zu erfüllen, obwohl man ihn ganz schön auslachte. Man schickt keine Dachherrin barfuß in ihre Festung zurück. Bevor das Jahr und der Tag vorüber waren, tauschten die Haido-Septime und die Jenda-Septime die Speere und der Junge fand sich als Ehemann von Chendas ältester Tochter wieder. Und seine Zweitmutter war immer noch seine *Gai'schain*! Er versuchte, sie als Teil seines Brautgeschenkes seiner Frau zu übergeben, doch beide Frauen behaupteten, er wolle sie ihrer Ehre berauben. Er mußte fast noch seine eigene Frau zur *Gai'schain* nehmen. Fast hätten die Haido und die Jenda deshalb wieder zu den Waffen gegriffen, noch bevor das *Toh* erfüllt war.« Die Aielfrauen bogen sich vor Lachen. Amys und Melaine mußten sich Tränen aus den Augen wischen.

Egwene verstand nicht viel von der Geschichte – vor allem nicht, was daran lustig sein sollte –, aber sie brachte ein höfliches Lachen zustande.

Moiraine stellte ihr Wasser zur Seite und griff nach dem Becher mit Wein. »Ich habe gehört, wie Männer vom Kampf gegen die Aiel erzählten, aber so etwas habe ich noch nie gehört. Vor allem nicht, daß ein Aiel sich ergab, weil er berührt worden war.«

»Das ist kein Sich-Ergeben«, sagte Amys entschieden. »Es ist *Ji'e'toh.*«

»Niemand würde darum bitten, zum *Gai'schain* eines Feuchtländers gemacht zu werden«, sagte Melaine. »Ausländer wissen nichts von *Ji'e'toh.*«

Die Aielfrauen blickten sich gegenseitig an. Es war ihnen offensichtlich nicht ganz wohl bei dieser Unterhaltung. *Warum?* fragte sich Egwene. *Oh.* Für die Aiel war es höchstwahrscheinlich dasselbe, wenn man *Ji'e'toh* nicht kannte, als wisse man nichts über Manieren und gutes Benehmen und als kenne man kein Ehrgefühl. »Es gibt auch unter uns ehrenwerte Männer und Frauen«, sagte Egwene daraufhin. »Eigentlich die meisten von uns. Wir wissen auch, gut und böse zu unterscheiden.«

»Selbstverständlich«, murmelte Bair in einem Tonfall, der ihr zeigte, daß sie es keineswegs für selbstverständlich hielt.

»Ihr habt mir einen Brief nach Tear geschickt«, sagte Moiraine, »bevor ich überhaupt dort ankam. Ihr habt eine Menge Dinge behauptet, von denen sich einige als wahr herausgestellt haben. Darunter auch, daß ich Euch heute hier antreffen würde – müßte –, und das klang schon beinahe wie ein Befehl. Und doch habt Ihr vorhin gesagt, ›falls Ihr herkamt‹. Wieviel von dem, was Ihr schriebt, wußtet Ihr wirklich schon vorher?«

Amys seufzte und stellte ihren Becher Wein weg. Doch Bair war diejenige, die nun sprach: »Vieles ist unklar, selbst für eine Traumgängerin. Amys und Melaine sind die besten unter uns, aber auch sie können nicht alles vorhersehen, was ist oder was sein kann.«

»Selbst in *Tel'aran'rhiod* ist die Gegenwart viel klarer

als die Zukunft«, sagte die Weise Frau mit dem Sonnenhaar. »Was gerade irgendwo geschieht oder beginnt, kann man viel eher erkennen als das, was geschehen *wird* oder *könnte*. Wir haben Egwene und Mat Cauthon überhaupt nicht gesehen. Die Chancen, daß der junge Mann, der sich Rand al'Thor nennt, herkommen würde, standen fünfzig zu fünfzig. Falls er aber nicht kommen würde, war er ganz sicher, daß er sterben müßte und die Aiel dazu. Aber er kam, und wenn er Rhuidean überlebt, werden zumindest auch einige Aiel überleben. Soviel wissen wir sicher. Wenn Ihr nicht gekommen wärt, wäre er gestorben. Wenn *Aan'allein* nicht mitgekommen wäre, wärt Ihr gestorben. Wenn Ihr nicht durch die Ringe geht …« Sie brach ab, als hätte sie sich auf die Zunge gebissen.

Egwene beugte sich aufmerksam vor. Moiraine mußte auch nach Rhuidean gehen? Doch die Aes Sedai schien keine Notiz davon genommen zu haben, und Seana übernahm schnell das Erklären, um Melaines Ausrutscher zu vertuschen.

»Es gibt keinen bestimmten, vorher festgelegten Weg in die Zukunft. Das Muster läßt manchmal das feinste Spitzengewebe wie Sackleinen aussehen oder wie einen verfilzten Faden. In *Tel'aran'rhiod* ist es möglich, einige der Webarten der Zukunft zu erkennen, aber eben nicht mehr als das.«

Moiraine nippte an ihrem Wein. »Die Alte Sprache ist oft schwierig zu übersetzen.« Egwene sah sie verblüfft an. Die Alte Sprache? Was hatte das mit den Ringen, diesem *Ter'Angreal* zu tun? Aber Moiraine fuhr munter fort: »*Tel'aran'rhiod* bedeutet Welt der Träume oder auch die Unsichtbare Welt. Keines davon stimmt ganz genau; es ist in Wirklichkeit viel komplexer. *Aan'allein:* der Eine Mann, aber es heißt auch ›Der Mann, der ein ganzes Volk ist‹. Und man kann es noch auf zwei oder drei andere Arten übersetzen. Und dann all die Worte, die wir zum täglichen Gebrauch in unseren Wortschatz aufgenommen haben und an deren wirkliche Bedeutung in der Alten Sprache wir uns überhaupt nicht mehr erinnern. Behüter nennt man ›Gaidin‹, und das hieß einst ›Brüder der Schlacht‹. Aes Sedai bedeutete ›Diener aller‹. Und ›Aiel‹ hieß in der Alten Sprache ›hingebungsvoll‹. Noch stärker sogar; es schließt einen Eid ein, den man in sich trägt. Ich habe mich oft gefragt, welchem Ziel die Aiel so hingebungsvoll dienen.« Die Gesichter der Weisen Frauen schienen in diesem Augenblick wie aus Stein gemeißelt, aber Moiraine bohrte weiter: »Und dann ›Jenn Aiel‹. ›Die wirklich Hingebungsvollen‹, und wieder wird die ursprüngliche Bedeutung noch verstärkt. Vielleicht muß es heißen: ›Die einzigen wirklich dem Ziel ergebenen‹? Die einzigen echten Aiel?« Sie blickte die Weisen Frauen fragend an, als sei nichts gewesen. Keine sagte ein Wort.

Worauf wollte Moiraine hinaus? Egwene hatte nicht vor, ihre Chancen auf eine Ausbildung bei den Weisen Frauen durch die Aes Sedai gefährden zu lassen. »Amys, können wir jetzt über das Träumen sprechen?«

»Heute abend ist noch Zeit genug dazu«, sagte Amys. »Aber ...«

»Heute abend, Egwene. Ihr mögt ja eine Aes Sedai sein, aber hier werdet Ihr wieder zur Schülerin. Ihr könnt im Augenblick noch nicht einmal zu Bett gehen, wenn Ihr es wünscht, und auch nicht leicht genug schlafen, um hinterher noch erzählen zu können, was Ihr gesehen habt. Wenn die Sonne untergeht, werde ich beginnen, Euch zu unterweisen.«

Egwene duckte sich und spähte unter der Kante der Zeltplane hindurch. Aus dem tiefen Schatten des Zelts heraus wirkte das Sonnenlicht draußen um so greller. Hitzeschleier flimmerten in der Luft. Die Sonne stand noch nicht einmal auf halber Höhe der Berggipfel.

Plötzlich richtete sich Moiraine auf und griff nach hinten an ihr Kleid. Sie begann, es aufzuknöpfen. »Ich denke, ich muß den gleichen Weg gehen wie Aviendha«, sagte sie, und es war nicht als Frage gemeint.

Bair warf Melaine einen strengen Blick zu. Die junge Frau senkte daraufhin verschämt ihren Blick. Seana aber erwiderte resigniert: »Ihr hättet es nicht hören sollen. Aber nun ist es zu spät. Veränderungen. Einer, der nicht vom Blute ist, ging bereits nach Rhuidean, und nun folgt ihm noch jemand.«

Moiraine hielt im Auskleiden inne. »Macht das einen Unterschied, daß es mir gesagt wurde?«

»Vielleicht einen großen, vielleicht aber auch gar keinen«, meinte Bair zurückhaltend. »Oft weisen wir einen Weg, aber wir sprechen nicht darüber. Als wir sahen, daß Ihr durch die Ringe gehen würdet, wart immer Ihr es, die zuerst davon sprach, die ein Recht darauf zu haben behauptete, obwohl Ihr nicht vom Blute seid. Nun hat es eine von uns zuerst erwähnt. Dinge, die wir gesehen haben, ändern sich bereits jetzt. Wer weiß, was nun alles geschehen wird?«

»Und was habt Ihr für den Fall gesehen, daß ich nicht gehe?«

Bairs runzliges Gesicht war nach wie vor ausdruckslos, doch in ihren blaßblauen Augen stand Sympathie. »Wir haben Euch schon zuviel gesagt, Moiraine. Was eine Traumgängerin sieht, wird möglicherweise geschehen, aber es ist nicht sicher. Wer zuviel von der Zukunft weiß, wird in jedem Fall katastrophale Fehler begehen, entweder aus der sicheren Erwartung des Unvermeidlichen heraus, oder weil er mit aller Gewalt versucht, die Zukunft zu ändern.«

»Die Ringe sind gnädig, denn die Erinnerungen an die Erlebnisse darin verblassen schnell«, sagte Amys. »Eine Frau erfährt einige Dinge – nur wenige allerdings –, die wirklich geschehen werden. Andere wird sie erst wiedererkennen, wenn sie vor der entsprechenden Entscheidung steht, und vielleicht noch nicht einmal dann. Das Leben besteht aus Unsicherheit und Kampf, Entscheidungen und Veränderungen. Eine Frau, die genau wüßte, wie ihr Leben ins Muster verwoben sein wird, so wie bei dem Teppich, den sie gerade knüpft, müßte das Leben eines Tieres führen. Falls sie nicht wahnsinnig würde. Die Menschheit wurde geschaffen für Unsicherheit und Kampf, für Entscheidungen und Veränderungen.«

Moiraine lauschte ohne ein äußeres Anzeichen der Ungeduld, doch Egwene glaubte, die Aes Sedai müsse fast am Platzen sein. Sie war daran gewöhnt, Vorträge zu halten, nicht aber, Lektionen erteilt zu bekommen. Sie schwieg, als Egwene ihr aus dem Kleid half, und sagte auch nichts, bis sie schließlich nackt am Rand der Teppiche kauerte und den Abhang hinunter in Richtung der in Nebel gehüllten Stadt spähte. Dann sagte sie: »Laßt nicht zu, daß Lan mir folgt. Er wird es versuchen, wenn er mich sieht.«

»Es wird, wie es wird«, antwortete Bair. Ihre dünne Stimme klang kalt und endgültig.

Nach einem Augenblick des Zögerns nickte Moiraine unwillig und schlüpfte aus dem Zelt, hinein in den gleißenden Sonnenschein. Sie fing sofort zu rennen an, barfuß den heißen Abhang hinunter.

Egwene verzog das Gesicht. Rand und Mat, Aviendha, jetzt auch Moiraine, und alle unterwegs nach Rhuidean. »Wird sie es … überleben? Wenn Ihr davon geträumt habt, müßt Ihr es doch wissen.«

»Es gibt ein paar Orte in *Tel'aran'rhiod,* die man nicht betreten kann«, sagte Seana. »Rhuidean. Ein Ogier-*Stedding*. Und noch ein paar. Was dort geschieht, ist vor den Augen einer Traumgängerin verborgen.«

Das war natürlich keine Antwort, denn sie konnten ja beobachtet haben, ob sie aus Rhuidean wieder zurückkam oder nicht. Aber eine bessere Antwort würde sie wohl nicht erhalten. »Also gut. Soll ich auch gehen?« Der Gedanke, das zu erleben, was hinter den

Ringen lag, behagte ihr überhaupt nicht. Es wäre, als müsse sie noch einmal ihre Prüfung zur Aufgenommenen ablegen. Doch wenn die anderen alle gingen ...

»Seid keine Närrin«, sagte Amys energisch.

»Wir haben dazu nichts vorhergesehen, was Euch betraf«, fügte Bair in milderem Tonfall hinzu. »Genauer gesagt, haben wir Euch überhaupt nicht gesehen.«

»Und ich würde auch nicht zustimmen, wenn Ihr darum bittet«, ergänzte Amys. »Vier sind notwendig, um die erforderliche Genehmigung zu erteilen, und ich wäre dagegen. Ihr seid hier, um das Traumgehen richtig zu erlernen.«

»Wenn das so ist«, sagte Egwene und lehnte sich bequem an ihr Kissen, »dann fangt an. Es muß doch etwas geben, was Ihr mir beibringen könnt, bevor die Sonne untergeht.«

Melaine runzelte die Stirn, doch Bair schmunzelte. »Sie ist genauso eifrig und ungeduldig wie du, als du dich einmal zum Lernen entschlossen hattest, Amys.«

Amys nickte. »Ich hoffe, der Eifer wird anhalten, aber die Ungeduld verschwinden – in ihrem eigenen Interesse. Hört mal, Egwene. Es wird vielleicht schwer für Euch, aber Ihr müßt vergessen, daß Ihr eine Aes Sedai seid, wenn Ihr – ach, Ihr seid nun unsere Schülerin –, wenn du richtig lernen willst. Du mußt zuhören, dich erinnern und das tun, was man dir aufträgt. Und was am wichtigsten ist: Du darfst *Tel'aran'rhiod* nicht mehr betreten, bis eine von uns dir die Erlaubnis gibt. Kannst du das akzeptieren?«

Es würde ihr natürlich nicht schwerfallen, zu vergessen, daß sie eine Aes Sedai war, weil sie ja gar keine war. Ansonsten klang es ganz danach, wieder Novizin zu werden. »Ich kann es akzeptieren.« Sie hoffte, es habe nicht so geklungen, als hege sie Zweifel.

»Gut«, sagte Bair. »Ich werde dir jetzt einiges über die Traumgänger und *Tel'aran'rhiod* erklären, und zwar sehr allgemein. Wenn ich fertig bin, wirst du alles wiederholen, was du erfahren hast. Wenn du nicht alle Tatsachen wiederholen kannst, wirst du heute abend anstelle der *Gai'schain* das Geschirr abwaschen. Falls dein Gedächtnis so schlecht ist, daß du auch nach einer Wiederholung durch mich nicht alles aufsagen kannst... Nun ja, darüber reden wir, falls es passiert. Hör zu.

Beinahe jede kann *Tel'aran'rhiod* berühren, aber nur wenige können diese Welt wirklich betreten. Von allen Weisen Frauen sind es nur wir vier, die sich hineinträumen können, und eure Weiße Burg hat fünfhundert Jahre lang keinen Träumer mehr hervorgebracht. Es hat nichts mit der Einen Macht zu tun, auch wenn das die Aes Sedai glauben. Ich kann die Macht nicht benützen, genausowenig wie Seana, aber wir sind genauso gute Träumgängerinnen wie Amys und Melaine. Viele Menschen streifen die Welt der Träume im Schlaf. Weil sie sie nur streifen, erwachen sie mit Gliederreißen oder Schmerzen, wo sie eigentlich Brüche oder sogar tödliche Verletzungen aufweisen sollten. Eine Traumgängerin jedoch geht vollständig in die Traumwelt hinein, und deshalb sind ihre Verletzungen beim Erwachen auch realer Art. Für eine, die sich ganz in jener Welt befindet, ob sie nun eine Traumgängerin ist oder nicht, bedeutet der Tod dort auch den Tod hier. Zu vollständig in den Traum einzugehen bedeutet aber, den Kontakt mit dem Körper hier in der wirklichen Welt zu verlieren. Es gibt dann keinen Weg zurück, und der Körper stirbt. Man erzählt, daß es einst Menschen gab, die körperlich in die Traumwelt gehen konnten und sich überhaupt nicht mehr hier befanden. Das war eine schlimme Sache, denn sie taten Unrecht dort. Niemand darf das wieder tun. Selbst wenn du glauben solltest, daß es dir möglich ist, darfst du es nicht tun, denn jedesmal verlierst du einen Teil deiner Menschlichkeit. Du mußt lernen, nach *Tel'aran'rhiod* zu gehen, wann du es wünscht und in dem von dir gewünschten Maß. Du mußt lernen, dort aufzuspüren, was du suchst, und zu interpretieren, was du siehst, in die Träume eines anderen Menschen deiner Nähe einzudringen, um eine Heilung zu beschleunigen, die zu erkennen, die sich soweit im Traum befinden, daß sie dir schaden können …«

Egwene lauschte aufmerksam. Das faszinierte sie, wenn sie diese Andeutungen auf Dinge hörte, die sie niemals für möglich gehalten hätte, nun, und außerdem hatte sie nicht die Absicht, Geschirr abzuwaschen. Irgendwie war das alles nicht gerecht. Was Rand und Mat und die anderen auch in Rhuidean erwarten mochte, zumindest schickte man sie nicht in die Küche zum Geschirrabwaschen. *Und ich war auch noch einverstanden!* Es war einfach ungerecht. Aber andererseits bezweifelte sie, daß die anderen in Rhuidean mehr erfahren würden als sie hier von diesen Frauen.

KAPITEL 2

Rhuidean

Der glatte Kieselstein in Mats Mund brachte darin keine Feuchtigkeit mehr hervor. Seit mehreren Minuten war sein Mund vollständig ausgetrocknet. Er spuckte den Kiesel aus, hockte sich neben Rand und betrachtete die Nebelwand, die vielleicht dreißig Schritt vor ihnen emporquoll. Er hoffte, daß es drinnen kühler sein möge als hier draußen. Und ein wenig Wasser wäre auch nicht schlecht. Seine Lippen waren aufgesprungen. Er zog sich das Tuch vom Kopf und wischte sich das Gesicht damit ab, aber selbst der Schweiß fehlte, um es zu befeuchten. In seinem Körper konnte sich ja wohl auch nicht mehr viel Schweiß befinden. Ein Fleck zum Hinsetzen wäre schön. Seine Füße vermittelten ihm ein Gefühl, als habe er sie gegen heiße Würstchen eingetauscht, die nun in seinen Stiefeln steckten. Doch was das betraf, war sein ganzer Körper mittlerweile gut durchgebraten. Der Nebel erstreckte sich nach rechts und nach links mehr als eine Meile weit, und er ragte wie eine Klippe hoch über ihnen auf. Eine dichte Nebelklippe mitten in einem hitzeglühenden, unfruchtbaren Tal. Dort drinnen mußte es einfach Wasser geben.

Warum verdunstet der Nebel nicht? Das gefiel ihm gar nicht. Mit der Macht herumzuspielen, das hatte ihn hierhergebracht, und jetzt schien es, als würde er sie nicht mehr los. *Licht, ich will nichts mehr von der Macht und den Aes Sedai wissen! Seng mich, ich habe die Nase voll!* Er tat alles, um nicht daran denken zu müssen, daß er in diesen Nebel hineinmußte. Nur noch eine Minute. »Das war ganz eindeutig Egwenes Aielfreundin, die ich habe vorbeilaufen sehen«, krächzte er. Laufen! Und das in dieser Hitze! Wenn er nur daran dachte, schmerzten ihn die Füße gleich noch mehr. »Aviendha oder wie sie heißen mag.«

»Wenn du meinst«, sagte Rand und blickte in den Nebel hinein. Es klang, als sei sein Mund mit Staub gefüllt. Sein Gesicht war sonnenverbrannt und auch im Kauern schwankte er ein wenig. »Aber was macht sie denn hier unten? Und noch dazu nackt?«

Mat gab es auf. Rand hatte sie nicht gesehen. Er hatte kaum etwas anderes gesehen als den Nebel, seit sie losgegangen waren. Und dazu glaubte er Mat nicht, daß der sie gesehen habe. Wie eine Verrückte herunterrennen und einen weiten Bogen um sie beide machen. Wie es ihm schien, war auch sie auf diesen eigenartigen Nebel zugelaufen. Rand hatte es anscheinend auch nicht eiliger als er, dort hineinzugehen. Er fragte sich, ob er genauso schlecht aussehe wie Rand. Als er seine Wange mit einem Finger berührte, stöhnte er leicht auf. Das durfte Rands Zustand in etwa entsprechen.

»Sollen wir vielleicht die ganze Nacht über hier draußen bleiben? Dieses Tal ist ziemlich tief eingeschnitten. In ein paar Stunden wird es hier dunkel sein. Vielleicht ist es dann kühler, aber ich möchte nicht gern dem begegnen, was hier möglicherweise nachts herumläuft. Löwen oder ähnliches. Ich habe gehört, daß es in der Wüste Löwen gibt.«

»Bist du sicher, daß du wirklich mitkommen willst, Mat? Du hast gehört, was die Weisen Frauen sagten. Du könntest drinnen sterben oder wahnsinnig werden. Noch kannst du bis zur Nacht die Zelte wieder erreichen. Die Wasserflaschen und ein Beutel mit Wasser sind noch an Pips' Sattel.«

Er verwünschte Rand, weil der ihn daran erinnern mußte. Am besten war es, gar nicht an Wasser zu denken. »Seng mich, nein, ich will nicht zurück. Ich *muß* weiter. Wie steht es denn mit dir? Reicht es dir nicht, der verfluchte Wiedergeborene Drache zu sein? Mußt du auch noch so ein verdammter Aiel-Clanhäuptling werden? Warum bist du eigentlich sonst hier?«

»Ich mußte hierherkommen, Mat. Ich mußte.« Resignation schwang in seiner Stimme mit, und noch etwas anderes dazu: eine Andeutung von Ungeduld. Der Mann war tatsächlich verrückt. Er *wollte* das tun!

»Rand, vielleicht geben sie einfach diese Antwort jedem, der danach fragt. Dieses Schlangengezücht meine ich. Geh nach Rhuidean. Vielleicht müßten wir das gar nicht tun.« Er glaubte es selbst nicht, aber wenn man diesem Nebel gegenüberstand …

Rand drehte den Kopf herum und sah ihn an. Er sagte nichts. Schließlich aber öffnete er doch den Mund und brachte heraus: »Sie haben mir gegenüber niemals Rhuidean erwähnt, Mat.«

»Ach, seng mich«, knurrte er. Auf die eine oder andere Art mußte er einen Weg zurück durch diese verdrehte Tür in Tear finden, diesen *Ter'Angreal.* Abwesend kramte er in seiner Manteltasche herum und zog die Goldmark aus Tar Valon hervor. Er ließ sie über seinen Handrücken rollen und steckte sie dann wieder weg. Diese Schlangenwesen mußten ihm noch ein paar Antworten geben, ob sie wollten oder nicht. Irgendwie.

Ohne ein weiteres Wort erhob sich Rand und ging mit unsicheren Schritten auf die Nebelwand zu, die Augen stur geradeaus gerichtet. Mat eilte ihm hinterher. *Seng mich. Seng mich, aber ich will nicht!*

Rand schritt direkt in den dichten Nebel hinein, aber Mat zögerte erst einen Augenblick, bis er ihm folgte. Es konnte nur die Macht sein, die diesen Nebel hier festhielt. Die Ränder wallten wohl mächtig auf, doch er rührte sich weder vorwärts noch rückwärts. Die verfluchte Macht und kein Ausweg. Der erste Schritt hinein brachte herrliche Erleichterung: es war kühl und feucht. Er öffnete den Mund, um seine Zunge vom

Nebel befeuchten zu lassen. Drei weitere Schritte, und er begann, sich Sorgen zu machen. Vor seiner Nasenspitze lag nur eintöniges Grau. Er konnte noch nicht einmal einen Schatten von Rand erkennen.

»Rand?« Es war, als stamme das Wort gar nicht aus seinem eigenen Mund; der Nebel schien es beinahe schon zu verschlucken, bevor es das eigene Ohr erreichte. Er war nicht mehr sicher, in welcher Richtung er weitergehen sollte, und sonst hatte er doch immer seinen Weg gefunden. Alles mögliche konnte sich da vor ihm befinden. Oder unter seinen Füßen. Er konnte nicht einmal die sehen; der Nebel verbarg alles unterhalb seiner Gürtellinie. Trotzdem schritt er nun etwas schneller voran. Und mit einemmal war er draußen und stand neben Rand in seltsam schattenloser Beleuchtung.

Der Nebel wölbte sich über ihnen wie eine riesige Kuppel und verbarg den Himmel. Die sich ständig verändernde Innenfläche des Nebels strahlte in grellem Hellblau. Rhuidean war keineswegs so groß wie Tear oder Caemlyn, aber die leeren Straßen gehörten zu den breitesten, die er je gesehen hatte. In ihrer Mitte verlief jeweils ein breiter Streifen blanken Erdbodens, als wären dort einst Bäume gewachsen. Auch große Brunnen mit Statuen standen hier und dort. An den Straßen entlang zogen sich riesige Gebäude, eigenartige Paläste aus Marmor und Kristall und geschliffenem Glas, die Hunderte von Fuß emporragten, entweder in Stufenform gebaut oder in einem Stück mit endlos scheinenden, senkrechten Wänden. Kein einziges kleines Gebäude war zu sehen, nichts, was auf eine einfache Taverne oder Schenke oder einen Stall schließen ließ. Nur enorme Paläste mit schimmernden, fünfzig Fuß dicken Säulen in Rot oder Weiß oder Blau, die Hunderte Schritt hoch, oder mit runden oder spiralförmig gebauten Türmen darauf, von denen einige in die glühenden Wolken über ihnen hineinstachen.

Trotz all ihrer Pracht war der Bau dieser Stadt niemals beendet worden. Viele der riesigen Gebäude endeten abrupt wie verlassene Rohbauten. In einigen der hohen und breiten Fenster glänzten bunte Glasbilder: ernste und majestätische Männer und Frauen, dreißig Fuß hoch und mehr, oder Sonnenaufgänge und dann wieder sternenübersäte Nachthimmel. Die meisten Fensteröffnungen allerdings waren leer. Unvollendet und schon lange verlassen. In keinem der Brunnen plätscherte Wasser. Schweigen lag über der Stadt, genauso wie jener erdrückende Nebeldom. Die Luft war kühler als außerhalb, jedoch genauso trocken. Der Staub auf den hellen, glatten Pflastersteinen knirschte unter seinen Stiefelsohlen.

Trotzdem trabte Mat hinüber zum nächsten Brunnen. Es konnte ja vielleicht doch sein ... Er beugte sich über die hüfthohe, weiße Umrandung. Drei unbekleidete Frauen, alle doppelt so groß wie er, hielten mit ihren Steinköpfen einen eigenartigen Fisch mit breitem Maul hoch und spähten dabei hinunter in ein weites, staubiges Bassin, das genauso trocken war wie sein Mund.

»Natürlich«, sagte Rand hinter ihm. »Ich hätte gleich daran denken sollen.«

Mat sah sich nach ihm um. »Woran hättest du denken sollen?« Rand blickte den Brunnen an und schüttelte sich in lautlosem Lachen. »Beherrsche dich bitte, Rand. Du bist doch nicht innerhalb einer Minute übergeschnappt. Also, woran hättest du nun denken sollen?«

Ein hohles Gurgeln ließ Mats Blick zum Brunnen zurückhuschen. Mit einemmal strömte Wasser aus dem Fischmaul. Der Strahl war so dick wie sein Oberschenkel. Er kletterte in das Bassin und stellte sich mit zurückgelegtem Kopf und offenem Mund unter den Schwall. Kaltes, herrliches Wasser, kalt genug, um ihn zum Zittern zu bringen, und süßer als Wein. Es durchtränkte sein Haar, seinen Mantel, seine Hose. Er trank, bis er nicht mehr konnte, taumelte schließlich unter dem Strahl hervor und lehnte sich an ein steinernes Frauenbein.

Rand stand immer noch da und sah den Brunnen an. Sein Gesicht war rot, die Lippen aufgesprungen, und er lachte leise. »Kein Wasser, Mat. Sie sagten, wir könnten kein Wasser mitnehmen, aber sie sagten nichts von dem, was hier zu finden war.«

»Rand. Willst du nichts trinken?«

Rand fuhr zusammen, und dann stieg er in das mittlerweile knöcheltief gefüllte Bassin. Er platschte hinüber, wo Mat gestanden hatte, und trank genau wie der zuvor mit geschlossenen Augen und hochgerecktem Gesicht. So ließ er das Wasser über sich strömen.

Mat beobachtete ihn besorgt. Übergeschnappt war er nicht, noch nicht. Aber wie lang hätte Rand noch durstig mit ausgetrockneter Kehle, aber lachend dagestanden, wenn er ihn nicht angesprochen hätte? Mat ließ ihn stehen und kletterte hinaus. Etwas Wasser aus seinen durchtränkten Kleidern war ihm in die Stiefel gelaufen. Er ignorierte die Nässe und die Geräusche bei jedem Schritt; er war sich nicht sicher, ob er jemals wieder in seine Stiefel käme, wenn er sie einmal ausgezogen hatte. Seine Füße waren zu stark angeschwollen. Außerdem war es ein angenehmes Gefühl.

Er blickte sich in der Stadt um und fragte sich, was er eigentlich hier tat. Diese Leute, dieses Schlangenvolk, hatte behauptet, er würde sonst sterben, aber reichte es denn bereits, sich in Rhuidean aufzuhalten? *Muß ich irgend etwas tun? Und was?*

Die halbfertigen Paläste warfen in dem blaßblauen Lichtschein keinen Schatten auf die breiten Straßen. Zwischen seinen Schulterblättern juckte es. All diese leeren Fensteröffnungen, die ihn anstarrten, all diese zahnlückigen, unvollendeten Dächer. Dort drinnen konnte sich alles verbergen. An einem Ort wie diesem konnte es alles Mögliche geben ... *Alles verflucht Mögli-*

che! Er wünschte sich wenigstens seine Stiefelmesser zurück. Aber diese Frauen, diese ›weisen‹ Frauen, hatten ihn angesehen, als wüßten sie, daß er sie heimlich behalten wollte. Und sie hatten die Macht benützt, eine, oder vielleicht auch alle vier. Es wäre nicht gut, Frauen zu hintergehen, die die Macht gebrauchen konnten. *Seng mich, wenn ich die Aes Sedai los wäre, würde ich vom Leben nichts anderes mehr verlangen. Na ja, jedenfalls für eine Weile. Licht, ob sich wohl hier drinnen etwas versteckt?*

»Zum Herzen muß es dort hinüber gehen, Mat.« Rand kletterte tropfnaß aus dem Brunnenbassin.

»Zum Herzen?«

»Die Weisen Frauen sagten, ich müsse zum Herzen gehen. Sie haben bestimmt das Stadtzentrum gemeint.« Rand blickte zu dem Brunnen zurück, und plötzlich schrumpfte der Wasserstrahl zu einem bloßen Rinnsal und hörte dann ganz auf. »Es liegt ein ganzer Ozean von Trinkwasser dort unten begraben. Tief unten. So tief, daß ich es beinahe nicht gefunden hätte. Wenn ich es an die Oberfläche bringen könnte ... Aber es muß ja nicht verschwendet werden. Wir können wieder trinken, wenn wir die Stadt verlassen.«

Mat trat nervös von einem Fuß auf den anderen. *Narr! Wo, glaubst du, ist es hergekommen? Natürlich hat er die verdammte Macht benützt. Hast du vielleicht geglaubt, es hat einfach wieder zu fließen angefangen, und das nach so langer Zeit?* »Stadtzentrum. Klar doch. Geh du voran.«

Sie hielten sich in der Mitte der breiten Straße, immer am Rand des kahlen Streifens blanken Erdbodens. Sie kamen an weiteren ausgetrockneten Brunnen vorbei. Manche wiesen lediglich den Sockel auf, auf dem eigentlich eine Statue hätte stehen sollen. Nichts an dieser Stadt war zerstört, nur alles ... unvollständig. Die Paläste ragten zu beiden Seiten wie Felswände auf. Es mußten sich eigentlich Sachen drinnen befinden. Vielleicht Möbel, falls sie nicht mittlerweile verrottet waren. Vielleicht auch Gold? Messer. Messer würden bei dieser trockenen Luft nicht rosten, gleich, wie lang sie dort lagen.

Es könnte ja sogar ein verfluchter Myrddraal da drinnen stecken, ohne daß ich es weiß. Licht, warum mußte ich nur an sowas denken? Wenn er nur daran gedacht hätte, einen Bauernspieß mitzubringen, als er den Stein verließ. Vielleicht hätte er den Weisen Frauen vormachen können, es sei ein Wanderstock. Na ja, jetzt war es zu spät dafür. Ein Baum würde auch genügen, falls er einen Weg fände, einen kräftigen Ast abzubrechen und zurechtzuschnitzen. Schon wieder ›falls‹. Er fragte sich, ob diejenigen, die diese Stadt erbaut hatten, auch irgendwo Bäume angepflanzt haben mochten. Er hatte lange genug auf dem Hof seines Vaters gearbeitet, um guten Boden von schlechtem unterscheiden zu können, wenn er ihn sah. Diese langen Streifen offenen Erdbodens hier waren schlecht. Außer Unkraut würde hier nicht viel wachsen, und selbst dafür war der Boden kaum gut genug. Jetzt wuchs jedenfalls überhaupt nichts hier.

Nachdem sie etwa eine Meile weit gelaufen waren, mündete die Straße plötzlich in einen Platz. Er maß wohl beinahe eine ganze Meile im Durchmesser und war von diesem Marmor- und Kristallpalästen eingerahmt. Überraschenderweise stand mitten auf diesem riesigen Platz ein Baum, gut hundert Fuß hoch, und er streckte seine dicken, dicht mit Laub bewachsenen Äste über staubige, weiße Pflastersteine. In seiner Nähe standen, in beinahe konzentrischen Kreisen angeordnet, durchsichtige, glitzernde Glassäulen. Sie waren fast so hoch wie der Baum und, gemessen an ihrer Länge, dünn wie Nadeln. Wenn ihm Zeit geblieben wäre, hätte er sich vielleicht gefragt, wie ein Baum hier ohne Sonnenlicht gedeihen konnte, aber er war zu sehr damit beschäftigt, sich in dem unbeschreiblichen Durcheinander auf dem Platz umzusehen.

Von jeder Straße aus, die Mat entdecken konnte, führte eine freie Gasse hin zu den Säulenringen, aber dazwischen standen wild verstreut Statuen, manche menschengroß, manche auch nur halb so groß, manche aus Stein, andere aus Kristall oder Metall. Alle machten irgendwie den Eindruck ... Er wußte nicht, wie er es ausdrücken sollte. Da stand ein flacher Silberring, zehn Fuß im Durchmesser und dünn wie eine Messerklinge. Ein Kristallsockel, einen Schritt hoch, hätte dazu dienen können, eine der kleineren Statuen zu tragen. Eine glänzend schwarze Metallanze, schmal und genauso lang wie ein Wurfspeer, stand auf einem Ende, als habe sie dort Wurzeln geschlagen. Hunderte von Dingen standen dort herum, vielleicht Tausende, in jeder vorstellbaren Form, aus jedem möglichen Material. Der ganze riesige Platz war übersät davon, daß zwischen den einzelnen Gegenständen kaum einmal ein Dutzend Fuß freien Raums lagen.

Es war dieser unnatürlich aufrecht stehende schwarze Metallspeer, der ihm mit einemmal klar werden ließ, was all diese Gegenstände sein mußten: *Ter'Angreal.* Irgendwelche Gegenstände jedenfalls, die mit der Macht zu tun hatten. Wenigstens ein paar davon. Diese verdrehte Steintür in der Großen Sammlung im Stein war auch nicht umgefallen.

Er war drauf und dran, umzukehren und zurückzugehen, aber Rand ging weiter und beachtete kaum, was an seinem Weg lag. Einmal blieb Rand stehen und sah zwei Figuren an, die kaum einen Platz zwischen all den anderen Dingen verdient zu haben schienen. Die beiden Statuetten stellten einen Mann und eine Frau dar, von denen jedes in einer erhobenen Hand eine Glaskugel trug. Er bückte sich halbherzig, als wolle er sie berühren, richtete sich aber dann so schnell auf, daß Mat beinahe glaubte, er habe sich das Bücken nur eingebildet.

Nach einer Minute kam Mat hinterher. Er beeilte

sich, um Rand wieder einzuholen. Je näher sie diesen schimmernden Säulenringen kamen, desto mehr verkrampfte er. All diese Dinge in ihrer Umgebung hatten mit der Macht zu tun, genau wie diese Säulen. Das wußte er einfach. Diese unmöglich hohen und dünnen Schäfte glitzerten in der bläulichen Beleuchtung und blendeten das Auge. *Sie haben bloß gesagt, daß ich hierherkommen müsse. Also, jetzt bin ich hier. Sie haben nichts von der verfluchten Macht erwähnt.*

Rand blieb so überraschend stehen, daß Mat sich drei Schritt näher als er bei den Säulen befand, bevor ihm das klar wurde. Dann sah Mat, daß Rand den Baum anstarrte. Den Baum. Mat ging wie magisch angezogen auf ihn zu. Kein Baum hatte solch dreifingrige Blätter. Keiner außer einem; einem legendären Baum.

»*Avendesora*«, sagte Rand leise. »Der Baum des Lebens. Hier steht er also.«

Unter den weitgespreizten Zweigen hüpfte Mat hoch und versuchte, an eines dieser Blätter zu kommen, doch seine ausgestreckten Finger erreichten auch die am niedrigsten hängenden Blätter bei weitem nicht. Also ging er wenigstens weiter unter dieses grüne Dach und lehnte sich an den mächtigen Stamm. Einen Augenblick später ließ er sich hinabgleiten und setzte sich hin, gegen den Baum gelehnt. Die alten Geschichten hatten recht gehabt. Er empfand ... Zufriedenheit. Frieden. Wohlbefinden. Selbst seine Füße schmerzten kaum noch.

Rand setzte sich mit untergeschlagenen Beinen in seine Nähe. »Ich kann die Legenden schon verstehen. Ghoetam, wie er vierzig Jahre lang unter *Avendesora* saß, um Weisheit zu erlangen. In diesem Moment kann ich das verstehen.«

Mat ließ seinen Kopf an den Stamm sinken. »Ich weiß nicht, ob ich mich darauf verlassen würde, daß mir die Vögel etwas zu essen bringen. Irgendwann muß man schon mal aufstehen.« *Aber eine Stunde oder so wäre nicht schlecht. Oder ein ganzer Tag.* »Es ergibt sowieso keinen Sinn. Welche Art von Lebensmitteln könnten Vögel schon hierherbringen? Und was für Vögel?«

»Vielleicht hat Rhuidean nicht immer so ausgesehen, Mat. Vielleicht...Ich weiß es nicht. Vielleicht befand sich damals *Avendesora* woanders.«

»Woanders«, murmelte Mat. »Ich hätte nichts dagegen, woanders zu sein.« *Aber ... es ist ein ... schönes Gefühl.*

»Woanders?« Rand drehte sich um und betrachtete die glänzenden, dünnen und hohen Säulen, die ganz in ihrer Nähe schimmerten. »Die Pflicht ist schwerer als ein Berg«, seufzte er.

Das war Teil eines Sprichworts, das er in den Grenzlanden aufgeschnappt hatte. »Der Tod ist leichter als eine Feder, die Pflicht schwerer als ein Berg.« Für Mat klang das lediglich dumm, aber Rand stand tatsächlich auf. Zögernd tat Mat es ihm nach. »Was glaubst du, werden wir dort drinnen finden?«

»Ich glaube, von hier an muß ich allein weitergehen«, sagte Rand bedächtig.

»Was meinst du damit?« wollte Mat wissen. »Ich bin so weit mitgekommen, oder? Ich werde doch jetzt nicht kneifen.« *Und wie gern würde ich das!*

»Das ist es nicht, Mat. Wenn du dort hineingehst, kommst du entweder als Clanhäuptling heraus, oder du bist tot. Oder auch wahnsinnig. Ich glaube nicht, daß es einen anderen Ausweg gibt. Höchstens, falls die Weisen Frauen auch hineingehen.«

Mat zögerte. *Sterben und wieder leben.* Das hatten sie gesagt. Er hatte nicht die Absicht, Clanhäuptling bei den Aiel zu werden. Wenn er es versuchte, würden ihm die Aiel wahrscheinlich ein paar Speere in den Bauch stecken. »Überlassen wir es dem Glück«, sagte er und zog wieder die Goldmark aus Tar Valon aus seiner Manteltasche. »Wird wohl langsam mein

Glücksbringer. Flamme, dann gehe ich mit dir hinein. Kopf, und ich bleibe draußen.« Er warf die Goldmünze schnell hoch, bevor Rand etwas einwenden konnte.

Irgendwie schaffte er es nicht, die Münze aufzufangen. Sie fiel von seinen Fingerspitzen auf das Pflaster hinunter, überschlug sich zweimal… Und dann landete sie genau auf der Kante.

Er blickte Rand anklagend an. »Machst du so was absichtlich? Kannst du dich nicht beherrschen?«

»Nein.« Die Münze kippte um und zeigte das alterslose Gesicht einer Frau, das von Sternen umgeben war. »Es sieht so aus, als müßtest du hier draußen bleiben, Mat.«

»Hast du gerade…?« Er wünschte sich, daß Rand in seiner Gegenwart die Macht nicht benützte. »Ach, seng mich, wenn du willst, daß ich draußen bleibe, dann bleibe ich eben hier.« Er schnappte sich die Münze und steckte sie in die Tasche zurück. »Hör mal, du gehst jetzt hinein, tust, was immer du tun mußt, und kommst wieder heraus. Ich will hier wieder weg, und ich werde nicht ewig herumstehen und Däumchen drehen, während ich auf dich warte. Und du brauchst gar nicht zu glauben, daß ich hinterherkomme; also gib gefälligst auf dich acht.«

»Das erwarte ich auch gar nicht von dir, Mat«, sagte Rand.

Mat sah ihn mißtrauisch an. Warum grinste er so? »Solange es klar ist, daß ich nicht hinterherkomme. Ach, geh schon los und laß dich zu einem verdammten Aielhäuptling machen. Du siehst schließlich so aus.«

»Geh dort nicht hinein, Mat. Was auch geschieht, geh nicht hinein.« Er wartete, bis Mat genickt hatte, und dann wandte er sich ab.

Mat stand da und beobachtete, wie er zwischen die glitzernden Säulen schritt. In diesem sich ständig ändernden Gleißen verschwand er beinahe augenblicklich. *Eine optische Täuschung,* sagte sich Mat. Das war alles. *Eine verfluchte optische Täuschung.*

Er begann, um das ganze Areal herumzugehen, wobei er allerdings auf Abstand hielt, um noch einen Blick auf Rand zu erhaschen. »Paß gefälligst auf, was du, verdammt noch mal, tust!« schrie er. »Wenn du mich in der Wüste mit Moiraine und den verfluchten Aiel alleinläßt, werde ich dich erwürgen, ob du nun der Wiedergeborene Drache bist oder nicht!« Etwas später fügte er hinzu: »Ich komme dir nicht nach, wenn du in Schwierigkeiten gerätst! Verstehst du?« Keine Antwort. *Wenn er in einer Stunde nicht heraus ist …* »Er spinnt, daß er da hineingeht«, knurrte er. »Also, ich werde nicht derjenige sein, der ihm die Kastanien aus dem Feuer holt. Er kann schließlich die Macht benützen. Wenn er schon den Kopf in ein Hornissennest steckt, kann er auch, verdammt noch mal, mit der Macht wieder herauskommen.« *Ich werde ihm eine Stunde geben. Und dann würde er gehen, ob Rand* zurück nun war oder nicht. Sich einfach umdrehen und gehen. Einfach so. So würde er es machen. Sicher.

So, wie diese dünnen Glassäulen das bläuliche Licht brachen und reflektierten, reichte es schon, angestrengt hinzusehen, und er bekam Kopfschmerzen. Er wandte sich ab und ging denselben Weg zurück. Nervös betrachtete er die *Ter'Angreal* – oder was sie auch sonst sein mochten – auf dem Platz. Was machte er eigentlich hier? Warum sollte er hierherkommen?

Unvermittelt blieb er stehen und betrachtete eines dieser fremdartigen Objekte genauer. Es war ein hoher Türrahmen aus glänzendem Sandstein, der auf irgendeine Art verdreht wirkte, so, als gleite sein Blick immer daran ab. Langsam ging er hin, zwischen glitzernden Kristallsäulen hindurch, die genauso hoch waren wie er groß, vorbei an niedrigen goldenen Ständern, auf denen anscheinend Glasscheiben lagen, bemerkte das alles kaum und blickte starr den Türrahmen an.

Es war der gleiche. Der gleiche mattglänzende Sandsteinrahmen, die gleiche Größe, die gleichen verschwommenen Kanten, die den Augen weh taten. An den Senkrechten befanden sich jeweils drei Reihen von Dreiecken mit den Spitzen nach unten. Waren die auch auf jenem *Ter'Angreal* in Tear gewesen? Er konnte sich nicht daran erinnern. Beim letztenmal hatte er nicht versucht, sich irgendwelche Einzelheiten einzuprägen. Es *war* aber der gleiche, bestimmt. Vielleicht konnte er den anderen kein zweites Mal benützen, aber den hier …? Eine neue Chance, zu den Schlangenmenschen zu kommen und sie dazu zu bringen, ihm noch ein paar weitere Fragen zu beantworten.

Er blinzelte mühsam in das Glitzern hinein, und dann blickte er zu den Säulen zurück. Er hatte Rand eine Stunde gegeben. In einer Stunde konnte er mit Leichtigkeit da drinnen gewesen und wieder zurück sein. Vielleicht würde es bei ihm auch gar nicht funktionieren, da er ja den Zwilling dazu benützt hatte. *Das sind wirklich die gleichen.* Andererseits, es könnte ja doch klappen. Es bedeutete eben nur, daß er es wieder mit der Macht zu tun bekäme.

»Licht«, grollte er. »*Ter'Angreal.* Portalsteine. Rhuidean. Was kann da einmal mehr schon noch schaden?«

Er trat durch die Türöffnung. Durch eine Mauer blendend weißen Lichts. Durch ein so gewaltiges Dröhnen, daß jeder Laut davon erstickt wurde.

Blinzelnd sah er sich um und verbiß sich gerade noch den rüdesten Fluch, den er kannte. Wo er sich hier auch befinden mochte, jedenfalls war es nicht der Ort, an dem er damals gewesen war.

Die verdrehte Tür stand in der Mitte eines großen Saals, der die Form eines Sterns zu haben schien, soweit er das trotz der vielen dicken Säulen feststellen konnte, von denen jede acht tiefe Rillen aufwies. Die scharfen Kanten dieser Rillen waren gelb und glühten leicht. Ansonsten waren die Säulen glänzend schwarz und erhoben sich aus einem matt weißen Fußboden bis hinein in die verschwommene Dämmerung hoch über ihm, wo selbst die gelben Streifen der Kanten verblaßten. Die Säulen und der Fußboden sahen aus, als seien sie aus Glas gefertigt, aber als er sich bückte und mit der Hand über den Fußboden strich, fühlte er sich wie Stein an. Staubiger Stein. Er wischte sich die Hand am Mantel ab. Die Luft roch muffig, und seine Fußspuren waren das einzige, was sich im Staub abzeichnete. Hier war sehr lange Zeit über niemand gewesen.

Enttäuscht wandte er sich wieder dem *Ter'Angreal* zu.

»Eine sehr lange Zeit.«

Mat wirbelte herum und griff unwillkürlich an seinen Ärmel, um ein Messer zu ziehen, das weit weg an einem Berghang lag. Der Mann, der nun zwischen den Säulen stand, sah nicht aus wie einer aus diesem Schlangenvolk. Mat bedauerte bei seinem Anblick, daß er selbst die letzten Messer den Weisen Frauen geopfert hatte.

Der Bursche war groß, noch größer als die Aiel, und sehnig, doch seine Schultern waren zu breit für die schmale Taille, und die Haut war so weiß wie das feinste Papier. Er hatte sich helle, mit Silbernieten verzierte Lederstreifen über die bloße Brust und die Arme geschnallt, und ein schwarzer Kilt hing ihm bis über die Knie. Seine Augen waren zu groß und beinahe farblos. Sie saßen tief eingebettet in einem schmalen Gesicht. Das kurzgeschnittene, blaßrötliche Haar stand wie eine Bürste hoch, und seine eng anliegenden Ohren liefen oben in einer angedeuteten Spitze aus. Er beugte sich ein wenig vor, atmete tief ein und öffnete den Mund, um noch mehr Luft einatmen zu können. Scharfe weiße Zähne blitzten Mat an. Der ganze Eindruck, den Mat von ihm hatte, war der eines Fuchses, der ein Huhn in die Enge getrieben hat.

»Eine sehr lange Zeit«, sagte er und richtete sich auf. Seine Stimme klang rauh, beinahe wie ein Grollen. »Haltet Ihr euch an die Verträge und Absprachen? Tragt Ihr Eisen oder Musikinstrumente oder Geräte bei Euch, mit denen man Licht machen kann?«

»Ich habe nichts von alledem bei mir«, sagte Mat bedächtig. Es war wohl nicht der gleiche Ort, aber der Bursche stellte die gleichen Fragen. Und er verhielt sich genauso wie der andere damals, als wittere er etwas in ihm. *Kramt in meinen verdammten Erinnerungen herum, oder? Na ja, soll er mal. Vielleicht löst er manches, so daß ich mich dann auch wieder daran erinnern kann.* Er fragte sich, ob er selbst wieder die Alte Sprache gebrauche. Es war unangenehm, nicht einmal sagen zu können, welche Sprache man selber benützte. »Wenn Ihr mich an einen Ort bringen könnt, an dem man mir einige Fragen beantwortet, dann geht voran. Wenn nicht, gehe ich eben wieder und entschuldige mich, Euch belästigt zu haben.«

»Nein!« Diese großen farblosen Augen blinzelten erregt. »Ihr dürft nicht gehen. Kommt. Ich bringe Euch dorthin, wo Ihr findet, was Ihr sucht. Kommt.« Er bewegte sich rückwärts, um den Weg freizugeben, und fuchtelte mit beiden Händen. »Kommt.«

Mat sah noch einmal den *Ter'Angreal* an und folgte ihm dann. Er wünschte, der Mann hätte ihn nicht so eigenartig angegrinst. Vielleicht sollte es nur beruhigend wirken, aber diese Zähne … Mat entschloß sich, niemals wieder *alle* seine Messer herzugeben, weder den Weisen Frauen noch der Amyrlin selbst.

Die große fünfeckige Tür wirkte eher wie ein Tunneleingang, denn der Korridor dahinter hatte genau die gleiche Größe und Form. Sanft glühende gelbe Streifen zogen sich an den Kanten von Fußboden und Decke entlang. Er schien überhaupt nicht aufhören zu wollen. Von Zeit zu Zeit kamen sie an weiteren großen, fünfeckigen Türen vorbei. Der Mann im Kilt drehte sich nicht um, bis sie ein ganzes Stück weit durch den Gang

geschritten waren, dann aber blickte er nervös immer wieder über seine Schulter zurück, als wolle er sich vergewissern, daß Mat noch da sei. Die Luft roch nicht mehr muffig, aber es lag etwas Unangenehmes darin, etwas Vertrautes, das er aber nicht genau definieren konnte.

Im Vorübergehen blickte Mat durch die erste Tür und seufzte. Jenseits von sternförmigen schwarzen Säulen stand ein verdrehter Sandsteintürrahmen auf mattem, glasigem, weißem Fußboden, und im Staub zeichneten sich die Spuren eines Stiefelpaares ab, die vom *Ter'Angreal* her zur Tür führten, wo ein zweites Paar Abdrücke bloßer Füße sich vor sie schob. Er blickte sich nach hinten um. Statt etwa fünfzig Schritt hinter ihm an einer gleichartigen Tür zu enden, zog sich der Korridor endlos hin in einem Spiegelbild dessen, was vor ihm lag. Sein Führer lächelte ihn mit spitzen Zähnen an. Der Bursche wirkte hungrig.

Er wußte, daß er ähnliches hatte erwarten müssen, wenn er aus dem schloß, was er in Tear auf der anderen Seite der Tür gesehen hatte. Diese Türme, die einmal hier waren und dann wieder an einem Ort, wo sie sich eigentlich nicht befinden durften… Was Türmen recht war, konnte diesen Räumen ja nur billig sein. *Ich hätte draußen bleiben und auf Rand warten sollen, jawohl. Ich hätte schon soviel anders machen sollen.* Wenigstens würde es ihm nicht schwerfallen, den *Ter'Angreal* wiederzufinden, falls es bei allen Türen immer das gleiche war.

Er spähte durch die nächste Tür und sah schwarze Säulen, den steinernen *Ter'Angreal* und seine sowie seines Führers Fußspuren im Staub. Als sich der Mann mit dem schmalen Gesicht wieder nach ihm umdrehte, lächelte ihn Mat mit gebleckten Zähnen an. »Glaubt niemals, daß Ihr ein Baby in Eurer Schlinge gefangen habt. Wenn Ihr versucht, mich hereinzulegen, benütze ich Eure Haut als Satteldecke.«

Der Bursche fuhr zusammen. Seine blassen Augen weiteten sich, doch dann zuckte er die Achseln und zog die Riemen auf seiner Brust zurecht. Sein spöttisches Grinsen schien die Geste noch unterstreichen zu wollen. Plötzlich fragte sich Mat, was das eigentlich für blasses Leder sein mochte. Doch sicherlich nicht… *O Licht, ich glaube, das ist es.* Er hielt sich gerade noch davon ab, schwerfällig zu schlucken, aber nur gerade eben. »Geht weiter, Ihr Sohn eines Ziegenbocks. Eure Haut ist keine Silbernieten wert. Bringt mich dorthin, wo ich meine Antworten erhalte.«

Knurrend und steif schritt der Mann weiter. Mat war es gleich, ob er den Burschen beleidigt hatte. Aber er wünschte sich wenigstens ein Messer herbei. *Ich soll gesengt sein, wenn ich einen fuchsgesichtigen Ziegenabkömmling aus* meiner *Haut Riemen machen lasse!* Er konnte nicht feststellen, wie lang sie so weitergingen. Der Korridor änderte sich nie. Die glühenden gelben Streifen schienen ihnen den Weg in die Unendlichkeit zu weisen. Hinter jeder Tür sah er den gleichen Saal mit *Ter'Angreal,* Fußspuren und allem. Durch diese Gleichförmigkeit verlor er jedes Zeitgefühl. Nach einer Weile machte er sich Sorgen, wie lange er schon hier drinnen sei. Doch sicher nicht länger als die Stunde, die er sich vorgenommen hatte, oder? Seine Kleider waren nur noch feucht und auch in seinen Stiefeln stand kein Wasser mehr. Er schritt weiter, betrachtete den Rücken seines Führers, und schritt weiter.

Plötzlich befanden sie sich am Ende des Korridors vor einer weiteren Tür. Mat blinzelte erstaunt. Er hätte wetten können, daß sich der Korridor noch einen Augenblick zuvor bis in dämmrige Ferne erstreckt hatte. Aber er hatte natürlich mehr auf den Burschen mit den scharfen Zähnen achtgegeben, als auf ihren Weg. Er blickte zurück und fluchte. Dort erstreckte sich der Gang so weit, daß die glühenden gelben Streifen schließlich zu einem Punkt verschmolzen. Und über die ganze Länge war keine einzige Öffnung zu erkennen.

Als er sich wieder umdrehte, stand er ganz allein vor der großen fünfeckigen Tür. *Seng mich, so was sollten sie bleiben lassen.* Er atmete tief ein und schritt hindurch.

Er befand sich erneut in einem sternförmigen Saal mit weißem Fußboden und Säulen, der allerdings nicht so groß war wie jener andere – oder jene anderen. Es war ein Stern mit acht Ecken. In jeder Spitze stand ein glasig-schwarzes Podest, als habe man jeweils ein Stück Materials aus einer der Säulen herausgeschnitten und hingestellt. Glühende gelbe Streifen zogen sich an allen Kanten und sogar an den Podesten hoch. Hier war der unangenehme Geruch stärker, und jetzt erkannte er ihn auch. Es war ein Gestank wie in der Höhle eines Raubtiers. Das nahm er aber nur am Rande wahr, denn als er sich umsah, war der Saal bis auf ihn leer.

Er drehte sich langsam im Kreis und runzelte die Stirn. Sicher sollte dort oben jemand sitzen, der ihm seine Fragen beantworten konnte. Irgendwie war er hereingelegt worden. Wenn er schon hier war, wollte er auch Antworten erhalten.

Mit einemmal wirbelte er herum und suchte die glatten, grauen Wände ab. Die Tür war verschwunden, und es führte kein Weg mehr hinaus.

Doch bevor er sich ein zweites Mal umdrehen konnte, stand plötzlich auf jedem Podest jemand, Gestalten wie sein Führer, aber anders gekleidet. Vier davon waren Männer, die anderen Frauen. Ihre Bürstenhaare zogen sich über den mittleren Kopfbereich wie ein Kamm und fielen hinten lang auf ihren Rücken hinunter. Alle trugen lange, weiße Röcke, die ihre Füße verbargen. Die Frauen hatten weiße, lose Blusen an mit hohen Spitzen-Stehkrägen und Rüschen an den Handgelenken. Die Männer trugen sogar noch mehr Riemen als sein Führer, noch breiter und mit Goldnieten verziert. Von jedem Riemen hing auf der Brust des Trägers ein Paar Messer mit blanker Klinge herunter. Der Farbe nach hielt Mat sie für Bronzemesser, aber trotzdem hätte er alles Gold in seinem Besitz für nur eines davon hergegeben.

»Sprecht«, sagte eine der Frauen mit dieser grollenden Stimme. »Beim uralten Pakt werden hier Vereinbarungen getroffen. Was benötigt Ihr? Sprecht.«

Mat zögerte. Das hatten die Schlangenmenschen nicht gesagt. Sie starrten ihn alle an wie Füchse, die ihr Abendessen mustern. »Wer ist die Tochter der Neun Monde und warum muß ich sie heiraten?« Er hoffte, sie würden das als eine einzige Frage betrachten.

Niemand antwortete ihm. Keiner sagte überhaupt ein Wort. Sie starrten ihn nur weiter mit diesen großen, farblosen Augen an.

»Ich erwarte eine Antwort von Euch«, sagte er. Schweigen. »Seng Eure Knochen zu Asche, antwortet mir! Wer ist die Tochter der Neun Monde und warum muß ich sie heiraten? Wie kann ich sterben und doch wieder leben? Was bedeutet es, daß ich die Hälfte des Lichts der Welt aufgeben muß? Das sind meine drei Fragen? Sagt doch irgendwas!«

Totenstille. Er hörte seine eigenen Atemzüge und, wie das Blut in seinen Ohren pochte.

»Ich habe nicht die Absicht, zu heiraten. Und ich habe auch nicht die Absicht, zu sterben, ob man nun von mir erwartet, daß ich wieder zum Leben erwache oder nicht. Ich renne herum mit Löchern im Gedächtnis, Löchern in meinem ganzen Leben, und Ihr starrt mich nur wie einen Idioten an. Wenn es nach mir ginge, würden diese Löcher gefüllt, aber wenigstens könnten die Antworten auf meine Fragen helfen, ein paar Löcher in meiner Zukunft zu stopfen. Ihr müßt antworten …!«

»Gemacht«, grollte einer der Männer, und Mat riß die Augen auf.

Gemacht? Was sollte das nun wieder heißen? Was meinte er damit? »Seng Eure Augen«, knurrte er. »Seng Eure Seelen! Ihr seid genauso schlimm wie Aes Sedai. Aber ich suche einen Weg, um die Aes Sedai und die Macht loszuwerden, und ich will von hier weg und zurück nach Rhuidean, wenn Ihr mir keine Antworten geben könnt. Dann öffnet eben eine Tür und laßt mich …«

»Gemacht«, sagte ein anderer Mann und eine der Frauen sprach ihm nach: »Gemacht.« Mat musterte die Wände, aber keine Tür tauchte auf. So drehte er sich wieder um, bis er alle sehen konnte, die dort auf den Podesten standen und ihn anblickten, und funkelte sie an. »Gemacht? Was ist gemacht? Ich sehe keine Tür. Ihr verlogenen Ziegenabkömm …«

»Narr«, sagte eine der Frauen in einer Art flüsternden Grollens, und andere wiederholten es: »Narr. Narr. Narr.«

»Schlau, sich zu verabschieden, wann man keinen Preis bezahlen, keine Bedingungen erfüllen will.«

»Aber ein Narr, der nicht zuerst einmal den Preis festlegt.«

»Wir werden den Preis bestimmen.«

Sie sprachen so schnell, daß er nicht wußte, wer gerade gesprochen hatte. »Was verlangt wurde, wird gegeben werden.«

»Der Preis wird bezahlt.«

»Seng Euch!« schrie er, »wovon redet Ihr eigent …«

Absolute Dunkelheit umgab ihn. Irgend etwas legte sich um seinen Hals. Er bekam keine Luft. Luft. Er konnte nicht …

KAPITEL 3

Die Straße zum Speer

Rand zwang sich, ohne zu zögern zwischen die Säulen hineinzuschreiten. Es gab jetzt kein Zurück mehr, nicht einmal einen Blick zurück. *Licht, und was soll hier nun geschehen? Wie funktioniert das?*

Die Säulen waren etwa einen Fuß dick und klar wie das feinste Glas. Sie standen in konzentrischen Ringen im Abstand von jeweils drei Schritt oder etwas mehr. Sie bildeten einen Wald blendender Lichtkaskaden und Regenbogenmuster. Hier war die Luft kühler, so daß er sich wünschte, er hätte einen Mantel angezogen, aber der gleiche körnige Staub bedeckte die glatten, weißen Steinplatten unter seinen Stiefeln. Kein Lufthauch regte sich, und doch war da etwas, das ihm jedes Haar an seinem Körper zu Berge stehen ließ.

Vor ihm und ein wenig rechts abgesetzt konnte er gerade noch einen anderen Mann sehen, in den typischen Grau- und Brauntönen der Aiel gekleidet, der steif wie eine Statue im ständig wechselnden Lichtschein stand. Das mußte wohl Muradin sein, Couladins Bruder. So steif und still, wie er dastand, mußte irgend etwas mit ihm geschehen sein oder geschehen. Trotz des blendenden Lichtspiels konnte Rand seltsamerweise das Gesicht des Aielmannes ganz klar erkennen. Die Augen starrten weit aufgerissen nach vorn und das Gesicht wirkte angespannt, beinahe so, als wolle er jemanden anknurren. Was er auch sehen mochte, es gefiel ihm offensichtlich nicht. Aber Muradin hatte bisher zumindest überlebt. Wenn er das konnte, konnte Rand es auch. Der Mann war ihm höchstens sechs oder sieben

Schritt weit voraus. Er fragte sich, wieso er und Mat den Mann nicht hineingehen gesehen hatten. Dann tat er einen weiteren Schritt vorwärts.

Er blickte aus einem fremden Augenpaar. Den Körper fühlte er wohl, beherrschte ihn aber nicht. Der Eigentümer dieser Augen hockte entspannt zwischen Felsblöcken an einem kahlen Berghang und blickte auf eigenartige, halbfertige Bauwerke hinunter – *Nein! Nicht einmal halb fertig. Das ist Rhuidean, aber ohne Nebel und kurz nach dem Baubeginn* – spähte verächtlich dort hinunter. Er hieß Mandein und war mit vierzig sehr jung für einen Septimen-Häuptling. Das Gefühl, ein Eindringling zu sein, verschwamm, und er fügte sich in seine Rolle. Er war Mandein.

»Du mußt zustimmen«, sagte Sealdre, doch im Augenblick beachtete er sie nicht weiter.

Die Jenn hatten Dinge hergestellt, die das Wasser hochzogen und in große Steinbecken gossen. Er hatte schon um weniger Wasser gekämpft, als sich in einem dieser Becken befand, und dort liefen die Leute so selbstverständlich vorbei, als sei das Wasser bedeutungslos. Ein eigenartiger gläserner Wald erhob sich im Mittelpunkt all ihrer Geschäftigkeit, glitzerte in der Sonne, und in der Nähe stand auch noch der höchste Baum, den er je gesehen hatte – beinahe drei Spannen hoch. Ihre Steinbauten wirkten, als solle jeder eine ganze Festung beherbergen oder sogar eine ganze Septime. Wahnsinn. Dieses Rhuidean konnte man überhaupt nicht verteidigen. Nicht, daß irgend jemand die Jenn angreifen würde. Die meisten mieden die Jenn genauso wie die verfluchten Verirrten, die herumwanderten und nach den Liedern suchten, von denen sie behaupteten, sie würden die alten Zeiten wiederbringen.

Eine Prozession schlängelte sich aus Rhuidean hinaus auf den Berg zu: ein paar Dutzend Jenn und zwei Sänften, die jeweils von acht Männern getragen wurden. In diesen Sänften hatten sie genug Holz verarbeitet, um ein Dutzend Häuptlingsstühle daraus zu bauen. Er hatte gehört, daß es unter den Jenn immer noch Aes Sedai gebe.

»Du mußt zustimmen, was sie auch verlangen, mein Gatte«, sagte Sealdre.

Da blickte er sie an, wollte sogar einen Augenblick lang mit seinen Händen durch ihr langes, goldenes Haar streifen, sah wieder das lachende Mädchen, das ihm den Brautkranz vor die Füße gelegt und ihn gefragt hatte, ob er sie heiraten wolle. Jetzt war sie ernst, wirkte konzentriert und besorgt zugleich. »Werden die anderen kommen?« fragte er.

»Einige. Die meisten. Ich habe im Traum mit meinen Schwestern gesprochen, und wir haben alle den gleichen Traum geträumt. Die Häuptlinge, die nicht kommen, und diejenigen, die nicht zustimmen … Ihre Septimen werden sterben, Mandein. Innerhalb von drei Generationen werden sie nur noch Staub sein, und ihre Festungen und ihr Vieh gehören anderen Septimen. Ihre Namen wird man vergessen.«

Er hatte es nicht gern, wenn sie mit den Weisen Frauen anderer Septimen sprach, auch wenn es nur im Traum war. Aber die Weisen Frauen konnten im Schlaf die Welt der Träume betreten. Was sie dort sahen, war die Wahrheit. »Bleib hier«, sagte er zu ihr. »Falls ich nicht zurückkehre, hilf unseren Söhnen und Töchtern, die Septime zusammenzuhalten.«

Sie berührte seine Wange. »Das werde ich, Schatten meines Lebens. Aber denk daran: Du mußt zustimmen.«

Mandein hob die Hand, und hundert verschleierte Gestalten folgten ihm den Hang hinunter, schoben sich kaum sichtbar von Felsblock zu Felsblock, die Bögen und Speere kampfbereit in Händen. Ihre graue und braune Kleidung war der kahlen Landschaft angepaßt. Selbst für seine geschulten Augen waren sie fast nicht zu sehen. Es waren alles Männer. Er hatte alle Frauen der Septime, die den Speer gemeinsam mit den Männern trugen, bei Sealdre gelassen, zusammen mit einigen wenigen Männern. Falls etwas schiefging und sie sich entschloß, einen sinnlosen Rettungsversuch zu unternehmen, würden ihr die Männer vielleicht folgen, aber die Frauen würden sie auch notfalls gegen ihren Willen zur Festung zurückbringen, um Septime und Festung zu schützen. Er hoffte jedenfalls darauf. Manchmal konnten sie härter sein als jeder Mann und wohl auch sturer.

Als er den Fuß des Abhangs erreichte, hatte die Prozession aus Rhuidean auf der von Rissen durchzogenen Lehmebene angehalten. Er bedeutete seinen Männern, sich in Deckung zu begeben, und dann ging er allein weiter, wobei er seinen Schleier entfernte. Er war sich anderer Männer bewußt, die links und rechts von ihm ebenfalls vom Berg hinabstiegen und von allen möglichen Richtungen her auf die hitzedurchglühte Lehmebene schritten. Wie viele? Vielleicht hundert? Einige der Gesichter, die er hier erwartet hatte, fehlten. Sealdre hatte recht wie meistens: Einige hatten nicht auf die Träume ihrer Weisen Frauen gehört. Er bemerkte Gesichter, die er noch nie gesehen hatte, und die Gesichter von Männern, die er einst zu töten versucht hatte. Männer, die sich nach besten Kräften bemüht hatten, auch ihn zu töten. Wenigstens war keiner verschleiert. Vor einem Jenn jemanden zu töten war beinahe genauso schlimm, wie einen Jenn zu töten. Er hoffte, auch die anderen würden sich daran erinnern. Wenn nur einer Verrat beging, würden alle die Schleier anlegen, die Krieger, die jeder Häuptling mitgebracht hatte, würden aus den Bergen herunterkommen, und dieser trockene Lehmboden würde von Blut getränkt. Er erwartete jeden Moment, einen Speer zwischen die Rippen zu bekommen.

Obwohl er sich redlich bemühte, hundert verschiedene Todesboten auf einmal im Auge zu behalten, fiel es ihm schwer, die Aes Sedai nicht anzustarren, als die Träger die kunstvoll verzierten Sänften auf den Boden stellten. Das waren Frauen mit so weißem Haar, daß es schon beinahe transparent erschien. Alterslose Gesichter mit einer Haut, die aussah, als könne ein Windhauch sie zerreißen. Er hatte gehört, daß die Aes Sedai von den Jahren unbeeinflußt blieben. Wie alt mußten dann diese beiden sein? Was hatten sie gesehen? Konnten sie sich an die Zeit erinnern, als sein Großvater Comran als erster Ogier-*Steddings* in der Drachenmauer gefunden und angefangen hatte, mit ihnen Handel zu treiben? Oder vielleicht sogar, als Comrans Großvater Rhodric die Aiel angeführt hatte, um die Männer in den Eisenhemden zu bekämpfen, die die Drachenmauer überquert hatten? Die Aes Sedai wandten sich ihm zu. Die Augen der einen waren von klarem Blau und bei der anderen dunkelbraun. Es waren die ersten dunklen Augen, die er je gesehen hatte. Sie schienen direkt in seinen Schädel hineinzusehen und seine Gedanken zu lesen. Er wußte, daß er irgendwie auserlesen worden war, doch warum, konnte er nicht sagen. Mit Mühe riß er sich von diesen Blicken los, die ihn durchschauten, ihn besser kannten als er sich selbst.

Ein hagerer, weißhaariger Mann, hochgewachsen, aber vom Alter gebeugt, kam von der Gruppe der Jenn herüber. Ihm zur Seite schritten zwei Frauen mit leicht ergrauten Haaren heran, die sehr wohl Schwestern sein konnten. Beide hatten die gleichen tiefliegenden grünen Augen und die gleiche Art, den Kopf schräg zu halten, wenn sie etwas betrachteten. Die anderen Jenn blickten nervös zu Boden und mieden die Aiel, bis eben auf diese drei.

»Ich heiße Dermon«, sagte der Mann mit tiefer, kräftiger Stimme. Seine blauen Augen musterten Mandein durchdringend wie die eines Aiels. »Das hier sind Mordaine und Narisse.« Er deutete nacheinander auf die beiden Frauen in seiner Begleitung. »Wir sprechen für Rhuidean und die Jenn Aiel.«

Unruhe machte sich unter den Männern in Mandeins Umgebung breit. Den meisten von ihnen paßte es genausowenig wie ihm, wenn sich die Jenn ebenfalls als Aiel bezeichneten. »Warum habt Ihr uns hierher bestellt?« wollte er wissen. Es ärgerte ihn allerdings, zugeben zu müssen, herzitiert worden zu sein.

Statt seine Frage zu beantworten, fragte Dermon: »Warum tragt Ihr kein Schwert?« Das brachte ihm zorniges Gemurmel der Aiel ein.

»Es ist verboten«, grollte Mandein. »Selbst ein Jenn sollte das wissen.« Er hob seine Speere empor, berührte kurz das Messer an seiner Hüfte und den Bogen auf seinem Rücken. »Das sind genug Waffen für einen Krieger.« Das Gemurmel klang nun zustimmend, selbst von Männern, die einst geschworen hatten, ihn zu töten. Das würden sie nach wie vor, falls sie eine Gelegenheit hatten, aber sie fanden gut, was er gesagt hatte. Und sie schienen es zufrieden, daß er für sie alle sprach, und das unter den Augen dieser Aes Sedai.

»Ihr wißt nicht, warum«, sagte Mordaine, und Narisse fügte hinzu: »Es gibt zuviel, was Ihr nicht wißt. Aber Ihr müßt es erfahren.«

»Was wollt Ihr?« fragte Mandein.

»Euch.« Dermon sah einen nach dem anderen der Aiel an und machte ihnen eindeutig klar, daß er sie alle meinte. »Wer immer unter Euch Menschen führen will, muß nach Rhuidean kommen und dort erfahren, woher wir kamen und warum Ihr keine Schwerter tragt. Wer nicht lernen kann, wird nicht weiterleben.«

»Eure Weisen Frauen haben mit Euch gesprochen«, sagte Mordaine, »sonst wärt Ihr nicht hier. Ihr wißt, welchen Preis die zahlen, die sich weigern.«

Charendin drängte sich nach vorn und blickte abwechselnd Mandein und die Jenn zornig an. Mandein hatte ihm die lange Narbe auf der Wange zugefügt. Sie hatten sich gegenseitig schon dreimal beinahe umgebracht. »Einfach zu Euch kommen?« fragte Charendin. »Wer von uns zu Euch kommt, der wird die Aiel führen?«

»Nein.« Das Wort wurde fast geflüstert, und doch konnte jeder es verstehen. Es kam von der dunkeläugigen Aes Sedai, die in ihrem geschnitzten Stuhl saß und eine Decke über ihre Beine gelegt hatte, als fröre sie unter der brennenden Sonne. »Das kommt erst später«, sagte sie. »Wenn der Stein fällt, der niemals erobert werden kann, dann wird er kommen. Er wird vom Blute sein, aber nicht vom Blut aufgezogen. Er wird zur Abenddämmerung aus Rhuidean kommen und Euch mit Banden aneinanderfesseln, die Ihr nicht zerreißen könnt. Er wird Euch zurückbringen, und er wird Euch vernichten.«

Einige der Septimen-Häuptlinge rührten sich und schienen gehen zu wollen, aber keiner machte mehr als ein paar Schritte. Jeder hatte letzten Endes der Weisen Frau seiner Septime gelauscht. *Stimme zu, oder wir werden vernichtet, wie es nie zuvor geschah. Stimme zu, oder wir zerstören uns selbst.*

»Das ist ein Trick!« schrie Charendin, doch unter den Blicken der Aes Sedai senkte er seine Stimme und sagte lediglich zornig: »Ihr wollt auf diese Art die Septimen beherrschen. Aber Aiel beugen ihr Knie weder vor Männern noch Frauen.« Er riß seinen Kopf herum und mied die Blicke der Aes Sedai. »Vor niemandem«, knurrte er.

»Wir wollen keine Kontrolle ausüben«, sagte Narisse zu ihnen.

»Unsere Tage schwinden«, sagte Mordaine. »Der Tag wird kommen, da es keine Jenn mehr gibt, und nur Ihr bleibt übrig, um die Aiel nicht der Vergessenheit zu überantworten. Ihr müßt überleben, oder alles war umsonst und ist verloren.«

Ihr Tonfall und ihre Selbstsicherheit ließen Charendin verstummen, doch Mandein hatte noch eine Frage: »Warum? Wenn Ihr von Eurem eigenen Untergang Kenntnis habt, warum tut Ihr dann dies alles?« Er deutete auf die Bauten, die sich in einiger Entfernung erhoben.

»Das ist der Zweck unseres Daseins«, antwortete Dernmon ruhig. »Viele Jahre lang haben wir nach diesem Ort gesucht, und nun bereiten wir ihn vor, wenn auch nicht für den Zweck, den wir dabei im Auge hatten. Wir tun, was wir tun müssen, und wir halten die Treue.«

Mandein musterte das Gesicht des Mannes. Es lag keine Furcht in seinem Gesichtsausdruck. »Ihr seid Aiel«, sagte er, und als einige der anderen Häuptlinge nach Luft schnappten, erhob er seine Stimme: »Ich werde zu den Jenn Aiel gehen.«

»Ihr dürft nicht bewaffnet nach Rhuidean gehen«, sagte Dermon.

Mandein lachte laut über die Kühnheit des Mannes. Einem Aiel zu befehlen, unbewaffnet an diesen Ort zu gehen. So legte er seine Waffen ab und trat vor. »Bringt mich nach Rhuidean, Aiel. Ich werde den gleichen Mut beweisen wie Ihr.«

Rand blinzelte in die flackernden Lichtkaskaden hinein. Er war Mandein *gewesen.* Er fühlte immer noch, wie aus der ursprünglichen Verachtung für die Jenn Bewunderung wurde. Waren die Jenn nun Aiel oder nicht? Sie hatten genauso ausgesehen, hochgewachsen, mit hellen Augen in sonnenverbrannten Gesichtern, und sie hatten auch die gleiche Kleidung getragen, bis auf die Schleier. Doch hatte er bei ihnen bis auf einfache Arbeitsmesser keine Waffen bemerkt. Er konnte sich aber einfach keinen Aiel ohne Waffe vorstellen.

Er befand sich tiefer zwischen den Säulen, als durch einen einzigen Schritt zu erklären war, und auch Muradin war nun näher vor ihm. Aus dem stieren Blick des Aiel war ein finsteres Brüten geworden.

Körniger Staub knirschte unter Rands Stiefeln, als er weiterschritt.

Er hieß Rhodric und war fast zwanzig Jahre alt. Die Sonne brannte wie ein grellgoldener Ball vom Himmel, aber er behielt den Schleier angelegt, und seine Augen blickten wachsam drein. Seine Speere waren kampfbereit – einer in seiner rechten Hand und drei in der linken hinter dem kleinen Lederschild –, und auch er selbst war kampfbereit. Jeordam befand sich unten auf der braunen Grasebene im Süden der Hügelkette, wo die meisten Büsche mickrig und verwelkt waren. Das Haar des alten Mannes war weiß, so wie dieses eigenartige Zeug, das von den Alten als ›Schnee‹ bezeichnet wurde, doch seine Augen waren scharf, und die Brunnengräber, die ihre gefüllten Wasserbeutel hochzogen, würden nicht seine ganze Aufmerksamkeit in Anspruch nehmen.

Im Norden und Osten erhoben sich Berge. Die Kette im Norden war hoch und zerklüftet und zeigte weiße Gipfel, doch sie wurde von den Riesenbergen im Osten noch überragt. Die sahen aus, als wolle dort die Welt den Himmel berühren, nun, und vielleicht tat sie das ja auch. Ob das Weiß dort wohl Schnee war? Er würde es nicht herausfinden. Im Angesicht dieser Berge mußten die Jenn sich entschließen, nach Osten zu ziehen. Sie waren bereits monatelang an diesem Bergwall entlanggezogen, hatten mühsam ihre Wagen hinter sich hergezerrt und nicht auf die Aiel geachtet, die ihnen folgten. Wenigstens hatten sie bei einer Flußüberquerung Wasser zur Verfügung gehabt, auch wenn es nicht einmal viel gewesen war. Es war schon Jahre her, daß Rhodric einmal einen Fluß erlebt hatte, den sie nicht bequem durchwaten konnten. Die meisten waren nur noch rissige Lehmrinnen, die von den Bergen herunterführten.

Er hoffte, der Regen würde endlich wiederkehren und das Land grün färben. Er erinnerte sich noch an die Zeit, als die Welt grün war.

Er hörte das Hufgeklapper der Pferde, bevor er sie sehen konnte. Drei Männer ritten über die braunen Hügel. Sie trugen lange Lederwesten, auf die überall Metallscheiben aufgenäht waren. Zwei davon hielten Lanzen in den Händen. Er kannte den Anführer, Garam, den Sohn des Häuptlings der Stadt, die gerade hinter den Männern außer Sicht war. Garam war nicht viel älter als er selbst. Sie waren wirklich blind, diese Stadtbewohner. Sie bemerkten die Aiel nicht, die sich hinter ihnen aufrichteten, sich dann aber wieder duckten und mit dem harschen Land verschmolzen. Rhodric nahm den Schleier ab, denn es würde nicht getötet werden, es sei denn, die Reiter begännen damit. Er bedauerte das nicht, aber er konnte sich auch nicht dazu bringen, Männern zu trauen, die in Häusern und Städten wohnten. Es hatte schon zu viele Kämpfe gegen solche Leute gegeben. In den Legenden hieß es, das sei schon immer so gewesen.

Garam straffte die Zügel und hob seine rechte Hand zum Gruß. Er war ein schlanker, kleiner Mann mit dunklen Augen, wie seine beiden Gefolgsleute, aber alle drei wirkten hart und absolut fähig, sich zu verteidigen. »Ho, Rhodric. Sind Eure Leute damit fertig, ihre Wasserbeutel zu füllen?«

»Ich sehe Euch, Garam.« Er bemühte sich, ruhig und ausdruckslos zu sprechen. Er war nervös, wenn er Männer auf Pferden sah, woran mehr die Pferde die Schuld trugen als die Schwerter. Die Aiel besaßen auch Packtiere, doch es war irgendwie unnatürlich, oben auf einem Pferd zu sitzen. Die Beine eines Mannes genügten auch. »Wir sind beinahe fertig. Entzieht uns Euer Vater die Erlaubnis, Wasser aus den Brunnen auf seinem Land zu entnehmen?« Keine andere Stadt hatte ihnen das jemals erlaubt. Wenn sich Menschen in der

Nähe befanden, mußte man um das Wasser kämpfen, so wie um alles andere, nun, und wo es Wasser gab, waren gewöhnlich Menschen in der Nähe. Es wäre nicht leicht, allein gegen diese drei zu kämpfen. Er stand locker auf den Ballen, bereit, zu tanzen und bereit, wahrscheinlich zu sterben.

»Nein, es ist schon in Ordnung«, sagte Garam. Er hatte Rhodrics Kampfbereitschaft nicht einmal bemerkt. »Wir haben eine starke Quelle in der Stadt, und mein Vater sagt, wenn Ihr abzieht, haben wir die neuen Brunnen für uns selbst, die Ihr gegraben habt. Aber Euer Großvater wollte wohl wissen, ob die anderen aufbrechen, und das haben sie getan.« Er stützte sich mit dem Ellbogen auf seinen Sattel. »Sagt mir, Rhodric, gehören sie wirklich zu dem gleichen Volk wie Ihr?«

»Das sind die Jenn Aiel, und wir sind die Aiel. Wir sind das gleiche Volk, und doch wieder nicht. Ich kann es einfach nicht erklären, Garam.« Er verstand es ja selbst nicht genau.

»In welche Richtung ziehen sie?« fragte Jeordam.

Rhodric verbeugte sich gelassen vor seinem Großvater. Er hatte leise Stiefelschritte gehört und gewußt, daß sie zu einem Aiel gehörten. Die Stadtbewohner hatten allerdings nicht gemerkt, daß sich Jeordam näherte, und sie rissen völlig überrascht an ihren Zügeln. Nur Garams ausgestreckte Hand hielt die beiden anderen davon ab, kampfbereit die Lanzen zu senken. Rhodric und sein Großvater warteten.

»Nach Osten«, sagte Garam, als sein Pferd wieder ruhig stand. »Über das Rückgrat der Welt.« Er deutete auf die Berge, die den Himmel berührten.

Rhodric verzog das Gesicht, aber Jeordam sagte kühl: »Was liegt auf der anderen Seite?«

»Soweit ich weiß, das Ende der Welt«, erwiderte Garam. »Ich weiß nicht mit Sicherheit, ob es überhaupt einen Weg hinüber gibt.« Er zögerte. »Die Jenn haben Aes Sedai dabei. Dutzende, wie man mir sagte. Macht

Euch das nicht nervös, so nahe den Aes Sedai weiterzuziehen? Ich habe gehört, daß die Welt einst anders gewesen sei und daß sie sie zerstört haben.«

Und wie ihn die Aes Sedai nervös machten, aber Rhodric verzog keine Miene dabei. Es waren nur vier und nicht Dutzende, aber genug, um ihn daran zu erinnern, daß die Aiel auf irgendeine Art den Aes Sedai den Dienst versagt hatten. Das erzählte man sich, aber er hatte keine Ahnung, was da vorgefallen war. Die Aes Sedai wußten Bescheid. Sie hatten seit ihrer Ankunft nur selten die Wagen der Jenn verlassen, aber wenn, dann betrachteten sie die Aiel immer mit so traurigen Augen. Rhodric war nicht der einzige, der sich bemühte, sie soweit wie möglich zu meiden.

»Wir beschützen die Jenn«, sagte Jeordam. »Sie sind es, die mit den Aes Sedai zusammen durch die Welt ziehen.«

Garam nickte, als sei das etwas anderes, und dann beugte er sich noch einmal vor und senkte die Stimme: »Mein Vater hat eine Aes-Sedai-Ratgeberin, auch wenn er das vor der Stadt geheimzuhalten versucht. Sie sagt, wir müßten dieses Hügelgebiet verlassen und nach Osten ziehen. Sie behauptet, die ausgetrockneten Flüsse würden wieder fließen und neben einem davon würden wir eine große Stadt erbauen. Sie sagt so viel. Ich habe gehört, die Aes Sedai wollten auch eine große Stadt erbauen, und sie hätten Ogier aufgetrieben, um die Gebäude für sie zu errichten. Ogier!« Er schüttelte den Kopf und riß sich von den Legenden los, zurück in die Wirklichkeit. »Glaubt Ihr, sie wollen die Welt wieder regieren wie einst? Die Aes Sedai? Ich glaube, wir sollten sie töten, um sie davon abzuhalten, noch einmal die Welt zu zerstören.«

»Ihr müßt tun, was Ihr für das Beste haltet.« Aus Jeordams Stimme konnte man nichts von seinen Gedanken ablesen. »Ich muß meine Leute darauf vorbereiten, diese Berge zu überqueren.«

Der dunkelhaarige Mann richtete sich im Sattel auf. Er war offensichtlich enttäuscht. Rhodric vermutete, er habe sich der Hilfe der Aiel im Kampf gegen die Aes Sedai versichern wollen. »Das Rückgrat der Welt«, sagte Garam mit harter Stimme, »trägt noch einen anderen Namen. Man nennt es auch die Drachenmauer.«

»Ein passender Name«, bemerkte Jeordam.

Rhodric blickte zu den in der Ferne hoch aufragenden Bergen hinüber. Für die Aiel war das wirklich ein passender Name. Ihr eigener geheimer Name, den sie niemandem sonst mitteilten, war: Das Volk des Drachens. Er wußte nicht, warum, nur, daß niemand die Bezeichnung aussprach, außer beim Empfang seines Speers in der Kriegerweihe. Was lag jenseits dieser Drachenmauer? Bestimmt würde es wenigstens Menschen geben, gegen die man kämpfen konnte. Die gab es überall. In der ganzen weiten Welt gab es nur Aiel, Jenn und Feinde. Nur das. Aiel, Jenn und Feinde.

Rand atmete tief ein. Dabei röchelte er beinahe, als habe er stundenlang nicht mehr geatmet. Grell blendende Lichtbänder wanderten die Säulen in seiner Umgebung hoch. Die Worte klangen noch in seinem Gedächtnis nach. Aiel, Jenn und Feinde: das war die Welt. Ganz sicher hatten sie noch nicht in der Wüste gelebt. Er hatte eine Zeit erlebt – gelebt –, bevor die Aiel ihr Dreifaches Land erreicht hatten.

Nun befand er sich noch näher bei Muradin. Der Blick des Aiel flackerte unstet, und er schien sich dagegen zur Wehr zu setzen, einen weiteren Schritt nach vorn zu tun.

Rand trat vor.

Jeordam hockte entspannt auf dem weißverhüllten Abhang und ignorierte die Kälte, während er zusah, wie die fünf Leute auf ihn zustapften. Die drei Männer in ihren warmen Umhängen und die beiden Frauen, die in den Winterkleidern richtig klobig wirkten, hatten Mühe, durch den hohen Schnee zu waten. So, wie die Alten es geschildert hatten, sollte der Winter längst vorüber sein, aber andererseits hieß es ja auch, die Jahreszeiten änderten sich und überhaupt nichts bliebe so wie früher. Sie behaupteten, die Erde hätte gebebt und Berge hätten sich erhoben oder wären eingesunken wie das Wasser in einem Teich, wenn man einen Stein hineinwarf. Jeordam glaubte nicht an diese Geschichten. Er war achtzehn, im Zeltlager geboren, und er kannte nichts anderes als dieses Leben. Den Schnee, die Zelte und die Pflicht, zu behüten und zu beschützen.

Er nahm den Schleier ab und stand gemächlich auf. Er stützte sich auf seinen Langspeer, um die Wagenleute nicht zu erschrecken, aber sie blieben trotzdem wie angewurzelt stehen und starrten den Speer an und den Bogen, den er über den Rücken gehängt hatte. Der gefüllte Köcher an seiner Seite würde ihn auch nicht friedlicher erscheinen lassen. Keiner der Ankömmlinge schien älter zu sein als er selbst. »Ihr braucht uns, Jenn?« rief er.

»Nennt Ihr uns so, um Euch über uns lustig zu machen?« rief ein großer Bursche mit spitzer Nase. »Aber es stimmt. Wir sind die einzigen *wirklichen* Aiel. Ihr habt den Weg verlassen.«

»Das ist eine Lüge!« fauchte Jeordam zurück. »Ich habe nie ein Schwert in die Hand genommen!« Er atmete tief durch, um sich zu beruhigen. Er war nicht hier draußen als Wächter aufgestellt worden, um sich mit den Jenn herumzustreiten. »Falls Ihr euch verirrt habt – Eure Wagen findet Ihr in dieser Richtung.« Er deutete mit seinem Speer nach Süden.

Eine Frau legte dem Mann mit der spitzen Nase die Hand auf den Arm und sprach leise auf ihn ein. Die anderen nickten und der Angesprochene nickte schließlich auch, jedoch zögernd. Sie war hübsch. Blonde Haarsträhnen lugten aus der dunklen Stola heraus, die sie um den Kopf gewickelt hatte. Sie sah Jeordam in die Augen und sagte: »Wir haben uns nicht verirrt.« Dann schien sie ihn erst bewußt wahrzunehmen und zog in einem Anflug von Schüchternheit die Stola enger um ihren Kopf.

Er nickte. Er hatte auch nicht wirklich angenommen, sie hätten sich verirrt. Die Jenn schafften es normalerweise, die Zeltbewohner zu meiden, selbst wenn sie Hilfe benötigten. Die wenigen Ausnahmen rührten von blanker Verzweiflung her, wenn sie nirgendwo sonst Hilfe erhalten konnten. »Folgt mir.«

Es war eine Meile quer über die Hügel bis zu den Zelten seines Vaters. Ihre dunklen Umrisse waren teilweise vom Neuschnee bedeckt und schienen am Abhang zu kleben. Seine Leute beobachteten mißtrauisch die Neuankömmlinge, hielten aber nicht in ihren Tätigkeiten inne, ob sie nun kochten oder Waffen reparierten oder sich mit den Kindern eine Schneeballschlacht lieferten. Er war stolz auf seine Septime. Es waren beinahe zweihundert Menschen und damit das größte der zehn Lager, die nördlich der Wagen verstreut lagen. Die Jenn schienen jedoch nicht sehr beeindruckt. Es ärgerte ihn, daß es soviel mehr Jenn als Aiel gab.

Lewin kam aus seinem Zelt. Er war ein großer Mann mit leicht ergrautem Haar und einem harten Gesicht. Man sagte, daß Lewin niemals lächle, und Jeordam hatte ihn tatsächlich noch nie lächeln sehen. Vielleicht war das anders gewesen, bevor Jeordams Mutter am Fieber gestorben war, aber Jeordam glaubte nicht daran.

Die Frau mit den blonden Haaren – Morin hieß sie – erzählte ihre Geschichte, und sie entsprach ganz Jeordams Erwartungen. Die Jenn hatten mit den Bewohnern eines Dorfes Handel getrieben. Das war ein kleiner Ort, den sie mit einer Palisade geschützt hatten. Dann hatten sich die Männer aus diesem Dorf bei Nacht in das Wagenlager eingeschlichen und das, was man ihnen abgekauft hatte, wieder geraubt, und noch mehr dazu. Die Jenn glaubten immer, sie könnten Menschen vertrauen, die in Häusern wohnten, glaubten immer, der Weg würde sie schützen. Sie zählten die Toten auf: Väter, eine Mutter, Erstbrüder, und die Gefangenen: Erstschwestern, eine Schwestermutter und eine Tochter. Das letztere überraschte Jeordam, denn es war Morin selbst, die in bitterem Tonfall von einer fünfjährigen Tochter berichtete, die entführt worden war und nun von einer anderen Frau aufgezogen werde. Er musterte sie genauer und addierte ein paar Jahre zu dem Alter, auf das er sie geschätzt hatte.

»Wir werden sie zurückholen«, versprach Lewin. Er nahm ein Bündel Speere, das man ihm reichte, und steckte sie mit der Spitze voran in den Boden. »Ihr könnt bei uns bleiben, wenn Ihr wünscht, solange Ihr bereit seid, Euch selbst zu verteidigen und auch den Rest von uns. Falls Ihr bleibt, könnt Ihr nie wieder zu Euren Wagen zurückkehren, denn das wäre nicht erlaubt.« Der Bursche mit der spitzen Nase drehte sich auf der Stelle um und hastete den Weg zurück, auf dem sie gekommen waren. Es kam selten vor, daß an dieser Stelle nur ein einziger der Jenn ging. Lewin fuhr fort: »Diejenigen, die mit uns in dieses Dorf gehen wollen, nehmen bitte einen Speer. Aber denkt daran: Wenn Ihr den Speer gegen Menschen einsetzt, müßt Ihr künftig hier bei uns bleiben.« Seine Stimme und seine Augen waren wie aus Stein gemeißelt. »Soweit es die Jenn betrifft, seid Ihr dann tot.«

Einer der übriggebliebenen Männer zögerte, doch schließlich zog jeder einen der Speere heraus. Auch Morin. Jeordam riß Augen und Mund auf, und selbst Lewin staunte. »Ihr müßt nicht den Speer aufnehmen, nur um hierbleiben zu können«, sagte Lewin zu ihr. »Und Eure Leute werden wir so oder so zurückholen. Den Speer aufzunehmen bedeutet, zum Kämpfen bereit zu sein und nicht nur zur Selbstverteidigung.

Ihr könnt ihn wieder weglegen. Das wäre keine Schande.«

»Sie haben meine Tochter«, sagte Morin.

Jeordam erschrak, als Lewin nur kurz nickte. »Es gibt für alles ein erstes Mal. Für alles. Also sei es.« Er schritt nun durch das Lager, tippte Männern auf die Schulter und benannte sie für ihren ›Besuch‹ in diesem Palisadendorf. Jeordam war der erste, dem er auf die Schulter tippte. Sein Vater hatte ihn immer als ersten ausgewählt seit dem Tag, an dem er alt genug gewesen war, einen Speer zu tragen. Er hätte es auch nicht anders gewollt.

Morin hatte Schwierigkeiten mit dem Speer. Er hatte sich in ihrem langen Rock verfangen. »Ihr müßt nicht mitgehen«, sagte Jeordam zu ihr. »Keine Frau hat das bisher getan. Wir bringen Euch Eure Tochter.«

»Ich habe vor, Kirin selbst dort herauszuholen«, sagte sie wild entschlossen. »Ihr werdet mich nicht daran hindern.« Ein halsstarriges Weib.

»In diesem Fall müßt Ihr euch anders anziehen.« Er deutete auf seine Hosen und die graubraune Jacke. »Ihr könnt nicht in einem Kleid nachts querfeldein laufen.« Er nahm ihr den Speer aus der Hand, bevor sie sich zur Wehr setzen konnte. »Es ist nicht leicht, mit dem Speer umzugehen.« Das bewiesen die beiden Männer deutlich, die mit ihr gekommen waren. Sie hantierten auf Anweisungen hin ungeschickt mit ihren Speeren und stolperten dabei fast über die eigenen Füße. Er suchte sich ein Beil und hackte ein schrittgroßes Stück von ihrem Speerschaft ab. Nun war die Waffe immer noch vier Fuß lang, wenn man die beinahe einen Fuß lange Stahlspitze mitzählte. »Stecht damit zu. Nicht mehr als das. Einfach zustechen. Den Schaft benützt man auch, um den Gegner abzublocken, aber ich suche Euch lieber etwas, das Ihr als Schild in die andere Hand nehmen könnt.«

Sie sah ihn mit einem rätselhaften Blick an. »Wie alt

seid Ihr?« fragte sie dann eigenartigerweise. Er sagte es ihr, und sie nickte nachdenklich.

Einen Augenblick später fragte er sie: »Ist einer dieser Männer Euer Ehemann?« Sie stolperten immer noch über ihre Speerschäfte.

»Mein Mann trauert bereits um Kirin. Ihn kümmern die Bäume mehr als seine eigene Tochter.«

»Die Bäume?«

»Die Bäume des Lebens.« Als er sie immer noch verständnislos anblickte, schüttelte sie den Kopf. »Drei kleine Bäumchen, die man in Fässer gesetzt hat. Sie hegen und pflegen sie fast besser als sich selbst. Wenn sie einen sicheren Ort gefunden haben, werden sie sie dort einpflanzen. Es heißt, dann würden die alten Zeiten wiederkehren. Das sagen sie jedenfalls. Sie. Ich fühle mich nicht mehr zu den Jenn gehörig.« Sie hob den gekürzten Speer. »Das ist jetzt mein Ehemann.« Erneut musterte sie ihn genau und fragte: »Wenn einer Euer Kind raubt, würdet Ihr dann nur davon sprechen, daß der Wegs des Blattes uns Leiden schickt, um uns zu prüfen?« Er schüttelte den Kopf und sie sagte: »Das dachte ich mir. Ihr wärt ein guter Vater. Bringt mir bei, wie man mit diesem Speer umgeht.«

Eine seltsame Frau, aber hübsch. Er nahm den Speer in die Hand und begann, sie zu unterrichten. Er zeigte ihr die Stöße und Paraden, die bei diesem kurzen Schaft noch schneller und effektiver kamen.

Morin beobachtete ihn mit diesem eigenartigen Lächeln, aber er war von dem Speer fasziniert. »Ich sah Euer Gesicht in einem Traum«, sagte sie leise, doch er hörte gar nicht hin. Mit einem solchen Speer war er schneller als ein Mann mit einem Schwert. Er stellte sich vor, wie die Aiel alle mit Schwertern bewaffneten Männer besiegten. Keiner könnte ihnen widerstehen. Keiner.

Lichter blitzten durch die Glassäulen und blendeten Rand. Muradin war ihm nur noch einen oder zwei

Schritte voraus. Er stierte mit gebleckten Zähnen und einem lautlosen Knurren vor sich hin. Die Säulen brachten sie zurück in die lange vergessene Geschichte der Aiel. Rands Füße bewegten sich ohne sein Zutun. Einen Schritt vor und in der Zeit zurück.

Lewin schob sich das Halstuch vor das Gesicht und spähte in das kleine Lager hinunter, wo die Kohlen des ersterbenden Lagerfeuers noch unter einem eisernen Kessel glühten. Der Wind trug ihm den Geruch nach angebranntem Eintopf zu. Der Mondschein ließ schattenhaft die in Decken gehüllten Umrisse von Menschen um das Feuer herum hervortreten. Es waren keine Pferde in Sicht. Er wünschte, er hätte Wasser mitgenommen, doch nur den Kindern war es erlaubt, außerhalb der Mahlzeiten Wasser zu sich zu nehmen. Er erinnerte sich vage an eine Zeit, in der es mehr Wasser gegeben hatte, als die Tage noch nicht so heiß und staubig waren und der Wind sich auch einmal gelegt hatte. Die Nacht brachte nur wenig Erleichterung, denn an die Stelle der feurig rot brennenden Sonne trat nun die Kälte. Er wickelte sich fester in den Umhang aus Ziegenfellen, den er als Decke benutzte.

Seine Begleiter schoben sich näher heran, genauso eingemummt wie er selbst. Sie traten nach Steinen und schwatzten miteinander, bis er sicher war, daß sie die Männer unten im Lager wecken würden. Er beklagte sich jedoch nicht. Er war genausowenig an diesen Zustand gewöhnt wie sie. Auch ihre Gesichter waren hinter Halstüchern oder Staubschleiern verborgen, doch er erkannte immer, wer es war. Luca, dessen Schultern um die Hälfte breiter waren als die aller anderen und der ihnen so gern Streiche spielte. Gearan, schlaksig wie ein Storch und der beste Läufer unter allen in den Wohnwagen. Charlin und Alijha, die wie Spiegelbilder aussahen, bis auf Charlins Angewohnheit, den Kopf schräg zu halten, wenn er besorgt war, so wie jetzt gerade. Ihre Schwester Colline befand sich drunten im Lager. Und auch Maigran, Lewins Schwester.

Als man die Reisetaschen der Mädchen – offensichtlich im Kampf beschädigt – auf dem Boden vorgefunden hatte, waren die anderen bereit gewesen, zu trauern und einfach weiterzumachen, wie schon so oft zuvor. Selbst Lewins Großvater gehörte dazu. Falls Adan geahnt hätte, was die fünf planten, hätte er sie daran gehindert. Alles, was Adan heutzutage von sich gab, war Geschwätz darüber, den Aes Sedai, die Lewin noch nie gesehen hatte, die Treue zu halten, und darüber, die Aiel am Leben zu halten. Die Aiel als ein Volk, und nicht irgendwelche bestimmten Aiel. Nicht einmal Maigran.

»Es sind vier«, flüsterte Lewin. »Die Mädchen befinden sich auf unserer Seite des Feuers. Ich werde sie leise aufwecken und wir schleichen uns weg, während die Männer schlafen.« Seine Freunde blickten sich gegenseitig an und nickten. Er dachte daran, daß sie eigentlich mit einem festen Plan hätten herkommen müssen, doch sie hatten nur im Kopf gehabt, wie sie ungesehen aus dem Wohnwagenlager entkommen und die Mädchen herausholen könnten. Er war sich gar nicht sicher gewesen, daß sie diesen Männern folgen und sie wiederfinden konnten, bevor sie ihr Dorf erreichten, eine Ansammlung roh gezimmerter Hütten, von denen man die Aiel mit Steinen und Stöcken vertrieben hatte. Sie konnten nichts mehr ausrichten, wenn die Entführer so weit kamen.

»Und was wird, wenn sie aufwachen?« fragte Gearan.

»Ich werde Colline nicht im Stich lassen«, fauchte Charlin, und beinahe im gleichen Atemzug sagte sein Bruder ruhiger: »Wir bringen sie zurück, Gearan.«

»Darauf kannst du dich verlassen«, stimmte ihm Lewin zu. Luca stupste Gearan in die Rippen, und der nickte grimmig.

In der Dunkelheit nach unten zum Lager zu kommen, war gar nicht einfach. Von der Hitze ausgetrocknetes Reisig knackte unter ihren Füßen. Steinbrocken und Kiesel lösten sich und rollten den Abhang hinunter. Je leiser Lewin sich zu bewegen versuchte, desto mehr Lärm schien er zu machen. Luca fiel in ein Dornengestrüpp, das laut krachte, aber er schaffte es, schwer atmend, doch mehr oder weniger lautlos daraus zu entkommen. Charlin rutschte aus und glitt auf dem Hinterteil hangabwärts. Aber unten rührte sich nichts.

Kurz vor dem Lager blieb Lewin stehen und tauschte ängstlich-nervöse Blicke mit seinen Freunden. Dann schlichen sie auf Zehenspitzen weiter. Sein Atem klang ihm wie Donner in den Ohren, genauso laut wie das Schnarchen, das von den vier Deckenhügeln her ertönte. Er erstarrte, als das Schnarchen aufhörte und sich einer der Deckenhaufen bewegte. Doch dann lag er wieder still, und das Schnarchen begann erneut. Lewin atmete auf.

Vorsichtig kroch er neben einen der kleineren Hügel und schlug die grobe, vor Dreck starrende Wolldecke zur Seite. Maigran blickte zu ihm auf, das Gesicht verschrammt und geschwollen und ihr Kleid zu Fetzen zerrissen. Er legte ihr die Hand über den Mund, damit sie nicht aufschreien konnte, aber sie blickte ihn lediglich weiter starr an und zuckte nicht mit der Wimper.

»Ich werde dich schlachten wie ein Schwein, Junge.« Einer der größeren Deckenhaufen flog weg und ein Mann in schmutziger Kleidung und mit einem verwirrten Bart stand auf. Das lange Messer in seiner Hand schimmerte matt im Mondschein. Ein wenig vom roten Glühen der Kohlen spiegelte sich ebenfalls darin. Er trat gegen die Decken zu beiden Seiten, was ein Knurren hervorbrachte. Beide rührten sich. »Wie ein Schwein. Kannst du quieken, Junge, oder rennt Ihr Leute nur immer weg?«

»Lauf weg«, sagte Lewin, aber seine Schwester stierte immer noch stumpf vor sich hin. Verzweifelt packte er sie an den Schultern und wollte sie nach drüben zerren, wo die anderen warteten. »Renn weg!« Sie kam steif aus den Decken hervor, beinahe als totes Gewicht in seinen Armen. Colline war auch wach. Er hörte sie wimmern. Doch sie wickelte ihre schmutzigen Decken noch enger um sich, als wolle sie sich darin verstecken. Maigran stand da, starrte ins Leere und sah nichts.

»Es scheint, daß du nicht einmal das fertigbringst.« Grinsend kam der Mann um das Feuer herum, das Messer direkt vor seinem Bauch haltend. Die anderen richteten sich jetzt in ihren Decken auf und lachten. Sie wollten bei diesem Spaß zusehen.

Lewin wußte nicht, was er tun sollte. Er konnte seine Schwester nicht verlassen. Alles, was ihm blieb, war, zu sterben. Vielleicht konnte er damit Maigran die Zeit erkaufen, um wegzulaufen. »Renn, Maigran! Bitte renn!« Sie rührte sich nicht. Sie schien ihn nicht einmal zu hören. Was hatten sie ihr angetan?

Der bärtige Mann kam gemächlich näher, schmunzelte und genoß offensichtlich die Lage.

»Neeeeeiin!« Charlin jagte aus der Nacht heran, warf sich auf den Mann mit dem Messer, so daß der zu Boden taumelte. Die anderen Männer sprangen auf. Einer, dessen Kopf kahlrasiert war und im trüben Lichtschein glänzte, hob ein Schwert und wollte auf Charlin einhauen.

Lewin war nicht sicher, wie dann alles geschah. Irgendwie bekam er den schweren Kessel am Eisenstiel zu packen, schwang ihn herum und ließ ihn mit dumpfem Krachen gegen den geschorenen Kopf knallen. Der Mann brach zusammen, als seien seine Knochen geschmolzen. Aus dem Gleichgewicht gekommen, taumelte Lewin und versuchte, dem Feuer auszuweichen. Dann stürzte er doch daneben zu Boden und verlor den Griff des Kessels aus der Hand. Ein dunkelhäutiger Mann, der das Haar zu Zöpfen geflochten trug, hob ein weiteres Schwert, bereit, ihn in Stücke zu hauen. Er krabbelte auf dem Rücken weg wie eine Spinne, den Blick auf die Schwertspitze gerichtet. Mit den Händen grabschte er nach allem, was sich in der Nähe befand, um den Mann abzuwehren – einen Stock vielleicht – irgend etwas. Seine Hand berührte rundes Holz. Er riß es herum und stieß damit nach dem wütenden Mann. Der riß die dunklen Augen auf, und das Schwert entfiel ihm. Blut quoll aus seinem Mund. Es war kein Stock gewesen, sondern ein Speer.

Lewin löste seine Hände vom Schaft, sobald er erkannte, was es war. Zu spät. Er kroch rückwärts, um den gestürzten Mann zu meiden, und mußte ihn doch zitternd anblicken. Ein toter Mann. Ein Mann, den er getötet hatte. Der Wind war mit einem Mal eiskalt.

Nach einer Weile wurde ihm bewußt, daß keiner der anderen Männer inzwischen versucht hatte, ihn zu töten. Er war überrascht, den Rest seiner Freunde um das Lagerfeuer herumstehen zu sehen. Gearan und Luca und Alijha standen da, atmeten schwer, und über ihren Staubschleiern leuchteten wilde Augen. Colline gab immer noch leises Wimmern unter ihren Decken von sich, und Maigran stand weiter da und starrte ins Leere. Charlin lag auf Knien da und umklammerte seine Beine. Und die vier Männer, die Dorfbewohner … Lewin blickte von einer leblosen, blutigen Gestalt zur anderen.

»Wir … haben sie getötet.« Lucas Stimme zitterte. »Wir … Gnade des Lichts, sei jetzt mit uns.«

Lewin kroch zu Charlin hinüber und berührte ihn an der Schulter. »Bist du verletzt?«

Charlin fiel vornüber. Rotglänzende Feuchtigkeit hatte seine Hände schlüpfrig gemacht. Er hatte den Griff des Messers gepackt, das in seinem Bauch steckte.

»Es tut so weh, Lewin«, flüsterte er. Er schauderte kurz, und dann brachen seine Augen.

»Was sollen wir tun?« fragte Gearan. »Charlin ist tot, und wir … Licht, was haben wir getan? Was sollen wir machen?«

»Wir bringen die Mädchen zu den Wagen zurück.« Lewin konnte seinen Blick nicht von Charlins toten Augen wenden. »Das machen wir.«

Sie trugen alles Nützliche zusammen, vor allem den Kessel und die Messer. Man kam so schlecht an Metallwaren. »Wir können genausogut alles mitnehmen«, sagte Alijha mit rauher Stimme. »Sie haben es sicher von jemandem wie uns gestohlen.«

Als Alijha sich bückte und eines der Schwerter aufheben wollte, hielt ihn Lewin davon ab. »Nein, Alijha. Das ist eine Waffe, die gemacht wurde, um Menschen zu töten. Sie ist sonst zu nichts zu gebrauchen.« Alijha sagte nichts, blickte nur die vier leblosen Körper an und die Speere, die Luca mit Decken umwickelte, um eine Trage für Charlins Leiche herzustellen. Lewin mied jeden Blick auf die Männer aus dem Dorf. »Mit einem Speer kann man das Fleisch zum Braten aufspießen, Alijha, doch ein Schwert hat außer zum Töten keinen Nutzen. Der Weg des Blatts verbietet es.«

Alijha schwieg weiter, doch Lewin glaubte, er habe hinter seinem Schleier das Gesicht spöttisch verzogen. Doch als sie schließlich in die Nacht hinausgingen, blieben die Schwerter neben den verglühenden Kohlen und den toten Männern liegen.

Es war ein langer Marsch durch die Dunkelheit zurück. Sie schleppten schwer an der provisorischen Trage, auf der Charlins Leiche lag. Manchmal wirbelte der Wind lange Staubfahnen auf, die sie zum Husten brachten. Maigran stolperte mit. Sie blickte stur geradeaus, wußte nicht, wo sie war und wer sie waren. Colline schien vor allen schreckliche Angst zu haben, selbst vor ihrem Bruder. Sie zuckte zusammen, sobald jemand sie berührte. So hatte sich Lewin ihre Rückkehr nicht vorgestellt. In seiner Phantasie hatten die Mädchen gelacht, waren glücklich gewesen über ihre Rückkehr zu den Wohnwagen. Alle hatten sie gelacht. Und nicht Charlins Leiche heimgetragen. Sie waren nicht niedergeschlagen gewesen durch das, was sie getan hatten.

Der Schein der Lagerfeuer kam in Sicht und dann die Wohnwagen. Die Männer hatten bereits die Pferdegeschirre für den nächsten Morgen bereitgelegt. Niemand verließ nach Einbruch der Dunkelheit das Lager, also war Lewin ziemlich überrascht, als er drei Gestalten auf sie zukommen sah. Adans weißes Haar zeichnete sich in der Dunkelheit deutlich ab. Die anderen beiden waren Nerrine, Collines Mutter, und Saralin, seine und Maigrans Mutter. Lewin löste voller böser Ahnungen seinen Staubschleier.

Die Frauen eilten zu ihren Töchtern hin, nahmen sie in die Arme und versuchten, sie mit leisen Worten zu beruhigen. Colline ließ sich seufzend in die Arme ihrer Mutter sinken, doch Maigran bemerkte Saralin kaum, die den Tränen nahe war, als sie das verschwollene Gesicht ihrer Tochter sah.

Adan blickte die jungen Männer finster an. Seine sowieso schon tiefen Sorgenfalten wurden jetzt noch tiefer. »Im Namen des Lichts, was ist geschehen? Als wir merkten, daß ihr verschwunden wart...« Seine Worte erstarben, als er die Trage mit der Leiche Charlins sah. »Was ist passiert?« fragte er noch einmal, als fürchte er sich vor der Antwort.

Lewin öffnete langsam den Mund, aber Maigran sprach zuerst: »Sie haben sie getötet.« Sie blickte in die Ferne und ihre Stimme klang wie die eines Kindes. »Die bösen Männer haben uns weh getan. Sie... Dann kam Lewin und tötete sie.«

»Du darfst nicht über solche Dinge sprechen, Kind«, sagte Saralin beruhigend. »Du...« Sie hielt inne, sah ihrer Tochter in die Augen und drehte sich dann um, damit sie Lewin ansehen konnte. »Ist das …? Ist das wahr?«

»Wir mußten«, sagte Alijha mit gequälter Stimme. »Sie versuchten, uns zu töten. Und sie haben Charlin getötet.«

Adan trat einen Schritt zurück. »Ihr … habt getötet? *Menschen* getötet? Was ist mit dem Pakt? Wir schaden niemandem. Niemandem! Es gibt keinen stichhaltigen Grund, ein anderes menschliches Wesen zu töten! Keinen!«

»Sie haben Maigran entführt, Großvater«, sagte Lewin. »Sie haben Maigran und Colline entführt und ihnen weh getan. Sie …«

»Es gibt keinen Grund!« brüllte Adan, der vor Wut zitterte. »Wir müssen akzeptieren, was geschieht. Unsere Leiden wurden gesandt, um unseren Glauben zu prüfen! Wir akzeptieren und halten durch! Wir morden nicht! Ihr seid nicht vom Weg abgewichen, ihr habt ihn verlassen. Ihr seid keine Da'schain mehr! Ihr seid verdorben, und ich lasse nicht zu, daß ihr die Aiel verderbt. Verlaßt uns, ihr Fremden! Mörder! Ihr seid in den Wagen der Aiel nicht mehr willkommen.« Er wandte ihnen den Rücken zu und schritt davon, als existierten sie nicht mehr. Saralin und Nerrine gingen hinter ihm her und führten die Mädchen.

»Mutter?« sagte Lewin, und er machte sich ein wenig kleiner, als sie ihn mit kaltem Blick ansah. »Mutter, bitte …«

»Wer seid Ihr, der mich so anspricht? Ich hatte einst einen Sohn, der so ähnlich aussah. Ich will dieses Gesicht nicht an einem Mörder sehen.« Und sie führte Maigran hinter den anderen her.

»Ich bin immer noch ein Aiel«, schrie Lewin, aber sie blickten nicht um. Er glaubte, Luca weinen zu hören. Der Wind frischte auf, wirbelte den Staub hoch, und er verschleierte sein Gesicht. »Ich bin ein Aiel!«

Wild huschende Lichter bohrten sich in Rands Augen. Der Schmerz des Verlustes, den Lewin erlitten hatte, klang noch in ihm nach, und in seinem Hirn herrschte ein heilloses Durcheinander. Lewin hatte keine Waffe getragen. Er hatte nicht einmal gewußt, wie man eine Waffe verwendet. Er hatte Angst vor dem Töten gehabt. Das ergab keinen Sinn.

Er war nun beinahe gleichauf mit Muradin, aber der Mann bemerkte seine Anwesenheit gar nicht. Muradins Gesicht war wie eine erstarrte Fratze. Schweiß rann ihm über die Stirn. Er bebte, als wolle er davonlaufen.

Rands Füße trugen ihn vorwärts, und zurück.

KAPITEL 4

Die Geweihten

Vorwärts und zurück. Adan lag in der Sandgrube und drückte die weinenden Kinder seines toten Sohnes an seine Brust. Sie preßten ihre Gesichter an seinen zerlumpten Mantel. Auch über seine Wangen rollten Tränen, aber er verhielt sich leise und spähte vorsichtig über den Rand hinaus. Mit fünf und sechs Jahren konnte man Maigran und Lewin das Recht zu weinen nicht absprechen. Adan war überrascht, daß er selbst noch Tränen hervorbrachte.

Einige der Wohnwagen brannten. Die Toten lagen noch da, wo sie gefallen waren. Die Pferde hatte man bereits weggetrieben, außer wenigen, die noch an die Wagen geschirrt waren. Die Wagen selbst hatte man geleert und ihre Besitztümer auf dem Boden aufgestapelt. Ausnahmsweise einmal achtete er nicht auf die Dinge in den Kisten, die von den Aes Sedai den Aiel zur Aufbewahrung übergeben worden waren, und die nun im Schmutz herumlagen. Das oder die toten Aiel sah er nicht zum erstenmal, aber diesmal beachtete er das alles nicht. Die Männer mit den Speeren und Bögen und Schwertern, die das Blutbad angerichtet hatten, beluden die leeren Wohnwagen. Mit Frauen. Er beobachtete, wie Rhea, seine Tochter, zusammen mit anderen in einen Wagen gestoßen wurde, wo sie von den lachenden Mördern wie Vieh zusammengesperrt wurden. Die letzten seiner Kinder. Elwin war mit zehn verhungert, während Sorelle mit zwanzig am Fieber starb, das sie im Traum vorhergesehen hatte. Jaren stürzte sich vor einem Jahr, erst neunzehn Jahre alt, von einer

Klippe, als er herausfand, daß er die Macht gebrauchen konnte. Und heute morgen Marind.

Er hätte am liebsten geschrien. Er wollte hinausstürmen und sie davon abhalten, sein letztes Kind zu rauben. Sie irgendwie aufhalten. Und wenn er wirklich dort hinausstürmte? Dann würden sie ihn töten und Rhea trotzdem entführen. Dann würden sie vielleicht auch noch die Kinder töten. Einige der Körper, die dort in ihrem eigenen Blut lagen, waren klein.

Maigran klammerte sich an ihn, als ahne sie, daß er daran dachte, sie zu verlassen, und Lewin versteifte sich, als wolle er noch fester zupacken, sei aber zu stolz und fühle sich schon zu alt dazu. Adan strich ihnen über das Haar und hielt ihre Gesichter an seinen Mantel gepreßt. Er zwang sich trotzdem zum Zuschauen, bis die Wagen, umgeben von johlenden Reitern, langsam außer Sicht auf die Berge zurumpelten, die den Horizont verstellten.

Erst dann stand er auf und löste den Griff der Kinder sanft. »Wartet hier auf mich«, sagte er zu ihnen. »Wartet, bis ich zurück bin.« Sie klammerten sich aneinander und blickten ihn mit tränenüberströmten, blassen Gesichtern an. Dann nickten sie unsicher.

Er ging zu einer der Leichen hinüber und drehte sie sanft um. Siedre hätte auch schlafen können. Ihr Gesicht erschien ihm genauso wie jeden Morgen, wenn er neben ihr erwachte. Es überraschte ihn immer wieder, wenn er in ihrem rotgoldenen Haar graue Strähnen entdeckte. Sie war seine Liebe, sein Leben, und sie erschien ihm ewig jung und neu. Er bemühte sich, das Blut nicht anzusehen, das den Vorderteil ihres Kleids durchnäßte, oder die klaffende Wunde unter ihrer Brust.

»Was willst du jetzt machen, Adan? Sag es uns! Was?«

Er strich Siedre das Haar aus dem Gesicht. Sie wollte immer einen ordentlichen Eindruck machen. Dann stand er auf und wandte sich langsam um. Vor ihm stand eine Gruppe zorniger, verängstigter Männer. Sulwin war ihr Anführer, ein hochgewachsener Mann mit tiefliegenden Augen. Er hatte sich die Haare lang wachsen lassen, Sulwin, als wolle er verbergen, daß er ein Aiel war. Das hatten einige Männer getan. Aber es hatte weder diese Männer noch die davor beeindruckt, als sie das Lager überfallen hatten.

»Ich werde unsere Toten begraben und weiterziehen, Sulwin.« Sein Blick wanderte zu Siedre zurück. »Was sonst?«

»Weiterziehen, Adan? Wie können wir weiterziehen? Wir haben keine Pferde. Wir haben fast kein Wasser mehr und keine Lebensmittel. Alles, was uns geblieben ist, sind Wagenladungen voll mit Sachen, die von den Aes Sedai niemals abgeholt werden. Was ist das alles, Adan? Was ist das, wenn wir unsere Leben dafür hergeben sollen, um all das um die halbe Welt zu schleppen? Etwas, das wir uns nicht einmal zu berühren getrauen. Wir können nicht so weitermachen wie bisher!«

»Wir können!« schrie Adan. »Wir werden! Wir haben Beine und wir haben starke Rücken. Wenn nötig, ziehen wir selbst die Wagen. Wir werden unsere Pflicht erfüllen, was auch kommt!« Er war überrascht, als ihm bewußt wurde, daß er die geballte Faust gehoben hatte. Die Faust! Er zitterte, als er sie wieder öffnete und an seiner Seite herabhängen ließ.

Sulwin trat zurück, blieb aber dann doch vor seinen Begleitern stehen. »Nein, Adan. Man erwartet von uns, daß wir einen sicheren Ort finden, und einige von uns haben das auch ernsthaft vor. Mein Großvater hat mir die Geschichten erzählt, die er als Junge hörte, Geschichten von einer Zeit, als wir in Sicherheit lebten und die Menschen zu uns kamen, um uns singen zu hören. Wir wollen einen Ort finden, wo wir sicher sind und wieder singen können.«

»Singen?« schimpfte Adan. »Ich habe diese Geschichten auch gehört, daß die Aiel so wundervoll gesungen hätten, aber ihr wißt genauso wenig davon wie ich. Die Lieder sind verloren und die alten Tage sind vergangen. Wir werden unsere Pflicht den Aes Sedai gegenüber nicht aufgeben, um etwas zu suchen, was schon lange und für immer verloren ist.«

»Einige von uns werden das aber tun, Adan.« Die anderen hinter Sulwin nickten. »Wir haben vor, diesen sicheren Ort zu finden. Und auch die Lieder. So ist es!«

Ein Krachen ließ Adans Kopf herumschnellen. Weitere Anhänger Sulwins entluden einen der Wagen, und eine große, niedrige Kiste war herausgefallen und aufgebrochen. Etwas, das wie eine Tür aus glänzendem, dunkelroten Sandstein aussah, lag drinnen. Auch andere Wagen wurden entladen. Weitere Freunde und Anhänger Sulwins erledigten das. Wenigstens ein Viertel der Menschen, die er sah, arbeiteten hart daran, alles auszuladen bis auf Lebensmittel und Wasser.

»Versuche nicht, uns aufzuhalten«, warnte Sulwin.

Adan entkrampfte erneut seine Faust. »Ihr seid keine Aiel«, sagte er. »Ihr verratet alles. Was ihr auch sein mögt, Aiel seid ihr nicht mehr!«

»Wir halten uns genau wie du an den Weg des Blattes, Adan.«

»Geht!« schrie Adan. »Geht! Ihr seid keine Aiel! Ihr seid verloren! Verloren! Ich will euch nicht mehr sehen! Geht!« Sulwin und die anderen stolperten beinahe davon.

Sein Herz wurde immer schwerer, als er die Wagen und die im Unrat herumliegenden Toten anblickte. So viele Tote, so viele Verwundete, die dalagen und stöhnten, während man sie verband und tröstete. Sulwin und die anderen Verlorenen verhielten sich beim Ausladen recht vorsichtig. Die Männer mit den Schwertern hatten viele Kisten aufgebrochen, bis ihnen klar wurde, daß sich weder Gold noch Lebensmittel darin befanden. Lebensmittel waren wertvoller als Gold. Adan betrachtete den steinernen Türrahmen, die herumliegenden Steinskulpturen und die eigenartigen Kristallgegenstände, die zwischen den Tonkrügen und anderem standen, für die Sulwins Leute keine Verwendung hatten. Konnte man überhaupt irgend etwas davon gebrauchen? Galt all ihre Treue und Hingabe nur der Erhaltung solchen Krams? Aber selbst wenn es so sein sollte, dann war es eben so. Einiges davon konnte gerettet werden. Er konnte wohl nicht feststellen, was den Aes Sedai am wichtigsten sei, aber einiges konnte gerettet werden.

Er sah, wie sich Maigran und Lewin an den Rock ihrer Mutter klammerten. Er war froh, daß Saralin am Leben geblieben war und sie weiter aufziehen konnte. Sein letzter Sohn, ihr Mann und der Vater ihrer Kinder, war am Morgen vom allerersten Pfeil durchbohrt worden. Einige von den anderen konnten ebenfalls gerettet werden. Er würde die Aiel retten, was es ihn auch kostete.

Er kniete nieder und nahm Siedre in die Arme. »Wir sind immer noch treu, Aes Sedai«, flüsterte er. »Wie lange werden wir Euch die Treue halten müssen?« Er legte den Kopf auf die Brust seiner toten Frau und weinte.

Tränen standen in Rands Augen. Fast lautlos hauchte er: *»Siedre.«* Der Weg des Blattes? Das war keine Aiel-Religion. Er konnte einfach nicht klar denken; er konnte beinahe gar nicht denken. Die Lichter wirbelten schneller und schneller. Neben ihm hatte Muradin den Mund zu einem lautlosen Heulen geöffnet. Die Augen des Aiel quollen heraus, als beobachte er den Tod aller Welt. Sie traten nebeneinander einen Schritt vor.

Jonai stand am Rande der Klippe und blickte nach Westen über das im Sonnenschein glänzende Meer. Zweihundert Meilen in dieser Richtung lag Comelle. Hatte Comelle gelegen. Comelle hatte am Abhang der Berge über dem Meer gelegen. Zweihundert Meilen westlich, wo jetzt nur noch die See wogte. Vielleicht wäre alles leichter zu ertragen gewesen, wenn Alnora noch lebte. Ohne ihre Träume wußte er kaum mehr, wohin er ziehen und was er anfangen sollte. Ohne sie war das Leben kaum noch lebenswert. Er fühlte jedes graue Haar auf seinem Kopf, als er sich abwandte, um zurück zu den Wohnwagen zu schlurfen, die eine Meile entfernt warteten. Es waren nun weniger Wagen, und sie sahen langsam abgenutzt aus. Auch weniger Menschen – ein paar tausend, wo es vorher Zehntausende gewesen waren. Aber zu viele für die übriggebliebenen Wagen. Niemand ritt mehr, außer den Kindern, die zu jung zum Laufen waren.

Adan kam ihm am ersten Wagen entgegen. Er war ein hochgewachsener junger Mann mit viel zu mißtrauischem Blick. Jonai erwartete immer noch, Willim zu sehen, wenn er sich nur schnell genug umdrehte. Aber Willim hatte man natürlich schon vor Jahren weggeschickt, als er begonnen hatte, die Macht zu benutzen, gleich, wie sehr er sich selbst dagegen wehrte. Es gab immer noch zu viele Männer auf der Welt, die mit der Macht umgehen konnten. Sie mußten manchmal sogar schon Jungen wegschicken, wenn sie die Anzeichen bemerkten. Sie mußten einfach. Und doch wünschte er sich seine Kinder zurück. Wann war Esole gestorben? So klein war das hastig gegrabene Loch, in das man sie gelegt hatte, nachdem es keine Aes Sedai in der Nähe gegeben hatte, die ihre Schwindsucht hätte heilen können.

»Es sind Ogier da, Vater«, sagte Adan aufgeregt. Jonai vermutete, sein Sohn habe nie geglaubt, daß die Geschichten von den Ogiern die reine Wahrheit seien. »Sie sind vom Norden hergekommen.«

Es war eine abgerissene Schar, zu der ihn Adan führte, nicht mehr als fünfzig, mit hohlen Wangen, traurigen Augen und schlapp herunterhängenden behaarten Ohren. Er hatte sich an die ausgezehrten Gesichter und die abgetragene, geflickte Kleidung seiner eigenen Leute gewöhnt, aber die Ogier im gleichen Zustand zu erleben schockierte ihn doch. Aber er hatte Menschen, um die er sich kümmern mußte, und Verpflichtungen den Aes Sedai gegenüber. Wie lange hatte er schon keine Aes Sedai mehr gesehen? Das letzte Mal, kurz nachdem Alnora gestorben war. Für Alnora war es zu spät gewesen. Die Frau hatte die immer noch am Leben Befindlichen geheilt, einige der *Sa'Angreal* mitgenommen und war ihres Weges gezogen. Sie hatte nur bitter gelacht, als er sie fragte, wo es einen sicheren Ort gebe. Auch ihr Kleid war geflickt und am Saum abgewetzt gewesen. Er war nicht sicher, ob sie geistig noch normal sei. Sie behauptete, einer der Verlorenen sei nur zum Teil gefangen oder vielleicht auch gar nicht. Ishamael berührt die Welt immer noch, hatte sie gesagt. Sie mußte genauso wahnsinnig sein wie die übriggebliebenen männlichen Aes Sedai.

Er riß sich von seinen Erinnerungen los und wandte sich den Ogiern zu, die unsicher auf ihren langen Beinen standen. Seit Alnoras Tod war er zu oft geistesabwesend. Sie hatten Brot und Schüsseln in den Händen. Er erschrak, als ihm klar wurde, daß er sich ärgerte, weil jemand von ihren wenigen Lebensmitteln mitgegessen hatte. Wie viele seiner Leute konnten von dem leben, was fünfzig Ogier vergaßen? Nein. Der Weg sagte ihnen, daß sie teilen mußten. Großzügig geben. Hundert Leute. Zweihundert?

»Ihr habt Chora-Schößlinge«, sagte einer der Ogier. Seine dicken Finger strichen sanft über die dreifingrigen Blätter der beiden Topfpflanzen, die an der Seite eines Wagens festgebunden waren.

»Ein paar«, sagte Adan kurz angebunden. »Sie sterben, aber die alten Leute ziehen zuvor immer neue Schößlinge heran.« Er hatte keine Zeit für Bäume. Er mußte sich um ein ganzes Volk kümmern. »Wie schlimm ist es im Norden?«

»Schlimm«, antwortete eine Ogierfrau. »Die Fäule dehnt sich nach Süden aus, und man sieht dort jetzt Myrddraal und Trollocs.«

»Ich glaubte, die seien alle tot.« Also dann nicht nach Norden. Sie konnten nicht nach Norden ziehen. Nach Süden? Das Jerenmeer lag zehn Tagesreisen im Süden. Oder befand es sich überhaupt noch dort? Er war müde, so müde.

»Ihr seid aus dem Osten gekommen?« fragte ein anderer Ogier. Er wischte seine Schüssel mit einem Stück Brotrinde aus und schlang sie herunter. »Wie sind die Zustände im Osten?«

»Schlimm«, antwortete Jonai. »Allerdings vielleicht nicht so schlimm, was Euch betrifft. Zehn – nein, zwölf Tage ist es her, daß einige Leute ein Drittel unserer Pferde stahlen, bevor wir entkommen konnten. Wir mußten Wagen zurücklassen.« Das tat weh. Zurückgelassene Wagen mit Inhalt. Dinge, die von den Aes Sedai den Aiel anvertraut worden waren, waren nun zurückgelassen worden. Daß es nicht das erstemal geschehen war, machte es noch schlimmer. »Beinahe jeder, den wir treffen, stiehlt Sachen von uns, was ihnen gerade gefällt. Vielleicht werden sie das bei Ogiern nicht machen.«

»Vielleicht«, sagte eine Ogierfrau, als könne sie das nicht ganz glauben. Jonai glaubte es vielleicht auch nicht – es gab eben einfach keinen wirklich sicheren Ort. »Wißt Ihr, wo sich irgendein *Stedding* befindet?«

Jonai sah sie mit großen Augen an. »Nein. Nein, das weiß ich nicht. Aber sicher könnt Ihr doch ein *Stedding* finden, wenn Ihr wollt?«

»Wir sind so weit gerannt und so lang«, sagte ein Ogier von hinten her, und ein anderer fügte in ihrem tiefen, grollenden Tonfall hinzu: »Das Land hat sich so verändert.«

»Ich glaube, wir müssen bald ein *Stedding* finden, oder wir werden sterben«, sagte die Ogierfrau. »Ich fühle ein... Sehnen... in mir. Wir müssen ein *Stedding* finden. Wir müssen einfach.«

»Ich kann Euch nicht helfen«, sagte Jonai traurig. Seine Brust war wie zusammengeschnürt. Das Land hatte sich wirklich bis zur Unkenntlichkeit verändert und veränderte sich immer noch. Die Ebene, über die sie letztes Jahr gezogen waren, konnte durchaus dieses Jahr durch einen Berg ersetzt sein. Also dehnte sich die Fäule aus. Myrddraal und Trollocs trieben immer noch ihr Unwesen. Menschen mit Gesichtern wie die Tiere, Menschen, die nichts mehr von den Da'schain wußten und sie nicht erkannten, stahlen ihre wenigen Güter. Das Atmen fiel ihm schwer. Die Ogier verloren. Die Aiel verloren. Alles verloren. Der Ring um seine Brust wurde immer enger. Der Schmerz ließ ihn aufstöhnen. Er sank auf die Knie nieder, krümmte sich und griff nach seiner Brust. Eine Faust hielt sein Herz gefangen und drückte zu.

Adan kniete besorgt neben ihm nieder. »Vater, was ist los? Was ist passiert? Was kann ich tun?«

Jonai schaffte es, seinen Sohn am ausgefransten Kragen zu packen und seinen Kopf nahe heranzuziehen. »Bring – die Menschen – nach Süden.« Zwischen Krämpfen, die ihm das Herz aus dem Körper zu reißen schienen, brachte er diese Worte mühsam heraus.

»Vater, du bist derjenige...«

»Hör zu. Hör zu! Bringe sie – nach Süden. Bringe – die Aiel – in Sicherheit. Haltet euch an – den Pakt. Behüte – was die Aes Sedai – uns anvertrauten – bis sie – es holen. Der Weg – des Blattes. Du mußt...« Er hatte sich bemüht. Solinda Sedai würde das einsehen. Er hatte es versucht. Alnora.

Alnora. Der Name verschwamm und der Schmerz in Rands Brust löste sich. Kein Sinn. Das ergab keinen Sinn. Wie konnten diese Menschen Aiel sein?

Die Säulen wurden von grellen Lichtwellen überlaufen. Ein Lufthauch erhob sich und wurde zum Wirbel.

Neben ihm öffnete Muradin den Mund weit, um zu schreien. Der Aiel krallte nach seinem Schleier, nach seinem Gesicht. Seine Fingernägel hinterließen lange, blutige Spuren.

Vorwärts.

Jonai eilte durch die verlassenen Straßen und versuchte, die zerstörten Gebäude und die abgestorbenen Chorabäume nicht zu beachten. Alles tot. Wenigstens hatte man die letzten der schon lange stehengelassenen Jomobile weggeschafft. Nachbeben ließen den Boden unter seinen Füßen immer noch erzittern. Er trug Arbeitskleidung, also natürlich den Cadin'sor, obwohl die ihm zugeteilte Arbeit nicht dem entsprach, wofür man ihn ausgebildet hatte. Er war dreiundsechzig, stand in der Blüte seines Lebens, noch nicht alt genug, um graue Haare zu haben, doch er fühlte sich wie ein müder alter Mann.

Niemand stellte ihm eine Frage, als er die Halle der Diener betrat. Es stand einfach niemand mehr unter den mächtigen Säulen am Eingang, der ihn hätte befragen oder begrüßen können. Drinnen liefen viele Menschen umher, die Arme voll mit Papieren oder Schachteln, die Augen ängstlich weit geöffnet, aber niemand beachtete ihn. Es lag ein Hauch von Panik in der Luft und das nahm mit jedem Nachbeben zu. Beunruhigt schritt er durch das Foyer und die breite Treppe hoch. Der silbrig-weiße Elstein war verschmutzt. Niemand hatte Zeit, sich darum zu kümmern. Vielleicht war es allen auch gleichgültig.

Er brauchte nicht an die Tür klopfen, die er gesucht hatte. Es war keine der großen, vergoldeten Türen zu einem der Versammlungsräume, sondern eine kleine, unauffällige Seitentür. Er schlüpfte leise hinein, und dann war er froh darüber. Ein halbes Dutzend Aes

Sedai stand um den langen Tisch herum und diskutierte. Sie schienen gar nicht zu bemerken, wenn das Gebäude bebte. Es waren alles Frauen.

Er schauderte, als er sich fragte, ob jemals wieder Männer an einer solchen Sitzung teilnehmen würden. Als ihm dann noch bewußt wurde, was auf dem Tisch lag, wurde aus dem Schaudern ein Zittern. Es war ein Kristallschwert – vielleicht als geistiger Brennpunkt für die Verwendung der Macht gedacht, vielleicht auch nur als Zierrat. Das konnte er nicht beurteilen. Jedenfalls lag das Schwert auf der Drachenflagge von Lews Therin Brudermörder, die wie ein Tischtuch ausgebreitet worden war und bis auf den Boden hinabhing. Sein Herz verkrampfte sich. Was hatte das hier zu suchen? Warum hatte man beides nicht zerstört, genau wie die Erinnerung an diesen verfluchten Mann?

»Was nützt schon Eure Weissagung«, schrie Oselle beinahe, »wenn Ihr uns nicht sagen könnt, wann das geschieht?« Ihr langes, schwarzes Haar flog, als sie den Kopf zornig schüttelte. »Der Bestand der Welt hängt davon ab! Die Zukunft! Das Rad selbst!«

Deindre blickte sie aber sehr viel ruhiger mit ihren dunklen Augen an. »Ich bin nicht der Schöpfer. Ich kann Euch nur das sagen, was ich in der Zukunft sehe.«

»Friede, Schwestern.« Solinda war die ruhigste von allen. Ihr altmodisches Tüllkleid wirkte wie feiner, blauer Dunst. Das rotgoldene Haar, das ihr bis zur Taille reichte, zeigte beinahe den gleichen Farbton wie das seine. Sein Großvater hatte ihr als junger Mann gedient, und doch sah sie jünger aus als er. Sie war eben eine Aes Sedai. »Wir haben keine Zeit mehr, uns zu zanken. Jaric und Haindar werden beide morgen hier ankommen.«

»Und das heißt, wir können uns keine Fehler leisten, Solinda.«

»Wir müssen wissen …«

»Gibt es eine Möglichkeit …?«

Jonai hörte nicht mehr hin. Sie würden ihn bemerken, wenn es an der Zeit war. Er war auch nicht der einzige im Raum neben den Aes Sedai. Someschta saß in der Nähe der Tür, den Rücken an die Wand gelehnt, eine aus Ranken und Blättern geformte Gestalt, deren Kopf selbst im Sitzen Jonai noch etwas überragte. Eine rißartige Narbe mit welk-braunen und rußigschwarzen Rändern zog sich über die Wange des Nyms bis hoch unter das grüne Gras seiner Haare, wo sie eine Furche hinterließ. Er blickte Jonai besorgt mit seinen Haselnußaugen an.

Als Jonai ihm zunickte, faßte er sich an die Narbe und runzelte die Stirn. »Kenne ich Euch?« fragte er leise.

»Ich bin dein Freund«, antwortete Jonai traurig. Er hatte Someschta jahrelang nicht mehr gesehen, aber von seinem Zustand gehört. Wie man ihm berichtet hatte, waren die meisten Nym tot. »Als ich ein Kind war, hast du mich auf den Schultern getragen. Erinnerst du dich nicht mehr daran?«

»Gesang«, sagte Someschta. »Gab es Gesang dabei? So vieles ist verloren gegangen. Die Aes Sedai behaupten, daß einiges wiedergewonnen werden kann. Du bist eines der Kinder des Drachen, nicht wahr?«

Jonai zuckte leicht zusammen. Die Bezeichnung hatte ihm bereits Schwierigkeiten bereitet, obwohl sie der Wirklichkeit überhaupt nicht entsprach. Aber viele Bürger heutzutage glaubten, die Da'schain Aiel hätten ausschließlich dem Drachen gedient und keinen anderen Aes Sedai.

»Jonai?«

Er drehte sich um, als Solindas Stimme erklang, und bei ihrer Annäherung sank er auf ein Knie nieder. Die anderen stritten sich noch immer, wenn auch viel leiser als vorher.

»Alles ist vorbereitet, Jonai?« sagte sie.

»Alles, Aes Sedai. Solinda Sedai …« Er zögerte und

atmete tief durch. »Solinda Sedai, einige von uns wollen hierbleiben. Wir könnten auch so noch dienen.«

»Wißt Ihr, was mit den Aiel in Tzora geschehen ist?« Er nickte, und sie seufzte. Dann streckte sie die Hand aus und strich ihm wie einem Kind über das kurzgeschnittene Haar. »Natürlich habt Ihr es erfahren. Ihr Da'schain habt mehr Mut als … Zehntausend Aiel hakten sich unter, bildeten eine lebende Kette und sangen. Sie versuchten, einen Wahnsinnigen daran zu erinnern, wer sie waren und wer er gewesen war, versuchten, ihn mit ihren Körpern und mit einem Lied umzustimmen. Jaric Mondoran tötete sie. Er stand da, blickte sie an, als stellten sie für ihn ein Rätsel dar, tötete sie, und sie rückten lediglich in den Reihen auf, schlossen die Lücken und sangen. Man hat mir berichtet, daß er dem letzten Aiel mehr als eine Stunde gelauscht hat, bevor er ihn vernichtete. Und dann brannte Tzora. Eine riesige Flamme verschlang Stein und Metall und Fleisch. Ein Glasklumpen befindet sich heute, wo vorher die zweitgrößte Stadt der Welt stand.«

»Viele Menschen hatten Zeit, um zu fliehen, Aes Sedai. Die Da'schain haben ihnen diese Zeit erkauft. Wir haben keine Angst.«

Ihre Hand verkrampfte sich in sein Haar, daß es schmerzte. »Die Bürger sind auch bereits aus Paaren Disen geflohen, Jonai. Außerdem werden die Da'schain noch eine große Rolle spielen. Wenn Deindre nur weit genug voraussehen könnte, um zu sagen, was es sein wird. Auf jeden Fall will ich hier etwas retten, und dieses Etwas seid Ihr.«

»Wie Ihr meint«, sagte er zögernd. »Wir werden das behüten, was Ihr uns anvertraut habt, bis Ihr es wieder braucht.«

»Selbstverständlich. Die Dinge, die wir Euch gaben.« Sie lächelte ihn an und löste ihren Griff aus seinem Haar. Dann strich sie es auch noch glatt und faltete schließlich die Hände. »Ihr werdet diese … Dinge … in

Sicherheit bringen, Jonai. Bleibt in Bewegung, zieht immer weiter, bis Ihr einen sicheren Ort findet, wo Euch niemand etwas antun kann.«

»Wie Ihr befehlt, Aes Sedai.«

»Wie steht es mit Coumin, Jonai? Hat er sich beruhigt?«

Er sah keine Möglichkeit, ihr die Antwort zu verschweigen, obwohl er sich am liebsten die Zunge abgebissen hätte. »Mein Vater versteckt sich irgendwo in der Stadt. Er versuchte uns … zum Widerstand zu überreden. Er wollte nicht auf uns hören, Aes Sedai. Er wollte nicht hören. Er hat irgendwo eine alte Schocklanze gefunden, und nun …« Er konnte nicht weitersprechen. Er erwartete, daß sie nun zornig werde, aber in ihren Augen glitzerten Tränen.

»Haltet Euch an den Pakt, Jonai. Und wenn die Da'schain alles andere verlieren, dann sorge trotzdem dafür, daß sie sich an den Weg des Blattes halten. Versprich es mir.«

»Natürlich, Aes Sedai«, sagte er erschrocken. Der Pakt und die Aiel, das war einfach nicht zu trennen. Den Weg des Blattes zu verlassen würde bedeuten, sich selbst aufzugeben. Coumin war ein Abtrünniger. Man sagte, er sei schon als Junge anders gewesen als die anderen und kaum noch ein Aiel, aber niemand wußte, warum.

»Geht nun, Jonai. Ich will Euch morgen weit weg von Paaren Disen wissen. Und denkt daran – bleibt immer in Bewegung. Behütet die Aiel.«

Er verbeugte sich im Knien, aber sie wandte sich bereits wieder der Diskussion zu. »Können wir Kodam und seinen Leuten vertrauen, Solinda?«

»Wir müssen, Oselle. Sie sind jung und unerfahren, aber kaum vom Verderben berührt, und … Und wir haben keine andere Wahl.«

»Dann tun wir eben, was sein muß. Das Schwert muß warten. Someschta, wir haben eine Aufgabe für den letzten der Nym, wenn Ihr sie erfüllen wollt. Wir haben schon zuviel von Euch verlangt, und nun müssen wir noch mehr verlangen.«

Während der Nym sich erhob, dienerte Jonai sich aus dem Raum. Someschtas Kopf berührte die Decke. Sie waren bereits so in ihre Pläne versunken, daß keine mehr auf ihn achtete. Trotzdem verzichtete er nicht auf diese letzte Ehrenbezeugung. Er glaubte nicht, daß er sie jemals wiedersehen würde.

Er rannte aus der Halle der Diener und aus der Stadt hinaus bis zu dem Ort, an dem ihn die große Versammlung erwartete. Tausende von Wagen erstreckten sich in zehn Reihen beinahe vier Meilen weit. Die einen Wagen waren mit Lebensmitteln und Wasserfässern beladen, andere mit den verpackten Sachen, die ihnen von den Aes Sedai anvertraut worden waren – *Angreal* und *Sa'Angreal* und *Ter'Angreal* – alles Dingen, die davor bewahrt werden mußten, in die Hände von Männern zu fallen, die durch die Benützung der Einen Macht dem Wahnsinn verfallen waren. Einst hätte es genügend andere Verkehrsmittel gegeben, um dies alles zu befördern, Jo-Mobile und Springer, Schweber und riesige Scho-Flieger. Nun mußten die mühsam aufgetriebenen Pferde und Planwagen ausreichen. Zwischen den Wagen standen die Menschen, ausreichend, um eine ganze Stadt zu bevölkern. Vielleicht waren dies alle Aiel, die noch auf der Welt am Leben geblieben waren.

Hunderte kamen ihm entgegen, Männer und Frauen, die Abgeordneten, die wissen wollten, ob die Aes Sedai einigen das Bleiben gestattet hätten. »Nein«, sagte er zu ihnen. Einige runzelten die Stirn und zögerten, doch er fügte hinzu: »Wir müssen gehorchen. Wir sind Da'schain Aiel, und wir unterstehen den Aes Sedai.«

Langsam gingen sie auseinander und zu ihren Wagen zurück. Er glaubte, zu verstehen, daß Coumins Name erwähnt wurde, aber davon durfte er sich nicht beeinflussen lassen. Er eilte zum eigenen Wagen, der an der Spitze einer der inneren Reihen stand. Sämtliche Pferde tänzelten nervös wegen der immer wiederkehrenden Erdstöße.

Seine Söhne saßen bereits auf dem Bock. Willim, der Fünfzehnjährige, hielt die Zügel, und neben ihm saß der zehnjährige Adan. Beide grinsten aufgeregt. Die kleine Esole lag oben auf der Plane, die ihre Habseligkeiten und – was wichtiger war – die ihnen von den Aes Sedai übergebenen Dinge – bedeckte, und spielte mit einer Puppe. Es gab keinen Platz zum Mitfahren, außer für die ganz Jungen und die ganz Alten. Hinter dem Kutschbock standen gut gesichert Blumentöpfe mit einem Dutzend Chora-Schößlingen, die er einpflanzen wollte, wenn sie einen wirklich sicheren Ort gefunden hatten. Vielleicht war das närrisch, aber es gab keinen Wagen, der nicht ein paar dieser Schößlinge mitgeführt hätte. Es war etwas aus einer längst vergangenen Zeit und gleichzeitig das Symbol einer hoffentlich besseren Zukunft. Die Menschen brauchten etwas Hoffnung und solche Sinnbilder.

Alnora wartete neben dem Gespann. Ihr schwarzes, glänzendes Haar fiel ihr in Locken auf die Schultern und erinnerte ihn an die Zeit, als er sie kennengelernt hatte. Damals war sie noch ein Mädchen gewesen. Doch nun waren ihre Augen von Sorgenfalten umgeben.

Er brachte ein schwaches Lächeln zuwege, um die Sorge in seinem eigenen Herzen zu verbergen. »Alles wird gut werden, Frau meines Herzens.« Sie antwortete nicht, und er fügte hinzu: »Hast du geträumt?«

»Nicht von der nahen Zukunft«, murmelte sie. »Alles wird gut, alles wird gut und alle möglichen Dinge werden gelingen.« Ihr Lächeln wirkte zittrig, und sie berührte ihn an der Wange. »Wenn ich bei dir bin, weiß ich, daß alles gut wird, Mann meines Herzens.«

Jonai hob die Arme und winkte. Die nächsten winkten ebenfalls und so durchlief das Startsignal die Reihen. Schwerfällig setzten sich die Wagen in Bewegung, und die Aiel verließen Paaren Disen.

Rand schüttelte den Kopf. Zuviel. Die Erinnerungen drängten sich. Die Luft schien von Wetterleuchten erfüllt. Der Wind wirbelte den körnigen Staub auf. Muradin hatte mit seinen Fingernägeln tiefe Furchen in sein Gesicht gerissen. Jetzt begann er, seine Augen auszukratzen. Vorwärts.

Coumin kniete in seiner Arbeitskleidung am Rand des gepflügten Ackers. Die weichen Schnürstiefel, Hose und Wams waren im gleichen Graubraun gehalten. Er kniete in einer langen Reihe, die den ganzen großen Acker umgab: immer zehn Da'schain Aiel, jeweils eine Armlänge voneinander entfernt, und dann kam ein Ogier. Er konnte auch den nächsten Acker noch überblicken, der ebenfalls lebendig gesäumt wurde. Dahinter saßen die Soldaten mit ihren Schocklanzen auf gepanzerten Jo-Mobilen. Ein Schweber brummte auf Patrouille über sie hinweg – eine tödliche, schwarze Metallwespe, in der zwei Männer saßen. Er war sechzehn, und die Frauen hatten entschieden, daß seine Stimme nun tief genug war, um am Aussaatsingen teilzunehmen.

Die Soldaten faszinierten ihn, ob es nun Menschen oder Ogier waren, so, wie eine bunte Giftschlange. Sie *töteten.* Der Großvater seines Vaters – Charn – behauptete, einst habe es keine Soldaten gegeben, doch Coumin glaubte ihm nicht. Wenn es keine Soldaten gab, wer würde dann die Nachtreiter und die Trollocs davon abhalten, alle zu töten? Natürlich behauptete Charn auch, damals habe es noch keine Myrddraal und Trollocs gegeben. Keine Verlorenen, keine Schattenabkömmlinge. Er hatte viele Geschichten auf Lager, die angeblich aus einer Zeit vor den Soldaten, den Nachtreitern und den Trollocs stammten, als angeblich der Dunkle Herr der Gräber noch irgendwo gefangen lag und keiner seinen Namen und überhaupt die Bezeichnung ›Krieg‹ kannte. Coumin konnte sich eine solche Welt nicht vorstellen. Der Krieg war schon alt gewesen, als er geboren wurde.

Charns Geschichten gefielen ihm schon, obwohl er sie nicht glauben konnte, aber einige brachten dem alten Mann doch finstere Mienen und Schelte ein. Beispielsweise wenn er behauptete, früher einer der Verlorenen gedient zu haben. Und nicht nur irgendeiner, nein, auch noch Lanfear selbst! Da könnte er gleich behaupten, Ishamael gedient zu haben. Wenn Charn schon Geschichten erfand, wünschte sich Coumin, er würde erzählen, wie er Lews Therin, dem großen Führer selbst, gedient habe. Sicher, dann würde jeder fragen, wieso er jetzt dem Drachen nicht mehr diente, aber das wäre immer noch besser als dieser Zustand jetzt. Coumin gefiel es nicht, wie die Bürger Charn anblickten, wenn er sagte, Lanfear sei nicht immer böse gewesen.

Eine Bewegung am Ende des Ackers sagte ihm, daß sich einer der Nym näherte. Die große Gestalt, die selbst die Ogier noch um Kopf, Schultern und Brust überragte, trat hinaus auf den Ackerboden, der bereits die Saat enthielt, und Coumin mußte gar nicht hinsehen, um zu wissen, daß in seinen Fußstapfen grüne Sprossen emporschossen. Es war Someschta, von ganzen Schmetterlingswolken umgeben, die ihn weiß und gelb und blau umschwärmten. Aufgeregtes Geplappere machte sich unter den versammelten Stadtbewohnern und Grundbesitzern breit, die neugierig weiter draußen standen. Auf jedem Feld stand jetzt ein Nym bereit.

Coumin fragte sich, ob er Someschta auf Charns Geschichten ansprechen solle. Er hatte sich schon einmal mit ihm unterhalten, und Someschta war alt genug, um zu wissen, ob Charn die Wahrheit sagte. Die Nym waren älter als jeder andere. Manche behaupteten, die Nym seien unsterblich oder lebten zumindest solange, wie es Pflanzen gab. Aber jetzt war nicht der richtige Zeitpunkt, um darüber nachzugrübeln, ob er einem Nym Fragen stellen solle.

Wie es der Brauch war, begann der Ogier. Er stand auf und sang. Sein Grollen in tiefstem Baß klang, als sänge die Erde selbst. Die Aiel erhoben sich, und die menschlichen Stimmen erklangen mit ihrem eigenen Lied. Selbst die tiefsten Stimmen unter ihnen lagen noch eine Oktave höher als die der Ogier. Und doch harmonierten die beiden Gesänge. Dann nahm Someschta die beiden Melodien auf und verwob sie in seinem Tanz. Er glitt mit langen, schwingenden Schritten über den Acker, die Arme weit gespreizt. Schmetterlinge umschwärmten ihn und landeten auf seinen Fingerspitzen.

Coumin hörte im Hintergrund die Gesänge an den anderen Äckern, hörte die Frauen rhythmisch in die Hände klatschen, um die Männer anzufeuern. Es war der Rhythmus und der Herzschlag neuen Lebens, doch dieses Wissen war fern und lag in einem Winkel seines Hinterkopfes. Das Lied berauschte ihn und sog ihn in sich auf. Er selbst war es, den Someschta in die Erde und um die Samen herum verwob. Es waren aber keine Samen mehr. Zemaisschößlinge bedeckten den ganzen Acker, und sie waren überall dort größer, wo sie der Fuß des Nyms berührt hatte. Keine Krankheit würde diese Pflanzen gefährden, kein Insekt sie kahlfressen. Aus den besungenen Samen würden Pflanzen wachsen, mehr als zwei Männer groß. Sie würden die Silos der Stadt füllen. Dafür war er geboren worden, um dieses und viele weitere Lieder zu singen, um Samen zu besingen. Er bedauerte es nicht, daß ihn die Aes Sedai mit zehn Jahren abgelehnt hatten, weil sie sagten, ihm fehle der Funke. Es wäre wunderbar gewesen, zum Aes Sedai ausgebildet zu werden, aber diese Augenblicke jetzt wogen alles auf.

Das Lied verklang langsam. Die Aiel ließen es gemeinsam ausklingen. Someschta tanzte noch ein paar Schritte weiter, nachdem die letzten Stimmen verklungen waren, denn es schien, als liege immer noch ein Hauch des Liedes in der Luft, solange er sich bewegte. Dann blieb er stehen, und es war vorüber.

Coumin war überrascht, als er bemerkte, daß die Stadtbewohner verschwunden waren. Er hatte allerdings keine Zeit, darüber nachzudenken, warum sie weg waren und wohin. Die Frauen kamen lachend heran, um die Männer zu beglückwünschen. Jetzt war er selbst einer dieser Männer und kein Junge mehr. Wenngleich sich die Frauen bei ihm noch nicht entschieden haben zu schienen: die einen küßten ihn auf den Mund, während die anderen emporfaßten und ihm über das kurzgeschnittene rote Haar strichen.

Da wurde er des Soldaten gewahr, der nur wenige Schritt entfernt stand und sie beobachtete. Er hatte seine Schocklanze und den Tarnumhang irgendwo liegen lassen, trug aber noch seinen Helm. Wie ein riesiger Insektenkopf sah dieser aus. Die ›Beißwerkzeuge‹ verbargen sein Gesicht, obwohl er das schwarze Schockvisier hochgeschoben hatte. Als sei ihm gerade klar geworden, daß er immer noch wie ein Fremdkörper wirkte, nahm der Soldat nun den Helm ab. Ein junger Mann wurde so enthüllt, der höchstens vier oder fünf Jahre älter war als Coumin. Der feste Blick aus seinen braunen Augen traf Coumin, und der Junge schauderte. Das Gesicht mochte ja nur vier oder fünf Jahre älter wirken, doch diese Augen … Auch der Soldat war bestimmt mit zehn Jahren ausgewählt worden, um seine Ausbildung zu beginnen. Coumin war froh, daß den Aiel diese Auswahl erspart blieb.

Einer der Ogier, Tomada, kam herüber. Seine behaarten Ohren zeigten fragend nach vorn. »Habt Ihr Neuigkeiten, Krieger? Ich sah Erregung unter den Jo-Mobilen, während wir sangen.«

Der Soldat zögerte. »Ich denke, ich kann es Euch sagen, obwohl es noch unbestätigt ist. Es wurde berichtet, daß Lews Therin die Gefährten heute morgen bei Sonnenaufgang zu einem Angriff auf den Shayol Ghul führte. Die Verbindung ist wohl gestört, doch im Bericht hieß es, der Riß sei versiegelt und die meisten der Verlorenen befänden sich drinnen. Vielleicht auch alle.«

»Dann ist alles vorbei.« Tomada atmete auf. »Endlich vorbei, das Licht sei gepriesen.«

»Ja.« Der Soldat blickte sich um. Mit einem Mal wirkte er verloren. »Ich… denke schon. Ich glaube…« Er sah seine Hände an und ließ sie dann wieder fallen. Er machte einen innerlich erschöpften Eindruck. »Die Leute hier konnten es kaum erwarten, mit dem Feiern zu beginnen. Wenn die Nachricht sich als richtig erweist, wird das tagelang so gehen. Ob sie wohl…? Nein, sie werden nicht wollen, daß sich Soldaten ihnen anschließen. Wie ist es mit Euch?«

»Heute abend vielleicht«, sagte Tomada. »Aber wir müssen noch drei weitere Städte besuchen, bevor unsere Runde geschafft ist.«

»Natürlich. Ihr habt noch Arbeit zu verrichten. Das bleibt Euch wenigstens.« Der Soldat sah sich wieder um. »Es gibt immer noch Trollocs. Obwohl die Verlorenen gefangen sind, bleiben noch die Trollocs. Und die Nachtreiter.« Er nickte vor sich hin und ging zurück zu den Jo-Mobilen.

Tomada zeigte natürlich weiter keine Erregung, aber Coumin war genauso überwältigt wie der junge Soldat. Der Krieg war vorüber? Wie würde die Welt ohne Krieg aussehen? Mit einemmal mußte er unbedingt mit Charn sprechen.

Bevor er noch die Stadt erreichte, hörte er bereits den Lärm der Feiern. Gelächter und Gesang schlugen ihm entgegen. Die Glocken im Rathausturm begannen jubilierend zu läuten. Die Menschen tanzten auf den Straßen – Männer, Frauen und Kinder. Coumin schob sich suchend zwischen ihnen durch. Charn hatte sich entschlossen, in einer der Schenken zu bleiben, wo die Aiel hier wohnten, anstatt mit zum Besingen zu kommen. Selbst die Aes Sedai konnten nicht mehr viel gegen die Schmerzen in seinen altersgeschwächten Knien unternehmen. Aber sicher war er jetzt auch draußen auf der Straße.

Plötzlich knallte etwas auf Coumins Mund und seine Beine gaben nach. Er rappelte sich auf die Knie hoch, bevor ihm überhaupt klar war, daß er am Boden lag. Die Hand, die er an den Mund hob, war blutig. Er blickte sich um und sah einen der Stadtbewohner, der sich mit wutverzerrtem Gesicht über ihn beugte und seine Faust rieb. »Warum habt ihr das getan?« fragte er ihn mühsam.

Der Mann fauchte ihn an: »Die Verlorenen sind tot. Tot, hörst du? Lanfear wird Euch nicht mehr beschützen. Wir werden alle von Euch ausrotten, die den Verlorenen dienten, während sie vorgaben, auf unserer Seite zu stehen. Wir werden mit Euch allen machen, was wir mit diesem verrückten alten Mann gemacht haben.«

Eine Frau zog den Mann am Arm weg. »Komm schon, Toma. Komm und halte deinen närrischen Mund! Willst du, daß die Ogier dich abführen?« Mit einemmal vorsichtig, ließ sich der Mann von ihr fortziehen, zurück in die Menschenmenge.

Coumin kämpfte sich hoch und rannte los, ohne auf das Blut zu achten, das ihm über das Kinn lief.

In der Schenke war es leer und still. Nicht einmal der Wirt war da, oder die Köchin und ihre Gehilfinnen. Coumin rannte durch das Haus und rief: »Charn? Charn? *Charn!*« Vielleicht auf dem Hinterhof? Charn saß gern unter den Gewürzapfelbäumen hinter der Schenke und erzählte von den Zeiten, als er noch jung gewesen war.

Coumin rannte zum Hinterausgang hinaus, stolperte

und fiel auf die Nase. Sein Fuß war an einem herumliegenden Stiefel hängengeblieben. Es war einer von Charns guten roten Stiefeln, die er die ganze Zeit über trug, da er nicht mehr am Besingen teilnahm. Coumin blickte instinktiv nach oben.

Charns weißhaariger Körper hing an einem Seil, das man über einen Firstbalken geworfen hatte. Der eine Fuß war bloß, wo er offensichtlich seinen Stiefel selbst abgetreten hatte. Die Finger einer Hand waren zwischen Hals und Seil eingeklemmt. Er hatte wohl versucht, sich gegen den Tod zu wehren, solange es ging.

»Warum?« fragte Coumin laut. »Wir sind Da'schain. Warum?« Es war niemand da, der die Frage beantworten konnte. Er preßte den Stiefel an seine Brust, kniete auf dem grasbewachsenen Boden und blickte zu Charns Leichnam empor, während der fröhliche Lärm über ihm zusammenschlug.

Rand bebte. Das Licht von den Säulen her war wie ein schimmernder, blauer Vorhang, der ihm schier die Nerven aus der Haut riß. Der Wind heulte – ein enormer Luftwirbel, der alles in sich hineinsog. Muradin hatte es geschafft, den Schleier anzulegen, doch über dessen Rand hinweg starrten leere und blutige Augenhöhlen. Der Aiel kaute heftig. Blutiger Schleim tropfte ihm auf die Brust. Vorwärts.

Charn schritt ganz an der Seite der breiten, belebten Straße entlang, unter dem Blätterdach der Chorabäume, deren dreifingrige Blätter Frieden und Zufriedenheit im Schatten der silbrigen Gebäude verbreiteten, die den Himmel zu berühren schienen. Eine Stadt ohne Chorabäume würde ihm so eintönig wie eine Steppe vorkommen. Jo-Mobile summten leise durch die Straßen, und ein großer, weißer Scho-Flieger schoß über den Himmel. Er beförderte bestimmt Bürger nach Comelle oder Tzora oder in eine der anderen Städte. Er selbst benützte nur selten einen Scho-Flieger. Falls er weit weg mußte, reiste er gewöhnlich in Begleitung einer Aes Sedai durch die Kurzen Wege. Doch heute abend würde er nach M'jinn fliegen. Heute feierte er seinen fünfundzwanzigsten Namenstag, und an diesem Tag wollte er Nallas neuesten Heiratsantrag endlich annehmen. Er fragte sich, ob sie wohl überrascht sei. Er hatte sie ein Jahr lang vertröstet, weil er sich nicht niederlassen wollte. Ihre Heirat würde bedeuten, daß er zu Zorelle Sedai wechseln müßte, der auch Nalla diente, aber Mierin Sedai hatte schließlich ihre Einwilligung gegeben.

Er kam um eine Ecke und sah gerade noch den dunklen, breitschultrigen Mann mit dem modischen Spitzbart, doch es war schon zu spät. Die Schulter des Mannes traf ihn voll, er stürzte hart zu Boden, fiel auf den Rücken, und sein Kopf knallte auf das Pflaster des Gehwegs, so daß er nur noch Sterne sah. Betäubt lag er da.

»Paßt nächstens besser auf!« fuhr ihn der Bärtige an. Dann zog er das ärmellose Wams zurecht und schlenkerte die Spitzenmanschetten in die richtige Lage. Sein schwarzes Haar, das ihm bis auf die Schultern fiel, war hinten zusammengebunden. Auch das war gerade groß in Mode. So imitierte man im Grunde die Aiel, auch wenn man nicht auf den Pakt eingeschworen war.

Die blonde Frau an seiner Seite legte ihm eine Hand auf den Arm. Ihr Kleid aus weißem Tüll schien durch ihre Verlegenheit irgendwie noch durchscheinender zu werden. »Jom, sieh mal sein Haar an. Er ist ein Aiel, Jom.«

Charn faßte nach seinem Kopf, um festzustellen, ob er eine Platzwunde habe. Die Finger fuhren durch das kurzgeschnittene rotgoldene Haar. Er zupfte an dem Pferdeschwanz in seinem Nacken. Alles in Ordnung. Eine Schwellung, sonst nichts, dachte er.

»Tatsächlich.« Der Ärger des Mannes machte Zerknirschtheit Platz. »Vergebt mir, Da'schain. Ich sollte besser aufpassen, nicht Ihr. Laßt mich Euch aufhelfen.« Er hatte sich schnell auf die neue Situation eingestellt und half nun Charn, auf die Beine zu kommen. »Geht es Euch gut? Laßt mich einen Springer rufen, der Euch an Euer Ziel bringt.«

»Ich bin unverletzt, Bürger«, sagte Charn sanftmütig. »Es war auch wirklich mein eigener Fehler.« Das stimmte; er hätte nicht so hetzen müssen. Dem Manne hätte glatt etwas passieren können. »Habe ich Euch weh getan? Bitte, vergebt mir.«

Der Mann öffnete den Mund und wollte protestieren. Das taten die Bürger immer. Sie glaubten wohl, die Aiel bestünden aus Glas. Doch bevor der Mann ein Wort herausbringen konnte, bebte der Boden unter ihren Füßen. Auch die Luft war plötzlich in Bewegung, schwappte in Wellen über sie. Der Mann sah sich nervös um und zog seinen modischen Tarnumhang enger um sich und seine Begleiterin zusammen, so daß ihre Köpfe körperlos über der Straße zu schweben schienen. »Was war das, Da'schain?«

Andere, denen Charns Haar ebenfalls aufgefallen war, versammelten sich nun um sie und stellten ängstlich die gleichen Fragen, doch er beachtete sie nicht. Er dachte gar nicht daran, daß er sich unhöflich ihnen gegenüber verhielt. Er schob sich einfach zwischen den Menschen durch, den Blick auf die Scharom gerichtet: die weiße Kugel, tausend Fuß im Durchmesser, die ebenso hoch über den blauen und silbernen Kuppeln des Collam Daan schwebte.

Mierin hatte gesagt, daß heute der große Tag sei. Sie meinte, sie habe eine neue Quelle der Einen Macht entdeckt. Mit ihrer Hilfe könnten weibliche und männliche Aes Sedai die gleiche Quelle benützen und nicht, wie bisher, voneinander getrennte Hälften. Ohne diese Trennung könnten Männer und Frauen gemeinsam noch viel Größeres vollbringen. Und heute wollte sie zusammen mit Beidomon zum erstenmal diese Kraftquelle anzapfen. Zum letztenmal mußten Männer und Frauen verschiedene Hälften der Wahren Quelle benützen, um sich eine neue zu erschließen. Heute.

Etwas, das wie ein kleiner, weißer Splitter wirkte, wirbelte auf einem Strahl schwarzen Feuers von der Scharom weg und senkte sich täuschend langsam und wie zufällig herab. Dann schossen mit einemmal hundert schwarze Feuerstrahlen aus der riesigen, weißen Kugel. Die Scharom brach wie ein Ei auseinander und begann, in einem obsidianschwarzen Inferno herabzufallen. Dunkelheit breitete sich über den Himmel. Die unnatürliche Nacht verschlang die Sonne. Es war, als sei die Schwärze der Lichtschein dieser Flammen. Überall schrien die Menschen voller Angst auf.

Beim ersten Feuerstrahl bereits rannte Charn los in Richtung Collam Daan, aber es war ihm klar, daß er zu spät kommen würde. Er hatte geschworen, den Aes Sedai zu dienen, und nun kam er zu spät. Beim Laufen liefen ihm die Tränen über die Wangen.

Rand blinzelte, um die schwarzen Flecken vor seinen Augen loszuwerden, und hielt sich den Kopf mit beiden Händen. Er hatte immer noch das Bild im Kopf, wie diese riesige Kugel in schwarzem Feuer brannte und vom Himmel stürzte. *Habe ich wirklich gesehen, wie das Schlupfloch in das Gefängnis des Dunklen Königs gebohrt wurde? Wirklich?* Er stand am Rande der Reihe von gläsernen Säulen und blickte *Avendesora* an. *Ein Chora-Baum. Eine Stadt ohne Choras ist nur eine Steppe. Und nun gibt es nur noch einen.* Die Säulen funkelten im blauen Schein der Nebelkuppel über ihm, aber nun kam das Licht nicht mehr aus ihrem Inneren, sondern war bloße Reflektion. Von Muradin war nichts zu sehen. Er glaubte nicht, daß der Aiel aus dem gläsernen Wald entkommen sei. Oder jemals entkommen würde.

Plötzlich fiel ihm etwas unten zwischen den Zweigen des Baums des Lebens auf. Eine Gestalt pendelte dort langsam hin und her. Es war ein Mann, der an einem um seinen Hals geschlungenen Seil hing, das man an einem Pfahl befestigt hatte. Den Pfahl hatte man einfach über zwei kräftige Äste gelegt.

Er brüllte auf und rannte zum Baum. Gleichzeitig griff er nach *Saidin.* Im Lauf erschien plötzlich das feurige Schwert in seiner Hand, und er sprang hoch und hackte damit auf das Seil ein. Gleichzeitig krachten Mat und er mit dumpfem Aufschlag auf die staubigen, weißen Pflastersteine. Der Pfahl rollte weg und klapperte neben ihnen herunter. Erst jetzt sah Rand, daß es kein einfacher Pfahl war, sondern ein ganz eigenartiger Speer mit schwarzem Schaft und einer kurzen Schwertklinge anstelle der üblichen Spitze. Die Klinge war leicht gekrümmt und einseitig geschliffen. Aber Rand war das gleich, und wäre er auch aus Gold und *Cuendillar* gewesen und mit Saphiren und Rubinen besetzt.

Er ließ Schwert und Macht fahren, riß das Seil von Mats Hals und preßte ein Ohr auf den Brustkorb des Freundes. Nichts. Verzweifelt riß er Mats Wams und Hemd auf und zerriß dabei den Lederriemen, an dem ein silbernes Medaillon hing. Er warf das Medaillon zur Seite und horchte noch einmal. Nichts. Kein Herzschlag. Tot. *Nein! Ihm wäre nichts passiert, wenn ich ihn mir nicht hierher hätte folgen lassen! Ich kann ihn nicht tot zurücklassen!*

Er knallte seine Faust, so hart er nur konnte, auf Mats Brustkorb, und wieder horchte er. Nichts. Ein weiterer Schlag, dann Horchen. Ja. Da war es. Ein ganz schwacher Herzschlag. Eindeutig. So schwach und so langsam. Und er wurde bereits wieder schwächer. Aber Mat war immer noch am Leben, trotz der breiten, blau angelaufenen Schwellung um seinen Hals. Vielleicht konnte man sein Leben erhalten.

Rand atmete so tief ein, wie er nur konnte, preßte seinen Mund auf den Mats und blies ihm den Atem ein. Wieder. Noch einmal. Dann sprang er auf, setzte sich auf Mats Brust und hob ihn am Bund seiner Hose hoch, bis sich die Hüften ein Stück über dem Boden befanden. Hoch und runter, dreimal, und dann zurück zur Mund-zu-Mund-Beatmung. Er hätte genauso die Macht benützen können; vielleicht hätte er damit mehr ausgerichtet. Doch er mußte an das Mädchen im Stein denken, und das hielt ihn davon ab. Er wollte Mat am Leben halten. Am Leben, und nicht als bloße Puppe, die mit Hilfe der Macht bewegt wurde. Damals in Emondsfeld hatte er einmal beobachtet, wie Meister Luhhan einen Jungen wiederbelebt hatte, den er leblos im Weinquellenbach treibend vorgefunden hatte. Also beatmete er Mat, wuchtete ihn hoch, blies und wuchtete und betete.

Plötzlich zuckte Mat und hustete. Rand kniete sich neben ihn und Mat legte beide Hände an seinen Hals, rollte sich auf die Seite und sog schmerzhaft röchelnd Luft in die gequälte Lunge.

Mat berührte das Stück Seil an seiner Seite mit einer Hand und schauderte. »Diese verdammten – Ziegenabkömmlinge«, grollte er heiser. »Sie versuchten – mich – umzubringen.«

»Wer?« fragte Rand und blickte sich mißtrauisch um. Halbfertige Paläste um den riesigen, mit seltsamen Gegenständen übersäten Platz, starrten ihn aus leeren Fensterhöhlen an. Rhuidean war doch sicher menschenleer bis auf sie! Nun ja, vielleicht war Muradin noch irgendwo am Leben.

»Die Leute – auf der anderen Seite – dieser – verflixten Tür.« Mat schluckte, was ihm offensichtlich Schmerzen bereitete, setzte sich auf und atmete krampfhaft durch. »Hier gibt es nämlich auch so eine, Rand.« Es klang, als habe man seine Kehle mit einem Reibeisen bearbeitet.

»Du konntest durchgehen? Haben sie dir Fragen beantwortet?« Das könnte sich als nützlich erweisen. Er brauchte unbedingt weitere Antworten. Tausend Fragen und viel zu wenige Antworten.

»Keine Antworten«, sagte Mat heiser. »Sie sind Betrüger. Und sie versuchten, mich umzubringen.« Er nahm das Medaillon in die Hand. Es zeigte einen silbernen Fuchskopf und war so groß, daß es fast seine Handfläche bedeckte. Dann verzog er das Gesicht und steckte es in die Tasche. »Wenigstens habe ich auch etwas von ihnen.« Er zog den eigenartigen Speer zu sich herüber und fuhr mit den Fingern an dem schwarzen Schaft entlang. Die ganze Länge entlang zog sich eine Zeile einer fremdartigen Kursivschrift, links und rechts beendet von jeweils einem in Metall eingearbeiteten Vogel, der noch schwärzer war als das Holz. Rand glaubte, es seien Raben. Auf der Klinge war ein weiteres solches Vogelpaar eingraviert. Mit rauhem, trockenen Lachen stand Mat auf, wobei er sich auf den Speer stützte. Die Schwertklinge endete gerade auf Kopfhöhe. Er dachte nicht daran, das Hemd zuzubinden oder die Knöpfe am Wams wieder zu schließen. »Ich behalte auch den. Ihr Scherzartikel, aber ich behalte ihn trotzdem.«

»Wieso Scherz?«

Mat nickte. »Was darauf steht.

›Solchermaßen wird unser Vertrag niedergeschrieben. Solchermaßen wird die Vereinbarung geschlossen. Der Gedanke ist der Pfeil der Zeit. Die Erinnerung wird niemals verblassen. Worum gebeten wurde, das wurde gegeben. Der Preis wurde bezahlt.‹

Ein netter Scherz, nicht wahr? Ich werde ihnen den eigenen Witz in den Hals stopfen, bis sie ersticken, wenn ich eine Gelegenheit dazu bekomme. Ich gebe ihnen ihr ›Gedanke‹ und ›Erinnerung‹ zurück.« Er zuckte ein wenig zusammen und fuhr sich mit der Hand durch das Haar. »Licht, mein Kopf tut vielleicht weh! Es dreht sich alles, so wie tausend Bruchstücke von Träumen, und jeder davon ist wie eine Nadel. Glaubst du, Moiraine wird etwas dagegen tun, wenn ich sie darum bitte?«

»Da bin ich sicher«, antwortete Rand bedächtig. Mat mußte starke Schmerzen haben, wenn er Hilfe bei einer Aes Sedai suchte. Er betrachtete wieder den dunklen Speerschaft. Der größte Teil der Inschrift war durch Mats Hand verdeckt, doch nicht alles. Was da auch stehen mochte, davon hatte er keine Ahnung. Woher wußte Mat das? Rhuideans leere Fensterhöhlen starrten ihn an. Wir verbergen noch so manches Geheimnis, schienen sie ihm sagen zu wollen. Mehr als du ahnst. Schlimmeres, als du ahnst. »Gehen wir zurück, Mat. Es ist mir gleich, ob wir mitten in der Nacht durch das Tal gehen müssen. Wie du ja sagtest, wird es nachts wenigstens kühler. Ich will nicht länger hier bleiben.«

»Das kommt mir entgegen«, sagte Mast hustend. »Solange wir noch einmal einen Schluck Wasser aus diesem Brunnen trinken können ...«

Rand paßte seinen Schritt dem Mats an. Der ging zuerst ziemlich langsam und stützte sich bei jedem Schritt auf den Speer wie auf einen Wanderstock. Er blieb einmal kurz stehen, um die beiden Figuren zu betrachten, den Mann und die Frau mit den Kristallkugeln, aber dann ging er weiter. Noch nicht. Das hatte noch lange Zeit, falls er vom Glück begünstigt war.

Als sie den Platz hinter sich hatten, wirkten die unvollendeten Paläste an den Straßen bedrohlich. Ihre gezackten Spitzen hätten Mauern einer gewaltigen Festung sein können. Rand griff nach *Saidin,* obwohl er keine reale Bedrohung entdecken konnte. Doch er fühlte sie – als bohrten sich mörderische Blicke in seinen Rücken. Rhuidean lag friedlich und menschenleer da. Im blauen Glühen des Nebeldaches gab es keine Schatten. Der Staub auf der Straße wurde vom Wind aufgewirbelt... Der Wind. Es wehte überhaupt kein Wind.

»Ach, seng mich«, knurrte Mat. »Ich glaube, wir haben Probleme, Rand. Das habe ich nun davon, daß ich in deiner Nähe bleibe. Du bringst mich jedesmal in Schwierigkeiten.«

Die Wellen im Staub schlugen schneller empor. Staubkämme vereinigten sich zu dickeren Wellen und bebten erwartungsvoll.

»Kannst du schneller gehen?« fragte Rand.

»Lehen? Blut und Asche, ich kann laufen!« Er nahm den Speer schräg vor die Brust und rannte schleppend los.

Rand lief neben ihm und ließ wieder das Schwert erscheinen. Er wußte wohl nicht, was er gegen Staubwogen ausrichten sollte und was das Schwert überhaupt nützen könne. Es war ja nur Staub. *Nein, das ist es, verdammt noch mal, nicht! Es ist eine dieser Blasen. Das Böse des Dunklen Königs, das durch das Muster dringt und verfluchte* Ta'veren *sucht. Ich weiß schon, was das ist.*

Rund um sie herum bebte der Staub, ballte sich zusammen und lagerte sich in immer dickeren Schichten ab. Plötzlich richtete sich genau vor ihnen im trockenen Bassin des Brunnens eine aus Staub geformte Gestalt auf, die Gestalt eines Mannes, düster und ohne fest umrissene Züge, aber mit Fingern wie scharfe Klauen. Stumm sprang sie auf die beiden zu.

Rand bewegte sich instinktiv – ›Der Mond erhebt sich aus dem Wasser‹ – und die aus der Macht gefertigte Klinge durchschnitt diese dunkle Gestalt. Innerhalb eines Wimpernschlags befand sich an deren Stelle nur noch eine dichte Staubwolke, die sich langsam auf das Pflaster senkte.

Doch die eine Gestalt wurde durch andere ersetzt. Von allen Seiten her stürmten schwarze, gesichtslose Gestalten auf sie ein. Jede sah anders aus als die nächste, doch alle hatten sie diese scharfen Klauen. Rand tanzte zwischen ihnen den Tanz der Schwerter. Seine Klinge webte komplizierte Muster in der Luft und hinterließ überall im blauen Schein schimmernde Staubkörner. Mat benützte seinen Speer wie einen Bauernspieß. Er wirbelte ihn durch die Luft, daß er kaum noch sichtbar war, und er setzte auch die Schwertklinge an der Spitze ein, als habe er nie etwas anderes getan. Die Geschöpfe starben, oder verwandelten sich vielmehr wieder in den Staub, aus dem sie geboren worden waren, doch es waren sehr viele und sie waren schnell. Rand lief Blut über das Gesicht und die alte Wunde an seiner Seite brannte so sehr, daß er fürchten mußte, sie werde wieder aufbrechen. Auch Mats Gesicht war rot von Blut. Es rann ihm bis über die Brust. Zu viele und zu schnell.

Du vollbringst noch nicht einmal den zehnten Teil dessen, wozu du bereits jetzt fähig bist. Das hatte Lanfear zu ihm gesagt. Er lachte, während er eine Fechtposition nach der anderen einnahm, während er den Tanz des Todes tanzte. Von einer der Verlorenen zu lernen! Aber warum nicht, wenn auch nicht auf die Art, die sie im Sinn hatte. Ja, er würde es versuchen. Er griff nach der Macht, verwob Stränge des Elements Luft und jagte einen Luftwirbel in jede der schwarzen Gestalten mitten hinein. Sie explodierten zu Staubwolken. Er hustete. Soweit er nur blicken konnte, senkte sich dichter Staub auf den Boden.

Hustend und schwer atmend stützte sich Mat auf seinen Speer mit dem dunklen Schaft. »Hast du das getan?« keuchte er und wischte sich Blut aus den Augen. »Wurde auch Zeit. Wenn du so was tun kannst, warum hast du es, verdammt noch mal, nicht gleich getan?«

Rand fing wieder an zu lachen. *Weil ich nicht auf die Idee kam. Weil ich gar nicht wußte, wie, bis ich es versuchte.* Doch das Lachen gefror ihm in der Kehle. Der Staub fiel auf den Boden und bildete sofort neue Wellen. Die

Bewegung durchlief den Staubteppich, soweit er sehen konnte. »Renn!« sagte er. »Wir müssen hier raus. Renn!«

Seite an Seite hasteten sie auf den Nebel zu, hackten im Vorbeilaufen auf den Staub ein, wo er sich bedrohlich verdichtete, traten nach Staubwehen, taten alles, damit sich keine neuen Gestalten dieser Art bilden konnten. Rand sandte nach allen Seiten Windhosen aus, die wild durch den Staub wirbelten. Doch der verdichtete sich sofort wieder, noch bevor er den Boden erreichte. So rannten sie weiter, in den Nebel hinein und hindurch, und standen plötzlich in der Dämmerung, tiefe, scharf umrissene Schatten in ihrer Umgebung.

Die alte Wunde brannte höllisch, doch Rand fuhr herum, bereit, alles einzusetzen: Blitze, Feuer, was auch immer. Doch nichts drang durch den Nebel hinter ihnen. Vielleicht war der Nebel wie eine Mauer, die diese dunklen Gestalten zurückhielt. Vielleicht hielt er sie dort drinnen fest. Vielleicht... Er wußte es nicht. Es war ihm eigentlich auch gleichgültig, solange ihm nur diese – Dinge – nicht folgten.

»Seng mich«, knurrte Mat heiser, »wir waren die ganze Nacht über dort drinnen. Die Sonne geht schon bald auf. Ich hatte keine Ahnung, daß es so lange dauerte.«

Rand blickte zum Himmel auf. Die Sonne stand noch hinter den Bergen. Ihre zerklüfteten Gipfel waren von rückwärts strahlend beleuchtet. Lange Schatten zogen sich über die Talsohle. *Er wird bei Sonnenaufgang aus Rhuidean kommen und Euch mit Banden aneinanderfesseln, die Ihr nicht zerreißen könnt. Er wird Euch zurückbringen, und er wird Euch vernichten.*

»Gehen wir zurück zum Lager oben«, sagte er leise. »Sie werden schon auf uns warten.« *Auf mich.*

KAPITEL 5

Durch die kurzen Wege

Die Dunkelheit innerhalb der Wege ließ den Lichtschein von Perrins Stablaterne zu einem unbedeutenden kleinen Lichtkreis um ihn selbst und Gaul herum zusammenschrumpfen. Das Knarren seines Sattels, das Knirschen und Klappern der Hufe auf dem Steinboden, alles schien nicht weiter zu dringen als bis zum Rand dieses Lichtkreises. Kein Geruch lag in der Luft; nichts. Der Aielmann hielt leicht bei Trabers Schrittempo mit und spähte ständig nach dem trüben Laternenschein von Loials Gruppe aus, die sich ein Stück voraus befand. Perrin weigerte sich, sie als Failes Gruppe zu bezeichnen. Trotz ihres schlechten Rufs schienen die Wege Gaul überhaupt nicht zu beeindrucken. Perrin konnte nicht anders: Er lauschte andauernd in die Dunkelheit hinein, und das schon zwei Tage lang oder was man hier so Tage nennen konnte. Seine Ohren würden den Laut dessen als erste auffangen, das ihm sagte, sie müßten alle sterben oder es würde ihnen noch Schlimmeres zustoßen. Das Heulen des Windes, wo niemals ein Wind wehte. Kein wirklicher Wind, sondern *Machin Shin,* der Schwarze Wind, der die Seelen fraß. Immer wieder kam ihm der Gedanke, daß es doch absolut irrsinnig gewesen war, durch die Wege reisen zu wollen, aber andererseits, nun ja, wenn die Notwendigkeit bestand, was wollte man da machen?

Das schwache Licht voraus bewegte sich nicht mehr, und so ließ er Traber anhalten, obwohl sie mitten auf einer uralten Steinbrücke standen, die sich durch vollkommene Schwärze schwang. Wie alt sie war, konnte er an den Rissen in der Brüstung sehen und an dem mit Schlaglöchern übersäten Straßenbelag. Sehr wahrscheinlich hatte sie bereits dreitausend Jahre lang hier gestanden, und nun schien sie dem Einsturz nahe. Vielleicht würde sie gerade jetzt einstürzen?

Das Packpferd drängte sich an Traber heran. Die beiden Tiere wieherten leise und rollten ängstlich mit den Augen. Die Dunkelheit ihrer Umgebung machte sie so unruhig. Perrin wußte genau, wie sich die Pferde fühlten. Noch ein paar Menschen in ihrer Begleitung hätten geholfen, diese Dunkelheit nicht gar so drückend erscheinen zu lassen. Aber er hätte sich um keinen Preis den Laternen vor ihnen genähert, selbst wenn er ganz allein wäre. Da hätte er höchstens riskiert, dasselbe zu erleben wie auf jener ersten Insel, kurze Zeit, nachdem sie die Wege in Tear betreten hatten. Er kratzte sich gereizt in seinem lockigen Bart. Er war sich selbst nicht klar darüber, was er eigentlich erwartet hatte, aber bestimmt nicht…

Die Stablaterne hüpfte auf und ab, als er aus dem Sattel stieg und Traber sowie das Packpferd zum Wegweiser führte, einer hohen, weißen Steinplatte, die mit in Silber eingelegten Schriftzeichen bedeckt war. Die Zeichen erinnerten ein wenig an Ranken und Blätter, aber die gesamte Oberfläche der Platte war mit Löchern übersät, als habe man Säure daraufgegossen. Er konnte die Schrift natürlich nicht lesen. Das mußte Loial tun, denn es war ja Ogier-Schrift. Nach einem Augenblick der Betrachtung schritt er um den Wegweiser herum und sah sich die Insel an. Sie entsprach genau den anderen, die er gesehen hatte: eine weiße Steinbrüstung, die ihm bis an die Rippen reichte, in kunstvollen Schwüngen und Rundungen durchbrochen. In Abständen wurde die Brüstung durch Brücken unterbrochen, die hinaus in die Dunkelheit ragten, und an anderen Stellen mündeten Rampen ohne jedes Geländer ein, die ohne sichtbare Stütze nach oben oder unten führten. Überall zeigten sich Risse, Schlag-

löcher, Spalten, so, als verrotte der Stein ganz langsam. Bei jedem Hufschlag der Pferde konnte man hören, wie kleine Steinsplitterchen wegflogen. Gaul spähte ohne sichtbares Zeichen von Nervosität in die Dunkelheit hinaus, aber er wußte ja auch nicht, was dort draußen auf sie warten mochte. Perrin wußte es nur zu gut.

Als Loial und die anderen nachkamen, sprang Faile sofort von ihrer schwarzen Stute und marschierte geradewegs auf Perrin zu. Sie sah ihm dabei eindringlich in die Augen. Er bereute es bereits, ihr Sorgen bereitet zu haben, aber eigentlich wirkte sie gar nicht besorgt. Er konnte ihren Gesichtsausdruck nicht deuten, nur entschlossen wirkte er schon.

»Hast du dich endlich entschieden, wieder mit mir zu sprechen, anstatt …?«

Ihre gewaltige Ohrfeige ließ ihn Sterne sehen. »Was hast du dir eingebildet«, fauchte sie ihn an, »hier einfach wie ein wilder Keiler heraufzustürmen? Du kennst keine Rücksicht! Keine!«

Er atmete langsam und tief durch. »Ich habe dir schon einmal gesagt, daß du so etwas nicht tun sollst.« Sie öffnete ihre dunklen, leicht schräg stehenden Augen ein wenig weiter, als habe er etwas Aufreizendes gesagt. Er rieb sich noch die eine Wange, als ihre zweite Ohrfeige auf die andere klatschte und ihm beinahe das Kinn ausrenkte. Die Aiel sahen interessiert zu, während Loials Ohren traurig heruntersackten.

»Ich habe dir doch gesagt, du sollst das lassen«, grollte er. Ihre Faust war zwar nicht sehr groß, doch der Schlag in seine Magengrube nahm ihm momentan die Luft. Er krümmte sich, und sie hob die Faust schon wieder. Da packte er sie knurrend am Kragen und …

Es war ja ihre eigene Schuld gewesen. Allerdings. Er hatte sie gebeten, nicht zuzuschlagen, hatte es ihr immer wieder gesagt. Ihre eigene Schuld. Er war aber doch überrascht, daß sie keines ihrer Messer gezogen hatte; sie trug beinahe so viele wie Mat mit sich herum.

Natürlich war sie wütend gewesen. Wütend auf

Loial, weil er versucht hatte, sich einzumischen – sie konnte ganz gut auf sich selbst aufpassen, danke schön. Wütend auf Bain und Chiad, weil sie sich *nicht* eingemischt hatten. Es hatte sie getroffen, als die beiden ihr erklärten, sie hätten nicht geglaubt, sie wünsche ihre Hilfe in einem Kampf, den sie selbst begonnen hatte. *Wenn du dich entscheidest, zu kämpfen,* hatte Bain gesagt, *dann mußt du auch die Konsequenzen tragen und mit Würde gewinnen oder verlieren.* Aber sie schien auf ihn kein bißchen wütend mehr zu sein! Das machte ihn nervös. Sie sah ihn nur an, und in ihren dunklen Augen glitzerten Tränen. Das ließ ihn sich schuldig fühlen, und das wiederum machte nun zur Abwechslung ihn wütend. Warum sollte er Schuld empfinden? Erwartete sie von ihm, daß er einfach dastand und sich nach Herzenslust schlagen ließ? Sie war wieder auf ihre Stute geklettert, hatte steif und stumm oben gesessen, nicht ein bißchen entspannt, und ihn mit einem undefinierbaren Gesichtsausdruck angeblickt. Das machte ihn sehr nervös. Er wünschte beinahe, sie hätte statt dessen ein Messer gezogen. Beinahe.

»Sie sind wieder in Bewegung«, sagte Gaul.

Perrin riß sich aus der Vergangenheit los und kehrte in die Gegenwart zurück. Die andere Laterne bewegte sich tatsächlich wieder. Jetzt hielt sie inne. Einer von ihnen hatte wahrscheinlich bemerkt, daß sie ihnen noch nicht folgten. Vielleicht Loial. Faile war es möglicherweise gleich, ob er sich verirrte, und die beiden Aielfrauen hatten schon zweimal versucht, ihn zu überreden, mit ihnen ein Stück weiter hinaus ins Dunkle zu gehen. Es hatte des leichten Kopfnickens von Gaul nicht bedurft, um ihr Angebot abzulehnen. Er kitzelte Traber mit den Fersen in den Flanken, damit er weiterschritt, das Packpferd im Schlepptau.

Der Wegweiser hier war noch stärker verwittert als die meisten, die er bisher gesehen hatte. Er ritt ohne weiteren Blick daran vorbei. Der Lichtschein der anderen Laternen bewegte sich schon auf einer der Rampen abwärts, und er folgte seufzend. Er haßte diese Rampen. An der Seite nur tiefe Dunkelheit, so wand sie sich spiralförmig in die Tiefe. Außerhalb des Lichtkreises der über seinem Kopf schwankenden Laterne war nichts zu sehen. Etwas in seinem Innern sagte ihm, daß ein Sturz über die Außenkante nie enden werde. Traber und das Packpferd hielten sich automatisch in der Mitte und selbst Gaul mied die Außenkante. Was noch schlimmer war: Als die Rampe schließlich wieder auf einer neuen Insel endete, konnte er das Gefühl nicht vermeiden, daß diese sich genau unter derjenigen befand, die sie vorher verlassen hatten. Er war froh, als er sah, daß auch Gaul unwillkürlich nach oben blickte, froh, daß er nicht der einzige war, der sich fragte, was die Inseln wohl an diesen Stellen festhielt und ob nicht gleich alles einstürzen werde.

Wieder standen die Laternen Loials und Failes still, bestimmt vor einem neuen Wegweiser. So hielt er die Pferde an und sie blieben gerade noch auf der Rampe vor dem Erreichen der Insel stehen. Diesmal rührten sie sich nicht vom Fleck. Nach ein paar Augenblicken drang Failes Stimme zu ihm herüber: »Perrin!«

Der Gerufene und Gaul blickten sich an. Dann zuckte der Aielmann die Achseln. Sie hatte nicht mehr mit Perrin gesprochen, seit er sie …

»Perrin, komm her!« Es war nicht gerade im Befehlston gesprochen, aber gewiß auch keine Bitte.

Bain und Chiad hockten entspannt neben dem Wegweiser, und Loial sowie Faile saßen ganz nahe auf ihren Pferden, die Stablaternen in der Hand. Der Ogier hielt auch die Zügel ihrer Packpferde. Seine Ohren zuckten, als er erst Faile, dann Perrin ansah, und dann wieder Faile. Andererseits schien sie vollkommen darauf konzentriert, ihre Reithandschuhe zurechtzuzupfen, weiche grüne Lederhandschuhe, die auf dem Handrücken jeweils einen goldenen Falken zeigten. Sie hatte sich auch umgezogen. Ihre frische Kleidung wies den gleichen Schnitt auf wie die vorherige, hoher Kragen und enger Hosenrock, doch sie war aus brokatbesetzter grüner Seide gefertigt und schien auch irgendwie ihren Busen zu betonen. Perrin hatte diese Sachen noch nie gesehen.

»Was willst du?« fragte er mißtrauisch.

Sie blickte auf, als sei sie überrascht, ihn zu sehen, hielt den Kopf nachdenklich ein wenig schief und lächelte dann, als habe sie sich gerade daran erinnert. »Ach, ja. Ich wollte sehen, ob man dir beibringen kann, zu kommen, wenn ich dich rufe.« Ihr Lächeln wurde breiter, wohl, weil sie gehört hatte, wie er mit den Zähnen knirschte. Er rieb sich die Nase. Es lag ein leicht ranziger Geruch in der Luft.

Gaul lachte leise in sich hinein. »Genauso könntest du versuchen, die Sonne zu verstehen, Perrin. Sie existiert einfach, und es gibt nichts zu verstehen daran. Du kannst nicht ohne sie leben, aber sie fordert ihren Preis. Genauso ist es mit den Frauen.«

Bain beugte sich hinüber und flüsterte Chiad etwas ins Ohr. Dann lachten beide. So, wie sie Gaul und ihn anblickten, wollte Perrin lieber erst gar nicht wissen, was sie so komisch gefunden hatten.

»Das stimmt überhaupt nicht«, grollte Loial, wobei seine Ohren prüfend vor- und zurückzuckten. Er sah Faile anklagend an, was ihr aber nichts auszumachen schien, denn sie lächelte ihn nur kurz an und beschäftigte sich wieder mit ihren Handschuhen. Jeder einzelne Finger wurde sorgfältig zurechtgezupft. »Es tut mir leid, Perrin. Sie bestand darauf, daß sie selbst dich rufen wolle. Deshalb. Wir sind da.« Er zeigte auf den unteren Teil des Wegweisers, von dem aus eine weiße, von Schlaglöchern unterbrochene Linie nicht zu einer Brücke oder einer Rampe führte, sondern geradewegs hinein in die Dunkelheit. »Das Wegetor von Manetheren, Perrin.«

Perrin nickte stumm. Er wollte nicht vorschlagen, der Linie zu folgen, damit ihm Faile nicht wieder vorwarf, er habe die Führung übernommen. Wieder rieb er sich abwesend die Nase. Dieser fast unterschwellige ranzige Geruch ging ihm auf die Nerven. Er würde nichts vorschlagen, und sei es noch so vernünftig. Wenn sie die Führung behalten wollte, na bitte. Doch sie saß im Sattel, fummelte an ihren Handschuhen herum und wartete ganz offensichtlich darauf, daß er etwas sagte, damit sie dann eine geistreiche Bemerkung loslassen konnte. Sie bevorzugte Spitzen, während er einfach sagte, was er dachte. Gereizt ließ er Traber wenden, um ohne sie und Loial loszureiten. Die Linie führte zu einem Wegetor und er konnte das *Avendesora-Blatt* genausogut selbst finden, um es zu öffnen.

Plötzlich hörte er das gedämpfte Klappern von Hufen aus der Dunkelheit. Das und der ranzige Geruch ließen es ihm mit einemmal wie Schuppen von den Augen fallen. »Trollocs!« brüllte er.

Gaul wirbelte mit einer geschmeidigen Bewegung herum und rammte einen Speer in den durch einen schwarzen Schuppenpanzer geschützten Brustkorb eines Trollocs mit Wolfsschnauze, der mit erhobenem Sichelschwert in den Lichtkreis stürmte. Aus dieser Bewegung heraus trat der Aiel zur Seite, zog mühelos den Speer aus dem Körper des Trollocs, und die mächtige Gestalt stürzte knapp neben ihm zu Boden. Hinter dem einen kamen weitere herangerannt. Ziegenbärte und Hauer von Keilern, spitze Schnäbel und gewundene Hörner, Krummschwerter, Dornenäxte und harpunenartige Speere ... Die Pferde bäumten sich auf und wieherten wild.

Perrin hielt die Laterne an der Stange hoch, denn der Gedanke, im Dunklen diesen Kreaturen gegenüberzustehen, ließ ihm den kalten Schweiß ausbrechen. Dann schlug er nach einem Gesicht mit einer Schnauze voller spitzer Zähne. Er war überrascht, als ihm bewußt wurde, daß er den Hammer aus der Schlaufe neben den Satteltaschen gerissen hatte. Wenn er auch nicht die scharfe Schneide der Axt aufwies, reichten doch zehn Pfund Stahl, von dem starken Arm eines Schmieds geschwungen, um den Trolloc mit eingeschlagenem Gesicht kreischend zurücktaumeln zu lassen. Loial schlug mit seiner Laternenstange auf einen Kopf mit Ziegenhörnern ein. Die Laterne zerbrach dabei, das heiße Öl floß dem Trolloc über den Schädel, und er rannte brüllend und heulend in die Dunkelheit. Der Ogier schlug wild mit der dicken Stange um sich, die in seinen großen Händen wie eine Rute wirkte, aber wo sie auftraf, da krachten und zersplitterten Knochen. Eines von Failes Messern steckte plötzlich in einem nur zu menschlich wirkenden Auge über einer hauerbewehrten Schnauze. Die Aiel tanzten den Speertanz. Sie mußten die Zeit gefunden haben, ihre Schleier anzulegen. Perrin schlug und schlug und schlug. Ein Wirbel des Todes breitete sich aus. Es dauerte … eine Minute? Fünf? Es erschien ihm wie eine Stunde. Aber schließlich lagen drei Trollocs am Boden, und diejenigen, die noch nicht tot waren, zuckten bereits im Todeskampf.

Perrin sog Luft in seine Lunge. Sein rechter Arm schmerzte so, als werde er durch das Gewicht des Hammers ausgerissen. Auf seinem Gesicht brannte etwas. An seiner Seite und an seinem einen Bein lief es feucht herunter. Dort hatte ihn der Stahl der Trollocs getroffen. Jeder der Aiel wies zumindest einen dunklen Fleck auf der graubraunen Kleidung auf, und Loial hatte einen blutigen Schnitt an der Hüfte. Perrin blickte an ihm vorbei und suchte Faile. Falls sie verletzt war … Sie saß auf ihrer schwarzen Stute und hatte ein Messer wurfbereit in der Hand. Sie hatte es doch tatsächlich fertiggebracht, ihre Handschuhe auszuziehen und sauber gefaltet in ihren Gürtel zu stecken. Er konnte an ihr keine Wunde entdecken. Bei all dem Blutgeruch in ihrer Umgebung – von Menschen, Ogier und Trollocs – hätte er an ihr keine einzelne Wunde wittern können, aber er kannte ihren eigenen Geruch ganz genau, und sie roch nicht nach Schmerzen und Verletzungen. Helles Licht tat den Trolloc-Augen weh. Sie konnten sich nicht schnell an die geänderten Lichtverhältnisse gewöhnen, als sie aus dem total Dunklen in den hellen Laternenschein kamen. Wahrscheinlich hatten sie es diesem Umstand zu verdanken, daß sie noch lebten und die Trollocs an ihrer Stelle tot waren.

Alles, was ihnen an Zeit blieb, waren ein paar Augenblicke zum Luftholen, um sich umzusehen. Mit einem Brüllen, als fielen hundert Pfund Knochen auf einmal in eine riesenhafte Knochenmühle, sprang ein Blasser in den Lichtkreis. Das augenlose Gesicht verhieß den Tod, und das Schwert zuckte wie ein schwarzer Blitz durch die Luft. Die Pferde wieherten wild und wollten durchgehen.

Gaul schaffte es gerade noch, diese Klinge mit seinem Schild abzulenken. Ein Stück seines Schilds wurde dabei glatt abgeschnitten, als seien die Schichten aus gegerbtem Stierleder nur Papier. Er stach zu, konnte gerade noch einem weiteren Schwerthieb ausweichen und stach wieder zu. Die Brust des Myrddraal wurde von mehreren Pfeilen durchbohrt. Bain und Chiad hatten ihre Speere in die dafür vorgesehenen Schlaufen ihrer Waffengurte gesteckt und benützten statt dessen die Hornbögen. Nach wenigen Augenblicken sah die Brust des Halbmenschen wie ein Nadelkissen aus. Dazu schoß Gauls Speers blitzschnell vor, zuckte zurück, schoß wieder vor. Plötzlich ragte eines von Failes Messern aus dem larvenblassen, glatten Gesicht. Trotzdem fiel der Blasse nicht und versuchte weiter, jeden zu töten, der in seine Nähe kam. Nur wilde Ausweichmanöver verhinderten, von seiner tödlichen Klinge getroffen zu werden.

Perrin bleckte unbewußt die Zähne und knurrte. Er

haßte Trollocs, aber die Ungeborenen ...? Es war es wert, bei dem Versuch zu sterben, einen der Ungeborenen zu töten. *Meine Zähne in seine Kehle schlagen ...!* Er achtete nicht darauf, daß er Bains und Chiads Schußfeld einengte, sondern lenkte Traber immer näher von hinten an den Ungeborenen heran. Das Pferd sträubte sich heftig, und er mußte hart mit Knien und Zügeln arbeiten. Im letzten Moment fuhr die Kreatur herum, weg von Gaul, der ihm die Speerspitze zwischen die Schulterblätter zu rammen versuchte, stand unter dem Hals des Pferdes und starrte Perrin mit diesem augenlosen Blick an, der den Menschen so furchtbare Angst einjagte. Zu spät. Perrins Hammer fuhr herunter und zerschmetterte den Schädel des Myrddraal.

Selbst am Boden und praktisch kopflos schlug der Myrddraal noch wild um sich mit seinem in Thakandar geschmiedeten Schwert. Traber tänzelte zurück, wieherte nervös, und Perrin hatte mit einemmal das Gefühl, daß ihm eiskaltes Wasser den Rücken herunterrinne. Dieser schwarze Stahl schlug Wunden, gegen die auch die Heilkunst der Aes Sedai machtlos war, und er war so unvorsichtig auf den Blassen losgegangen. *Meine Zähne in seine ... Licht, ich muß mich besser beherrschen. Ich muß!*

Er hörte immer noch gedämpfte Geräusche aus der Dunkelheit am entgegengesetzten Ende der Insel – Hufgeklapper, Stiefelschritte und kehlige Stimmen. Noch mehr Trollocs. Er konnte nicht feststellen, wie viele es waren. Schade, daß sie nicht mit dem Myrddraal verbunden gewesen waren. Aber auch so würden sie vielleicht nicht angreifen, wenn der Myrddraal sie nicht dazu antrieb. Trollocs waren auf gewisse Weise Feiglinge und ließen sich meist nur auf Kämpfe in Überzahl ein, auf leichte Beute. Doch auch ohne Myrddraal wurden sie sich möglicherweise erneut zum Angriff entschließen. Es war jedenfalls gut möglich.

»Zum Wegetor«, sagte er. »Wir müssen raus, bevor

sich die anderen entschließen, auch ohne den da anzugreifen.« Er deutete mit dem blutigen Hammer auf den immer noch zuckenden Blassen. Faile ließ sofort ihre Stute wenden und er war so überrascht, daß er herausplatzte: »Du widersprichst ja gar nicht!«

»Nicht, wenn du etwas Vernünftiges sagst«, antwortete sie knapp. »Nicht, wenn du recht hast. Loial?«

Der Ogier übernahm auf seinem kräftigen, zottligen Reittier die Führung der Gruppe. Perrin reihte sich auf Traber hinter Faile und Loial ein, den Hammer kampfbereit in der Hand. Die Aiel schritten mit aufgelegten Pfeilen an seiner Seite. Schlurfende Stiefelschritte und gedämpfter Hufschlag folgte ihnen durch die Dunkelheit. Harsch und für menschliche Kehlen unaussprechbar klangen die Rufe ihrer Verfolger. Sie kamen langsam näher und hatten offensichtlich Mut gefaßt.

Ein anderer Laut drang an Perrins Ohren. Es war, als riebe Seide über Seide. Es lief ihm kalt über den Rücken dabei. Dann lauter, als atme ein Riese aus, schwächer, stärker, und immer näher. »Beeilt euch!« schrie er. »Schnell!«

»Ich mach ja schon!« schnauzte Loial ihn an. »Ich – dieser Laut! Ist das ...? Das Licht leuchte unseren Seelen, und die Hand des Schöpfers schütze uns! Es öffnet sich. Es geht auf, und ich muß als letzter hinaus. Raus mit euch! Schnell! Aber nicht zu ... Nein, Faile!«

Perrin riskierte einen Blick nach hinten in Richtung des Tores. Türflügel, die wie aus Blättern gefertigt schienen, schwangen langsam auf und gaben den Blick auf ein wie durch Rauchglas gesehenes Hügelland frei. Loial war abgestiegen, um das *Avendesora-Blatt* wegzunehmen und so das Tor aufzuschließen. Faile hielt die Zügel ihrer Packtiere und die seines riesigen Reittiers. Mit einem hastig gerufenen: »Folgt mir! Schnell!« gab sie ihrer Stute die Fersen zu spüren, und die galoppierte auf die Öffnung zu.

»Hinterher!« sagte Perrin zu den Aiel. »Beeilt Euch.

Gegen so etwas könnt Ihr nicht kämpfen.« Sie waren schlau genug, nur einen Augenblick lang zu zögern. Dann stürmten sie los, wobei Gaul die Zügel ihres Packpferdes nahm. Traber stand direkt vor Loial. »Kannst du es irgendwie verschließen? Oder blockieren?« Das kehlige Geschrei der Trollocs klang nun auch verängstigt. Die Trollocs hatten das Geräusch ebenfalls erkannt. *Machin Shin* kam herbei. Wer überleben wollte, mußte aus den Wegen hinauskommen.

»Ja«, sagte Loial. »Ja. Aber geh nun. Geh!«

Perrin ließ Traber schnell wenden und auf das Tor zuschreiten. Doch bevor ihm selbst klar wurde, was er da tat, legte er den Kopf zurück und heulte langgezogen, trotzig und herausfordernd zugleich. *Du bist ein Narr!* Er blickte sich weiter nach der Schwärze um, und Traber schob sich durch das Tor. Eisig überlief es ihn. Jedes einzelne Haar an seinem Körper sträubte sich. Die Zeit dehnte sich endlos aus. Ein Ruck ging durch ihn, als er die Wege verließ, so, als habe er aus vollem Galopp heraus mit einem Schlag angehalten.

Die Aiel schwärmten mit schußbereiten Pfeilen auf dem Abhang aus, den Blick zurück zum Tor gerichtet. Niedriges Buschwerk und an den Hang geschmiegte Latschen prägten hier die Landschaft; vom Wind zerzauste Pinien und Fichten und Lederblattbäume. Faile rappelte sich gerade hoch. Sie war bei dem plötzlichen Halt offensichtlich vom Pferd gestürzt. Die schwarze Stute stand neben ihr und stupste sie mit der weichen Schnauze. Aus einem Wegetor herauszugaloppieren war zumindest genauso schlimm, wie in eines hineinzugaloppieren. Sie hatte Glück, daß sie sich nicht den Hals gebrochen hatte und den ihres Pferdes überdies. Loials großer Gaul und die Packpferde zitterten, als habe man sie vor den Kopf geschlagen. Perrin machte den Mund auf, und sie funkelte ihn an. Wehe, er gab einen Kommentar zum besten! Am wenigsten konnte sie es leiden, in einer solchen Lage Sympathiekundgebungen zu erhalten. Er verzog das Gesicht und hielt also lieber den Mund.

Mit einemmal kam Loial aus dem Tor geschossen. Er sprang aus einem mattsilbernen Spiegel, aus seinem eigenen Spiegelbild heraus, und rollte sich auf dem Boden ab. Fast auf seinen Fersen erschienen zwei Trollocs, der eine mit Hammelhörnern und Ziegenbart, der andere mit einem Adlerschnabel und einem gefiederten Kamm. Doch bevor sie mehr als zur Hälfte draußen waren, färbte sich die silbrige Oberfläche im Tor schwarz, wölbte sich hinaus, schlug Blasen und hielt sie fest.

Stimmen flüsterten in Perrins Kopf, tausend plappernde, irrsinnige Stimmen, die nach dem Inneren seines Schädels krallten. *Bitteres Blut. So bitter, dieses Blut. Trink das Blut und knack den Knochen. Knack den Knochen und saug das Mark. Bitteres Mark, süße Schreie. Singende Schreie. Sing die Schreie hinaus. Winzige Seelen. Ätzende Seelen. Schling sie herunter. So süß ist der Schmerz.* Und so ging es weiter.

Kreischend und heulend schlugen die Trollocs auf die Schwärze ein, die um sie herum kochte, versuchten sich loszureißen und wurden doch immer tiefer eingesaugt. Schließlich ragte nur noch eine behaarte Hand heraus, krallte verzweifelt um sich, und dann war nur noch die Dunkelheit im Tor, wölbte sich ihnen entgegen und suchte. Ganz langsam erschienen die beiden Türflügel, schlossen sich und quetschten die Schwärze ein, bis sie wieder zurückquoll und sich im Inneren in Sicherheit brachte. Die Stimmen in Perrins Kopf verklangen endlich. Loial rannte hin und steckte nicht nur eines, sondern gleich zwei dreifingrige Blätter zurück unter die unzähligen Blätter und Ranken auf dem Tor. Das Tor verwandelte sich wieder zu Stein, zum Teil einer Steinwand, die bis ins kleinste kunstvoll bearbeitet war, und die einsam auf einem spärlich bewaldeten Berghang stand. Unter den unzähligen in Stein gehauenen Blättern und Ranken befanden sich nicht eines, sondern eben zwei *Avendesora-Blätter.* Loial hatte das dreifingrige Blatt aus dem Inneren nach außen ›verpflanzt‹.

Der Ogier seufzte tief und erleichtert. »Mehr konnte ich nicht tun. Es kann jetzt nur noch von dieser Seite her geöffnet werden.« Er sah Perrin gleichzeitig fest und verständnisheischend an. »Ich hätte es für immer verschließen können, wenn ich die Blätter nicht zurückgesteckt hätte. Aber ich will kein Wegetor zerstören, Perrin. Wir haben die Wege einst gezüchtet und gehegt. Vielleicht kann man sie eines Tages säubern. Ich kann kein Wegetor unbrauchbar machen.«

»Es reicht doch auch so«, gab Perrin zurück. Waren die Trollocs ebenfalls zu diesem Wegetor gezogen, oder war das Zusammentreffen nur zufällig zustande gekommen? Aber wie auch immer, es würde reichen, das Tor von dieser Seite her zu verschließen.

»War das ...?« begann Faile unsicher, doch dann hielt sie den Mund und schluckte. Ausnahmsweise einmal wirkten sogar die Aiel erschüttert.

»Machin Shin«, sagte Loial. »Der Schwarze Wind. Ein Geschöpf des Schattens, oder etwas, das aus dem Verderben der Wege geboren wurde. Niemand weiß das genau. Mir tun die Trollocs leid. Ja, sogar die.«

Perrin war sich da nicht so sicher, selbst bei einem so schrecklichen Tod wie diesem. Er hatte gesehen, was die Trollocs zurückließen, wenn ihnen Menschen in die Hände fielen. Trollocs aßen alles, wenn es nur Fleisch war, und manchmal hielten sie ihren Fleischvorrat am Leben, bis er geschlachtet wurde. Er verschwendete kein Mitleid an Trollocs.

Trabers Hufe knirschten auf Steinbrocken und körniger Erde, als Perrin ihn wenden ließ, um sich umzuschauen.

Rund um sie herum ragten wolkenverhüllte Gipfel auf. Die immer und ewig dort oben hängenden Wolken hatten dem Bergland seinen Namen verliehen: die Verschleierten Berge. In dieser Höhe war die Luft kühl, selbst im Sommer, und ganz besonders, wenn man es mit Tear verglich. Die Spätnachmittagssonne leuchtete hinter den Gipfeln im Westen, und ihr Schein glänzte auf Bächen, die sich hinunter zu dem Fluß wanden, der auf der Talsohle weiter unten entlangströmte. Sobald er viel weiter im Südwesten die Berge verließ, nannte man ihn einst den Manetherendrelle, aber Perrin hatte ihn als Junge als den Weißen Fluß gekannt, der an der Südgrenze der Zwei Flüsse entlangfloß. Und der Name wiederum rührte von den Stromschnellen her, die sein Wasser zu Gischt verwandelten. Der Manetherendrelle. Die Wasser der Bergheimat.

Wo im Tal unter ihnen oder auf den sie umgebenden Hängen der blanke Fels hervortrat, da glitzerte er wie Glas. Hier hatte einst eine Stadt gestanden, hatte Berg und Tal bedeckt. Manetheren, die Stadt hoch aufragender Türme und ewig plätschernder Brunnen, die Hauptstadt eines großes Staates mit dem gleichen Namen, vielleicht die schönste Stadt der Welt, wenn man den Legenden der Ogier Glauben schenkte. Spurlos verschwunden war sie nun, bis auf das beinahe unzerstörbare Wegetor, daß einst im Ogierhain gestanden hatte. Vor mehr als zweitausend Jahren war sie bis hinunter auf den bloßen Mutterfels verbrannt worden, als noch immer die Trolloc-Kriege tobten, verbrannt durch die Eine Macht, gleich nach dem Tod des letzten Königs Aemon al Caar al Thorin in seiner letzten blutigen Schlacht gegen den Schatten. Aemonsfeld hatten die Menschen den Ort der Schlacht genannt, und dort stand heute das Dorf Emondsfeld.

Perrin schauderte. Das war schon so lange her. Einmal seither waren die Trollocs hier eingefallen, in der Winternacht vor mehr als einem Jahr, der Nacht, bevor er und Rand und Mat gezwungen wurden, zusammen mit Moiraine in der Dunkelheit zu entfliehen. Auch das schien schon so lange her zu sein. Es konnte nun auch nicht wieder vorkommen, da das Wegetor geschlossen war. *Jetzt muß ich mir über die Weißmäntel Gedanken machen und nicht um die Trollocs.*

Ein Pärchen Bussarde mit weißen Flügeln kreiste über dem entfernten Ende des Tals. Perrins Augen konnten gerade noch den nach oben huschenden Pfeil erkennen, da überschlug sich schon einer der Bussarde und stürzte ab. Perrin runzelte die Stirn. Warum sollte jemand hier oben einen Bussard abschießen? Über einem Bauernhof war das etwas anderes, wenn man die Küken und die Gänse schützen wollte, aber hier oben? Warum hielt sich überhaupt jemand hier oben auf? Die Menschen von den Zwei Flüssen mieden die Berge.

Der zweite Bussard schwebte auf schneeweißen Schwingen hinüber in die Richtung, wo sein Genosse abgestürzt war, doch plötzlich bemühte er sich verzweifelt, an Höhe zu gewinnen. Eine schwarze Wolke von Raben erhob sich aus den Bäumen, umflatterte ihn in einem wilden Durcheinander, und als sie sich wieder setzten, war der Bussard verschwunden.

Perrin zwang sich zum Atmen. Er hatte auch früher schon gesehen, wie Raben und andere Vögel einen größeren Raubvogel angegriffen hatten, der ihren Nestern zu nahe gekommen war. Aber diesmal glaubte er nicht an eine so einfache Erklärung. Die Vögel waren in etwa von der Stelle her gekommen, wie zuvor auch der Pfeil. Raben. Der Schatten benutzte manchmal Tiere als Spitzel. Ratten und andere Aasfresser für gewöhnlich. Und besonders Raben. Er erinnerte sich noch ganz genau daran, wie er von ständig herabstoßenden Schwärmen von Raben gejagt worden war, als besäßen sie Intelligenz.

»Was siehst du da wieder?« fragte Faile. Sie hielt eine Hand über ihre Augen und spähte hinunter ins Tal. »Waren das Vögel?«

»Nur Vögel«, sagte er. *Vielleicht. Ich kann nicht allen Angst einjagen, solange ich selbst nicht sicher bin. Und schon gar nicht, wenn sie noch von* Machin Shin *erschüttert sind.*

Ihm wurde klar, daß er immer noch den blutverschmierten Hammer in der Hand hielt, verschmiert mit schwarzem Blut des Myrddraals. Seine tastenden Finger fanden auch getrocknetes Blut auf seiner Wange und in seinem kurzen Bart, der ganz verklebt war. Als er vom Pferd kletterte, schmerzten seine Hüfte und sein Bein. Er kramte ein Hemd aus einer Satteltasche, mit dem er den Hammer reinigte, bevor sich das ätzende Myrddraalblut in das Metall hineinfraß. Noch ein Augenblick, und dann würde er herausfinden, ob es in diesen Bergen etwas gab, wovor sie sich fürchten mußten. Die Wölfe würden es wissen.

Faile begann, sein Wams aufzuknöpfen.

»Was machst du da?« wollte er wissen.

»Deine Wunden versorgen«, fuhr sie ihn an. »Ich werde dich ja wohl nicht verbluten lassen. Das sieht dir ähnlich – sterben und mir die Arbeit überlassen, dich zu beerdigen. Du bist rücksichtslos. Halt still!«

»Danke schön«, sagte er ruhig, und sie blickte überrascht drein.

Sie ließ ihn alles bis auf die Unterwäsche ausziehen, damit sie seine Wunden auswaschen und mit einer Tinktur einreiben konnte, die sie aus einer ihrer Satteltaschen holte. Natürlich konnte er den Schnitt in seinem Gesicht selbst nicht sehen, aber er schien doch klein und nur oberflächlich zu sein, wenn auch unangenehm nahe an seinem Auge. Aber der Schnitt an seiner linken Seite war mehr als eine Handspanne lang, längs der untersten Rippe, und in seiner rechten Hüfte hatte ein Speer eine tiefe Wunde hinterlassen. Faile mußte diese Wunde nähen. Nadel und Faden hatte sie in ihrem Nähzeug dabei. Er nahm alles gelassen hin. Sie war diejenige, die bei jedem Stich zusammenzuckte. Die ganze Zeit über fluchte sie leise vor sich hin, besonders heftig, als sie ihre dunkle, beißende Salbe in die Wunde an seiner Wange strich. Es machte beinahe den Eindruck, als seien es ihre Verletzungen und alles seine Schuld. Doch die Hand, die Bandagen um seine Rippen und seine Hüfte wickelte, war sanft. Es war ein überraschender Kontrast bei ihr – die sanfte Versorgung der Wunden und ihr wütendes Fluchen dabei. Einfach verwirrend, diese Frau.

Während er sich ein frisches Hemd und eine Ersatzhose aus den Satteltaschen fischte und anzog, untersuchte Faile den Schnitt an der Seite seines Wamses. Drei Fingerbreit weiter rechts, und er hätte die Insel nicht mehr lebend verlassen. Er stampfte die Füße richtig in seine Stiefel hinein und faßte nach dem Wams. Da warf sie es ihm hin.

»Du brauchst gar nicht zu glauben, daß ich dir das nähe! Ich habe schon mehr für dich genäht, als ich jemals vorhatte. Hörst du das, Perrin Aybara?«

»Ich habe dich nicht gebeten …«

»Du brauchst es gar nicht erst zu glauben! Das ist alles!« Sie stolzierte weg, um den Aiel dabei zu helfen, ihre Wunden und die Loials zu versorgen. Es gab ein komisches Bild ab. Da stand der Ogier und hatte seine Pumphosen heruntergelassen. Gaul und Chiad sahen sich mißtrauisch an, wie Katzen, die in ein fremdes Revier eingedrungen waren. Faile breitete ihre Tinkturen und Binden aus und blickte ihn ständig vorwurfsvoll an. Was hatte er nun wieder falsch gemacht?

Perrin schüttelte den Kopf. Gaul hatte recht, fand er. Man kann genausogut versuchen, die Sonne zu verstehen.

Er wußte wohl, was er jetzt zu tun hatte, zögerte aber, weil er daran dachte, was sich in den Wegen mit dem Blassen abgespielt hatte. Einmal hatte er einen Mann kennengelernt, der vergessen hatte, daß er ein Mensch war. Das gleiche konnte auch ihm passieren.

Narr. Du mußt nur noch ein paar Tage durchhalten. Nur, bis du die Weißmäntel aufspürst. Aber er mußte Gewißheit haben. Diese Raben.

Er fühlte im Geist über das Tal hinweg nach Wölfen. Es gab immer Wölfe, wo keine Menschen wohnten, und wenn welche nah genug waren, konnte er mit ihnen sprechen. Die Wölfe mieden Menschen, gingen ihnen so weit wie möglich aus dem Weg, aber sie haßten die Trollocs als unnatürliche Geschöpfe, und sie verabscheuten die Myrddraal abgrundtief. Wenn sich in den Verschleierten Bergen Schattenabkömmlinge aufhielten, würden es ihm die Wölfe sagen.

Doch er fand keine Wölfe. Keinen einzigen. Sie hätten sich hier in dieser Wildnis aufhalten sollen. Er konnte drunten im Tal Hirsche beim Äsen beobachten. Vielleicht waren die Wölfe auch einfach nicht nahe genug. Sie konnten sich über einige Entfernung hinweg verständigen, aber schon eine Meile war dann doch zu weit. Vielleicht war die Reichweite hier in den Bergen noch geringer. Das konnte die Lösung sein.

Sein Blick schweifte über die wolkengekrönten Gipfel und blieb dann am entfernten Ende des Tals hängen, von wo die Raben gekommen waren. Vielleicht würde er morgen Wölfe aufspüren. An andere Möglichkeiten wollte er lieber nicht denken.

KAPITEL 6

Der Turm von Ghenjei

Da es bereits kurz vor Einbruch der Nacht war, blieb ihnen nichts weiter übrig, als hier am Abhang nahe dem Wegetor zu lagern. In zwei verschiedenen Lagern. Darauf bestand Faile.

»Damit ist jetzt Schluß«, sagte Loial in seinem strengsten Baßgrollen zu ihr. »Wir befinden uns nicht mehr in den Kurzen Wegen, und ich habe meinen Eid erfüllt. Jetzt ist Schluß.« Faile setzte ihren stursten Gesichtsausdruck auf, das Kinn angehoben und die Fäuste auf die Hüften gestützt.

»Laß es sein, Loial«, sagte Perrin. »Ich werde mein Lager dort drüben aufschlagen.« Loial sah Faile an, die sich sofort den beiden Aielfrauen zuwandte, nachdem sie Perrins Zustimmung vernommen hatte, und dann schüttelte er das mächtige Haupt und machte Anstalten, sich Perrin und Gaul anzuschließen. Perrin wies ihn mit einer kaum sichtbaren Geste zurück, von der er hoffte, die Frauen hätten sie nicht bemerkt.

Die Entfernung war im Endeffekt aber nicht groß – weniger als zwanzig Schritt. Das Wegetor war ja wohl verschlossen, aber da gab es immer noch die Raben und alles, was mit ihnen zusammenhängen mochte. Er wollte ihnen nahe sein, für den Fall, daß sie ihn brauchten. Falls Faile sich beklagte, sollte sie ruhig. Er war schon so darauf eingestellt, ihren Protest einfach zu überhören, daß es ihn wurmte, als sie nichts sagte.

So ignorierte er statt dessen die Schmerzen in seinem Bein und unter seinen Rippen, sattelte Traber ab und holte ihr Gepäck vom Packpferd herunter. Dann legte er beiden Tieren Fußfesseln an und hängte ihnen Futtersäcke um, in die er ein paar Handvoll Gerste und Hafer verteilt hatte. Hier oben konnten sie ja kaum grasen. Was die möglichen Gefahren betraf... Vorsichtshalber bespannte er seinen Bogen, legte ihn neben den Köcher ans Feuer und holte die Axt aus der Gürtelschlaufe.

Gaul half ihm beim Feuermachen, und dann aßen sie Brot und Käse und Trockenfleisch. Sie aßen schweigend und spülten alles mit Wasser hinunter. Die Sonne sank hinter die Berge und malte die Gipfel und die Wolken rot. Schatten überzogen das Tal, und die Luft wurde kühl.

Perrin klopfte sich die Krümel von den Händen und kramte seinen guten grünen Wollumhang aus den Satteltaschen. Vielleicht hatte er sich doch mehr der Hitze in Tear angepaßt, als er selbst glaubte. Die Frauen drüben aßen nicht so schweigend an ihrem von Schatten überlagerten Feuer. Er hörte Lachen, und ein paar Bruchstücke dessen, was sie sagten, ließen ihm die Ohren heiß werden. Frauen schwatzten aber auch über alles; sie kannten keine Hemmungen. Loial war so weit wie möglich von ihnen abgerückt, so weit eben der Feuerschein reichte, und hatte sich in einem Buch vergraben. Ihnen war wahrscheinlich nicht einmal klar, daß sie den Ogier von einer Verlegenheit in die nächste stürzten. Möglicherweise glaubten sie auch, sie sprächen so leise, daß Loial nichts mehr davon verstünde.

Perrin knurrte in sich hinein und setzte sich gegenüber von Gaul ans Feuer. Der Aiel schien von der Kühle überhaupt keine Notiz zu nehmen. »Kennst du lustige Geschichten?«

»Lustige Geschichten? Mir fällt so plötzlich keine ein.« Gauls Blick wanderte hinüber zu dem anderen Feuer, und dann lachte er. »Ich würde schon gern eine erzählen, wenn ich könnte. Die Sonne, erinnerst du dich?«

Perrin lachte extra laut, damit man es drüben auch sicher hören konnte. »Ich erinnere mich. Frauen, ha!« Das Gelächter im anderen Lager verstummte einen Moment lang und erhob sich anschließend wieder. Das würde es ihnen schon zeigen. Auch andere Leute konnten lachen. Perrin starrte trübsinnig ins Feuer. Seine Wunden schmerzten.

Einen Augenblick später sagte Gaul: »Diese Landschaft wirkt eher wie das Dreifache Land als jede andere in den Feuchtländern. Immer noch zuviel Wasser, und die Bäume sind zu groß und auch zu viele, aber es wirkt nicht so fremdartig wie die Orte, die ihr Wälder nennt.«

Die Erde hier war sehr schlecht, wo Manetheren im Feuer gestorben war, die verstreuten Bäume waren verkrüppelt, vom Wind abgewandt, mit dicken, kurzen Stämmen, und keiner auch nur dreißig Fuß hoch. Für Perrin war das einer der trübseligsten Flecken Erde, die er je gesehen hatte.

»Ich wünschte, ich könnte eines Tages euer Dreifaches Land kennenlernen, Gaul.«

»Vielleicht geht das, wenn wir hier fertig sind.«

»Vielleicht.« Das war aber wohl kaum möglich. Eigentlich gar nicht. Er hätte das dem Aielmann sagen können, aber er wollte lieber nicht darüber sprechen, ja, noch nicht einmal darüber nachdenken.

»Und hier stand einst Manetheren? Du stammst von den Bewohnern Manetherens ab?«

»Hier war Manetheren«, antwortete Perrin. »Ja, und ich denke schon.« Es war schwer zu glauben, daß in den Bewohnern der kleinen Dörfer und stillen Bauernhöfe der Zwei Flüsse das letzte Blut von Manetheren floß, doch Moiraine hatte das behauptet. Das alte Blut ist stark an den Zwei Flüssen, hatte sie gesagt. »Das war vor langer Zeit, Gaul. Wir sind Bauern und Schäfer, kein großer Staat mehr und auch keine großen Krieger.«

Gaul lächelte leicht. »Wenn du meinst. Ich habe dich und Rand al'Thor den Tanz der Speere tanzen sehen, und auch den, den ihr Mat nennt. Aber wenn du meinst.«

Perrin rutschte nervös hin und her. Inwieweit hatte er sich geändert, seit sie die Heimat verlassen hatten? Er und Rand und Mat? Nicht seine Augen und das mit den Wölfen oder Rands Gebrauch der Macht. Das meinte er nicht. Wieviel von seinem Innern war überhaupt noch unverändert geblieben? Mat war der einzige von ihnen, der immer noch derselbe zu sein schien, vielleicht sogar in übertriebener Weise. »Weißt du von Manetheren?«

»Wir wissen mehr von eurer Welt, als du glaubst. Und weniger, als wir glaubten. Lange bevor ich die Drachenmauer überquerte, habe ich Bücher gelesen, die uns Händler mitbrachten. Ich wußte von ›Schiffen‹ und ›Flüssen‹ und ›Wäldern‹, oder jedenfalls glaubte ich, sie zu kennen.« Bei Gaul klang das, als stammten diese Wörter aus einer fremden Sprache. »So habe ich mir damals einen ›Wald‹ vorgestellt.« Damit deutete er auf die verstreuten Bäume, die so viel kleiner und verkrüppelt waren, wenn man sie mit ihren Artgenossen im Tal verglich. »Etwas zu glauben heißt noch nicht, die Wahrheit zu kennen. Wie steht es mit dem Nachtläufer und den Abkömmlingen des Blattverderbers? Glaubst du, es war nur Zufall, daß sie zu diesem Wegetor hier kamen?«

»Nein«, seufzte Perrin. »Ich habe unten im Tal Raben beobachtet. Vielleicht sind es nur Vögel, aber ich kann kein Risiko eingehen nach dieser Begegnung mit den Trollocs.«

Gaul nickte. »Es könnten Schattenaugen gewesen sein. Wenn du das Schlimmste annimmst, kann es nur angenehme Überraschungen geben.«

»Ich könnte jetzt eine angenehme Überraschung gebrauchen.« Perrin sandte erneut seine Gedanken hinaus, um Wölfe aufzuspüren, doch wieder war nichts von ihnen zu spüren. »Ich kann heute nacht möglicherweise etwas herausfinden. Vielleicht. Falls hier irgend etwas passiert, mußt du mir vermutlich einen Tritt geben, um mich aufzuwecken.« Ihm wurde klar, wie eigenartig das klingen mußte, aber Gaul nickte einfach nur. »Gaul, du hast noch nie meine Augen erwähnt oder sie auch nur besonders beachtet. Keiner der Aiel hat ihnen irgendwelche Aufmerksamkeit geschenkt.« Er wußte, daß sie jetzt im Feuerschein golden glühten.

»Die Welt verändert sich«, sagte Gaul leise. »Rhuarc und Jheran, mein Clanhäuptling, und auch die Weisen Frauen bemühten sich, ihre Gefühle zu verbergen, aber sie hatten kein gutes Gefühl dabei, als sie uns über die Drachenmauer schickten, um Ihn, Der Mit Der Morgendämmerung Kommt, zu suchen. Ich glaube aber, die Veränderungen werden anders sein, als wir sie uns vorgestellt hatten. Ich weiß nicht, wie sie aussehen werden, aber eben anders. Der Schöpfer hat uns in das Dreifache Land gesandt, um uns zu formen und für unsere Sünde zu bestrafen. Aber wofür sind wir geformt worden?« Er schüttelte plötzlich reumütig den Kopf. »Colinda, die Weise Frau der Heiße-Quellen-Septime, sagt mir immer, daß ich für einen Steinhund entschieden zuviel nachdenke, und Bair, die älteste unter den Weisen Frauen der Shaarad, hat mir gedroht, daß sie mich nach Rhuidean schickt, wenn Jheram stirbt, ob ich will oder nicht. Und außerdem, Perrin, welche Rolle spielt denn schon die Augenfarbe bei einem Mann?«

»Ich wünschte nur, daß alle so dächten.« Die Fröhlichkeit am anderen Lagerfeuer schien mittlerweile erloschen. Eine der Aielfrauen – Perrin konnte nicht erkennen, welche – übernahm mit dem Rücken zum Feuer die erste Wache, während sich die anderen Schlafen gelegt hatten. Es war ein anstrengender Tag gewesen. Das Einschlafen sollte ihm leicht fallen, und dann würde er auch den Traum finden, den er brauchte. Er streckte sich neben dem Feuer aus und zog seinen Umhang über sich. »Denk daran: Gib mir einen Tritt, damit ich aufwache, falls es notwendig ist.«

Der Schlaf umfing ihn bereits, als Gaul nickte, und der gewünschte Traum kam sofort.

Es war heller Tag, und er stand allein in der Nähe des Wegetors. Es stand da wie eine mit schwungvollen Friesen bedeckte Mauer, die überhaupt nicht an diesen Berghang paßte. Außer dem Tor gab es kein Anzeichen dafür, daß je eines Menschen Fuß diesen Hang betreten hatte. Der Himmel war strahlend blau, und eine leichte Brise vom Tal her brachte die Witterung von Hirschen und Kaninchen, Wachteln und Tauben mit sich, tausend ausgeprägte Gerüche, dazu Wasser, Erde und Bäume. Es war der Wolfstraum.

Einen Augenblick lang überwältigte ihn das Gefühl, ein Wolf zu *sein.* Er hatte Pfoten und ... *Nein!* Er fuhr mit beiden Händen an seinem Körper entlang und war erleichtert, daß es wirklich sein eigener, menschlicher Körper war, gekleidet in Wams und Umhang wie immer. Und auch den breiten Gürtel trug er, an dem normalerweise seine Axt hing, doch hatte er statt dessen den Schaft des Hammers durch die Halteschlaufe gesteckt.

Er runzelte die Stirn deswegen, und zu seiner Überraschung flackerte einen Moment lang das Bild der Axt dort, wenn auch durchscheinend und geisterhaft. Doch dann hing mit einem Schlag wieder der Hammer dort. Er leckte sich die Lippen und hoffte, es werde so bleiben. Die Axt war vielleicht die wirksamere Waffe, aber er zog doch den Hammer vor. Er konnte sich nicht daran erinnern, daß so etwas schon einmal vorgekommen sei, eine Veränderung innerhalb des Traums, aber er wußte eben zu wenig von dieser eigenartigen Welt. Falls man es überhaupt eine Welt nennen konnte. Es war der Wolfstraum, und hier geschahen nun einmal eigenartige Dinge, aber in einem normalen Traum war das ja auch nicht viel anders.

Als hätte es der bloße Gedanke ausgelöst, verdunkelte sich plötzlich ein Teil des Himmels über den Bergen und wurde zum Fenster in eine andere Wirklichkeit. Rand stand da, mitten im Sturm, lachte wild, ja sogar verrückt, die Arme erhoben, und mit dem Wind flogen kleine goldene und rote Gestalten um ihn herum, so wie die seltsame Gestalt auf dem Drachenbanner. Verborgene Augen beobachteten Rand, und Perrin konnte nicht feststellen, ob Rand von diesem Beobachter wußte. Das eigenartige ›Fenster‹ verschwand von einem Augenblick zum anderen und wurde durch ein neues weiter oben ersetzt, in dem Nynaeve und Elayne vorsichtig durch eine wahnwitzige Szenerie verzerrter, schattenhafter Gebäude schlichen, auf der Suche nach einem gefährlichen Tier. Perrin war völlig unklar, woher er wußte, daß es gefährlich war, doch es war so. Auch dieses Fenster verschwand, und ein neuer dunkler Fleck breitete sich am Himmel aus. Mat war zu sehen, der an einer Straßengabelung stand. Er warf eine Münze und ging dann den einen Weg entlang weiter, doch plötzlich trug er einen Hut mit breitem Rand und ging an einem Stock, der obenauf eine kurze Schwertklinge aufwies. Ein neues Fenster, und diesmal blickten Egwene und eine Frau mit langem, weißem Haar ihn verblüfft an, während im Hintergrund die Weiße Burg Stein um Stein zerbröckelte. Dann waren auch sie verschwunden.

Perrin atmete tief durch. Er hatte so etwas schon zuvor gesehen, natürlich in diesem Wolfstraum, und er glaubte, daß diese Visionen auf gewisse Weise die Realität zeigten oder zumindest eine reale Bedeutung hatten. Was sie aber auch bedeuten mochten – die Wölfe sahen sie nicht. Moiraine hatte angedeutet, daß der Wolfstraum sich in der gleichen Welt abspiele, die sie

Tel'aran'rhiod nannte. Danach war nichts mehr aus ihr herauszubekommen gewesen. Er hatte auch gehört, wie Egwene und Elayne über Träume sprachen, einmal jedenfalls, aber Egwene wußte sowieso schon zuviel über ihn und die Wölfe, vielleicht genauso viel wie Moiraine. Er konnte einfach nicht mit jemandem darüber sprechen; noch nicht einmal mit ihr.

Es gab einen Menschen, mit dem er darüber hätte sprechen können. Er wünschte, er könne Elyas Machera wiederfinden, den Mann, der ihn mit den Wölfen in Kontakt gebracht hatte. Elyas mußte viel über solche Dinge wissen. Als er an diesen Mann dachte, bildete er sich ein, er höre seinen eigenen Namen, den der Wind ihm zuraunte, aber dann lauschte er bewußt und es war doch nur der Wind. Es war ein einsamer, verlorener Laut. Nur er befand sich hier, niemand sonst.

»Springer!« rief er und im Geist noch einmal *Springer!* Der Wolf war tot, aber nicht hier. Wenn Wölfe starben, kamen sie in den Wolfstraum und warteten dort darauf, wiedergeboren zu werden. Für die Wölfe bedeutete es allerdings noch mehr. Sie schienen sich sogar im wachen Zustand des Traums bewußt zu sein. Das eine war für sie genauso real – oder beinahe genauso real – wie das andere. »Springer!« *Springer!* Aber Springer kam nicht.

Das war alles unsinnig. Er hatte einen Grund, hierherzukommen, und nun mußte er vorankommen. Aber wenn er zu Fuß hinunterging, wo er die Raben beobachtet hatte, würde das Stunden dauern.

Er tat einen Schritt vorwärts, seine Umgebung verschwamm, und er setzte den Fuß neben einem kleinen Bach wieder auf den Boden, der hier gerade an einer Schierlingstanne und einer niedrigen Bergweide vorbeifloß. Über ihm ragten wolkenumkränzte Gipfel auf. Einen Moment lang blickte er sich erstaunt um. Er befand sich am anderen Ende des Tals, weit vom Wegetor entfernt. Er befand sich tatsächlich genau an jenem

Punkt, den er hatte erreichen wollen, dem Ort, von dem die Raben hergekommen waren und auch der Pfeil, der den ersten Bussard getötet hatte. So etwas war bisher noch nie vorgekommen. Lernte er einfach immer mehr darüber, wie man mit diesem Wolfstraum umgehen konnte – Springer hatte gesagt, er wisse einfach nicht genug –, oder war es diesmal anders als sonst?

Beim nächsten Schritt war er vorsichtiger, aber es war auch nur ein einziger Schritt. Es gab kein Anzeichen eines Schützen oder der Raben, keine Spur, keine herumliegende Feder, keine Witterung. Er wußte selbst nicht, was er erwartet hatte. Es konnte ja gar kein Anzeichen geben, außer, sie hätten sich ebenfalls in der Traumwelt befunden. Aber wenn er im Traum Wölfe fand, konnten die ihm behilflich sein, ihre Brüder und Schwestern in der wirklichen Welt aufzuspüren, und die wiederum wären in der Lage, ihm zu sagen, ob sich Schattenwesen in den Bergen aufhielten. Vielleicht würden sie seinen Ruf vernehmen, wenn er weiter nach oben stieg?

Er richtete den Blick auf den höchsten Berg seiner Umgebung, gerade unterhalb der Wolkendecke, und trat vor. Die Welt verschwamm, und dann stand er weit oben am Hang, die weißen Wolkenkissen keine fünf Spannen über seinem Kopf. Unwillkürlich mußte er lachen. Das machte Spaß. Von hier aus konnte er das gesamte Tal überblicken.

»Springer!« Keine Antwort.

Er sprang auf den nächsten Berg hinüber, rief, wieder umsonst, und von da aus zum nächsten, immer weiter nach Osten auf die Zwei Flüsse zu. Springer antwortete nicht. Und was noch beunruhigender war: Perrin konnte auch keine anderen Wölfe in der Nähe fühlen. Doch im Wolfstraum gab es immer Wölfe. Immer.

Von Gipfel zu Gipfel sprang er in ständig verschwimmender Bewegung, rief, suchte. Die Hänge lagen einsam unter ihm, nur von Hirschen und anderem Wild belebt. Es gab allerdings gelegentlich Anzeichen dafür, daß hier Menschen gewesen waren. Uralte Anzeichen. Zweimal sah er riesige in Stein gehauene menschliche Figuren, die beinahe einen gesamten Berghang bedeckten, und an einem anderen Ort waren seltsam eckige Buchstaben zwei Spannen hoch in eine Steilwand eingehauen worden, die ein wenig zu glatt und senkrecht wirkte. Die Gesichter der Steinfiguren waren fast vollständig verwittert gewesen, und weniger gute Augen als die seinen hätten die Buchstaben möglicherweise ebenfalls für Risse und Anzeichen von Verwitterung gehalten. Die Felsen und Schründe machten Platz für die Sandhügel, große, wogenartige Erhebungen, die nur spärlich mit dürrem Gras und Dornbüschen bewachsen waren. Einst, vor der Zerstörung der Welt, waren sie der Strand eines großen Meeres gewesen. Und mit einemmal sah er einen anderen Mann, der auf dem Gipfel eines dieser sandigen Hügel stand.

Er war zu weit entfernt, um ihn klar erkennen zu können – einfach ein großer, dunkelhaariger Mann, aber ganz eindeutig kein Trolloc oder anderes Schattenwesen. Er trug ein blaues Wams und auf dem Rücken einen Bogen und beugte sich über etwas, das vom Unterholz verborgen auf dem Boden lag oder stand. Es war etwas Vertrautes an ihm.

Der Wind frischte auf, und Perrin konnte eine schwache Witterung aufnehmen. Es war ein kalter Geruch – anders ließ es sich nicht beschreiben. Kalt und nicht eindeutig menschlich. Plötzlich hielt er den eigenen Bogen in der Hand, hatte einen Pfeil aufgelegt, und das Gewicht des gefüllten Köchers zog an seinem Gürtel.

Der andere Mann blickte auf und sah Perrin. Einen Herzschlag lang zögerte er, doch dann wandte er sich um und wurde zu einem verschwommenen Schemen, das über die Hügel forthuschte. Perrin sprang hinunter auf den Hügel, wo eben noch der Mann gestanden hatte. Er betrachtete das, was den Kerl so beschäftigt hatte: den halb abgehäuteten Kadaver eines Wolfs. Ein toter Wolf in einem Wolfstraum. Das war undenkbar. Was konnte hier einen Wolf töten? Es mußte etwas schrecklich Böses gewesen sein. Er machte sich ohne nachzudenken an die Verfolgung.

Der, den er suchte, rannte in meilenlangen Schritten davon, und er bekam ihn kaum einmal richtig zu sehen. Aus dem Hügelland hinaus, über den verfilzten Westwald mit seinen weit verstreuten Bauernhöfen, über bestellte Äcker, über ein Netzwerk eingezäunter Felder und kleiner Dickichte und schließlich an Wachhügel vorbei. Es war schon eigenartig, dieses Dorf mit seinen strohgedeckten Häusern auf dem Hügel völlig menschenleer zu sehen. Auch die Bauernhöfe wirkten verlassen. Doch vor allem beobachtete er den Mann, der vor ihm floh. Er hatte sich schon so an diese Verfolgungsjagd gewöhnt, daß es ihn nicht mehr überraschte, als er nach einem langen Schritt plötzlich am Südufer des Tarenflusses stand und mit dem nächsten bereits kahle Hügel erreichte, auf denen weder Baum noch Gras wuchs. Nach Nordosten rannte er, über Bäche und Straßen und Dörfer und Flüsse, nur auf den Mann vor sich konzentriert. Die Landschaft wurde eben und steppenartig, von Hecken unterbrochen, aber er sah nichts mehr von dem Mann. Dann glitzerte etwas weit vor ihm im Sonnenschein: ein metallener Turm. Sein Opfer hielt geradewegs darauf zu und verschwand. Zwei lange Sätze brachten Perrin dorthin.

Der Turm war volle zweihundert Fuß hoch und vierzig Fuß im Durchmesser. Er glänzte wie polierter Stahl. Es hätte auch eine massive Säule aus Metall sein können. Perrin lief zweimal ganz herum, ohne eine Öffnung zu entdecken. Nicht einmal ein Sprung war zu sehen, ja, nicht einmal ein Kratzer! Aber die Witterung war da, dieser kalte, unmenschliche Gestank. Hier endete die Spur. Der Mann, falls er überhaupt einer war, mußte auf irgendeine Weise nach innen gelangt sein. An ihm lag es nun, diesen Weg ebenfalls zu finden.

Halt! Es war lediglich ein starkes Gefühl, zu dem Perrins Verstand dieses Wort hinzufügte. *Halt!*

Er drehte sich um, und ein mächtiger grauer Wolf mit beinahe weißer Schnauze und vielen Narben landete neben ihm, als sei er aus dem Himmel herabgesprungen. Das war auch gut möglich. Springer hatte immer die Adler um ihre Fähigkeit beneidet, fliegen zu können, und in dieser Welt konnte er das tatsächlich auch. Der Blick aus gelben Augen traf auf einen anderen aus ebenfalls gelben Augen.

»Warum soll ich hierbleiben, Springer? Er hat einen Wolf getötet.«

Menschen haben Wölfe getötet und Wölfe Menschen. Warum packt dich diesmal der Zorn so heiß an der Kehle?

»Ich weiß nicht«, sagte Perrin bedächtig. »Vielleicht, weil es hier geschah. Ich wußte nicht, daß es auch hier möglich ist, einen Wolf zu töten. Ich glaubte die Wölfe in der Traumwelt in Sicherheit.«

Du jagst den Schlächter, Junger Bulle. Er ist körperlich hier, und er kann töten.

»Körperlich? Du meinst, er träumt nicht nur? Wie kann er sich denn körperlich hier befinden?«

Ich weiß nicht. Es ist etwas, woran wir uns von früheren Zeiten her noch schwach erinnern und das nun wie so vieles andere wiederkehrt. Es sind Schattenwesen in den Traum eingedrungen. Geschöpfe von Herzfang. Es gibt keine Sicherheit.

»Er ist jedenfalls jetzt drinnen.« Perrin betrachtete den glatten Metallturm. »Wenn ich herausfinde, wie er dort hineingekommen ist, kann ich ihm ein Ende bereiten.«

Närrischer Welpe. Du gräbst das Nest von Erdwespen

aus. Dieser Ort ist böse. Alle wissen das. Und du willst das Böse ins Böse hinein verfolgen. Der Schlächter kann töten!

Perrin schwieg. Da war etwas sehr Endgültiges an den Gefühlen, denen sein Verstand das Wort ›töten‹ zugeordnet hatte. »Springer, was geschieht mit einem Wolf, der in der Traumwelt getötet wird?«

Der Wolf schwieg ebenfalls eine Weile lang. *Wenn wir hier sterben, sterben wir endgültig, Junger Bulle. Ich weiß nicht, ob für dich dasselbe gilt, aber ich glaube schon.*

»Ein gefährlicher Ort, Bogenschütze. Der Turm von Ghenjei ist ein schlechter Aufenthaltsort für Menschen.«

Perrin wirbelte herum und hatte den Bogen schon halb hochgerissen, bevor er die Frau sah, die ein paar Schritt von ihm entfernt stand. Ihr goldenes Haar hing ihr zu einem dicken Zopf zusammengeflochten bis zur Hüfte hinunter, beinahe so, wie es die Frauen der Zwei Flüsse trugen. Allerdings war der Zopf noch kunstvoller geflochten. Ihre Kleidung war von eigenartigem Zuschnitt. Sie trug ein kurzes, weißes Wams und Pumphosen aus einem dünnen, blaßgelben Material, die an ihren Knöcheln über den Stiefeletten endeten. Ihr dunkler Umhang schien etwas zu verbergen, das wie Silber an ihrer Seite glitzerte.

Sie bewegte sich, und das metallische Glitzern war nicht mehr zu sehen. »Ihr habt scharfe Augen, Bogenschütze. Das habe ich schon beim erstenmal gewußt, als ich Euch sah.«

Wie lange hatte sie ihn schon beobachtet? Es war beschämend für ihn, daß sie sich unbemerkt an ihn hatte anschleichen können. Zumindest hätte ihn Springer warnen sollen. Der Wolf lag im kniehohen Gras, die Schnauze auf den Vorderpfoten, und beobachtete ihn.

Die Frau kam ihm irgendwie bekannt vor, aber andererseits war er sicher, daß er sie nicht vergessen hätte, wenn er ihr schon einmal begegnet wäre. Wer war sie, daß sie sich im Wolfstraum aufhielt? Oder war das tatsächlich auch Moiraines *Tel'aran'rhiod?* »Seid Ihr eine Aes Sedai?«

»Nein, Bogenschütze«, lachte sie. »Ich kam nur gegen alle Vorschriften her, um Euch zu warnen. Selbst in der Menschenwelt ist es schwer, den Turm von Ghenjei wieder zu verlassen, wenn man ihn einmal betreten hat. Hier ist es beinahe unmöglich. Ihr habt den Mut des Bannerträgers, doch man sagt auch, daß dessen Mut sich kaum von Leichtsinn unterscheidet.«

Unmöglich, ihn wieder zu verlassen? Dieser Bursche, den Springer den Schlächter nannte, war auf jeden Fall hineingegangen. Warum würde er das tun, wenn er ihn nicht mehr verlassen könnte? »Springer hat auch behauptet, es sei gefährlich. Der Turm von Ghenjei? Was ist das?«

Sie riß die Augen auf und sah Springer an, der immer noch lang ausgestreckt auf dem Gras lag und Perrin beobachtete. »Ihr könnt mit Wölfen sprechen? Das ist etwas, was nur noch aus Legenden bekannt ist. Deshalb also seid Ihr hier. Ich hätte es wissen sollen. Der Turm? Das ist ein Tor, Bogenschütze, ein Tor zum Reich der Aelfinn und der Eelfinn.« Sie sagte das so, als müsse er diese Bezeichnungen kennen. Als er sie verständnislos anblickte, sagte sie: »Habt Ihr jemals ein Spiel gespielt, das bei uns ›Schlangen und Füchse‹ hieß?«

»Das kennen doch alle Kinder. Jedenfalls an den Zwei Flüssen. Aber sie geben es auf, wenn sie alt genug sind, um zu begreifen, daß man bei diesem Spiel nicht gewinnen kann.«

»Außer, man bricht die Regeln«, sagte sie. »›Mut gibt Kraft, Feuer blendet, Musik betäubt und Eisen das Spiel wendet‹.«

»Das stammt aus dem Spiel. Ich verstehe nicht. Was hat das mit diesem Turm zu tun?«

»So gewinnt man gegen die Schlangen und Füchse. Das Spiel soll an alte Ereignisse erinnern. Es spielt keine Rolle, solange Ihr euch von den Aelfinn und den Eelfinn fernhaltet. Sie sind nicht auf die Art böse, wie es der Schatten ist, aber sie unterscheiden sich derart von der Menschheit, daß sie fast genauso gefährlich sind. Man kann ihnen nicht trauen, Bogenschütze. Bleibt vom Turm von Ghenjei weg. Meidet die Welt der Träume, wenn es möglich ist. Düstere Wesen treiben sich hier herum.«

»Wie der Mann, den ich verfolgt habe? Der Schlächter?«

»Das ist ein passender Name für ihn. Dieser Schlächter ist nicht alt, Bogenschütze, aber das Böse in ihm ist uralt.« Sie schien sich leicht auf etwas Unsichtbares zu stützen. Vielleicht war es das silberne Ding, das er nie ganz zu Gesicht bekommen hatte. »Ich scheine Euch eine ganze Menge zu erzählen. Ich weiß auch nicht, warum ich überhaupt damit angefangen habe. Aber natürlich: Seid Ihr ein *Ta'veren,* Bogenschütze?«

»Wer seid Ihr?« Sie schien ja eine Menge über den Turm und den Wolfstraum zu wissen. *Aber sie war überrascht darüber, daß ich mit Springer sprechen kann.* »Ich glaube, ich habe Euch schon einmal irgendwo getroffen.«

»Ich habe schon zu viele Verbote übergangen, Bogenschütze.«

»Verbote? Was für Verbote?« Ein Schatten fiel hinter Springer auf den Boden, und Perrin fuhr herum. Er ärgerte sich, daß er sich schon wieder hatte überraschen lassen. Doch es war niemand zu sehen. Er hatte aber deutlich den Schatten eines Mannes wahrgenommen, über dessen Schultern die Griffe zweier Schwerter ragten. Etwas an dieser Vorstellung reizte sein Erinnerungsvermögen.

»Er hat recht«, sagte die Frau hinter ihm. »Ich sollte gar nicht mit Euch sprechen.«

Als er sich ihr wieder zuwenden wollte, war sie weg. Soweit er blicken konnte, sah er nur Grasland und vereinzelte Hecken. Und den silbrig schimmernden Turm.

Er sah Springer fragend an, und der hob endlich den Kopf von seinen Pfoten. »Mich wundert nur, wie du das aushältst«, knurrte Perrin. »Was hältst du von ihr?«

Von ihr? Eine ›sie‹? Springer stand auf und sah sich um. *Wo?*

»Ich habe doch mit ihr gesprochen. Genau hier. Gerade eben.«

Du hast mit dem Wind geplaudert, Junger Bulle. Es war keine ›sie‹ hier. Niemand außer dir und mir.

Perrin kratzte sich gereizt im Bart. Sie war hiergewesen. Er hatte keine Selbstgespräche geführt. »Hier können eben eigenartige Sachen geschehen«, sagte er sich. »Sie hat dir zugestimmt, Springer. Sie hat gesagt, ich solle mich von diesem Turm fernhalten.«

Sie ist klug. Es lag jedoch ein wenig Zweifel in diesem Gedanken. Springer glaubte immer noch nicht, daß es diese ›sie‹ gegeben hatte.

»Ich bin schrecklich weit von dem abgekommen, was ich eigentlich erreichen wollte«, stellte Perrin fest. Er erklärte, warum er im Gebiet der Zwei Flüsse oder in den Bergen Wölfe gesucht hatte, erzählte Springer von den Raben und den Trollocs in den Kurzen Wegen.

Als er fertig war, schwieg Springer noch eine ganze Weile. Den buschigen Schwanz hielt er gesenkt und steif. Schließlich ... *Meide deine alte Heimat, Junger Bulle.* Das Bild, dem Perrins Verstand den Begriff ›Heimat‹ zuordnete, zeigte ein Land mit einem Wolfsrudel darin. *Es gibt dort jetzt keine Wölfe mehr. Diejenigen, die sich dort aufhielten und nicht flohen, sind tot. Dort wandelt der Schlächter durch den Traum.*

»Ich muß nach Hause, Springer. Ich muß.«

Sei vorsichtig, Junger Bulle. Der Tag der Letzten Jagd nähert sich. Wir werden in der Letzten Jagd miteinander laufen.

»Das werden wir«, sagte Perrin traurig. Es wäre schön, wenn er nach seinem Tod hierherkommen könnte. Es schien ihm, daß er bereits jetzt ein halber Wolf sei. »Ich muß jetzt gehen, Springer.«

Möge deine Jagd reichhaltig sein, Junger Bulle, und ich wünsche dir eine ›sie‹, die dir viele Welpen schenkt.

»Leb wohl, Springer.«

Er öffnete die Augen und nahm den trüben Lichtschein von ausglühenden Kohlen am Abhang wahr. Gaul hockte gerade außerhalb des Lichtscheins und blickte in die Nacht hinaus. Im anderen Lager war Faile wach und hatte ihre Wache übernommen. Der Mond hing über den Bergen und verwandelte die Wolken in perlgraue Schatten. Perrin schätzte, daß er etwa zwei Stunden geschlafen hatte.

»Ich werde eine Weile die Wache übernehmen«, sagte er und warf seinen Umhang beiseite. Gaul nickte und ließ sich auf dem Fleck nieder, an dem er sich befand. »Gaul?« Der Aiel hob den Kopf. »Die Lage an den Zwei Flüssen könnte noch schlimmer sein, als ich glaubte.«

»Das ist oftmals der Fall«, antwortete Gaul ruhig. »So ist das Leben.« Dann legte der Aiel gelassen den Kopf hin und schlief ein.

Der Schlächter. Wer war das? Was war er? Schattenwesen am Wegetor, Raben in den Verschleierten Bergen und dieser Mann, den man den Schlächter nannte, an den Zwei Flüssen. Das konnte kein Zufall sein, so sehr er sich das auch wünschte.

KAPITEL 7

Heimkehr

Für die Reise zum Westwald, für die er im Wolfstraum gerade einmal ein halbes Dutzend Schritte benötigt hatte, brauchten sie zu Pferd drei lange Tage. Aus den Bergen hinaus und durch das Gebiet der Sandhügel ritten sie, und die Aiel hatten keine Mühe, zu Fuß mitzuhalten. Das ständige Auf und Ab ermüdete die Tiere fast mehr als die Aiel. Perrins Wunden juckten stark, aber sie heilten. Failes Tinkturen schienen zu wirken.

Im großen und ganzen war es ein ruhiger Ritt. Man hörte öfters das Bellen eines jagenden Fuchses oder den Jagdschrei eines Habichts, als daß jemand etwas gesagt hätte. Wenigstens sahen sie auch nichts mehr von den Raben. Mehr als einmal glaubte Perrin, Faile wolle ihr Pferd zu seinem herüberlenken und ihm etwas sagen, aber jedesmal hielt sie sich dann doch zurück. Er war auch froh darüber, denn einerseits wünschte er sich nichts mehr, als mit ihr zu sprechen, aber andererseits fragte er sich, was wäre, wenn er sich wieder mit ihr versöhnte. Er machte sich allein schon dieses Wunsches wegen Selbstvorwürfe. Sie hatte Loial und ihn hinters Licht geführt. Sie würde alles nur noch schlimmer machen, noch schwerer für ihn. Er hätte sie so gern wieder geküßt. Es wäre ihm am liebsten gewesen, wenn sie von ihm die Nase voll hätte und davonritt. Warum mußte sie so stur sein?

Sie und die beiden Aielfrauen blieben meist für sich. Bain und Chiad liefen zu beiden Seiten neben ihrem Pferd her, soweit nicht eine von ihnen gerade ein Stück voraus den Weg erkundete. Manchmal sprachen die drei leise miteinander, und danach mieden sie betont jeden Blick zu ihm herüber. Sie hätten genausogut Steine nach ihm werfen können. Da Perrin es wünschte, ritt Loial mit den Frauen, obwohl ihn das offensichtlich verdroß. Loials Ohren zuckten manchmal derart, als wünsche er sich, er hätte niemals auch nur von der Existenz der Menschen gehört. Gaul schien das alles unwahrscheinlich amüsant zu finden. Wann Perrin ihn auch ansah, immer grinste er verstohlen in sich hinein.

Was ihn selbst betraf, so ritt Perrin in ständige Sorgen gehüllt dahin und hatte den bespannten Bogen vor sich auf das hohe Sattelhorn gehängt. Ob sich dieser Mann, den man den Schlächter nannte, nur im Wolfstraum in den Zwei Flüssen herumtrieb, oder ob er auch in der realen Welt sein Unwesen trieb? Perrin befürchtete das letztere und auch, daß der Schlächter derjenige gewesen war, der ohne ersichtlichen Grund den Bussard abgeschossen hatte. Das war eine weitere Komplikation, auf die er verzichten konnte. Und das alles zusätzlich zu den Kindern des Lichts.

Seine Familie wohnte auf einem großen Bauernhof mehr als eine halbe Tagesreise von Emondsfeld entfernt nahe dem Wasserwald. Vater und Mutter, seine Schwestern und sein kleiner Bruder. Paetram war jetzt neun und wehrte sich wahrscheinlich mehr als je zuvor dagegen, als das Baby in der Familie betrachtet zu werden. Die mollige Deselle war mittlerweile zwölf und Adora sechzehn. Vielleicht bereitete sie sich schon darauf vor, ihr Haar zum Zopf einer Frau zu flechten. Dazu Onkel Edward, Papas Bruder, Tante Madge, eine kräftige Frau, die ihrem Mann sehr ähnlich sah, und deren Kinder. Dann Tante Neain, die jeden Morgen Onkel Carlins Grab besuchte, und ihre Kinder, und schließlich Großtante Ealsin, die nie geheiratet hatte. Sie hatte eine spitze Nase und scharfe Augen, mit denen sie offensichtlich alles erspähte, was meilenweit in ihrer Umgebung passierte. Seit er einst als Lehrling zu Meister Luhhan gegangen war, hatte er sie nur noch an Festtagen gesehen. Die Entfernung war zu groß, um einfach mal zu Besuch hereinzuschneien, und dazu hatte es immer irgend etwas zu arbeiten gegeben. Falls die Weißmäntel nach den Aybaras forschten, waren diese ziemlich leicht zu finden. Dort lag seine Verantwortung. Für diesen Schlächter war er nicht zuständig. Er konnte sich nicht zerteilen. Er mußte seine Familie und Faile beschützen. Das kam zuerst. Dann das Dorf und die Wölfe, und hinterher vielleicht noch der Schlächter. Ein Mann konnte unmöglich alles bewältigen.

Der Westwald wuchs auf steinigem Boden, von Zeit zu Zeit durch Felsvorsprünge unterbrochen, die meist von Brombeerhecken überzogen waren. Es war ein hartes, dicht bewaldetes Land mit wenigen Bauernhöfen und Wegen. Als Junge war er viel in diesem verfilzten Waldgebiet herumgewandert, allein oder mit Rand und Mat. Sie hatten mit Pfeil und Bogen oder der Steinschleuder gejagt, Kaninchenfallen ausgelegt oder waren einfach nur umhergestreift, weil es ihnen Spaß machte. Eichhörnchen mit dicken, buschigen Schwänzen keckerten in den Bäumen, gefleckte Drosseln sangen auf den Zweigen und wurden von den schwarzgefiederten Spottdrosseln imitiert, Wachteln mit blauen Rückenfedern hüpften, von den Reisenden aufgescheucht, aus dem Unterholz hervor … Alles typische Merkmale seiner Heimat. Er erkannte sogar den Geruch der von den Pferdehufen losgerissenen Erdklumpen.

Er hätte auf direktem Weg nach Emondsfeld reiten können, aber er hielt sich etwas weiter nördlich, blieb im Wald und überquerte schließlich den breiten, ausgefahrenen Weg, den man Haldenstraße getauft hatte. Die Sonne senkte sich bereits auf die Baumwipfel nieder. Was die ›Halde‹ im Namen bedeutete, wußte keiner an den Zwei Flüssen. Sie sah ja kaum wie eine richtige Straße aus – eher wie eine langgezogene, von Unkraut bewachsene aber ansonsten baumfreie Fläche, die man erst als Straße erkannte, wenn man drauf stand und die Fahrspuren von Generationen von Karren und Planwagen bemerkte. An manchen Stellen traten noch Bruchstücke von alten Pflastersteinen an die Oberfläche. Vielleicht hatte sie einst zu einer Halde oder einem Steinbruch geführt, als Manetheren noch existierte.

Der Hof, den Perrin aufsuchen wollte, lag unweit der Straße hinter Reihen von Apfel- und Birnbäumen, an denen das Obst reifte. Er roch den Hof, lange bevor er ihn sah. Es war der Gestank von Ruß und Brand, nicht frisch, aber auch ein volles Jahr würde diesen Gestank nicht schwächer werden lassen.

Er ließ sein Pferd am Waldrand stehenbleiben und betrachtete das, was vor ihm lag, bevor er sich dazu zwang, zwischen die Ruinen des al'Thor-Hofes zu reiten, das Packpferd nach wie vor im Schlepptau. Nur der ummauerte Schafpferch stand noch, das Gittertor geöffnet und schief an einer Angel hängend. Der rußgeschwärzte Schornstein warf einen schrägen Schatten über das Durcheinander umgestürzter Pfosten und Steine, wo einst das Wohnhaus gestanden hatte. Von der Scheune und dem Tabakschuppen war nur Asche übriggeblieben. Das Tabakfeld und der Gemüsegarten waren von Unkraut überwuchert, und der Hausgarten war offensichtlich niedergetrampelt worden. Alles bis auf Sägblattpflanzen und Federkronen lag braun und zertreten am Boden.

Er dachte gar nicht daran, einen Pfeil aufzulegen. Das Feuer mußte schon Wochen her sein. Das angesengte Holz war von den Regenfällen der letzten Zeit deutlich ausgewaschen und glanzlos. Die Brennesseln zwischen den Trümmern waren bestimmt schon einen

Monat alt. Egge und Pflug, die am Ackerrain weiter hinten standen, waren beinahe von ihnen überwuchert, und unter den Blättern zeigten sich bereits Rostflecken an den Ackergeräten.

Die Aiel suchten das Gelände gründlich ab, die Speere bereitgehalten und die Augen wachsam. Systematisch schritten sie den ehemaligen Bauernhof ab und stierten selbst in der Asche herum. Als Bain aus dem Trümmerhaufen des Wohnhauses kletterte, sah sie Perrin an und schüttelte den Kopf. Also war Tam al'Thor wenigstens nicht hier ums Leben gekommen.

Sie wissen Bescheid. Sie wissen es, Rand. Du hättest mitkommen sollen. Er hatte Mühe, sich zu beherrschen und Traber nicht in vollem Galopp den ganzen Weg zum Hof seiner Familie zurücklegen zu lassen. Selbst dieses ausdauernde Pferd konnte das nicht durchhalten und wäre vermutlich tot umgefallen. Vielleicht waren es Trollocs gewesen, die das angerichtet hatten. Falls ja, dann arbeitete seine Familie vielleicht noch unbehelligt und sicher auf ihrem Hof. Er atmete tief durch, aber der Rußgestank ging ihm nicht aus der Nase.

Gaul blieb neben ihm stehen. »Wer das auch angerichtet haben mag, ist schon lange weg. Sie haben einige Schafe getötet, und der Rest ist weggelaufen. Später ist jemand gekommen, um den Rest der Herde wieder einzufangen und nach Norden zu treiben. Zwei Männer, glaube ich, aber die Spuren sind zu alt, um sicherzugehen.«

»Gibt es irgendeinen Hinweis darauf, wer das getan hat?« Gaul schüttelte den Kopf. Es könnten Trollocs gewesen sein. Seltsam, daß er sich wünschte, es sei das Werk von Trollocs. Und dumm obendrein. Die Weißmäntel kannten seinen Namen und, wie es schien, auch den Rands. *Sie kennen meinen Namen.* Er blickte versonnen auf die Asche des al'Thor-Hauses, und Traber schritt vorwärts, als die Zügel in seiner Hand zitterten.

Loial war bei den Obstbäumen abgestiegen, und sein Kopf befand sich zwischen den Zweigen. Faile ritt auf Perrin zu und musterte seine Gesichtszüge. Ihre Stute schritt graziös einher. »Ist das …? Kennst du die Leute, die hier wohnten?«

»Rand und sein Vater.«

»Oh. Ich dachte, es sei …« Erleichterung und Mitgefühl schwangen in ihrem Tonfall mit. »Wohnt deine Familie hier in der Nähe?«

»Nein«, sagte er schroff, und sie zuckte zurück, als habe er ihr eine Ohrfeige verpaßt. Doch sie blickte ihn weiterhin an und wartete. Was mußte er denn noch anstellen, um sie zu vertreiben? Mehr, als er fertigbrachte jedenfalls, wenn er es bis jetzt noch nicht geschafft hatte.

Die Schatten wurden länger, und die Sonne wanderte auf die Baumwipfel zu. Er ließ Traber umdrehen und wandte ihr unhöflich den Rücken zu. »Gaul, wir werden heute nacht hier in der Nähe lagern. Ich will früh am Morgen aufbrechen.« Er riskierte einen schnellen Blick nach hinten. Faile ritt zu Loial zurück. Sie saß steif und hoch aufgerichtet im Sattel. »In Emondsfeld werden sie wissen …« Wo sich die Weißmäntel befanden, so daß er sich ihnen freiwillig stellen konnte, bevor sie seiner Familie etwas antaten. Falls es seiner Familie überhaupt noch gutging. Falls der Hof, auf dem er geboren war, nicht schon genauso aussah wie dieser. Nein. Er mußte rechtzeitig kommen, um das zu verhindern. »Sie werden wissen, was los ist.«

»Also, dann früh am Morgen.« Gaul zögerte. »Du wirst sie nicht loswerden. Sie ist beinahe wie eine *Far Dareis Mai,* und wenn eine Tochter des Speers dich liebt, dann kannst du ihr nicht entkommen, so schnell du auch wegzulaufen versuchst.«

»Überlaß das ruhig mir.« Er atmete durch und bemühte sich, freundlicher zu sprechen, denn Gaul wollte er ja nicht verscheuchen. »Sehr früh. Während Faile noch schläft.«

Unter den Apfelbäumen war es diese Nacht in beiden Lagern ruhig. Mehrmals stand die eine oder andere der Aielfrauen auf und blickte hinüber zu dem kleinen Feuer, an dem er mit Gaul saß, aber die einzigen Laute waren das gelegentliche Schreien einer Eule und das Stampfen der Pferdehufe. Perrin konnte nicht einschlafen, und so schlüpfte er mit Gaul eine Stunde vor Sonnenaufgang schließlich aus dem Lager. Der Aiel machte mit seinen weichen Stiefeln keinerlei Geräusch, und auch die Pferdehufe hörte man auf dem dichten Gras unter den Bäumen kaum. Bain, oder vielleicht war es auch Chiad, beobachtete ihr Gehen. Jedenfalls weckte sie Faile nicht auf, und dafür war er dankbar.

Als sie ein kleines Stück unterhalb des Dorfes aus dem Westwald traten, stand die Sonne bereits am Himmel. Hier trafen sich eine Reihe von Fahrspuren und Wegen, meist von Hecken oder niedrigen Steinmauern gesäumt. Über den Schornsteinen der Häuser standen fedrige, graue Rauchwolken. Dem Duft nach buken die Frauen gerade das Brot für den Tag. Auf den Tabak- und Gerstenfeldern waren die Männer bereits bei der Arbeit, und die älteren Jungen hüteten die Herden der Schafe, die mit ihren schwarzen Köpfen so typisch für dieses Land waren. Ein paar Leute bemerkten sie, als sie in der Nähe vorbeikamen, aber Perrin ließ Traber schnell voranschreiten und hoffte, daß niemand nahe genug kommen würde, der ihn erkannte oder sich über die eigenartige Kleidung Gauls wunderte und über dessen Speere.

Auch in Emondsfeld selbst gingen jetzt die Menschen ihren Beschäftigungen nach, und so umging er das Dorf in weitem Bogen im Osten, hielt sich weit ab von den ausgefahrenen Straßen und den strohgedeckten Häusern um den Dorfanger herum, wo die Weinquelle so kraftvoll unter einem Felsvorsprung hervorquoll, daß sie einen Mann durchaus umwerfen konnte, bevor sie noch das Bachbett erreichte. Die Schäden, an die er sich von der Winternacht vor einem Jahr erinnerte, die niedergebrannten Häuser und angesengten Dächer, hatte man offensichtlich repariert und die Häuser neu gebaut. Dann waren die Trollocs wohl auch nicht wiedergekommen. Er hoffte inbrünstig, daß niemand so etwas noch einmal erleben mußte. Die Weinquellenschenke stand fast am Ostende von Emondsfeld zwischen der festgebauten hölzernen Wagenbrücke über den hurtig dahinströmenden Weinquellenbach und einer mächtigen alten Grundmauer. Mitten in der von ihr umsäumten Fläche wuchs eine große Eiche. Unter deren dicken Ästen standen Tische, und dort saßen die Menschen an einem ruhigen Nachmittag und sahen den Jüngeren beim Spielen zu. Zu dieser frühen Morgenstunde saß natürlich niemand dort. Weiter im Osten standen nur noch ein paar einzelne Häuser. Die Schenke selbst wies einen Unterbau aus Flußfels auf, und das obere Stockwerk aus weißgetünchten Backsteinen ragte rundherum ein Stück über das untere hinaus. Ein Dutzend Schornsteine erhoben sich über dem glitzernden, roten, mit glasierten Ziegeln gedeckten Dach, dem einzigen Ziegeldach in der ganzen Gegend.

Perrin band Traber und das Packpferd an einem dafür vorgesehenen Pfosten in der Nähe der Küchentür an. Sein erster Blick galt dem strohgedeckten Stall. Er hörte, daß darin gearbeitet wurde. Wahrscheinlich misteten Hu und Tad den Stall aus, in dem Meister al'Vere das Gespann großgewachsener Dhurran-Pferde hielt, das er zu schweren Arbeiten vermietete. Auch von der anderen Seite der Schenke her erklangen Geräusche: Stimmengemurmel auf dem Anger, das Schnattern von Gänsen, das Rumpeln eines Leiterwagens über die Brücke. Er ließ alles auf den Pferden, denn er wollte hier nur kurz Halt machen. Eine kurze Bewegung reichte, und Gaul folgte ihm, als er mitsamt Pfeilen und Bogen nach drinnen eilte, bevor vielleicht einer der Stallburschen herauskam.

Die Küche war leer. Sowohl die Eisenöfen, wie auch die offenen Feuerstellen waren bis auf eine einzige kalt, obwohl der Geruch nach frischgebackenem Brot noch in der Luft lag. Brot und Honigkuchen. Die Schenke hatte selten Übernachtungsgäste. Höchstens dann, wenn die Kaufleute aus Baerlon herunterkamen, um Wolle oder Tabak zu kaufen, oder wenn einer der monatlich erscheinenden fahrenden Händler kam, solange die Straße nicht durch Schnee unbefahrbar gemacht wurde. Die Dorfbewohner, die später am Tag auf ein Bier oder einen Wein und gelegentlich zum Essen hereinkommen würden, waren jetzt auf ihren Höfen und in ihren Werkstätten an der Arbeit. Aber der Zufall wollte es vielleicht, daß doch gerade jetzt jemand da war, und deshalb schlich Perrin auf Zehenspitzen durch den kurzen Flur von der Küche zum Schankraum und öffnete die Tür einen Spaltbreit, um hineinzuspähen.

Er hatte diesen quadratischen Raum mindestens tausendmal zuvor gesehen – den offenen, aus Flußsteinen gemauerten Kamin, der so breit war wie der halbe Raum und so hoch, daß er Perrin bis an die Schulter reichte. Meister al'Veres hochglänzende Tabaksdose und seine wertvolle Uhr standen auf dem Sims. Irgendwie kam ihm das alles jetzt kleiner vor. Vor dem Kamin standen die hochlehnigen Stühle, auf denen der Rat der Gemeinde bei seinen Sitzungen saß. Brandelwyn al'Veres Bücher standen auf einem Bücherbord gegenüber dem Kamin. Einst hatte sich Perrin überhaupt nicht mehr Bücher auf einmal vorstellen können, als diese paar Dutzend meist abgegriffener Exemplare. An einer anderen Wand standen Bier- und Weinfässer aufgestapelt. Wie gewöhnlich schlief Kratzi, die gelbe Katze der al'Veres, oben auf einem der Fässer.

Der Schankraum war leer bis auf Bran al'Vere selbst und seine Frau Marin, beide mit langen, weißen Schürzen angetan, die die Silber- und Zinnkrüge der

Schenke polierten. Meister al'Vere war ein breitgebauter, rundlicher Mann mit einem spärlichen, grauen Haarkranz um den ansonsten kahlen Schädel. Frau al'Vere war schlank und wirkte mütterlich. Den dicken, mit Grau durchsetzten Zopf hatte sie sich über die Schulter gelegt. Sie roch nach Backen und darunter lag ein leichter Rosenduft. Perrin erinnerte sich an sie als ewig lächelnde, freundliche Menschen, doch beide wirkten nun besorgt. Der Dorfvorsteher zeigte eine finstere Miene, die sicher nichts mit dem Silberbecher in seinen Händen zu tun hatte.

»Meister al'Vere?« Er schob die Tür auf und ging hinein. »Frau al'Vere. Ich bin's, Perrin.«

Sie sprangen derart überrascht auf, daß ihre Stühle nach hinten purzelten und Kratzi fauchend hochhüpfte. Frau al'Vere schlug die Hände vor den Mund. Sie und ihr Mann starrten ihn und Gaul mit weit aufgerissenen Augen an. Perrin nahm den Bogen verlegen von einer Hand in die andere. Dann eilte Bran zu einem der Vorderfenster, wobei er sich für einen so massigen Mann erstaunlich leichtfüßig bewegte, und schob die leichten Sommergardinen auseinander, um hinauszuspähen, als suche er nach weiteren Aiel dort draußen.

»Perrin?« murmelte Frau al'Vere ungläubig. »Du bist es wirklich. Ich hätte dich beinahe nicht erkannt mit dem Bart und... Deine Wange! Warst du...? Ist Egwene bei dir?«

Perrin betastete den Schnitt auf seiner Wange und bereute, daß er sich nicht gewaschen hatte und daß er Bogen und Axt nicht wenigstens in der Küche abgestellt hatte. Er hatte gar nicht daran gedacht, daß sein Aussehen sie ängstigen könnte. »Nein. Das hat nichts mit ihr zu tun. Sie ist in Sicherheit.« Vielleicht war sie auf dem Weg nach Tar Valon sicherer, als wenn sie sich noch bei Rand in Tear aufhielt, aber in jedem Fall war sie wohl in Sicherheit. Er mußte aber wohl Egwenes

Mutter etwas mehr sagen als das. »Frau al'Vere, Egwene befindet sich in der Ausbildung zur Aes Sedai. Nynaeve auch.«

»Ich weiß«, sagte sie ruhig und berührte dabei ihre Schürzentasche. »Ich habe drei Briefe von ihr aus Tar Valon. Nach dem zu schließen, was sie schreibt, hat sie noch öfters geschrieben und auch Nynaeve zumindest einmal, aber nur drei von Egwenes Briefen sind hier angekommen. Sie berichtet ein bißchen von ihrer Ausbildung. Ich muß sagen, das klingt mir reichlich streng.«

»Sie will es aber nicht anders.« Drei Briefe? Schuldbewußt zuckte er die Achseln. Er hatte niemandem geschrieben; nichts mehr seit den Botschaften, die er seiner Familie und Meister Luhhan zurückgelassen hatte, als er in jener Nacht mit Moiraine und den anderen aus Emondsfeld floh. Kein einziger Brief.

»So scheint es, wenn es auch nicht das ist, was ich für sie im Sinn hatte. Ich kann den Leuten davon auch nichts erzählen, oder? Sie schreibt, sie habe neue Freundinnen, nette Mädchen, wie es klingt. Elayne und Min. Kennst du sie?«

»Wir haben uns kennengelernt. Ich glaube schon, daß man sie als nette Mädchen bezeichnen kann.« Wieviel hatte ihr Egwene in diesen Briefen mitgeteilt? Offensichtlich doch nicht sehr viel. Sollte Frau al'Vere doch glauben, was sie wollte. Er hatte nicht die Absicht, ihre Sorgen noch durch Dinge zu vergrößern, gegen die sie sowieso nichts unternehmen konnte. Was vorbei war, war vorbei. Egwene war jetzt doch wenigstens in Sicherheit.

Mit einemmal wurde ihm bewußt, daß Gaul noch hinter ihm stand, und so stellte er ihn schnell den beiden vor. Bran zwinkerte überrascht, als er Gaul als Aiel zu erkennen gab, und dann blickte er etwas finster nach den Speeren und dem schwarzen Schleier, der von der Schufa herunterhing, aber seine Frau sagte lediglich: »Seid willkommen in Emondsfeld, Meister Gaul, und in der Weinquellenschenke.«

»Ich wünsche Euch Wasser und Schatten für Euer ganzes Leben, Dachherrin«, sagte Gaul höflich und verbeugte sich vor ihr. »Ich bitte um Erlaubnis, Euer Dach und Eure Feste verteidigen zu dürfen.«

Sie zögerte kaum merklich und antwortete dann, als sei sie an diese Art von Ansprachen gewöhnt: »Ein großzügiges Angebot. Aber Ihr müßt mir erlauben, zu bestimmen, wann Eure Hilfe gebraucht wird.«

»Wie Ihr wünscht, Dachherrin. Eure Ehre ist die meine.« Unter seinem Wams holte Gaul ein goldenes Salzgefäß hervor, eine kleine Schüssel, die auf dem Rücken eines kunstvoll geformten Löwen saß, und hielt es ihr hin. »Ich möchte Eurem Dach dieses kleine Gastgeschenk verehren.«

Marin al'Vere verhielt sich, als sei es ein gewöhnliches Geschenk, und verbarg ihre erschrockene Überraschung recht gut. Perrin bezweifelte, daß es im gesamten Bereich der Zwei Flüsse auch nur ein einziges ähnlich wertvolles Stück gab, und ganz bestimmt nicht aus Gold. Es gab schon wenig Gold in den zwei Flüssen, und Goldschmuck oder ähnliches gab es noch seltener. Er hoffte, sie werde niemals herausfinden, daß es ein Beutestück aus dem Stein von Tear war. Darauf hätte er jedenfalls wetten können.

»Mein Junge«, sagte Bran zu Perrin, »vielleicht sollte ich dich zu Hause willkommen heißen, aber – warum bist du zurückgekommen?«

»Ich habe das mit den Weißmänteln gehört, Meister al'Vere«, antwortete Perrin einfach.

Der Dorfvorsteher und seine Frau warfen sich einen ernsten Blick zu, und Bran sagte: »Noch einmal, warum bist du zurückgekommen? Du kannst hier nichts aufhalten oder ändern, mein Junge. Am besten gehst du wieder. Wenn du kein Pferd haben solltest, gebe ich dir eins. Falls du eines hast, dann steig auf und reite nach Norden. Ich glaubte, die Weißmäntel säßen in Taren Fähre … Hast du diesen Gesichtsschmuck von ihnen abbekommen?«

»Nein. Ich …«

»Dann spielt es keine Rolle. Wenn du bei deinem Kommen an ihnen vorbeigekommen bist, kommst du auch wieder vorbei, wenn du gehst. Ihr Hauptlager befindet sich oben bei Wachhügel, aber ihre Patrouillen können sich überall herumtreiben. Geh nur, mein Junge.«

»Warte nicht lange, Perrin«, fügte Frau al'Vere leise aber bestimmt hinzu. Wenn sie diesen Tonfall an sich hatte, taten die Leute gewöhnlich genau das, was sie wollte. »Keine einzige Stunde. Ich packe dir ein Bündel zum Mitnehmen. Ein wenig frisches Brot und Käse, Schinken und Rinderbraten und Gurken. Du mußt gehen, Perrin.«

»Ich kann nicht. Ihr wißt, daß sie hinter mir her sind, sonst würdet Ihr mir diesen Rat nicht geben.« Und sie hatten nichts von seinen Augen erwähnt, nicht einmal gefragt, ob er krank sei. Frau al'Vere war kaum überrascht gewesen. Sie wußten Bescheid. »Wenn ich mich ihnen stelle, kann ich einiges verhindern. Ich kann meine Familie …« Er fuhr zusammen, als die Tür zum Flur aufschlug und Faile eintrat, von Bain und Chiad gefolgt.

Meister al'Vere fuhr sich mit der Hand über die Glatze. Obwohl er die Kleidung der Aielfrauen prüfend gemustert und sie offensichtlich als Gauls Begleiterinnen eingeschätzt hatte, schien er eigentlich nicht weiter erstaunt darüber, daß sie Frauen waren. Vor allem wirkte er über ihr plötzliches Eindringen verärgert. Kratzi hatte sich aufgesetzt und musterte mißtrauisch die Fremden. Perrin fragte sich, ob die Katze auch ihn als einen solchen betrachte. Er fragte sich ebenfalls, wie sie ihn aufgespürt hatten und wo Loial blieb. Er vermied jeden Gedanken daran, was er jetzt wohl mit Faile anfangen solle.

Sie ließ ihm wenig Zeit zum Nachdenken, sondern stellte sich breitbeinig vor ihn hin, die Hände in die Hüften gestützt. Irgendwie hatte sie sich den Trick vieler Frauen angeeignet, in ihrem empörten Zorn größer zu wirken als ihr Gegenüber. »Dich stellen? Dich stellen! Hast du das etwa von Anfang an geplant gehabt? Bestimmt, oder? Du Vollidiot! Dein Hirn ist ja wohl eingefroren, Perrin Aybara! Es war von Anfang an nicht mehr als ein paar Muskeln und Haare, aber jetzt ist selbst davon nicht mehr viel übrig! Wenn dich die Weißmäntel suchen, dann hängen sie dich auf, sobald sie dich haben. Warum sollten sie dich überhaupt suchen?«

»Weil ich Weißmäntel getötet habe.« Er blickte auf sie hinunter und achtete nicht auf Frau al'Vere, die überrascht nach Luft schnappte. »Die an dem Abend, als ich dich kennenlernte, und zwei andere schon vorher. Sie wissen davon, Faile, und sie halten mich für einen Schattenfreund.« Soviel würde sie auf jeden Fall in Kürze erfahren. Wenn sie es auf die Spitze getrieben hätte und sie allein gewesen wären, hätte er ihr vielleicht auch den Grund dafür genannt. Mindestens zwei Weißmäntel, Geofram Bornhald und Jaret Byar, ahnten etwas von seiner Verbindung mit den Wölfen. Sie wußten keineswegs alles, aber auch das wenige reichte schon. Ein Mann, der mit den Wölfen jagte, mußte ein Schattenfreund sein. Vielleicht befand sich einer oder gar beide bei diesen Weißmänteln hier. »Sie halten es für die Wahrheit.«

»Du bist nicht mehr Schattenfreund als ich«, flüsterte sie mit hartem Unterton. »Da könnte die Sonne noch eher einer sein.«

»Das spielt keine Rolle, Faile. Ich muß tun, was sein muß.«

»Du hirnverbrannter Hornochse! Du mußt keineswegs etwas so Idiotisches tun! Du hirnloses Geschöpf! Wenn du das tust, dann hänge ich dich selber auf!«

»Perrin«, sagte Frau al'Vere beruhigend, »würdest du mich bitte dieser jungen Frau vorstellen, die soviel von dir hält?«

Faile bekam einen puterroten Kopf, als ihr zu Bewußtsein kam, daß sie Meister al'Vere und seine Frau vollkommen ignoriert hatte. Hastig knickste sie, entschuldigte sich wieder und wieder. Bain und Chiad taten es Gaul nach, baten darum, Frau al'Veres Dach verteidigen zu dürfen, und schenkten ihr eine kleine goldene Schüssel, die in Blattform gearbeitet war, und eine kunstvolle silberne Pfeffermühle, größer als beide Fäuste Perrins zusammen. Obenauf saß eine phantasievolle Figur, halb Pferd, halb Fisch.

Bran al'Vere fielen fast die Augen aus dem Kopf, und er rieb sich wieder die Glatze und murmelte etwas in sich hinein. Perrin hörte die Bezeichnung Aiel mehrmals heraus, in einem ungläubigen Tonfall. Der Blick des Dorfvorstehers huschte auch immer wieder zu den Fenstern hinüber. Er suchte bestimmt nicht nach weiteren Aiel. Er war ja schon erstaunt gewesen, als Gaul sich als Aiel zu erkennen gegeben hatte. Vielleicht hatte er Angst, die Weißmäntel kämen.

Marin al'Vere andererseits nahm alles gelassen hin, behandelte Faile, Bain und Chiad genau wie jede andere junge Frau, die als Gast in ihre Schenke kam, plauderte mit ihnen darüber, wie anstrengend Reisen sei, machte Faile Komplimente wegen ihres Reitkleides – heute eines aus dunkelblauer Seide – und sagte den Aielfrauen, wie sehr sie Farbe und Glanz ihrer Haare bewundere. Perrin vermutete, daß Bain und Chiad nichts mit ihr anfangen konnten, aber nach kurzer Zeit hatte sie auf ihre ruhige und feste mütterliche Art die drei Frauen an einen Tisch gebracht, ihnen feuchte Handtücher gegeben, um sich den Reisestaub von Gesicht und Händen zu wischen, und dann nippten sie an ihren Teetassen. Perrin erinnerte sich noch gut an die große, rotgestreifte Teekanne.

Es wäre ja durchaus amüsant gewesen, zu beobachten, wie diese harten Kämpferinnen – Faile ganz gewiß eingeschlossen – plötzlich Frau al'Vere eifrig versicherten, daß sie sich sehr wohl fühlten, und ob sie nicht behilflich sein könnten, sie tue doch entschieden zuviel, und alle hatten große Augen wie die Kinder und die gleiche Chance wie ein Kind, gegen sie anzukommen. Es wäre amüsant gewesen – wenn sie nicht auch ihn und Gaul mit eingeschlossen hätte. Sie winkte sie genauso entschlossen zum Tisch herüber und bestand darauf, daß sie sich Hände und Gesicht wuschen, bevor sie eine Tasse Tee bekamen. Gaul grinste die ganze Zeit über ein wenig. Die Aiel hatten wohl einen eigenartigen Sinn für Humor.

Überraschenderweise beachtete sie seinen Bogen und die Axt überhaupt nicht, genausowenig wie die Waffen der Aiel. Im Gebiet der Zwei Flüsse trugen die Menschen sehr selten auch nur einen Bogen, und wenn, dann hatte sie immer darauf bestanden, daß er irgendwo abgestellt wurde, wenn man sich an einen Tisch setzen wollte. Immer. Doch jetzt schenkte sie den Waffen keine Beachtung.

Er erlebte eine weitere Überraschung, als Bran ihm einen silbernen Becher mit Apfelkorn hinstellte, denn es war nicht die übliche kleine Portion, gerade so hoch wie sein Daumennagel, sondern immerhin halb voll. Bevor er aus Emondsfeld floh, hätte er ihm wahrscheinlich nur Most angeboten, vielleicht sogar Milch, oder höchstens einen halb gefüllten Becher Schorle zum Essen, an einem Feiertag möglicherweise auch einen ganzen. Er war dankbar dafür, jetzt als erwachsener Mann anerkannt zu werden. Trotzdem ließ er den Schnaps zunächst stehen, denn er war nur an Wein gewöhnt und trank kaum etwas Stärkeres.

»Perrin«, sagte der Dorfvorsteher, als er sich neben seine Frau an den Tisch setzte, »kein Mensch hält dich für einen Schattenfreund. Keiner, der noch einen Funken Verstand hat. Es gibt keinen Grund für dich, dich einfach aufhängen zu lassen.«

Faile nickte eindringlich und zustimmend, doch Perrin beachtete sie nicht. »Ich lasse mich nicht umstimmen, Meister al'Vere. Die Weißmäntel wollen mich haben, und wenn sie mich nicht bekommen, lassen sie das vielleicht am nächsten Aybara aus, den sie in die Finger bekommen. Die Weißmäntel sind nur zu schnell bereit, jemanden schuldig zu sprechen. Das sind keine angenehmen Menschen.«

»Das wissen wir«, sagte Frau al'Vere leise.

Ihr Mann blickte auf seine Hände hinunter, die auf dem Tisch lagen. »Perrin, deine Familie ist nicht mehr.«

»Ist nicht mehr? Heißt das, sie haben den Hof bereits niedergebrannt?« Perrin verkrampfte seine Faust um den silbernen Becher. »Ich hoffte, ich käme noch rechtzeitig. Aber wahrscheinlich hätte ich es besser wissen müssen. Es ist zu viel Zeit vergangen, bevor ich von den Ereignissen hörte. Nun, vielleicht kann ich meinem Pa und Onkel Edward beim Wiederaufbau helfen. Bei wem wohnen sie jetzt? Ich will sie wenigstens zuerst einmal begrüßen.«

Bran verzog das Gesicht, und seine Frau streichelte ihm beruhigend über die Schulter. Doch ihr Blick ruhte seltsamerweise weiter auf Perrin. In ihren Augen standen Trauer und Sympathie.

»Sie sind tot, mein Junge«, sagte Bran atemlos.

»Tot? Nein. Das kann nicht sein...« Perrin runzelte die Stirn, als seine Hand plötzlich feucht wurde, und blickte den zerdrückten Becher an, als frage er sich, wo der eigentlich herkäme. »Es tut mir leid. Ich wollte ihn nicht...« Er zog an dem zusammengedrückten Silberblech und versuchte, ihm mit seinen Fingern wieder die ursprüngliche Form zu verleihen. Das ging aber nicht. Natürlich nicht. Sorgfältig legte er den kaputten Becher auf den Tisch zurück. »Ich werde es ersetzen. Ich kann...« Er wischte sich die Hand am Wams ab, und plötzlich wurde ihm klar, daß er die an seinem Gürtel hängende Axt streichelte. Warum sahen ihn alle so eigenartig an? »Seid Ihr sicher?« Seine Stimme klang, als käme sie von weither. »Adora und Deselle? Paet? Meine Mutter?«

»Alle«, sagte Bran. »Auch deine Tanten und Onkel und Cousins. Jeder, der auf dem Hof wohnte. Ich half dabei, sie zu beerdigen, mein Junge. Auf diesem niedrigen Hügel dort, dem mit den Apfelbäumen.«

Perin steckte den Daumen in den Mund. Idiotisch, sich an der eigenen Axt zu schneiden. »Meine Mutter mag Apfelblüten. Die Weißmäntel. Warum sollten sie …? Seng mich, Paet war nur neun. Die Mädchen …« Seine Stimme klang tonlos. Er dachte sich, daß in diesen Worten doch etwas Gefühl hätte durchkommen müssen. Etwas Gefühl wenigstens.

»Es waren Trollocs«, sagte Frau al'Vere schnell. »Sie sind zurückgekehrt, Perrin. Nicht so wie damals, als ihr weggingt. Sie haben nicht das Dorf angegriffen, aber die Höfe auf dem Land. Die meisten Höfe, die weitab von anderen liegen, sind mittlerweile verlassen. Keiner geht nachts nach draußen, selbst in der Nähe des Dorfs. Es ist das gleiche drunten in Devenritt und oben in Wachhügel, vielleicht sogar bis nach Taren-Fähre. Die Weißmäntel, so schlimm sie auch sind, stellen unseren einzigen Schutz dar. Sie haben schon zwei Familien gerettet, die ich kenne, als Trollocs ihre Höfe angriffen.«

»Ich wollte … ich hoffte …« Er konnte sich nicht mehr ganz daran erinnern, was er wollte. Hatte etwas mit Trollocs zu tun. Er wollte sich gar nicht daran erinnern. Die Weißmäntel beschützten die Zwei Flüsse? Das brachte ihn beinahe zum Lachen. »Rands Vater. Tams Hof. Waren das auch Trollocs?«

Frau al'Vere öffnete den Mund, doch Bran kam ihr zuvor: »Er verdient es, die Wahrheit zu erfahren, Marin. Das waren die Weißmäntel, Perrin. Dort und auch beim Hof der Cauthons.«

»Mats Angehörige also auch. Rands Leute und Mats und meine.« Seltsam. Es klang bei ihm, als rede er vom Wetter. »Sind sie auch tot?«

»Nein, mein Junge. Nein, Abell und Tam haben sich irgendwo im Westwald versteckt. Und Mats Mutter und seine Schwestern ... Sie leben jedenfalls auch.«

»In einem Versteck?«

»Es ist nicht nötig, darüber zu sprechen«, sagte Frau al'Vere kurz angebunden. »Bran, bring ihm einen neuen Becher Schnaps. Und diesmal trinkst du ihn, Perrin.« Ihr Mann blieb an seinem Platz sitzen, aber sie runzelte nur die Stirn und fuhr dann fort: »Ich würde euch anbieten, bei uns zu schlafen, aber das wäre nicht sicher. Es gibt Leute, die wahrscheinlich nichts Eiligeres zu tun hätten, als zu Lord Bornhald zu rennen, falls sie herausfinden, daß du hier bist. Eward Congar und Hari Coplin rennen den Weißmänteln wie die Schoßhündchen hinterher. Die wollen denen immer jeden Gefallen tun und jeden Namen nennen. Cenn Buie ist auch nicht viel besser. Und auch Will Congar wird plappern, wenn ihn Daise nicht davon abhält. Sie ist jetzt die Seherin hier. Perrin, es ist das beste, ihr geht wieder. Glaub es mir.«

Perrin schüttelte bedächtig den Kopf. Es war alles einfach zuviel. Daise Congar, die Seherin? Das war eine Frau wie ein Stier. Weißmäntel beschützten Emondsfeld. Hari und Eward und Will als Mitläufer. Man konnte ja von den Congars und Coplins nicht viel anderes erwarten, aber Cenn Buie war immerhin im Rat der Gemeinde. Lord Bornhald. Also befand sich Geofram Bornhald tatsächlich hier. Faile beobachtete ihn, und ihre Augen waren groß und feucht. Warum war sie denn den Tränen nahe?

»Da ist aber noch mehr, Brandelwyn al'Vere«, sagte Gaul. »Euer Gesicht sagt mir das.«

»Das stimmt«, bestätigte Bran. »Nein, Marin«, fügte er nachdrücklich hinzu, als sie den Kopf leicht schüttelte. »Er verdient wirklich die Wahrheit. Die ganze Wahrheit.« Sie faltete seufzend die Hände. Marin al'Vere setzte sich fast immer durch, außer, wenn Brans Gesicht so entschlossen wirkte wie jetzt gerade. Seine Augenbrauen waren stramm zusammengezogen.

»Welche Wahrheit?« fragte Perrin. Seine Mutter hatte Apfelblüten so gern.

»Zuerst einmal ist Padan Fain bei den Weißmänteln«, sagte Bran. »Er nennt sich jetzt Ordeith und hört überhaupt nicht mehr auf seinen eigenen Namen, aber er ist es, und wenn er noch so hochmütig dreinblickt.«

»Er ist ein Schattenfreund«, sagte Perrin abwesend. Adora und Deselle steckten sich im Frühling immer Apfelblüten ins Haar. »Das habe ich von ihm selbst. Er hat in der Winternacht damals die Trollocs hergeführt.« Paet kletterte so gern auf den Apfelbäumen herum und warf dann mit Äpfeln nach einem, wenn man ihn nicht gebührend beachtete.

»Tatsächlich«, kommentierte der Dorfvorsteher grimmig. »Das ist nun wirklich interessant. Er hat bei den Weißmänteln nämlich durchaus etwas zu sagen. Das erstemal, daß wir von ihrer Anwesenheit erfuhren, war nach der Zerstörung von Tams Hof. Das war Fains Werk; er führte die Weißmäntel an, die das taten. Tam hat vier oder fünf von ihnen mit Pfeilen gespickt, bevor er in den Wald floh, und dann erreichte er den Cauthon-Hof gerade rechtzeitig, um zu verhindern, daß sie Abell gefangennahmen. Doch sie fingen Natti und die Mädchen ein. Und auch Haral Luhhan und Alsbet. Ich glaube, Fain hätte sie aufgehängt, aber Lord Bornhald hat das nicht zugelassen. Natürlich haben sie sie nicht gehen lassen. Soweit ich in Erfahrung bringen konnten, hat man ihnen nichts getan, aber sie werden im Lager der Weißmäntel oben in Wachhügel gefangengehalten. Aus irgendeinem Grund haßt Fain dich und Rand und Mat. Er hat hundert Goldstücke für jeden geboten, der mit euch dreien verwandt ist und zweihundert für Tam oder Abell. Und Lord Bornhald scheint besonders an dir Interesse zu haben. Wenn eine Weißmantel-Patrouille hierher kommt, ist er gewöhnlich auch dabei und stellt Fragen in bezug auf dich.«

»Ja«, sagte Perrin. »Ganz klar. So was würde er machen.« Perrin von den Zwei Flüssen, der mit den Wölfen lief. Schattenfreund. Fain hatte ihnen möglicherweise den Rest erzählt. *Fain und bei den Kindern des Lichts?* Der Gedanke lag fern. Aber immer noch besser, als über die Trollocs nachzudenken. Er verzog das Gesicht und zwang seine Hände, still auf dem Tisch liegenzubleiben. »Sie beschützen euch vor den Trollocs.«

Marin al'Vere beugte sich mit gerunzelter Stirn zu ihm herüber. »Perrin, wir brauchen die Weißmäntel. Ja, sie haben Tams Hof niedergebrannt und den Abells. Sie haben Leute festgenommen, und sie laufen herum, als gehörte alles ihnen, was sie sehen, aber Alsbet und Natti und dem Rest ist nichts passiert. Sie werden lediglich festgehalten, und das kann man irgendwie schon wieder hinbiegen. Man hat den Drachenzahn auf ein paar Türen gekritzelt, aber außer den Congars und Coplins beachtet das niemand, und wahrscheinlich waren sie es selbst, die das getan haben. Tam und Abell bleiben in ihrem Versteck, bis die Weißmäntel wieder weg sind. Sie müssen ja früher oder später mal wieder weg. Aber solange sich hier Trollocs herumtreiben, brauchen wir sie. Bitte verstehe das. Wir hätten ja lieber dich als sie, aber wir brauchen sie, und wir wollen nicht, daß sie dich aufhängen.«

»Ihr nennt so was beschützen, Dachherrin?« fragte Bain. »Wenn Ihr den Löwen bittet, Euch vor den Wölfen zu beschützen, dann habt Ihr lediglich einen anderen Magen gewählt, in dem Ihr enden wollt.«

»Könnt Ihr euch nicht selbst schützen?« fügte Chiad hinzu. »Ich habe Perrin kämpfen sehen und Mat Cauthon und Rand al'Thor. Sie sind vom gleichen Blut wie Ihr.«

Bran seufzte schwer. »Wir sind Bauern, einfache Leute. Lord Luc redet davon, einen Widerstand gegen die Trollocs zu organisieren, aber das hieße, die Familien schutzlos zu Hause zu lassen, während wir mit ihm ziehen, und das gefällt nun wieder keinem.«

Perrin war verwirrt. Wer war nun wieder Lord Luc? Er fragte danach, und Frau al'Vere antwortete: »Er kam ungefähr zur gleichen Zeit wie die Weißmäntel hier an. Er ist einer der Jäger des Horns. Kennst du die Geschichte: *Die Große Jagd nach dem Horn?* Lord Luc glaubt, das Horn von Valere befände sich irgendwo in den Verschleierten Bergen über den Zwei Flüssen. Aber er hat die Jagd im Moment aufgegeben, unserer Probleme wegen. Lord Luc ist ein großer Herr. Er hat die feinsten Manieren, die man sich vorstellen kann.« Sie glättete ihr Haar und lächelte bestätigend. Bran warf ihr einen Seitenblick zu und knurrte verächtlich.

Jäger des Horns. Trollocs. Weißmäntel. Die Zwei Flüsse schienen nicht mehr das gleiche Land zu sein, das er verlassen hatte. »Faile ist auch eine Jägerin des Horns. Kennst du diesen Lord Luc, Faile?«

»Ich habe genug«, verkündete sie. Perrin verzog das Gesicht, als sie aufstand und um den Tisch herum zu ihm kam. Sie nahm seinen Kopf in die Hände und drückte sein Gesicht an ihre Brust. »Deine Mutter ist tot«, sagte sie leise. »Dein Vater ist tot. Deine Schwestern und dein Bruder sind tot. Deine ganze Familie ist tot, und du kannst nichts mehr daran ändern. Ganz gewiß nicht, wenn du selbst stirbst. Verkrampfe dich nicht mehr so. Traure um sie. Friß nicht alles in dich hinein, wo es dich von innen her zerstört.«

Er packte sie an den Armen und wollte sie wegschieben, aber aus einem unerfindlichen Grund spannten sich seine Hände an, bis nur noch dieser Griff ihn aufrecht hielt. Erst dann wurde ihm bewußt, daß er weinte, daß er in ihr Kleid hineinschluchzte wie ein kleines Kind. Was mußte sie von ihm denken? Er öffnete den Mund, um ihr zu sagen, daß er sich wieder gut fühle, um sich wegen seines Ausbruchs zu entschuldigen, aber heraus kam lediglich: »Ich konnte doch nicht schneller herkommen. Ich konnte nicht... ich...« Er knirschte mit den Zähnen, um sich selbst zum Schweigen zu bringen.

»Ich weiß«, murmelte sie und strich ihm wie einem Kind über das Haar. »Ich weiß.«

Er wollte aufhören, aber je mehr sie ihm ihr Verständnis zuflüsterte, desto heftiger weinte er, als streichelten ihre weichen Hände auf seinem Gesicht die Tränen aus ihm heraus.

KAPITEL 8

Jenseits der Eiche

Während Faile seinen Kopf an ihren Körper preßte, verlor Perrin völlig sein Zeitgefühl. Er wußte nicht mehr, wie lange er geweint hatte. Bilder seiner Familienmitglieder schossen ihm durch den Kopf: sein Vater, wie er lächelte, als er zeigte, wie man einen Bogen hält; die Mutter beim Singen, während sie die Wolle spann; Adora und Deselle, wie sie ihn neckten, als er sich das erste Mal rasierte; Paet, der mit großen Augen einen Gaukler beobachtete, der am Sonnentag seine Künste vorführte. Bilder von Gräbern, kalt und einsam, alle in einer Reihe. Er weinte, bis keine Träne mehr in ihm war. Als er ihr schließlich seinen Kopf entzog, waren sie allein miteinander bis auf Kratzi, die sich auf einem Bierfaß putzte. Er war froh, daß die anderen nicht geblieben waren, um ihm zuzuschauen. Faile war schon mehr als genug. Auf gewisse Weise war er ja froh, daß sie bei ihm geblieben war, aber er wünschte, sie hätte nichts gehört und gesehen.

Faile nahm seine Hände in die ihren und setzte sich auf den nächsten Stuhl. Sie war so schön mit ihren schräggestellten Augen, so groß und dunkel, und mit ihren hohen Backenknochen. Er wußte nicht, wie er an ihr wiedergutmachen konnte, was er ihr in den letzten Tagen angetan hatte. Zweifellos würde sie eine Möglichkeit finden, ihn dafür bezahlen zu lassen.

»Hast du nun diese Idee aufgegeben, dich den Weißmänteln zu stellen?« fragte sie. In ihrer Stimme lag kein Hinweis darauf, daß sie zugesehen hatte, wie er wie ein kleines Kind weinte.

»Es scheint, damit würde ich nichts erreichen. Sie werden hinter Rands Vater und dem Mats hersein, was ich auch mache. Meine Familie …« Er lockerte schnell seinen Griff in ihren Händen, aber sie lächelte nur, anstatt das Gesicht erleichtert zu verziehen. »Ich muß Meister Luhhan und seine Frau befreien, wenn ich kann. Und Mats Mutter und Schwestern. Ich habe ihm versprochen, mich um sie zu kümmern. Und ich muß alles nur Mögliche gegen die Trollocs unternehmen.« Vielleicht hatte dieser Lord Luc eine Ahnung, was man da machen konnte. Wenigstens war das Wegetor blockiert, und es würden keine mehr auf diesem Weg herkommen. Er wollte vor allem gegen die Trollocs etwas unternehmen. »Ich kann das nicht fertigbringen, wenn ich mich von ihnen aufhängen lasse.«

»Ich bin sehr froh, daß du das einsiehst«, sagte sie trocken. »Noch weitere dumme Anwandlungen, mich wegzuschicken?«

»Nein.« Er bereitete sich auf den Sturm vor, der nun folgen würde, doch sie nickte lediglich, als habe sie nur dieses eine Wort erwartet und wolle gar nicht mehr hören. Eine Kleinigkeit und nicht wert, sich deshalb in die Haare zu geraten. Sie würde ihn für Größeres bezahlen lassen.

»Wir sind zu fünft, Perrin, sechs, falls ich auf Loial zählen kann. Und wir können Tam al'Thor und Abell Cauthon dazugewinnen … Können sie mit dem Bogen genausogut umgehen wie du?«

»Besser«, sagte er der Wahrheit entsprechend. »Viel besser.«

Sie nickte leicht, aber zweifelnd. »Das macht dann acht. Ein Beginn auf jeden Fall. Vielleicht werden sich uns andere anschließen. Und dann gibt es ja noch diesen Lord Luc. Vielleicht will er die Führung übernehmen, aber wenn er nicht gerade gehirnamputiert ist, spielt das keine Rolle. Na ja, nicht jeder ist auch vernünftig, der den Eid auf das Horn ablegte. Ich habe ein paar kennengelernt, die glauben, alles zu wissen, und nebenher auch noch so stur wie Maulesel sind.«

»Ich weiß.« Sie warf ihm einen strengen Blick zu und er brachte es gerade noch fertig, ein Lächeln zu unterdrücken. »Daß du einige von der Sorte kennengelernt hast, meine ich. Ich habe einst auch ein solches Pärchen gesehen. Denkst du noch daran?«

»Ach, die. Na ja, hoffen wir, daß Lord Luc kein Lügner und Angeber ist.« Ihr Blick wurde eindringlich, und ihr Griff an seinen Händen festigte sich. Es war nicht unangenehm, eher so, als wolle sie ihre Kraft der seinen hinzufügen. »Du wirst bestimmt den Hof deiner Familie besuchen wollen, deine Heimat. Ich werde mitkommen, wenn du mich läßt.«

»Wenn ich kann, Faile.« Aber nicht jetzt. Noch nicht. Wenn er jetzt diese Reihe von Gräbern unter den Apfelbäumen betrachtete... Es war seltsam. Er hatte immer seine Kraft als gegeben hingenommen, und nun stellte sich heraus, daß er überhaupt nicht stark war. Aber er hatte die Flennerei satt. Es war höchste Zeit, etwas zu unternehmen. »Das Wichtigste zuerst. Ich denke, wir müssen vor allem Tam und Abell aufspüren.«

Meister al'Vere steckte seinen Kopf zur Tür herein, und als er sah, daß sie wieder ganz gewöhnlich dasaßen, trat er in den Schankraum. »In der Küche sitzt ein Ogier«, sagte er mit einem verwirrten Blick zu Perrin. »Ein Ogier. Trinkt Tee. Die größte Tasse sieht bei ihm...« Er hielt zwei Finger hoch, als halte er damit einen Fingerhut. »Vielleicht kann Marin so tun, als kämen jeden Tag Aiel hier herein, aber als sie diesen Loial sah, ist sie beinahe in Ohnmacht gefallen. Ich habe ihr einen doppelten Schnaps gegeben, und sie hat ihn wie Wasser runtergekippt. Hat sich danach fast zu Tode gehustet. Normal trinkt sie höchstens mal ein Glas Wein. Ich glaube aber, wenn ich ihn ihr gegeben hätte, dann hätte sie noch einen gekippt.« Er schürzte die Lippen und tat so, als interessiere ihn irgendein nicht existierender Fleck auf seiner langen, weißen Schürze. »Geht es dir jetzt wieder besser, mein Junge?«

»Ich bin in Ordnung, Meister al'Vere«, sagte Perrin schnell. »Meister al'Vere, wir können nicht lange hierbleiben. Es könnte jemand den Weißmänteln erzählen, daß Ihr mich beherbergt.«

»Ach, es gibt nicht viele, die das tun würden. Nicht einmal alle Coplins, und auch ein paar der Congars würden das nicht tun.« Doch er schlug nicht vor, daß sie dableiben sollten.

»Wißt Ihr, wo ich Meister al'Thor und Meister Cauthon finden kann?«

»Gewöhnlich irgendwo im Westwald«, sagte Bran bedächtig. »Mehr kann ich nicht mit Sicherheit sagen. Sie bleiben in Bewegung.« Er faltete die Hände über dem runden Bauch und neigte den grau umrahmten Kopf ein wenig. »Ihr wollt doch nicht wirklich weggehen, oder? Also, ich habe Marin gesagt, ihr würdet nicht gehen, aber sie glaubt mir nicht. Sie glaubt, es sei das Beste für dich und für euch alle, wenn ihr geht, und wie die meisten Frauen denkt sie, ihr würdet das schon einsehen, wenn sie euch lange genug bequatscht.«

»Aber Meister al'Vere«, sagte Faile in süßlichem Tonfall, »ich meinerseits habe immer festgestellt, daß Männer vernünftige Geschöpfe sind, denen man nur einmal den klügsten Weg zeigen muß, und dann halten sie sich daran.«

Der Dorfvorsteher lächelte sie amüsiert an. »Also werdet Ihr Perrin dazu überreden, wegzugehen, ja? Marin hat recht: Das ist am klügsten, wenn er das Henkerseil vermeiden will. Der einzige Grund hierzubleiben wäre der, daß ein Mann manchmal nicht weglaufen kann. Nein? Tja, zweifellos wißt Ihr es am besten.« Er beachtete ihren säuerlichen Blick nicht. »Komm mit, Junge. Wir teilen Marin die guten Nachrichten mit.

Beiß die Zähne aufeinander und halte an deiner Absicht fest, weil sie nicht aufgeben und weiter versuchen wird, dich umzudrehen.«

In der Küche saßen Loial und die Aiel im Schneidersitz auf dem Boden. Es gab in der Schenke wohl auch keinen Stuhl, der groß genug für den Ogier gewesen wäre. Er saß da, hatte einen Arm auf den Küchentisch gelegt und war im Sitzen noch groß genug, um Marin al'Vere in die Augen zu blicken. Bran hatte die Winzigkeit der Tasse in Loials Händen allerdings übertrieben, fand Perrin. Erst beim zweiten Hinsehen bemerkte er, daß es keine Tasse war, sondern eine weiß-glasierte Suppenschale.

Frau al'Vere gab immer noch ihr Bestes, um allen weiszumachen, daß Aiel und Ogier für sie etwas ganz Normales darstellten. Sie eilte geschäftig mit einem Tablett umher, brachte Brot und Käse und Gurken, überzeugte sich davon, daß jeder etwas aß, aber jedesmal, wenn ihr Blick Loial streifte, wurden ihre Augen größer. Dabei bemühte er sich, ihre Nervosität zu beseitigen, indem er ihr Komplimente über ihre Bäckerei machte. Seine behaarten Ohren zuckten unruhig, wenn sie ihn so ansah, und dann fuhr sie jedesmal leicht zusammen. Danach schüttelte sie den Kopf, daß ihr dicker, ergrauter Zopf lebhaft wackelte. Nach ein paar Stunden würden sie vielleicht die besten Freunde werden.

Loial seufzte in tiefstem Baß erleichtert auf, als er Perrin hereinkommen sah. Er stellte seine Tasse – seine Schüssel – Tee auf den Tisch, aber im nächsten Augenblick sackten seine Mundwinkel wieder traurig herunter. »Es tut mir so leid, von deinem Verlust zu hören, Perrin. Frau al'Vere …« Seine Ohren zuckten wild, obwohl er sie nicht einmal ansah, und sie zuckte daraufhin wieder zusammen. »… hat mir gesagt, daß du wieder fort willst, jetzt, wo dich hier nichts mehr halten kann. Wenn du willst, werde ich die Apfelbäume besingen, bevor wir abreisen.«

Bran und Marin tauschten einen überraschten Blick, und der Dorfvorsteher bohrte tatsächlich ungläubig mit einem Finger in seinem Ohr herum. »Danke, Loial. Ich würde mich darüber freuen, wenn es an der Zeit ist. Aber ich habe noch einiges zu tun, bevor ich gehen kann.« Frau al'Vere stellte das Tablett mit einem Ruck auf dem Tisch ab und blickte ihn scharf an, doch er fuhr nun fort und erklärte seinen Plan, soweit er eben einen hatte: Tam und Abell zu finden und die Gefangenen der Weißmäntel zu befreien. Er erwähnte die Trollocs nicht, obwohl er auch diesbezüglich vage Pläne hatte. Vielleicht sogar überhaupt nicht so vage. Er hatte nicht vor, wieder zu gehen, solange noch ein Trolloc und ein Myrddraal in den Zwei Flüssen am Leben war. Er hakte die Daumen im Gürtel ein, um nicht ständig die Axt zu befühlen. »Es wird nicht leicht«, beendete er seine Ausführungen. »Ich würde mich freuen, wenn du mitkämst, aber ich verstehe dich, wenn du lieber gehen willst. Das ist nicht dein Krieg, und du hast schon genug Schlimmes gesehen, weil du in der Nähe von uns Emondsfeldern geblieben bist. Und hier kannst du auch kaum an deinem Buch weiterschreiben.«

»Hier oder woanders, es ist doch immer der gleiche Krieg, glaube ich«, antwortete Loial. »Das Buch kann warten. Vielleicht werde ich auch dir ein Kapitel widmen.«

»Ich sagte ja, daß ich mit dir komme«, warf Gaul ungefragt ein. »Ich meinte damit nicht, lediglich mitzukommen, bis die ganz großen Schwierigkeiten auftauchen. Ich stehe in deiner Blutschuld.«

Bain und Chiad blickten Faile fragend an, und als sie nickte, entschieden auch sie sich für das Bleiben.

»Stur und närrisch«, sagte Frau al'Vere. »Alle von euch. Sehr wahrscheinlich, daß ihr alle noch am Galgen enden werdet, falls ihr solange lebt. Das ist euch doch klar, oder?« Als alle sie anblickten, band sie ihre Schürze los und zog sie sich über den Kopf. »Na ja, wenn ihr so dumm seid, hierzubleiben, muß ich euch wohl einen Platz zeigen, wo ihr euch verstecken könnt.«

Ihr Mann blickte überrascht drein, daß sie sich so schnell ergeben hatte, aber er erholte sich gleich wieder. »Vielleicht im alten Seuchenhaus, dachte ich, Marin. Keiner geht heutzutage jemals dorthin, und ich glaube, das Dach ist noch zum Teil in Ordnung.« Was man immer noch das ›neue‹ Seuchenhaus nannte, wo man Kranke zur Pflege hinbrachte, wenn ihre Krankheit ansteckend war, hatte seit Perrins Kindheit im Osten des Dorfes gestanden, noch hinter Meister Thanes Mühle. Das alte im Westwald war während eines heftigen Sturms fast zerstört worden. Perrin hatte es noch als halb von Ranken und Heckenrosen überwuchert in Erinnerung. Vögel hatten in dem genistet, was von dem Strohdach übriggeblieben war, und unter der Hintertreppe hatte sich ein Dachsbau befunden. Es war ein gutes Versteck.

Frau al'Vere warf Bran einen scharfen Blick zu, als sei sie überrascht, daß er daran gedacht hatte. »Das geht, denke ich. Jedenfalls heute nacht. Ich werde sie hinbringen.«

»Nicht nötig, daß du das übernimmst, Marin. Ich kann sie genausogut führen, falls sich Perrin nicht sowieso an den Weg erinnert.«

»Manchmal vergißt du ganz, daß du der Dorfvorsteher bist, Bran. Du ziehst die Blicke an. Die Leute fragen sich, wohin du gehst und was du vorhast. Warum bleibst du nicht hier, und wenn jemand vorbeikommt, tust du so, als sei alles ganz normal und in Ordnung. Im Kessel ist Eintopf mit Hammelfleisch und im anderen Linsensuppe. Das mußt du nur heiß machen. Und erwähne das Seuchenhaus ja nicht irgend jemand gegenüber, Bran. Am besten soll sich niemand daran erinnern, daß es überhaupt noch existiert.«

»Ich bin doch kein Idiot, Marin«, sagte er mürrisch.

»Ich weiß das ja, mein Liebster.« Sie tätschelte die Wange ihres Mannes, aber ihr Blick war voller Sorge, als sie die anderen ansah. »Ihr macht einem schon Schwierigkeiten«, murmelte sie, bevor sie genaue Anweisungen ausgab.

Sie sollten in kleinen Gruppen hinausgehen, damit sie nicht zuviel Aufmerksamkeit erregten. Sie würde allein durchs Dorf gehen und die anderen dann im Wald auf der anderen Seite erwarten. Die Aiel versicherten ihr, daß sie die vom Blitz gespaltene Eiche, die sie beschrieben hatte, sehr wohl finden könnten, und dann schlüpften sie zur Hintertür hinaus. Perrin kannte diesen riesigen Baum, eine Meile jenseits des Dorfes, der aussah, als habe man ihn mit einer Axt genau in der Mitte gespalten, der aber immer noch lebte und gedieh. Er war sicher, den direkten Weg zum alten Seuchenhaus ohne Schwierigkeiten finden zu können, aber Frau al'Vere bestand darauf, daß sie sich alle an der Eiche treffen sollten.

»Wenn du allein durch die Gegend ziehst, Perrin, dann mag das Licht wissen, worüber du stolperst.« Sie blickte zu Loial auf, der mittlerweile aufgestanden war und dessen zerzauster Haarschopf die Decke streifte, und seufzte. »Ich wünschte nur, wir könnten etwas in bezug auf Eure Größe ändern, Meister Loial. Ich weiß, daß es heiß ist, aber hättet Ihr etwas dagegen, Euren Umhang zu tragen und die Kapuze über den Kopf zu ziehen? Selbst heutzutage werden die meisten Leute sich selbst einreden, daß sie nicht gesehen hätten, was sie gesehen haben, weil es aus dem üblichen Rahmen fiel, doch wenn sie Euer Gesicht sehen … Nicht, daß Ihr nicht gut ausseht, da bin ich sicher, aber als Mann von den Zwei Flüssen wirkt Ihr eben nicht überzeugend.«

Loials Lächeln spaltete sein Gesicht unter der breiten, rüsselartigen Nase in zwei Hälften. »Der Tag scheint mir keineswegs zu warm für einen Umhang, Frau al'Vere.«

Sie nahm sich einen leichten, gestrickten Schal mit blauen Fransen und begleitete Perin, Faile und Loial zum Stallhof, um sich dort zunächst von ihnen zu verabschieden, und dann schien es einen Augenblick lang, daß all ihre Bemühungen um Geheimhaltung umsonst gewesen seien. Cenn Buie, der aussah, als bestünde er aus verknorzten alten Wurzelstöcken, musterte ihre Pferde mit glänzenden Augen. Besonders Loials Pferd schien ihm zu gefallen, das genauso groß war wie Brans Dhurrans. Cenn kratzte sich am Kopf und betrachtete den mächtigen Sattel auf dem großen Pferd.

Seine Augen wurden noch größer, als er Loial zu Gesicht bekam. Seine Kinnlade klappte herunter. »Tr-Tr-Trolloc!« brachte er schließlich heraus.

»Sei kein alter Narr, Cenn Buie«, sagte Marin mit fester Stimme und trat zur Seite, um die Aufmerksamkeit des alten Dachdeckers auf sich zu lenken. Perrin hielt den Kopf gesenkt, betrachtete seinen Bogen und rührte sich nicht. »Würde ich mit einem Trolloc am eigenen Hinterausgang stehen?« Sie schniefte verächtlich. »Meister Loial ist ein Ogier, wie du selbst merken würdest, wenn du nicht wie ein streitsüchtiger alter Ganter herumstehen würdest, der lieber zankt und sich beschwert, als das anzuschauen, was er vor der Nase hat. Er ist auf der Durchreise und hat keine Zeit, um sich von solchen Typen wie dir belästigen zu lassen. Geh jetzt und kümmere dich um deine eigenen Geschäfte und laß unsere Gäste in Frieden! Du weißt ganz genau, daß Corin Ayellin schon monatelang hinter dir her ist, weil du bei ihrem Dach so gepfuscht hast!«

Cenn formte mit dem Mund schweigend und blinzelnd das Wort ›Ogier‹. Einen Augenblick lang schien es, er wolle seine Arbeit verteidigen, doch dann erfaßte sein Blick Perrin, und seine Augen zogen sich zusammen. »Er! Das ist er! Sie sind hinter dir her, du junger Welpe, du Halunke. Rennt mit einer Aes Sedai weg und wird zum Schattenfreund. Damals hatten wir die

Trollocs am Hals. Und jetzt bist du zurück, und die sind auch wieder da! Willst du mir vielleicht sagen, das sei ein Zufall? Was ist los mit deinen Augen? Bist du krank? Hast du uns eine Seuche mitgebracht von dorther, wo du warst, als reichten die Trollocs nicht schon, um uns alle umzubringen? Die Kinder des Lichts werden dir schon das Handwerk legen! Gib nur Obacht!«

Perrin fühlte, wie Faile sich anspannte, und er legte ihr schnell eine Hand auf den Arm, als ihm bewußt wurde, daß sie ein Messer zog. Was glaubte sie denn? Cenn war ein jähzorniger alter Narr, aber das war kein Grund, ein Messer zu ziehen. Sie warf den Kopf frustriert in den Nacken und atmete tief durch, aber wenigstens ließ sie es dabei bewenden.

»Das reicht jetzt, Cenn«, sagte Marin in scharfem Ton. »Das behältst du für dich, verstanden? Oder rennst du jetzt auch wie Hari und sein Bruder Darl zu den Weißmänteln, um ihnen die neuesten Geschichten aufzutischen? Ich habe so meinen Verdacht, wieso die Weißmäntel kamen und Brans Bücher durchstöberten. Sie haben sechs davon mitgenommen und Bran unter dem eigenen Dach einen Vortrag über Blasphemie gehalten. Ausgerechnet Blasphemie! Weil sie nicht der gleichen Meinung waren in bezug auf das, was darin stand. Du hast Glück, wenn ich dich nicht dafür verantwortlich mache, daß diese Bücher ersetzt werden! Sie haben wie die Wiesel die ganze Schenke durchstöbert. Sie suchten nach weiteren *blasphemischen Schriften*, sagten sie, als ob jemand ein Buch verstecken würde. Haben alle Matratzen von den Betten gerissen und meine Wäscheschränke in Unordnung gebracht. Du hattest Glück, daß ich dich nicht hergeschleppt habe, um alles wieder in Ordnung zu bringen!«

Cenn schien bei jedem Satz kleiner zu werden, bis es aussah, als wolle er seine knochigen Schultern über den Kopf hochziehen. »Ich habe ihnen nichts gesagt, Marin«, protestierte er. »Nur, weil ein Mann erwähnt, daß ... Das heißt, ich habe nur zufällig im Vorbeigehen fallen lassen ...« Er schüttelte sich, mied noch immer ihren Blick, gewann aber wieder etwas an Haltung. »Ich werde das vor den Rat der Gemeinde bringen, Marin. Ihn meine ich damit!« Er deutete mit einem knochigen Finger auf Perrin. »Wir sind alle in Gefahr, solange er hier ist. Wenn die Kinder herausfinden, daß du ihn beherbergst, halten sie uns vielleicht alle für schuldig. Dann spielen deine durcheinandergebrachten Wäscheschränke keine Rolle mehr.«

»Das ist eine Angelegenheit der Versammlung der Frauen.« Marin wickelte sich den Schal anders um die Schultern und stellte sich so vor den Dachdecker, daß sie ihm genau in die Augen schauen konnte. Er war ein wenig größer als sie, aber die ernsthafte Würde, die sie plötzlich zur Schau stellte, gab den Ausschlag. Er versuchte vergebens, ein Wort einzuwerfen, doch sie überfuhr ihn geradezu: »Eine Angelegenheit der Versammlung, Cenn Buie. Wenn du das nicht glaubst, und wenn du es wagst, mich als Lügnerin zu bezeichnen, dann plaudere ruhig alles aus. Aber wenn du nur ein Wort über die Angelegenheiten der Frauenversammlung zu irgend jemandem sagst, und das schließt den Rat der Gemeinde ein ...!«

»Die Versammlung hat kein Recht, sich in die Angelegenheiten des Rats der Gemeinde einzumischen«, rief er.

»... dann wirst du ja sehen, ob dich deine Frau in der Scheuer übernachten läßt. Und dich das essen läßt, was deine Milchkühe übriglassen. Glaubst du, der Rat sei wichtiger als die Versammlung? Ich werde Daise Congar zu dir herüberschicken, damit sie dich eines besseren belehrt, falls das notwendig sein sollte.«

Cenn zuckte zusammen, und das war verständlich. Wenn Daise Congar nun schon die Seherin des Dorfes war, dann würde sie möglicherweise Cenn ein Jahr lang jeden Tag ein übelriechendes Gebräu einnehmen lassen, und Cenn war zu dürr und schwach, um sie davon abzuhalten. Alsbet Luhhan war die einzige Frau in Emondsfeld, die noch größer war als Daise, und Daise war obendrein eine ziemlich hinterhältige und launische Frau. Perrin konnte sie sich nicht als Seherin vorstellen. Nynaeve würde bestimmt einen Anfall bekommen, wenn sie erfuhr, wer ihre Nachfolgerin war. Nynaeve hatte sich ja immer für vernünftig und verständig gehalten, aber Daises Launen waren noch um einiges schlimmer.

»Nicht nötig, gleich böse zu werden, Marin«, murmelte Cenn beruhigend. »Wenn du willst, daß ich den Mund halte, dann halte ich ihn eben. Aber Frauenversammlung oder nicht, du riskierst, daß wir uns alle den Zorn der Kinder zuziehen.« Marin zog lediglich die Augenbrauen hoch, und nach einem weiteren Augenblick schlich er leise knurrend und mürrisch weg.

»Gut gemacht«, sagte Faile, als Cenn um die Ecke der Schenke herum verschwand. »Ich glaube, ich muß bei Euch Unterricht nehmen. Ich habe Perrin nicht halb so gut im Griff wie Ihr Meister al'Vere und diesen Burschen.« Sie lächelte Perrin an, um ihm zu zeigen, daß sie nur scherzte. Jedenfalls hoffte Perrin das.

»Du mußt genau wissen, wann du die Zügel anziehen mußt und wann lockerlassen«, antwortete die ältere Frau abwesend. »Wenn man sie bei unwichtigen Dingen machen läßt, was sie wollen, wird es leichter, sie im Ernstfall zu kontrollieren.« Sie sah Cenn mit verfinsterter Miene nach und achtete nicht sehr auf das, was sie sagte, außer vielleicht, als sie hinzufügte: »Und manche sollte man im Stall festbinden und nicht mehr herauslassen.«

Perrin griff schnell in das Gespräch ein. Faile brauchte gewiß keine Ratschläge von der Sorte. »Wird er den Mund halten? Was glaubt Ihr, Frau al'Vere?«

Zögernd sagte sie: »Ich glaube, er wird. Cenn wurde schon so knurrig geboren, und mit dem Alter ist es eben schlimmer geworden, aber er ist trotzdem nicht so wie Hari Coplin und sein Pack.« Dennoch hatte sie gezögert.

»Wir sollten uns auf den Weg machen«, sagte er. Keiner widersprach.

Die Sonne stand schon höher am Himmel, als er erwartet hatte, bereits jenseits der Mittagshöhe, und das hieß, die meisten Menschen waren zu Hause beim Mittagessen. Die paar, die sich noch draußen befanden, und das waren meist Hütejungen, die auf ihre Schafe oder Kühe aufpaßten, futterten eifrig das, was sie eingepackt mitgenommen hatten. Sie waren zu sehr mit ihrer Mahlzeit beschäftigt und zu weit von den Fahrwegen entfernt, um auf jemanden zu achten, der zufällig vorbeikommen mochte. Trotzdem bekam Loial einige Blicke ab, obwohl ja die Kapuze sein Gesicht verdeckte. Doch selbst auf Traber reichte Perrin dem Ogier auf seinem großen Gaul kaum bis an die Brust. Die Leute, die sie aus der Ferne vorbeireiten sahen, mußten den Eindruck haben, es handle sich um einen Erwachsenen und zwei Kinder, die auf Ponies ritten und bepackte Lastponies hinter sich herzogen. Sicher kein alltäglicher Anblick, aber Perrin hoffte, sie würden es genau so sehen. Klatsch würde nur die Aufmerksamkeit auf sie lenken. Das mußte er vermeiden, bis er Frau Luhhan und die anderen befreit hatte. Wenn nur Cenn stillhielt! Er hatte sich auch die Kapuze an seinem Umhang über den Kopf gezogen. Das würde vielleicht auch die Neugier wecken, aber so sahen sie wenigstens seinen Bart nicht, denn sonst hätten sie ja wohl bemerkt, daß er kein Kind sein konnte. Er war froh, daß der Tag nicht so heiß war. Es schien ihm nach Tear hier beinahe wie Frühling und nicht wie Sommer.

Er hatte keine Schwierigkeiten, die gespaltene Eiche zu finden. Die beiden Hälften klafften weit auseinander, und die Innenseiten waren schwarz und hart wie Eisen. Der Boden unter den weit ausladenden Ästen war leer; es lagen keine Blätter dort. Einfach durch das Dorf zu gehen war viel kürzer als der Umweg außen herum, und so wartete Frau al'Vere bereits auf sie. Sie rückte immer wieder ungeduldig ihren Schal zurecht. Auch die Aiel waren schon da und lagerten entspannt auf der weichen Unterlage verrotteter Eichenblätter und von Eichhörnchen ausgenagter Eicheln. Gaul hockte ein Stück von den Frauen entfernt. Die Töchter des Speers und Gaul beobachteten sich gegenseitig genauso aufmerksam wie den sie umgebenden Wald. Perrin zweifelte nicht daran, daß wenigstens sie diesen Ort unbeobachtet erreicht hatten. Er wünschte, er habe auch diese Fähigkeit, obwohl er sich im Wald auch relativ unbemerkbar bewegen konnte. Aber bei den Aiel schien es keine Rolle zu spielen, ob sie sich im Wald befanden oder auf Feldern oder in der Stadt. Wenn sie nicht gesehen werden wollten, fanden sie eine Möglichkeit, ungesehen zu bleiben.

Frau al'Vere bestand darauf, daß sie den Rest des Weges zu Fuß zurücklegten. Sie meinte, der Weg sei zu sehr überwuchert, um zu reiten. Perrin war nicht dieser Meinung, aber er stieg trotzdem ab. Klar, es war nicht angenehm, zu Fuß Berittene zu führen. Und sein Kopf steckte außerdem sowieso voller Pläne. Er mußte einen Blick auf das Lager der Weißmäntel oben bei Wachhügel werfen, bevor er sich entscheiden konnte, auf welchem Weg er Frau Luhhan und die anderen befreien würde. Und wo versteckten sich Tam und Abell? Weder Bran noch Frau al'Vere waren damit herausgerückt; vielleicht wußten sie es auch nicht. Wenn Tam und Abell die Gefangenen noch nicht selbst befreit hatten, war es eine schwierige Aufgabe. Aber irgendwie mußte er es fertigbringen. Danach konnte er sich den Trollocs widmen.

Keiner aus dem Dorf war in den letzten Jahren hierhergekommen, und der Weg war beinahe verschwunden. Aber die hohen Bäume ließen das Unterholz nicht sehr dicht wachsen. Die Aiel gingen lautlos zu beiden Seiten und gehorchten Frau al'Vere, die verlangt hatte, daß sie alle beieinander blieben. Loial murmelte befriedigt, wenn er eine besonders große Eiche oder hohe, alte Tannen und Lederblattbäume sah. Gelegentlich sang eine Spottdrossel oder ein Rotkehlchen in den Bäumen über ihnen, und einmal witterte Perrin einen Fuchs, der sie beim Vorbeigehen beobachtete.

Plötzlich witterte er jedoch einen Menschen, der noch vor einem Augenblick nicht dagewesen war. Er hörte leises Rascheln. Die Aiel spannten sich und kauerten mit bereitgehaltenen Speeren an den Wegrändern, und Perrin griff nach dem Köcher.

»Entspannt euch«, sagte Frau al'Vere eindringlich und bedeutete ihnen, die Waffen wegzustecken. »Bitte, entspannt euch.«

Mit einemmal standen vor ihnen zwei Männer auf dem Weg, der eine zur Linken groß und dunkel und schlank, der andere klein, stämmig und mit leicht ergrauten Haaren. Beide hielten Bögen mit aufgelegten Pfeilen schußbereit in den Händen. An einer Hüfte trugen sie den dazugehörigen Köcher, an der anderen jeweils ein Schwert. Beide trugen Umhänge in einer Farbe, die sich harmonisch dem Laub ihrer Umgebung anpaßte.

»Behüter!« rief Perrin. »Warum habt Ihr uns nicht gesagt, daß sich Aes Sedai hier befinden, Frau al'Vere? Auch Meister al'Vere hat es nicht erwähnt. Warum?«

»Weil er es nicht weiß«, sagte sie schnell. »Ich habe nicht gelogen, als ich sagte, dies sei eine Angelegenheit der Versammlung der Frauen.« Sie wandte sich den beiden Behütern zu, die sich keineswegs entspannt hatten. »Tomas, Ihvon, Ihr kennt mich ja. Senkt doch bitte Eure Bögen. Ihr wißt, ich würde niemanden herbringen, der eine Bedrohung darstellt.«

»Ein Ogier«, sagte der grauhaarige Mann, »Aiel, ein Mann mit gelben Augen, natürlich derjenige, nach dem die Weißmäntel suchen, und eine wilde junge Frau mit einem Messer.« Perrin blickte zu Faile hinüber. Sie hielt ein Messer wurfbereit in der Hand. Diesmal stimmte er ihr innerlich zu. Das waren ja vielleicht Behüter, doch sie machten keine Anstalten, ihre Bögen zu senken. Ihre Gesichter waren so hart, daß man sie aus einem Amboß gehämmert haben mochte. Die Aiel wirkten bereit zum Tanz der Speere, ohne sich auch nur zuvor zu verschleiern. »Eine seltsame Gruppe, Frau al'Vere«, fuhr der ältere Behüter fort. »Wir werden sehen. Ihvon?« Der schlanke Mann nickte und verschmolz mit dem Unterholz. Perrin konnte kaum hören, wie sich der Mann fortbewegte. Die Behüter kamen lautlos wie der Tod, wenn sie das wünschten.

»Was meint Ihr damit, daß dies eine Angelegenheit der Versammlung der Frauen sei«, fragte er. »Ich weiß, daß die Weißmäntel Euch Schwierigkeiten machen würden, wenn sie von den Aes Sedai wüßten. Also könnt Ihr es kaum Hari Coplin erzählen. Aber warum selbst vor dem Dorfvorsteher ein Geheimnis daraus machen? Und vor uns?«

»Weil wir das so abgemacht hatten«, sagte Frau al'Vere gereizt. Diese Gereiztheit schien sich zu gleichen Teilen auf Perrin und den Behüter zu beziehen, der sie immer noch überwachte – es gab wohl keinen anderen Ausdruck dafür –, und ein klein wenig wohl auch auf die Aes Sedai. »Sie waren in der Nähe von Wachhügel, als die Weißmäntel ankamen. Niemand wußte, wer sie waren, außer der dortigen Frauenversammlung, und die schickten sie zu uns weiter, damit sie sich hier verbergen konnten. Vor allen und jedem, Perrin. Das ist der beste Weg, ein Geheimnis zu wahren. Je weniger es kennen, desto besser. Das Licht gebe mir Frieden, aber – ich kenne sogar zwei Frauen, die nicht mehr das Bett mit ihrem Mann teilen, weil sie fürchten, sie könnten im Schlaf reden. Wir waren uns einig, daß es ein Geheimnis bleiben muß.«

»Und warum habt Ihr euch entschlossen, es nun zu lüften?« fragte der grauhaarige Behüter mit harter Stimme.

»Ich hatte, was ich für gute und ausreichende Gründe halte, Tomas.« So nervös, wie sie ständig ihren Schal zurechtrückte, vermutete Perrin, sie hoffe nur, die Versammlung und die Aes Sedai würden ihre Gründe ebenfalls für ausreichend halten. Gerüchten zufolge ging die Versammlung mit den eigenen Mitgliedern noch härter ins Gericht als mit dem Rest des Dorfes. »Was wäre wohl besser, Perrin, als dich bei Aes Sedai zu verstecken? Du hast doch sicher keine Angst vor ihnen, nachdem du hier mit einer weggezogen bist. Und ... Ach, das findest du bald genug selbst heraus. Du mußt mir einfach vertrauen.«

»Es gibt solche und solche Aes Sedai«, sagte Perrin zu ihr. Aber diejenigen, die er für die schlimmsten hielt, die Roten Ajah, hielten sich keine Behüter. Die Roten hatten überhaupt kaum etwas für Männer übrig. Dieser Tomas hatte dunkle Augen und einen ruhigen, steten Blick. Sie konnten ihn vielleicht überrumpeln, oder noch besser, einfach wieder gehen, aber wahrscheinlich würde der Behüter den ersten, der etwas tat, was ihm nicht gefiel, mit einem Pfeil durchbohren. Außerdem war Perrin sicher, daß der Mann weitere Pfeile bereithielt, so daß er sie innerhalb eines Augenblicks auflegen konnte. Die Aiel schienen das gleiche Gefühl zu haben. Sie wirkten wohl noch immer absolut kampfbereit, standen aber so ruhig da, als hätten sie Wurzeln geschlagen. Perrin klopfte Faile auf die Schulter. »Es ist schon alles in Ordnung«, sagte er.

»Selbstverständlich«, gab sie lächelnd zurück. Sie hatte das Messer wieder weggesteckt. »Wenn Frau al'Vere das sagt, vertraue ich ihr auch.«

Perrin hoffte, sie möge recht behalten. Er vertraute nicht mehr so vielen Menschen wie früher. Und vielleicht noch nicht einmal mehr Marin al'Vere. Doch möglicherweise würden ihm diese Aes Sedai helfen, die Trollocs zu bekämpfen. Er vertraute jedem, der dazu bereit war. Aber inwieweit konnte er sich auf Aes Sedai verlassen? Was sie auch unternahmen, taten sie aus ihren eigenen Motiven heraus. Für ihn bedeuteten die Zwei Flüsse die Heimat, aber für sie war es vielleicht nur ein Stein auf einem großen Spielbrett. Dennoch, Faile und Marin al'Vere schienen ihnen vertrauen zu wollen, und die Aiel warteten einfach ab. Im Augenblick hatte er also wohl auch keine andere Wahl.

KAPITEL 9

Versprechen

Nach ein paar Minuten kam Ihvon zurück. »Ihr könnt weitergehen, Frau al'Vere«, war alles, was er sagte, bevor Tomas und er wieder ohne auch nur das geringste Rascheln im Unterholz verschwanden.

»Sie sind sehr gut«, murmelte Gaul, der sich immer noch mißtrauisch umschaute. »Hier drinnen könnte sich auch ein Kind verstecken«, sagte Chiad zu ihm und schob einen Vogelbeerenzweig zur Seite. Aber sie beobachtete ihre Umgebung genauso scharf und eingehend wie Gaul.

Keiner der Aiel schien besonders gern weiterzugehen. Sie zögerten nicht unbedingt und hatten bestimmt auch keine Angst, aber sie schienen auch nicht gerade erpicht darauf. Perrin hoffte eines Tages herauszufinden, was die Aiel den Aes Sedai gegenüber empfanden. Eines Tages. Heute empfand er auch keine große Begeisterung.

»Also gehen wir und lernen Eure Aes Sedai endlich kennen«, sagte er mürrisch zu Frau al'Vere.

Das alte Seuchenhaus war sogar noch heruntergekommener, als er es in Erinnerung hatte. Das breite, windschiefe, einstöckige Gebäude besaß nur noch etwa das halbe Dach. Aus einem der unbedeckten Zimmer ragte sogar ein Baum heraus. Der Wald hatte es von allen Seiten her umzingelt. Die Wände waren von einem dichten Netz von Reben und Dornenranken überzogen, genau wie das übriggebliebene Dach. Er hatte das Gefühl, nur diese Ranken hielten das Dach überhaupt dort oben, ja, vielleicht das ganze Gebäude.

Die Vordertür hatte man allerdings gesäubert. Er witterte Pferde und einen schwachen Duft nach Bohnen und Speck, doch seltsamerweise keinen Rauch von einem Holzfeuer.

Sie banden ihre Tiere an niedrigeren Ästen fest und folgten Frau al'Vere nach drinnen. Die von Ranken überwucherten Fenster ließen nur trübes Licht durch. Der Vorraum war groß und leer. Statt Möbel war nur Schmutz in den Ecken zu sehen und ein paar Spinnweben, die eine offensichtlich hastige Reinigung überstanden hatten. Auf dem Fußboden lagen vier Deckenrollen. Sättel und Satteltaschen und ordentlich geschnürte Bündel standen an der Wand, und ein kleiner Kessel auf dem gemauerten Herd verströmte die Speisegerüche, obwohl kein Feuer entzündet worden war. Ein kleinerer Kessel daneben enthielt offensichtlich Teewasser, das beinahe kochte. Zwei Aes Sedai erwarteten sie. Marin al'Vere knickste schnell und begann eine nervöse Tirade über ihr Herkommen, wer sie seien und alles mögliche.

Perrin legte sein Kinn an den Bogen. Er erkannte die Aes Sedai. Verin Mathwin, mollig und mit kantigem Gesicht, graue Strähnen im Haar trotz der Alterslosigkeit der Aes Sedai, kam von den Braunen Ajah und verlor sich wie die meisten Braunen einen großen Teil der Zeit über in der Suche nach Wissen, ob alt oder verschollen oder neu. Aber manchmal glitzerten ihre Augen keineswegs verträumt, sondern hellwach, so wie jetzt, als sie ihn an Marin vorbei scharf anblickten. Sie war eine von zwei Aes Sedai außer Moiraine, bei denen sich Perrin sicher war, daß sie über Rand Bescheid wußten. Er vermutete auch, daß sie über ihn selbst mehr wußte, als sie eingestand. Dann wirkten ihre Augen wieder verträumt und abwesend, und sie lauschte Marins Erklärungen, doch in dem einen Augenblick zuvor hatte sie ihn abgeschätzt und in ihre eigenen Pläne einbezogen. Er würde sich vor ihr sehr in acht nehmen müssen.

Die andere war eine dunkle, schlanke Frau in einem tiefgrünen seidenen Reitkleid, das kraß von Verins einfachem braunen Kleid mit den Tintenflecken an den Manschetten abstach. Er war ihr nie vorgestellt worden und hatte sie nur einmal gesehen. Alanna Mosvani war eine Grüne Ajah, wenn ihn seine Erinnerung nicht trog, eine schöne Frau mit langem, schwarzem Haar und alles durchdringenden dunklen Augen. Auch der Blick aus diesem Augenpaar ruhte auf ihm, während sie Marin lauschte. Er erinnerte sich an etwas, das ihm Egwene gesagt hatte. *Einige Aes Sedai, die nichts von Rand wissen sollten, zeigen ein auffälliges Interesse an ihm. Elaida zum Beispiel und Alanna Mosvani. Ich traue keiner von beiden.* Vielleicht war es am besten, sich in der Hinsicht an Egwene zu halten, bis er eines Besseren belehrt wurde.

Er spitzte die Ohren, als Marin immer noch mit besorgter Stimme sagte: »Ihr habt mich doch nach ihm gefragt, Verin Sedai. Perrin meine ich. Alle drei Jungen, und Perrin war dabei. Mir schien, der einfachste Weg, um ihn davon abzuhalten, sich umbringen zu lassen, war, ihn zu Euch zu bringen. Ich hatte eben keine Zeit mehr, um Erlaubnis zu bitten. Sagt mir bitte, daß Ihr ver ...«

»Es ist schon in Ordnung, Frau al'Vere«, unterbrach Verin sie in beruhigendem Tonfall. »Ihr habt genau das Richtige getan. Perrin befindet sich jetzt in den richtigen Händen. Und ich werde auch gern die Gelegenheit wahrnehmen, mehr über die Aiel zu erfahren. Dazu ist es immer ein Vergnügen, sich mit einem Ogier zu unterhalten. Ich werde Euch viel Wissen entlocken, Loial. Ich habe in Ogierbüchern eine Menge faszinierender Angaben gefunden.«

Loial lächelte sie erfreut an, denn alles, was mit Büchern zu tun hatte, gefiel ihm ausgesprochen gut. Gaul andererseits tauschte einen reservierten Blick mit Bain und Chiad.

»Es war schon richtig, aber Ihr solltet das nicht noch

mal machen«, sagte Alanna streng. »Außer... Seid Ihr allein?« fragte sie Perrin mit einer Stimme, die eine Antwort forderte, und zwar augenblicklich. »Sind die anderen beiden auch mit zurückgekommen?«

»Warum seid Ihr hier?« gab er statt einer Antwort zurück.

»Perrin!« sagte Frau al'Vere in scharfem Ton. »Was sind das für Manieren! Du hast draußen in der Welt vielleicht ein paar schlechte Angewohnheiten angenommen, aber jetzt, da du wieder zu Hause bist, solltest du sie dir schnellstens abgewöhnen.«

»Bemüht Euch nicht«, sagte Verin zu ihr. »Perrin und ich sind mittlerweile alte Freunde. Ich verstehe ihn.« Einen Augenblick lang funkelten ihre dunklen Augen ihn an.

»Wir werden uns um ihn kümmern.« Alannas kühle Aussage konnte man so oder so auslegen.

Verin lächelte und tätschelte Marins Schulter. »Ihr solltet am besten wieder zum Dorf zurückgehen. Wir wollen doch nicht, daß sich jemand fragt, was Ihr so lange im Wald macht.«

Frau al'Vere nickte. Sie blieb neben Perrin noch einmal kurz stehen und legte ihre Hand auf seinen Arm. »Du weißt, daß du all mein Mitgefühl hast«, sagte sie sanft. »Denke nur daran, daß es niemandem hilft, wenn du dich umbringen läßt. Tu, was dir die Aes Sedai sagen.« Er murmelte etwas Nichtssagendes, aber es schien sie zufriedenzustellen.

Als Frau al'Vere weg war, sagte Verin: »Ihr habt auch unser ganzes Mitgefühl, Perrin. Wenn wir irgend etwas hätten tun können, dann wäre es geschehen, darauf könnt Ihr euch verlassen.«

Er wollte jetzt nicht an seine Familie denken. »Ihr habt meine Frage noch nicht beantwortet.«

»Perrin!« Faile imitierte Frau al'Veres strengen Tonfall genau, aber er beachtete sie nicht.

»Warum seid Ihr hier? Das ist schon ein seltsamer

Zufall. Weißmäntel und Trollocs, und zufällig sind zwei von Euch auch noch hier.«

»Überhaupt kein Zufall«, gab Verin zu. »Ach, das Teewasser ist fertig.« Die aufbrodelnde Wasseroberfläche im Kessel beruhigte sich, als sie eine Handvoll Teeblätter hineinwarf. Sie gab Faile Anweisungen, aus einem der Bündel an der Wand Blechtassen herauszuholen. Alanna hatte die Arme vor der Brust verschränkt und sah Perrin unverwandt an. Die Hitze am Herd stand in scharfem Kontrast zur Kühle ihres Gesichtsausdrucks. »Jedes Jahr«, fuhr Verin fort, »finden wir weniger Mädchen, die man im Gebrauch der Macht ausbilden kann. Sheriam glaubt, daß wir im Laufe der letzten dreitausend Jahre diese Eigenschaft aus der Menschheit herausgezüchtet haben, weil wir jeden Mann mit dieser Eigenschaft einer Dämpfung unterzogen, den wir nur finden konnten. Beweis dafür ist ihrer Meinung nach die geringe Anzahl von Männern, die heutzutage noch diese Eigenschaft besitzen. Vor noch nicht einmal hundert Jahren, so sagen die Berichte aus, gab es wenigstens zwei oder drei pro Jahr, und vor fünfhundert Jahren ...«

Alanna räusperte sich. »Was können wir denn sonst tun, Verin? Sie wahnsinnig werden lassen? Den irren Plan der Weißen durchführen?«

»Ich glaube nicht«, antwortete Verin ruhig. »Selbst wenn wir Frauen finden, die bereit sind, Kinder von Männern auszutragen, die einer Dämpfung unterzogen wurden, gibt es keine Garantie dafür, daß diese Kinder mit der Macht umgehen können und daß es überhaupt auch Mädchen werden. Ich habe vorgeschlagen, wenn sie mehr solcher Kinder haben wollen, daß es dann die Kinder von Aes Sedai sein sollten. Die sind ja letzten Endes auch auf diese Idee gekommen. Aber Alviarin fand das offensichtlich nicht amüsant.«

»Wohl kaum«, lachte Alanna. Die plötzlich bei ihr aufblitzende Heiterkeit im Gegensatz zu dem vorher so eindringlichen Blick aus ihren dunklen Augen überraschte Perrin. »Ich hätte gern ihr Gesicht dabei gesehen.«

»Ihr Gesichtsausdruck war... interessant«, sagte die Braune Schwester nachdenklich. »Beruhigt Euch, Perrin. Ich werde Eure Frage schon noch beantworten. Tee?«

Er bemühte sich, seine finstere Miene aufzuhellen, und setzte sich auf den Boden, den Bogen neben sich gelegt und eine dampfende Blechtasse mit starkem Tee in der Hand. Alle saßen im Kreis in der Mitte des Raums. Alanna nahm es auf sich, ihre Gegenwart zu erklären, vielleicht auch, um die sprachlichen Ausschweifungen der anderen Aes Sedai von vornherein zu unterbinden.

»Hier an den Zwei Flüssen, wo meiner Vermutung nach seit tausend Jahren keine Aes Sedai mehr aufgetaucht ist, hat Moiraine gleich zwei Frauen aufgespürt, die nicht nur im Gebrauch der Macht ausgebildet werden können, sondern die mit dieser Eigenschaft geboren wurden, und sie hörte von einer weiteren, die gestorben war, weil sie sich nicht selbst ausbilden und auf diese Art retten konnte.«

»Ganz zu schweigen von drei *Ta'veren*«, murmelte Verin in ihren Tee hinein.

»Habt Ihr eine Ahnung«, fuhr Alanna fort, »wie viele Städte und Dörfer wir besuchen müssen, um drei Mädchen zu finden, denen diese Fähigkeit angeboren ist? Erstaunlich daran ist nur, daß wir so lange brauchten, um nach hier zu kommen und nach weiteren zu suchen. Das alte Blut ist noch sehr stark hier an den Zwei Flüssen. Wir waren erst eine Woche in Wachhügel, als die Kinder des Lichts auftauchten, und wir hatten uns zum Glück alle Mühe gegeben, niemandem bis auf die Mitglieder der dortigen Frauenversammlung zu enthüllen, wer wir sind. Und selbst unter diesen Umständen fanden wir dort bereits vier Mädchen, bei denen sich eine Ausbildung lohnt, und noch ein weiteres Kind, von dem wir annehmen, es wurde mit der Fähigkeit geboren.«

»Man kann das nicht mit letzter Sicherheit sagen«, warf Verin ein. »Sie ist erst zwölf. Keine hat auch nur annähernd das Potential von Egwene oder Nynaeve, aber ihre Anzahl ist trotzdem ganz erstaunlich. Es könnte allein um Wachhügel herum noch zwei oder drei geben. Wir hatten keine Möglichkeit, hier oder weiter im Süden nach geeigneten Mädchen zu suchen. Taren-Fähre allerdings war eine Enttäuschung, muß ich sagen. Ich schätze, dort hat es zuviel Austausch an Erbanlagen mit Leuten von außerhalb gegeben.«

Perrin mußte zugeben, daß das einen Sinn ergab. Aber eine befriedigende Antwort auf seine Frage konnte ihm diese Erklärung nicht geben, noch konnte sie seine Zweifel restlos beseitigen. Er bewegte sich und streckte die Beine aus. Die Speerwunde an seinem Oberschenkel schmerzte. »Ich verstehe nicht, warum Ihr euch hier versteckt. Die Weißmäntel setzen unschuldige Leute gefangen, und Ihr hockt hier herum. Trollocs überrennen offensichtlich die Zwei Flüsse, und Ihr hockt hier herum.« Loial knurrte leise etwas. Es klang wie ein gedämpftes Grollen bei ihm. Perrin verstand nur ›Aes Sedai ärgern‹ und ›Hornissennest‹, aber er bearbeitete sie unbeeindruckt weiter. »Warum unternehmt Ihr nichts? Ihr seid schließlich Aes Sedai! Seng mich, warum tut Ihr nichts dagegen?«

»Perrin!« zischte ihm Faile zu, bevor sie sich mit einem Verzeihung heischenden Lächeln an Verin und Alanna wandte. »Bitte vergebt ihm. Moiraine Sedai hat ihn verwöhnt. Sie nimmt die Dinge leichter, denke ich, und hat solche Äußerungen durchgehen lassen. Bitte, seid ihm nicht böse. Es wird nicht mehr vorkommen.« Sie warf ihm einen warnenden Blick zu, der ihm sagen sollte, daß ihre Bemerkung sowohl für die Aes Sedai, wie auch für ihn bestimmt gewesen sei.

Er funkelte kräftig zurück. Sie hatte kein Recht, sich einzumischen.

»Moiraine sieht die Dinge nicht so eng?« sagte Verin blinzelnd. »Moiraine? Davon habe ich aber noch nichts bemerkt.«

Alanna gab Faile einen Wink, den Mund zu halten. »Ihr versteht wirklich einiges nicht«, sagte die Aes Sedai mit gereizter Stimme zu Perrin. »Ihr versteht die Einschränkungen nicht, denen wir bei unserer Arbeit unterliegen. Die Drei Eide sind nicht nur ein Lippenbekenntnis. Ich habe zwei Behüter hierher mitgebracht.« Die Grünen waren die einzigen Ajah, die mehr als einen Behüter durch Eid an sich banden. Er hatte gehört, daß ein paar sogar drei oder vier Behüter hatten. »Die Kinder haben Owein erwischt, als er ein offenes Feld überquerte. Ich habe jeden einzelnen Pfeil gespürt, der ihn durchbohrte, bis er tot war. Ich habe seinen Todeskampf mitgefühlt. Wenn ich dabei gewesen wäre, hätte ich ihn verteidigen können, und mich selbst natürlich auch – mit Hilfe der Macht. Aber ich kann sie nicht dazu benützen, Rache zu nehmen. Die Eide erlauben das nicht. Die Kinder sind mit das Schlimmste, was die Menschheit zu bieten hat, nicht viel besser als Schattenfreunde, aber sie sind keine, und deshalb können wir die Macht nicht gegen sie verwenden, außer zur Selbstverteidigung. Man kann diesen Begriff dehnen, soviel man will, aber irgendwo stößt man an eine Grenze.«

»Und was die Trollocs betrifft«, fügte Verin hinzu, »haben wir eine ganze Reihe davon erledigt und auch zwei Myrddraal, aber es gibt eben auch hier Grenzen. Die Halbmenschen können auf gewisse Weise fühlen, wenn man die Macht benützt. Wenn wir es fertig bringen, hundert Trollocs auf unsere Spur zu locken, dann können wir wenig mehr tun, als wegzulaufen.«

Perrin kratzte sich im Bart. Er hätte so etwas erwarten, ja wissen müssen. Er hatte ja schon beobachten können, wie Moiraine Trollocs gegenüberstand, und wußte so ungefähr, was sie tun konnte und was nicht. Ihm wurde klar, daß er statt dessen daran gedacht hatte, wie Rand im Stein alle Trollocs getötet hatte, aber Rand war eben stärker als jede dieser Aes Sedai, vielleicht sogar stärker als beide zusammen. Nun, ob sie ihm nun halfen oder nicht, er blieb bei seinem Plan, jeden Trolloc im Bereich der Zwei Flüsse zu erledigen. Nachdem er Mats Familie und die Luhhans befreit hatte. Wenn er sorgfältig genug plante, würde er auch einen Weg finden. Sein Oberschenkel schmerzte ganz erbärmlich.

»Ihr seid verwundet.« Alanna stellte ihre Tasse auf den Boden und kam herüber, wo sie sich neben ihn kniete und seinen Kopf in ihre Hände nahm. Ein Prickeln durchlief ihn. »Ja. So ist das also. Wie es scheint, habt Ihr euch nicht gerade beim Rasieren geschnitten.«

»Es waren Trollocs, Aes Sedai«, sagte Bain. »Als wir in den Bergen aus dem Wegetor kamen.« Chiad berührte ihren Arm und sie schwieg wieder.

»Ich habe das Wegetor verschlossen«, fügte Loial schnell hinzu. »Niemand wird es mehr benützen, sofern es nicht von dieser Seite hier geöffnet wird.«

»Ich dachte mir, daß sie auf diesem Weg gekommen sein müssen«, murmelte Verin in sich hinein. »Moiraine hat ja gesagt, daß sie die Wege benützen. Früher oder später wird uns das vor ein echtes Problem stellen.«

Perrin fragte sich, was sie damit meine.

»Die Wege«, sagte Alanna, die immer noch seinen Kopf hielt. »*Ta'veren!* Junge Helden!« Sie brachte es fertig, ihre Worte gleichzeitig anerkennend und doch wie einen Fluch klingen zu lassen.

»Ich bin kein Held«, sagte er ihr gleichmütig. »Die Wege stellten die schnellste Möglichkeit dar, hierherzukommen. Das ist alles.«

Die Grüne Schwester fuhr fort, als habe er gar nichts

gesagt: »Ich werde nie verstehen, wieso die Amyrlin Euch drei ziehen ließ. Elaida hat fast Anfälle bekommen wegen Euch, und sie ist nicht die einzige, nur die Auffallendste. Die Siegel werden schwächer, und die Letzte Schlacht kommt näher. Das ist das Allerletzte, was wir brauchen können, eine Gruppe von gleich drei *Ta'veren,* die unkontrolliert herumrennen. Ich hätte jeden von Euch an die Leine gelegt oder vielleicht sogar Aes Sedai als Behüter zugeschworen.« Er versuchte, seinen Kopf ihrem Griff zu entziehen, aber sie griff noch fester zu und lächelte. »Ich habe mich nicht so weit von den alten Sitten entfernt, daß ich mir einen Mann gegen seinen Willen zuschwören lasse. So weit ist es noch nicht.« Er war aber nicht sicher, wie weit sie davon entfernt war. Das Lächeln ihres Mundes erreichte ihre Augen nicht mehr. Sie fühlte nach dem halb abgeheilten Schnitt auf seiner Wange. »Es ist schon zu lange her, daß Ihr diesen Schnitt empfangen habt. Selbst meine Heilkunst wird eine Narbe hinterlassen.«

»Ich muß keineswegs hübsch sein«, knurrte er – nur gesund genug, um zu tun, was getan werden mußte – und Faile lachte laut los.

»Wer hat dir das denn gesagt?« fragte sie dann. Überraschenderweise lächelten Alanna und sie sich gegenseitig an.

Perrin runzelte die Stirn und fragte sich, ob sie sich über ihn lustig machten. Aber bevor er etwas sagen konnte, traf ihn der Schock der Heilung, als verwandle er sich in einen Eisblock. Alles, was er fertigbrachte, war, nach Luft zu schnappen. Die wenigen Augenblicke, bis Alanna ihn losließ, schienen ihm endlos.

Als er wieder atmen konnte, hielt die Grüne Schwester Bains flammenhaarigen Kopf in ihren Händen. Verin kümmerte sich um Gaul, und Chiad schwenkte prüfend ihren linken Arm hin und her. Ihr Gesicht drückte Zufriedenheit aus.

Faile nahm Alannas Platz an Perrins Seite ein und strich mit einem Finger über seine Wange, um die Narbe unter seinem Auge nachzufahren. »Ein Schönheitsfleck«, sagte sie leicht lächelnd.

»Ein was?«

»Ach, das ist etwas, das man bei den Domani-Frauen antrifft. Es war nur eine unwichtige Bemerkung.«

Trotz ihres Lächelns oder vielleicht gerade deswegen verzog er mißtrauisch sein Gesicht. Sie machte sich über ihn lustig, aber er verstand nicht genau, wie sie das anstellte.

Ihvon schlüpfte herein, flüsterte etwas in Alannas Ohr, und nach ihrer ebenfalls geflüsterten Antwort verschwand er wieder lautlos. Ein paar Augenblicke später kündete ein leichtes Stiefelschaben auf den Stufen von Neuankömmlingen.

Perrin sprang auf, als Tam al'Thor und Abell Cauthon plötzlich in der Tür standen. Sie hielten Bögen in der Hand; ihre zerknitterte Kleidung und ihre Zwei-Tage-Bärte zeigten deutlich, daß sie im Freien übernachtet hatten. Sie hatten gejagt. An Tams Gürtel hingen vier Kaninchen und an Abells drei. Es war leicht zu erkennen, daß sie erwarteten, sowohl die Aes Sedai wie auch Besucher hier vorzufinden, aber sie waren doch verblüfft über Loials Anblick: um die Hälfte größer als sie und dazu die behaarten Ohren und die breite Rüsselnase. Als Tam die Aiel erblickte, zeigte der Ausdruck seines derben, zerfurchten Gesichts, daß er sie erkannt hatte.

Doch sein Blick ruhte lediglich einen Augenblick lang nachdenklich auf den Aiel, und dann erfaßte er Perrin. Seine Überraschung war genauso groß wie vorher beim Anblick des Ogiers. Er war ein robuster Mann mit kräftigem Oberkörper, das Haar beinahe vollständig ergraut, doch der Typ von Mann, bei dem schon ein Erdbeben notwendig war, um ihn umzuwerfen, und noch mehr, um ihn aus der Ruhe zu bringen. »Perrin, Junge!« rief er. »Ist Rand auch da?«

»Und was ist mit Mat?« rief Abell aufgeregt. Er sah aus wie Mat, nur eben älter und grauhaarig, und seine Augen blickten ernsthafter drein. Er war auch in seinem Alter nicht viel dicker geworden und wirkte immer noch leichtfüßig.

»Es geht ihnen gut«, sagte Perrin und fügte gleich hinzu: »In Tear sind sie.« Aus dem Augenwinkel bemerkte er, daß ihn Verin ansah. Sie wußte wohl, was Tear für Rand bedeutete. Alanna schien kaum auf ihr Gespräch zu achten. »Sie wären mitgekommen, aber wir wußten nicht, wie schlimm die Lage hier wirklich ist.« Das war in jedem Fall die Wahrheit, wie man es auch drehte. »Mat verbringt seine Zeit mit Würfelspielen – er gewinnt meistens – und mit Schmusen. Rand ... Als ich Rand das letztemal sah, trug er einen sündhaft teuren Mantel und hatte ein hübsches Mädchen mit goldenen Locken im Arm.«

»Das klingt ganz nach meinem Mat«, schmunzelte Abell.

»Vielleicht ist es gut, daß sie nicht mitkamen«, sagte Tam etwas bedächtiger. »Bei den Trollocs, die wir hier haben ... und dann die Weißmäntel ...« Er zuckte die Achseln. »Du weißt doch, daß die Trollocs zurückgekommen sind, oder?« Perrin nickte. »Hatte diese Aes Sedai recht? Moiraine. Waren sie hinter euch drei Burschen her in dieser Winternacht? Habt ihr jemals herausbekommen, warum sie euch suchten?«

Die Braune Schwester warf Perrin einen warnenden Blick zu. Alanna schien darauf konzentriert, in ihren Satteltaschen herumzukramen, aber er bildete sich ein, daß sie trotzdem genau zuhörte. Aber was ihn zum Zögern brachte, war keine der beiden Aes Sedai. Es war einfach unmöglich, Tam zu sagen, daß sein Sohn die Macht gebrauchen konnte, daß Rand der Wiedergeborene Drache sei. Wie konnte er einem Mann so etwas sagen? Statt dessen brachte er heraus: »Da müßt Ihr Moiraine fragen. Die

Aes Sedai sagen einem nicht mehr, als unbedingt sein muß.«

»Das ist mir auch aufgefallen«, sagte Tam trocken.

Beide Aes Sedai lauschten nun offensichtlich und machten nicht einmal ein großes Geheimnis daraus. Alanna zog in Richtung Tam eine Augenbraue hoch, und Abell trat nervös von einem Fuß auf den anderen, als fürchte er, daß Tam die Geduld der Aes Sedai ein wenig überstrapaziere, aber es war schon etwas mehr notwendig als ein Blick, um Tam aus dem Gleichgewicht zu bringen.

»Können wir uns draußen unterhalten?« fragte Perrin die beiden Männer. »Ich brauche frische Luft.« Er wollte mit ihnen sprechen, ohne daß die Aes Sedai lauschten und sie beobachteten, aber das konnte er schwerlich sagen.

Tam und Abell stimmten zu. Ihnen lag wohl genauso viel daran, Verins und Alannas Beobachtung zu entkommen, wie ihm. Doch zunächst übergaben sie ihre erlegten Kaninchen Alanna.

»Wir wollten an sich zwei für uns behalten, aber nun scheint es, Ihr habt noch mehr hungrige Mägen zu befriedigen«, sagte Abell.

»Das ist aber nicht nötig.« Es klang bei der Grünen Schwester, als habe sie das schon öfters sagen müssen.

»Wir bezahlen gern für das, was wir bekommen«, sagte Tam zu ihr, und auch das klang nach einer Wiederholung. ›Das Geschenk einer Aes Sedai hat immer einen Haken‹, so sagte man. Nun ja, er wußte, wie wahr das war. Aber es spielte eigentlich keine Rolle, ob man es als Geschenk annahm oder dafür bezahlte. Die Aes Sedai hatten einen in jedem Fall am Haken. Verin beobachtete ihn mit einem leichten Lächeln um die Mundwinkel, als wisse sie genau, was er dachte.

Als die drei Männer mit geschulterten Bögen Anstalten machten, hinauszugehen, erhob sich Faile, um ihnen zu folgen. Perrin schüttelte jedoch den Kopf, und überraschenderweise setzte sie sich tatsächlich wieder hin. Er fragte sich, ob sie wohl krank sei.

Nachdem sie kurz stehengeblieben waren, damit Tam und Abell Traber und Schwalbe, Failes Pferd, bewundern konnten, schlenderten sie ein Stück weg unter die Bäume. Die Sonne neigte sich bereits dem Westen zu, und die Schatten wurden länger. Die beiden älteren Männer zogen ihn seines Bartes wegen ein bißchen auf, doch sie erwähnten seine Augen nicht. Er hatte auch wirklich andere Sorgen, als daß er sich Gedanken darüber machen konnte, ob jemand seine Augen sonderbar fand oder nicht.

Er antwortete auf Abells Frage, ob ›das Ding‹ zu irgend etwas gut sei, außer als Suppenfänger, indem er sich über den Bart strich und mit milder Stimme sagte: »Faile gefällt er.«

»Oho«, schmunzelte Tam. »Das ist das Mädchen dort drinnen, nicht wahr? Macht einen feurigen Eindruck, Junge. Sie wird dich nächtelang wachhalten, daß du oben und unten nicht mehr unterscheiden kannst.«

»Es gibt nur einen Weg, so eine Frau zu behandeln«, sagte Abell mit einem Nicken. »Laß sie glauben, daß sie diejenige ist, die bei euch führt. Und wenn dann etwas wirklich Wichtiges auftaucht und du plötzlich etwas anderes sagst, ist sie so überrascht, daß du Zeit genug hast, alles so durchzuziehen, wie du es willst. Es wird zu spät sein für sie, um dich noch durch langes Herumreden umzustimmen.«

Das schien Perrin sehr mit dem übereinzustimmen, was Frau al'Vere Faile in bezug auf die Behandlung von Männern geraten hatte. Er fragte sich, ob Abell und Marin wohl gemeinsam zu dieser Überzeugung gekommen seien. Unwahrscheinlich. Vielleicht sollte er das wirklich bei Faile ausprobieren. Nur daß sie sich eben irgendwie immer durchsetzte.

Er blickte sich nach hinten um. Das Seuchenhaus wurde fast vollständig durch die dichtstehenden

Bäume verborgen. Sie mußten hier vor den Ohren der Aes Sedai wohl ziemlich sicher sein. Er lauschte noch einmal konzentriert und atmete tief durch. Irgendwo in einiger Entfernung trommelte ein Specht. In den dicht belaubten Zweigen über ihnen keckerten Eichhörnchen und vor nicht allzu langer Zeit war ein Fuchs mit seiner Beute – einem Kaninchen – hier vorübergezogen. Außer ihrer eigenen konnte er keine Menschenwitterung wahrnehmen, auch nichts, was andeutete, daß einer der Behüter sie belauschte. Vielleicht war er übervorsichtig, aber wie gut auch ihre Gründe sein mochten, er kam einfach nicht über die Tatsache hinweg, daß beide Aes Sedai Frauen waren, die er bereits kannte, die eine, der Egwene mißtraute, und die andere eine Frau, bei der er selbst nicht sicher war, ob man ihr trauen konnte. »Wohnt Ihr hier?« fragte er. »Bei Verin und Alanna?«

»Wohl kaum«, antwortete Abell. »Wie kann ein Mann unter dem gleichen Dach mit einer Aes Sedai schlafen? Was von einem Dach übrig ist.«

»Wir hatten das hier für ein gutes Versteck gehalten«, sagte Tam, »aber sie waren schneller als wir. Ich glaube fast, die Behüter hätten uns beide getötet, wenn nicht Marin und ein paar andere Frauen aus dem Zirkel hier gewesen wären und sie davon abgehalten hätten.«

Abell verzog das Gesicht. »Ich glaube, es waren die Aes Sedai selbst, die sie davon abhielten, als sie erfuhren, wer wir sind. Oder besser, wer unsere Söhne sind. Es paßt mir gar nicht, daß sie zuviel Interesse an euch Jungs zeigen.« Er zögerte und nahm seinen Bogen in die andere Hand. »Diese Alanna hat herausgelassen, daß ihr *Ta'veren* seid. Ihr alle drei. Ich habe gehört, daß die Aes Sedai nicht lügen können.«

»Ich habe bei mir selbst keine Anzeichen davon entdeckt«, sagte Perrin trocken, »und bei Mat auch nicht.«

Tam warf ihm einen undurchschaubaren Blick zu, als er Rand nicht erwähnte. Er würde besser lügen lernen müssen, um seine Geheimnisse und die anderer zu wahren. Aber der ältere Mann sagte lediglich: »Vielleicht weißt du nur nicht, wonach du sehen mußt. Wie kommst du dazu, mit einem Ogier und drei Aiel herumzuziehen?«

»Der letzte fahrende Händler, den ich traf, behauptete, daß sich Aiel auf dieser Seite des Rückgrats der Welt aufhielten«, warf Abell ein, »aber ich habe ihm nicht geglaubt. Er sagte, er habe gehört, daß in Murandy – ausgerechnet – Aiel seien oder vielleicht auch in Altara. Er war sich da nicht ganz sicher, aber das ist in jedem Fall ein großes Stück von der Wüste entfernt.«

»Nichts von alledem hat irgend etwas mit *Ta'veren* zu tun«, sagte Perrin. »Loial ist ein Freund, und er kam mit, um mir zu helfen. Auch Gaul ist mein Freund, denke ich. Bain und Chiad kamen mit Faile und nicht mit mir. Es ist alles ziemlich kompliziert, aber so ist es halt. Hat nichts mit *Ta'veren* zu tun.«

»Na ja, was auch immer der Grund sein mag«, sagte Abell, »auf jeden Fall haben die Aes Sedai ein starkes Interesse an euch Jungs. Tam und ich sind letztes Jahr den ganzen Weg nach Tar Valon gereist, zur Weißen Burg, um herauszufinden, wo ihr seid. Wir konnten kaum eine dazu bringen, überhaupt zuzugeben, daß sie eure Namen kennt, aber es war klar, daß sie etwas verbergen. Die Behüterin der Chronik setzte uns auf ein Schiff flußabwärts, steckte uns Gold in die Taschen und fütterte uns mit unklaren Versprechen. Es ging alles so schnell, daß wir kaum Zeit hatten, uns zu verbeugen. Mir gefällt es nicht, daß die Burg Mat auf irgendeine Art benützt.«

Perrin hätte Mats Vater so gern gesagt, daß nichts dergleichen geschah, aber er glaubte nicht, daß er eine solche große Lüge herausbrachte, ohne daß man sie ihm ansah. Moiraine beobachtete Mat nicht, weil ihr sein Grinsen so gefiel. Mat war genauso tief wie er selbst in die Intrigen der Burg verstrickt, vielleicht sogar noch tiefer. Alle drei waren sie verstrickt, und die Burg hielt ihre Fäden in der Hand.

Schweigen senkte sich über sie, bis schließlich Tam sagte: »Junge, ich habe traurige Nachrichten, was deine Familie betrifft.«

»Ich weiß schon«, sagte Perrin schnell, und wieder wurden sie still. Jeder blickte auf die eigenen Stiefelspitzen hinunter. Das Schweigen tat ihm gut. Es gab ihm ein paar Augenblicke Zeit, um seinen Schmerz hinunterzuschlucken und auch die Verlegenheit, weil man ihm diesen Schmerz nur zu deutlich angesehen hatte.

Ein Flattern ließ Perrin aufblicken. Ein großer Rabe setzte sich auf eine Eiche in ungefähr fünfzig Schritt Entfernung. Die schwarzen Knopfaugen beobachteten die drei Männer. Seine Hand griff nach dem Köcher, aber in dem Augenblick, als er die Sehne an die Wange zog, rissen bereits zwei Pfeile den Raben von seinem Ast. Tam und Abell legten schon wieder neu auf und beobachteten den Himmel, ob weitere schwarze Vögel dort auftauchten. Es kamen aber keine.

Tams Schuß hatte den Raben in den Kopf getroffen, und das war weder eine Überraschung noch Zufall. Perrin hatte nicht gelogen, als er Faile gesagt hatte, diese beiden Männer könnten besser mit dem Bogen umgehen als er. Keiner im Gebiet der Zwei Flüsse schoß auch nur annähernd so gut wie Tam.

»Schmutzige Viecher«, knurrte Abell, stellte einen Fuß auf den Vogelkadaver und zog seinen Pfeil heraus. Er putzte ihn auf der Erde ab und steckte ihn in den Köcher zurück. »Man findet sie heutzutage überall.«

»Die Aes Sedai haben uns von ihnen berichtet«, sagte Tam, »und daß sie für die Blassen spionieren. Wir sagen seither allen Leuten Bescheid darüber. Die Versammlung der Frauen hat diese Kunde auch verbreitet. Niemand hat sehr viel darauf gegeben, bis sie anfingen, Schafe anzugreifen. Sie hackten ihnen die Augen aus und töteten sogar einige. Die Schur wird ohnehin dieses Jahr schon schlecht genug. Nicht, daß es noch eine große Rolle spielt, schätze ich. Aufgerieben zwischen den Weißmänteln und den Trollocs, werden wir wahrscheinlich dieses Jahr kaum einen Händler zu Gesicht bekommen, der uns die Wolle abkauft.«

»Und dazu hat irgendein Narr vollkommen durchgedreht«, fügte Abell hinzu. »Vielleicht auch mehr als einer. Wir haben alle Arten von Tierkadavern gefunden. Kaninchen, Hirsche, Füchse, sogar einen Bären. Sie wurden getötet und einfach liegengelassen. Die meisten waren noch nicht einmal abgehäutet. Es muß ein Mensch sein und kein Trolloc. Ich habe Stiefelabdrücke von einem Menschen gefunden – zu klein für einen Trolloc. Es ist eine Schande und schade um das Jagdwild.«

Der Schlächter. Der Schlächter war hier und nicht nur im Wolfstraum. Der Schlächter und die Trollocs. Der Mann im Traum war ihm bekannt vorgekommen. Perrin schaufelte mit dem Stiefel lose Erde und Blätter über den Vogelkadaver. Später war noch genug Zeit, sich um die Trollocs zu kümmern. Wenn nötig, Zeit seines Lebens. »Ich habe Mat versprochen, daß ich mich um Bode und Eldrin kümmern werde, Meister Cauthon. Wie schwer wird es, sie und die andern zu befreien?«

»Sehr schwer«, seufzte Abell mit traurigem Gesicht. Mit einemmal sah man ihm sein Alter an. »Unheimlich schwer. Ich kam nahe genug heran, um Natti zu sehen, nachdem sie sie gefangen hatten, wie sie um das Zelt herumspazierte, in dem sie alle gefangengehalten werden. Ich konnte sie sehen, aber zwischen uns befanden sich ein paar hundert Weißmäntel. Ich war ein wenig unvorsichtig, und einer hat mich mit seinem Pfeil getroffen. Wenn mich Tam nicht zurück zu den Aes Sedai geschleift hätte …«

»Es ist ein ziemlich großes Lager«, sagte Tam, »direkt

unterhalb von Wachhügel. Sieben- oder achthundert Mann. Tag und Nacht Patrouillen, am häufigsten in Richtung Emondsfeld. Wenn sie mehr nach allen Seiten ausschwärmten, würde uns das die Sache erleichtern, aber abgesehen von hundert Mann oder so in Taren-Fähre haben sie praktisch den Rest der Zwei Flüsse den Trollocs überlassen. Wie ich hörte, ist es besonders schlimm unten in der Gegend von Devenritt. Fast jede Nacht wird wieder ein Bauernhof niedergebrannt. Das gleiche spielt sich zwischen Wachhügel und dem Taren ab. Natti und die anderen herauszuholen wird schwer genug. Danach – nun, hoffen wir, daß die Aes Sedai sie hier beherbergen werden. Die beiden haben es ja nicht gerade gern, wenn jemand weiß, wo sie sich aufhalten.«

»Es wird sie doch sicher irgend jemand verstecken«, widersprach Perrin. »Ihr könnt mir doch nicht weismachen, daß sich alle von Euch abgewandt hätten. Sie glauben doch nicht wirklich, Ihr wärt Schattenfreunde?« Im Augenblick, als er das aussprach, mußte er an Cenn Buie denken.

»Nein, das nicht«, sagte Tam. »Höchstens ein paar Narren. Viele Leute würden uns etwas zu essen geben oder uns eine Nacht in der Scheune schlafen lassen, vielleicht sogar in einem Bett, aber du mußt auch verstehen, daß sie nicht gern Leuten helfen, die von den Weißmänteln gesucht werden. Man kann ihnen das nicht vorwerfen. Die Lage ist mehr als schlimm, und die meisten Männer bemühen sich, zunächst einmal die eigene Familie zu schützen, so gut es eben geht. Jemanden unter diesen Umständen zu bitten, Natti und die Mädchen, dazu Haral und Alsbet aufzunehmen … Na ja, das könnte doch zuviel verlangt sein.«

»Ich habe von den Menschen der Zwei Flüsse aber mehr erwartet als das«, murrte Perrin.

Abell brachte ein schwaches Lächeln zuwege. »Die meisten Leute haben das Gefühl, zwischen zwei Mahlsteinen zerrieben zu werden, Perrin. Sie hoffen jedenfalls nur noch, nicht irgendwo zwischen Weißmänteln und Trollocs auf der Strecke zu bleiben.«

»Sie sollten mit dem Hoffen aufhören und statt dessen etwas unternehmen!« Einen Augenblick später schämte sich Perrin dieser Bemerkung. Er hatte ja nicht hier gelebt und wußte nicht, wie sich das alles auswirkte. Aber trotzdem hatte auch er recht. Solange sich die Menschen hinter den Kindern des Lichts versteckten, mußten sie sich damit abfinden, daß man mit ihnen machte, was man wollte, ob sie ihnen nun Bücher klauten oder Frauen und Mädchen gefangennahmen. »Morgen sehe ich mir dieses Weißmantellager an. Es muß einen Weg geben, sie zu befreien. Und sobald sie frei sind, können wir uns endlich mit den Trollocs beschäftigen. Ein Behüter hat mir mal gesagt, die Trollocs nennen die Aiel-Wüste auch den ›Sterbeort‹. Ich werde dafür sorgen, daß sie künftig auch die Zwei Flüsse so nennen!«

»Perrin«, begann Tam, aber dann hielt er inne und blickte lediglich besorgt drein.

Perrin wußte, wie sich das Licht hier im Schatten unter den Eichen in seinen Augen spiegeln mußte. Sein Gesicht war wie aus Stein gehauen und fühlte sich auch so an.

Tam seufzte. »Zuerst kümmern wir uns mal um Natti und die anderen. Dann können wir immer noch entscheiden, wie wir das mit den Trollocs anstellen.«

»Nimm das alles nicht zu schwer, Junge«, sagte Abell leise. »Der Haß könnte in dir wachsen, bis er dich vollkommen ausbrennt.«

»Nichts brennt mich aus«, sagte Perrin mit äußerlich fester Stimme. »Ich habe lediglich vor, das zu tun, was vollbracht werden muß.« Er fuhr mit dem Daumen die Schneide seiner Axt nach. Was vollbracht werden mußte.

Dain Bornhald saß ganz gerade im Sattel, als er sich mit seiner Hundertschaft nach dem Patrouillenritt wieder Wachhügel näherte. Nein, es waren mittlerweile keine hundert mehr. Auf elf Sätteln waren in ihre Umhänge gehüllte Leichen festgebunden, und weitere dreiundzwanzig seiner Männer waren verwundet. Die Trollocs hatten sie in einen cleveren Hinterhalt gelockt. Bei weniger gut ausgebildeten und unerfahreneren Soldaten hätten sie womöglich die gesamte Patrouille vernichtet, doch dazu waren die Kinder einfach zu harte Kämpfer. Was ihm zu schaffen machte, war die Tatsache, daß nun schon zum drittenmal eine Patrouille offen angegriffen worden war. Nicht irgendein zufälliges Aufeinandertreffen, nicht, daß sie zufällig auf mordende und plündernde Trollocs getroffen wären, nein, es waren strategisch geplante Angriffe gewesen. Und alles auf Patrouillen, die er persönlich leitete. Die Trollocs mieden alle anderen bis auf ihn. Das warf natürlich unangenehme Fragen auf, und die Antworten, die ihm in den Sinn kamen, konnten keine befriedigenden Lösungen liefern.

Die Sonne sank. In dem Dorf, das den ganzen Hügel von oben bis unten mit seinen strohgedeckten Dächern bedeckte, waren die ersten Lichter zu sehen. Auf dem Hügelkamm oben stand das einzige Haus mit einem Ziegeldach, der Weiße Keiler, die Dorfschenke. An einem anderen Abend wäre er vielleicht auf einen Becher Wein dorthin geritten, und das trotz des nervösen Schweigens, das sich immer beim Anblick eines weißen Umhangs mit dem goldenen Sonnenbanner ausbreitete. Er trank selten, doch manchmal war er froh, mit anderen Menschen zusammensein zu können und nicht immer nur mit den Kindern des Lichts. Nach einer Weile vergaßen die Menschen gewöhnlich seine Anwesenheit und begannen wieder zu schwatzen und zu lachen. An einem anderen Abend. Heute wollte er allein sein, spazierengehen und nachdenken.

Zwischen den ungefähr hundert buntbemalten Wohnwagen, die etwa eine halbe Meile vom Fuß des Hügels entfernt standen, herrschte geschäftiges Treiben. Männer und Frauen, deren Kleidung noch bunter war als die Wagen, überprüften Pferde und Geschirre und luden Sachen auf, die wochenlang im Lager nur herumgelegen hatten. Es schien, das Fahrende Volk wolle seinem Namen Ehre machen und möglicherweise beim ersten Tageslicht aufbrechen.

»Farran!« Der kräftige Hundertschaftsführer lenkte sein Pferd näher heran, und Bornhald nickte in Richtung des Lagers der Tuatha'an. »Informiere den Sucher, daß sie nach Süden fahren sollen, falls er mit seinen Leuten weiterziehen will.« Seinen Landkarten nach gab es keinen Übergang über den Taren außer bei Taren-Fähre, aber hatte ja schon erfahren müssen, wie alt diese Karten waren, seit er den Fluß überquert hatte. Jedenfalls würde niemand die Zwei Flüsse verlassen und seine Truppe vielleicht in einer Falle zurücklassen, solange er das verhindern konnte. »Und noch etwas, Farran. Es ist nicht notwendig, die Stiefel oder die Fäuste zu benützen, ja? Worte reichen aus. Dieser Raen hat Ohren.«

»Wie Ihr befehlt, Lord Bornhald.« Es klang nur ein klein wenig enttäuscht. Der Hundertschaftsführer berührte mit der im Kampfhandschuh steckenden Faust seine Herzgegend, riß sein Pferd herum und galoppierte in Richtung des Tuatha'an-Lagers. Es gefiel ihm bestimmt nicht, aber er würde gehorchen. Und wenn er das Fahrende Volk noch so verachtete, so war er doch ein guter Soldat.

Der Anblick seines eigenen Lagers erfüllte Bornhald wenigstens einen Augenblick lang mit Stolz: die langen, schnurgerade Reihen von weißen Satteldachzelten... selbst die Haltepfosten für die Pferde standen sauber in Reih und Glied ausgerichtet. Auch hier in dieser lichtverlassenen Ecke der Welt blieben sich die Kinder des Lichts selbst treu. Die Disziplin ließ nicht nach. Es war wirklich eine lichtverlassene Gegend. Die Trollocs waren der beste Beweis dafür. Wenn sie Bauernhöfe niederbrannten, war das auch der Beweis dafür, daß einige der Leute hier noch rein waren und im Licht wandelten. Einige. Der Rest verbeugte sich und sagte »Ja, mein Lord« und »Wie Ihr wünscht, mein Lord«, und kaum wandte er ihnen den Rücken zu, machten sie alles genau wie vorher. Und außerdem verbargen sie irgendwo eine Aes Sedai. An ihrem zweiten Tag südlich des Taren hatten sie einen Behüter getötet. Der farbverändernde Umhang des Mannes war der Beweis für seine Stellung gewesen. Bornhald haßte die Aes Sedai. Sie pfuschten mit der Einen Macht herum, als sei eine Zerstörung der Welt noch nicht genug gewesen. Wenn man sie nicht aufhielt, würden sie das gleiche wieder anstellen. Seine augenblickliche gute Laune schmolz wie Schnee unter der Frühlingssonne bei diesem Gedanken.

Er suchte nach dem Zelt, in dem man die Gefangenen hielt. Nur einzeln durften sie einmal am Tag kurz an die frische Luft kommen. Keiner davon würde weglaufen, denn das hätte bedeutet, die anderen im Stich zu lassen. Außerdem würden sie höchstens ein Dutzend Schritte weit kommen. An jedem Ende des Zelts stand ein Soldat Wache, und dazu würde man nach einem Dutzend Schritten noch auf mindestens zwanzig weitere Kinder des Lichts stoßen. Aber er wollte natürlich so wenig Probleme wie möglich haben. Ein Problem führte gewöhnlich zum nächsten. Falls man die Gefangenen grob behandeln mußte, würde das möglicherweise die Stimmung im Dorf soweit anheizen, daß er dort auch eingreifen müßte. Byar war ein Narr. Er – und auch andere, besonders Farran – wollte die Gefangenen unter Folter verhören. Bornhald gehörte nicht zu den Zweiflern, und er ahmte nicht gern ihre Methoden nach. Außerdem hatte er nicht vor, Farran auf diese Mädchen loszulassen, selbst wenn sie zu den Schattenfreunden gehörten, wie Ordeith behauptete.

Schattenfreunde oder nicht, ihm wurde immer deutlicher, daß er eigentlich nur einen einzigen Schattenfreund haben wollte. Mehr als die Trollocs, mehr als irgendwelche Aes Sedai wollte er Perrin Aybara fangen. Er konnte wohl Byars Geschichte kaum glauben, daß dieser Mann mit den Wölfen im Rudel laufe, aber Byar hatte ihm zumindest klar gemacht, daß Aybara Bornhalds Vater in eine Falle der Schattenfreunde gelockt hatte, daß er Geofram Bornhald auf der Toman-Halbinsel in den Tod von Händen der Seanchan- Schattenfreunde und ihrer Aes-Sedai-Verbündeten führte. Vielleicht würde er den Schmied wirklich Byars Folterkünsten überlassen, falls keiner der Luhhans in nächster Zeit gestand. Entweder würde dann der Mann aufgeben, oder die Frau beim Zuschauen. Einer von ihnen würde ihm den Schlüssel zur Gefangennahme Perrin Aybaras liefern.

Als er vor seinem Zelt abstieg, wartete Byar schon auf ihn. Er stand stocksteif und hager wie eine Vogelscheuche vor ihm. Bornhald warf einen angeekelten Blick hinüber auf eine viel kleinere Gruppe von Zelten, die etwas abseits der anderen stand. Der Wind kam von dieser Richtung her, und er roch das andere Lager deutlich. Sie hielten weder ihre Pferdekoppeln noch sich selbst sauber. »Ordeith ist zurück, wie es scheint, oder?«

»Ja, Lord Bornhald.« Byar redete nicht weiter, und Bornhald blickte ihn fragend an. »Sie berichteten von einem Scharmützel mit Trollocs im Süden. Zwei Tote, sechs Verwundete, behaupten sie.«

»Und wer sind die Toten?« fragte Bornhald leise.

»Kind Joelin und Kind Gomanes, Lord Bornhald.« Byars Gesichtsausdruck änderte sich nicht. Die hohlen Wangen blieben unverändert, und der Mund verzog sich kein bißchen.

Bornhald zog sich langsam die mit Stahlplatten verstärkten Kampfhandschuhe aus. Gerade die zwei hatte er Ordeith zur Begleitung mitgegeben, um aufzupassen und ihm zu berichten, was der geheimnisvolle Mann auf seinen Ausritten nach Süden eigentlich machte. Vorsichtshalber bemühte Bornhald sich, nicht lauter zu sprechen als vorher: »Meine Grüße an Meister Ordeith, Byar, und – Nein! Keine Grüße. Sage ihm, und zwar wörtlich, daß ich seine mageren Knochen augenblicklich vor mir sehen will. Sag es ihm, Byar, und bringe ihn her, selbst wenn du ihn und diese schmutzigen Kreaturen festnehmen mußt, die den Kindern des Lichts solche Schande bereiten. Geh!«

Bornhald hielt seinen Zorn zurück, bis er sich im Zelt befand. Dann fegte er knurrend Landkarten und Schreibutensilien von seinem Klapptisch. Ordeith mußte ihn für einen kompletten Idioten halten. Zweimal hatte er dem Kerl Männer mitgegeben, und beide Male waren gerade sie die einzigen Toten in einem ›Scharmützel mit Trollocs‹ gewesen. Es hatte keine Verwundeten unter den anderen gegeben. Es war immer im Süden geschehen. Der Mann war von diesem Emondsfeld besessen. Gut, er hätte vielleicht selbst ihr Lager dorthin verlegt, wenn nicht … Das war jetzt unwichtig. Er hatte ja die Luhhans hier. Sie würden ihn auf die eine oder andere Art zu Perrin Aybara führen. Wachhügel war ein viel besserer Lagerplatz, falls er plötzlich nach Taren-Fähre mußte. Militärische Überlegungen hatten Vorrang vor den persönlichen.

Zum tausendsten Mal fragte er sich, warum ihn der kommandierende Lordhauptmann hierhergeschickt hatte. Die Menschen waren auch nicht anders als an hundert anderen Orten. Allerdings zeigten nur die Bewohner von Taren-Fähre ein Interesse daran, die Schattenfreunde in den eigenen Reihen zu bekämpfen. Der Rest schaute mürrisch und ohne innere Beteiligung zu, wenn der Drachenzahn auf eine Tür gemalt wurde. In einem Dorf wußte man immer genau, wer unter den Bewohnern unerwünscht war. Wenn man sie ein wenig ermutigte, waren sie immer bereit zu einer Reinigung, und mit den Unerwünschten, die man gern gehen sah, erwischte man todsicher auch die Schattenfreunde. Aber hier nicht. Der schwarze Umriß eines spitzen Zahns auf einer Tür könnte hier genausogut ein neuer Anstrich sein. Jedenfalls zeigte er die gleiche Wirkung. Und dann die Trollocs. Hatte Pedron Niall gewußt, daß die Trollocs dieses Gebiet überfallen würden, als er den Befehl ausgab? Wie konnte er das gewußt haben? Aber wenn nicht, warum hatte er dann so viele der Kinder hergeschickt, daß sie ausreichten, um einen kleineren Aufstand niederzuschlagen? Und wieso beim Licht hatte ihm der kommandierende Lordhauptmann diesen mordlustigen Wahnsinnigen mitgegeben?

Die Zeltklappe öffnete sich, und Ordeith stolzierte herein. Sein feines graues Wams war mit Silber verziert, wies aber große Flecken auf. Auch sein magerer Hals war schmutzig. Er ragte aus seinem Kragen hoch wie der Hals einer Schildkröte aus dem Panzer. »Guten Abend, Lord Bornhald. Einen schönen und prächtigen Abend wünsche ich Euch.« Sein Lugarder Dialekt kam heute abend besonders stark durch.

»Was ist mit Kind Joelin und Kind Gomanes geschehen, Ordeith?«

»Eine schreckliche Sache, mein Lord. Als wir auf die Trollocs stießen, hat Kind Gomanes tapfer ...« Bornhald schlug ihm mit seinen Handschuhen ins Gesicht. Taumelnd faßte sich der knochige Mann an die aufgeplatzte Lippe und betrachtete die Röte an seinen Fingern. Das Lächeln auf seinem Gesicht wirkte nicht mehr spöttisch. Es wirkte nun eher wie das Lächeln einer Viper. »Vergeßt Ihr nun plötzlich, wer meine Ernennung unterschrieb, kleiner Lord? Pedron Niall hängt Euch an den Eingeweiden Eurer Mutter auf, wenn ich nur ein Wort sage, aber das, nachdem er Euch beiden die Haut bei lebendigem Leib abziehen ließ.«

»Falls Ihr am Leben seid und dieses Wort noch aussprechen könnt, oder?«

Ordeith knurrte und krümmte sich wie eine wilde Kreatur. Auf seinen Lippen stand Schaum. Langsam schüttelte er jedoch seine Wut ab und richtete sich wieder auf. »Wir müssen zusammenarbeiten.« Der Lugarder Dialekt war wie weggeblasen, und die Stimme klang kräftiger, befehlsgewohnter. Bornhald zog dennoch die spöttische Lugarder Stimme der etwas schmierig klingenden vor, in deren Tonfall kaum verhüllte Verachtung mitschwang. »Der Schatten umgibt uns auf allen Seiten. Nicht nur die Trollocs und die Myrddraal. Das ist noch das wenigste. Drei wurden hier gezeugt, drei Schattenfreunde, die eine Welt erschüttern sollen, deren Geburt tausend Jahre lang vom Dunklen König vorbereitet wurde. Rand al'Thor. Mat Cauthon. Perrin Aybara. Ihr kennt ihre Namen. An diesem Ort wurden Kräfte auf die Welt losgelassen, die sie in Not bringen werden. Kreaturen des Schattens bevölkern die Nacht, beflecken die reinen Herzen der Menschen, verderben ihre Träume. Reinigt dieses Land. Reinigt es, und sie werden kommen. Rand al'Thor. Mat Cauthon. Perrin Aybara.« Er sprach diesen letzten Namen beinahe liebevoll aus.

Bornhald atmete schwer durch. Er war nicht sicher, wie Ordeith herausbekommen hatte, wen er hier suchte. Eines Tages hatte er ihm das ganz selbstverständlich eröffnet. »Ich habe Eure Spuren auf dem Hof der Aybaras verwischt, nachdem Ihr ihn …«

»Reinigt die Zwei Flüsse.« In dieser volltönenden Stimme lag ein Hauch von Wahnsinn. Auf Ordeiths Stirn stand Schweiß. »Zieht ihnen die Haut ab, und die drei werden kommen.«

Borhald erhob seine Stimme: »Ich habe Eure Spuren verwischt, weil ich es mußte.« Er hatte keine andere Wahl gehabt. Falls die Wahrheit herausgekommen wäre, hätte er es nicht mehr nur mit mürrischen Einwohnern zu tun gehabt. Das letzte, was er gebrauchen konnte, war ein Aufstand zusätzlich zu den Trollocs.

»Aber ich werde keinen Mord an den Kindern dulden. Hört Ihr das? Was macht Ihr, das Ihr vor den Kindern verbergen müßt?«

»Zweifelt Ihr daran, daß der Schatten alles unternehmen wird, um mich aufzuhalten?«

»Was?«

»Zweifelt Ihr daran?« Ordeith beugte sich in plötzlicher Eindringlichkeit vor. »Ihr habt doch die Grauen Männer gesehen.«

Bornhald zögerte. Fünfzig Soldaten der Kinder um ihn herum, mitten in Wachhügel, und keiner von ihnen hatte die beiden Männer mit ihren Dolchen bemerkt. Er selbst hatte sie geradewegs angesehen und doch nicht wahrgenommen. Bis Ordeith die beiden getötet hatte. Der magere kleine Bursche war dadurch sehr in der Achtung seiner Männer gestiegen. Später hatte Bornhald die Dolche tief in der Erde vergraben. Die Klingen sahen aus wie Stahl, man verbrannte sich aber daran wie an geschmolzenem Metall. Die Erdbrocken, die er in der Grube darauf geschaufelt hatte, hatten gezischt, und Dampfwölkchen waren davon aufgestiegen. »Glaubt Ihr, sie waren hinter Euch her?«

»O ja, Lord Bornhald. Hinter mir her. Was auch notwendig sein mag, um mich aufzuhalten. Der Schatten selbst will mich zur Strecke bringen.«

»Das sagt aber immer noch nichts aus in bezug auf ermordete ...«

»Ich muß meine Aufgabe im geheimen erfüllen.« Er flüsterte, ja, zischte diese Worte. »Der Schatten kann in die Gehirne von Menschen eindringen, um mich zu suchen, kann die Träume und Gedanken von Menschen beeinflussen. Würdet Ihr gern im Traum sterben? Das kann passieren.«

»Ihr seid ... wahnsinnig.«

»Gebt mir freie Hand, und ich bringe Euch Perrin Aybara. Das verlangen Pedron Nialls Befehle. Freie Hand für mich und ich liefere Euch Perrin Aybara aus.«

Bornhald schwieg eine ganze Weile lang. »Ich will Euch nicht sehen«, sagte er schließlich. »Geht mir aus den Augen.«

Als Ordeith weg war, schauderte Bornhald. Was hatte der kommandierende Lordhauptmann mit diesem Mann hier im Sinn? Andererseits, wenn er ihm Aybara auslieferte … Er warf die Handschuhe zur Seite und begann, in seinem Gepäck herumzukramen. Irgendwo mußte eine Flasche Schnaps stecken.

Der Mann, der sich Ordeith nannte, der sogar manchmal von sich selbst als Ordeith dachte, schlich zwischen den Zelten der Kinder des Lichts umher und beobachtete die Männer mit den weißen Umhängen mißtrauisch. Nützliche Werkzeuge, ignorante Werkzeuge, aber nicht vertrauenswürdig. Besonders Bornhald nicht. Den mußte man möglicherweise beseitigen, falls er zu viele Schwierigkeiten machte. Byar ließ sich da schon viel leichter beeinflussen. Aber jetzt noch nicht. Es gab wichtigere Dinge zu erledigen. Einige der Soldaten nickten ihm respektvoll zu, als er vorbeiging. Er zeigte ihnen die Zähne, und sie betrachteten es als freundliches Lächeln. Werkzeuge und Narren zugleich.

Sein Blick huschte hungrig zu dem Zelt mit den Gefangenen hinüber. Sie konnten warten. Wenigstens noch eine Weile. Ein kleines bißchen länger. Sie waren sowieso nur kleine Appetithappen. Köder. Er hätte sich auf dem Hof der Aybaras besser beherrschen sollen, aber Con Aybara hatte ihm ins Gesicht gelacht, und Joslyn hatte ihn als kleinen Narren mit einer schmutzigen Phantasie bezeichnet, weil er ihren Sohn einen Schattenfreund genannt hatte. Nun, sie hatten etwas gelernt daraus – schreiend und brennend. Unwillkürlich mußte er leise kichern. Appetithappen.

Er spürte deutlich, daß einer von denen, die er so haßte, dort draußen war, irgendwo südlich in Richtung

Emondsfeld. Welcher von ihnen? Es spielte keine Rolle. Rand al'Thor war der einzig wichtige unter ihnen. Er hätte es gespürt, wenn es al'Thor gewesen wäre. Die Gerüchte hatten ihn noch nicht hergelockt, aber das würde bestimmt geschehen. Ordeith schauderte vor Lust. Es mußte einfach so kommen. Man mußte noch mehr Erzählungen und Gerüchte an Bornhalds Wachen in Taren-Fähre vorbeischmuggeln, weitere Berichte über Reinigungsaktionen an den Zwei Flüssen, damit sie Rand al'Thors Ohren erreichten und sich tief in sein Hirn einbrannten. Zuerst al'Thor und dann die Weiße Burg, als Rache für all das, was sie ihm genommen hatten. Er würde alles in Besitz nehmen, was ihm von Rechts wegen zustand.

Alles war wie ein Uhrwerk abgelaufen, trotz Bornhalds Zwangsmaßnahmen, bis dieser Neue mit seinen Grauen Männern auftauchte. Ordeith fuhr sich mit den knochigen Fingern durch das fettige Haar. Warum konnten nicht wenigstens seine Träume ihm allein gehören? Er war keine Marionette mehr, die, vom Dunklen König selbst geführt, um die Myrddraal und die Verlorenen herumtanzte. Er selbst führte nun die Fäden. Sie konnten ihn nicht aufhalten und nicht töten.

»Nichts kann mich töten«, knurrte er mit finsterer Miene. »Mich nicht. Ich habe seit den Trolloc-Kriegen überlebt.« Nun ja, zumindest ein Teil von ihm. Er lachte schrill auf, hörte den Wahnsinn in diesem Gelächter, kannte seine Bedeutung, aber es kümmerte ihn nicht.

Ein junger Offizier der Weißmäntel runzelte ob des Gelächters die Stirn. Diesmal lag keine Andeutung eines Lächelns in Ordeiths gefletschten Zähnen, und der Junge mit dem Flaum auf den Wangen zuckte zurück. Ordeith hastete mit schleppenden, schleichenden Schritten weiter.

Fliegen summten um seine eigenen Zelte herum, und mürrische, mißtrauische Blicke wichen den seinen aus.

Hier waren die weißen Umhänge verschmutzt. Aber die Schwerter waren scharf, der Gehorsam augenblicklich und blind. Bornhald glaubte, diese Männer unterständen ihm immer noch. Auch Pedron Niall glaubte das und hielt Ordeith für seine zahme Kreatur. Narren.

Er schob seine Zeltklappe beiseite und ging hinein, um nach seinem Gefangenen zu sehen, der zwischen dicken Pflöcken gefesselt lag. Diese Pflöcke hätten auch ein ganzes Pferdegespann festgehalten. Die starke Stahlkette vibrierte, als er ihren Sitz überprüfte, aber er hatte genau ausgerechnet, wieviel er brauchte, und dann die Länge verdoppelt. Und das war auch gut so gewesen. Eine Windung weniger, und die massiven Stahlglieder wären zerbrochen. Seufzend setzte er sich auf die Bettkante. Die Lampen waren bereits entzündet. Mehr als ein Dutzend von ihnen ließen nirgends mehr eine Spur von Schatten übrig. Hier im Zelt war es so hell wie draußen in der Mittagssonne. »Habt Ihr meinen Vorschlag überdacht? Nehmt an, und Ihr seid frei und könnt gehen. Weigert Euch … Ich weiß, wie man Eurer Art Schmerzen zufügt. Ich kann Euch einen endlosen Tod sterben lassen. Ihr werdet schreien und schreien. Ewig sterben und ewig schreien.«

Die Ketten summten, als ein scharfer Ruck sie erschütterte. Die tief in den Boden hineingetriebenen Pfähle knarrten. »Also gut.« Die Stimme des Myrddraal klang, als zerbröckle getrocknete Schlangenhaut. »Ich nehme Euer Angebot an. Laßt mich frei.«

Ordeith lächelte. Es hielt ihn bestimmt für einen Narren. Na gut. Es würde lernen müssen. Alle würden sie lernen müssen. »Zuerst sprechen wir einmal über die Fragen … sagen wir mal, von Vereinbarungen und Übereinstimmungen.« Als er weitersprach und seine Vorstellungen schilderte, begann der Myrddraal zu schwitzen.

KAPITEL 10

Brennende Fragen

»Wir sollten bald nach Wachhügel aufbrechen«, sagte Verin am nächsten Morgen, als die Sonne noch kaum den Morgenhimmel erhellte, »also trödelt nicht.« Perrin blickte von seinem kalten Haferbrei hoch. Der entschlossene Blick der Aes Sedai ließ keinen Widerspruch zu. Einen Augenblick später fügte sie nachdenklich hinzu: »Glaubt aber nicht, daß ich Euch deshalb bei irgendeinem närrischen, überhasteten Unternehmen helfen werde. Ihr seid ein junger Mann, der immer etwas Derartiges auf Lager hat. Versucht das erst gar nicht bei mir.«

Tam und Abell hielten in ihren Bewegungen inne, die Löffel halb zum Mund gehoben, und tauschten einen überraschten Blick. Bis jetzt waren sie wie auch die Aes Sedai getrennte Wege gegangen. Nach einem Augenblick aßen sie weiter, jedoch mit nachdenklich gerunzelter Stirn. Irgendwelche Einwände blieben unausgesprochen. Tomas, der seinen Behüterumhang bereits in seiner Satteltasche verstaut hatte, warf ihnen und Perrin noch zusätzlich einen harten Blick zu, als erwarte er Widerspruch und habe vor, diesen im Keim zu ersticken. Behüter taten immer alles Notwendige, um ihrer Aes Sedai zu erlauben, das zu tun, was sie wollte.

Sie wollte sich natürlich wieder einmischen. Das taten die Aes Sedai grundsätzlich. Aber es war besser, sie dort zu haben, wo er sie sehen konnte, und nicht gerade in seinem Rücken. Es war beinahe unmöglich, sich den Intrigen der Aes Sedai ganz zu entziehen, wenn sie ihre Nase in etwas stecken wollten. Es gab nur einen Weg: Man mußte versuchen, sie zu benutzen, während sie einen selbst benutzten, und höllisch aufzupassen, damit man rechtzeitig wegsprang, falls sie einen am Kragen packen und in ein Kaninchenloch stecken wollten. Manchmal stellte sich der Kaninchenbau auch als eine Dachshöhle heraus, und das konnte unangenehme Folgen haben.

»Ihr seid uns auch willkommen«, sagte er zu Alanna, aber die warf ihm nur einen so eisigen Blick zu, daß er lieber mit Sticheln aufhörte. Sie hatte den Haferbrei keines Blickes gewürdigt, stand an einem der halb überwucherten Fenster und spähte durch den Blättervorhang nach draußen.

Er wußte nicht, ob sie mit seinen Plänen für eine Erkundung einverstanden war. Es schien unmöglich, ihr etwas anzusehen. Von den Aes Sedai erwartete man kühl-überlegene Würde, und das traf bei ihr in vollem Maße zu. Doch dann wieder blitzten ihr feuriges Temperament oder ihr unberechenbarer Humor auf, wenn man das am wenigsten erwartete. Und ebenso schnell war es wieder vorbei. Manchmal sah sie ihn auf eine Weise an – wenn sie keine Aes Sedai gewesen wäre, hätte er gesagt, sie bewunderte ihn. Ein andermal fühlte er sich unter ihrem Blick wie ein komplizierter Mechanismus, den sie auseinandernehmen wollte, um herauszufinden, wie er funktionierte. Selbst Verin war da noch besser. Die meiste Zeit über konnte man einfach nicht in Erfahrung bringen, was sie dachte oder vorhatte. Das ging ihm manchmal ziemlich auf die Nerven, aber wenigstens hatte er bei ihr nicht das Gefühl, daß sie nicht wisse, wie sie ihn hinterher wieder zusammensetzen solle.

Er wünschte, er könne Faile dazu bringen, hierzubleiben. Das war ja nicht das gleiche, als ließe er sie zurück; sie wäre dann aber in Sicherheit vor den Weißmänteln. Doch ihr Kinn war schon wieder stur vorgeschoben, und in ihren schrägstehenden Augen glitzerte es gefährlich. »Ich freue mich darauf, etwas von deinem Land sehen zu können. Mein Vater züchtet auch Schafe.« Ihr Tonfall klang entschlossen; sie würde nicht hierbleiben. Dazu müßte er sie schon festbinden.

Einen Augenblick lang dachte er sogar an eben dieses. Aber die Gefahr, die ihnen von den Weißmänteln drohte, dürfte nicht so groß sein, dachte er. Heute wollte er ja nur auf Erkundung gehen. »Ich dachte, er sei Kaufmann«, sagte er.

»Er züchtet auch Schafe.« Rote Flecke erblühten auf ihren Wangen. Vielleicht war ihr Vater ein armer Mann und überhaupt kein Händler. Er wußte nicht, warum sie ihm so etwas vormachte, aber wenn sie es so wollte, dann würde er sie nicht davon abhalten. Verlegen oder nicht – sie wirkte trotzdem genauso stur und entschlossen wie vorher.

Er erinnerte sich an Meister Cauthons Vorschlag. »Ich weiß nicht, wieviel du zu sehen bekommen wirst. Auf einigen Höfen dürfte die Schur im Gang sein, schätze ich. Wahrscheinlich auch nicht anders als bei deinem Vater. Ich bin jedenfalls froh über deine Gesellschaft.« Ihr überraschter Gesichtsausdruck, als ihr klar wurde, daß er nicht widersprach, war beinahe die Sorgen wert, die sie ihm durch ihre Anwesenheit bereitete. Vielleicht hatte Abell wirklich recht.

Bei Loial war das eine ganz andere Sache. »Aber ich will mitkommen«, protestierte der Ogier, als man ihm sagte, er solle dableiben. »Ich will helfen, Perrin!«

»Ihr würdet zu sehr auffallen, Meister Ogier«, sagte Abell und Tam fügte hinzu: »Wir müssen alles unnötige Aufsehen unbedingt vermeiden.« Loials Ohren hingen enttäuscht herunter.

Perrin zog ihn auf die Seite, so weit von den anderen entfernt, wie es in diesem Raum eben ging. Loials zerzaustes Haar streifte die Deckenbalken, bis Perrin ihm bedeutete, sich etwas zu bücken. Dann lächelte er ihn an und tat so, als wolle er ihn nur aufheitern. Er hoffte jedenfalls, daß die anderen dies glaubten.

»Ich möchte, daß du Alanna ein wenig beobachtest«, sagte er im Flüsterton. Loial zuckte zusammen, und er packte den Ogier am Ärmel, wobei er immer noch grinste wie ein Idiot. »Grinsen, Loial. Wir sprechen über vollkommen unwichtige Dinge, ja? Denk daran!« Der Ogier brachte ein unsicheres Grinsen zuwege. Es würde reichen müssen. »Aes Sedai haben für das, was sie tun, ihre eigenen Gründe, Loial.« Und das konnte durchaus etwas total Unerwartetes sein, etwas, womit man überhaupt nicht gerechnet hatte. »Wer weiß denn schon, was sie im Sinn hat? Ich habe schon genug Überraschungen erlebt, seit ich heimgekommen bin, und mir steht der Sinn nicht nach weiteren. Ich erwarte ja nicht, daß du sie aufhältst, aber du solltest aufpassen, ob sie irgend etwas Außergewöhnliches macht.«

»Vielen Dank, Perrin«, knurrte Loial sarkastisch. Seine Ohren zuckten. »Hältst du es nicht für besser, Aes Sedai einfach tun zu lassen, was sie wollen?« Das war leicht gesagt in seinem Fall. Aes Sedai konnten in einem Ogier-*Stedding* die Macht nicht benützen. Perrin sah ihn nur lange an, bis der Ogier schließlich aufseufzte. »Nun ja, wahrscheinlich nicht. Also gut. Ich kann ja nicht behaupten, daß es in deiner Nähe ... langweilig würde.« Er richtete sich auf, rieb sich mit einem dicken Finger unter der Nase und sagte zu den anderen: »Ich denke, ich würde doch zuviel Aufmerksamkeit erregen. Nun, auf die Art habe ich Zeit, um meine Notizen durchzusehen. Ich habe schon seit Tagen nicht mehr an meinem Buch gearbeitet.«

Verin und Alanna tauschten einen undurchschaubaren Blick, und dann sahen sie wie auf Kommando mit großen Augen Perrin an. Man konnte dabei einfach nicht feststellen, was sie dachten.

Die Packtiere mußte man natürlich zurücklassen. Packpferde würden in jedem Fall Aufsehen erregen, da

sie von einer längeren Reise kündeten. Selbst in guten Zeiten reiste an den Zwei Flüssen kaum jemand einmal weiter weg. Alanna lächelte leicht und zufrieden, während sie ihnen beim Satteln ihrer Reittiere zusah. Zweifellos glaubte sie, daß die zurückgelassenen Tiere mit den Tragekörben sie an das alte Seuchenhaus und an sie und Verin fesselten. Falls es zum Schlimmsten kam, würde sie eine Überraschung erleben. Er war schon oft genug nur mit seinem Reitpferd und den Satteltaschen ausgekommen, seit sie die Heimat verlassen hatten. Gelegentlich hatte er auch nicht mehr gehabt als seine Gürteltasche und die Taschen an seinem Mantel. Überlebt hatte er allemal.

Er richtete sich auf, nachdem er Trabers Sattelgurt fester gezurrt hatte, und dann fuhr er zusammen. Verin musterte ihn eindringlich und mit einem Blick, der Wissen verriet. Dieser Blick war keineswegs verträumt wie sonst. Sie wußte, was er dachte, und amüsierte sich darüber. Das war schon bei Faile schlimm genug, aber bei einer Aes Sedai traf ihn das hundertmal stärker. Der Hammer, den er neben die Deckenrolle und die Satteltaschen geschnallt hatte, schien ihr aber doch ein Rätsel zu sein. Er war froh, daß es noch etwas gab, das sie nicht auf Anhieb verstand. Andererseits paßte ihm ihre Aufmerksamkeit in dieser Hinsicht gar nicht. Was konnte an einem Hammer so faszinierend sein für eine Aes Sedai?

Da sie nur ihre Pferde satteln mußten, waren ihre Vorbereitungen im Nu beendet. Verin hatte einen unauffälligen braunen Wallach, der für das ungeschulte Auge genauso durchschnittlich wirkte wie ihre Kleidung, aber der breite Brustkorb und der kräftige Körper deuteten auf ebensoviel Ausdauer hin wie bei dem hochgewachsenen, schlanken Grauen des Behüters. Dieses temperamentvolle Tier rollte erregt mit den Augen. Traber schnaubte daraufhin eifersüchtig, bis Perrin den Hals des Braunen beruhigend tätschelte.

Der Graue war ein wenig disziplinierter, aber genauso kampfbereit. Tomas mußte ihn nur loslassen. Der Behüter lenkte sein Tier mehr mit den Knien als mit dem Zügel. Die beiden schienen eins zu sein, so verwachsen miteinander wirkten die beiden.

Meister Cauthon musterte interessiert Tomas' Pferd. Man bekam hier nicht viele Streitrösser zu Gesicht. Aber bei Verins Tier nickte er schon nach einem kurzen Blick anerkennend. Es gab an den Zwei Flüssen wohl kaum einen besseren Pferdekenner als ihn. Zweifellos war auch er es gewesen, der sein eigenes und Meister al'Thors Pferd ausgesucht hatte. Es waren Tiere mit zottigerem Fell, auch kleiner als die anderen, doch stämmig und mit einem Schritt, der für Schnelligkeit und Ausdauer sprach.

Die drei Aiel gingen ihnen mit geschmeidigen, langen Schritten voran, als sie in Richtung Norden aufbrachen. Sie waren schnell außer Sicht im dichten Wald. Die Schatten des frühen Morgens waren lang und scharf umrissen. Die ersten Sonnenstrahlen warfen Lichtbalken zwischen die Bäume. Manchmal blitzte zwischen den Bäumen etwas Graubraunes auf, wahrscheinlich absichtlich, um die anderen wissen zu lassen, wo sich die Aiel befanden. Tam und Abell übernahmen die Führung. Sie hatten die Bögen über die hohen Sattelhörner gehängt. Dahinter ritten Perrin und Faile, während Verin und Tomas den Schluß bildeten.

Perrin hätte auf Verins Blick in seinem Rücken gut verzichten können. Er konnte ihn deutlich zwischen seinen Schulterblättern spüren. Er fragte sich, ob sie von den Wölfen wisse. Kein angenehmer Gedanke. Braune Schwestern wußten angeblich über eine Menge Dinge Bescheid, die den anderen Ajahs nicht bekannt waren – verborgene Dinge, uralte Kenntnisse. Vielleicht wußte sie, wie er es anstellen mußte, um sich nicht an die Wölfe zu verlieren, um seine Menschlichkeit nicht aufzugeben. Abgesehen davon, daß er möglicherweise Elyas Machera wiederfand, stellte sie seine größte Hoffnung dar. Er mußte ihr lediglich vertrauen. Sie würde bestimmt all ihre Kenntnisse einsetzen; ganz sicher im Namen der Weißen Burg, vielleicht aber auch für Rand. Das Dumme daran war nur, daß Hilfe für Rand ihm selbst jetzt im Moment auch nicht weiterhalf, die eigenen Probleme zu lösen. Alles wäre soviel einfacher ohne die Aes Sedai.

Die meiste Zeit über ritten sie schweigend dahin, nur begleitet von den Geräuschen des Waldes: Eichhörnchen, Spechten und gelegentlichem Vogelgezwitscher. Einmal blickte Faile zurück und sagte dann zu ihm: »Sie wird dir nichts antun.« Ihr sanfter Tonfall stand im Kontrast zu ihren wild blitzenden dunklen Augen.

Perrin blickte verwundert drein. Sie wollte ihn beschützen. Vor den Aes Sedai. Er würde sie wohl nie verstehen oder wissen, was er als nächstes von ihr zu erwarten hatte. Sie benahm sich manchmal wirklich genauso verwirrend wie die Aes Sedai.

Sie erreichten schließlich den Rand des Westwalds etwa vier oder fünf Meilen nördlich von Emondsfeld. Die Sonne stand bereits ein Stück über den Baumwipfeln im Osten. Verstreute Waldstreifen, meist Lederblattbäume, Kiefern und Eichen, lagen zwischen ihnen und den nächsten durch Hecken eingefaßten Feldern, auf denen Gerste und Hafer, Tabak und Gras zum Heuen wuchs. Seltsamerweise war kein Mensch zu sehen. Kein Rauch erhob sich aus den Schornsteinen der Bauernhöfe hinter den Feldern. Perrin kannte die Leute, die dort wohnten, die Familie al'Loras in zwei der größeren Häuser und die Barsters, die in den anderen von hier aus sichtbaren Gebäuden lebten. Hart arbeitende Menschen. Falls sich jemand in den Häusern befunden hätte, wären sie längst bei der Arbeit gewesen. Gaul winkte vom Saum eines größeren Gebüsches her und verschwand dann darin.

Perrin trieb Traber voran, bis er sich neben Tam und

Abell befand. »Sollten wir nicht in Deckung weiterreiten, solange wir können? Sechs Berittene werden nicht unbemerkt bleiben.« Sie ließen ihre Pferde unverändert gleichmäßig weiterschreiten.

»Es gibt nicht viele, die uns bemerken könnten, Junge«, antwortete Meister al'Thor, »solange wir uns von der Nordstraße fernhalten. Die meisten Höfe, die in der Nähe des Waldes liegen, wurden mittlerweile aufgegeben. Außerdem ist heutzutage niemand allein unterwegs. Keiner entfernt sich weit vom eigenen Haus. Eine Gruppe von zehn Leuten erregt heute kaum besonderes Aufsehen, obwohl die meisten, wenn überhaupt, mit Planwagen unterwegs sind.«

»Wir werden so schon der größten Teil des Tages über brauchen, um nach Wachhügel zu kommen«, sagte Meister Cauthon. »Und das, ohne den Umweg durch den Wald zu nehmen. Auf der Straße ginge es ein wenig schneller, klar, aber es bestünde auch eher die Gefahr, Weißmänteln zu begegnen. Die Gefahr, daß uns jemand gegen eine Belohnung verrät, wäre ebenfalls um vieles größer.«

Tam nickte. »Aber in dieser Gegend haben wir auch Freunde. Wir haben vor, gegen Mittag bei Jac al'Seens Hof eine Pause einzulegen, damit sich die Pferde ausruhen und wir uns ein wenig die Beine vertreten können. Wir kommen nach Wachhügel, wenn das Tageslicht noch ausreichend ist, um alles zu beobachten.«

»Es wird hell genug sein«, bestätigte Perrin automatisch. Für ihn reichte das Licht allemal aus. Er drehte sich im Sattel um und sah noch einmal zu den Bauernhäusern hinüber. Verlassen, aber nicht niedergebrannt, nicht geplündert, soweit er das feststellen konnte. An den Fenstern hingen noch die Gardinen. Die Scheiben waren ganz. Trollocs zerstörten gern alles, und leere Häuser stellten für sie eine Einladung dar. Zwischen den Gersten- und Haferhalmen wuchs Unkraut, aber man hatte die Pflanzen nicht niedergetrampelt. »Haben die Trollocs Emondsfeld selbst schon angegriffen?«

»Nein, haben sie nicht«, sagte Meister Cauthon dankbar. »Es würde ihnen auch nicht leicht gemacht, das kann ich dir sagen. Die Leute haben seit der vorletzten Winternacht gelernt, höllisch aufzupassen. Neben jeder Tür steht ein Bogen und dazu Speere und so. Außerdem kommen die Weißmäntel alle paar Tage auf Patrouille herunter. So schwer es mir fällt, das zuzugeben, so halten sie doch auf die Art die Trollocs im Schach.«

Perrin schüttelte den Kopf. »Habt Ihr eine Ahnung, wie viele Trollocs sich hier befinden?«

»Einer ist schon zuviel«, knurrte Abell.

»Vielleicht zweihundert«, meinte Tam. »Möglicherweise auch mehr.« Meister Cauthon blickte überrascht drein. »Denk doch mal nach, Abell. Ich weiß nicht, wie viele die Weißmäntel schon getötet haben, aber die Behüter behaupten, daß sie und die Aes Sedai beinahe fünfzig erledigt haben und dazu noch zwei Blasse. Und die Anzahl von Überfällen, von denen wir erfahren, ist nicht geringer geworden. Ich denke, es müssen mehr sein, aber du kannst ja selbst rechnen.« Der andere Mann nickte verdrossen.

»Warum haben sie dann Emondsfeld nicht angegriffen?« fragte Perrin. »Ein Überfall mit zwei- oder dreihundert Trollocs in der Nacht, und sie könnten wahrscheinlich das ganze Dorf niederbrennen und wieder entkommen, bevor die Weißmäntel oben in Wachhügel überhaupt davon erführen. Noch leichter wäre es für sie allerdings, Devenritt zu überfallen. Ihr habt doch gesagt, daß die Weißmäntel gar nicht erst dorthin kommen.«

»Glück«, murmelte Abell, aber es klang innerlich zerrissen. »Das wird es sein. Wir haben Glück gehabt. Was sonst? Worauf willst du hinaus, Junge?«

»Worauf er hinaus will«, sagte Faile, die ihr Pferd

heranlenkte, »ist die Tatsache, daß es einen Grund dafür geben muß.« Schwalbe war soviel größer als die Pferde der beiden älteren Männer, daß sie denen nun in die Augen sehen konnte, und ihr Blick wirkte ruhig und fest. »Ich habe gesehen, was in Saldaea nach Trolloc-Überfällen zurückblieb. Was sie nicht niederbrennen, zerstören sie auf andere Art. Sie töten oder verschleppen die Menschen und die Tiere – alles, was ungeschützt ist. In schlechten Jahren sind ganze Dörfer verschwunden. Sie suchen heraus, was ihnen am schwächsten vorkommt, wo sie die meisten Menschen töten können. Mein Vater…« Sie schluckte hinunter, was sie hatte sagen wollen, atmete tief durch und fuhr fort: »Perrin hat begriffen, was auch Euch klar sein sollte.« Sie lächelte ihm stolz zu. »Wenn die Trollocs Euer Dorf nicht angegriffen haben, dann hat das einen besonderen Grund.«

»Daran habe ich auch gedacht«, sagte Tam ruhig, »aber ich kann mir keinen vorstellen. Bis wir Bescheid wissen, ist Glück eine genauso gute Antwort wie jede andere.«

»Vielleicht«, sagte Verin, die sich ihnen anschloß, »ist es ein Köder?« Tomas hielt sich noch ein Stück hinter ihnen und suchte mit seinen dunklen Augen das Gelände, durch das sie ritten, genauso unablässig nach Gefahren ab, wie jeder der Aiel. Der Behüter beobachtete auch den Himmel. Es gab immer die Möglichkeit, daß wieder ein Rabe auftauchte. Verin holte einmal Luft, und ihr Blick wanderte dabei von Perrin zu den beiden älteren Männern. »Berichte von ständigen Unruhen, von Trolloc-Überfällen, lenken die Aufmerksamkeit auf die Zwei Flüsse. Andor wird sicher Soldaten aussenden und vielleicht auch andere Länder, wenn Trollocs so weit im Süden auftauchen. Natürlich nur, falls die Kinder des Lichts die betreffenden Berichte herauslassen. Ich denke, die Gardesoldaten von Königin Morgase wären gleichermaßen unglücklich über die Anwesenheit so vieler Weißmäntel wie über die Trollocs.«

»Krieg«, knurrte Abell. »Was wir hier haben, ist schon schlimm genug, aber Ihr sprecht von Krieg.«

»Das könnte sein«, sagte Verin gelassen. »Das könnte sein.« Sie runzelte abwesend die Stirn, als sei sie mit den Gedanken längst woanders, kramte eine Schreibfeder mit Stahlspitze und ein kleines, leinengebundenes Notizbuch aus ihrem Beutel und öffnete eine kleine Lederschachtel aus ihrer Gürteltasche, die eine Tintenflasche und einen Sandstreuer enthielt. Sie wischte die Feder geistesabwesend an ihrem Ärmel ab und begann, trotz der Schwierigkeiten beim Reiten in ihr Büchlein hineinzuschreiben. Sie schien sich der Sorgen nicht bewußt zu sein, die sie verursacht hatte. Vielleicht war ihr das auch wirklich nicht klar.

Meister Cauthon murmelte immer wieder leise und staunend: »Krieg«, und Faile legte mit traurigem Blick eine beruhigende Hand auf Perrins Arm.

Meister al'Thor aber knurrte nur kurz. Wie Perrin gehört hatte, hatte er an einem Krieg teilgenommen. Allerdings wußte er nicht, wo oder wie das zugegangen war. Irgendwo außerhalb der zwei Flüsse. Als junger Mann war er fortgezogen und Jahre später mit einer Frau und einem Kind, Rand, wieder aufgetaucht. Wenige Menschen nur verließen die Zwei Flüsse. Perrin zweifelte daran, daß hier jemand wirklich wußte, was ein Krieg bedeutete. Sie hörten höchstens einmal von fahrenden Händlern, von Kaufleuten, ihren Begleitsoldaten oder Fahrern etwas darüber. Er selbst allerdings hatte da mehr Erfahrung. Er hatte den Krieg auf der Toman-Halbinsel mitgemacht. Abell hatte recht. Was hier vorging, war schlimm genug, doch es war nichts gegen wirklichen Krieg.

Er sagte nichts dazu. Vielleicht hatte Verin recht. Und wahrscheinlich wollte sie damit alle anderen davon abhalten, weiter zu spekulieren. Falls die Trolloc-Überfälle auf die Zwei Flüsse ein Köder sein sollten, dann mußte dieser Köder Rand gelten, und das wußte die Aes Sedai. Das war ja eines der Hauptprobleme mit den Aes Sedai: Sie servierten einem so viele ›falls‹ und ›möglicherweise‹ und ›es könnte sein‹, daß man schließlich sicher war, sie habe gesagt, was sie in Wirklichkeit nur angedeutet hatte. Also, wenn derjenige – vielleicht einer der Verlorenen? –, der die Trollocs geschickt hatte, damit Rand eine Falle stellen wollte, mußte er sich nun eben mit Perrin begnügen, einem einfachen Schmied statt des Wiedergeborenen Drachen. Nun, und er hatte nicht vor, in eine Falle zu tappen.

Sie ritten schweigend weiter durch den Morgen. In diesem Teil der Zwei Flüsse lagen die Bauernhöfe weit verstreut, manchmal eine Meile oder weiter voneinander entfernt. Auch der letzte Hof lag verlassen da; die Felder erstickten unter Unkraut; die Scheunentore schwangen im Wind knarrend hin und her. Nur einen Hof hatte man niedergebrannt. Nichts stand mehr dort außer den Schornsteinen, die wie rußgeschwärzte Finger aus der Asche ragten. Die Menschen, die hier gestorben waren – aus der Ayellin-Familie, Cousins derer in Emondsfeld –, hatte man nahe den Birnbäumen hinter dem Haus begraben. Die wenigen, die man noch vorgefunden hatte. Man hätte Abell dazu zwingen müssen, darüber zu berichten, und das wollte Tam nicht. Sie schienen alle zu denken, es müsse ihn zu sehr aus dem Gleichgewicht bringen. Aber er wußte, was die Trollocs fraßen. Alles, was nach Fleisch roch. Er strich abwesend über seine Axt, bis Faile seine Hand in die ihre nahm. Aus irgendeinem Grund war gerade sie es, die besonders verstört wirkte. Er hatte geglaubt, sie wisse mehr über die Trollocs.

Sogar zwischen den kleinen Baumgruppen, im freien Gelände, war von den Aiel nichts zu sehen, außer, wenn sie gesehen werden wollten. Als Tam sich immer mehr Richtung Osten hielt, machten sie seinen Schwenk mit.

Wie Meister Cauthon vorausgesehen hatte, kam der Hof der al'Seens gegen Mittag in Sicht, als die Sonne noch im Zenith stand. Es war kein anderes Gebäude in Sicht, obwohl sie im Norden und im Osten weit voneinander entfernte graue Rauchwolken aus Schornsteinen sehen konnten. Warum blieben sie immer noch hier in solcher Abgeschiedenheit? Falls Trollocs kamen, lag ihre einzige Hoffnung darin, daß zufällig zur gleichen Zeit eine Patrouille der Weißmäntel in der Nähe war.

Als das verschachtelte Bauernhaus noch in einiger Entfernung lag, hielt Tam sein Pferd an und winkte den Aiel zu, damit sie herkamen. Er schlug ihnen vor, einen Platz zu finden, an dem sie lagern konnten, bis die anderen den Hof wieder verließen. »Sie werden nichts über Abell und mich ausplaudern«, sagte er, »aber auch beim besten Willen werden sie den Mund in bezug auf Euch drei nicht halten können.«

Das war noch sehr zurückhaltend ausgedrückt – bei ihrer seltsamen Kleidung und ihren Speeren. Dazu waren noch zwei von ihnen Frauen. Neben ihren Köchern hing mittlerweile bei jedem von ihnen ein Kaninchen, obwohl Perrin nicht verstehen konnte, woher sie die Zeit zum Jagen genommen hatten, da sie schließlich immer ihren Pferden voraus gewesen waren. Und was das betraf, schienen sie überdies weniger erschöpft als ihre Pferde!

»Schon klar«, meinte Gaul. »Ich werde einen Platz finden, an dem ich essen und gleichzeitig nach Euch Ausschau halten kann.« Er wandte sich um und lief sofort weiter. Bain und Chiad tauschten einen Blick. Nach einem Augenblick zuckte Chiad die Achseln, und sie folgten ihm.

»Gehören sie nicht zusammen?« fragte Mats Vater und kratzte sich am Kopf.

»Das ist eine lange Geschichte«, sagte Perrin darauf. Das war immer noch besser, als ihm zu erzählen, daß sich Chiad und Gaul vielleicht einmal einer Blutfehde wegen gegenseitig töten würden. Er hoffte nur, der Wassereid werde sie davon abhalten. Er sollte sich daran erinnern, Gaul zu fragen, was ein Wassereid überhaupt sei.

Der Hof der al'Seens gehörte zu den größten an den Zwei Flüssen. Drei große Scheunen und fünf Trockenschuppen für Tabak standen da. Der steinummauerte Pferch, voll mit schwarzkköpfigen Schafen, erstreckte sich so weit wie sonst ganze Weideflächen. Lattenzäune trennten weißgefleckte Milchkühe von den schwarzen Schlachtrindern. Schweine grunzten zufrieden in ihrer Suhle, überall liefen Hühner umher, und auf einem recht großen Teich schwammen weiße Gänse. Das erste Außergewöhnliche, was Perrin bemerkte, waren die Jungen auf den strohgedeckten Dächern. Es waren acht oder neun, mit Pfeil und Bogen und Köchern ausgerüstet. Sie schrien hinunter, sobald sie die Reiter entdeckten, und unten trieben die Frauen hastig ihre Kinder ins Haus, bevor sie der Sonne wegen die Hände über die Augen hielten und hinüberspähten, wer da kommen mochte. Die Männer versammelten sich auf dem Hof. Einige hatten Bögen, andere Mistgabeln und Hacken, die sie wie Waffen in Händen hielten. Zu viele Menschen. Viel zu viele selbst für ein so großes Gehöft. Er sah Meister al'Thor fragend an.

»Jac hat die Familie seines Cousins Wit aufgenommen«, erklärte Tam, »denn Wits Hof war zu nahe beim Westwald. Und dann kam Flann Lewins Familie, nachdem ihr Hof angegriffen worden war. Weißmäntel haben die Trollocs vertrieben, bevor mehr als die Scheunen brannten, aber Flann entschloß sich, daß es höchste Zeit sei, zu gehen. Jac ist ein guter Mann.«

Als sie auf den Hof ritten, erkannten die Leute Tam und Abell. Männer und Frauen versammelten sich lächelnd um sie und begrüßten sie herzlich, während alle abstiegen. Als sie das sahen, stürmten die Kinder wieder aus dem Haus, gefolgt von den Frauen, die auf sie aufgepaßt hatten, und anderen, die gerade aus der Küche kamen und sich die Hände schnell noch an den Schürzen abwischten. Jede Generation war vertreten – von der weißhaarigen Astelle al'Seen, die bucklig einherlief, aber den Stock doch mehr dazu benützte, um die Leute aus dem Weg zu schubsen, denn als Stütze, bis zum Baby in Windeln, das auf den Armen einer ziemlich dicken jungen Frau mit strahlendem Lächeln lag.

Perrin sah an der dicken, lächelnden Frau vorbei, doch dann riß es ihm förmlich den Kopf herum. Als er die Zwei Flüsse verlassen hatte, war Laila Dearn ein schlankes Mädchen gewesen, das gleich drei Jungen in Grund und Boden tanzen konnte. Nur das Lächeln und die Augen waren geblieben. Er schauderte. Es hatte eine Zeit gegeben, da hatte er davon geträumt, Laila zu heiraten, und auch sie hatte seine Gefühle durchaus erwidert. Um die Wahrheit zu sagen, sie hatte eigentlich länger an ihm festgehalten als umgekehrt. Glücklicherweise war sie zu sehr mit ihrem Baby und dem noch dickeren Burschen an ihrer Seite beschäftigt, um ihm viel Aufmerksamkeit zu schenken. Perrin erkannte auch diesen Mann neben ihr: Natley Lewin. Also gehörte Laila nun zu den Lewins. Seltsam. Nat hatte noch nie tanzen können. Er dankte dem Licht dafür, daß er diesem Schicksal entronnen war, und blickte sich nach Faile um.

Er sah, daß sie müßig mit Schwalbes Zügeln herumspielte, während das Pferd seine Schnauze an ihrer Schulter rieb. Sie lächelte dabei Wil al'Seen bewundernd an, einen Cousin aus der Gegend von Devenritt, und Wil lächelte zurück. Das war schon ein gutaussehender Bursche, dieser Wil. Er war wohl ein Jahr älter als Perrin, sah aber derart gut aus, daß er ausgesprochen jungenhaft wirkte. Wenn Wil zum Tanz nach Emondsfeld kam, himmelten ihn sämtliche Mädchen an. Genau wie Faile jetzt. Sicher, sie seufzte wenigstens nicht sehnsuchtsvoll, aber ihr Lächeln war schon deutlich genug.

Perrin ging hinüber und legte den Arm um sie. Seine andere Hand ruhte auf dem Schaft der Axt. »Wie geht es dir, Wil?« fragte er mit seinem breitesten Lächeln. Er wollte Faile ja nicht merken lassen, daß er eifersüchtig war. Er war es auch bestimmt nicht, oder?

»Gut, Perrin.« Wils Blick glitt hinunter zu der Axt, und auf seinem Gesicht breitete sich ein etwas kränklicher Ausdruck aus. »Prima.« Er vermied es, Faile noch einmal anzusehen, und eilte schnell hinüber zu der Gruppe um Verin.

Faile blickte zu Perrin auf, schürzte die Lippen, griff dann mit einer Hand in seinen Bart und schüttelte sanft seinen Kopf. »Perrin, Perrin, Perrin«, murmelte sie leise.

Es war ihm nicht ganz klar, was sie damit meinte, aber er hielt es für klüger, nicht danach zu fragen. Sie sah aus, als sei sie selbst nicht ganz sicher, ob sie sich ärgern solle, oder – amüsierte sie sich vielleicht über ihn? Am besten ging er gar nicht weiter darauf ein.

Wil war natürlich nicht der einzige, der erstaunt seine Augen bemerkt hatte. Es schien ihm, jeder von ihnen, ob jung oder alt, ob weiblich oder männlich, sei unter seinem Blick zusammengezuckt. Die alte Frau al'Seen stach mit ihrem Stock nach ihm und riß die dunklen, alten Augen auf, als ihm ein Schmerzlaut entwich. Sie hatte ihn vielleicht nicht für wirklich gehalten. Dennoch sagte niemand etwas.

Bald hatte man die Pferde in einer der Scheunen untergebracht. Tomas brachte seinen Grauen selbst hin, denn das Tier ließ niemand anderen an seine Zügel heran. Alle außer den Jungen auf dem Dach hatten sich mit ins Haus gedrängt, das nun reichlich voll war. In zwei Reihen standen die Erwachsenen rund im großen Vorraum. Die Lewins und die al'Seens standen bunt gemischt da, ohne feste Ordnung oder Rangverteilung. Die Kinder ruhten entweder in den Armen ihrer Mütter oder spähten hinter deren Röcken hervor. Alle Türen waren hoffnungslos verstopft.

Den Neuankömmlingen brachte man starken Tee und hochlehnige Stühle mit Strohpolstern. Nur für Verin und Faile waren bestickte Kissen da. Überhaupt herrschte nicht geringe Erregung wegen der Anwesenheit Verins, Failes und Tomas'. Alle schnatterten durcheinander und starrten diese drei an, als trügen sie Kronen oder als würden sie im nächsten Moment Kunststücke vollführen. An den Zwei Flüssen erregten Fremde immer Aufsehen. Besonders das Schwert an Tomas' Seite war ein wichtiges Gesprächsthema. Wohl flüsterten sich die Leute ihre Kommentare zu, doch Perrin verstand sie ohne Schwierigkeiten. Schwerter waren hier etwas Ungewöhnliches, oder waren es zumindest vor dem Kommen der Weißmäntel gewesen. Einige hielten Tomas für einen Weißmantel, andere für einen Lord. Ein kleiner Junge, der den Erwachsenen noch nicht einmal bis zur Hüfte reichte, nannte ihn einen Behüter, aber die Großen lachten ihn aus.

Sobald sich seine Gäste gesetzt hatten, stellte sich Jac al'Seen vor den breiten, gemauerten Kamin. Er war ein stämmiger, breitschultriger Mann mit noch weniger Haaren als Meister al'Vere, und diese wenigen waren genauso grau. Auf dem Sims hinter seinem Kopf tickte eine Uhr, die zwischen zwei großen Silberpokalen stand. Diese Kombination bewies, daß er ein wohlhabender Bauer sein mußte. Als er die Hand erhob, verstummte das Gerede. Trotzdem zischten sein Cousin Wit, der beinahe wie sein Zwillingsbruder aussah, aber überhaupt keine Haare mehr auf dem Kopf hatte, und Flann Lewin, eine knochige, grauhaarige Bohnenstange von einem Mann, ihren Leuten zu, damit sie Ruhe gaben. »Frau Mathwin, Lady Faile«, sagte Jac und er verbeugte sich etwas ungeschickt vor jeder, »Ihr seid willkommen, hierzubleiben, solange Ihr wünscht. Ich muß Euch allerdings warnen. Ihr kennt die Probleme, denen wir hier auf dem Land gegenüberstehen. Es wäre wahrscheinlich besser für Euch, wenn Ihr geradewegs nach Emondsfeld oder Wachhügel geht und dort bleibt. Diese Ortschaften sind zu groß, um überfallen zu werden. Ich würde Euch sogar raten, die Zwei Flüsse ganz zu verlassen, aber ich weiß, daß die Kinder des Lichts niemanden über den Taren lassen. Ich weiß nicht, warum, aber es stimmt.«

»Aber es gibt so viele schöne Sagen in Eurem Land«, sagte Verin, wobei sie leicht blinzelte, »daß ich sie niemals alle kennenlernen könnte, bliebe ich nur an einem Ort.« Ohne direkt zu lügen, hatte sie es geschafft, den Eindruck zu erwecken, sie sei in den Zwei Flüssen auf der Suche nach alten Sagen, genau wie Moiraine behauptet hatte, als sie herkam. Das schien nun schon so lange her zu sein. Der Ring mit der Großen Schlange lag in ihrer Gürteltasche, aber Perrin bezweifelte, daß diese Menschen hier damit etwas anfangen konnten.

Elisa al'Seen strich ihre weiße Schürze glatt und lächelte Verin ernst an. Obwohl ihr Haar weniger Grau zeigte als das ihres Mannes, sah sie doch älter aus als Verin und wirkte mit ihrem zerfurchten Gesicht ausgesprochen mütterlich. Wahrscheinlich hielt sie sich auch für älter. »Es ist uns eine Ehre, eine echte Gelehrte unter unserem Dach begrüßen zu dürfen, aber Jac hat natürlich recht«, sagte sie entschlossen. »Ihr seid hier wirklich willkommen, aber wenn Ihr abreist, müßt Ihr euch sofort in eines der Dörfer begeben. Über Land zu reisen ist nicht sicher. Das gilt auch für Euch, meine Lady«, fügte sie an Faile gewandt hinzu. »Zwei Frauen mit nur einer Handvoll Männer zum Schutz sollten möglichst nicht auf Trollocs treffen.«

»Ich werde es mir überlegen«, sagte Faile gelassen.

»Ich danke Euch für Eure Fürsorge.« Sie nippte genauso unbeeindruckt wie Verin an ihrem Tee. Verin hatte wieder damit begonnen, sich Notizen in ihr kleines Buch zu machen. Sie unterbrach das nur kurz, blickte zu Elisa auf, lächelte sie an und sagte leise: »Es gibt so viele Sagen auf dem Land.« Faile nahm einen Butterkeks aus der Hand eines jungen al'Seen-Mädchens, das dabei knickste und puterrot anlief. Sie sah Faile mit großen Augen bewundernd an.

Perrin grinste in sich hinein. In ihrem grünseidenen Reitkleid hielten alle Faile für eine Adlige, und er mußte zugeben, daß sie eine solche sehr wohl darstellen konnte. Wenn sie wollte. Das Mädchen hätte sie vielleicht nicht so bewundert, wenn sie Faile bei einem ihrer Wutanfälle erlebt hätte. Da fluchte sie manchmal schlimmer als ein Planwagenfahrer.

Frau al'Seen wandte sich ihrem Mann zu und schüttelte den Kopf. Faile und Verin ließen sich nicht abschrecken. Jac sah Tomas an. »Könnt Ihr sie nicht überzeugen?«

»Ich gehe dorthin, wo sie mich hinschickt«, antwortete Tomas. Obwohl er mit einer Teetasse in der Hand dasaß, wirkte der Behüter doch absolut kampfbereit.

Meister al'Seen seufzte und blickte nun hinüber zu Perrin. »Perrin, die meisten von uns haben Euch schon irgendwann einmal kennengelernt, meistens unten in Emondsfeld. Also kennen wir Euch auf gewisse Weise. Zumindest kannten wir Euch, bis Ihr letztes Jahr weggegangen seid. Wir haben einige beunruhigende Dinge gehört, aber ich glaube, Tam und Abell wären nicht mit Euch zusammen, wenn diese Dinge der Wahrheit entsprächen.«

Flanns Frau Adine, eine mollige Frau mit selbstzufriedenem Blick schniefte laut und verächtlich. »Ich habe auch so einiges über Tam und Abell gehört. Und über ihre Jungen, die mit Aes Sedai weggegangen sind. Mit Aes Sedai! Einem Dutzend von ihnen! Ihr erinnert

Euch ja alle daran, wie Emondsfeld niedergebrannt wurde. Das Licht weiß, was sie alles hätten anrichten können. Ich habe auch gehört, daß sie das al'Vere-Mädchen entführt haben!« Flann schüttelte resignierend den Kopf und warf Jac einen Verzeihung heischenden Blick zu.

»Wenn du das schon glaubst«, sagte Wit trocken, »dann glaubst du ja wohl jeden Unsinn. Ich habe vor zwei Wochen mit Marin al'Vere gesprochen, und sie sagte, ihr Mädchen sei aus eigenem Antrieb fortgegangen. Und es war nur eine Aes Sedai.«

»Worauf willst du hinaus, Adine?« Elisa al'Seen stützte die Hände auf die Hüften. »Raus damit.« In ihrem Tonfall lag ein deutliches ›Wage es ja nicht!‹.

»Ich habe ja nicht gesagt, daß ich es glaube«, protestierte Adine tapfer, »nur, daß ich es gehört habe. Es gibt Fragen, die wir stellen müssen. Die Kinder des Lichts sind nicht gerade deshalb auf die drei gekommen, weil sie Lose aus einem Hut gezogen haben.«

»Wenn du ausnahmsweise einmal zuhören würdest«, sagte Elisa energisch, »könntest du ein oder zwei Antworten bekommen.« Adine beschränkte sich darauf, ihren Rock zurechtzuzupfen. Sie knurrte zwar etwas in sich hinein, hielt jedoch ansonsten den Mund.

»Hat noch jemand etwas zu sagen?« fragte Jac mit kaum verborgener Ungeduld. Als sich niemand meldete, fuhr er fort: »Perrin, keiner hier hält Euch für einen Schattenfreund, genauso wie wir das von Tam und Abell nicht glauben.« Er warf Adine einen harten Blick zu. Flann legte seiner Frau eine Hand auf die Schulter. Sie schwieg. Lediglich ihre Lippen bewegten sich, als wolle sie einiges sagen. Jac knurrte leise etwas und sprach dann weiter. »Trotzdem haben wir ein Recht darauf, Perrin, zu erfahren, wieso die Weißmäntel das von Euch behaupten. Sie beschuldigen Euch und Mat Cauthon und Rand al'Thor, daß Ihr Schattenfreunde wärt. Warum?«

Faile öffnete zornig den Mund, doch Perrin gab ihr einen Wink, sie solle schweigen. Sie gehorchte, und das überraschte ihn dann doch so sehr, daß er sie einen Augenblick lang mit großen Augen anblickte, bevor er selbst sprach. Vielleicht war sie wirklich krank? »Bei den Weißmänteln ist nicht viel dazu notwendig, Meister al'Seen. Wenn Ihr euch nicht dauernd verbeugt und Kratzfüße und ihnen schön Platz macht, dann müßt Ihr ein Schattenfreund sein. Wenn Ihr nicht sagt, was sie hören wollen, nicht denkt, was sie wollen, dann müßt Ihr ein Schattenfreund sein. Ich weiß nicht, warum sie Mat und Rand für solche halten.« Das entsprach der Wahrheit. Wenn die Weißmäntel wüßten, daß Rand der Wiedergeborene Drache war, würde das natürlich ausreichen, aber sie konnten es bestimmt nicht wissen. In bezug auf Mat war es noch verwirrender. Es mußte wohl Fains Werk sein. »Was mich betrifft, so habe ich einige von ihnen getötet.« Es wunderte ihn selbst, daß er unter kollektivem Aufstöhnen rund um den Raum herum nicht innerlich zusammenzuckte. Es beeindruckte ihn genausowenig wie das, was er getan hatte. »Sie hatten einen Freund von mir getötet und wollten mir auch an den Kragen. Ich hatte nicht vor, mich von ihnen umbringen zu lassen. Das ist alles.«

»Das kann ich mir vorstellen«, sagte Jac bedächtig. Obwohl die Trollocs da waren, konnten sich die Menschen an den Zwei Flüssen nicht an dieses Töten gewöhnen. Vor einigen Jahren einmal hatte eine Frau ihren Mann ermordet, weil sie einen anderen Mann heiraten wollte, aber das war das letzte Mal gewesen, daß in den Zwei Flüssen jemand durch Gewaltanwendung ums Leben gekommen war, soweit Perrin wußte. Bis die Trollocs kamen. »Die Kinder des Lichts«, sagte Verin, »beherrschen etwas sehr gut. Sie schaffen es, daß sich Menschen, die ein Leben lang Nachbarn waren, schließlich gegenseitig mißtrauen.« Alle Hofbewohner blickten sie an, und nach einem Augenblick nickten viele zustimmend.

»Wie ich vernahm, haben sie einen Mann dabei«, sagte Perrin. »Padan Fain. Den fahrenden Händler.«

»Das habe ich auch gehört«, bestätigte Jac. »Wie man mir sagte, führt er aber heutzutage einen anderen Namen.«

Perrin nickte. »Ordeith. Aber ob Fain oder Ordeith, er ist jedenfalls ein Schattenfreund. Er hat das selbst zugegeben, und auch, daß er letztes Jahr zur Winternacht die Trollocs nach Emondsfeld führte. Und nun reitet er mit den Weißmänteln.«

»Das könnt Ihr leicht behaupten«, sagte Adine Lewin in scharfem Ton. »Ihr könnt jeden einfach als Schattenfreund bezeichnen.«

»Und wem glaubt Ihr dann?« fragte Tomas. »Denen, die vor ein paar Wochen herkamen, Menschen gefangensetzten, die Ihr kennt, und ihre Höfe niederbrannten? Oder einem jungen Mann, der hier bei Euch aufwuchs?«

»Ich bin kein Schattenfreund, Meister al'Seen«, sagte Perrin, »aber wenn Ihr wollt, daß ich gehe, dann gehe ich.«

»Nein«, sagte Elisa schnell und warf ihrem Mann einen bedeutungsvollen Blick zu. Und dann Adine einen so kalten, daß die unwillkürlich hinunterschluckte, was sie zu sagen vorgehabt hatte. »Nein. Ihr könnt solange hierbleiben, wie Ihr wollt.« Jac zögerte und nickte dann zustimmend. Sie kam herüber, legte Perrin die Hände auf die Schultern und blickte auf ihn hinab. »Ihr habt unser Mitgefühl«, sagte sie mit warmer Stimme. »Euer Vater war ein guter Mann. Eure Mutter war meine Freundin, und sie war eine gute Frau. Ich weiß, daß sie gewünscht hätte, Ihr würdet bei uns bleiben, Perrin. Die Kinder kommen selten hierher, und wenn, dann warnen uns die Jungen auf dem Dach rechtzeitig, um Euch auf dem Dachboden zu verstecken. Hier seid Ihr sicher.«

Sie meinte das ernst. Sie meinte es wirklich ernst. Und als Perrin Meister al'Seen anblickte, nickte der wieder. »Ich danke Euch«, sagte Perrin mit zugeschnürter Kehle. »Aber ich muß ... Dinge erledigen. Es gibt viel für mich zu tun.«

Sie seufzte und klopfte ihm leicht auf die Schultern. »Natürlich. Paßt nur auf, daß Ihr dabei nicht ... verletzt werdet. Na ja, wenigstens kann ich Euch mit vollem Magen springen lassen.«

Es gab nicht genug Tische im Haus, daß sich jeder zum Mittagessen setzen konnte, also teilte man Schüsseln mit Eintopf und Lammfleisch aus und dazu Brot mit knuspriger Rinde, bat alle, nichts auf den Boden tropfen zu lassen, und anschließend aß jeder, wo er gerade stand oder saß. Bevor sie noch mit dem Essen fertig waren, stürmte ein schlaksiger Junge herein, dessen Ärmel viel zu kurz waren und der einen Bogen in Händen trug, größer als er selbst. Perrin hielt ihn für Win Lewin, war aber nicht sicher. In diesem Alter wuchsen die Jungen so schnell. »Es ist Lord Luc«, verkündete der magere Junge aufgeregt. »Lord Luc kommt!«

KAPITEL 11

Ein neuer Faden im Muster

Der Lord selbst folgte dem Jungen fast auf den Fersen. Er war ein hochgewachsener, breitschultriger Mann von mittleren Jahren mit einem harten, kantigen Gesicht und dunklen Haaren mit rötlichem Schimmer. An den Schläfen war schon einiges Grau zu sehen. In seinen dunkelblauen Augen lag ein gewisser Hochmut. Er machte ganz den Eindruck eines adligen Herren, mit seinem gut geschnittenen grünen Wams, das an den Ärmeln mit feinen Goldmustern bestickt war. Dazu trug er ebenfalls mit Goldfäden bestickte Handschuhe. Die Scheide seines Schwerts war auch mit Gold verziert, genau wie die Schäfte seiner hochglänzenden Stiefel. Irgendwie brachte er es fertig, selbst sein Eintreten durch die Vordertür grandios wirken zu lassen. Perrin empfand auf den ersten Blick Verachtung für ihn.

Alle al'Seens und Lewins eilten herbei, um den Lord zu begrüßen. Männer, Frauen und Kinder drängten sich lächelnd um ihn, verbeugten sich, knicksten und überschrien sich gegenseitig, um ihm zu versichern, seine Anwesenheit sei eine Ehre; es sei eine große Ehre, einen der Jäger des Horns als Besucher zu empfangen. Das schien bei ihnen den größten Eindruck gemacht zu haben. Ein Lord unter dem eigenen Dach mochte ja etwas Aufregendes sein, aber dann noch einer, der geschworen hatte, das legendäre Horn von Valere zu suchen, nun, der war ja jetzt bereits eine lebende Legende. Perrin hatte noch nie erlebt, daß seine Landsleute von den Zwei Flüssen vor irgend jemand krochen, aber hier fehlte nicht mehr allzu viel.

Dieser Lord Luc nahm es so gelassen hin, als stünde es ihm zu, als könne er möglicherweise sogar noch mehr erwarten. Und ermüdend wirkte es wohl auf ihn. Dieses Bauernpack schien nicht zu bemerken, oder war vielleicht nicht in der Lage dazu, daß sich Erschöpfung um seinen Mund breit machte, daß er leicht herablassend lächelte. Sie glaubten vielleicht, so müsse sich eben ein Lord verhalten. Und das stimmte bis zu einem gewissen Grad, denn viele benahmen sich wirklich so, aber es wurmte Perrin, als er sah, daß sich sein eigenes Volk so dümmlich verhielt.

Als der Lärm der Begrüßung allmählich abebbte, stellten Jac und Elisa ihre anderen Gäste vor, bis auf Tam und Abell, die ihn schon kennengelernt hatten. Sie präsentierten ihn als Lord Luc von Chiendelna und sagten, er berate sie in bezug auf die mögliche Verteidigung gegen die Trollocs, er ermutige sie, vor den Weißmänteln nicht klein beizugeben, sondern sich zu behaupten. Zustimmendes Gemurmel erhob sich im Raum. Hätten die Zwei Flüsse einen König gewählt, dann hätte er die Lewins und die al'Seens fest hinter sich gehabt. Das war ihm auch klar. Doch seine zur Schau getragene gelangweilte Überheblichkeit hielt nicht lange an.

Bei seinem ersten Blick auf Verins glattes, altersloses Gesicht versteifte sich Luc unwillkürlich. Sein Blick zuckte so schnell zu ihren Händen hinunter, daß die meisten es gar nicht bemerkt hätten. Er hätte beinahe seine bestickten Handschuhe fallen lassen. So einfach gekleidet und mollig, wie sie war, hätte sie durchaus eine Bauersfrau sein können, aber offensichtlich erkannte er das Gesicht einer Aes Sedai, wenn er eines sah. Er war wohl auch nicht besonders glücklich darüber, sie hier zu sehen. Sein linkes Augenlid zuckte, als er hörte, wie Frau al'Seen sie als ›Frau Mathwin‹ vorstellte, ›eine Gelehrte von außerhalb‹.

Verin lächelte ihn an, als schlafe sie beinahe ein. »Ein

Vergnügen«, murmelte sie. »Das Haus Chiendelna. Wo ist das? Es klingt nach den Grenzlanden.«

»Nichts so Großartiges«, antwortete Luc schnell. Er verbeugte sich leicht und offensichtlich mißtrauisch vor ihr. »Aus Murandy komme ich. Es ist ein kleines Haus, aber alt.« Er schien den Blick nicht von ihr wenden zu können, als ihm die anderen vorgestellt wurden.

Tomas sah er kaum an. Er mußte wissen, daß er ›Frau Mathwins‹ Behüter war, aber er behandelte ihn wie eine Nebensache. Das war schwer zu verstehen. So gut Luc vielleicht mit seinem Schwert umgehen konnte, war doch niemand gut genug, um einen Behüter so zu mißachten. Arroganz. Der Bursche besaß davon genug für zehn Männer. Das bewies er auch bei Faile, soweit Perrin es beurteilen konnte.

Das Lächeln, das ihr Luc widmete, war schon mehr als nur selbstsicher. Es war außerdem vertraut und richtiggehend warm. Es war sogar viel zu bewundernd und viel zu warm. Er nahm ihre Hand in seine beiden, beugte sich vor und sah ihr in die Augen, als wolle er hinten wieder hinausschauen. Einen Augenblick lang glaubte Perrin, sie wolle sich zu ihm herumdrehen, doch dann erwiderte sie den Blick des Lords mit geröteten Wangen, einem leichten Kopfneigen und im offensichtlichen Bemühen, kühl zu erscheinen.

»Auch ich bin ein Jäger des Horns, Lord Luc«, sagte sie, und es klang ein wenig atemlos. »Glaubt Ihr, es hier zu finden?«

Luc blinzelte und ließ ihre Hand los. »Vielleicht, meine Dame. Wer weiß schon, wo das Horn ist?« Faile blickte ein bißchen überrascht und vielleicht auch enttäuscht drein, als er so plötzlich das Interesse verlor.

Perrin machte ein gleichmütiges Gesicht. Wenn sie Wil al'Seen anlächeln und bei irgendeinem närrischen Lord rot werden wollte, war das ihre Sache. Sie konnte sich zum Narren machen, wie sie wollte, und seinetwegen jedem Mann schöne Augen machen, der vorbeikam. Also wollte Luc wissen, wo sich das Horn von Valere befand? Es war in der Weißen Burg verborgen. So war das. Er war versucht, das dem Mann zu sagen, damit er frustriert mit den Zähnen knirschte.

Wenn Luc schon überrascht darüber gewesen war, wer die anderen Gäste im Haus der al'Seens war, dann war seine Reaktion auf Perrin ausgesprochen eigenartig, um es zurückhaltend auszudrücken. Beim Anblick von Perrins Gesicht fuhr er zusammen. In seinen Augen stand eisiger Schrecken. Einen Augenblick später war es vorbei und hinter der Maske adliger Hochnäsigkeit verborgen. Nur der eine Augenwinkel zuckte wild. Das Dumme daran war nur, daß seine Reaktion keinen Sinn ergab. Er war sicher, daß es nicht seine gelben Augen gewesen waren, die es ausgelöst hatten. Es war eher gewesen, als kenne ihn der Kerl und sei überrascht, ihn hier anzutreffen. Doch er hatte diesen Luc noch nie im Leben getroffen. Darüber hinaus hätte er wetten können, daß Luc Angst vor ihm hatte. Es ergab einfach keinen Sinn.

»Lord Luc war derjenige, der vorschlug, daß die Jungen auf die Dächer gehen sollten«, sagte Jac. »Kein Trolloc wird sich uns nähern, ohne daß uns diese Burschen warnen.«

»Was für eine großartige Warnung«, sagte Perrin trocken. Das also sollte ein Beispiel für die hervorragende Beratung durch Lord Luc sein? »Die Trollocs sehen wie Katzen in der Dunkelheit. Sie sind schon da und treten Euch die Tür ein, bevor Eure Jungen auch nur schreien können.«

»Wir tun, was wir können«, fauchte Flann. »Hört auf, uns einschüchtern zu wollen. Es sind Kinder in Hörweite. Lord Luc macht wenigstens hilfreiche Vorschläge. Er war in meinem Haus, einen Tag bevor die Trollocs kamen, und sorgte dafür, daß ich jeden an seinen strategisch richtigen Platz stellte. Blut und Asche!

Wäre er nicht gewesen, hätten die Trollocs uns alle getötet.«

Luc schien dieses Lob nicht gehört zu haben. Er musterte Perrin mißtrauisch und spielte derweil mit seinen Handschuhen. Schließlich steckte er sie hinter die goldene Schnalle in Form eines Wolfskopfes, die seinen Schwertgürtel hielt. Auch Faile beobachtete ihn mit leicht gerunzelter Stirn. Er beachtete sie nicht.

»Ich glaubte, die Weißmäntel hätten Euch gerettet, Meister Lewin. Ich hatte gehört, daß gerade noch zur rechten Zeit eine Patrouille der Weißmäntel angekommen sei und die Trollocs vertrieben habe.«

»Das stimmt schon.« Flann fuhr mit einer Hand durch sein graues Haar. »Aber Lord Luc … Wären die Weißmäntel nicht gekommen, dann hätten wir … Wenigstens versucht er nicht, uns einzuschüchtern«, knurrte er schließlich.

»Er jagt Euch keine Angst ein«, sagte Perrin. »Aber *ich* fürchte die Trollocs. Und die Weißmäntel halten die Trollocs von Euch fern. Wenn sie können.«

»Ihr wollt alle Ehre den Weißmänteln zuschieben?« Luc fixierte Perrin mit einem kalten Blick und begann, auf diesen scheinbaren Schwachpunkt einzuprügeln. »Und wer, glaubt Ihr, ist verantwortlich für den Drachenzahn, der den Menschen auf die Türen gekritzelt wird? O nein, sie halten niemals die Holzkohle in der eigenen Hand, aber sie stecken dahinter. Sie stolzieren in die Häuser dieser guten Leute, fragen sie aus und erwarten Antworten, als stünden sie unter dem eigenen Dach. Ich behaupte, daß diese Menschen ihre eigenen Herren sind und keine Hunde, die auf Befehl der Weißmäntel angerannt kommen. Laßt sie ihre Patrouillen über das Land draußen schicken, alles schön und gut, aber tretet ihnen an der Tür entgegen und sagt ihnen klipp und klar, auf wessen Land sie stehen. Das ist meine Meinung. Wenn Ihr ein Schoßhündchen der Weißmäntel werden wollt, dann meinetwegen, aber beraubt diese guten Leute nicht ihrer Freiheit!«

Perrin sah Luc geradewegs in die Augen. »Ich habe nichts für die Weißmäntel übrig. Sie wollen mich schließlich aufhängen. Habt Ihr das nicht gewußt?«

Der hochgewachsene Lord riß die Augen auf, als sei ihm das neu. Vielleicht hatte er es im Übereifer auch vergessen. Er hätte dem anderen zu gern eine Schwäche bei Perrin nachgewiesen. »Was schlagt Ihr dann vor?«

Perrin wandte dem Mann den Rücken zu, ging zum Kamin hinüber und stellte sich davor. Er wollte sich nicht bloß mit Luc herumstreiten. Alle sollten zuhören. Sie sahen ihn nun auch alle erwartungsvoll an. Er würde einfach sagen, was er auf dem Herzen hatte, und das war's dann. »Ihr müßt Euch auf die Weißmäntel verlassen, müßt hoffen, daß sie die Trollocs zurückhalten werden, hoffen, daß sie zur rechten Zeit kommen und die Trollocs zurückschlagen. Warum? Weil jeder hier versucht, an seinem Hof festzuhalten, solange er kann, oder zumindest möglichst in der Nähe zu bleiben. So lebt Ihr verteilt auf hundert kleine Grüppchen, wie die Trauben, die man nur noch pflücken muß. Solange dieser Zustand anhält, solange Ihr hoffen müßt, die Weißmäntel würden die Trollocs daran hindern, Euch zu Most zu zerstampfen, habt Ihr keine andere Wahl, als den Weißmänteln freie Hand zu geben, sie jede Frage stellen zu lassen und von Euch Antworten zu verlangen. Ihr müßt danebenstehen und zusehen, wie unschuldige Menschen verschleppt werden. Oder glaubt hier irgend jemand, Haral und Alsbet Luhhan seien Schattenfreunde? Natti Cauthon? Bodewhin und Eldrin?« Abells Blick wanderte im Raum herum und warnte jeden, auch nur ein ›Ja‹ anzudeuten, aber das war gar nicht notwendig. Selbst Adine Lewins Aufmerksamkeit galt ganz Perrin. Luc blickte ihn finster an, nachdem er die

Reaktionen der Menschen in dem überfüllten Raum gesehen hatte.

»Ich weiß, daß sie Natti und Alsbet und die anderen nicht hätten festnehmen dürfen«, sagte Wit, »aber das ist nun mal geschehen.« Er strich mit der Hand über seinen kahlen Schädel und warf Abell einen besorgten Blick zu. »Außer natürlich, daß man sie dazu bringen muß, alle laufen zu lassen. Sie haben in der Zwischenzeit sonst niemanden mehr gefangengenommen, soweit mir bekannt ist.«

»Und Ihr glaubt, damit sei alles erledigt?« fragte Perrin. »Glaubt Ihr wirklich, sie gäben sich mit den Cauthons und den Luhhans zufrieden? Mit zwei niedergebrannten Bauernhöfen? Welcher von Euch wird der oder die nächste sein? Vielleicht, weil Ihr etwas Falsches gesagt habt, oder auch einfach nur als warnendes Beispiel? Es könnten auch die Weißmäntel sein, die dieses Haus anzünden, anstelle der Trollocs. Oder eines Nachts wird bei Euch der Drachenzahn an die Tür gekritzelt? Es gibt immer Leute, die nur zu gern so etwas glauben.« Viele Blicke wanderten hinüber zu Adine, die nervös ihre Füße bewegte und die Schultern einzog. »Selbst wenn alles nur darauf hinausläuft, daß Ihr vor jedem Weißmantel, der vorbeikommt, künftig einen Bückling machen müßt: Wollt Ihr so weiterleben? Wollt Ihr das Euren Kindern zumuten? Ihr seid den Trollocs ausgeliefert und den Weißmänteln und jedem anderen, der Euch ans Zeug will. Solange auch nur einer Euch in der Hand hat, haben Euch alle drei in der Hand. Ihr versteckt Euch im Keller und hofft, der eine tollwütige Hund werde Euch vor dem anderen beschützen, hofft, daß die Ratten nicht auch noch aus ihren Löchern kommen und Euch im Dunklen beißen.«

Jac tauschte einen besorgten Blick mit Flann und Wit und den anderen Männern im Raum, und dann sagte er bedächtig: »Wenn Ihr glaubt, daß wir es falsch anpacken, was schlagt Ihr dann statt dessen vor?«

Perrin hatte die Frage nicht erwartet. Er war sicher gewesen, daß sie wütend würden. Jetzt fuhr er einfach fort, ihnen zu sagen, was er auf dem Herzen hatte: »Sammelt Eure Leute. Sammelt Eure Schafe und Eure Kühe, Eure Hühner – alles. Sammelt sie und bringt sie irgendwo in Sicherheit. Geht nach Emondsfeld. Oder nach Wachhügel, da es näher liegt, obwohl Ihr euch damit direkt unter den Augen der Weißmäntel befindet. Solange hier zwanzig Leute wohnen und dort fünfzig, seid Ihr eine leichte Beute für die Trollocs. Wenn aber Hunderte von Euch zusammen sind, habt Ihr eine Chance, und eine, die nicht darauf beruht, daß Ihr vor den Weißmänteln buckelt.« Das brachte endlich die gewünschte Explosion hervor.

»Meinen Hof ganz aufgeben?« schrie Flann empört, und gleichzeitig ertönte Wits »Ihr spinnt ja!« Alle überschrien sie sich gegenseitig – Brüder, Freunde, Couisins ...

»Nach Emondsfeld ziehen? Ich bin jetzt schon zu weit weg, um jeden Tag nach den Feldern zu schauen!«

»Das Unkraut wird alles überwuchern!«

»Ich weiß doch jetzt schon kaum noch, wie ich mit der Ernte zurechtkommen soll!«

»... wenn der Regen kommt ...!«

»... versuche, wieder aufzubauen ...!«

»... der Tabak wird faulen ...!«

»... muß die Schur aufgeben ...!«

Perrins Faust krachte auf den Kaminsims und ließ sie verstummen. »Ich habe kein Feld gesehen, das niedergetrampelt oder angezündet wurde, und kein zerstörtes Haus oder keine verkohlte Scheune, solange sich keine Menschen dort aufhielten. Die Trollocs sind hinter den Menschen her. Und was ist schon, wenn sie doch alles niederbrennen? Dann sät man eben wieder neu aus. Stein und Balken kann man neu errichten. Aber könnt Ihr das wieder zum Leben erwecken?« Er deutete auf Lailas Baby, und sie preßte das Kind an ihre

Brust und funkelte ihn an, als habe er persönlich ihr Kind bedroht. Doch die Blicke, die sie ihrem Mann und Flann zuwarf, sprachen von Angst. Ein nervöses Gemurmel erhob sich.

»Weggehen?« sagte Jac leise und schüttelte den Kopf. »Ich weiß nicht recht, Perrin.«

»Ihr habt die Wahl, Meister al'Seen. Das Land wird immer noch dasein, wenn Ihr zurückkehrt. Das können die Trollocs nicht wegschleppen. Überlegt, ob man das gleiche auch von Eurer Familie behaupten kann.«

Das Gemurmel wurde stärker. Eine ganze Anzahl von Frauen stritt mit ihren Männern herum, und zwar meist diejenigen, die ein oder zwei Kinder im Schlepptau hatten. Aber keiner der Männer schien wirklich zu widersprechen.

»Ein interessanter Plan«, sagte Luc, während er Perrin weiter beobachtete. An seinem Gesicht konnte man nicht ablesen, ob er den Plan befürwortete oder nicht. »Ich werde mit Interesse beobachten, wie das ausgeht. Und nun, Meister al'Seen, muß ich mich auf den Weg machen. Ich habe nur hereingeschaut, um zu sehen, wie es Euch geht.« Jac und Elisa brachten ihn zur Tür, aber die anderen waren zu sehr mit sich selbst beschäftigt, um ihm viel Beachtung zu schenken. Luc verließ den Raum mit angespanntem Gesicht. Perrin hatte das Gefühl, daß ansonsten seine Abgänge genauso grandios gewesen sein mußten wie seine Auftritte.

Jac kam von der Tür aus gleich zu Perrin. »Das ist ein kühner Plan. Ich gebe zu, ich bin nicht gerade erpicht darauf, meinen Hof aufzugeben, aber was Ihr sagt, ist schon richtig. Ich weiß allerdings nicht, wie die Kinder des Lichts darauf reagieren werden. Sie sind schon ein mißtrauischer Haufen. Vielleicht nehmen sie an, wir wollten irgend etwas gegen sie unternehmen, wenn wir uns alle zusammenrotten.«

»Laßt sie das ruhig annehmen«, sagte Perrin. »Ein ganzes Dorf voller Menschen kann es riskieren, Lucs

Rat anzunehmen und ihnen zu sagen, sie sollten sich trollen. Oder meint Ihr, es sei klüger, weiterhin das Opfer zu spielen, damit die Weißmäntel Euch wohlgesonnen bleiben, so wie jetzt?«

»Nein. Nein, mir ist das schon klar. Ihr habt mich überzeugt. Und wie es scheint, habt Ihr auch die anderen auf Eurer Seite.«

Das entsprach wohl der Wahrheit. Die Diskussion flaute langsam ab, denn alle schienen sich einig zu sein. Selbst Adine, die nun lautstarke Anweisungen an ihre Töchter gab, sofort zu packen. Sie nickte sogar Perrin mürrisch, aber zustimmend zu.

»Wann wollt Ihr aufbrechen?« fragte Perrin Jac.

»Sobald alle bereit sind. Wir können es bis Sonnenuntergang bis zu Jon Gaelins Haus an der Nordstraße schaffen. Ich werde Jon weitergeben, was Ihr gesagt habt, und alle runter nach Emondsfeld führen. Besser dorthin als nach Wachhügel. Wenn wir schon dem Einfluß der Weißmäntel genauso entrinnen wollen wie den Trollocs, dann sollten wir nicht gerade vor ihrer Nase herumsitzen.« Jac kratzte sich mit einem Finger an seinem dürftigen Haarkranz. »Perrin, ich glaube nicht, daß die Kinder des Lichts wirklich Natti Cauthon und den Mädchen, oder auch den Luhhans, etwas antun würden, aber es macht mir schon Sorgen. Falls sie glauben, wir wollten uns gegen sie stellen – was dann?«

»Ich habe vor, sie sobald wie möglich zu befreien, Meister al'Seen. Und alle anderen Gefangenen der Weißmäntel außerdem.«

»Ein kühner Plan«, wiederholte Jac. »Na ja, dann kümmere ich mich mal darum, daß die Leute fertig werden. Ich muß es schaffen, sie bis Sonnenuntergang zu Jon zu bringen. Wandelt im Licht, Perrin.«

»Ein sehr kühner Plan«, sagte auch Verin, die herantrat, während Meister al'Seen davoneilte und Befehle ausgab, die Wagen herauszuholen und zu packen, was man eben tragen konnte. Sie musterte Perrin interessiert mit schräggehaltenem Kopf, aber auch nicht erstaunter als Faile, die neben ihr stand. Faile blickte drein, als habe sie ihn noch nie zuvor gesehen.

»Ich weiß überhaupt nicht, warum jeder das so nennt«, sagte er. »Einen Plan, meine ich. Dieser Luc hat Unsinn geredet. Den Weißmänteln an der Tür entgegentreten. Jungen auf dem Dach, um Ausschau nach Trollocs zu halten. Offene Türen, um die Katastrophe einzuladen. Ich habe das lediglich allen klarmachen wollen. Das hätten sie selber gleich zu Anfang sehen müssen. Dieser Mann …« Er hielt sich zurück, um nicht zu sagen, daß Luc ihn ganz mächtig irritiere. So etwas durfte er nicht in Failes Gegenwart sagen. Sie würde es möglicherweise mißverstehen.

»Selbstverständlich«, sagte Verin beschwichtigend. »Ich hatte zuvor noch keine Gelegenheit, zu beobachten, wie es funktioniert. Oder wenn ich eine hatte, wußte ich es nicht.«

»Wovon sprecht Ihr? Was soll funktionieren?«

»Perrin, als wir hier ankamen, waren diese Leute bereit, um jeden Preis hierzubleiben. Ihr habt Ihnen eine sinnvolle und leidenschaftliche Begründung dafür geliefert, von hier wegzugehen. Aber glaubt Ihr, wenn ich diese Ansprache gehalten hätte oder Tam oder Abell, dann hätten sie genauso reagiert und sich umdrehen lassen? Von uns allen solltet Ihr am besten wissen, wie halsstarrig die Menschen von den Zwei Flüssen sein können. Ihr habt den Ablauf der Dinge in den Zwei Flüssen durch Eure Anwesenheit und Euren Einfluß geändert. Mit ein paar aus dem … Ärger? … heraus gesprochenen Worten. *Ta'veren* weben wirklich und wahrhaftig die Schicksale anderer Menschen in ihr eigenes Muster hinein. Faszinierend. Ich hoffe nur, ich werde noch Gelegenheit haben, Rand dabei zu beobachten.«

»Was auch immer«, murmelte Perrin, »es ist jedenfalls gut gegangen. Je mehr Menschen sich jetzt an einem Ort aufhalten, desto sicherer sind sie.«

»Natürlich. Rand hat das Schwert an sich genommen, oder irre ich mich da?«

Er runzelte die Stirn, sah aber keinen Grund, es ihr zu verschweigen. Sie wußte über Rand Bescheid und sie kannte die Bedeutung Tears für ihn. »Ja, stimmt.«

»Seid bei Alanna vorsichtig, Perrin.«

»Was?« Die schnellen Themenwechsel Verins brachten ihn aus dem Gleichgewicht. Das galt besonders, wenn sie ihm sagte, er solle tun, was er sowieso vorgehabt hatte und vor ihr geheimhalten wollte. »Warum?«

Verins Gesichtsausdruck änderte sich nicht, aber ihre dunklen Augen wirkten plötzlich besonders aufmerksam wie die eines Raubvogels. »Es gibt viele ... Intrigen in der Weißen Burg. Bei weitem nicht alle sind bösartig, aber manchmal ist das schwer festzustellen, bevor es zu spät ist. Und selbst bei den besten Absichten könnten ein paar Fäden im Gewebe reißen. Es ist, als zerbräche man ein paar Reiser, die in einen Korb verflochten werden sollten. Ein *Ta'veren* wäre für jede Art von Planung ein äußerst nützlicher Faden im Muster.« Mit einemmal blickte sie sich in dem Durcheinander im Raum ein wenig verwirrt um, als fühle sie sich in ein Buch vergraben oder in Gedanken versunken erheblich wohler als in ihrer wirklichen Umwelt. »O je, Meister al'Seen verschwendet nun wirklich keine Zeit, oder? Ich werde mal sehen, ob er jemanden entbehren kann, um unsere Pferde zu holen.«

Faile schauderte, als die Braune Schwester wegging. »Manchmal machen mich diese Aes Sedai ... nervös«, murmelte sie.

»Nervös?« meinte Perrin. »Die meiste Zeit über mache ich mir ihretwegen beinahe in die Hose vor Angst.«

Sie lachte leise und begann, mit einem seiner Mantelknöpfe zu spielen. Er schien sie enorm zu interessieren. »Perrin, ich ... war wohl ... eine ziemliche Närrin.«

»Was meinst du damit?« Sie blickte zu ihm auf. Beinahe hätte sie den Knopf vollends abgedreht. Er fügte hastig hinzu: »Du bist einer der vernünftigsten Menschen, die ich kenne.« Er schloß ganz schnell den Mund, um nicht zu sagen: »Jedenfalls gelegentlich«. Als sie lächelte, war er froh, sich das verkniffen zu haben.

»Es ist wohl sehr nett, daß du das sagst, aber ich war tatsächlich dumm.« Sie tätschelte den Knopf und begann, sein Wams zurechtzurücken, was keineswegs nötig war, und seine Revers zu glätten – genauso überflüssig. »Du hast dich auch dumm verhalten«, sagte sie, wobei sie viel zu schnell sprach, »nur, weil mich dieser junge Mann angeschaut hat. Er wirkt doch wirklich noch zu jungenhaft und überhaupt nicht so wie du. Und dann wollte ich dich nur ein ganz klein wenig eifersüchtig machen, als ich vortäuschte – nur vortäuschte –, daß ich mich für Lord Luc interessiere. Das hätte ich nicht tun sollen. Verzeihst du es mir?«

Er bemühte sich, ihr Gestammel zu durchschauen. Es war gut, daß sie Wil für zu jungenhaft hielt. Falls er sich einen Bart stehen ließ, wäre der vermutlich ziemlich spärlich. Aber sie hatte natürlich nicht erwähnt, wie sie Wils Blick erwidert hatte. Und wenn sie nur vorgegeben hatte, an Luc interessiert zu sein, warum war sie dann so errötet? »Natürlich verzeihe ich es dir«, sagte er. In ihren Augen blitzte es gefährlich auf. »Ich meine, es gibt ja eigentlich nichts zu verzeihen.« Wenn möglich, funkelten ihre Augen nun noch bedrohlicher. Was wollte sie denn von ihm hören? »Verzeihst du statt dessen mir? Als ich versuchte, dich wegzujagen, habe ich Dinge gesagt, die ich nicht hätte sagen sollen. Wirst du mir das vergeben?«

»Du hast allerdings einiges gesagt, was man erst mal verzeihen muß«, sagte sie mit süßlicher Stimme, und er wußte, daß er nun in der Klemme steckte. »Ich kann mich gerade nicht daran erinnern, aber ich werde darüber nachdenken.«

Darüber nachdenken? Jetzt klang sie ganz nach einer adligen Dame. Vielleicht arbeitete ihr Vater für irgendeinen Lord und sie hatte beobachten können, wie sich die vornehmen Damen benahmen. Er hatte keine Ahnung, wie sie das meinte. Aber er würde es vermutlich viel zu schnell herausfinden, fürchtete er.

Die Erleichterung war groß, als er mitten in dem Durcheinander des Aufbruchs wieder auf Traber steigen konnte. Man führte die Gespanne herbei, die Leute stritten sich darum, was sie mitnehmen konnten und was nicht, die Kinder jagten Hühner und Gänse, um sie einzufangen, ihnen die Füße zusammenzubinden und sie auf die Wagen zu laden. Die Jungen waren bereits dabei, das Vieh nach Osten zu treiben, und andere trieben die Schafe aus dem Pferch.

Faile erwähnte das, was sie drinnen besprochen hatten, jetzt nicht mehr. Statt dessen lächelte sie ihn an und verglich die Schafzucht hier mit Saldaea. Als eines der Mädchen ihr einen Strauß kleiner roter Blumen brachte – Herzrötchen –, versuchte sie, ein paar davon in seinen Bart zu flechten und lachte über seine Bemühungen, sie davon abzuhalten. Kurz gesagt, er fuhr fast aus der Haut. Er mußte dringend wieder mit Meister Cauthon reden.

»Geht im Licht«, sagte Meister al'Seen noch einmal zu ihm, als sie bereit waren, loszureiten, »und paßt auf die Jungen auf.«

Vier der jungen Männer hatten sich entschlossen, mit ihnen zu reiten. Ihre Pferde waren auch zottig, aber bei weitem nicht so gut wie die Tams und Abells. Perrin wußte nicht ganz, warum ausgerechnet er auf die Jungen aufpassen sollte. Sie waren alle älter als er, wenn auch nicht um vieles. Wil al'Seen war dabei mit seinem Cousin Ban, einem von Jacs Söhnen, der die größte Nase in der Familie abbekommen hatte, und einem Pärchen Lewins, Tell und Dannil, die Flann so ähnlich sahen, daß sie genauso seine Söhne hätten sein können und nicht seine Neffen. Perrin hatte versucht, sie davon abzubringen, vor allem, als sie ganz klar aussagten, sie wollten bei der Rettung der Cauthons und der Luhhans vor den Weißmänteln helfen. Sie schienen zu glauben, man müsse nur einfach in das Lager der Weißmäntel reiten und verlangen, daß alle herausgegeben würden. ›Unseren Widerstand offen zeigen‹, nannte Tell das, und Perrin standen dabei fast die Haare zu Berge. Zu viele Gauklermärchen. Sie hatten Narren wie Luc zu oft gelauscht. Er vermutete, Wil habe einen anderen Grund, obwohl der sich bemühte, so zu tun, als existiere Faile überhaupt nicht, aber die anderen waren schon schlimm genug.

Keiner sonst hatte irgendwelche Einwände. Tam und Abell machten sich anscheinend nur Gedanken darüber, daß jeder mit dem Bogen umgehen konnte, den er trug, und nicht vom Pferd fiel. Verin beobachtete alles nur und machte sich Notizen in ihr kleines Buch. Tomas wirkte amüsiert, und Faile beschäftigte sich damit, eine Krone aus den Herzrötchen zu flechten. Wie sich herausstellte, war sie für Perrin bestimmt. Seufzend hängte der die Blumen über sein Sattelhorn. »Ich werde auf sie aufpassen, so gut ich kann, Meister al'Seen«, versprach er.

Eine Meile vom Hof der al'Seens entfernt glaubte er beinahe, ein oder zwei von den Jungen würden gleich wieder zurückreiten, denn plötzlich erschienen Gaul, Bain und Chiad aus einem Gebüsch und liefen zu ihnen herüber. Wil und seine Freunde erhaschten einen Blick auf die Aiel und legten sofort Pfeile auf. Die Aiel hielten im Gegenzug, ohne auch nur im Schritt innezuhalten, augenblicklich Speere in den Händen und hatten die Gesichter verschleiert. Er brauchte ein paar Minuten, um die Lage zu klären. Gaul und die Töchter des Speers schienen das Ganze für einen großen Spaß zu halten, denn als sie verstanden, was geschehen war, lachten sie schallend los. Das wiederum brachte die Lewins und al'Seens aus dem Gleichgewicht, genauso natürlich wie die Tatsache, daß diese drei Aiel waren und zwei davon auch noch Frauen. Wil probierte es mit einem Lächeln in Richtung Bain und Chiad, worauf die einen Blick tauschten und sich kurz zunickten. Perrin wußte nicht, was bei ihnen vorging, aber er entschloß sich, nicht einzugreifen, solange Wil nicht gerade etwas unternahm, was ihm den Kopf kosten konnte. Es war noch Zeit genug, alle zurückzuhalten, wenn eine der Aielfrauen ihr Messer zog. Vielleicht würde Wil daraus eine Lehre ziehen, was sein Lächeln Frauen gegenüber betraf.

Er hatte vor, so schnell wie möglich bis Wachhügel vorzustoßen, aber eine Meile oder mehr nördlich des al'Seen-Hofes sah er einen der Bauernhöfe, die diese weit verstreuten Rauchwolken aus ihren Schornsteinen hervorgebracht hatten. Tam führte sie so weit daran vorbei, daß die Menschen auf dem Hof nur als ganz kleine Gestalten sichtbar waren. Außer für Perrins Augen: Er sah sogar die Kinder, wie sie auf dem Hof spielten. Und Jac al'Seen war ihr nächster Nachbar. War es bis heute mittag gewesen. Er zögerte und lenkte dann Traber auf den Bauernhof zu. Wahrscheinlich würde es nichts ändern, aber einen Versuch war es wert.

»Was hast du vor?« fragte Tam mit gerunzelter Stirn.

»Ihnen den gleichen Rat geben wie Meister al'Seen. Das dauert gar nicht lang.«

Tam nickte, und die anderen kamen mit. Verin betrachtete Perrin nachdenklich. Die Aiel wichen kurz vor dem Hof vom allgemeinen Kurs ab, um weiter nördlich auf sie zu warten. Gaul rannte immer ein Stückchen von den Töchtern des Speers entfernt einher.

Perrin kannte die Torfinns nicht persönlich, und er war auch ihnen unbekannt, aber als sich die erste Aufregung über die Ankunft der Fremden gelegt hatte und sie Tomas und Verin und Faile nicht mehr so neugierig anstarrten, hörten sie zu seiner Überraschung tatsächlich auf ihn. Schnell spannten sie die Pferde vor zwei Wagen und zwei hochrädrige Karren, und dann ritt er mit den anderen weiter.

Noch dreimal unterbrach er ihren Ritt, wenn ihr Kurs sie an Bauernhäusern vorbeiführte. Einmal waren es sogar fünf nahe aneinander gebaute Häuser. Ansonsten war es immer dasselbe. Die Leute protestierten, sie könnten ihre Höfe nicht im Stich lassen, aber jedesmal, wenn sie weiterritten, hinterließen sie ein Durcheinander von packenden und Tiere einfangenden Menschen.

Noch etwas geschah während ihrer Zwischenaufenthalte. Er konnte Wil, seinen Cousins und die Lewins nicht davon abhalten, mit den jungen Männern auf den Bauernhöfen zu sprechen. So wuchs ihre Gruppe um dreizehn an, Torfinns und al'Dais, Ahans und Marwins, mit Bögen bewaffnet und auf allen möglichen Reittieren, Ponies und Ackergäulen, alle darauf erpicht, die Gefangenen aus dem Lager der Weißmäntel zu befreien.

So glatt lief es nun allerdings nicht. Wil und die anderen vom Hof der al'Seens hielten es für ungerecht, daß er die Neuzugänge auf die Aiel vorbereitete und ihnen den Spaß verdarb, ihre Reaktion darauf beobachten zu können. Sie erschraken für Perrins Geschmack noch mehr als genug, und so, wie sie hinterher hinter jeden Busch spähten, jede Baumgruppe mißtrauisch beäugten, war es klar, daß sie glaubten, es seien noch mehr Aiel da, gleich, was er ihnen versichern mochte. Zuerst versuchte Wil, sich bei den Torfinns und den anderen als der große Meister aufzuspielen, weil er sich als erster Perrin angeschlossen hatte – nun ja, als Ban und die Lewins ihn zornig anschauten, gab er zu, nur einer der ersten gewesen zu sein – und die anderen seien eben nur Nachzügler.

Perrin beendete das energisch, indem er sie in zwei etwa gleichstarke Gruppen einteilte und Dannil und

Ban jeweils die Führung übergab. Auch daraufhin erhob sich einiges Grollen, jedenfalls zu Beginn. Die al'Dais wollten, daß die Anführer dem Alter entsprechend gewählt würden – Bili al'Dai war nämlich ein Jahr älter als die anderen –, während die anderen Hu Marwin als den besten Spurensucher vorschoben und Jaim Torfinn als den besten Bogenschützen, und dann wiederum war Kenley Ahan schon oft in Wachhügel gewesen, bevor die Weißmäntel kamen, und er kannte sich am besten im Dorf aus. Sie schienen es alle für einen Ausflug zu halten. Tells törichter Spruch über den Widerstand, den sie leisten wollten, wurde mehr als einmal wiederholt.

Schließlich fuhr Perrin sie zornig an und zwang die ganze Gruppe im hohen Gras zwischen zwei Baumgruppen zum Anhalten. »Das ist hier kein Spiel und keine Tanzveranstaltung zum Bel Tine. Entweder macht Ihr, was man Euch sagt, oder Ihr geht wieder nach Hause! Ich weiß sowieso nicht, was Ihr nützen sollt! Ich habe nicht die Absicht, mich umbringen zu lassen, nur weil Ihr glaubt, zu wissen, was Ihr tut! Jetzt reiht Euch gefälligst ein und haltet den Mund! Euer Geschwätz klingt so, als träfe sich die ganze Frauenversammlung in einem Kleiderschrank.«

Kleinlaut bildeten sie zwei Reihen hinter Ban und Dannil. Wil und Bili machten finstere Mienen, aber sie hielten sich zurück und sagten lieber nichts. Faile nickte Perrin beifällig zu, und sogar Tomas schloß sich dem an. Verin beobachtete alles mit unbeteiligtem Gesicht. Ohne Zweifel dachte sie sich dabei, sie sehe einen *Ta'veren* in voller Aktion. Perrin hielt es nicht für notwendig, ihr zu erzählen, daß er sich nur daran zu erinnern versucht hatte, was ein schienarischer Soldat namens Uno, den er kannte, an seiner Stelle gesagt hätte. Allerdings hätte Uno dafür sehr viel härtere Worte gewählt.

Als sie sich Wachhügel näherten, wurden die Bauernhöfe häufiger, standen in Gruppen beieinander und gingen schließlich genau wie in der Nähe von Emondsfeld nahtlos in das Dorf über. Umgeben war es von einem Netz durch Hecken oder Mauern eingezäunter Felder, zwischen denen sich schmale Pfade, Fußwege und breitere Wagenstraßen entlangzogen. Trotz ihrer Unterbrechungen bei den vier Höfen davor war es noch nicht dunkel, die Männer arbeiteten noch auf den Äckern, und die Jungen trieben Schafe und Rinder von den Weiden zur Nacht in die Ställe. Heutzutage ließ keiner die Tiere nachts draußen.

Tam schlug vor, daß Perrin nun damit aufhören solle, die Leute zu warnen, und er stimmte ihm zögernd bei. Von hier aus würden sie alle direkt nach Wachhügel ziehen und damit die Weißmäntel alarmieren. Mehr als zwanzig Menschen, die als Gruppe ritten, zogen schon genügend Blicke auf sich, obwohl die meisten Leute viel zu beschäftigt waren, um ihnen mehr als einen Blick zuzuwerfen. Man mußte sie aber dennoch warnen, je eher, desto besser. Solange sich die Menschen draußen auf dem offenen Land aufhielten und den Schutz der Weißmäntel benötigten, hatten diese eine Machtposition an den Zwei Flüssen, die sie wohl kaum aufgeben wollten.

Perrin hielt konzentriert Ausschau nach einem Anzeichen, daß eine Patrouille der Weißmäntel sich nähere, aber außer einer Staubwolke drüben in der Nähe der Nordstraße, die sich in Richtung Süden bewegte, sah er nichts Auffälliges. Nach einer Weile schlug Tam vor, daß sie absteigen und ihre Pferde führen sollten. Zu Fuß konnte man sie nicht so leicht sehen, denn die Hecken und selbst die niedrigen Steinmauern schützten sie doch ein wenig vor neugierigen Blicken.

Tam und Abell kannten ein Wäldchen, aus dem man einen guten Blick auf das Lager der Weißmäntel hatte. Es war ein verfilztes Durcheinander von Eichen,

Ulmen und Lederblattbäumen, das wenig mehr als eine Meile südwestlich von Wachhügel das ansonsten offene, flache Land bedeckte. Sie betraten es so schnell wie möglich vom Süden her. Perrin hoffte, daß niemand sie dabei beobachtet hatte, jedenfalls keiner, der sich vielleicht fragen würde, wieso sie nicht wieder herauskamen, und der darüber reden würde.

»Bleibt hier«, sagte er zu Wil und den andern jungen Männern, als sie ihre Pferde an Zweige banden. »Haltet Eure Bögen bereit und seid auch bereit, wegzulaufen, sobald ihr einen Schrei hört. Aber rührt Euch ja nicht, bevor Ihr mich rufen hört. Und falls jemand Lärm macht, schlage ich ihm persönlich den Schädel ein. Wir sind hier, um die Weißmäntel auszuspähen, und nicht, um sie zu reizen, wie die Stiere über uns hinwegzutrampeln.« Sie befühlten nervös ihre Waffen und nickten. Vielleicht begann es ihnen zu dämmern, worauf sie sich eingelassen hatten. Die Kinder des Lichts würden es möglicherweise nicht als einen Akt der Freundschaft betrachten, wenn ein ganzer Haufen Leute von den Zwei Flüssen sich bewaffnet hier herumtrieb.

»Bist du je Soldat gewesen?« fragte Faile mit leiser Stimme. »Einige von den… Wächtern meines Vaters drücken sich so aus.«

»Ich bin Schmied«, lachte Perrin. »Ich habe eben gehört, wie die Soldaten so reden. Es scheint aber zu funktionieren.« Selbst Wil und Bili sahen sich unsicher um und trauten sich kaum, sich zu rühren.

Er und Faile schlichen von Baum zu Baum hinter Tam und Abell her zu dem Fleck, an dem bereits die Aiel nahe dem Nordrand des Wäldchens kauerten. Auch Verin befand sich schon dort und natürlich Tomas. Der dünne Blättervorhang reichte gerade aus, um sie einigermaßen zu verbergen, gestattete ihnen aber trotzdem eine gute Sicht auf das Lager.

Das Lager der Weißmäntel erstreckte sich am Fuß des Wachhügels wie ein eigenes Dorf. Hunderte von

Männern, unter ihnen viele Gerüstete, bevölkerten die Wege zwischen den Reihen weißer Zelte und der mit Leinen verbundenen Haltepfosten, an denen die Pferde festgemacht waren, immer fünf zu jedem Zelt. Auf der einen Seite wurden Tiere abgesattelt und gestriegelt, was darauf hindeutete, daß die Patrouillen für heute ihren Dienst beendet hatten. Auf der anderen Seite ritt derweil eine Doppelreihe von Männern in blütenweißen Mänteln mit gleichmäßigen Bewegungen in schneller Gangart in Richtung Wasserwald davon. Die Lanzen hielten sie alle im gleichen Winkel. In Abständen marschierten ebenfalls in weiße Umhänge gehüllte Wachsoldaten auf und ab, die Lanzen wie Speere geschultert. Ihre polierten Helme glänzten im Schein der sinkenden Sonne.

Ein Dröhnen drang an Perrins Ohren. Ein gutes Stück westlich erschienen zwanzig Reiter, die aus der Richtung von Emondsfeld auf das Lager zu galoppierten. Aus der gleichen Richtung, aus der er mit seinen Begleitern gekommen war. Wären sie auch nur ein wenig langsamer geritten, hätte man sie bestimmt gesehen. Ein Horn erklang, und die Männer im Lager gingen zu den Küchenfeuern hinüber.

An der einen Seite lag ein weiteres, viel kleineres Lager mit wild durcheinandergestellten Zelten. Einige davon hingen schief in ihren Halteleinen. Von denen, die sich dort aufhielten, waren die meisten nun schon weg. Nur ein paar Pferde an einem kurzen Halteseil schlugen mit den Schwänzen, um die Fliegen zu verscheuchen und deuteten durch ihre Anwesenheit darauf hin, daß sich hier noch jemand aufhielt. Keine Weißmäntel. Die Kinder des Lichts hielten zuviel von einer geradezu starren Ordnung und Sauberkeit in ihrem Lager.

Zwischen den Wäldchen und den beiden Zeltgruppen befand sich eine weite, mit Gras und Blumen bewachsene Fläche. Wahrscheinlich hatten die Einheimischen das als Weide benutzt. Aber jetzt nicht mehr. Da der Boden ziemlich eben war, konnten die Weißmäntel die Fläche in vollem Galopp wie vorher diese Patrouille in einer Minute überqueren.

Abell lenkte Perrins Aufmerksamkeit auf das große Lager. »Siehst du das Zelt beinahe in der Mitte, wo an jedem Ende ein Mann Wache steht? Kannst du es erkennen?« Perrin nickte. Die niedrig stehende Sonne warf lange, dunkle Schatten nach Osten, aber er konnte recht gut sehen. »Dort sind Natti und die Mädchen. Und die Luhhans. Ich habe sie herauskommen und wieder hineingehen sehen. Immer nur eine, und das unter Bewachung. Selbst in die Latrine dürfen sie nur unter Bewachung gehen.«

»Wir haben nachts dreimal versucht, uns dort einzuschleichen«, sagte Tam, »aber sie bewachen gerade den Rand des Lagers ganz genau. Beim letztenmal konnten wir kaum noch entwischen.«

Es war, als wolle man seine Hand in einen Ameisenhaufen stecken, ohne daß man etwas abbekam. Perrin setze sich unter einen hohen Lederblattbaum und legte den Bogen auf seine Knie. »Ich will eine Weile über das alles nachdenken. Meister al'Thor, würdet Ihr Wil und diesen Haufen beruhigen? Sorgt dafür, daß sich keiner von denen in den Kopf setzt, nach Hause zu laufen. Es könnte gut sein, daß sie gedankenlos geradewegs zur Nordstraße reiten würden und wir im Nu fünfzig Weißmäntel hier hätten, die nachsehen wollen, was da los ist. Falls einer von ihnen etwas zu essen mitgebracht hat, könntet Ihr dafür sorgen, daß sie alle etwas davon abbekommen. Wenn wir fliehen müssen, verbringen wir möglicherweise die ganze Nacht im Sattel.«

Mit einem Schlag wurde ihm klar, daß er Befehle erteilte, aber als er sich zu entschuldigen versuchte, grinste Tam und sagte: »Perrin, du hast hinten bei Jac die Führung übernommen. Es ist nicht das erste Mal, daß ich einem jüngeren Mann folge, der genau weiß, worauf es ankommt.«

»Du machst deine Sache gut, Perrin«, bestätigte Abell, bevor die beiden älteren Männer wieder zwischen den Bäumen verschwanden.

Verblüfft kratzte Perrin sich im Bart. Er hatte die Führung übernommen? Wenn er es genauer bedachte, hatten weder Tam noch Abell wirklich eine Entscheidung getroffen, seit sie den Hof der al'Seens verlassen hatten. Sie hatten lediglich Vorschläge gemacht und die Entscheidungen ihm überlassen. Und keiner der beiden hatte seither noch einmal ›Junge‹ zu ihm gesagt.

»Interessant«, sagte Verin. Sie hatte wieder ihr Notizbuch in der Hand. Er hätte nur zu gern eine Gelegenheit gehabt, zu lesen, was sie sich notiert hatte.

»Wollt Ihr mich wieder davor warnen, mich wie ein Idiot zu benehmen?« fragte er.

Statt zu antworten, sagte sie mit nachdenklich-getragener Stimme: »Es wird noch interessanter werden, zu beobachten, was Ihr als nächstes macht. Ich kann nicht behaupten, daß Ihr die Welt aus den Angeln hebt, so wie Rand al'Thor, aber an den Zwei Flüssen bewegt Ihr auf jeden Fall einiges. Ich frage mich, ob Ihr eine Ahnung habt, wohin sich das alles bewegt.«

»Ich habe vor, die Luhhans und die Cauthons zu befreien«, sagte er ärgerlich zu ihr. »Das ist alles!« Außer, was die Trollocs betraf. Er ließ seinen Kopf nach hinten an den Stamm des Lederblattbaumes sinken und schloß die Augen. »Ich mache einfach nur, was ich tun muß. Die Zwei Flüsse werden dort bleiben, wo sie immer waren.«

»Selbstverständlich«, sagte Verin.

Er hörte, wie sie wegging, sie und Tomas. Halbschuhe wie Stiefel machten kaum ein Geräusch auf dem weichen Boden, der mit den abgestorbenen Blättern vom letzten Herbst bedeckt war. Er öffnete die

Augen. Faile sah dem Paar hinterher und schien nicht besonders glücklich.

»Sie läßt dich einfach nicht in Ruhe«, murmelte sie. Der geflochtene Kranz aus Herzrötchen, den er an seinem Sattel gelassen hatte, hing an ihrer Hand.

»Das tun die Aes Sedai nie«, entgegnete er.

Sie wandte sich ihm mit herausforderndem Blick zu. »Ich schätze, du willst versuchen, sie noch heute nacht herauszuholen?«

Es mußte jetzt sein. Er hatte überall die Warnung ausgegeben, und die Leute wußten, wer er war. Vielleicht würden die Weißmäntel ihren Gefangenen nichts antun. Vielleicht. Er vertraute genauso auf die Gnade der Weißmäntel wie auf die Intelligenz eines Schafes. Er blickte zu Gaul hinüber, und der nickte.

»Tam al'Thor und Abell Cauthon bewegen sich für Feuchtländer ausgesprochen gut, aber ich glaube, diese Weißmäntel sind zu steif, um irgend etwas wahrzunehmen, das sich im Dunklen bewegt. Ich denke, sie erwarten, daß ihre Feinde in großer Zahl und ganz offen sichtbar kommen.«

Chiad blickte mit ihren grauen Augen amüsiert den Aielmann an. »Hast du denn vor, dich wie der Wind zu bewegen, Steinhund? Das wird eine Abwechslung, einmal einen Steinhund zu sehen, der sich leichtfüßig bewegt! Wenn meine Speerschwester und ich die Gefangenen befreit haben, gehen wir vielleicht zurück und holen dich ab, falls du zu alt dafür bist, den Weg zurück zu finden.« Bain berührte sie am Arm, und sie sah überrascht die Frau mit den Flammenhaaren an. Einen Moment später wurde sie trotz ihrer Sonnenbräune rot. Beide Frauen blickten hinüber zu Faile, die immer noch Perrin mit erhobenem Kopf und vor der Brust verschränkten Armen beobachtete.

Er atmete tief durch. Wenn er ihr sagte, er wolle sie nicht dabeihaben, würden auch Bain und Chiad mit Sicherheit hierbleiben. Sie betonten nach wie vor, sie zu begleiten und nicht ihn. Faile bestand wohl auch darauf. Vielleicht schaffte er es auch allein mit Gaul, aber andererseits wußte er nicht, wie er sie dazu bringen könne, hierzubleiben, wenn sie nicht wollte. Da Faile eben Faile war, würde sie vermutlich hinter ihnen herschleichen. »Du bleibst ganz nahe bei mir!« sagte er energisch. »Ich will Gefangene befreien und keine neuen hinterlassen.«

Lachend ließ sie sich neben ihm auf den Boden fallen und schmiegte sich an ihn. »Nahe bei dir zu bleiben klingt gut.« Sie warf ihm den Kranz roter Blumen auf den Kopf, und Bain schmunzelte.

Er rollte ergeben mit den Augen. Er konnte gerade noch den Rand des Kranzes auf seiner Stirn erkennen. Wie ein Narr mußte er aussehen. Doch er ließ ihn hängen.

Die Sonne sank so langsam wie eine Glasperle im Honig. Abell brachte ihnen etwas Brot und Käse. Mehr als die Hälfte dieser Möchtegern-Helden hatten nicht einmal daran gedacht, etwas Eßbares mitzunehmen. Dann aßen sie und warteten. Die Nacht brach herein. Der Mond stand bereits hoch am Himmel, wurde aber immer wieder durch vorbeiziehende Wolken verdeckt. Perrin wartete ab. Die Lampen im Lager der Weißmäntel wurden gelöscht. Auch in Wachhügel war es dasselbe; lediglich hier und da drang noch Lichtschein aus einem Fenster. Ansonsten war der ganze Hügel dunkel. Dann holte er sich Tam, Faile und die Aiel heran. Für ihn waren alle Gesichter auch im Dunklen klar erkennbar. Verin stand nahe genug, um zu lauschen. Abell und Tomas hielten sich bei den übrigen ›jungen Helden‹ auf, um sie notfalls zur Ruhe zu bringen.

Es war für ihn schon ein eigenartiges Gefühl, Befehle auszugeben. Also ließ er es bei sehr einfachen Anweisungen bewenden. Tam sollte alle sofort losreiten lassen, sobald Perrin mit den Gefangenen auftauchte. Die Weißmäntel würden sie verfolgen, wenn ihnen klar wurde, was los war, also benötigten sie ein Versteck. Tam kannte eines, ein leerstehendes Bauernhaus am Rand des Westwalds.

»Versucht, niemanden zu töten, wenn Ihr es vermeiden könnt«, warnte Perrin die Aiel. »Die Weißmäntel werden schon wütend genug über die Befreiung ihrer Gefangenen sein. Wenn sie dazu noch Männer verlieren, werden sie die Sonne anzünden.« Gaul und die Töchter des Speers nickten, als freuten sie sich darauf. Seltsames Volk. Sie verschwanden in der Nacht.

»Seid vorsichtig«, warnte ihn Verin leise, als er sich den Bogen über den Rücken hängte. »*Ta'veren* heißt nicht unsterblich.«

»Tomas könnte eine große Hilfe sein, oder?«

»Glaubt Ihr, einer mehr spielt eine große Rolle?« fragte sie nachdenklich zurück. »Außerdem brauche ich ihn für etwas anderes.«

Er schüttelte den Kopf und marschierte los, aus dem Wäldchen hinaus. Dann kroch er jedoch bald auf Ellbogen und Knien weiter, dicht am Boden, denn nun befand er sich auf der freien Fläche. Faile tat es ihm gleich. Sie hielt sich neben ihm. Gras und Blumen waren hoch genug, um ihnen eine recht gute Deckung zu verschaffen. Er war froh, daß sie sein Gesicht nicht sehen konnte. Er hatte schreckliche Angst. Nicht um sein eigenes Leben, aber wenn ihr etwas zustoßen würde…

Wie zwei weitere vom Mond geworfene Schatten krochen sie über die offene Fläche. Auf Perrins Signal hin blieben sie ungefähr zehn Schritt vor der Linie still liegen, auf der die Wachen mit im Mondschein leuchtenden Mänteln auf und ab marschierten, ein Stückchen vor der ersten Zeltreihe. Zwei Wächter kamen beinahe direkt vor ihnen mit einem kräftigen Aufstampfen zum Stillstand und blickten sich starr an.

»Alles ist ruhig in der Nacht«, verkündete der eine.

»Das Licht leuchte uns und behüte uns vor dem Schatten.«

»Alles ist ruhig in der Nacht«, antwortete der andere. »Das Licht leuchte uns und behüte uns vor dem Schatten.«

Sie drehten sich auf dem Fuße um und marschierten davon. Sie blickten dabei starr geradeaus.

Perrin ließ jeden ein Dutzend Schritte machen, und dann berührte er Failes Schulter. Sie erhoben sich lautlos. Er wagte kaum, zu atmen, und auch von ihr hörte er keinen Atemzug. Fast auf Zehenspitzen eilten sie zwischen die Zelte hinein und gingen sofort wieder auf alle viere. Drinnen schnarchten Männer, und manche murmelten in ihrem Schlaf. Bis auf diese Geräusche war es im Lager still. Das Stampfen der Stiefel der Wächter war deutlich zu hören. In der Luft hing noch der Geruch von den gelöschten Feuern, von Segeltuch, Pferden und Menschen.

Wortlos bedeutete er Faile, hinterherzukommen. Die Halteleinen der Zelte wurden für unvorsichtige Füße in der Dunkelheit zu Fallen. Er konnte sie jedoch mit seinen Augen sehr gut erkennen, und so suchte er den Pfad für sie beide.

Er hatte die Lage des Gefängniszeltes genau im Kopf und hielt vorsichtig darauf zu. In der Nähe des Lagerzentrums. Ein weiter Weg dorthin und ein weiter Weg zurück.

Das Knirschen von Stiefelsohlen und ein gedämpfter Laut von Faile ließen ihn gerade noch rechtzeitig herumwirbeln, um von einer anstürmenden mächtigen Gestalt mit weißem Umhang umgerissen zu werden. Der Mann mußte genauso groß sein wie Meister Luhhan. Eisern zupackende Finger gruben sich in seinen Hals, als sie sich am Boden überschlugen. Perrin packte mit einer Hand das Kinn des Burschen, drückte seinen Kopf nach hinten und versuchte, ihn von sich herunterzuschieben. Mit der anderen Hand riß er an den würgenden Fingern. Dann knallte er dem Mann die Faust in die Rippen, was wohl ein Stöhnen hervorbrachte, sonst aber keine fühlbare Wirkung. Das Blut rauschte in seinen Ohren. Seine Sicht schwand; von beiden Seiten her kroch Schwärze in sein Gesichtsfeld. Er griff nach seiner Axt, doch die Finger waren taub.

Mit einem Mal zuckte der Mann und brach auf ihm zusammen. Perrin schob die schlaffe Gestalt von sich herunter und holte ein paarmal tief Luft. Die kühle Nachtluft erschien ihm süß und erholsam.

Faile warf ein Scheit Feuerholz zur Seite und rieb sich die Schläfe. »Er glaubte, sich über mich weiter keine Gedanken mehr machen zu müssen, nachdem er mich niedergeschlagen hatte«, flüsterte sie.

»Ein Narr«, flüsterte Perrin zurück. »Aber ein kräftiger.« Er würde diese Finger noch tagelang am Hals spüren. »Geht es dir wieder gut?«

»Natürlich. Ich bin doch keine Porzellanpuppe.«

Das hatte er auch nicht angenommen.

Er schleifte den bewußtlosen Mann schnell an eine der Zeltwände und hoffte, es werde ihn dort so schnell niemand finden. Er nahm ihm den weißen Umhang ab und band seine Hände und Füße mit Reserve-Bogensehnen zusammen. Als Knebel diente ein Taschentuch, das er in einer der Taschen des Mannes gefunden hatte. Nicht gerade sauber, aber das war seine eigene Schuld. Er zog sich den Bogen über den Kopf und hängte sich den Umhang um. Wenn sie jemand sah, würden sie ihn vielleicht für einen der ihren halten. Auf dem Umhang befand sich ein goldener Rangknoten unter den Strahlen des Sonnenaufgangs. Ein Offizier. Um so besser.

Er ging jetzt ganz offen zwischen den Zelten hindurch und natürlich mit schnellen Schritten. Versteckt oder nicht, man konnte eben doch jeden Moment den Niedergeschlagenen entdecken und Alarm geben. Faile eilte wie ein Schatten neben ihm her und suchte genauso aufmerksam wie er das Lager nach Anzeichen für Unruhe ab. Die ständig wechselnden Schatten machten es sogar für Perrins Augen schwer, zwischen den Zelten noch etwas zu erkennen.

Als sie sich dem Gefängniszelt näherten, verlangsamte er seinen Schritt, um die Wachen nicht nervös zu machen. An diesem Ende stand ein Mann mit weißem Umhang, und am anderen Ende erhob sich auch die glänzende Spitze einer Lanze über das Zeltdach hinaus.

Mit einem Mal verschwand diese Lanzenspitze. Es gab keinen Laut. Sie fiel einfach herab.

Einen Herzschlag später, und aus zwei dunklen Umrissen wurden verschleierte Aiel, keiner von beiden allerdings groß genug für Gaul. Bevor der Wächter sich rühren konnte, sprang eine der beiden in die Luft und trat ihn ins Gesicht. Er taumelte und sank auf die Knie. Die andere Tochter des Speers wirbelte herum, und auch ihr Fuß traf seinen Kopf. Der Wächter sackte wie ein leerer Sack zusammen. Geduckt und mit bereitgehaltenen Speeren blickten sich die Aielfrauen um, ob sie jemanden aufmerksam gemacht hatten.

Beim Anblick Perrins mit weißem Umhang wären sie beinahe auf ihn losgegangen, doch gerade noch rechtzeitig sahen sie Faile. Eine schüttelte den Kopf und flüsterte der anderen etwas zu, worauf die lautlos zu lachen schien.

Perrin sagte sich, daß er sich eigentlich nicht so knurrig fühlen müsse, aber zuerst hatte ihn Faile davor bewahrt, erwürgt zu werden, und nun ersparte sie ihm einen Speer zwischen die Rippen. Für jemanden, der eine Rettungsaktion anführte, hatte er bisher nicht gerade viel gezeigt.

Er schob die Zeltklappe beiseite und steckte den Kopf hinein. Drinnen war es noch dunkler als draußen. Meister Luhhan lag schlafend im Zelteingang. Die Frauen hatten sich weiter hinten aneinandergeschmiegt. Perrin legte seine Hand auf Haral Luhhans

Mund und, als der die Augen aufschlug, einen Finger über seine Lippen. »Weckt die anderen auf«, sagte Perrin ganz leise. »Ruhig. Wir holen Euch hier raus.« In Meister Luhhans Augen dämmerte Verstehen auf, und er nickte.

Perrin schob sich rückwärts aus dem Zelt und nahm dem bewußtlosen Wächter den Umhang ab. Der Mann atmete noch, wenn auch schwerfällig, röchelnd und blubbernd, da seine Nase gründlich gebrochen war. Er wachte durch Perrins Bewegungen nicht auf. Sie mußten sich jetzt beeilen. Gaul war ebenfalls da mit dem Umhang des anderen Wächters. Die drei Aiel beobachteten mißtrauisch die anderen Zelte. Faile tanzte beinahe herum, so ungeduldig war sie. Als Meister Luhhan seine Frau und die anderen herausbrachte und alle sich nervös im Mondschein umsahen, legte Perrin dem Schmied schnell einen der Umhänge um die Schultern. Er paßte nicht recht, denn Haral Luhhan schien aus Baumstämmen zusammengesetzt, aber es mußte reichen. Den anderen Umhang bekam Alsbet Luhhan. Sie war wohl nicht so groß wie ihr Mann, entsprach aber immer noch dem Durchschnitt der Männer. Ihr rundes Gesicht wirkte erst überrascht, doch dann nickte sie. Sie zog sogar dem betäubten Wächter den kegelförmig zulaufenden Helm vom Kopf und setzte ihn sich auf. Sie mußte allerdings ihren dicken Zopf darunterquetschen. Sie fesselten die beiden Wächter mit von Decken abgerissenen Streifen und legten sie ins Zelt.

Es war unmöglich, sich auf dem gleichen Weg wieder hinauszuschleichen, den sie gekommen waren; das hatte Perrin von Anfang an gewußt. Selbst, wenn sich Meister Luhhan und seine Frau leise genug bewegten, woran er zweifelte, hielten sich Bode und Eldrin gegenseitig umschlungen. Sie waren so verängstigt, daß sie kaum glauben konnten, gerettet zu werden. Nur die sanfte Stimme ihrer Mutter hielt sie davon ab, in Tränen auszubrechen. Das hatte er aber eingeplant. Sie brauchten Pferde, sowohl, um schnell vom Lager wegzukommen, wie auch, um jeden mitnehmen zu können. An den Halteleinen hingen genug Pferde.

Die Aiel bewegten sich wie Geister allen voran, und dahinter folgte er mit Faile. Hinter ihnen kamen die Cauthons, während Haral und Alsbet den Schluß machten. Auf einen flüchtigen Blick wirkten sie wie drei Weißmäntel, die vier Frauen begleiteten.

Die angebundenen Pferde wurden zwar bewacht, aber nur auf der den Zelten abgewandten Seite. Warum sollte man sie auch vor den Männern schützen, die sie täglich ritten? Das machte Perrins Aufgabe auf jeden Fall leichter. Sie gingen einfach hinüber zu der den Zelten am nächsten befindlichen Reihe von Pferden. Jedes war nur mit einer Leine am Nasenriemen befestigt. Sie banden für jeden außer den Aiel eines los. Am schwersten war es, Frau Luhhan ohne Sattel und Steigbügel auf das Pferd zu bekommen. Perrin und Meister Luhhan mußten sich gewaltig anstrengen, und sie versuchte dabei immer, ihren Rock hinunterzuschieben, damit ihre Knie bedeckt waren. Natti und die Mädchen kletterten behende auf ihre Pferde. Faile natürlich auch. Die Wächter, die auf der anderen Seite die Pferde zu bewachen hatten, drehten weiter ihre genau bemessenen Runden und erzählten sich rituell, daß alles ruhig sei in der Nacht.

»Wenn ich Euch das Zeichen gebe«, begann Perrin, aber dann schrie irgendwo im Lager jemand laut und dann noch mal und noch lauter. Ein Horn ertönte, und durcheinanderschreiende Männer stürmten aus den Zelten. Ob sie nun herausgefunden hatten, daß die Gefangenen fehlten, oder ob jemand den bewußtlosen Mann gefunden hatte, spielte keine Rolle. »Folgt mir!« rief Perrin, und er grub die Fersen in die Flanken des dunklen Wallachs, den er für sich ausgewählt hatte. »Reitet los!«

Es war ein verrückter Ritt, aber er bemühte sich

trotzdem, alle im Auge zu behalten. Meister Luhhan war ein beinahe genauso schlechter Reiter wie seine Frau. Sie fielen fast von ihren Pferden, so wurden sie im Galopp herumgebeutelt. Entweder Bode oder Eldrin schrie aus vollem Hals, vor Aufregung oder vor Angst. Glücklicherweise erwarteten die Wachen keine Schwierigkeiten von innerhalb des eigenen Lagers. Ein Mann im weißen Umhang, der gerade hinaus in die Dunkelheit spähte, drehte sich rechtzeitig um und konnte sich mit einem gewaltigen Satz vor den wirbelnden Pferdehufen in Sicherheit bringen. Dabei schrie er beinahe genauso schrill auf wie das Cauthon-Mädchen. Weitere Hörner erklangen hinter ihnen, und laute Rufe, die eindeutig nach Befehlen klangen, peitschten durch die Nacht, lange, bevor sie das Wäldchen erreichten. Jetzt war das als Deckung allerdings auch nicht mehr viel wert.

Tam hatte alle aufsitzen lassen, wie Perrin es gewünscht hatte. Oder angeordnet. Er schwang sich mit einer flüssigen Bewegung von dem Wallach hinüber auf Traber. Verin und Tomas waren die einzigen, die nicht aufgeregt im Sattel auf- und abhüpften, und dementsprechend waren ihre Pferde auch die einzigen, die nicht der Aufregung des Reiters wegen nervös umhertänzelten. Abell versuchte, seine Frau und die beiden Töchter alle auf einmal zu umarmen, und sie alle lachten und weinten in einem. Meister Luhhan wollte jede Hand in seiner Reichweite schütteln. Alle außer den Aiel, Verin und ihrem Behüter schienen allen anderen gratulieren zu wollen, als sei schon alles getan.

»Ja, Perrin, das bist ja du!« rief Frau Luhhan. Ihr rundes Gesicht wirkte ganz eigenartig unter dem Helm, der ihres Zopfes wegen auch noch schief saß. »Was ist denn das auf deinem Gesicht, junger Mann? Ich bin dir mehr als dankbar, aber du wirst nicht an meinem Tisch sitzen, solange du aussiehst wie ein …«

»Keine Zeit für so was«, unterbrach er sie und beachtete den ungläubigen Schock auf ihrem Gesicht gar nicht. Sie war keine Frau, die man einfach unterbrach, doch mittlerweile klangen die Hörner der Weißmäntel etwas anders, trugen ein Signal, kurze, scharfe, ständig wiederholte Töne, in die Nacht hinaus. Es mußte ein Befehl sein. »Tam, Abell, bringt Meister Luhhan und die Frauen in das Versteck, das Ihr ausfindig gemacht habt. Gaul, du gehst mit. Faile auch.« Damit hätten sie auch Bain und Chiad dabei. »Und Hu und Haim.« Das sollte reichen, um sicher zu sein. »Bewegt Euch leise. Ruhe ist im Moment jedenfalls noch wichtiger als Tempo. Jetzt geht.«

Diejenigen, die er fortgeschickt hatte, ritten ohne Widerspruch nach Westen los. Nur Frau Luhhan, die sich mit beiden Händen an der Mähne ihres Pferdes festhielt, warf ihm einen strengen Blick zu. Was ihn verblüffte, war der Mangel an Widerspruch von Faile. So wurde ihm erst etwas später bewußt, daß er Meister al'Thor und Meister Cauthon mit ihren Vornamen angesprochen hatte.

Verin und Tomas waren zurückgeblieben, und er blickte sie nun scharf an. »Irgendeine Möglichkeit, daß Ihr uns ein wenig behilflich seid?«

»Vielleicht nicht auf die Weise, wie Ihr jetzt meint«, erwiderte sie gelassen, als läge kein im Aufruhr befindliches Lager der Weißmäntel knapp eine Meile entfernt von ihnen. »Meine Gründe sind immer noch die gleichen wie gestern. Aber ich glaube, es könnte in … oh … etwa einer halben Stunde regnen. Vielleicht auch früher. Das wird ein ziemlich heftiger Guß, schätze ich.«

Eine halbe Stunde. Perrin knurrte und wandte sich den übriggeblieben Jungen von den Zwei Flüssen zu. Sie zitterten fast vor Angst und wären am liebsten weggerannt, so schnell sie konnten. Ihre Knöchel waren weiß vor Anstrengung, so fest hielten sie die Bögen in ihren Händen. Er hoffte, sie hatten alle daran gedacht,

Reserve-Bogensehnen mitzubringen, für den Fall, daß es regnete. »Wir«, so erklärte er ihnen, »werden die Weißmäntel ablenken, damit Frau Cauthon und Frau Luhhan und die anderen in Sicherheit entkommen können. Wir ziehen sie mit bis an die Nordstraße, und dann hängen wir sie im Regen ab. Wenn jemand wegwill, sollte er jetzt losreiten.« Einige Händen wechselten unruhig den Griff an den Zügeln, doch alle blieben im Sattel sitzen und sahen ihn an. »Also, in Ordnung. Schreit, als wärt Ihr alle verrückt geworden, damit sie uns auch hören. Schreit, bis wir die Straße erreichen.«

Aufbrüllend riß er Traber herum und galoppierte in Richtung der Straße. Anfangs war er sich nicht ganz sicher, ob sie ihm wirklich folgen würden, aber ihr wildes Heulen übertönte bald seine eigenen Schreie und das Donnern der Hufe. Wenn die Weißmäntel das nicht hörten, dann waren sie taub.

Nicht alle hörten mit Schreien auf, als sie die ausgefahrene Spur der Nordstraße erreichten und in vollem Galopp durch die Nacht nach Süden ritten. Einige lachten und johlten. Perrin schüttelte den weißen Umhang ab und ließ ihn fallen. Die Hörner erklangen wieder, diesmal aber ein wenig schwächer.

»Perrin«, rief Wil, der sich auf seinem Pferd vorbeugte, »was machen wir jetzt? Was kommt als nächstes?«

»Wir jagen Trollocs!« rief Perrin zurück. Als sich das Lachen verstärkte, war ihm klar, daß sie ihm kein Wort glaubten. Aber Verins Blick schien sich in seinen Rücken zu bohren. Sie wußte, daß es ernst gemeint war. Der Donner des nächtlichen Gewitters schien dem der Pferdehufe nachzueifern.

KAPITEL 12

Der Mit Der Morgendämmerung Kommt

Die Schatten der Morgendämmerung wurden kürzer und blasser, als Rand und Mat über den kahlen und immer noch morgendunklen Boden des Tals trabten und das von Nebel verhüllte Rhuidean hinter sich zurückließen. Die trockene Luft ließ die kommende Hitze bereits erahnen, doch die leichte Brise empfand Rand als angenehm kühl, da er kein Wams trug. Das würde aber nicht lange anhalten, denn bald würde wieder das gleißende Tageslicht über dem Land liegen. Sie gaben ihr Letztes, um dem zu entgehen, doch er glaubte nicht, daß sie es noch schaffen würden. Sie waren trotz allem zu langsam.

Mat trabte humpelnd voran. Ein dunkler Striemen zog sich über sein halbes Gesicht, und sein Wams stand offen. Das aufgebundene Hemd wurde durch noch mehr trocknendes Blut an seine Brust geklebt. Manchmal berührte er vorsichtig die starke Schwellung, die sich um seinen Hals zog. Sie war schon fast schwarz. Er grollte leise und stolperte oft. Immer wieder fing er sich mit diesem eigenartigen Speer mit schwarzem Schaft ab, und dann hielt er sich auch den schmerzenden Kopf. Dennoch beklagte er sich nicht, und das war ein schlechtes Zeichen. Bei kleinen Beschwerden beklagte sich Mat normalerweise ständig. Wenn er jetzt schwieg, bedeutete das: Er hatte wirklich Schmerzen.

Die alte, halb verheilte Wunde an Rands Seite vermittelte ihm ein Gefühl, als bohre jemand geradewegs hinein, und die Risse und Schnitte im Gesicht und am Kopf brannten, doch er schleppte sich weiter, gekrümmt wegen der schmerzenden Wunde. Er dachte kaum an die eigenen Schmerzen beim Laufen. Er war sich der Sonne nur zu bewußt, die hinter ihm aufstieg, und auch der Aiel, die am Abhang vor ihm warteten. Dort oben gab es Wasser und Schatten und Hilfe für Mat. Die aufgehende Sonne im Rücken und die Aiel vor sich. Die Morgendämmerung und die Aiel.

Er, Der Mit Der Morgendämmerung Kommt. Diese Aes Sedai, die er gesehen hatte – oder hatte er geträumt, sie zu sehen? –, bevor sie nach Rhuidean gingen, hatte gesprochen, als könne sie die Zukunft weissagen. *Er wird Euch zusammenfügen. Er wird Euch zurückholen und Euch vernichten.* Worte, die wie eine Prophezeiung klangen. Sie vernichten. Die Prophezeiung sagte aus, er werde die Welt erneut zerstören. Diese Idee erschreckte ihn zutiefst. Vielleicht konnte er wenigstens diesen Teil vermeiden, aber Krieg, Tod und Zerstörung begleiteten bereits jetzt seine Schritte. Tear war der erste Ort seit langer Zeit, an dem er kein Chaos hinterlassen hatte, keine sterbenden Menschen und brennenden Dörfer.

Er ertappte sich bei dem Wunsch, auf Jeade'ens Rücken zu klettern und so schnell davonzugaloppieren, wie ihn der Hengst nur tragen konnte. Es war nicht das erste Mal. *Aber ich kann nicht entfliehen,* dachte er. *Ich muß es vollbringen, weil niemand sonst da ist, der das kann. Entweder schaffe ich es, oder der Dunkle König gewinnt.* Ein schweres Los, aber das einzige überhaupt. *Aber warum sollte ich denn die Aiel vernichten? Wie?*

Dieser letzte Gedanke jagte ihm einen kalten Schauer den Rücken herunter. Es klang schon zu sehr danach, daß er alles akzeptierte, daß er sie wirklich vernichten werde. Er wollte den Aiel nichts antun. »Licht«, sagte er mit harter Stimme. »Ich will überhaupt niemanden vernichten.« Sein Mund war wieder staubtrocken.

Mat sah ihn schweigend an. Es war ein mißtrauischer Blick.

Ich bin noch nicht wahnsinnig, dachte Rand grimmig.

Oben am Hang rührten sich die Aiel in den drei Lagern. Es war eine einfache Tatsache, daß er sie brauchte. Deshalb hatte er sich diese Gedanken gemacht, damals, als ihm klar wurde, daß der Wiedergeborene Drache und Er, Der Mit Der Morgendämmerung Kommt, wahrscheinlich ein und derselbe waren. Er brauchte Menschen, denen er vertrauen konnte, Menschen, die ihm nicht nur aus Furcht folgten oder aus Machthunger. Menschen, die ihn nicht für ihre eigenen Zwecke mißbrauchen wollten. Er hatte getan, was verlangt wurde, und nun würde er sie benützen. Weil er dazu gezwungen war. Er war noch nicht wahnsinnig, oder glaubte zumindest nicht daran, aber viele würden so denken, bevor er alles vollbracht hatte.

Der volle, blendende Sonnenschein erreichte sie, bevor sie noch den Hang des Chaendar erklimmen konnten. Die Hitze traf sie wie ein Knüppel. Rand kletterte den Hang hoch, so schnell er konnte, durch Senken und über steile Stücke und zerklüftete Vorsprünge. Seine Kehle hatte den letzten Trunk schon vergessen, und die Sonne trocknete sein Hemd, kaum, daß es vom Schweiß naß war. Mat mußte nicht erst angefeuert werden. Oben gab es Wasser. Bair stand vor den niedrigen Zelten der Weisen Frauen, einen Wasserbehälter in den Händen, der vom Kondenswasser glänzte. Rand leckte sich über die aufgesprungenen Lippen. Er war sicher, die Tropfen glänzen zu sehen.

»Wo ist er? Was habt Ihr ihm getan?«

Das Brüllen ließ Rand im Schritt innehalten. Dieser Mann mit dem feurigen Haar, Couladin, stand auf einem mächtigen Granitblock, der aus dem Hang herausragte. Andere Shaido hatten sich um dessen Fuß herum versammelt, und alle blickten Rand und Mat an. Ein paar hatten sich verschleiert.

»Von wem sprecht Ihr eigentlich?« rief Rand zurück. Seine Stimme krächzte, so trocken war seine Kehle.

Couladins Augen quollen vor Zorn heraus. »Muradin natürlich, Feuchtländer! Er ist zwei Tage vor Euch hineingegangen, aber Ihr seid zuerst wieder erschienen. Er konnte nicht versagen, wo Ihr überlebt! Ihr müßt ihn ermordet haben!«

Rand glaubte, von den Zelten der Weisen Frauen her einen Schrei zu vernehmen, aber bevor er auch nur mit der Wimper zucken konnte, schnellte Couladin wie eine Schlange vor und warf einen Speer mit aller Wucht nach ihm. Zwei weitere von den Aiel am Fuß des Granitblocks folgten dem ersten. Instinktiv griff Rand nach *Saidin* und dem aus Flammen geschmiedeten Schwert. Die Klinge wirbelte in seinen Händen – er hatte sie nicht umsonst den Wirbelwind auf dem Berg getauft – und zerschnitt zwei Speerschäfte in der Luft. Mats blitzschnell zuschlagender schwarzer Speer lenkte den dritten gerade noch ab. »Beweis!« heulte Couladin. »Sie haben Rhuidean bewaffnet betreten! Das ist verboten! Seht nur das Blut an ihnen! Sie haben Muradin ermordet!« Beim Sprechen noch schleuderte er einen weiteren Speer, und diesmal war es nur einer unter einem Dutzend.

Rand warf sich zur Seite und war sich bewußt, daß Mat gleichzeitig zur anderen Seite sprang. Doch bevor sie noch den Boden berührten, trafen alle Speere an dem Fleck aufeinander, an dem Rand zuvor gestanden hatte. Sie prallten aneinander ab. Er rollte wieder hoch und sah, daß alle Speere im steinigen Boden steckten. In einem makellosen Kreis umgaben sie seinen vorherigen Standort. Einen Augenblick lang war sogar Couladin so erschrocken, daß er kein Wort herausbrachte.

»Haltet ein!« schrie Bair, die in diesem erstarrten Augenblick heraneilte. Ihr langer, bauschiger Rock behinderte sie genausowenig wie ihr Alter. Trotz ihrer weißen Haare sprang sie wie ein junges Mädchen den

Hang herab, und noch dazu wie ein sehr wütendes Mädchen. »Der Friede Rhuideans, Couladin!« Ihre dünne Stimme war wie eine Eisenrute. »Zweimal habt Ihr ihn nun zu brechen versucht. Noch einmal, und Ihr seid geächtet! Mein Wort darauf! Ihr und jeder andere, der seine Hand gegen einen anderen Menschen erhebt!« Sie kam schliddernd vor Rand zum Stehen und sah die Shaido an, den Wasserbehälter drohend erhoben, als wolle sie die anderen damit niederschlagen. »Laßt nur denjenigen eine Waffe erheben, der an meinen Worten zweifelt! Der das tut, wird dem Übereinkommen von Rhuidean gemäß allen Schattens beraubt, wird keine Festung, keinen Hort, kein Zelt mehr finden, das ihn beherbergt. Seine eigene Septime wird ihn wie ein wildes Tier jagen.«

Einige der Shaido nahmen schnell die Schleier ab – einige –, aber Couladin ließ sich nicht abbringen. »Sie sind bewaffnet, Bair! Sie sind bewaffnet nach Rhuidean gegangen. Das ist ...!«

»Schweigt!« Bair hob ihre Faust gegen ihn. »Ihr wagt es, von Waffen zu sprechen? Ihr, der Ihr den Frieden Rhuideans brechen und töten wollt, ohne Euer Gesicht zuvor zu verschleiern? Sie haben keine Waffe mitgenommen, das kann ich selbst bezeugen.« Absichtlich wandte sie ihm den Rücken zu, aber der Blick, mit dem sie Rand und Mat betrachtete, war kaum sanfter als der, mit dem sie Couladin bedacht hatte. Sie verzog das Gesicht beim Anblick von Mats eigenartigem Speer mit einer Schwertklinge anstatt der Spitze und knurrte: »Hast du den in Rhuidean gefunden, Junge?«

»Er wurde mir gegeben, *alte Frau*«, grollte Mat heiser zurück. »Ich habe dafür bezahlt, und ich werde ihn behalten.«

Sie schniefte verächtlich. »Ihr seht beide aus, als hättet Ihr euch in Riedgras gewälzt. Was ...? Nein, das könnt Ihr mir später erzählen.« Sie sah Rands durch die Macht erzeugtes Schwert an und schauderte. »Werdet das nur wieder los. Und zeigt ihnen die Zeichen, bevor dieser Narr Couladin wieder versucht, sie aufzuhetzen. Wenn er so in Rage ist, würde er ohne mit der Wimper zu zucken seinen ganzen Clan ächten lassen. Schnell!«

Einen Moment lang sah er sie mit offenem Mund an. Zeichen? Dann erinnerte er sich an etwas, das ihm Rhuarc einmal gezeigt hatte, das Abzeichen eines Mannes, der Rhuidean überlebt hatte. Er ließ das Schwert verschwinden, band seine linke Manschette auf und schob den Ärmel bis zum Ellbogen hoch.

Um seinen Unterarm herum wand sich eine Gestalt wie die auf dem Drachenbanner, schlangenähnlich, mit goldener Mähne und roten und goldenen Schuppen. Er erwartete, sie dort zu sehen, doch es war immer noch ein Schock für ihn. Das Ding wirkte wie ein Teil seiner Haut, als habe sich diese nicht existierende Gestalt mit seiner Haut verbunden. Sein Arm fühlte sich genauso an wie vorher, und doch funkelten die Schuppen wie poliertes Metall im Sonnenschein. Es schien ihm, wenn er die goldene Mähne auf seinem Handgelenk berührte, könne er jedes einzelne Haar fühlen.

Kaum, daß der Ärmel hochgeschoben war, hielt er auch schon den Arm empor, damit Couladin und seine Leute ihn sehen konnten. Unter den Shaido machte sich Unruhe breit. Sie murmelten sich etwas zu, und Couladin knurrte wütend. Die Zahl der Menschen um den gewaltigen Granitblock herum nahm ständig zu. Immer mehr Shaido kamen von ihren Zelten herbeigelaufen. Rhuarc stand mit Heim und den Jindo ein wenig oberhalb am Hang. Sie beobachteten mißtrauisch die Shaido. Rand sahen sie dagegen erwartungsvoll an. Sein erhobener Arm änderte daran nichts. Lan stand ungefähr in der Mitte zwischen den beiden Gruppen, die Hand auf dem Knauf seines Schwerts und mit zornigem Gesichtsausdruck.

In dem Augenblick, als Rand klar wurde, daß die Aiel noch mehr erwarteten, erreichten ihn Egwene und die anderen drei Weisen Frauen, die so schnell wie möglich den Abhang heruntergesprungen waren. Die Aielfrauen schienen ganz aus dem Gleichgewicht gekommen zu sein, da man sie zu solcher Eile gezwungen hatte, und außerdem waren sie genauso wütend wie Bair. Amys richtete ihren zornigen Blick auf Couladin, während die blonde Melaine Rand anklagend musterte. Seana schien bereit, im nächsten Moment Felsbrocken zu verschlingen. Egwene hatte sich einen Schal um den Kopf und über die Schultern gelegt und starrte Mat und ihn so entgeistert an, als habe sie nicht erwartet, sie jemals wiederzusehen.

»Dummer Kerl«, knurrte Bair. »*Alle* Abzeichen natürlich.« Sie warf Mat den Wasserbehälter zu, packte Rands rechten Arm und schob auch diesen Ärmel hoch. Ein Spiegelbild des Geschöpfes von seinem linken Unterarm wurde auf diese Weise sichtbar. Ihr stockte zuerst der Atem, aber dann seufzte sie tief auf. Sie schien sich an der Grenze zwischen Erleichterung und Furcht zu befinden. Es war kein Irrtum möglich: Sie hatte auf dieses zweite Abzeichen gehofft, und doch jagte es ihr Angst ein. Amys und die anderen beiden Weisen Frauen seufzten auf die gleiche Weise. Es war etwas Seltsames, bei diesen Aiel Furcht zu entdecken.

Rand hätte beinahe gelacht, allerdings nicht vor Vergnügen. »Zweimal und zweimal wird er gezeichnet werden.« Das sagten die Prophezeiungen in bezug auf den Drachen. Ein Reiherbrandzeichen in jeder Handfläche und nun diese Abzeichen. Eines dieser eigenartigen Geschöpfe, die man in den Weissagungen ›Drachen‹ genannt hatte, stand angeblich für die ›verlorene Erinnerung‹. Rhuidean hatte dafür gesorgt, daß er sie wiederfand, die verlorene Geschichte der Ursprünge der Aiel. Und das andere stand für ›den Preis, den er zahlen muß‹. *Wie schnell muß ich ihn zahlen?* fragte er sich. *Und wie viele müssen ihn mit mir bezahlen?* Immer traf es auch andere, und wenn er sich noch so abmühte, den Preis allein zu bezahlen.

Von Furcht erfüllt oder nicht, jedenfalls zögerte Bair keinen Moment, bevor sie auch diesen zweiten Arm hochhielt und laut verkündete: »Seht nun, was noch niemals zuvor gesehen wurde. Ein *Car'a'carn* ist erwählt worden, ein Häuptling aller Häuptlinge. Geboren aus einer Tochter des Speers, ist er mit der Morgendämmerung aus Rhuidean zu uns gekommen, wie es geweissagt wurde, um die Aiel zu vereinen! Die Erfüllung der Weissagung hat begonnen!«

Die Reaktionen der anderen Aiel entsprachen ganz und gar nicht denen, die sich Rand vorgestellt hatte. Couladin blickte noch haßerfüllter als zuvor zu ihm herunter, sprang dann von dem Felsblock und verschwand in den Zelten der Shaido. Die anderen zerstreuten sich langsam. Die meisten sahen Rand mit undefinierbarem Gesichtsausdruck an und schlenderten dann zu den Zelten zurück. Heim und die Krieger der Jindo-Septime zögerten kaum und taten es den übrigen nach. Augenblicke später war nur noch Rhuarc übrig, der besorgt dreinblickte. Lan ging hinüber zu dem Clanhäuptling. Seinem Gesichtsausdruck nach zu schließen, wäre es dem Behüter lieber gewesen, er hätte Rand überhaupt nicht erblickt. Rand war sich selbst nicht sicher, was er erwartet hatte, doch auf jeden Fall nicht gerade dies.

»Seng mich!« knurrte Mat. Er schien erst jetzt zu bemerken, daß er den Wasserschlauch in seinen Händen hielt. Jetzt riß er den Stöpsel heraus und hielt den Schlauch hoch. Fast genauso viel lief ihm über das Gesicht wie in seinen Mund. Als er ihn schließlich senkte, sah er sich die Zeichen an Rands Armen noch einmal an und schüttelte den Kopf. Er wiederholte sein: »Seng mich!« und hielt Rand den schlaffen Wasserschlauch hin.

Rand blickte den Aiel konsterniert hinterher, aber andererseits war er mehr als glücklich, etwas trinken zu können. Beim ersten Schluck brannte seine Kehle noch, so trocken war sie.

»Was ist mit euch passiert?« wollte Egwene wissen. »Hat Muradin euch angegriffen?«

»Es ist verboten, zu erzählen, was in Rhuidean geschieht«, sagte Bair in scharfem Ton.

»Muradin nicht«, sagte Rand. »Wo ist Moiraine? Ich hatte eigentlich erwartet, daß sie unter den ersten sei, die uns begrüßen.« Er rieb sich über das Gesicht. Schwärzliche Reste getrockneten Blutes fielen herunter. »Dieses eine Mal ist es mir gleich, ob sie mich zuerst fragt, bevor sie mich heilt.«

»Mir geht's genauso«, sagte Mat heiser. Er schwankte, stützte sich auf seinen Speer und preßte seine Hand gegen die Stirn. »Bei mir dreht sich alles.«

Egwene verzog das Gesicht. »Sie ist noch in Rhuidean, denke ich. Aber da ihr endlich herausgekommen seid, wird es wohl bei ihr auch nicht mehr lange dauern. Sie ist gleich nach euch beiden losgezogen. Und Aviendha auch. Ihr wart alle so lange weg.«

»Moiraine ist nach Rhuidean gegangen?« fragte Rand ungläubig. »Und *Aviendha?* Wieso ...?« Mit einem Schlag wurde ihm bewußt, was sie noch gesagt hatte. »Was meinst du mit ›so lange‹?«

»Heute ist der siebte Tag«, sagte sie. »Der siebte Tag, seit ihr alle hinunter ins Tal gegangen seid.«

Der Wasserschlauch fiel ihm aus den Händen. Seana schnappte ihn, bevor viel herausfließen und auf dem steinigen Hand versickern konnte, denn dieses Naß war hier in der Wüste schließlich von unschätzbarem Wert. Rand bemerkte es kaum. Sieben Tage. In sieben Tagen konnte alles mögliche geschehen sein. *Sie können aufgeholt und herausbekommen haben, was ich vorhabe. Ich muß weiter, und zwar schnell. Ich muß einen Vorsprung vor ihnen wahren. Ich bin nicht von so weit hergekommen, um jetzt einen Fehlschlag zu erleiden.*

Sie blickten ihn alle an, selbst Rhuarc und Mat, und auf allen Gesichtern stand die Sorge geschrieben. Und Vorsicht. Kein Wunder. Wer wußte schon, was er als nächstes vorhatte und wie es um seine geistige Gesundheit bestellt war? Nur Lan behielt seinen steinernfinsteren Gesichtsausdruck bei.

»Ich sagte dir doch, daß es Aviendha sei, Rand. Nackt wie ein neugeborenes Baby.« Mats Stimme klang schmerzerfüllt und rauh. Seine Beine wirkten auch nicht gerade, als könnten sie ihn noch lange aufrecht halten.

»Wie lange noch, bis Moiraine zurückkommt?« fragte Rand. Wenn sie zur gleichen Zeit hineingegangen war, sollte sie bald zurück sein.

»Wenn sie am zehnten Tag noch nicht zurück ist«, erwiderte Bair, »dann kommt sie auch nicht mehr. Niemand ist je nach mehr als zehn Tagen noch zurückgekehrt.«

Also vielleicht noch drei Tage. Drei weitere Tage, und er hatte schon sieben verloren. *Laß sie eben jetzt kommen. Ich werde nicht versagen!* Er konnte kaum verhindern, daß er das Gesicht wütend und trotzig verzog. »Ihr könnt die Macht gebrauchen. Zumindest eine von Euch. Ich habe gesehen, wie Ihr Couladin herumgebeutelt habt. Werdet Ihr Mat mit Hilfe der Macht heilen?«

Amys und Melaine tauschten einen Blick, der ihm ausgesprochen bedauernd vorkam.

»Unsere Wege sind anders verlaufen«, sagte Amys mit Schmerz in der Stimme. »Es gibt Weise Frauen, die fertigbringen, was Ihr wünscht, auf gewisse Weise jedenfalls, doch wir gehören nicht zu ihnen.«

»Was meint Ihr damit?« fuhr er sie ärgerlich an. »Ihr könnt die Macht lenken wie die Aes Sedai. Warum könnt Ihr nicht genauso heilen? Ihr wolltet von Anfang an nicht, daß er nach Rhuidean geht. Wollt Ihr ihn jetzt deswegen sterben lassen?«

»Ich werde es überleben«, sagte Mat, doch er hatte die Augen vor Schmerz fest zusammengepreßt.

Egwene legte eine Hand auf Rands Arm. »Nicht alle Aes Sedai sind gute Heiler«, sagte sie in beruhigendem Tonfall. »Die besten Heiler gehören alle zu den Gelben Ajah. Sheriam zum Beispiel, die Herrin der Novizinnen, kann nicht viel mehr heilen als höchstens eine Schramme oder einen kleinen Schnitt. Keine zwei Frauen haben genau die gleichen Talente oder Fertigkeiten.«

Ihr Tonfall irritierte ihn. Er war kein quengelndes Kind, das man beruhigen mußte. Er sah die Weisen Frauen mit finsterer Miene an. Ob sie nun nicht konnten oder nicht wollten, jedenfalls würden Mat und er auf Moiraine warten müssen. Falls sie nicht in diesem Blendwerk des Bösen ums Leben gekommen war, durch diese Staubwesen vielleicht. Sie mußten sich mittlerweile aufgelöst haben; auch das in Tear hatte ein solches Ende gefunden. *Das hätte sie nicht aufhalten können. Sie kann sich mit Hilfe der Macht ihren Weg bahnen. Sie weiß genau, was sie tut, und muß es nicht die ganze Zeit über mühsam selbst herausbekommen wie ich.* Aber warum war sie noch nicht zurück? Warum war sie überhaupt hingegangen, und wieso hatte er sie nicht gesehen? Dumme Frage. Hundert Leute hätten sich in Rhuidean aufhalten können, ohne daß er sie sah. Zu viele Fragen und keine Antworten, bis sie zurückkam, wie er vermutete. Falls sie selbst die Antworten darauf kannte.

»Es gibt Kräuter und Tinkturen«, sagte Seana. »Kommt aus dem Sonnenschein heraus, und wir kümmern uns um Eure Verletzungen.«

»Aus dem Sonnenschein«, murrte Rand. »Na ja.« Er benahm sich unmöglich, aber es war ihm gleich. Warum war Moiraine nach Rhuidean gegangen? Er traute ihr immer zu, ihn dorthin zu steuern, wo sie ihn haben wollte, zum Teufel noch mal. Wenn sie sich dort drinnen befand, konnte sie dann das beeinflußt haben, was er sah? Es auf irgendeine Art verändert haben? Wenn sie auch nur vermutete, was er vorhatte …

Er ging auf die Zelte der Jindo zu, denn Couladins Leute würden ihm wohl kaum einen Platz zum Ausruhen anbieten, aber Amys wies ihn zu der ebenen Fläche weiter oben, auf der die Zelte der Weisen Frauen standen. »Sie fühlen sich in Eurer Gegenwart im Moment sicher noch nicht sehr wohl«, sagte sie. Rhuarc, der neben ihr herging, nickte zustimmend.

Melaine sah Lan an. »Das hier ist nicht Eure Angelegenheit, *Aan'allein.* Ihr und Rhuarc nehmt Matrim mit und ...«

»Nein«, unterbrach Rand sie. »Ich will sie bei mir haben.« Zum Teil wollte er von dem Clanhäuptling bestimmte Antworten erhalten, und zum Teil war es reine Sturheit. Diese Weisen Frauen wollten ihn sämtlich an die Leine nehmen, genau wie Moiraine. Damit würde er sich nicht abfinden. Sie sahen sich gegenseitig an und nickten dann, als gewährten sie ihm eine Gnade. Wenn sie glaubten, er sei ein braver Junge, sobald sie ihm ein Bonbon gaben, dann täuschten sie sich aber. »Ich hätte gedacht, Ihr wärt bei Moiraine geblieben«, sagte er zu Lan, wobei er die Weisen Frauen und ihr Nicken mit Nichtbeachtung strafte.

Verlegenheit zuckte über das Gesicht des Behüters. »Die Weisen Frauen brachten es fertig, beinahe bis zum Sonnenuntergang zu verschweigen, daß sie weggegangen war«, sagte er verkniffen. »Dann haben sie mich davon ... überzeugt, daß es keinen Sinn habe, ihr zu folgen. Sie sagten, selbst wenn ich hinterherginge, würde ich sie nicht finden, bevor sie sich auf den Rückweg machte, und dann brauche sie mich sowieso nicht mehr. Ich bin aber nicht ganz sicher, ob ich recht daran tat, ihrem Rat zu folgen.«

»Dem Rat zu folgen«, schnaubte Melaine. Ihre goldenen und elfenbeinernen Armringe klapperten, als sie verärgert ihren Schal zurechtzog. »Das sieht einem Mann ähnlich, so angeblich vernünftig zu tun! Ihr wärt mit größter Wahrscheinlichkeit gestorben und hättet sie womöglich gleich mit umgebracht!«

»Melaine und ich mußten ihn fast die halbe Nacht über festhalten, bevor er endlich auf uns hörte«, sagte Amys. Ihr leichtes Lächeln wirkte amüsiert und auch ein wenig sarkastisch.

Lans Gesicht war wie aus Gewitterwolken geschnitten. Kein Wunder, wenn die Weisen Frauen die Macht benutzt hatten, um ihn zurückzuhalten. Was machte Moiraine bloß da drinnen?

»Rhuarc«, sagte Rand, »wie soll ich es anstellen, die Aiel zu einen? Sie wollen mich nicht einmal anschauen.« Er hob einen Moment seine bloßen Unterarme. Die Schuppen der Drachen glitzerten im grellen Sonnenschein. »Dies hier bedeutet, daß ich der bin, Der Mit Der Morgendämmerung Kommt, aber sobald ich die Dinger zeigte, sind praktisch alle einfach weggelaufen.«

»Es ist eine Sache, zu wissen, daß eine Weissagung schließlich in Erfüllung gehen wird«, sagte der Clanhäuptling bedächtig, »aber eine ganz andere, wenn diese Erfüllung vor den eigenen Augen Gestalt annimmt. Es wurde vorhergesagt, daß Ihr aus den Clans wieder ein Volk machen werdet, aber wir haben genauso lange gegeneinander gekämpft wie gegen den Rest der Welt. Und für einige von uns gibt es da noch mehr Probleme.«

Er wird Euch zusammenfügen und Euch vernichten. Rhuarc hatte auch das bestimmt schon gehört. Und auch die anderen Clanhäuptlinge und die Weisen Frauen, wenn sie ebenfalls diesen Wald aus leuchtenden Glassäulen betreten hatten. Falls Moiraine nicht eine ganz besondere Vision für ihn hervorgebracht hatte. »Sieht eigentlich jeder die gleichen Sachen zwischen diesen Säulen, Rhuarc?«

»Nein!« fauchte Melaine. Ihre Augen glänzten wie grüner Stahl. »Seid ruhig oder schickt *Aan'allein* und Matrim weg. Auch Ihr müßt gehen, Egwene.«

»Es ist nicht gestattet«, sagte Amys mit nur ein klein wenig sanfterer Stimme. »Man darf nicht über das sprechen, was in Rhuidean geschieht, außer mit denjenigen, die selbst dort waren.« Und noch ein bißchen sanfter: »Aber trotzdem sprechen nur wenige darüber und das nur selten.«

»Ich werde ändern, was gestattet ist und was nicht«, sagte Rand gelassen zu ihnen. »Gewöhnt Euch daran.« Er schnappte von Egwene eine leise Bemerkung auf, etwas wie ›man sollte ihm eins aufs Ohr geben‹, und er grinste sie an. »Egwene kann auch hierbleiben, da sie so nett darum gebeten hat.« Sie streckte ihm die Zunge heraus und wurde dann rot, als ihr bewußt wurde, wie sie sich benommen hatte.

»Veränderung«, sagte Rhuarc. »Du weißt, daß er Veränderungen mit sich bringt, Amys. Wir fühlen uns wie Kinder im Dunklen, weil wir uns immer fragen müssen, was sich ändern mag und wie sich diese Veränderungen zeigen. Da es aber sein muß, machen wir jetzt den Anfang. Keine zwei Clanhäuptlinge, mit denen ich darüber gesprochen habe, haben durch genau die gleichen Augen gesehen, Rand, oder die gleichen Dinge, bis auf die Wasserzeremonie und das Zusammentreffen, auf dem die Vereinbarung von Rhuidean beschlossen wurde. Ob es bei den Weisen Frauen dasselbe ist, weiß ich nicht, aber ich glaube schon. Ich glaube, es hat mit der Abstammung zu tun. Meiner Meinung nach habe ich alles mit den Augen meiner Vorfahren gesehen, und Ihr mit den Augen Eurer Vorfahren.«

Amys und die anderen Weisen Frauen schmollten und schwiegen mürrisch. Mat und Egwene blickten gleich verwirrt drein. Nur Lan schien überhaupt nicht zuzuhören. Sein Blick war nach innen gerichtet. Zweifellos machte er sich Sorgen um Moiraine.

Rand hatte auch ein eigenartiges Gefühl bei Rhuarcs Worten. Durch die Augen seiner Vorfahren sehen. Er hatte wohl seit einiger Zeit gewußt, daß Tam al'Thor nicht sein richtiger Vater war, daß er als Neugeborenes am Abhang des Drachenberges gefunden worden war, gleich nach der letzten wichtigen Schlacht im Aielkrieg. Ein Neugeborenes neben seiner toten Mutter, einer Tochter des Speers. Er hatte sein Aielblut geltend gemacht, als er verlangte, nach Rhuidean gehen zu dürfen, aber erst jetzt eigentlich erfaßte er das Ganze so richtig. Seine Vorfahren. Aiel.

»Dann habt Ihr auch gesehen, wie man den Bau von Rhuidean gerade begann«, sagte er. »Und die beiden Aes Sedai. Ihr ... habt gehört, was eine davon sagte.« *Er wird Euch vernichten.*

»Habe ich.« Rhuarc sah aus, als habe er sich damit abgefunden, wie ein Mann, der erfahren hatte, daß man ihm ein Bein abnehmen mußte. »Ich weiß.«

Rand wechselte das Thema. »Was hat es mit dieser ›Wasserzeremonie‹ auf sich?«

Der Clanhäuptling zog überrascht die Augenbrauen hoch. »Habt Ihr das nicht erkannt? Aber, es stimmt, wieso solltet Ihr es erkennen? Ihr seid nicht mit unserer Geschichte aufgewachsen. Den ältesten Sagen nach hat uns vom Tag, an dem die Zerstörung der Welt begann, bis zum Tag, an dem wir das Dreifache Land betraten, nur ein Volk nie angegriffen. Ein Volk gab uns großzügig Wasser, wenn wir es benötigten. Wir brauchten lang, bis wir herausbekamen, wer sie waren. Das ist aber alles lange vorbei. Der Friedensschwur wurde gebrochen, die Baummörder haben uns ins Gesicht gespuckt.«

»Cairhien«, sagte Rand. »Ihr sprecht von Cairhien und *Avendoraldera,* und von Laman, der diesen Baum fällte.«

»Laman ist zur Strafe gestorben«, sagte Rhuarc mit gepreßter Stimme. »Die Meineidigen wurden bestraft.« Er sah Rand von der Seite her an. »Einige wie Couladin nehmen das als Beweis dafür, daß wir niemandem trauen können, der kein Aiel ist. Zum Teil haßt er Euch deswegen. Zum Teil. Er betrachtet Euer Gesicht und Euer Blut als Lügen. Oder zumindest behauptet er das.«

Rand schüttelte den Kopf. Moiraine sprach manchmal darüber, wie komplex das Muster eines Zeitalters aufgebaut sei, vom Rad der Zeit aus den Fäden menschlicher Leben gewebt. Wenn die Vorfahren der Cairhienianer nicht vor dreitausend Jahren den Aiel Wasser überlassen hätten, hätte man Cairhien niemals erlaubt, die Seidenstraße durch die Wüste zu benützen und ihnen einen *Avendesora*-Schößling als äußeres Zeichen dafür überlassen. Ohne diesen Treueeid hätte König Laman keinen Baum vorgefunden, um ihn zu fällen. Dann wäre es nicht zum Aielkrieg gekommen, und er wäre nicht am Hang des Drachenberges geboren und in den Zwei Flüssen aufgezogen worden. An wie vielen Punkten in der Geschichte hatte eine einzige Entscheidung für das eine oder andere das Muster in den letzten Jahrtausenden beeinflußt? Tausendmal an tausend winzigen Nahtstellen, und jedesmal wurde das Muster in eine andere Form gezwungen. Er selbst war eine wandelnde Nahtstelle wie all die anderen, und vielleicht war es bei Mat und Perrin genauso. Was sie machten oder nicht machten, schickte ringförmige Wellen durch die Jahre voraus, durch die Zeitalter.

Er sah Mat an, der den Hang mit Hilfe seines Speers aufwärts humpelte, den Kopf gesenkt und die Augen vor Schmerz fast geschlossen. *Der Schöpfer kann nicht nachgedacht haben, wenn er die Zukunft der Welt auf die Schultern dreier Bauernjungen legte. Ich kann sie nicht fallenlassen. Ich muß die Last tragen, was es mich auch kostet.*

Als sie die niedrigen, wandlosen Zelte der Weisen Frauen erreichten, duckten sich die Frauen beim Hineingehen und murmelten etwas von Wasser und Schatten. Sie zerrten Mat beinahe hinein. Zum Beweis, wie sehr sein Kopf und sein Hals schmerzen mußten, gehorchte er, und das auch noch ohne Widerrede.

Rand wollte ihnen folgen, doch Lan legte ihm eine Hand auf die Schulter. »Habt Ihr sie dort drinnen gesehen?« fragte der Behüter.

»Nein, Lan, tut mir leid. Ich habe sie nicht gesehen. Aber wenn irgend jemand, dann wird sie es sein, die wieder heil herauskommt.«

Lan knurrte und nahm seine Hand weg. »Hütet Euch vor Couladin, Rand. Ich habe schon andere von der Sorte kennengelernt. In ihm brennt der Ehrgeiz. Er würde die ganze Welt opfern, um sein Ziel zu erreichen.«

»*Aan'allein* sagt die Wahrheit«, sagte Rhuarc. »Die Drachen auf Euren Armen werden keine Rolle mehr spielen, wenn Ihr tot seid, bevor die Clanhäuptlinge davon erfahren. Ich werde dafür sorgen, daß ein paar von Heims Jindo immer in der Nähe sind, bis wir die Kaltfelsenfestung erreichen. Selbst dann noch wird Couladin versuchen, Euch Schwierigkeiten zu machen, und zumindest die Shaido werden ihm folgen. Vielleicht auch noch andere. Die Weissagung von Rhuidean behauptet, Ihr würdet von Menschen aufgezogen, die nicht vom Blute sind, aber Couladin ist wohl nicht der einzige, der Euch einfach als Feuchtländer ansieht.«

»Ich werde mich bemühen, auch meinen Rücken im Auge zu behalten«, sagte Rand trocken. In den Sagen rief jeder, wenn einer eine Prophezeiung erfüllte: »Siehe!« oder ähnliches, und das war's auch schon. Natürlich erledigte man noch den Bösewicht. Im wirklichen Leben schien es so nicht zu funktionieren.

Als sie das Zelt betraten, saß Mat bereits auf einem roten Kissen mit goldenen Fransen und hatte Wams und Hemd abgelegt. Eine Frau in weißer Kapuzenrobe hatte gerade das letzte Blut von seinem Gesicht abgewaschen und begann, seinen Oberkörper zu reinigen. Amys hielt einen Steintiegel zwischen den Knien und mischte mit Hilfe eines Stößels Kräuter für irgendeine Salbe. Bair und Seana steckten die Köpfe zusammen und brauten mit anderen Kräutern einen Sud in einem Topf mit heißem Wasser.

Melaine schnitt Lan und Rhuarc eine Grimasse, und dann fixierte sie Rand mit ihren kühlen grünen Augen. »Macht Euren Oberkörper frei«, sagte sie kurz angebunden. »Die Schnitte an Eurem Kopf sehen nicht zu schlimm aus, aber laßt mich einmal sehen, weshalb Ihr euch so krümmt.« Sie schlug einen kleinen Messinggong, und eine weitere weiß gekleidete Frau kam geduckt unter der hinteren Zeltwand hervor, eine dampfende Silberschüssel in Händen und mit Handtüchern über dem Arm.

Rand setzte sich auf ein Kissen und richtete sich gerade auf. »Es ist nichts, worüber Ihr euch Gedanken machen müßt«, versicherte er ihr. Die zweite in Weiß gehüllte Frau kniete elegant neben ihm nieder. Sie widerstand seinen Bemühungen, das feuchte Tuch zu ergreifen, das sie über der Schüssel ausgewrungen hatte, und begann, sanft sein Gesicht zu waschen. Er fragte sich, wer sie wohl sei. Sie sah wie eine Aiel aus, handelte aber nicht wie eine. In ihren grauen Augen stand etwas wie entschlossene Demut.

»Es ist eine alte Verletzung«, sagte Egwene zu der Weisen Frau mit dem blonden Haar. »Moiraine hat es nie geschafft, sie vollständig zu heilen.« Der Blick, den sie Rand zuwarf, sagte ihm, die Höflichkeit hätte eigentlich von ihm verlangt, das zu erzählen. Den Blicken nach zu schließen, mit denen sich die Weisen Frauen ansahen, hatte sie bereits mehr als genug gesagt, dachte sich Rand. Eine Wunde, die von den Aes Sedai nicht geheilt werden konnte. Das war ihnen ein Rätsel. Moiraine schien überhaupt mehr von ihm zu wissen als er selbst, und er hatte es schon schwer genug, mit ihr auszukommen. Vielleicht war es leichter in bezug auf die weisen Frauen, wenn sie nicht soviel über ihn wußten und mehr raten mußten. Mat zuckte zusammen, als Amys damit begann, ihre Salbe auf die Schnitte an seinem Brustkorb aufzutragen. Wenn sie so wirkte, wie sie roch, dachte Rand, dann hatte er einen

Grund, zusammenzuzucken. Bair hielt Mat einen silbernen Becher hin. »Trinkt, *junger Mann.* Timsinwurzel und Silberblatt werden Eure Kopfschmerzen lindern, wenn überhaupt etwas damit fertig wird.«

Er zögerte nicht und kippte alles herunter. Ein Schaudern und ein verzogenes Gesicht waren die Folge. »Schmeckt wie die Innenseite meiner Stiefel.« Doch er verbeugte sich im Sitzen vor ihr. Es wirkte sogar höflich genug für tairenische Maßstäbe, außer, daß er kein Hemd anhatte und plötzlich losgrinste. »Ich danke Euch, Weise Frau. Und ich frage auch nicht, ob Ihr irgend etwas hineingetan habt, um ihm diesen ... denkwürdigen ... Geschmack zu verleihen.« Bairs und Seanas leises Lachen sagte nichts darüber aus, ob sie so etwas Gemeines getan hatten oder nicht, aber es schien, daß Mat wie gewöhnlich den richtigen Ton gefunden hatte, um bei den Frauen anzukommen. Selbst Melaine schenkte ihm ein kurzes Lächeln.

»Rhuarc«, sagte Rand, »wenn Couladin mir Schwierigkeiten bereiten möchte, muß ich früher als er handeln. Wie stelle ich es an, den anderen Clanhäuptlingen Bescheid zu sagen? Über mich. Und über die.« Er hielt kurz seine Arme mit den Drachen hoch. Die weiß gekleidete Frau an seiner Seite, die nun die lange Platzwunde in seinem Haar auswusch, vermied es offensichtlich, hinzuschauen.

»Es gibt da keine festgelegten Formalitäten«, sagte Rhuarc. »Wie könnte das auch sein bei einem Ereignis, das es nur einmal geben kann? Wenn man ein Treffen der Clanhäuptlinge abhalten muß, gibt es dafür Orte, an denen so etwas wie der Friede Rhuideans gilt. Der nächstgelegene an der Kaltfelsenfestung und auch der nächstgelegene bei Rhuidean ist Alcair Dal. Dort solltet Ihr Eure Beweise den Clan- und Septimen-Häuptlingen vorlegen.«

»Al'cair Dal?« sagte Mat und betonte es dabei ein wenig anders. »Die Goldene Schüssel?«

Rhuarc nickte. »Eine runde Schlucht, wenn auch nichts Goldenes daran ist. An einem Ende gibt es einen Vorsprung, und ein Mann, der darauf steht, muß gar nicht laut sprechen, um überall in der Schlucht gehört zu werden.«

Rand sah finster auf die Drachen an seinen Unterarmen herab. Er war nicht der einzige, der auf irgendeine Art in Rhuidean gezeichnet worden war. Mat sagte mittlerweile nichts mehr in der Alten Sprache, ohne zu wissen, was er sprach. Seit Rhuidean verstand er alles, obwohl er das gar nicht zu begreifen schien. Egwene beobachtete Mat nachdenklich. Sie hatte zuviel Zeit bei den Aes Sedai verbracht.

»Rhuarc, könnt Ihr den anderen Clanhäuptlingen Botschaften übermitteln?« fragte er. »Wie lange wird es dauern, um sie alle nach Alcair Dal zu bitten? Was muß ich tun, damit sie auch bestimmt alle kommen?«

»Boten werden Wochen brauchen, und weitere Wochen werden vergehen, bis alle da sind.« Rhuarcs Geste umfaßte alle vier Weisen Frauen. »Sie dagegen können jeden Clanhäuptling, jeden Septimen-Häuptling, im Traum in einer einzigen Nacht erreichen. Und auch jede Weise Frau, damit sie sichergehen, daß keiner der Männer es nur einfach für einen Traum hält.«

»Ich freue mich über dein Vertrauen, daß wir Berge versetzen können, Schatten meines Herzens«, sagte Amys trocken und setzte sich mit ihrer Salbe in der Hand neben Rand. »Aber Vertrauen reicht nicht. Wir würden mehrere Nächte brauchen, um zu tun, was du vorschlägst, und wir hätten nicht viel Ruhe dabei.«

Rand nahm ihre Hand, als sie die scharf riechende Salbe auf seine Wange auftragen wollte. »Werdet Ihr es tun?«

»Habt Ihr es so eilig, uns zu vernichten?« wollte sie wissen, und dann biß sie sich ärgerlich auf die Unterlippe, als die in Weiß gehüllte Frau an Rands anderer Seite zusammenfuhr. Melaine klatschte zweimal in die

Hände. »Verlaßt uns«, sagte sie in scharfem Ton, und die Frauen in Weiß verbeugten sich und schoben sich mit ihren Schüsseln und Tüchern rückwärts aus dem Zelt.

»Ihr treibt mich an wie mit einem Nadelstock«, beschwerte sich Amys bitterlich bei Rand. »Was man ihnen auch befiehlt, diese Frauen werden nun über etwas klatschen, was sie nicht wissen dürften.« Sie entzog ihre Hand seinem Griff und begann, die Salbe etwas vehementer aufzutragen, als vielleicht notwendig war. Sie brannte noch schlimmer als sie roch.

»Ich will Euch nicht antreiben«, sagte Rand, »aber die Zeit wird zu knapp. Die Verlorenen sind in Freiheit, Amys, und wenn sie herausfinden, wo ich mich befinde oder was ich vorhabe ...« Die Aielfrauen schienen nicht überrascht. Hatten sie es bereits gewußt? »Neun von ihnen sind noch am Leben. Zu viele, und diejenigen, die mich nicht töten wollen, glauben, mich statt dessen benutzen zu können. Ich habe einfach keine Zeit. Wenn ich eine Möglichkeit hätte, die Clanhäuptlinge jetzt in diesem Augenblick hierher zu bringen und ihre Anerkennung zu gewinnen, dann würde ich sie nutzen.«

»Was habt Ihr denn vor?« Amys Stimme klang genauso steinern wie ihre Gesicht wirkte.

»Werdet Ihr die Häuptlinge auffordern – bitten –, nach Alcair Dal zu kommen?«

Einen ausgedehnten Augenblick lang trafen sich ihre Blicke. Als sie schließlich nickte, war es widerwillig.

Widerwillig oder nicht, jedenfalls ließ seine innere Anspannung etwas nach. Es gab keine Möglichkeit, sieben verlorene Tage wieder zurückzugewinnen, aber vielleicht konnte er es vermeiden, noch mehr Zeit zu verlieren. Allerdings hielt ihn Moiraine hier fest, die sich immer noch mit Aviendha zusammen in Rhuidean befand. Er konnte sie nicht so einfach im Stich lassen.

»Ihr habt meine Mutter gekannt«, sagte er. Egwene

beugte sich vor, genauso neugierig wie er, und Mat schüttelte den Kopf.

Amys Hand auf seinem Gesicht hielt inne. »Ich kannte sie.«

»Erzählt mir von ihr. Bitte.«

Sie wandte ihre Aufmerksamkeit dem Schnitt über seinem Ohr zu. Wenn eine finstere Miene heilen könnte, hätte er ihre Salbe nicht mehr gebraucht. Schließlich sagte sie: »Shaiels Geschichte, soweit ich sie kenne, beginnt, als ich noch eine *Far Dareis Mai* war, mehr als ein Jahr bevor ich den Speer aufgab. Eine Anzahl von uns war gemeinsam fast bis zur Drachenmauer vorgestoßen. Eines Tages trafen wir eine Frau, eine goldhaarige junge Feuchtländerin, in Seide gekleidet, mit Packpferden und einer schönen Stute, auf der sie ritt. Einen Mann hätten wir natürlich getötet, aber sie hatte keine Waffe bis auf ein einfaches Messer am Gürtel. Ein paar wollten sie nackt zur Drachenmauer zurückschicken ...« Egwene riß die Augen auf. Sie war immer wieder überrascht davon, wie hart die Aiel sein konnten. Amys fuhr jedoch ohne Pause fort: »... doch sie schien entschlossen, nach irgend etwas zu suchen. Neugierig folgten wir ihr Tag um Tag, ohne uns ihr zu erkennen zu geben. Ihre Pferde gingen ein, ihre Lebensmittel waren verbraucht, auch ihr Wasser, aber sie kehrte nicht um. Sie stolperte zu Fuß weiter, bis sie schließlich stürzte und nicht mehr aufkam. Wir beschlossen, ihr Wasser zu geben und sie nach ihrer Geschichte zu fragen. Sie war dem Tod nahe und es dauerte einen ganzen Tag, bis sie sprechen konnte.«

»Sie hieß Shaiel?« fragte Rand, als sie zögerte. »Woher kam sie? Warum kam sie dorthin?«

»Shaiel«, sagte Bair, »war der Name, den sie später selbst annahm. Sie nannte nie einen anderen, solange ich sie kannte. In der Alten Sprache bedeutet das: eine Frau, die einem Ziel verschworen ist.« Mat nickte zustimmend und schien dabei gar nicht zu bemerken, was er tat. Lan beobachtete ihn nachdenklich über einen silbernen Becher mit Wasser hinweg. »Da war eine Bitterkeit an Shaiel, jedenfalls zu Anfang«, schloß sie.

Amys kauerte neben Rand und nickte. »Sie sprach von einem zurückgelassenen Kind, einem Sohn, den sie liebte. Einem Mann, den sie nicht liebte. Wo das war, sagte sie nicht. Ich glaube nicht, daß sie es sich selbst jemals vergab, ihr Kind im Stich gelassen zu haben. Sie erzählte nur wenig über das hinaus, was sie sagen mußte. Wir waren es, nach denen sie gesucht hatte – die Töchter des Speers. Eine Aes Sedai namens Gitara Moroso, die über die Gabe der Weissagung verfügte, hatte ihr gesagt, daß ihr Land und ihr Volk, vielleicht die ganze Welt, dem Verderben preisgegeben sei, wenn sie nicht wegzog, um unter den Töchtern des Speers zu leben. Sie durfte niemandem davon erzählen. Sie mußte selbst eine Tochter des Speers werden und sie konnte nicht in ihr eigenes Land zurückkehren, bis die Töchter des Speers Tar Valon erreichten.«

Sie schüttelte staunend den Kopf. »Ihr müßt verstehen, wie das für uns damals klang. Die Töchter des Speers erreichen Tar Valon? Kein Aiel hatte mehr die Drachenmauer überquert, seit den Tagen, als wir das Dreifache Land betraten. Es würde noch vier Jahre dauern, bis Lamans Verbrechen uns in die Feuchtländer brachte. Und ganz sicher war noch niemand zur Tochter des Speers geworden, die nicht von uns Aiel abstammte. Einige von uns glaubten, die Sonne habe sie zum Wahnsinn getrieben. Aber sie hatte einen eisernen Willen, und irgendwie brachte sie uns dazu, ihr einen Versuch zu gestatten.«

Gitara Moroso. Eine Aes Sedai mit der Gabe der Weissagung. Irgendwo hatte er diesen Namen schon einmal gehört, aber wo? Und er hatte einen Bruder. Einen Halbbruder. Er hatte sich schon immer gefragt, wie es wohl sei, einen Bruder oder eine Schwester zu haben. Wer war es und wo lebte er? Doch Amys fuhr fort:

»Beinahe jedes Mädchen träumt davon, zur Tochter des Speers zu werden. Sie lernen wenigstens die Anfänge des Bogenschießens und wie man mit einem Speer umgeht, oder auch, wie man mit Händen und Füßen kämpft. Trotzdem erkennen diejenigen schließlich, die den endgültigen Schritt tun und sich dem Speer antrauen lassen, daß sie überhaupt nichts wissen und können. Für Shaiel war das noch schwieriger. Mit dem Bogen konnte sie gut umgehen, doch sie war niemals auch nur eine Meile weit gelaufen oder hätte sich von dem ernährt, was sie in der Natur vorfand. Ein zehnjähriges Mädchen hätte sie übertreffen können, und sie wußte noch nicht einmal, welche Pflanzen einem zeigen, daß sich in der Nähe Wasser befindet. Und doch hielt sie durch. Nach einem Jahr hatte sie ihren Eid auf den Speer abgelegt und war eine der Töchter. Sie wurde von der Chumai-Septime der Taardad adoptiert.«

Und schließlich war sie mit den Töchtern nach Tar Valon gezogen, nur um am Hang des Drachenberges zu sterben. Eine halbe Antwort, die neue Fragen hervorbrachte. Wenn er nur ihr Gesicht hätte sehen können.

»Ihr habt etwas von ihr in Euren Gesichtszügen«, sagte Seana, als könne sie seine Gedanken lesen. Sie hatte sich mit übergeschlagenen Beinen hingesetzt und hielt einen kleinen silbernen Becher mit Wein in der Hand. »Und weniger von Janduin.«

»Janduin? Mein Vater?«

»Ja«, sagte Seana. »Er war Clanhäuptling der Taardad zu jener Zeit, der jüngste seit Menschengedenken. Aber er hatte etwas an sich, eine Ausstrahlung von Macht … Die Menschen hörten auf ihn und folgten ihm, selbst die anderer Clans. Er beendete die Blutfehde der Taardad und der Nakai nach zweihundert Jahren und brachte nicht nur mit den Nakai ein Bünd-

nis zustande, sondern auch mit den Reyn, und die Reyn standen kurz davor, ebenfalls eine Blutfehde mit den Taardad auszutragen. Er hätte beinahe auch die Fehde zwischen den Shaarad und den Goshien beendet. Wahrscheinlich wäre es ihm gelungen, wenn Laman nicht den Baum gefällt hätte. So jung er noch war, führte doch gerade er die Taardad und die Nakai, die Reyn und die Shaarad in die Feuchtländer, damit Laman den Blutpreis bezahlte.«

War. Also war auch er jetzt tot. Egwenes Gesicht zeigte Mitgefühl. Rand beachtete es nicht; er wollte kein Mitgefühl. Wie konnte er diesen Verlust auch empfinden, da er diese Menschen niemals gekannt hatte? Und trotzdem empfand er Trauer. »Wie ist Janduin gestorben?«

Die Weisen Frauen tauschten zögernde Blicke. Dann endlich sagte Amys: »Es war zu Beginn des dritten Jahres der Suche nach Laman, als Shaiel schwanger wurde. Das Gesetz verlangt, daß sie in einem solchen Fall ins Dreifache Land zurückkehrt. Es ist einer Tochter verboten, den Speer zu tragen, solange sie schwanger ist. Aber Janduin konnte ihr nichts abschlagen. Hätte sie von ihm den Mond an einem Halsband verlangt, hätte er versucht, ihn ihr zu beschaffen. Also blieb sie, und im letzten Kampf vor Tar Valon wurde sie vermißt, und ihr Kind war so ebenfalls verloren. Janduin konnte sich nicht verzeihen, daß er sie nicht gezwungen hatte, dem Gesetz zu gehorchen.«

»Er ist als Häuptling zurückgetreten«, sagte Bair. »Das hatte zuvor noch niemand getan. Man sagte ihm, es könne nicht angehen, aber er ging einfach weg. Nach Norden wanderte er mit den jungen Männern, um in der Fäule Trollocs und Myrddraal zu jagen. Das ist etwas, das wilde junge Männer manchmal unternehmen und auch Töchter des Speers, die weniger Grips haben als eine Ziege. Diejenigen, die zurückkehrten, behaupteten aber, er sei von einem Mann getötet worden. Sie sagten, Janduin habe behauptet, der Mann sehe aus wie Shaiel, und so erhob er seine Waffe nicht gegen ihn und ließ sich von ihm durchbohren.«

Also tot. Beide. Er würde seine Liebe zu Tam niemals aufgeben und nicht aufhören, an ihn als seinen Vater zu denken, aber er wünschte sich doch, wenigstens einmal Janduin und Shaiel gesehen zu haben.

Egwene versuchte natürlich, ihn zu trösten, so wie das Frauen halt machten. Es hatte keinen Sinn, ihr verständlich machen zu wollen, daß er niemals besessen hatte, was er verloren hatte. Wenn er sich an Eltern erinnerte, dann an Tam al'Thors ruhiges Lachen und etwas verschwommener an Kari al'Thors sanfte Hände. Das dürfte wohl jedem Mann ausreichen. Egwene schien deshalb enttäuscht, sogar ein wenig fassungslos, und die Weisen Frauen teilten ihre Gefühle offensichtlich in gewissem Maße. Bair runzelte mißbilligend die Stirn, und Melaine rückte steif und bedrohlich ihren Schal zurecht. Frauen verstanden so etwas einfach nicht. Rhuarc und Mat und Lan verstanden es dagegen und ließen ihn in Ruhe, wie er es wünschte.

Aus einem unerfindlichen Grund hatte er keinen Appetit, als Melaine Essen bringen ließ. Also ging er hinüber zur Zeltwand und legte sich hin. Eines der Kissen klemmte er unter seinen Ellbogen, damit er sich aufstützen und den Abhang und die in Nebel gehüllte Stadt beobachten konnte. Die Sonne durchglühte das Tal und die Berge der unmittelbaren Umgebung, verbrannte die Schatten. Die Luft, die ins Zelt hineinzog, schien aus einer Esse zu stammen.

Nach einer Weile kam Mat herüber. Er trug ein neues, sauberes Hemd. Er setzte sich wortlos neben Rand und spähte ins Tal hinab, den seltsamen Speer über die Knie gelegt. Von Zeit zu Zeit fühlte er nach den eingeschnitzten Kursiv-Schriftzeichen am schwarzen Schaft. »Wie geht es deinem Kopf?« fragte Rand, und Mat fuhr zusammen.

»Er … er tut nicht mehr weh.« Seine Finger zuckten ertappt von den Schriftzeichen weg. Nun faltete er ganz bewußt die Hände im Schoß. »Jedenfalls nicht mehr so sehr. Was sie da auch zusammengebraut haben, es hat gewirkt.«

Er schwieg wieder, und Rand ließ ihn in Ruhe. Er wollte auch nicht sprechen. Er konnte beinahe greifbar spüren, wie die Zeit verrann. Sandkörnchen in einer Sanduhr fielen eines nach dem anderen ganz langsam herunter. Aber alles schien gleichzeitig zu beben. Der Sand konnte jeden Moment zu einem wilden Strom werden. Närrisch. Er ließ sich lediglich von der flimmernden Hitze über den blanken Felsen des Abhanges beeinflussen. Die Clanhäuptlinge konnten Alcair Dal auch keinen Tag früher erreichen, wenn jetzt in diesem Augenblick Moiraine vor ihm erschien. Sie stellten sowieso nur einen Teil des Ganzen dar und vielleicht sogar den unwichtigsten. Eine Weile später bemerkte er, daß Lan entspannt auf dem gleichen Granitblock hockte, den Couladin benützt hatte. Dem Behüter schien die Sonne nichts auszumachen. Auch er beobachtete das Tal. Noch ein Mann, der keine Lust zum Sprechen hatte.

Rand aß auch nichts zu Mittag, obwohl sich Egwene und die anderen darin abwechselten, ihn zum Essen überreden zu wollen. Sie ertrugen es noch relativ gelassen, doch als er vorschlug, nach Rhuidean zurückzukehren und sich nach Moiraine umzuschauen und natürlich auch nach Aviendha, da explodierte Melaine.

»Ihr närrischer Mann! Kein Mann kann zweimal nach Rhuidean gehen! Selbst Ihr kämt nicht mehr lebend zurück. Ach, verhungert doch, wenn Ihr wollt!« Sie warf ihm ein halbes Rundbrot an den Kopf. Mat schnappte es sich aber aus der Luft und begann seelenruhig, es aufzuessen.

»Warum wollt Ihr denn unbedingt, daß ich am Leben bleibe?« fragte Rand. »Ihr wißt doch, was diese Aes

Sedai vor Rhuidean gesagt hat. Ich werde Euch vernichten. Warum tut Ihr euch nicht mit Couladin zusammen und bringt mich um?« Mat erstickte beinahe an seinem Brot, und Egwene stützte empört die Hände in die Hüften, bereit, ihm einen Vortrag zu halten. Doch Rand konzentrierte sich ganz auf Melaine. Statt zu antworten, funkelte sie ihn nur an und verließ das Zelt.

Es war Bair, die schließlich darauf antwortete: »Jeder glaubt, die Weissagung von Rhuidean zu kennen, aber was sie kennen, ist in Wirklichkeit nur das, was ihnen die Weisen Frauen und die Clanhäuptlinge generationenlang erzählt haben. Keine Lügen, aber auch nicht die ganze Wahrheit. Die Wahrheit könnte auch den stärksten Mann zerbrechen.«

»Und was ist die ganze Wahrheit?« beharrte Rand.

Sie blickte erst Mat an und sagte dann: »In diesem Fall ist die ganze Wahrheit, die bisher nur den Weisen Frauen und den Clanhäuptlingen bekannt war, daß Ihr unser Untergang seid. Unser Untergang und unsere Rettung. Ohne Euch wird keiner unserer Leute die Letzte Schlacht überleben. Vielleicht noch nicht einmal bis zur Letzten Schlacht. Das wurde geweissagt und es ist die Wahrheit. Mit Euch zusammen ... ›Er wird das Blut derer vergießen, die sich Aiel nennen, als sei es Wasser, das im Sand versickert, und er wird sie zerbrechen wie trockenes Reisig, und doch wird er den Rest des Restes retten, und sie werden überleben.‹ Eine harte Zukunft, aber dies war ja auch nie ein sanftes Land.« Sie erwiderte seinen Blick, ohne die Augen zu senken. Ein hartes Land und eine harte Frau.

Er wälzte sich wieder herum und beobachtete weiter das Tal. Die anderen gingen, bis auf Mat.

Am späten Nachmittag machte er schließlich eine kleine Gestalt aus, die erschöpft aus dem Tal hochkletterte. Aviendha. Mat hatte recht gehabt; sie war wirklich nackt wie ein Neugeborenes. Und obwohl sie eine

Aiel war, zeigte die Sonne doch ihre Wirkung bei ihr: Nur ihre Hände und das Gesicht waren braungebrannt, während der Rest ihres Körpers entschieden rot aussah. Er war froh, sie zu sehen. Sie mochte ihn wohl nicht, aber nur, weil sie glaubte, er habe Elayne schlecht behandelt. Der einfachste aller Gründe. Nicht der Prophezeiung ihres Untergangs wegen, nicht wegen der Drachen an seinen Armen oder weil er der Wiedergeborene Drache war. Nein, aus einem ganz menschlichen Grund. Er freute sich schon beinahe auf ihren kühlen, herausfordernden Blick.

Als sie ihn sah, erstarrte sie und es lag nichts Kühles in ihren blaugrünen Augen. Bei diesem Blick erschien ihm die Sonne auf einmal kalt. Er hätte eigentlich auf der Stelle zu Asche verbrennen sollen.

»Äh ... Rand?« sagte Mat leise. »Ich glaube nicht, daß ich ihr den Rücken zukehren würde, wenn ich du wäre.«

Ein müdes Aufseufzen entrang sich ihm. Natürlich, wenn sie innerhalb dieser Glassäulen gewesen war, dann wußte sie Bescheid. Bair, Melaine und die anderen, sie hatten sich über die Jahre hinweg daran gewöhnt. Für Aviendha jedoch war das wie eine frische Wunde, auf der sich noch kein Grind gebildet hatte. *Kein Wunder, wenn sie mich jetzt haßt.*

Die Weisen Frauen eilten hinaus zu Aviendha und brachten sie schnell in ein anderes Zelt. Als Rand sie das nächstemal sah, trug sie einen bauschigen braunen Rock und eine lose hängende weiße Bluse und hatte sich einen Schal über die Oberarme gelegt. Sie schien nicht sehr glücklich in dieser Kleidung. Sie sah, daß er sie beobachtete, und die Wut auf ihrer Miene, diese blanke, animalische Wut, reichte, daß er sich abwandte.

Als Moiraine schließlich auftauchte, reichten die Schatten bereits bis an die gegenüberliegenden Berge heran. Sie stürzte und taumelte wieder hoch beim Klettern und sie hatte den gleichen Sonnenbrand wie

Aviendha. Er war überrascht, daß auch sie nichts anhatte. Die Frauen mußten wohl alle verrückt sein.

Lan sprang von dem Felsblock herunter und rannte zu ihr hin. Er nahm sie auf die Arme und lief den Hang noch schneller hoch, als er hinuntergesprungen war, wobei er abwechselnd fluchte und nach den Weisen Frauen rief. Moiraines Kopf rollte widerstandslos an seiner Schulter hin und her. Die Weisen Frauen kamen ihnen entgegen und nahmen sie ihm ab. Melaine vertrat Lan den Weg, als er ihnen ins Zelt hinein folgen wollte. So marschierte er dann eben nervös vor dem Zelt auf und ab und schlug sich gelegentlich mit der Faust auf die andere Handfläche.

Rand ließ sich auf den Rücken sinken und blickte hoch zu dem niedrigen Zeltdach. Drei Tage eingespart. Er hätte eigentlich glücklich darüber sein sollen, daß Moiraine und Aviendha zurück und in Sicherheit waren, aber seine eigentliche Erleichterung galt den eingesparten Tagen. Die Zeit bedeutete alles. Er mußte in der Lage sein, selbst zu bestimmen, wann und gegen wen er kämpfte. Vielleicht war das jetzt doch noch möglich.

»Was hast du jetzt vor?« fragte Mat.

»Etwas, das dir gefallen sollte. Ich werde wieder einmal die Vorschriften umgehen.«

»Ich habe doch nur gemeint, ob du dir jetzt etwas zum Essen holst. Ich für meinen Teil habe Hunger.«

Unwillkürlich mußte Rand lachen. Etwas zu essen? Es war ihm gleich, und wenn er überhaupt nie mehr etwas aß. Mat sah ihn an, als sei er verrückt geworden, und das ließ ihn nur noch mehr lachen. Nicht verrückt. Zum erstenmal würde jemand erfahren, was es wirklich bedeutete, daß er der Wiedergeborene Drache war. Er würde sämtliche Vorschriften auf eine Art brechen, mit der mit Sicherheit niemand rechnete.

KAPITEL 13

Eine harte Lektion

Das Herz des Steins in *Tel'aran'rhiod* war genauso wie in der wirklichen Welt, an die sich Egwene erinnerte: riesige, glänzende Sandsteinsäulen erhoben sich bis an eine ferne Decke und unter der mächtigen Kuppel in der Mitte war *Callandor* zu sehen, wie es in den hellen Steinplatten des Fußbodens stak. Nur die Menschen fehlten. Die goldenen Lampen waren nicht entzündet worden, und doch gab es etwas Licht, trüb und dennoch schmerzte es gleichzeitig in den Augen. Es schien von überall her zugleich zu kommen. Das war aber oft so, wenn man sich in *Tel'aran'rhiod* im Inneren eines Gebäudes befand.

Wen sie nicht erwartet hatte, war die Frau, die jenseits des glitzernden Kristallschwertes stand und in die blassen Schatten unter den Säulen starrte. Ihre Kleidung überraschte Egwene. Bloße Füße und Pumphosen aus mit Brokat gesäumter gelber Seide. Darüber eine Schärpe in etwas dunklerem Gelb, und ihr Oberkörper war nackt, bis auf ein paar Goldketten an ihrem Hals. Eine glitzernde Reihe von winzigen Goldringen schmückte ihre Ohren, und, noch überraschender, sie trug einen weiteren goldenen Ring durch die Nase. Von ihm aus hing eine dünne Kette bis zu einem der Ringe in ihrem linken Ohr. An der Kette wiederum hingen Medaillons.

»Elayne?« Egwene schnappte nach Luft, und sie raffte ihren Schal um die Schultern zusammen, als sei sie es, die keine Bluse trug. Sie hatte sich diesmal wie eine Weise Frau angezogen, eigentlich ohne besonderen Grund.

Die Tochter-Erbin fuhr zusammen, und als sie sich zu Egwene herumdrehte, trug sie plötzlich eine züchtige blaßgrüne Robe mit hohem, besticktem Kragen und langen Ärmeln, deren Manschetten ihr bis auf die Hände herunterhingen. Keine Ohrringe. Kein Nasenring. »So ziehen sich die Frauen des Meervolks an, wenn sie auf See sind«, sagte sie schnell und wurde doch ziemlich rot dabei. »Ich wollte erleben, wie man sich darin fühlt und das hier schien der beste Ort dafür. Auf dem Schiff konnte ich es schließlich nicht ausprobieren.«

»Und was für ein Gefühl ist es?« fragte Egwene neugierig.

»Vor allem war mir kalt.« Elayne blickte sich unter den Säulen um. »Und man hat das Gefühl, daß einen jeder anstarrt, selbst wenn überhaupt niemand da ist.« Plötzlich mußte sie lachen. »Armer Thom und armer Juilin. Die meiste Zeit über wissen sie nicht, wohin sie schauen sollen. Die Hälfte der Schiffsbesatzung besteht aus Frauen.«

Egwene betrachtete ebenfalls die Säulen und zuckte die Achseln. Sie hatte auch das Gefühl, sie würden beobachtet. Zweifellos kam das daher, daß sie die einzigen Menschen im Stein waren. Keiner, der sich nach *Tel'aran'rhiod* begeben konnte, erwartete, hier jemanden vorzufinden, der ihn oder sie beobachtete. »Thom? Thom Merrilin? Und Juilin Sandar? Sind *sie* etwa bei euch?«

»Ach, Egwene, Rand hat sie geschickt. Rand und Lan. Nun ja, Thom wurde eigentlich von Moiraine geschickt, und Rand hat dann Meister Sandar auch noch hinter uns hergejagt. Um uns zu helfen. Nynaeve ist ganz schön sauer deswegen, auf Lan natürlich, aber sie läßt sich nichts anmerken.«

Egwene unterdrückte ein Lächeln. *Nynaeve* war sauer? Elaynes Gesicht strahlte, und sie hatte schon wieder das Kleid gewechselt. Diesmal war der Ausschnitt um vieles tiefer, aber das schien ihr nicht bewußt zu sein. Der *Ter'Angreal,* der verdrehte Steinring, half der Tochter-Erbin dabei, ähnlich leicht wie Egwene die Welt der Träume zu erreichen, aber er verlieh einem deshalb noch nicht das Wissen, wie man seine Fähigkeiten beherrschte. Das mußte man erst lernen. Nebengedanken, zum Beispiel, wie sie sich gern vor Rand zeigen würde, änderten für Elayne noch einiges, das sie nicht unter Kontrolle hatte.

»Wie geht es ihm?« In Elaynes Stimme schwangen sowohl gekünstelte Gleichgültigkeit wie auch bange Erwartung mit.

»Nun«, sagte Egwene, »ich denke, es geht ihm gut.« Sie berichtete nun alles – von den Portalsteinen und Rhuidean, jedenfalls soweit sie vom Hörensagen darüber Bescheid wußte, davon, durch die Augen der eigenen Vorfahren die Geschichte mitzuerleben, von den Geschöpfen aus dem Drachenbanner, die nun Rands Unterarme zeichneten, von Bairs Aufklärung, daß er den Untergang der Aiel repräsentiere, von der Aufforderung an die Clanhäuptlinge, nach Alcair Dal zu kommen. Amys und die anderen Weisen Frauen waren wohl gerade jetzt dabei; jedenfalls hoffte sie das sehr. Sie erzählte Elayne sogar in Kurzform die Geschichte von Rands richtigen Eltern. »Aber ich weiß nicht recht. Er hat sich seltsamer als je zuvor benommen, und Mat beinahe genauso. Das soll nicht heißen, daß er wahnsinnig wird, aber … Er ist genauso hart wir Rhuarc oder Lan, jedenfalls auf gewisse Weise, vielleicht sogar härter. Er plant irgend etwas, glaube ich, das er niemanden wissen lassen will, und er hat es schrecklich eilig, damit anzufangen. Das macht mir Sorgen. Manchmal habe ich das Gefühl, er sieht überhaupt keine Menschen mehr, sondern nur Figuren auf einem Spielbrett.«

Elayne schien sich keine Sorgen zu machen, oder zumindest nicht in dieser Hinsicht. »Er ist, was er ist,

Egwene. Ein König oder ein General kann sich nicht immer leisten, Menschen als solche anzusehen. Wenn ein Herrscher etwas unternehmen muß, das eine ganze Nation betrifft, gibt es Zeiten, da werden einzelne benachteiligt, weil er das Beste für die Gesamtheit erreichen will. Rand ist tatsächlich ein König, Egwene, auch ohne ein Land, falls man nicht Tear zählen will, und wenn er nichts unternimmt, was irgend jemand weh tut, dann wird er am Ende allen schaden.«

Egwene schniefte. Es stimmte zwar, Gefallen konnte sie aber nicht daran finden. Menschen blieben Menschen, und als solche mußte man sie auch sehen. »Es gibt noch mehr Neuigkeiten. Einige der Weisen Frauen können die Macht benutzen. Ich weiß nicht, wie viele es sind, aber ich schätze, es sind gar nicht so wenige. Demnach zu schließen, was mir Amys erzählt, spüren sie jede Frau auf, die auch nur den kleinsten Funken des Talents in sich hat.« Keine Aielfrau mußte sterben, weil sie sich selbst den Gebrauch der Macht lehren mußte, ohne überhaupt zu wissen, was sie tat. Es gab unter den Aiel keine Wilde. Männer, bei denen man bemerkte, daß sie die Macht benutzen konnten, erfuhren ein viel schlimmeres Schicksal: Sie gingen nach Norden in die Große Fäule und vielleicht noch weiter, sogar bis ins Verdorbene Land und zum Schayol Ghul. »Wir werden den Dunklen König töten«, sagten sie dazu. Keiner überlebte dort lange genug, um überhaupt noch dem Wahn zu verfallen. »Aviendha gehört zu denen, die dieses Talent besitzen, wie sich herausgestellt hat. Sie wird sogar sehr stark werden, nehme ich an. Amys glaubt das auch.«

»Aviendha«, staunte Elayne. »Klar. Ich hätte es wissen sollen. Ich habe das gleiche Gefühl auch bei Jorin gehabt, schon beim ersten Blick, wie bei Aviendha. Und bei dir auch, was das betrifft.«

»Jorin?«

Elayne verzog das Gesicht. »Ich habe versprochen,

niemandem von ihr zu erzählen, und nun plaudere ich es bei der ersten Gelegenheit aus. Nun, ich glaube kaum, daß du ihr oder ihren Schwestern schaden wirst. Jorin ist die Windsucherin des *Wogentänzers,* Egwene. Sie kann die Macht benützen, und einige der anderen Windsucherinnen können das auch.« Sie blickte sich unter den Säulen um, und plötzlich war ihr Kleid wieder hochgeschlossen. Sie rückte einen dunklen Spitzenschal zurecht, der sich einen Augenblick zuvor noch nicht dort befunden hatte und der nun ihr Haar bedeckte und seinen Schatten auf ihr Gesicht warf. »Egwene, du darfst es aber niemandem weitererzählen. Jorin hat Angst, daß die Burg sie zwingen will, Aes Sedai zu werden, um sie auf irgendeine Weise unter Kontrolle zu bringen. Ich versprach, ich würde alles tun, was in meiner Macht steht, um das zu verhindern.«

»Ich sage es nicht weiter«, versprach Egwene bedächtig. Weise Frauen und Windsucherinnen. Unter beiden Völkern gab es Frauen, die mit der Macht umgehen konnten, aber keine hatte die Drei Eide abgelegt und war durch die Eidesrute gebunden worden. Die Eide waren dazu da, den Menschen Vertrauen in die Aes Sedai einzuflößen. Oder wenigstens sollten sie ihre Macht nicht fürchten müssen. Aber die Aes Sedai mußten trotzdem die meiste Zeit über im geheimen arbeiten. Weise Frauen – und Windsucherinnen, da hätte sie wetten können – nahmen einen hohen Rang in ihren Gesellschaften ein. Ohne die Fesseln der Eide arbeiteten sie wahrscheinlich in Sicherheit. Das gab ihr doch zu denken.

»Nynaeve und ich sind unserem Plan übrigens schon voraus, Egwene. Jorin hat mir beigebracht, wie man das Wetter beeinflußt. Du wirst nicht glauben, welch mächtige Stränge des Elements Luft sie verweben kann! Gemeinsam haben wir den *Wogentänzer* so schnell vorangetrieben, wie er nur segeln konnte, und das ist wirklich schnell! Wir dürften in etwa drei, vielleicht sogar in zwei Tagen in Tanchico anlegen, meint Coine. Sie ist die Segelherrin, also Kapitän des *Wogentänzers*. In zehn Tagen von Tear nach Tanchico! Und dabei drehen wir noch bei und sprechen mit den Leuten auf jedem Schiff der Atha'an Miere, das wir unterwegs sichten. Egwene, die Meerleute glauben, daß Rand ihr Coramoor sei.«

»Tatsächlich?«

»Coine irrt sich in mancher Beziehung, was die Ereignisse in Tear betrifft. Sie nimmt zum Beispiel an, die Aes Sedai dienten nun Rand. Nynaeve und ich hielten es für das Beste, sie nicht über die wirklichen Verhältnisse aufzuklären. Aber sobald sie alles einer anderen Segelherrin erzählt, wird die es weitergeben und sie werden alle Rand dienen. Ich glaube, sie würden reinweg alles tun, was er von ihnen verlangt.«

»Ich wünschte, die Aiel wären genauso willig«, seufzte Egwene. »Rhuarc glaubt, daß sich einige weigern werden, ihn anzuerkennen, ganz gleich, ob er nun die Drachen von Rhuidean am Arm trägt oder nicht. Ein Bursche, Couladin heißt er, würde ihn sofort umbringen, wenn er eine Gelegenheit hätte.«

Elayne trat einen Schritt vor. »Du wirst achtgeben, daß ihm nichts passiert.« Es war weder eine Frage noch eine Bitte. In ihren blauen Augen stand ein hartes Leuchten, und in ihrer Hand lag plötzlich ein blanker Dolch.

»Ich werde mein Bestes geben. Rhuarc stellt ihm Leibwächter zur Seite.«

Elayne schien den Dolch erst jetzt zu bemerken und zuckte zusammen. Die Klinge verschwand. »Du mußt mir alles beibringen, was Amys dich lehrt, Egwene. Es bringt mich aus der Fassung, wenn Sachen plötzlich auftauchen oder verschwinden, oder wenn mir mit einemmal klar wird, daß ich schon wieder andere Kleider trage. Es passiert einfach.«

»Das werde ich tun. Wenn ich Zeit dazu habe.« Sie war schon zu lange in *Tel'aran'rhiod.* »Elayne, falls ich nicht da bin, wenn wir uns das nächste Mal treffen wollen, dann mach dir keine Sorgen. Ich werde es versuchen, aber vielleicht bin ich nicht in der Lage, zu kommen. Sag es bitte auf jeden Fall auch Nynaeve. Wenn ich nicht komme, dann schaut jede Nacht danach herein. Ich werde wohl kaum mehr als ein oder zwei Tage später kommen, da bin ich eigentlich sicher.«

»Wenn du meinst«, sagte Elayne zweifelnd. »Es wird bestimmt Wochen dauern, bis wir wissen, ob Liandrin und die anderen in Tanchico sind oder nicht. Thom scheint zu glauben, daß es in der Stadt ziemlich durcheinander geht.« Ihr Blick wanderte zu *Callandor,* das bis zur Hälfte im Fußboden vergraben war. »Warum hat er das gemacht, was glaubst du?«

»Er sagte, es werde die Tairener an ihn binden. Solange sie wissen, daß es hier ist, wissen sie auch, daß er zurückkommen wird. Vielleicht weiß er tatsächlich, was er tut. Ich hoffe es zumindest.«

»Oh. Ich dachte, er sei ... vielleicht ... böse wegen irgendeiner Sache.«

Egwene runzelte die Stirn. Diese plötzliche Verlegenheit paßte gar nicht zu Elayne. »Weswegen sollte er böse sein?«

»Ach, nichts. Es war nur so eine Idee. Egwene, ich gab ihm zwei Briefe, bevor ich Tear verließ. Weißt du, wie er sie aufgenommen hat?«

»Nein, keine Ahnung. Hast du ihm irgend etwas geschrieben, von dem du glaubst, er sei dir deshalb böse?«

»Nein, natürlich nicht.« Elayne lachte fröhlich, doch es klang gezwungen. Ihr Kleid war plötzlich aus dunkler Wolle gewebt und fest genug, um einen harten Winter zu überdauern. »Ich bin nicht so närrisch, daß ich ihm Dinge schreibe, die ihn ärgern.« Ihr Haar stand plötzlich nach allen Richtungen ab. Es wirkte wie eine total verrückte Krone. Sie war sich dessen jedoch gar nicht bewußt. »Ich bemühe mich schließlich, ihn in mich verliebt zu machen. Ich will einfach nur, daß er mich liebt. Oh, warum können Männer nicht einfacher sein? Warum müssen sie einem solche Schwierigkeiten bereiten? Na, wenigstens ist er von Berelain weg.« Aus der Wolle wurde wieder Seide, und der Ausschnitt war nun noch tiefer als vorher. Ihr Haar schimmerte auf ihren Schultern und übertraf sogar den Glanz der Seide. Sie zögerte und nagte an ihrer Unterlippe. »Egwene? Wenn du eine Gelegenheit hast, sagst du ihm dann, daß ich ernst gemeint habe, was ich in… Egwene? Egwene!«

Etwas hatte Egwene gepackt. Das Herz des Steins schrumpfte zu einem schwarzen Punkt zusammen, als zerre sie jemand am Kragen weg.

Keuchend schoß Egwene von ihren Kissen hoch. Ihr Herz klopfte ungestüm, und sie blickte hoch zu dem nachtdunklen Zeltdach über ihrem Kopf. An den offenen Seiten drang nur ein wenig Mondschein herein. Sie lag unter ihren Decken, denn die Nächte in der Wüste waren ebenso kalt wie die Tage heiß waren, und der Rost, von dem der süßliche Geruch glühenden Dungs herkam, gab wenig Wärme ab. Sie lag, wo sie sich zum Schlafen hingelegt hatte. Aber was hatte sie zurückgezerrt?

Mit einemmal wurde ihr bewußt, daß Amys mit übergeschlagenen Beinen neben ihr saß, in Schatten gehüllt. Das vom Halbschatten bedeckte Gesicht der Weisen Frau kam ihr genauso düster und bedrückend vor wie die ganze Nacht.

»Habt Ihr das getan, Amys?« fragte sie verärgert. »Ihr habt kein Recht dazu, mich einfach so hin und her zu zerren. Ich bin eine Aes Sedai von den Grünen Ajah…« Die Lüge kam ihr mittlerweile leicht über die Lippen. »… und Ihr habt kein Recht…«

Amys schnitt ihr mit grimmiger Stimme das Wort ab: »Jenseits der Drachenmauer im Weißen Turm mögt Ihr eine Aes Sedai sein, aber hier seid Ihr eine unwissende Schülerin, ein leichtsinniges Kind, das durch eine Schlangengrube kriecht.«

»Ich weiß, ich habe gesagt, ich gehe nicht ohne Euch nach *Tel'aran'rhiod«*, sagte Egwene in leicht zerknirschtem Tonfall, »aber ...«

Etwas packte sie an den Knöcheln und riß ihre Füße in die Luft empor. Die Decken fielen zur Seite und ihr Nachthemd rutschte hoch bis an ihre Achselhöhlen. Sie hing mit dem Kopf nach unten in der Luft, und ihr Gesicht befand sich auf einer Höhe mit dem von Amys. Wütend griff sie nach *Saidar* – und stellte fest, daß sie abgeschirmt war.

»Ihr wolltet allein losziehen«, zischte Amys leise. »Ihr wart gewarnt worden, aber Ihr mußtet trotzdem gehen.« Ihre Augen schienen in der Dunkelheit zu glühen. Sie wurden immer heller. »Überhaupt kein Gedanke daran, was auf Euch warten könnte. Es gibt Dinge im Traum, die auch das tapferste Herz zerspringen lassen.« Um diese Augen aus blau-glühender Kohle schmolz das Gesicht, dehnte sich. Wo sich Haut befunden hatte, da wuchsen nun Schuppen. Das Kinn schob sich nach vorn und scharfe, spitze Zähne schimmerten in dem weit geöffneten Rachen. »Dinge, die auch das tapferste Herz *fressen* könnten«, grollte sie.

Schreiend trommelte Egwenes Verstand gegen die Wand, die sie von der Wahren Quelle trennte. Sie versuchte, in dieses schreckliche Gesicht zu schlagen, dieses Ding zu treffen, das nicht Amys sein konnte. Aber etwas packte nun ihre Arme und streckte sie bis zum Äußersten, und das mitten in der Luft. Sie konnte lediglich schreien, als sich der Rachen um ihren Kopf schloß.

Schreiend fuhr Egwene auf ihrem Lager hoch und klammerte sich an ihre Decken. Mit Mühe zwang sie sich, den Mund zu schließen, aber sie konnte ihren Körper nicht davon abhalten, unkontrolliert zu zittern. Sie befand sich im Zelt – oder etwa nicht? Da saß Amys mit übergeschlagenen Beinen im Schatten und um sie herum glühte *Saidar* –, aber war es wirklich Amys? Verzweifelt öffnete sie sich der Wahren Quelle und hätte beinahe geheult, als sie wieder auf diese Barriere traf. Sie schlug die Decken zurück und krabbelte auf Händen und Knien über die Schichten von Teppichen, wobei sie ihre sorgfältig zusammengelegte Kleidung mit beiden Händen durcheinanderwühlte. Sie hatte doch ein Messer am Gürtel. Wo war das nur? Wo? Da!

»Setzt Euch hin«, sagte Amys beißend, »bevor ich Euch eine Medizin gegen Zappelei und Hirngespinste verabreiche. Sie wird Euch nicht schmecken.«

Egwene drehte sich auf den Knien um, das kurze Messer in beiden Händen. Sie hätten ja gezittert, wenn sie sie nicht so fest um den Messergriff geschlossen hätte. »Seid Ihr es diesmal wirklich?«

»Ich bin immer ich selbst, jetzt wie vorhin. Eine harte Lektion ist immer die beste. Wolltet Ihr mich erstechen?«

Zögernd steckte Egwene das Messer in die Scheide zurück. »Ihr habt kein Recht, mich …«

»Ich habe jedes Recht dazu! Ihr habt mir Euer Wort gegeben. Ich wußte nicht, daß Aes Sedai lügen können. Wenn ich Euch unterweisen soll, muß ich mich darauf verlassen können, daß Ihr tut, was ich sage. Ich werde nicht zuschauen, wie sich eine meiner Schülerinnen den eigenen Hals durchschneidet!« Amys seufzte. Das Glühen um sie herum verflog und damit auch der Block zwischen Egwene und *Saidar.* »Ich kann Euch nicht noch länger abschirmen. Ihr seid viel stärker als ich. Jedenfalls in bezug auf die Eine Macht. Ihr hättet beinahe meine Abschirmung durchbrochen. Aber wenn Ihr euer Wort nicht haltet, bin ich mir nicht sicher, ob ich Euch unterrichten will.«

»Ich werde mein Wort halten, Amys. Das verspreche ich. Aber ich muß mich in *Tel'aran'rhiod* mit meinen Freundinnen treffen. Ich habe es ihnen auch versprochen. Amys, sie brauchen vielleicht meine Hilfe und meinen Rat.« Es war in der Dunkelheit schwer, Amys' Gesicht zu erkennen, und Egwene entdeckte nichts, was auf ein Aufweichen der starren Front schließen ließ. »Bitte, Amys. Ihr habt mir doch schon so viel beigebracht. Ich glaube, ich kann sie jetzt überall aufspüren. Bitte. Hört jetzt nicht auf, wo es so viel gibt, was ich noch lernen kann. Ich werde tun, was immer Ihr wünscht.«

»Flechtet Euch Zöpfe«, sagte Amys mit tonloser Stimme.

»Zöpfe?« fragte Egwene unsicher. Es wäre sicher nicht schlimm, aber warum? Sie trug das Haar jetzt lose und schulterlang, aber es war noch nicht so lange her, da war sie vor Stolz beinahe geplatzt, als die Versammlung der Frauen zu Hause festgestellt hatte, sie sei jetzt alt genug, einen Zopf zu tragen, so, wie ihn Nynaeve immer noch trug. An den Zwei Flüssen war ein Zopf das Zeichen dafür, daß man eine Frau war und kein kleines Mädchen mehr.

»Zwei«, sagte Amys. »Einen über jedem Ohr.« Amys Stimme klang immer noch wie eine Steinplatte. »Falls Ihr keine Bänder habt, die Ihr hineinflechten könnt, gebe ich Euch welche. So tragen die kleinen Mädchen bei uns das Haar. Mädchen, die zu jung sind, um beim Wort genommen zu werden. Wenn Ihr mir beweist, daß Ihr euer Wort halten könnt, braucht Ihr die Zöpfe nicht mehr so zu tragen. Wenn Ihr mich aber wieder belügt, dann lasse ich Euch den Rock abschneiden, wie bei den Kleidchen der kleinen Mädchen, und ich suche Euch eine Puppe, die Ihr herumtragen könnt. Wenn Ihr Euch entschließt, Euch wie eine Frau zu verhalten, werdet Ihr auch als Frau behandelt. Erklärt Euch einverstanden, oder ich unterrichte Euch nicht mehr.«

»Ich bin einverstanden, falls Ihr mich begleitet, wenn ich meine ...«

»Stimmt zu, *Aes Sedai!* Ich feilsche nicht mit Kindern oder solchen, die ihr Wort nicht halten. Entweder tut Ihr, was ich sage, akzeptiert, was ich Euch freiwillig gebe, dann ist es in Ordnung. Oder Ihr geht weg und laßt Euch umbringen. Ich – werde – Euch – nicht – dabei – helfen!«

Egwene war froh, daß es dunkel war. Dadurch wurde ihre finstere Miene verborgen. Natürlich hatte sie ihr Wort gegeben, aber ansonsten war alles so ungerecht. Keiner versuchte dagegen, Rand mit irgendwelchen blödsinnigen Vorschriften einzuengen. Nun ja, vielleicht war das wirklich ein anderer Fall. Sie ließ sich doch noch lieber von Amys herumkommandieren, als immer in Gefahr zu sein, daß Couladin ihr einen Speer in den Rücken jagte. Mat aber würde sich mit Sicherheit nicht an anderer Leute Vorschriften halten. Doch ob er nun ein *Ta'veren* war oder nicht, er mußte eben auch nichts lernen, nur einfach da sein. Höchstwahrscheinlich würde er sich glatt weigern, wenn er etwas lernen sollte, außer, es hätte mit Glücksspielen oder Essen zu tun. Sie dagegen wollte etwas lernen. Manchmal erschien es ihr wie ein unstillbarer Durst; soviel sie auch aufnahm, sie wollte doch immer mehr. Das machte die Sache aber trotzdem nicht besser. *Es ist eben so, und ich muß es hinnehmen,* dachte sie bedauernd.

»Ich bin einverstanden«, sagte sie. »Ich werde tun, was Ihr verlangt, annehmen, was Ihr gebt, und sonst nichts.«

»Gut.« Nach einer langen Pause, als warte sie darauf, ob Egwene noch etwas sagen wollte, die jedoch weise ihren Mund hielt, fügte Amys hinzu: »Ich werde Euch hart anpacken, Egwene, aber nicht ohne Grund. Daß Ihr glaubt, ich habe Euch bereits vieles beigebracht, zeigt nur, wie wenig Ihr von Beginn an wußtet. Ihr habt ein ausgeprägtes Talent zum Träumen und werdet uns alle wahrscheinlich eines Tages weit hinter Euch lassen. Aber wenn Ihr nicht lernt, was ich Euch lehren kann, was wir vier Euch lehren können, werdet Ihr dieses Talent niemals richtig anwenden können. Höchstwahrscheinlich wärt Ihr nicht lange genug am Leben.«

»Ich werde mich bemühen, Amys.« Sie glaubte, eine gute Vorstellung in bezug auf Demut zu geben. Warum sagte die Frau nicht einfach, was sie hören wollte? Wenn Egwene nicht allein nach *Tel'aran'rhiod* gehen durfte, mußte Amys eben mitkommen beim nächsten Treffen mit Elayne. Oder vielleicht kam beim nächsten Mal auch Nynaeve.

»Gut. Habt Ihr sonst noch etwas zu sagen?«

»Nein, Amys.«

Diesmal dauerte das Schweigen länger. Egwene wartete so geduldig wie möglich, die Hände auf den Knien gefaltet.

»Also könnt Ihr Eure Wünsche auch für Euch behalten, wenn Ihr wollt«, sagte Amys schließlich, »auch wenn es Euch juckt, als ob Ihr einen Floh hättet. Oder mißverstehe ich den Grund für Eure Unruhe? Soll ich Euch etwas zum Einreiben geben? Nein? Also gut, ich werde Euch begleiten, wenn Ihr Eure Freundinnen treffen müßt.«

»Danke schön«, sagte Egwene brav. Ein Floh! Also, so was!

»Falls Ihr mir beim ersten Mal nicht richtig zugehört habt: Der Lernprozeß wird weder einfach, noch kurz. Ihr glaubt, daß Ihr die letzten Tage über gearbeitet habt. Aber nun bereitet Euch darauf vor, erst richtig loszulegen und Euch Mühe zu geben!«

»Amys, ich werde alles lernen, was Ihr mir beibringen könnt, und ich werde so hart arbeiten, wie Ihr wünscht. Aber das mit Rand und den Schattenfreunden … Die Zeit zum Lernen könnte sich als Luxus herausstellen, für den unsere Mittel nicht ausreichen.«

»Ich weiß«, sagte Amys müde, »er bereitet uns auch schon einige Sorgen. Kommt. Ihr habt mit kindischen Anwandlungen bereits genug Zeit vertrödelt. Es gibt Frauensachen zu besprechen. Kommt. Die anderen warten schon.«

Egwene griff nach ihrem Kleid, doch Amys sagte: »Das braucht Ihr nicht. Wir haben nur ein kurzes Stück Weg. Legt Euch eine Decke um und kommt mit. Ich habe bereits eine ganze Menge Arbeit geleistet, um Rand al'Thor zu helfen, und ich muß noch mehr tun, bis wir soweit sind.«

Egwene legte sich zweifelnd eine Decke über die Schultern und folgte der älteren Frau in die Nacht hinaus. Es war *kalt.* Sie hatte sofort eine Gänsehaut am ganzen Körper und hüpfte barfuß von einem Fuß auf den anderen über den eiskalten, steinigen Boden. Nach der Tageshitze erschien ihr diese Nacht so eiskalt wie der kälteste Winter an den Zwei Flüssen. Ihr Atem verwandelte sich in einen Nebelhauch und wurde sofort von der Luft aufgesogen. Kalt oder nicht, die Luft war immer noch trocken.

Am hinteren Ende des Lagers der Weisen Frauen stand ein kleines Zelt, das ihr vorher gar nicht aufgefallen war. Es war genauso niedrig wie die anderen, aber rundherum dicht geschlossen. Zu ihrer Überraschung begann Amys, sich auszuziehen, und sie bedeutete ihr, dasselbe zu tun. Sie biß die Zähne zusammen, damit sie nicht vor Kälte klapperten und kam Amys Aufforderung langsam nach. Als die Aielfrau ausgezogen war, stand sie da, als sei die Nacht überhaupt nicht kalt, atmete tief ein und breitete die Arme aus dabei. Schließlich bückte sie sich und schlüpfte hinein. Egwene eilte beflissen und dankbar hinterher.

Dampf und Hitze schlugen ihr entgegen. Der Schweiß quoll ihr beinahe augenblicklich aus allen

Poren. Moiraine befand sich bereits drinnen, dazu die anderen Weisen Frauen und Aviendha. Alle saßen nackt und schwitzend um einen großen Eisenkessel herum, der bis zum Rand mit rußigen Steinen gefüllt war. Kessel und Steine verströmten diese Hitze. Die Aes Sedai schien recht gut erholt von ihren Strapazen, obwohl die Haut um ihre Augen herum angespannt war. Das hatte sie früher bei ihr nicht gesehen.

Während Egwene sich ganz vorsichtig einen Sitzplatz suchte – hier gab es keine Schichten von Teppichen, sondern nur den blanken, steinigen Boden –, holte Aviendha einen Schöpflöffel voll Wasser aus einem kleineren Kessel an ihrer Seite und goß es in den großen hinein. Es zischte, und das Wasser verdampfte augenblicklich. Auf den Steinen blieb nicht einmal ein feuchter Fleck übrig. Aviendhas Miene war ausgesprochen sauer. Egwene konnte sich vorstellen, wie sie sich fühlte. Den Novizinnen in der Burg teilte man auch Arbeiten zu. Sie konnte sich selbst nicht entscheiden, ob sie das Bodenschrubben mehr haßte als das Abwaschen oder andersherum. Diese Arbeit hier schien lange nicht so unangenehm.

»Wir müssen besprechen, was wir in bezug auf Rand al'Thor unternehmen sollen«, sagte Bair, als Amys schließlich auch am Kessel saß.

»In bezug auf ihn unternehmen?« fragte Egwene aufgescheucht. »Er hat die Male. Er ist derjenige, nach dem Ihr geforscht habt.«

»Er ist es«, bestätigte Melaine grimmig und wischte sich eine goldene Haarsträhne aus dem feuchten Gesicht. »Wir müssen versuchen, dafür zu sorgen, daß so viele wie möglich aus unserem Volk sein Kommen überleben.«

»Und genauso wichtig ist«, bemerkte Seana, »daß er überlebt, um den Rest der Weissagungen in Erfüllung gehen zu lassen.« Melaine funkelte sie zornig an, und

Seana fügte in geduldigem Tonfall hinzu: »Sonst wird überhaupt niemand von uns überleben.«

»Rhuarc sagte, er werde einige von den Jindo als Leibwächter einsetzen«, sagte Egwene bedächtig. »Hat er seine Meinung nun geändert?«

Amys schüttelte den Kopf. »Hat er nicht. Rand al'Thor schläft in den Zelten der Jindo, und hundert Mann wachen darüber, daß er auch wieder aufwacht. Aber die Männer sehen die Dinge oftmals anders als wir. Rhuarc wird ihm folgen, vielleicht bei Entscheidungen widersprechen, die er für falsch hält, aber er wird nicht versuchen, ihn zu gängeln.«

»Glaubt Ihr, daß er Führung braucht?« Moiraine zog die Augenbrauen hoch, als Egwene das sagte, doch die jüngere Frau beachtete sie nicht. »Er hat bisher genau das vollbracht, was notwendig war, ohne von anderen angeleitet zu werden.«

»Rand al'Thor kennt unsere Sitten und Gebräuche nicht«, erwiderte Amys. »Er könnte Hunderte von Fehlern begehen, die einen Häuptling oder einen Clan dazu bringen, sich gegen ihn zu stellen und ihn lediglich als einen Feuchtländer zu betrachten, statt als den, Der Mit Der Morgendämmerung Kommt. Mein Ehemann ist zweifellos ein guter Mann und ein hervorragender Häuptling, aber er ist keiner, der Frieden stiften kann, er ist nicht darauf vorbereitet, zornige Männer dazu zu bringen, ihre Speere wegzulegen. Wir müssen eine an Rand al'Thors Seite stellen, die ihm etwas einflüstern kann, wenn er drauf und dran sein sollte, einen falschen Schritt zu tun.« Sie bedeutete Aviendha, mehr Wasser auf die heißen Steine zu gießen. Die junge Frau gehorchte mürrisch, aber mit locker-graziöser Bewegung.

»Und wir müssen ihn beobachten«, warf Melaine in scharfem Ton ein. »Wir müssen eine Ahnung von dem haben, was er vorhat, bevor er es durchführt. Die Erfüllung der Weissagung von Rhuidean hat begonnen und kann so oder so nicht aufgehalten werden, bevor sie ihr Ende findet, aber ich will unbedingt erreichen, daß so viele unserer Leute wie möglich überleben. Wie das erreicht werden kann, hängt von Rand al'Thors Absichten ab.«

Bair beugte sich zu Egwene vor. Sie schien nur aus Knochen und Sehnen zu bestehen. »Ihr habt ihn von Kindheit an gekannt. Wird er sich Euch anvertrauen?«

»Das bezweifle ich«, sagte Egwene zu ihr. »Er vertraut nicht mehr so wie früher.« Sie vermied es, Moiraine dabei anzusehen.

»Würde sie es uns mitteilen, wenn er sich ihr anvertraut?« wollte Melaine wissen. »Ich will hier keinen Ärger machen, aber Egwen und Moiraine sind Aes Sedai. Was sie wollen, muß nicht dem entsprechen, was wir wollen.«

»Wir haben einst den Aes Sedai gedient«, sagte Bair schlicht. »Damals haben wir versagt. Vielleicht ist es unsere Bestimmung, ihnen wieder zu dienen?« Melaine errötete offensichtlich vor Verlegenheit.

Moiraine gab nicht zu erkennen, daß sie es bemerkte oder daß sie die vorherigen Äußerungen der Frau vernommen hatte. Abgesehen von der um ihre Augen herum straff gespannten Haut wirkte ihre Ruhe eisig. »Ich werde helfen, so gut ich kann«, sagte sie kühl. »Aber ich habe wenig Einfluß auf Rand. Gegenwärtig webt er das Muster nach eigenen Vorstellungen.«

»Dann müssen wir ihn ganz genau beobachten und hoffen.« Bair seufzte. »Aviendha, du wirst jeden Tag zu Rand al'Thor gehen, wenn er erwacht, und ihn nicht mehr verlassen, bis er zur Nacht unter seine Decken kriecht. Du wirst ihm so nahe sein wie das Haar auf seinem Kopf. Deine Ausbildung muß weitergehen, so gut es eben möglich ist. Ich fürchte, es wird eine Last für dich sein, beides nebeneinander zu tun, doch es läßt sich nicht vermeiden. Wenn du viel mit ihm sprichst und ihm vor allem zuhörst, solltest du keine

Schwierigkeiten haben, in seiner Nähe zu bleiben. Nur wenige Männer schicken eine hübsche, junge Frau weg, die ihnen zuhört. Vielleicht läßt er irgendeinen Hinweis heraus.«

Aviendha versteifte sich bei jedem Wort mehr. Als Bair fertig war, fauchte sie: »Das werde ich nicht!« Totenstille breitete sich aus, und alle Augen richteten sich auf sie. Sie erwiderte die Blicke trotzig.

»Du wirst nicht?« fragte Bair leise. »So, du wirst es also nicht tun.« Sie schien die Worte im Mund auf ihren Geschmack zu überprüfen.

»Aviendha«, sagte Egwene mit weicher Stimme, »keiner will von dir, daß du Elayne betrügst. Du sollst nur mit ihm sprechen.« Die einzige Wirkung ihrer Worte war, daß die ehemalige Tochter des Speers sich noch vehementer nach einer Waffe umzusehen schien.

»Ist das eine Disziplin, die man heutzutage bei den Töchtern lernt?« fragte Amys streng. »Falls das so ist, wirst du bald herausfinden, daß die Disziplin bei uns noch strenger ist. Falls es einen Grund gibt, daß du dich nicht in Rand al'Thors Nähe aufhalten kannst, dann nenne ihn uns.« Aviendhas Trotz schien ein wenig schwächer zu werden, und sie murmelte kaum hörbar irgend etwas. Amys Stimme klang nun messerscharf: »Ich sagte, du solltest uns deinen Grund nennen!«

»Ich kann ihn nicht leiden!« brach es aus Aviendha heraus. »Ich hasse ihn! Ich hasse ihn!« Hätte es Egwene nicht besser gewußt, dann hätte sie glauben können, Aviendha sei den Tränen nah. Aber die Worte schockierten sie dennoch. Das konnte Aviendha doch nicht ernst meinen.

»Wir verlangen nicht von dir, daß du ihn liebst und mit ihm ins Bett gehst«, sagte Seana mit beißender Stimme. »Wir befehlen dir, dem Mann zuzuhören, und du wirst gehorchen!«

»Kindisch!« schnaubte Amys. »Was für eine Art von

jungen Frauen bringt die Welt denn neuerdings hervor? Wird denn keine von Euch erwachsen?«

Bair und Melaine reagierten noch schärfer. Die ältere Frau drohte Aviendha anstelle von Rands Sattel auf dessen Pferd zu binden, und es klang, als meine sie es ernst. Und Melaine schlug vor, statt zu schlafen solle Aviendha lieber nachts Löcher graben und dann wieder auffüllen, damit sie einen klaren Kopf bekäme. Die Drohungen waren allerdings nicht dazu bestimmt, sie zur Durchführung des Befehls zu zwingen, das wurde Egwene schnell klar. Diese Frauen erwarteten, daß man ihnen gehorchte. Jede nutzlose Extraarbeit, die Aviendha sich einhandelte, wäre lediglich eine Strafe für ihre Sturheit. Die schien nun allerdings aufzuweichen, da sich die Blicke vierer Weiser Frauen gleichermaßen in sie bohrten. Sie hockte vorgebeugt und abwehrend auf den Knien, aber sie gab noch immer nicht nach. Egwene beugte sich hinüber und legte eine Hand auf Aviendhas Schulter. »Du hast mir gesagt, daß wir beinahe Schwestern seien und ich glaube das auch. Tust du es für mich? Stell dir einfach vor, du paßt für Elayne auf ihn auf. Du magst sie doch auch, wie ich weiß. Du kannst ihm ausrichten, daß sie das ernst gemeint hat, was sie in ihren Briefen schrieb. Das wird ihm gefallen.«

Aviendha verzog ihr Gesicht krampfhaft. »Ich werde es tun«, sagte sie und sackte in sich zusammen. »Ich werde für Elayne auf ihn aufpassen. Für Elayne.«

Amys schüttelte sich. »Idiotisch. Du wirst auf ihn achtgeben, weil wir es dir befohlen haben, Mädchen. Wenn du glaubst, es aus einem anderen Grund tun zu müssen, wirst du auf schmerzhafte Weise herausfinden, daß du dich irrst. Mehr Wasser. Der Dampf verfliegt ganz.«

Aviendha schüttete einen weiteren Schöpfer voll Wasser auf die Steine, als schleudere sie einen Speer. Egwene war froh, daß ihr Widerstandsgeist nicht ganz erloschen war, aber sie würde sie warnen, wenn sie miteinander allein waren. Trotz war ja schon in Ordnung, aber es gab einige Frauen, wie etwa diese vier Weisen Frauen und auch Siuan Sanche, bei denen einem die Vernunft sagte, man sollte besser diesen Trotz im Zaum halten. Man konnte auch den ganzen Tag über die Frauenversammlung anschreien, und am Ende machte man doch, was sie von einem wollten und wünschte, man hätte den Mund gehalten.

»Nun, da dies geklärt ist«, sagte Bair, »laßt uns den Dampf schweigend genießen, während wir noch Zeit dazu haben. Einige von uns haben diese Nacht noch eine Menge zu tun und auch in den kommenden Nächten, wenn wir für Rand al'Thor eine Versammlung in Alcair Dal einberufen wollen.«

»Männer finden immer einen Weg, den Frauen Arbeit zuzuschieben«, sagte Amys. »Warum sollte Rand al'Thor da eine Ausnahme machen?«

Dann senkte sich Schweigen über das Zelt, außer dem gelegentlichen Zischen, wenn Aviendha mehr Wasser über die heißen Steine goß. Die Weisen Frauen saßen mit auf die Knie aufgestützten Händen da und atmeten tief ein. Es war wirklich recht angenehm und entspannend, diese feuchte Hitze und das reinigende Gefühl, wenn der Schweiß aus allen Poren rann. Egwene war der Meinung, das wiege den verlorenen Schlaf voll und ganz auf.

Allerdings wirkte Moiraine keineswegs entspannt. Sie starrte auf den dampfenden Kessel, als blicke sie hindurch auf etwas sehr, sehr Fernes.

»War es schlimm?« fragte Egwene leise, um die Weisen Frauen nicht zu stören. »In Rhuidean, meine ich.« Aviendha blickte schnell auf, sagte aber nichts.

»Die Erinnerungen verblassen«, sagte Moiraine genauso leise. Sie blickte weiter durch alles hindurch, und ihre Stimme klang fast so eisig, daß sie die Hitze der Luft besiegte. »Das meiste ist bereits vergessen.

Manches habe ich schon vorher gewußt. Anderes... Das Rad webt, wie das Rad es wünscht, und wir sind nur einzelne Fäden im Muster. Ich habe mein Leben der Aufgabe gewidmet, den Wiedergeborenen Drachen zu finden, Rand zu finden, und ihn darauf vorzubereiten, in die Letzte Schlacht zu gehen. Das werde ich vollenden, was es auch kosten mag. Nichts und niemand kann wichtiger sein als das.«

Obwohl sie so schwitzte, lief Egwene ein kalter Schauer über den Rücken. Sie schloß die Augen. Die Aes Sedai wollte keine Sympathie. Sie war ein Eisklumpen und keine Frau. Egwene verlagerte ihr Gewicht und bemühte sich, dieses angenehme Gefühl wieder zurückzugewinnen. Sie vermutete, es werde in den kommenden Tagen wenig Gelegenheiten geben, irgend etwas zu genießen.

KAPITEL 14

Falsche Spuren

Die Aiel brachen die Zelte früh am Morgen ab und entfernten sich von Rhuidean, während die noch nicht einmal richtig aufgegangene Sonne noch die fernen Bergketten scharf umriß. In drei Gruppen marschierten sie in Serpentinen um den Chaendaer herum nach unten und hinaus in die zerklüftete Ebene mit ihren gelegentlichen Hügeln, hohen Steinsäulen und abgeflachten Felskuppen. Grau und Braun und jede Schattierung dazwischen beherrschten das Bild des Landes, und an manchen Stellen war der Fels mit langen Streifen von Rot und Ocker durchsetzt. Von Zeit zu Zeit kamen sie auf ihrem Weg nach Nordwesten an einem mächtigen, von der Natur geschaffenen Torbogen vorbei oder an eigenartigen, riesigen Steinplatten, die auf einer Felsnadel balancierten, immer haarscharf am Rande des Absturzes. In jeder Richtung sah Rand in der Entfernung neue Bergketten aufragen. Alle Bruchstücke, die von der Zerstörung der Welt übriggeblieben waren, schienen hier gesammelt worden zu sein in diesem Land, das man die Aiel-Wüste nannte. Wo der harte Boden nicht aus überall aufgesprungenem gelben oder braunen Lehm bestand, da kam der blanke Fels durch, andauernd von trockenen Rinnen und Senken durchzogen. Die verstreute Vegetation war spärlich und niedrig: Dornbüsche und blattlose Dinge mit langen Stacheln. Die vereinzelt sichtbaren wenigen weißen oder roten oder gelben Blüten überraschten das Auge immer wieder. Gelegentlich bedeckte hartes, zähes Gras eine kleinere Fläche und noch seltener entdeckten sie einen verkrüppelten Baum, der gewöhnlich ebenfalls Dornen oder Stacheln aufwies. Wenn er es mit dem Chaendaer und dem Tal von Rhuidean verglich, wirkte aber diese Vegetation schon beinahe üppig. Die Luft war so klar, das Land so kahl, daß es Rand schien, er könne unendlich weit blicken.

Die Luft war ansonsten genauso trocken und die Hitze genauso erdrückend wie vorher. Die Sonne hing wie ein Klumpen geschmolzenen Goldes hoch an einem wolkenlosen Himmel. Rand hatte sich eine Schufa zum Schutz gegen die Sonne um den Kopf gewickelt und trank gelegentlich aus dem Wasserschlauch an Jeade'ens Sattel. Seltsamerweise half es ihm, daß er sein Wams trug. Er schwitzte wohl nicht weniger, aber unter der roten Wolle blieb sein Hemd feucht und verschaffte ihm so etwas Kühlung. Mat hatte ein großes weißes Taschentuch mit Hilfe eines Stricks auf seinem Kopf festgebunden. Es hing ihm wie eine Narrenkappe über den Nacken herunter. Dazu hob er ständig die Hand, um seine Augen vor dem grellen Sonnenschein zu schützen. Er trug den beschrifteten Speer mit der Schwertklinge wie eine Lanze, den Schaft unten in einen Steigbügel gestützt.

Ihre Gruppe bestand aus ungefähr vierhundert Jindo. Rand und Mat ritten neben Rhuarc und Heim an der Spitze. Die Aiel gingen natürlich zu Fuß. Ihre Zelte und einiges aus der Beute von Tear hatten sie auf Maulesel und Pferde geladen. Eine Anzahl von Töchtern des Speers war bereits vor ihnen als Kundschafter ausgeschwärmt. Einige Steinhunde bildeten die Nachhut. Die Hauptgruppe war eingerahmt von wachsamen Augen, bereitgehaltenen Speeren und Bögen mit aufgelegten Pfeilen. Angeblich galt der Friede von Rhuidean ja solange, bis diejenigen, die zum Chaendaer gegangen waren, in ihre eigene Festung zurückkehrten, aber Rhuarc hatte Rand erklärt, daß durchaus schon Fehler vorgekommen seien, und Entschuldigungen und selbst ein Blutpreis hatten die Toten auch nicht wieder aus ihren Gräbern auferstehen lassen. Rhuarc schien gerade diesmal einen Fehler für besonders wahrscheinlich zu halten, sicher vor allem der Gruppe von Shaido wegen.

Das Gebiet des Shaido-Clans lag weit jenseits von dem der Jindo-Taardad, aber in der gleichen Richtung vom Chaendaer aus gesehen, und so zogen sie parallel zu den Jindo vielleicht eine Viertelmeile entfernt dahin. Nach Rhuarcs Aussage hätte Couladin eigentlich noch einen weiteren Tag lang auf die Rückkehr seines Bruders warten müssen. Daß Rand Muradin gesehen hatte, nachdem dieser seine eigenen Augen ausgerissen hatte, machte keinen Unterschied. Die ihnen zugestandene Wartezeit betrug nun einmal zehn Tage. Früher abzureisen bedeutete, daß man denjenigen, der nach Rhuidean gegangen war, im Stich ließ. Und doch hatte Couladin den Shaido befohlen, das Lager abzubrechen, sobald er gesehen hatte, wie die Jindo ihre Packtiere beluden. Nun marschierten die Shaido mit ihren eigenen Kundschaftern und einer Nachhut einher, schienen die Jindo zu ignorieren, ließen aber doch den Abstand zwischen beiden Gruppen nie größer werden als dreihundert Schritt. Es war normal, daß man Zeugen aus mindestens einem halben Dutzend der größeren Septimen dabei hatte, wenn ein Mann nach Rhuidean ging, um Clanhäuptling zu werden. Couladin hatte auf diese Art etwa doppelt so viele Leute dabei wie die Jindo. Rand vermutete, daß nur die dritte Gruppe, die sich etwa in der Mitte zwischen den Shaido und den Taardad hielt, der Grund war, warum sich der Abstand nicht plötzlich verringerte und zu einer tödlichen Auseinandersetzung führte.

Die Weisen Frauen gingen genau wie die anderen Aiel zu Fuß, und das schloß auch diese eigenartigen weißgekleideten Männer und Frauen ein, die Rhuarc *Gai'schain* nannte. Sie führten die Packpferde. Sie waren nicht unbedingt Diener, aber Rand hatte Rhuarcs Erklärungen in bezug auf Ehre, Verpflichtung und die Gefangenen nicht ganz verstanden. Heim hatte ihn dann noch mehr verwirrt, als gebe er sich Mühe, zu erklären, warum Wasser naß sei. Moiraine, Egwene und Lan ritten mit den Weisen Frauen, oder zumindest die beiden Frauen befanden sich bei ihnen. Der Behüter ritt auf seinem mächtigen Streitroß ein Stück von den Frauen entfernt auf der den Shaido zugewandten Seite entlang und beobachtete diese genauso aufmerksam wie die zerklüftete Landschaft. Manchmal stiegen Moiraine oder Egwene oder auch beide eine Weile ab und gingen zu Fuß mit, um sich mit den Weisen Frauen zu unterhalten. Rand hätte alles darum gegeben, sie belauschen zu können. Sie blickten oft in seine Richtung, schnelle Blicke, die er offensichtlich nicht bemerken sollte. Aus irgendeinem Grund hatte Egwene ihr Haar zu zwei Zöpfen geflochten und wie eine Braut mit roten Bändern geschmückt. Er konnte sich nicht vorstellen, warum sie das getan hatte. Er hatte vor ihrem Abmarsch vom Chaendaer eine Bemerkung darüber fallen lassen, sie lediglich erwähnt, und sie hätte ihm beinahe den Kopf abgerissen.

»Elayne ist die richtige Frau für Euch.«

Er blickte verwirrt auf Aviendha herunter. Wieder stand dieser herausfordernde Blick in ihren blaugrünen Augen, aber er überlagerte nur eine deutliche Abneigung. Sie hatte vor seinem Zelt gewartet, als er an diesem Morgen erwachte, und seither hatte sie sich nicht weiter als drei Schritt von ihm entfernt. Ganz klar, daß die Weisen Frauen sie ihm als Spionin zur Seite gestellt hatten, und ebenso klar, daß er das nicht merken sollte. Sie war hübsch, und von ihm nahmen sie an, daß er, von dieser Tatsache abgesehen, nichts weiter bemerken würde. Das war zweifellos auch der Grund, warum sie jetzt einen Rock trug und bis auf ein kleines Messer am Gürtel keine Waffe mehr bei sich hatte. Die Frauen schienen die Männer hier schon für ziemlich dumm zu halten. Wenn er genauer darüber nachdachte, hatte allerdings keiner der anderen Aiel eine Bemerkung dazu gemacht, daß sie ihre Kleidung gewechselt hatte. Selbst Rhuarc vermied es, sie etwas länger anzusehen. Wahrscheinlich war ihnen klar, warum sie sich hier befand, oder sie hatten eine leise Ahnung von den Plänen der Weisen Frauen und wollten nicht darüber sprechen.

Rhuidean. Er wußte immer noch nicht, warum sie hingegangen war. Rhuarc knurrte etwas von ›Frauensachen‹ und zögerte offensichtlich, in ihrer Gegenwart darüber zu sprechen. Da sie sich ständig an Rands Seite aufhielt, hieß das, Rand konnte von dieser Seite keinerlei Informationen erwarten. Der Clanhäuptling lauschte dafür jetzt ganz gewiß, genau wie Heim und jeder Jindo in Hörweite. Es war bei den Aiel manchmal schwer zu sagen, doch er glaubte, daß sie sich amüsierten. Mat pfiff leise vor sich hin und vermied es ganz offensichtlich, Aviendha und ihn anzusehen. Trotzdem war dies das erste Mal heute, daß sie ihn angesprochen hatte.

»Was meint Ihr damit?« fragte er.

Ihr bauschiger Rock behinderte sie nicht beim Gehen. Sie hielt sich immer neben Jeade'en. Nein, gehen konnte man nicht dazu sagen. Sie belauerte ihn. Wenn sie eine Katze wäre, würde sie mit dem Schweif schlagen. »Elayne ist eine Feuchtländerin, genau wie Ihr.« Sie warf den Kopf arrogant hoch. Der kurze Pferdeschwanz, den die Aielkrieger im Nacken trugen, fehlte nun bei ihr. Der gefaltete Schal um ihre Schläfen verdeckte beinahe ganz ihr Haar. »Genau die richtige Frau für Euch. Ist sie nicht schön? Ihr Rücken ist gerade, ihre Glieder schlank und stark, ihre Lippen wie reife Liebesäpfel. Ihr Haar ist wie gesponnenes Gold und ihre Augen sind blaue Saphire. Ihre Haut ist weicher als die feinste Seide, ihr Busen zart und wohlgerundet. Ihre Hüften sind ...«

Er unterbrach sie verzweifelt mit geröteten Wangen: »Ich weiß, daß sie hübsch ist. Was wollt Ihr eigentlich?«

»Ich beschreibe sie doch nur.« Aviendha runzelte die Stirn. »Habt Ihr sie im Bad gesehen? Ich brauche sie nicht weiter zu beschreiben, wenn Ihr sie …«

»Ich habe sie *nicht* gesehen!« Er verwünschte sich, weil das so halb erstickt herauskam. Rhuarc und die anderen lauschten natürlich, und ihre Mienen waren so nichtssagend, daß sie sich nur amüsieren konnten. Mat rollte mit den Augen und grinste offen und spitzbübisch.

Die Frau zuckte lediglich die Achseln und zupfte ihren Schal zurecht. »Sie hätte dafür sorgen sollen. Aber ich habe sie ja gesehen und werde als *ihre* Beinahe-Schwester handeln.« Die Betonung schien darauf hinzuweisen, daß *seine* Beinahe-Schwester das gleiche getan hätte. Die Sitten der Aiel waren schon eigenartig, aber das hier war blanker Wahnsinn. »Ihre Hüften …«

»Aufhören!«

Sie funkelte ihn kurz von der Seite her an. »Sie ist die richtige Frau für Euch. Elayne hat ihr Herz als Brautstrauß Euch zu Füßen gelegt. Glaubt Ihr, es gebe jemanden im Stein von Tear, der darüber nicht Bescheid weiß?«

»Ich will nicht über Elayne sprechen«, sagte er ihr entschlossen. Und ganz bestimmt nicht, wenn sie so weitermachte, wie zu Beginn. Der Gedanke allein ließ ihn wieder rot anlaufen. Der Frau schien es völlig egal zu sein, was sie sagte und wer zuhörte!

»Ihr tut recht daran, zu erröten, wenn Ihr sie beiseite schiebt, obwohl sie Euch ihr Herz offenbart hat.« Aviendhas Stimme klang hart und verächtlich. »Zwei Briefe hat sie Euch geschrieben und alles offenbart, als habe sie sich unter dem Dach Eurer Mutter entkleidet. Ihr lockt sie erst in dunkle Ecken, um sie zu küssen, und dann stoßt Ihr sie zurück. Sie hat jedes Wort in diesen Briefen ernst gemeint, Rand al'Thor! Das hat mir

Egwene bestätigt. Jedes Wort war ernst gemeint. Was wollt Ihr mit ihr anfangen, Feuchtländer?«

Rand fuhr sich mit der Hand durchs Haar und mußte dann seine Schufa zurechtrücken. Elayne meinte jedes Wort ernst? In beiden Briefen? Das war wohl eindeutig unmöglich. Der eine Brief widersprach dem anderen beinahe Punkt für Punkt. Plötzlich zuckte er zusammen. *Egwene* hatte ihr das gesagt? Über Elaynes Briefe? Unterhielten sich die Frauen miteinander über solche Themen? Planten sie gemeinsam, wie man einen Mann am besten durcheinanderbringt?

Er ertappte sich dabei, daß er Min vermißte. Min hatte nie einen Narren aus ihm gemacht. Nun ja, nicht mehr als ein- oder zweimal. Und sie hatte ihn nie beleidigt. Sicher, sie hatte ihn ein paar Mal als Schafhirten bezeichnet. Aber er fühlte sich einfach wohl in ihrer Nähe, und auf seltsame Art empfand er Wärme ihr gegenüber. Sie gab ihm nicht das Gefühl, ein kompletter Idiot zu sein, wie es Elayne und Aviendha taten.

Sein Schweigen schien die Aielfrau noch mehr aufzuregen, falls das überhaupt möglich war. Sie knurrte etwas in sich hinein und schritt aus, als wolle sie am liebsten irgend etwas niedertrampeln. Ein halbes Dutzend Mal mindestens zog sie ihren Schal zurecht. Schließlich verflog das Grollen auf ihren Gesichtszügen. Statt dessen begann sie nun, ihn ständig anzustarren. Wie ein Geier. Er verstand nicht, wieso sie nicht stolperte und auf den Hintern fiel.

»Was schaut Ihr mich so an?« wollte er wissen.

»Ich höre zu, Rand al'Thor, da Ihr ja wünscht, daß ich schweige.« Sie lächelte trotz zusammengebissener Zähne. »Gefällt es Euch nicht, wenn ich Euch zuhöre?«

Er blickte über sie hinweg zu Mat, und der schüttelte den Kopf. Aus Frauen wurde einfach niemand schlau. Rand bemühte sich, daran zu denken, was vor ihm lag, aber es war schwierig, wenn ihn diese Frau ständig ansah. Hübsche Augen. Wären ihre Blicke nur nicht so ablehnend gewesen. Er wünschte, sie würde einmal woandershin schauen.

Mat schützte seine Augen mit einer Hand gegen die Sonne und sah betont an Rand und der Aielfrau vorbei, die zwischen ihren Pferden einherschritt. Er konnte nicht verstehen, wieso Rand sich das gefallen ließ. Aviendha war schon hübsch, ganz klar, mehr als nur hübsch sogar, jetzt, da sie endlich so etwas wie richtige Kleidung trug, aber sie hatte eine derart spitze Zunge und war so launisch, daß sie sogar Nynaeve in den Schatten stellte. Er war froh, daß sie sich an Rand gehängt hatte und nicht an ihn.

Er zog sich das Tuch vom Kopf und wischte sich damit das Gesicht ab. Dann band er es sich wieder um die Stirn. Die Hitze und dieser ewige Sonnenschein, der ihn blendete, machten ihn allmählich fertig. Gab es in diesem ganzen verdammten Land keinen Schatten? Der Schweiß brannte in seinen Wunden. Er hatte sich vorigen Abend geweigert, seine Wunden von Moiraine heilen zu lassen, als sie ihn weckte, nachdem er endlich Schlaf gefunden hatte. Ein paar Schrammen waren ein kleiner Preis dafür, vermieden zu haben, daß man mit Hilfe der Macht behandelt wurde. Der übelschmeckende Tee der Weisen Frauen hatte immerhin seine Kopfschmerzen besiegt. Was ihn sonst noch plagte, war seiner Meinung nach nichts, womit Moiraine hätte fertigwerden können. Er hatte auch nicht die Absicht, ihr etwas davon zu erzählen, bevor er es selbst verstand. Wenn überhaupt. Er wollte gar nicht daran denken.

Moiraine und die Weisen Frauen beobachteten ihn. Sicher, wahrscheinlich beobachteten sie vor allem Rand, aber das Gefühl war das gleiche. Überraschenderweise war die blonde – Melaine – hinter der Aes Sedai auf Aldieb geklettert und saß nun ungeschickt

da, klammerte sich an Moiraine fest und unterhielt sich mit ihr. Er hatte nicht geglaubt, daß eine Aiel jemals reiten würde. Melaine war eine hübsche Frau, mit diesen feurigen grünen Augen. Pech war nur, daß sie die Macht benützen konnte. Ein Mann mußte schon ein kompletter Idiot sein, wenn er sich mit einer solchen Frau einließ. Er setzte sich auf Pips' Sattel etwas bequemer zurecht und erinnerte sich daran, daß es für ihn keine Rolle spiele, was die Aiel machten.

Ich bin in Rhuidean gewesen. Ich habe getan, was diese Schlangenmenschen von mir verlangten. Und was konnte er als Beweis vorzeigen? *Diesen verdammten Speer, ein silbernes Medaillon und … Ich könnte jetzt eigentlich wegreiten. Wenn ich noch einen Funken Verstand besitze, haue ich jetzt ab.*

Er konnte durchaus gehen. Dann müßte er versuchen, selbst einen Weg aus der Wüste hinaus zu finden, bevor er verdurstete oder an einem Hitzschlag einging. Er könnte, aber Rand zog ihn nach wie vor mit und hielt ihn fest. Am leichtesten konnte er herausfinden, wie fest er an Rand gebunden war, indem er einfach versuchte, ihn zu verlassen. Doch dann sah er sich die kahle Landschaft ein wenig genauer an und verzog das Gesicht. Wind kam auf. Es war ein Gefühl, als wehe er über einen überhitzten Ofen. Kleine Luftwirbel ließen gelben Staub über den aufgesprungenen Boden fegen. Das Hitzeflimmern war so stark, daß sogar die Berge in der Ferne nur verschwommen sichtbar waren. Vielleicht war es das Beste, noch eine Weile bei den anderen zu bleiben.

Eine der Töchter des Speers, die als Kundschafterin unterwegs gewesen war, kam zurückgetrabt und ging neben Rhuarc her, wobei sie leise mit ihm sprach. Sie grinste Mat kurz an, als sie fertig war, und er beschäftigte sich verlegen mit Pips Mähne, aus der er eine besonders unangenehme Klette herauszog. Er erinnerte sich nur zu gut an diese rothaarige junge

Frau namens Dorindha. Sie war ungefähr so alt wie Egwene. Dorindha war eine von denen gewesen. die ihn dazu überredet hatten, mit ihnen den ›Kuß der Jungfrau‹ zu spielen. Sie hatte damals das erste Pfand kassiert. Es war ja nicht so, daß er sie meiden wollte. Er konnte sie durchaus anblicken. Aber seinem Pferd die Kletten zu entfernen und so was war doch äußerst wichtig.

»Händler«, verkündete Rhuarc, als Dorindha wieder in die Richtung zurückrannte, aus der sie gekommen war. »Händlerwagen kommen in unsere Richtung gefahren.« Es klang nicht erfreut.

Mats Miene erhellte sich aber doch deutlich. Ein fahrender Händler konnte jetzt genau das Richtige sein. Wenn der Bursche den Weg hierher kannte, kannte er auch den Weg zurück. Er fragte sich, ob Rand erriet, was er dachte. Der Mann machte schon ein genauso nichtssagendes Gesicht wie die Aiel.

Die Aiel marschierten etwas schneller. Couladins Leute taten es ohne zu zögern den Jindo und den Weisen Frauen gleich. Wahrscheinlich hatten ihnen die eigenen Kundschafter die gleichen Neuigkeiten gebracht. Nun mußten auch die Pferde schneller voranschreiten. Die Sonne machte den Aiel nichts aus; nicht einmal den *Gai'schain* in ihren weißen Gewändern. Sie glitten elegant über den zerklüfteten Boden.

Nach weniger als zwei Meilen kamen die Wagen in Sicht. Es waren eineinhalb Dutzend, die alle in einer Reihe hintereinander fuhren. Bei allen zeigten sich Spuren einer langen, schweren Reise. Überall hatte man Reserveräder festgebunden. Trotz der gelben Staubschicht, die alle überzog, sahen die beiden ersten Wagen aus wie weiß angestrichene Schachteln auf Rädern oder wie kleine Häuser. Sie hatten sogar hinten ein paar Holzstufen, und aus den Dächern ragten Blechschornsteine. Die letzten drei, die von Mauleselgespannen von je zwanzig Tieren gezogen wurden, erschienen ihm lediglich als Riesenfässer. Auch sie waren weiß angestrichen und enthielten bestimmt Wasser. Die anderen Wagen dazwischen hätten auch an den Zwei Flüssen als Händlerwagen herhalten können. Ihre Räder waren hoch und die Speichen dick, und an den Seiten und sogar auf der hohen, runden Plane waren überall klappernde Kochtöpfe und große Netze vollbepackt mit anderen Waren festgezurrt.

Die Fahrer ließen sofort ihre Gespanne anhalten, als sie die Aiel ausmachten. Dann warteten sie auf die sich nähernden Wüstenkrieger. Ein schwergewichtiger Mann in hellgrauem Wams und mit einem dunklen, breitrandigen Hut kletterte hinten aus dem ersten Wagen heraus und beobachtete die Ankömmlinge. Von Zeit zu Zeit nahm er den flachen Hut ab und wischte sich mit einem großen weißen Taschentuch die Stirn ab. Falls er nervös geworden war beim Anblick von vielleicht fünfzehnhundert Aiel, die auf ihn zukamen, konnte ihm Mat keinen Vorwurf machen. Das eigenartigste war jedoch der Gesichtsausdruck der Aiel, die Mat am nächsten waren. Rhuarc, der vor Rands Pferd einhertrabte, blickte finster drein, und mit Heims Miene hätte man Steine zerklopfen können.

»Ich verstehe Euch nicht«, sagte Mat. »Ihr seht aus, als wolltet Ihr jemanden umbringen.« Das würde seiner Hoffnung allerdings ein jähes Ende bereiten. »Ich hatte geglaubt, daß Ihr Aiel drei Arten von Leuten hier hinaus in die Wüste ziehen laßt: Händler, Gaukler und das Fahrende Volk.«

»Händler und Gaukler sind uns willkommen«, antwortete Heim kurz angebunden. Falls das ein Willkommen sein sollte, wollte Mat lieber nicht erleben, wenn die Aiel jemanden als unerwünscht betrachteten.

»Wie steht es mit dem Fahrenden Volk?« fragte er neugierig. Als Heim schwieg, fügte er hinzu: »Kesselflicker? Die Tuatha'an?« Die Miene des Septimenhäuptlings wurde noch finsterer, bevor er den Blick wieder den Wagen zuwandte. Aviendha warf Mat einen Blick zu, der ihm sagte, er sei ein Narr.

Rand lenkte Jeade'en nahe an Pips heran. »Ich würde an deiner Stelle vor den Aiel die Kesselflicker nicht erwähnen«, sagte er mit leiser Stimme. »Das ist ein... wunder Punkt bei ihnen.«

»Wenn du meinst.« Warum sollten die *Kesselflicker* bei den Aiel einen wunden Punkt darstellen? »Sieht sowieso schon so aus, als sei dieser Händler für sie auch nicht gerade das Gelbe vom Ei. Fahrende Händler! Ich kann mich an große Kaufleute erinnern, die mit weniger Wagen in Emondsfeld ankamen.«

»Er kam eben in die Wüste«, schmunzelte Rand. Jeade'en warf den Kopf auf und tänzelte ein paar Schritte weiter. »Ich frage mich, ob er sie wieder verlassen wird.« Rands schiefes Grinsen war nur eine Grimasse und erreichte nicht einmal seine Augen. Manchmal wünschte sich Mat beinahe, Rand würde sich entscheiden, ob er nun verrückt geworden war oder nicht, und dann wäre wenigstens alles klar. Beinahe.

Dreihundert Schritt von den Wagen entfernt gab Rhuarc das Zeichen zum Stehenbleiben, und dann gingen Heim und er allein weiter. Zumindest war das ihre Absicht gewesen, doch Rand trieb seinen Apfelschimmel hinterher, und natürlich folgte ihm die unvermeidliche Leibgarde von hundert Jindo-Kriegern. Und selbstverständlich auch Aviendha, die sich so nahe bei ihm hielt, als habe man sie an sein Pferd gebunden. Also ritt Mat auch gleich mit. Falls Rhuarc diesen Burschen zurückschicken wollte, würde er die Chance nicht verstreichen lassen, mit ihm aus der Wüste zu gelangen.

Couladin trabte von der Gruppe der Shaido aus hinüber. Allein. Vielleicht wollte er das gleiche tun, was Rhuarc und Heim beabsichtigt hatten. Aber Mat vermutete eher, der Mann wolle nur allen zeigen, daß er sich allein dorthin begab, während Rand hundert

Mann zum Schutz benötigte. Zuerst schien ihm, daß auch Moiraine kommen wollte, aber nach einer kurzen Unterhaltung mit den Weisen Frauen blieben alle, wo sie waren. Natürlich beobachteten sie alles. Die Aes Sedai stieg ab, spielte mit etwas Kleinem, das in der Sonne funkelte, und Egwene sowie die Weisen Frauen versammelten sich um sie.

Obwohl er sich das Gesicht oft abwischte, schien der große Bursche im grauen Wams aus der Nähe gar nicht so nervös zu sein. Allerdings fuhr er doch zusammen, als sich plötzlich Töchter des Speers vom Boden erhoben und die Wagen umzingelten. Die Fahrer, Männer mit harten Gesichtern und genug Narben und gebrochenen Nasen, um weit herumgekommen zu sein, sahen aus, als wollten sie am liebsten unter ihre Böcke kriechen. Wenn man sie mit den Aielwölfen verglich, waren sie höchstens streunende Hunde. Der Händler erholte sich jedoch schnell. Er war trotz seiner Größe nicht fett. Sein Gewicht rührte von den Muskelpaketen her. Rand und Mat auf ihren Pferden wurden von ihm mit neugierigen Blicken bedacht, aber er konzentrierte sich sofort auf Rhuarc. Mit der Hakennase und den dunklen, schrägstehenden Augen hatte er etwas Raubvogelhaftes an sich, trotz des breiten Gesichts, und das wurde auch nicht durch sein Lächeln gemildert. Er verbeugte sich und schwenkte dabei seinen Hut. »Ich heiße Hadnan Kadere«, sagte er, »und bin ein fahrender Händler. Ich will zur Kaltfelsenfestung, gute Herren, aber ich verkaufe gern alles an jedermann. Ich habe viele schöne ...«

Rhuarc schnitt ihm wie mit einem eiskalten Messer das Wort ab: »Ihr fahrt in ganz anderer Richtung als zur Kaltfelsenfestung. Euer Kurs führt zu überhaupt keiner Festung hin. Wie kommt Ihr hierher, so weit von der Drachenmauer entfernt, ohne einen Führer bei Euch zu haben?«

»Ich kenne mich wirklich nicht besonders gut aus,

guter Herr.« Kadere verlor sein Lächeln nicht, nur um seine Mundwinkel herum spannte sich die Haut ein wenig. »Ich bin ganz offen durchs Land gefahren. Das ist meine erste Reise in den südlichen Teil des Dreifachen Landes. Ich dachte, daß es hier gar keine Führer gebe.« Couladin schnaubte vernehmlich und spielte träge mit einem seiner Speere. Kadere zog die Schultern ein, als spüre er bereits, wie sich die Spitze in seinen kräftigen Körper bohrte.

»Es gibt überall Führer«, sagte Rhuarc kalt. »Ihr habt Glück gehabt, daß ihr ohne einen so weit gekommen seid. Glück, daß Ihr nicht tot seid oder nackt zur Drachenmauer zurücklaufen müßt.« Kadere lächelte kurz und unsicher, und dann fuhr der Clanhäuptling fort: »Euer Glück, daß Ihr auf uns getroffen seid. Wärt Ihr auf diesem Weg noch ein oder zwei Tage weitergezogen, dann wärt Ihr nach Rhuidean gekommen.«

Das Gesicht des Händlers färbte sich grau. »Ich habe gehört...« Er hielt inne und schluckte erst einmal. »Das wußte ich nicht, gute Herren. Ihr müßt mir glauben, daß ich so etwas nicht mit Absicht unternehmen würde. Und auch nicht zufällig«, fügte er schnell noch hinzu. »Das Licht leuchte meinen Worten, gute Herren, denn das wollte ich wirklich nicht!«

»Das ist gut«, sagte Rhuarc zu ihm. »Die Strafe wäre bitter hart. Ihr dürft mit mir zur Kaltfelsenfestung fahren. Es wäre nicht gut, wenn Ihr euch noch einmal verirrt. Das Dreifache Land kann ein gefährlicher Ort für diejenigen sein, die es nicht kennen.«

Couladins Kopf schoß hoch. »Warum nicht mit mir?« fragte er mit scharfer Stimme. »Es sind mehr Shaido hier, Rhuarc. Die Sitten verlangen, daß er mit mir fährt.«

»Seid Ihr zum Clanhäuptling gemacht worden, als ich gerade nicht hinsah?« Der Aiel mit dem Feuerkopf lief rot an, aber Rhuarc zeigte deshalb keine Befriedigung. Er fuhr lediglich mit beherrschter Stimme fort:

»Der Händler sucht die Kaltfelsenfestung. Er wird mit mir fahren. Die Shaido bei Euch können während der Fahrt mit ihm Handel treiben. Die Taardad sind nicht so ausgehungert, daß wir einen Händler ganz für uns behalten wollen.«

Couladins Gesicht verfärbte sich noch mehr, doch er mäßigte seinen Ton, auch wenn man die Mühe durchhören konnte: »Ich werde in der Nähe der Kaltfelsenfestung lagern lassen, Rhuarc. Er, Der Mit Der Morgendämmerung Kommt, betrifft *alle* Aiel und nicht nur die Taardad. Die Shaido werden den ihnen zustehenden Platz einnehmen. Auch die Shaido werden Ihm folgen.« Mat wurde bewußt, daß er damit nicht gesagt hatte, daß dies Rand sei. Der betrachtete derweil die Wagen und schien nicht hingehört zu haben.

Rhuarc schwieg einen Augenblick lang. »Die Shaido werden im Gebiet der Taardad willkommen sein, wenn sie dem folgen, Der Mit Der Morgendämmerung Kommt.« Und das konnte man auch so oder so auslegen.

Kadere hatte derweil die ganze Zeit über sein Gesicht abgewischt. Er sah sich wahrscheinlich schon im Mittelpunkt einer Schlacht zwischen den Aielclans. Er begrüßte Rhuarcs Einladung mit einem schweren Seufzer der Erleichterung. »Ich danke Euch, gute Herren. Ich danke Euch.« Wahrscheinlich dafür, daß sie ihn nicht auf der Stelle getötet hatten. »Vielleicht würdet Ihr gern sehen, was meine Wagen Euch alles bieten können? Gibt es etwas Besonderes, an dem Ihr Interesse habt?«

»Später«, sagte Rhuarc. »Wir werden die Nacht beim Imre-Außenposten verbringen, und dann könnt Ihr uns Eure Waren vorführen.« Couladin schritt bereits davon, nachdem er die Bezeichnung Imre-Außenposten vernommen hatte, was das auch sein mochte. Kadere setzte seinen Hut wieder auf.

»Ein Hut«, sagte Mat und lenkte Pips näher zu dem

Händler hin. Wenn er noch ein wenig länger in der Wüste bleiben mußte, konnte er damit wenigstens den grellen Sonnenschein von seinen Augen fernhalten. »Ich gebe Euch eine Goldmark für einen Hut wie Euren.«

»Gemacht!« rief die rauchig-melodiöse Stimme einer Frau.

Mat sah sich um und fuhr zusammen. Die einzige Frau in Sicht außer Aviendha und den Töchtern des Speers schritt vom zweiten Wagen her auf sie zu. Aber sie entsprach ganz und gar nicht ihrer Stimme, die zu den schönsten gehörte, die er jemals vernommen hatte. Rand sah sie mit gerunzelter Stirn an und schüttelte den Kopf. Dazu hatte er allen Grund. Sie war einen Fuß kleiner als Kadere, wog aber bestimmt genauso viel oder mehr. Ihre dunklen Augen verschwanden beinahe hinter Fettpolstern, ließen nicht erkennen, ob sie schräggestellt waren oder nicht, aber ihre Nase war dafür noch um einiges größer als die des Händlers. Ihr hellgrünes Seidenkleid spannte sich eng um ihren fetten Körper. Ein weißer Spitzenschal wurde von kunstvoll geschnitzten Elfenbeinkämmen auf ihrem groben, schwarzen Haar festgehalten. Und doch bewegte sie sich mit einer scheinbar unvereinbaren Leichtigkeit und Grazie, fast wie eine Tochter des Speers.

»Ein gutes Angebot«, sagte sie mit dieser melodiösen Stimme. »Ich bin Keille Shaogi und eine fahrende Händlerin.« Sie schnappte sich Kaderes Hut und hielt ihn Mat hin. »Fest, guter Herr, und fast neu obendrein. Ihr werdet so etwas brauchen, um im Dreifachen Land zu überleben. Hier kann ein Mann im Handumdrehen...« Fette Finger schnalzten wie ein Peitschenhieb. »...sterben.« Ihr plötzliches Lachen klang genauso rauchig und angenehm wie ihre Sprechstimme. »Oder eine Frau. Eine Goldmark, habt Ihr gesagt.« Als er zögerte, glitzerten ihre halbverborgenen Augen rabenschwarz. »Ich biete nur selten einem Mann denselben Sonderpreis zweimal an.«

Eine eigenartige Frau, um noch das Mindeste zu sagen. Kadere protestierte nicht weiter. Nur verzog er leicht das Gesicht. Falls Keille seine Partnerin war, gab es keinen Zweifel darüber, wer von beiden das Sagen hatte. Und wenn der Hut Mats Kopf vor dem Überkochen bewahrte, dann war er für ihn auch diesen Preis wert. Sie biß in die tairenische Goldmark, die er ihr reichte, und dann ließ sie den Hut los. Erstaunlicherweise paßte er. Und obwohl es unter dem breiten Rand nicht kühler war, warf er doch wenigstens einen willkommenen Schatten. Das Tuch wanderte zurück in seine Tasche.

»Irgend etwas für die anderen?« Der Blick der fetten Frau wanderte über die Aiel, und sie murmelte »Was für ein hübsches Kind« in Richtung Aviendha, wobei die die Zähne bleckte, was wohl ein Lächeln bedeuten sollte. Zu Rand sagte sie mit süßer Stimme: »Und Ihr, guter Herr?« Es war schon ein gewaltiger Kontrast, diese Stimme aus diesem von Fettpolstern umgebenen Mund zu vernehmen, besonders bei dem jetzt angeschlagenen honigsüßen Tonfall. »Etwas, das Euch vor diesem Land der Verzweiflung schützt?« Rand ließ Jeade'en wenden, damit er die Fahrer besser sehen konnte, und er schüttelte den Kopf. Mit der um den Kopf gewickelten Schufa sah er wirklich wie ein Aiel aus.

»Heute abend, Keille«, sagte Kadere. »Wir eröffnen heute abend an einem Ort, den man den Imre-Außenposten nennt.«

»Tatsächlich?« Einen Augenblick lang spähte sie hinüber zu der Kolonne der Shaido und noch länger zu den Weisen Frauen und ihrer Begleitung. Mit einemmal wandte sie sich zum Gehen und sagte nur noch nach hinten gewandt zu dem Händler: »Warum haltet Ihr diese guten Herren noch auf? Bewegt Euch, Kadere. Bewegt Euch.« Rand sah ihr nach und schüttelte wieder den Kopf.

Hinten bei ihrem Wagen befand sich ein Gaukler. Mat zwinkerte erst und glaubte, die Hitze habe ihn nun vollends erwischt, aber der Bursche verschwand nicht. Es war ein dunkelhaariger Mann von mittleren Jahren, der den Flickenumhang trug. Er beobachtete aufmerksam die Menschenansammlung, bis Keille ihn vor sich die Treppen zum Wagen hochschob. Kadere sah ihren weißen Wagen mit noch ausdrucksloserer Miene an, als es die Aiel fertigbrachten. Dann stolzierte auch er davon. Wirklich ein seltsamer Haufen.

»Hast du den Gaukler gesehen?« fragte Mat Rand, der abwesend nickte und die Reihe der Wagen so beäugte, als habe er noch nie welche gesehen. Rhuarc und Heim befanden sich bereits auf dem Rückweg zu den anderen Jindo. Die hundert Leibwächter Rands warteten geduldig und teilten ihre Aufmerksamkeit zwischen ihm und allem, was auch nur einer Maus als Schlupfwinkel hätte dienen können. Die Fahrer setzten sich zurecht, aber Rand rührte sich nicht vom Fleck. »Seltsame Leute, diese Händler, findest du nicht auch, Rand? Aber ich schätze, man muß schon einen Knacks haben, wenn man freiwillig in die Wüste geht. Sieh nur uns mal an.« Das ließ Aviendha das Gesicht verziehen, aber Rand schien nichts gehört zu haben. Mat wollte doch nur, daß er etwas sagte. Irgendwas. Dieses Schweigen raubte ihm den letzten Nerv. »Hättest du gedacht, daß es solch eine Ehre sein muß, einen Händlerzug zu begleiten, daß sich Rhuarc und Couladin darum streiten? Verstehst du etwas von diesem ganzen *Ji'e'toh*?«

»Ihr seid ein Narr«, knurrte Aviendha. »Es hat nichts mit *Ji'e'toh* zu tun. Couladin versucht, sich als Clanhäuptling aufzuspielen. Rhuarc kann das nicht zulassen, bis – ohne daß – er nach Rhuidean geht. Die Shaido würden jedem Hund den Knochen stehlen, oder wahrscheinlich sowohl den Knochen wie auch den ganzen Hund, aber selbst sie haben es verdient, einen echten Häuptling an der Spitze zu haben. Und Rand al'Thors wegen müssen wir nun tausend von ihnen in unserem Gebiet lagern lassen.«

»Seine Augen«, sagte Rand, ohne den Blick von den Wagen zu wenden. »Ein gefährlicher Mann.«

Mat runzelte die Stirn. »Wessen Augen? Couladins?«

»Kaderes Augen. All das Schwitzen und dann das Erblassen. Und doch hat sich der Ausdruck seiner Augen nie geändert. Du mußt immer die Augen beobachten. Nicht, was er zu sein scheint.«

»Sicher, Rand.« Mat rutschte im Sattel umher. Er hob die Zügel, um weiterzureiten. Vielleicht war das Schweigen doch nicht so schlimm gewesen. »Du mußt die Augen beobachten.«

Rand verlagerte seine Aufmerksamkeit auf die nächstgelegenen Felsnadeln und Spitzkuppen und drehte seinen Kopf mal in die eine Richtung und mal in die andere. »Das Risiko liegt im Zeitaufwand«, murmelte er. »Die Zeit stellt uns Fallen. Ich muß die ihren meiden, während ich die eigenen aufstelle.«

Oben gab es nichts, was Mat besonders auffiel, bis auf verstreute Dornbüsche und hier und da einen verkrüppelten Baum. Aviendha blickte finster-neugierig hoch und dann Rand an. Sie rückte ihren Schal zurecht. »Fallen?« fragte Mat. *Licht, laß ihn doch mal irgend etwas antworten, was nicht verrückt klingt!* »Wer stellt uns Fallen?«

Einen Augenblick lang sah ihn Rand an, als habe er die Frage nicht verstanden. Die Händlerwagen rumpelten mit einer Eskorte von Töchtern des Speers an den Seiten los und bogen auf den Kurs der Jindo ein, die an ihnen vorbeitrabten. Die Shaido trabten ebenfalls zu beiden Seiten weiter. Weitere Töchter des Speers rannten los, um die Vorhut zu bilden. Nur die Aiel um Rand herum standen noch da. Und die Gruppe um die Weisen Frauen zögerte noch und beobachtete sie. Egwene gestikulierte, so daß Mat glaubte, sie wolle herüberkommen und nachsehen, was mit ihnen los sei.

»Du kannst es nicht sehen oder fühlen«, sagte Rand schließlich. Er beugte sich ein wenig zu Mat vor und flüsterte laut, als gebe er nur vor, ein Geheimnis mitzuteilen: »Wir reiten jetzt mit dem Bösen weiter, Mat. Paß auf dich auf.« Er grinste wieder so schief, während er die Wagen an sich vorüberrumpeln ließ.

»Glaubst du, dieser Kadere sei *böse*?«

»Ein gefährlicher Mann, Mat – das verraten einem immer die Augen – aber wer weiß? Doch warum sollte ich mir Sorgen machen, wo doch Moiraine und die Weisen Frauen über mich wachen? Und Lanfear dürfen wir auch nicht außer acht lassen. Ist jemals ein Mann von so vielen wachsamen Augen überwacht worden?« Plötzlich richtete sich Rand im Sattel auf. »Es hat angefangen«, sagte er leise. »Wünsche uns, daß ich dein Glück habe, Mat. Es hat angefangen und nun gibt es keinen Weg zurück, wohin auch die Klinge trifft.« Er nickte sich selbst zu und ließ seinen Apfelschimmel hinter Rhuarc hertraben. Aviendha blieb an seiner Seite, und die hundert Jindo folgten ihnen.

Mat war froh darüber, daß es weiterging. Das war sicherlich besser, als hier zurückzubleiben. Die Sonne brannte heiß von einem wolkenlos-blauen Himmel. Sie mußten noch ein ganzes Stück weit reiten bis zum Sonnenuntergang. Es hatte angefangen? Was meinte er damit, daß es angefangen habe? Es hatte doch in Rhuidean begonnen, oder besser, in Emondsfeld in der Winternacht vor einem Jahr. ›Mit dem Bösen reiten‹ und ›kein Weg zurück‹? Und dann Lanfear? Rand balancierte jetzt tatsächlich auf des Messers Schneide. Da gab es wohl keinen Zweifel. Es mußte einen Weg aus der Wüste hinaus geben, und sie mußten ihn finden, bevor es zu spät war. Von Zeit zu Zeit betrachtete Mat die Wagen der Händler. Bevor es zu spät war. Falls es nicht schon zu spät war.

KAPITEL 15

Der Imre-Außenposten

Die Sonne stand noch eine Handbreit über dem zerklüfteten Horizont im Westen, als Rhuarc sagte, der Imre-Außenposten, wo er die Nacht verbringen wollte, liege nur etwa eine Meile vor ihnen. »Warum bleiben wir eigentlich schon dort?« fragte Rand. »Es wird noch stundenlang hell bleiben.«

Diesmal beantwortete Aviendha seine Frage. Sie schritt auf der anderen Seite von Jeade'en entlang. Ihr Tonfall war genauso verächtlich, wie er es von ihr erwartete: »Es gibt Wasser am Imre-Außenposten. Es ist am besten, ein Lager in der Nähe einer Wasserstelle aufzuschlagen, wenn sich die Möglichkeit bietet.«

»Und die Wagen der Händler können auch nicht viel weiter fahren«, fügte Rhuarc hinzu. »Wenn die Schatten länger werden, müssen sie anhalten oder sie riskieren, ihre Räder und die Beine der Maulesel zu brechen. Ich will sie nicht zurücklassen. Ich kann niemanden entbehren, um sie zu überwachen, aber Couladin könnte ...«

Rand drehte sich im Sattel um. Mittlerweile flankierten Jindo *Duadhe Mahdi'in,* Wassersucher, die Wagen. Sie rumpelten schwerfällig ein paar hundert Schritt seitlich von ihnen dahin, schaukelten und hinterließen eine lange, gelbe Staubfahne. Die meisten Rinnen in dem zerklüfteten Boden waren zu tief oder hatten zu steile Wände, so daß die Fahrer gezwungen waren, weite Umwege zu machen. So wand sich die Reihe der Wagen dahin wie eine betrunkene Schlange. Laute Flüche erschollen immer wieder von dort her. Meist galten sie den Mauleseln, die an allem schuld sein sollten. Kadere und Keille befanden sich nach wie vor im Inneren ihrer weißgestrichenen Wagen.

»Nein«, sagte Rand. »Das macht Ihr besser nicht.« Er lachte unwillkürlich leise auf.

Mat sah ihn unter dem breiten Rand seines neuen Huts hervor so komisch an. Er lächelte in der Hoffnung, ermutigend zu wirken, aber Mats Miene änderte sich nicht. *Er wird auf sich aufpassen müssen,* dachte Rand. *Es hängt zuviel davon ab.* Was das Aufpassen betraf, wurde ihm wieder bewußt, daß Aviendha ihn musterte. Den Schal hatte sie wie eine Schufa um den Kopf gewickelt. Er richtete sich wieder kerzengerade auf. Vielleicht hatte Moiraine ihr befohlen, sie solle sich um ihn kümmern, aber er hatte das Gefühl, sie wolle ihn nur fallen sehen. Das würde sie zweifellos amüsant finden, so wie sich der Humor bei den Aiel gezeigt hatte. Er hätte sich ja gern eingebildet, sie sei lediglich wütend darüber, daß man sie in ein Kleid gesteckt und ihr befohlen hatte, ihn zu überwachen, aber das Glitzern in ihren Augen war einfach zu persönlich für diese Möglichkeit.

Endlich einmal beobachteten Moiraine und die Weisen Frauen ihn nicht. In der Mitte zwischen den Jindo und den Shaido gingen Moiraine und Egwene zu Fuß neben Amys und den anderen her, und alle sechs Frauen betrachteten etwas, das die Aes Sedai in der Hand hielt. Im Schein der untergehenden Sonne funkelte es wie ein Edelstein. Den Frauen schien das genauso zu gefallen wie jedem Mädchen, das etwas Hübsches sieht. Lan ritt hinten bei den Packpferden und den *Gai'schain,* als hätten sie ihn weggeschickt.

Der Anblick verunsicherte Rand. Er war bereits daran gewöhnt, im Mittelpunkt der Aufmerksamkeit dieser Frauen zu stehen. Was interessierte sie denn nun auf einmal noch mehr? Sicher war es nichts, worüber er sich hätte freuen können. Nicht, wenn es um Moiraine ging, und die anderen unterschieden sich nicht sehr von ihr. Sie hatten alle ihre Pläne, was sie mit ihm anfangen wollten. Egwene war noch die einzige bei ihnen, der er vertraute. *Licht, hoffentlich kann ich ihr immer noch vertrauen.* Eigentlich war er selbst der einzige, dem er wirklich vertraute. *Wenn der Keiler aus dem Gebüsch bricht, bist du ganz allein mit ihm und deinem Speer.* Diesmal klang sein Lachen ein wenig bitter.

»Findet Ihr das Dreifache Land amüsant, Rand al'Thor?« Aviendhas Zähne blitzten einen Moment im Anflug eines Lächelns auf. »Lacht nur, solange es geht, Feuchtländer. Wenn dieses Land beginnt, Euch zu zerbrechen, wird das eine würdige Strafe dafür, wie Ihr Elayne behandelt habt.«

Warum konnte diese Frau nicht endlich damit aufhören? »Ihr habt dem Wiedergeborenen Drachen keinen Respekt erwiesen«, fuhr er sie an, »aber Ihr könntet Euch wenigstens um etwas Respekt dem *Car'a'carn* gegenüber bemühen.«

Rhuarc schmunzelte. »Ein Clanhäuptling ist kein König wie bei den Feuchtländern, Rand. Und der *Car'a'carn* ist auch keiner. Man erweist ihm schon Respekt, wenn auch die Frauen sich bemühen, das bis zum Letzten herunterzuspielen, aber jeder kann natürlich mit einem Häuptling sprechen.« Trotzdem warf er der Frau auf der anderen Seite von Rands Pferd einen strengen Blick zu. »Einige strapazieren allerdings die Geduld derer, denen Ehre gebührt, ein bißchen zu sehr!«

Aviendha wußte offensichtlich, wem die Bemerkung galt, und ihre Miene versteinerte sich. Sie schritt ohne ein weiteres Wort an Rands Seite dahin. Die Hände hatte sie allerdings zu Fäusten geballt.

Zwei der Kundschafterinnen aus den Reihen der Töchter des Speers erschienen. Sie liefen zurück, so schnell sie nur konnten. Offensichtlich gehörten sie nicht zusammen, denn die eine eilte geradewegs zu den Shaido hinüber, während die andere zu den Jindo gehörte. Rand erkannte sie, eine blonde Frau namens Adelin, gutaussehend, doch mit einem harten Gesicht. Eine Narbe zog sich wie ein dünner, weißer Strich über ihre eine sonnengebräunte Wange. Sie war eine von denen, die auch im Stein dabeigewesen waren, obwohl sie älter war als die anderen dort – vielleicht um zehn Jahre älter als er selbst. Der kurze Blick, den sie Aviendha zuwarf, bevor sie sich Rhuarcs Schritt anpaßte, eine Mischung von Neugier und Sympathie, brachte Rand in Rage. Wenn Aviendha eingewilligt hatte, im Auftrag der Weisen Frauen zu spionieren, verdiente sie auch keine Sympathie. Und seine Gesellschaft war ja wohl auch nicht derart widerlich. Ihn selbst ignorierte Adelin vollständig.

»Es gibt Schwierigkeiten am Imre-Außenposten«, sagte sie zu Rhuarc. Sie sprach schnell und ein wenig abgehackt. »Es ist niemand zu sehen. Wir haben uns versteckt und sind nicht näher herangegangen.«

»Gut«, antwortete Rhuarc. »Sagt den Weisen Frauen Bescheid.« Unbewußt packte er seine Speere ein wenig kräftiger und ließ sich zu der Hauptgruppe der Jindo zurückfallen. Aviendha knurrte irgend etwas und zupfte an ihrem Rock herum. Ganz klar, daß sie ihm am liebsten gefolgt wäre.

»Ich glaube, sie wissen es bereits«, sagte Mat, als Adelin zur Gruppe der Weisen Frauen hinübereilte.

Unter den Frauen um Moiraine herrschte helle Aufregung, so daß Rand Mat recht geben mußte. Sie schienen alle auf einmal sprechen zu wollen. Egwene hob eine Hand über die Augen und blickte entweder zu Adelin oder zu ihm herüber. Die andere Hand hatte sie auf den Mund gelegt. Woher sie die Neuigkeiten hatten, mußte er später einmal klären.

»Was kann denn da los sein?« fragte er Aviendha. Sie murmelte immer noch etwas in sich hinein und antwortete nicht. »Aviendha? Was kann da los sein?« Nichts. »Seng Euch, Frau, könnt Ihr keine einfache Frage beantworten? Was ist dort los?«

Sie errötete, antwortete nun aber mit beherrschter Stimme: »Höchstwahrscheinlich war es ein Überfall, um ihre Ziegen oder Schafe zu stehlen. Beide finden bei Imre eine recht gute Weide, aber wahrscheinlich sind die Ziegen das Ziel gewesen, wegen des Wassers. Vielleicht waren es die Chareen, die Weißberge-Septime, oder auch die Jarra. Sie wohnen am nächsten. Oder es könnte auch eine Septime der Goshien gewesen sein. Die Tomanelle wohnen zu weit weg, denke ich.«

»Wird es Auseinandersetzungen geben?« Er griff nach *Saidin,* und der süße Schwall der Macht erfüllte ihn. Der ranzige Beigeschmack drang in sein Inneres, und neuer Schweiß rann ihm aus allen Poren. »Aviendha?«

»Nein. Adelin hätte es berichtet, wenn die Räuber noch dagewesen wären. Die Herde und die *Gai'schain* dürften sich mittlerweile meilenweit entfernt befinden. Wir können die Herde auch nicht zurückholen, weil wir Euch begleiten müssen.«

Er fragte sich, warum sie nichts davon erwähnte, die Gefangenen zu befreien, die *Gai'schain,* aber der Gedanke verflog schnell. Er mußte sich große Mühe geben, aufrecht sitzen zu bleiben, während er von *Saidin* erfüllt war, sich nicht zusammenzukrümmen und einfach wegschwemmen zu lassen, und das ließ ihm keine Zeit für unbeantwortete Fragen.

Rhuarc und die Jindo liefen los und verschleierten sich bereits. Rand folgte ihnen etwas langsamer. Aviendha warf ihm ungeduldige Blicke zu, aber er ließ Jeade'en lediglich etwas schneller gehen. Er würde nicht in die Falle eines anderen hineingaloppieren. Wenigstens Mat hatte auch keine Eile. Er zögerte und blickte zu den Händlerwagen hinüber, bevor er Pips richtig in Bewegung setzte. Rand sah die Wagen nicht an.

Die Shaido fielen zurück und verlangsamten ihren Schritt, bis sich die Weisen Frauen wieder in Bewegung setzten. Klar. Das hier war Gebiet der Taardad, und es war Couladin gleich, ob ein Überfall stattgefunden hatte oder nicht. Rand hoffte, daß sie die Clanhäuptlinge möglichst bald in Alcair Dal zusammenbringen würden. Wie konnte er ein Volk einen, dessen Teile sich untereinander pausenlos bekämpften? Doch das war jetzt seine geringste Sorge.

Als endlich der Imre-Außenposten in Sicht kam, stellte er doch eine Überraschung dar. Ein paar weit verstreute Grüppchen von langhaarigen, weißen Ziegen grasten friedlich auf größeren, mit zähem Gras bewachsenen Flächen oder fraßen sogar die Blätter von den Dornbüschen ab. Zuerst entdeckte er das rohe Steingebäude gar nicht, das sich unten an eine hohe Spitzkuppe lehnte. Das grobe Mauerwerk paßte sich farblich der Umgebung hervorragend an, und außerdem hatten mehrere Dornbüsche auf dem mit Erdboden bedeckten Dach Wurzeln geschlagen. Es war nicht sehr groß, hatte Schießscharten anstelle von Fenstern und, soweit er erkennen konnte, nur eine Tür. Einen Augenblick später entdeckte er noch ein zweites Gebäude, auch nicht größer, das auf einem Felsvorsprung zwanzig Schritt über dem anderen stand. Ein tiefer Einschnitt zog sich hinter dem unteren Gebäude bis zu dem Vorsprung hoch. Es war kein anderer Weg erkennbar, der dorthin führte.

Rhuarc stand ganz offen etwa vierhundert Schritt von der Kuppe entfernt da und hatte den Schleier abgenommen. Kein anderer Jindo war sichtbar. Das hieß natürlich nicht, daß die anderen nicht auch da seien. Rand hielt sein Roß neben Rhuarc an und stieg ab. Der Clanhäuptling betrachtete weiter eingehend die Steingebäude.

»Die Ziegen«, sagte Aviendha besorgt. »Bei einem Überfall wären keine Ziegen zurückgeblieben. Die meisten sind weg, aber es macht beinahe den Eindruck, als sei die Herde sich selbst überlassen worden und habe sich zerstreut.«

»Das muß schon vor Tagen geschehen sein«, stimmte

ihr Rhuarc zu, der den Blick nicht von den Gebäuden wandte, »sonst wären noch mehr da. Warum kommt niemand heraus? Sie sollten von dort aus mein Gesicht sehen und mich erkennen.« Er ging vorwärts und erhob keine Einwände, als Rand sich ihm mit Jeade'en am Zügel anschloß. Aviendha hatte eine Hand am Griff ihres kleinen Messers und Mat, der hinter ihnen herritt, trug seinen Speer mit dem schwarzen Schaft, als erwarte er, ihn gebrauchen zu müssen.

Die Tür war aus schmalen, kurzen und rauhen Brettern zusammengenagelt. Ein paar der dicken Scharniere waren zerbrochen, von Axthieben zerstört. Rhuarc zögerte einen Moment lang und drückte sie dann auf. Er warf nur einen kurzen Blick hinein und betrachtete dann von diesem Standpunkt aus die sie umgebende Landschaft.

Rand steckte den Kopf hinein. Es war niemand da. Das Innere bestand nur aus einem Raum, und der machte nicht den Eindruck eines Wohnraums, sondern nur den einer Unterkunft, die den Hirten Schutz bieten konnte und in dem sie sich im Notfall auch verteidigen konnten. Das Licht fiel in grellen Balken durch die Schießscharten hinein. Es gab keine Möbel, keine Tische und Stühle. Ein etwas erhöhter offener Herd befand sich genau unter einem verrußten Rauchabzugsloch in der Decke. An der Rückwand war der blanke graue Felsen mit diesem breiten Spalt zu sehen, in den man Stufen gehauen hatte. Das Gebäude war geplündert worden. Bettzeug, Decken, Töpfe, alles lag verstreut auf dem Steinboden herum. Die Kissen hatte man aufgeschlitzt. Über alles war irgendeine Flüssigkeit gespritzt worden, deren schwarze Reste überall, auch an den Wänden und sogar an der Decke angetrocknet waren.

Als ihm klar wurde, was das war, zuckte er zurück und hielt das aus der Macht gefertigte Schwert in der Hand, bevor er überhaupt nachdenken konnte. Blut.

Soviel Blut. Hier hatte ein Blutbad stattgefunden, so schlimm, wie er es sich nur vorstellen konnte. Draußen rührte sich nichts außer den Ziegen.

Aviendha ging so schnell wieder hinaus, wie sie eingetreten war. »Wer?« fragte sie ungläubig, und in ihren großen blaugrünen Augen stand Erbitterung. »Wer würde so etwas tun? Wo sind die Toten?«

»Trollocs«, brach es aus Mat hervor. »Das sieht meiner Meinung nach aus, als hätten es Trollocs angerichtet.«

Sie schnaubte verächtlich. »Trollocs kommen nicht ins Dreifache Land, Feuchtländer. Höchstens unten am Rand der Fäule mal ein paar Meilen weit, und das auch noch sehr selten. Ich habe gehört, daß sie das Dreifache Land als das Land des Todes bezeichnen. Wir jagen die Trollocs, Feuchtländer, und nicht sie uns.«

Nichts rührte sich. Rand ließ das Schwert verschwinden und schob *Saidin* von sich. Es war schwierig. Die Süße der Macht reichte fast aus, um den Ekel vor dem Verderben, das darin lag, zu überwinden; der manische Genuß darin sorgte beinahe dafür, daß ihm alles gleich war. Mat hatte recht, was Aviendha auch dagegen sagen mochte. Aber das hier war alt und die Trollocs waren längst verschwunden. Trollocs in der Wüste an einem Ort, an den er sich begab. Er war kein Narr, der dabei an einen Zufall glaubte. *Aber wenn sie mich für einen Narren halten, werden sie vielleicht leichtsinnig.*

Rhuarc gab den Jindo ein Zeichen herzukommen. Sie schienen plötzlich aus dem Boden herauszuwachsen. Eine Weile später erschienen auch die anderen, die Shaido, die Wagenkolonne der Händler und die Gruppe mit den Weisen Frauen. Die Kunde, was sie vorgefunden hatten, verbreitete sich schnell, und unter den Aiel wurde die Anspannung beinahe greifbar. Sie bewegten sich, als erwarteten sie jeden Augenblick einen Angriff, vielleicht auch von dem jeweiligen Gegner aus dem eigenen Volk. In jede Richtung schwärmten Kundschafter aus. Die Fahrer der Wagen spannten ihre Maulesel ab und blickten sich unruhig um. Sie schienen bereit, beim ersten Aufschrei mit einem Sprung unter ihre Wagen zu hechten.

Eine Weile wirkte das Ganze wie ein aufgescheuchter Ameisenhaufen. Rhuarc sorgte dafür, daß die Händler ihre Wagen an den Rand des Jindo-Lagers schoben. Couladin war wütend darüber, denn das bedeutete, jeder Shaido, der etwas kaufen wollte, mußte zu den Jindo gehen. Aber er schlug keinen Krach deswegen. Vielleicht sah sogar er ein, daß ein Streit zu diesem Zeitpunkt dazu führen konnte, daß man den Tanz der Speere tanzte. Die Shaido errichteten ihre Zelte eine knappe Viertelmeile entfernt, und wie immer lagerten dazwischen die Weisen Frauen mit ihrer Begleitung. Auch diese untersuchten das Innere des Gebäudes zusammen mit Moiraine und Lan, aber falls sie zu irgendeinem Schluß kamen, sagten sie es niemandem.

Das Wasser am Imre-Außenposten stellte sich als winzige Quelle heraus, ganz hinten in der Spalte, die ihr Wasser in einem tiefen, etwa runden Teich ergoß. Rhuarc nannte das einen Tank. Aber er hatte nur einen Durchmesser von weniger als zwei Schritt. Genug für die Hirten, genug auch für die Jindo, um einige ihrer Wasserschläuche zu füllen. Kein Shaido kam in die Nähe. Im Land der Taardad hatten die Jindo das erste Wasserrecht. Wie es schien, holten sich die Ziegen die meiste von ihnen benötigte Feuchtigkeit aus den fleischigen Blättern der Dornbüsche. Rhuarc versicherte Rand, daß sie am nächsten Abend bei ihrem Lager sehr viel mehr Wasser vorfinden würden.

Kadere überraschte sie, während die Fahrer noch ihre Gespanne ausspannten und Eimer voll Wasser von den Tankwagen besorgten. Als er aus seinem Wagen trat, begleitete ihn eine dunkelhaarige junge Frau in roter Seidenrobe und roten Samtpantoffeln, die besser in einen Palast gepaßt hätten als in die Wüste. Ein durchscheinendes rotes Tuch, das sie wie eine Schufa trug, und ein Schleier boten wohl kaum Schutz gegen die Sonne und verbargen auch das blasse, schöne, herzförmige Gesicht keineswegs. Sie hielt sich am kräftigen Arm des Händlers fest und trat mit aufregendem Hüftschwung neben ihm in den blutbespritzten Raum. Moiraine und die anderen hatten sich hinüber begeben, wo die *Gai'schain* das Lager der Weisen Frauen errichteten. Als das Pärchen zurückkehrte, schauderte die junge Frau kaum wahrnehmbar. Rand war sich sicher, daß sie sich verstellte, und er war sich auch sicher, daß sie dieses Schlachthaus hatte besichtigen wollen. Ihre zur Schau getragene Abneigung hielt kaum zwei Sekunden an, und dann sah sie sich interessiert unter den Aiel um.

Es schien, daß auch Rand zu den Sehenswürdigkeiten gehörte, die sie zu sehen wünschte. Kadere war wohl soweit, daß er sie zum Wagen zurückbringen wollte, doch sie führte ihn statt dessen zu Rand hinüber. Das verlockende Lächeln um ihre vollen Lippen war hinter dem durchscheinenden Schleier deutlich zu erkennen. »Hadnan hat mir von Euch erzählt«, sagte sie mit rauchiger Stimme. Sie hing wohl am Arm des Händlers, doch ihre dunklen Augen musterten Rand herausfordernd. »Ihr seid derjenige, von dem die Aiel sprechen. Er, Der Mit Der Morgendämmerung Kommt.« Keille und der Gaukler kamen aus dem zweiten Wagen, standen in einiger Entfernung beieinander und beobachteten alles.

»Wie es scheint, bin ich das«, sagte er.

»Seltsam.« Ihr Lächeln wurde spitzbübisch und frech. »Ich glaubte, Ihr wärt hübscher.« Sie tätschelte Kaderes Wange und seufzte. »Diese schreckliche Hitze ist so anstrengend. Bleibt nicht zu lange draußen.« Kadere sagte nichts, bis sie die Stufen hinauf und in den Wagen gegangen war. Seinen Hut hatte er durch einen langen weißen Schal ersetzt, den er zusammengerollt auf seinen Kopf gebunden hatte. Die Enden hingen ihm im Nacken herunter. »Ihr müßt Isendre vergeben, guter Herr. Sie ist manchmal ... zu offen.« Seine Stimme klang beruhigend, doch seine Augen gehörten einem Raubvogel. Er zögerte und fuhr dann fort: »Ich habe andere Dinge gehört. Ich habe gehört, daß Ihr *Callandor* aus dem Herz des Steins mitnahmt.«

Die Augen des Mannes veränderten sich nie. Wenn er von *Callandor* wußte, dann war ihm auch klar, daß Rand der Wiedergeborene Drache war und daß er die Eine Macht benutzen konnte. Und immer noch veränderten sich seine Augen nicht. Ein gefährlicher Mann. »Ich habe gehört«, sagte Rand zu ihm, »daß man nichts glauben sollte, was man hört, und nur die Hälfte dessen, was man sieht.«

»Eine weise Lebensregel«, sagte Kadere nach einem Augenblick des Zögerns. »Aber um Großes zu vollbringen, muß ein Mann etwas glauben. Glaube und Wissen pflastern den Weg zur Größe. Wissen ist vielleicht das Wertvollste von allem. Wir alle suchen die Münze des Wissens. Verzeiht mir, guter Herr. Isendre ist keine geduldige Frau. Vielleicht werden wir bald eine weitere Gelegenheit haben, uns zu unterhalten.«

Bevor der Mann auch nur drei Schritte getan hatte, sagte Aviendha mit leiser, harter Stimme: »Ihr gehört zu Elayne, Rand al'Thor. Starrt Ihr jede Frau so an, die Euch vor die Augen kommt, oder nur diejenigen, die halbnackt herumlaufen? Wenn ich mich ausziehe, werdet Ihr mich dann ebenso anstarren? Ihr gehört zu Elayne!«

Er hatte ihre Anwesenheit schon ganz vergessen. »Ich *gehöre* zu niemandem, Aviendha. Elayne? Sie scheint sich selbst nicht ganz darüber klar zu sein, was sie eigentlich will.«

»Elayne hat Euch ihr Herz offenbart, Rand al'Thor. Wenn sie Euch das nicht im Stein von Tear klargemacht hat, haben Euch dann ihre beiden Briefe nicht gesagt, was sie fühlt? Ihr gehört ihr und keiner anderen.«

Rand warf die Hände hoch und marschierte davon, weg von ihr. Wenigstens versuchte er das. Aber sie folgte ihm auf den Fersen – ein mißbilligender Schatten im grellen Sonnenschein.

Schwerter. Die Aiel hatten vielleicht vergessen, warum sie keine Schwerter trugen, aber sie verachteten sie nach wie vor. Schwerter könnten sie möglicherweise dazu bringen, daß sie ihn in Ruhe ließ. Er suchte Lan im Lager der Weisen Frauen und bat den Behüter, ihm beim Üben mit dem Schwert zuzusehen und ihn zu beraten. Bair war die einzige der vier, die zu sehen war, und die Falten in ihrem Gesicht wurden durch ihre finstere Miene noch vertieft. Auch Egwene war verschwunden. Moiraine trug ihre Ruhe wie eine Maske zur Schau. Ihre dunklen Augen blickten kühl drein. Er wußte nicht, ob sie seine Handlungsweise guthieß.

Es war nicht seine Absicht, die Aiel vor den Kopf zu stoßen, und so begab er sich mit Lan zwischen die Zelte der Weisen Frauen und die der Jindo. Er benützte eines der Übungsschwerter, die Lan im Gepäck hatte, mit zusammengeschnürten Leisten anstelle einer Klinge. Gewicht und Balance stimmten, und er war in der Lage, in dem tänzerischen Gleiten von einer Figur in die andere seine Umgebung zu vergessen. Das Übungsschwert erwachte in seinen Händen zum Leben, wurde ein Teil seiner selbst. Gewöhnlich war es jedenfalls so. Heute brannte die Sonne so unbarmherzig auf sie herab und sog ihnen jede Feuchtigkeit und Kraft aus den Gliedern. Aviendha hockte an der Seite, hatte die Arme um die Knie geschlungen und starrte ihn an.

Schließlich ließ er schwer atmend die Arme sinken.

»Ihr habt die Konzentration verloren«, sagte Lan zu ihm. »Ihr müßt sie aber halten, auch wenn Eure Muskeln zu Wasser werden. Verliert sie, und das ist der Tag, an dem Ihr sterbt. Und wahrscheinlich wird es ein

Bauernjunge sein, der zum ersten Mal ein Schwert in der Hand hält, der Euch besiegt.« Plötzlich lächelte er. Auf seinem steinernen Gesicht wirkte das ganz ungewohnt.

»Ja. Nun ja, ich bin nun wohl kein Bauernjunge mehr, oder?« Sie hatten einige Zuschauer angezogen, wenn auch auf sichere Entfernung. An den Rändern der Lager sowohl der Jindo wie auch der Shaido standen die Aiel. Keilles in Beige gehüllte fette Gestalt hob sich von den Jindo ab, genau wie der Gaukler neben ihr in seinem bunten Flickenumhang. Wer von ihnen war ihm lieber? Jedenfalls wollte er nicht, daß sie merkten, wie er sie beobachtete. »Wie kämpfen die Aiel, Lan?«

»Hart«, sagte der Behüter trocken. »Sie verlieren nie die Konzentration. Seht her.« Mit dem Schwert zog er auf dem harten, aufgesprungenen Boden einen Kreis und Pfeile. »Die Aiel wechseln ihre Taktik je nach den Gegebenheiten, aber hier ist eine ihrer Lieblingstaktiken. Sie marschieren in einer Kolonne, die in vier Viertel unterteilt ist. Wenn sie auf den Feind treffen, rennt die erste Gruppe vor, um ihn zu binden. Die zweite und die dritte weichen zur Seite hin aus und greifen an den Flanken und von hinten an. Das letzte Viertel wartet als Reserve und beobachtet manchmal nicht einmal den Kampf, außer dem Anführer. Wenn sich eine Schwäche beim Gegner zeigt, eine Lücke in der Formation oder sonstwas, dann schlägt die Reserve dort zu. Und Schluß!« Sein Schwert stach in den Kreis hinein, der bereits von Pfeilen durchbohrt war.

»Was kann man dagegen unternehmen?« fragte Rand.

»Das ist schwer zu sagen. Wenn der erste Kontakt hergestellt wird – Ihr werdet die Aiel sowieso nicht entdecken, bevor sie zuschlagen, es sei denn, Ihr habt Glück –, müßt Ihr sofort Reiter losschicken, die ihre Flankenangriffe zerschlagen oder zumindest aufhalten.

Wenn Ihr den größeren Teil Eurer Kräfte zurückhaltet und den zentralen Angriff zurückschlagt, der Euch nur aufhalten soll, dann könnt Ihr Euch anschließend den anderen widmen und sie auch besiegen.«

»Warum wollt Ihr lernen, wie man gegen Aiel kämpft?« platzte Aviendha heraus. »Seid Ihr nicht Er, Der Mit Der Morgendämmerung Kommt, der dazu bestimmt ist, uns zu einen und zu altem Ruhm zurückzuführen? Außerdem, wenn Ihr wissen wollt, wie man gegen Aiel kämpft, dann fragt auch Aiel und keinen Feuchtländer. Seine Taktik funktioniert nicht.«

»Sie hat von Zeit zu Zeit recht gut funktioniert, wenn ich Männer aus den Grenzlanden dafür zur Verfügung hatte.« Rhuarcs weiche Stiefel machten auf dem harten Boden kaum ein Geräusch. Er trug einen Wasserschlauch unter dem Arm. »Man kann immer Verständnis zeigen, wenn jemand eine Enttäuschung hinter sich hat, Aviendha, aber irgendwo gibt es eine Grenze. Ihr habt den Speer zugunsten Eurer Verpflichtung dem Volk und dem Blut gegenüber aufgegeben. Eines Tages werdet Ihr zweifellos einen Clanhäuptling dazu bringen, daß er tut, was Ihr sagt, und nicht, was er will, aber wenn Ihr statt dessen auch nur die Weise Frau der kleinsten Festung der kleinsten Septime der Taardad seid, so bleibt doch Eure Verpflichtung, und der kann man nicht mit Wutanfällen begegnen.«

Eine Weise Frau. Rand fühlte sich wie ein Narr. Natürlich war sie deshalb nach Rhuidean gegangen. Aber er hätte nie gedacht, daß Aviendha freiwillig den Speer aufgeben werde. Das erklärte selbstverständlich auch, warum man sie erwählt hatte, bei ihm zu spionieren. Mit einemmal fragte er sich, ob sie die Macht benutzen könne. Ihm schien, daß Min die einzige Frau war, der er seit jener Winternacht begegnet war, die das nicht konnte.

Rhuarc warf ihm den wabbelnden Wasserschlauch zu. Das lauwarme Wasser floß durch seine Kehle wie gekühlter Wein. Er hielt sich zurück und schüttete nichts über sein Gesicht, um kein Wasser zu verschwenden, aber das kostete ihn Beherrschung.

»Ich dachte, du möchtest vielleicht lernen, mit dem Speer umzugehen«, sagte Rhuarc, als Rand schließlich den halbleeren Behälter sinken ließ. Erst jetzt sah Rand, daß der Häuptling nur zwei Speere trug und ebenfalls zwei der kleinen Schilde. Es waren keine Übungsspeere, falls es die überhaupt gab, und jeder hatte eine einen Fuß lange Stahlspitze.

Stahl oder Holz, seine Muskeln verlangten nach Ruhe. Seine Beine wollten ihn dazu bringen, daß er sich hinsetzte, und sein Kopf wollte sich niederlegen. Keille und der Gaukler waren weg, aber die Aiel in beiden Lagern schauten immer noch zu. Sie hatten gesehen, wie er mit einem der verachteten Schwerter übte, auch wenn es nur aus Holz war. Sie waren sein Volk. Er kannte sie zwar nicht, aber sie waren sein in mehr als einer Hinsicht. Auch Aviendha beobachtete ihn nach wie vor mit zornigen Blicken, als mache sie ihn dafür verantwortlich, daß Rhuarc sie heruntergeputzt hatte. Nicht, daß sie irgend etwas mit seiner Entscheidung zu tun hatte. Klar. Die Jindo und die Shaido schauten zu; das war der Grund.

»Dieser Berg wird manchmal schon schrecklich schwer«, seufzte er und nahm von Rhuarc einen Speer und ein Schild entgegen. »Wann findet man die Zeit dazu, ihn für eine Weile wegzulegen?«

»Wenn Ihr sterbt«, sagte Lan schlicht.

Er zwang seine Beine dazu, sich zu bewegen, und bemühte sich dabei, Aviendha zu vergessen. So stellte er sich Rhuarc. Er hatte noch nicht vor, zu sterben. Noch lange nicht!

Mat lehnte an einem hohen Rad im Schatten eines Händlerwagens und beobachtete die vielen Jindo, die Rand beim Üben zusahen. Er konnte nur noch ihre

Rücken sehen, so dicht gedrängt standen sie. Der Mann war doch ein kompletter Idiot, so in dieser Hitze herumzuhüpfen. Jeder vernünftige Mann suchte sich ein vor der Sonne geschütztes Plätzchen und etwas zu trinken. Er verlagerte sein Gewicht ein wenig und spähte in den Bierkrug. Das Bier hatte er von einem der Fahrer gekauft. Er verzog das Gesicht. Nichts schmeckte so richtig, wenn es nur eine warme Brühe war. Aber wenigstens war es naß. Das einzige, was er außer dem Hut noch gekauft hatte, war eine Pfeife mit kurzem Stiel und silberverziertem Kopf, die nun neben seinem Tabaksbeutel in der Tasche steckte. Ihm war nicht nach Feilschen zumute. Es sei denn, es ginge um eine Passage aus der Wüste hinaus, doch das war etwas, das im Moment von den Händlern wohl nicht angeboten wurde.

Die Geschäfte gingen ansonsten nicht schlecht, wenn sie auch nur wenig Bier verkauften. Den Aiel machte dessen Temperatur wohl nichts aus, aber es war ihnen zu schwach. Die meisten Käufer waren Jindo, aber aus dem anderen Lager kam ein stetiger Strom von Shaido herüber. Couladin und Kadere steckten lange Zeit die Köpfe zusammen, konnten sich aber wohl nicht einigen, denn Couladin ging wieder mit leeren Händen. Kadere schien das nicht gepaßt zu haben, denn er blickte Couladin mit diesen Raubvogelaugen nach, und ein Jindo, der seine Aufmerksamkeit gewinnen wollte, mußte ihn dreimal ansprechen, bevor er schließlich erhört wurde.

Die Aiel hatten nicht viel, was gemünztes Geld betraf, doch die Händler und ihre Leute nahmen gern auch Silberschüsseln oder kleine goldene Statuen oder schöne Wandbehänge, die sie aus Tear ›mitgenommen‹ hatten, und aus den Taschen der Aiel tauchten Goldnuggets und Klumpen von Rohsilber auf, die Mat denn doch erstaunt durch die Zähne pfeifen ließen. Doch bei einem Aiel, der im Würfelspiel verlor, konnte man nie sicher sein, ob er nicht zu seinem Speer griff. Er fragte sich, wo sich die Bergwerke befänden. Wo einer Gold fand, konnte auch ein anderer welches finden. Aber wahrscheinlich machte es eine Menge Arbeit, das Gold auszugraben. Er nahm einen langen Zug aus dem Bierkrug und lehnte sich wieder bequem an das Wagenrad.

Was sich verkaufte, was nicht, und zu welchem Preis, war sehr interessant. Die Aiel waren keine primitiven Hinterwäldler, die etwa einen goldenen Salzstreuer gegen einen Ballen Tuch eintauschten. Sie kannten den Wert der Dinge und feilschten gewaltig, aber sie hatten ihre eigenen Bedürfnisse. Bücher verkauften sich augenblicklich. Nicht jeder wollte welche, aber diejenigen, die Bücher kauften, nahmen absolut alle mit, die sich in den Wagen befanden. Spitzen und Samt verschwanden ebenso schnell, wie man sie herausbrachte, und das für erstaunliche Mengen an Silber und Gold, und selbst Bänder verkauften sich zu hohen Preisen, aber die beste Seide blieb unverkauft liegen. Seide war im Osten billiger. Das hörte er von einem Shaido, der mit Kadere darüber sprach. Ein breitschultriger Fahrer mit gebrochenem Nasenbein versuchte, eine Tochter des Speers von den Jindo zu überreden, ein aus Elfenbein geschnitztes Armband zu kaufen. Sie zog ein anderes aus ihrer Tasche, das breiter, dicker und noch kunstvoller geschnitzt war, und dann bot sie ihm an, mit ihm um beide zu ringen. Er zögerte, lehnte aber dann doch ab. Mat hielt ihn danach für noch dümmer, als er aussah. Nadeln und anderes Nähzeug verkauften sich sofort, aber die Topfwaren und die meisten Messer ernteten nur verächtliche Blicke. Die Schmiede der Aiel leisteten bessere Arbeit. Alles mögliche wanderte von einer Hand in die andere, vom Fläschchen mit Parfum und Badesalz bis zu Krügen mit Schnaps. Wein und Schnaps brachten gute Preise. Er war überrascht, als er hörte, wie Heim nach Tabak von den Zwei Flüssen verlangte. Die Händler hatten keinen.

Ein Fahrer versuchte immer wieder, das Interesse der Aiel an einer schweren, goldverzierten Armbrust zu wecken, hatte aber keinen Erfolg damit. Doch die Armbrust stach Mat ins Auge. All diese eingearbeiteten goldenen Löwen mit roten Augen, die wahrscheinlich kleine Rubine waren. Klein, aber immerhin – Rubine. Natürlich konnte ein guter Bogenschütze von den zwei Flüssen sechs Pfeile verschießen, während der Armbrustschütze noch die Sehne zum zweiten Schuß mit dem Spannhebel anzog. Allerdings hatte eine Armbrust von dieser Größe eine größere Reichweite, vielleicht hundert Schritt mehr. Zwei Männer, die nichts anderes zu tun hatten, als jedem Armbrustschützen sofort eine neue gespannte Armbrust mit Bolzen in die Hand zu drücken, während die eben benutzte wieder gespannt wurde, und dann kräftige Pikeure, um die Kavallerie des Gegners zu bremsen…

Mat verzog das Gesicht und stieß mit dem Kopf gegen eine der Speichen. Es war schon wieder passiert. Er mußte raus aus der Wüste, weg von Moiraine, weg von allen Aes Sedai. Vielleicht sollte er für eine Weile nach Hause gehen. Möglicherweise konnte er noch rechtzeitig dortsein, um zu helfen, diese Probleme mit den Weißmänteln zu lösen. *Ach, die Chancen sind gering, außer ich benutze die verdammten Kurzen Wege oder wieder einen verfluchten Portalstein.* Das würde seine Probleme aber sowieso nicht lösen. Beispielsweise konnte er in Emondsfeld keine Antwort darauf finden, was diese Schlangenwesen damit gemeint hatten, daß er die Tochter der Neun Monde heiraten werde, oder mit dem Sterben und wieder Leben. Oder mit Rhuidean.

Durch den Stoff seines Wamses hindurch rieb er das Medaillon mit dem Fuchskopf, das wieder an seinem Hals hing. Die Pupille im Auge des Fuchses war ein winziger Kreis, der durch eine Schlangenlinie geteilt wurde. Die eine Seite glänzte hell, während die andere matt war. Das uralte Abzeichen der Aes Sedai vor der

Zerstörung der Welt. Den Speer mit dem schwarzen Schaft, dessen Schwertklingenspitze durch zwei Raben gekennzeichnet war, nahm er nun von dem Platz neben sich, wo er ihn an den Wagen gelehnt hatte, und legte ihn sich über die Knie. Noch ein Werk der Aes Sedai. Rhuidean hatte keine Antworten geliefert, sondern lediglich neue Fragen aufgeworfen, und …

Vor Rhuidean hatte sein Gedächtnis große Lücken aufgewiesen. Wenn er damals versucht hatte, sich an etwas zu erinnern, war es so, als wisse er noch, daß er am Morgen durch eine Tür ging und am Abend wieder herauskam, aber was dazwischen lag, war dunkel geblieben. Jetzt gab es etwas dazwischen, das diese Lücken füllte. Wachträume oder etwas sehr Ähnliches. Es war, als könne er sich an Tanzveranstaltungen, an Kämpfe, an Straßen und Städte erinnern, die er alle niemals wirklich gesehen hatte und von denen er nicht einmal wußte, ob es sie je gegeben hatte. Wie hundert verschiedene Bruchstücke, die von hundert verschiedenen Menschen stammten. Vielleicht war es besser, sie als Träume zu betrachten – ein wenig besser zumindest –, aber er war sich all dieser Szenen genauso sicher, als seien es seine eigenen Erinnerungen. Am häufigsten kamen Kämpfe darin vor, und die schlichen sich gelegentlich in sein Bewußtsein ein, so wie das mit der Armbrust. Er ertappte sich dabei, wie er auf einen Fleck am Boden starrte und dabei plante, hier einen Hinterhalt anzulegen, oder sich gegen einen zur Wehr zu setzen, oder wie er sein Heer zur Schlacht anordnen solle. Es war verrückt.

Ohne hinzusehen, fuhr er die fließende Schrift auf dem schwarzen Speerschaft nach. Er konnte sie mittlerweile so leicht wie ein Buch lesen, auch wenn er den ganzen Marsch zurück zum Chaendaer dazu gebraucht hatte, bis ihm das klargeworden war. Rand hatte nichts gesagt, doch er glaubte, sich ihm gegenüber dort in Rhuidean verraten zu haben. Er sprach jetzt die Alte

Sprache, und das kam allein von diesen Träumen her. *Licht, was haben sie bloß mit mir angestellt? »Sa souvraya niende misain ye«*, sagte er laut. »Ich bin verloren in meinem eigenen Geist.«

»Ein Gelehrter, und das in diesen Tagen und diesem Zeitalter!«

Mat sah auf und erblickte den Gaukler, der ihn aus dunklen, tiefliegenden Augen anschaute. Der Bursche war überdurchschnittlich groß, ungefähr von mittleren Jahren und wirkte wahrscheinlich auf Frauen anziehend. Nur hielt er den Kopf so eigenartig schief, als wolle er einen immer von der Seite her ganz eindringlich ansehen.

»Nur etwas, das ich mal gehört habe«, sagte Mat. Er mußte einfach vorsichtiger sein. Falls Moiraine sich entschloß, ihn zum Lernen in die Weiße Burg zu schicken, dann würden sie ihn nie wieder rauslassen. »Man hört irgendwelche Gesprächsfetzen und erinnert sich später daran. Ich weiß ein paar solcher Sachen.« Das sollte irgendwelche Ausrutscher einigermaßen decken, die ihm in seiner Dummheit passierten.

»Ich heiße Jasin Natael und bin Gaukler.« Natael schwenkte seinen Umhang nicht so wie Thom. Er hätte genausogut erklären können, daß er ein Zimmermann sei oder ein Wagner. »Habt Ihr etwas dagegen, wenn ich Euch Gesellschaft leiste?« Mat nickte dem Boden in seiner Nähe zu, und der Gaukler schob sich den Umhang unter das Hinterteil und setzte sich drauf. Er schien fasziniert von dem Gewirr der Jindo und Shaido, die sich um die Wagen drängten. Die meisten trugen sogar noch Speere und Schilde. »Aiel«, murmelte er. »Anders, als ich erwartet hatte. Ich kann es immer noch kaum glauben.«

»Ich bin nun schon seit Wochen bei ihnen«, sagte Mat, »und ich kann selbst kaum glauben, wie sie sich so verhalten. Ein eigenartiges Volk. Falls ein paar der Töchter des Speers Euch auffordern, mit ihnen den

›Kuß der Jungfrau‹ zu spielen, dann schlagt es ihnen ab. Höflich. Das rate ich Euch.«

Natael zog fragend die Augenbrauen hoch. »Ihr führt ein aufregendes Leben, wie es scheint.«

»Was meint Ihr damit?« fragte Mat vorsichtig.

»Ihr haltet es doch sicher nicht für ein Geheimnis? Nicht viele Männer reisen in Gesellschaft einer ... einer Aes Sedai. Diese Frau Moiraine Damodred. Und dann noch Rand al'Thor. Der Wiedergeborene Drache. Er, Der Mit Der Morgendämmerung Kommt. Wer weiß schon, wie viele Weissagungen er noch erfüllen muß? Sicher doch ein ungewöhnlicher Reisegenosse.«

Die Aiel hatten natürlich geplaudert. Das würde ja jeder. Aber es war doch ein wenig verwirrend, wenn ein Fremder seelenruhig auf diese Art von Rand sprach. »Er ist schon ganz in Ordnung. Wenn Ihr euch für ihn interessiert, dann sprecht mit ihm. Ich lasse mich nicht so gern daran erinnern.«

»Vielleicht werde ich das. Später allerdings. Laßt uns ein wenig über Euch sprechen. Ich habe gehört, Ihr wart in Rhuidean, wo seit dreitausend Jahren niemand außer den Aiel war. Habt Ihr den dort bekommen?« Er faßte nach dem Speer auf Mats Knien, ließ die Hand aber wieder sinken, als Mat sich leicht zurückwich. »Also gut. Erzählt mir, was Ihr gesehen habt.«

»Warum?«

»Ich bin ein Gaukler, Matrim.« Natael hielt den Kopf wieder auf diese eigenartige Weise schief, und in seiner Stimme schwang der Ärger darüber mit, daß er das erklären mußte. Er hob eine Ecke seines bunten Flickenumhangs hoch, als sei das Beweis genug. »Ihr habt gesehen, was niemand sonst sah außer einer Handvoll Aiel. Welche Geschichten könnte ich erzählen über das, was Eure Augen erblickt haben? Ich werde sogar Euch zum Helden machen, wenn Ihr möchtet.«

Mat schnaubte. »Ich will kein verdammter Held sein.«

Andererseits gab es keinen Grund zu schweigen. Amys und die anderen sollten ruhig davon quatschen, daß man nicht von Rhuidean berichten durfte, aber er war kein Aiel. Außerdem konnte es nicht schaden, wenn man jemand unter den Händlern hatte, der einem wohlgesonnen war, jemand, der ein gutes Wort einlegen konnte, wenn man es brauchte.

So berichtete er von der Nebelmauer am Anfang bis zu dem Zeitpunkt, wo sie wieder herausgekommen waren, ließ aber ein paar ausgewählte Dinge weg. Er hatte nicht die Absicht, irgend jemand anderem von der Verdrehten Tür zu erzählen, diesem *Ter'Angreal*, und er hätte am liebsten diese aus dem Staub geformten Kreaturen vergessen, die versucht hatten, ihn zu töten. Diese eigenartige Stadt mit ihren riesigen Gebäuden reichte ja wohl, und natürlich *Avendesora*.

Den Baum des Lebens überging Natael ziemlich schnell, aber er ließ Mat den Rest immer wieder erzählen, fragte nach immer neuen Einzelheiten, wollte wissen, was für ein Gefühl es gewesen sei, diesen Nebel zu durchschreiten und wie lange er brauchte bis zu dem schattenlosen Lichtschein im Inneren, und Mat mußte ihm jeden einzelnen Gegenstand genau beschreiben, den er auf dem großen Platz im Mittelpunkt der Stadt gesehen hatte. Da zögerte Mat denn doch. Ein Ausrutscher, und er würde plötzlich doch von dem *Ter'Angreal* sprechen, na, und wer wußte schon, wohin das führte? Aber auch so trank er den letzten Schluck warmes Bier und redete immer noch weiter, bis seine Kehle ausgetrocknet war. Es klang alles eigentlich ziemlich langweilig, wie er es erzählte, als sei er einfach hineingegangen und habe gewartet, bis Rand zurück war, und dann seien sie wieder rausmarschiert. Doch Natael schien bedacht darauf, auch die allerletzte Einzelheit aus ihm herauszuholen. Da erinnerte er Mat an Thom. Manchmal konzentrierte sich auch Thom so sehr auf jemanden, daß es schien, er wolle ihn total leerquetschen.

»Ist es das, was du vorhattest?«

Mat fuhr unwillkürlich beim Erklingen von Keilles Stimme zusammen, die trotz der sanften Obertöne hart klang. Die Frau regte ihn auf und im Moment sah sie aus, als wolle sie ihn zerreißen und den Gaukler auch noch.

Natael stand auf. »Dieser junge Mann hat mir gerade die faszinierendsten Dinge über Rhuidean erzählt. Du wirst es nicht glauben.«

»Wir sind nicht Rhuideans wegen hier.« Die Worte klangen so scharf wie ihre spitze Nase. Aber jetzt funkelte sie wenigstens nur noch Natael an.

»Ich sage dir doch …«

»Du sagst mir gar nichts.«

»Versuche nicht, mich zum Schweigen zu bringen!«

Sie beachteten Mat nicht mehr und gingen einfach weiter die Reihe der Wagen entlang, wobei sie leise miteinander stritten und wild gestikulierten. Als sie schließlich in ihrem Wagen verschwanden, schien Keille den kürzeren gezogen zu haben, denn sie schwieg mürrisch.

Mat schauderte. Er konnte sich nicht vorstellen, mit dieser Frau zusammenzuleben. Das wäre das gleiche, als wohne man mit einem Bären zusammen, der ständig Zahnschmerzen hat. Isendre dagegen … Dieses Gesicht, diese Lippen, die Art, wie sie ihr Hinterteil beim Gehen schwenkte … Wenn er sie von Kadere weglocken könnte und sich ihr als der junge Held darbot – schließlich hätten diese Staubwesen durchaus zehn Fuß hoch gewesen sein können; für sie würde er sich aller Einzelheiten entsinnen oder welche erfinden – na ja, ein gut aussehender junger Held würde sie vielleicht mehr interessieren als ein verstaubter alter Händler. Das war es wert, ein wenig darüber nachzudenken.

Die Sonne glitt unter den Horizont, und kleine Lagerfeuer aus den Ästen von Dornbüschen warfen ihr flackerndes Licht auf die Zelte. Der Geruch nach Essen erfüllte die Luft im Lager – Ziegenfleisch mit getrocknetem Paprika. Auch die Kälte drang ins Lager, die Kälte der Wüstennacht. Es war, als habe die Sonne alle Hitze mit sich in die Tiefe gerissen. Mat hatte damals, als er in Tear seine Sachen für die Reise zusammenpackte, nicht erwartet, daß er sich hier nach einem dicken Wollumhang sehnen würde. Vielleicht hatten die Händler einen zu verkaufen? Oder würde etwa Natael um seinen eigenen Umhang würfeln?

Er aß zusammen mit Heim und Rand an Rhuarcs Feuer. Und mit Aviendha natürlich. Auch die Händler waren da. Natael saß ganz dicht bei Keille, und Isendre wickelte sich beinahe um Kadere herum. Es würde vielleicht noch schwieriger sein, Isendre von dem Mann mit der Raubvogelnase wegzulocken, als er geglaubt hatte – oder etwa doch leichter? Obwohl sie sich derart an diesen Burschen schmiegte, hatte sie doch nur Augen für Rand und sonst niemanden. Man hätte glauben können, sie hätte Rand bereits die Ohren beschnitten wie bei einem Schaf, das markiert wird, damit man weiß, zu wessen Herde es gehört. Weder Rand noch Kadere schienen das zu bemerken. Auch der Händler konnte den Blick nicht von Rand wenden. Aviendha aber merkte natürlich alles, und sie blickte Rand finster und strafend an. Na, wenigstens kam etwas Wärme vom Feuer her.

Als sie den Ziegenbraten aufgegessen hatten und dazu eine Art von fleckigem, gelbem Brei, der würziger schmeckte, als er aussah, stopften Rhuarc und Heim ihre kurzen Pfeifen und der Clanhäuptling bat Natael, ihnen ein Lied vorzusingen.

Der Gaukler riß die Augen auf. »Aber – ja, sicher. Natürlich. Laßt mich eine Harfe holen.« Sein Umhang bauschte sich im trockenen, kalten Nachtwind auf, als er in Richtung von Keilles Wagen verschwand.

Der Bursche unterschied sich wirklich in beachtlichem Maße von Thom Merrilin. Thom stand am Morgen selten ohne Flöte oder Harfe oder beides auf. Mat stopfte mit dem Daumen seine silberverzierte Pfeife und paffte bereits zufrieden, als Natael zurückkehrte und sich in Pose stellte. Er wirkte wie ein König. Das sah nun Thom entschieden ähnlicher. Der Gaukler zupfte an einer Seite und begann:

»Der Wind so sanft wie die Finger des Frühlings.
Der Regen so sanft wie die Tränen des Himmels.
So sanft und froh gleiten die Jahre vorbei.
Man ahnt die kommenden Stürme nicht,
den reißenden Wirbelwind, den hallenden Donner,
den Regen von Stahl und den Schlachtenlärm
und den Krieg, der das Herz zerreißt.«

Das war ›Mideans Furt‹, ein altes Lied. Seltsamerweise handelte es von Manetheren und einem Krieg lange vor demjenigen gegen die Trollocs. Nataels Vortrag war recht gut, wenn er auch nicht an Thoms grandiose Darbietungen herankam, aber die widerhallenden Worte brachten ihnen eine dichte Zuschauermenge ein, die sich am Rand des Feuerscheins drängte. Der schurkische Aedomon führte die Saferi in ein nichtsahnendes Manetheren, raubte und brandschatzte und trieb alle vor sich her, bis König Buiryn das Heer Manetherens versammelt hatte und sich den Saferi an Mideans Furt zum Kampf stellte. Sie hielten die Furt trotz der großen Übermacht des Gegners drei Tage lang, in denen unaufhörlich der Kampf tobte. Der Fluß färbte sich rot, und die Geier verdunkelten den Himmel. Am dritten Tag schwand die Zahl der Verteidiger und ihre Hoffnung dazu. Schließlich erkämpften sich Buiryn und seine Männer in einem verzweifelten Ausfall den Weg über den Fluß. Tief drangen sie in das Heer des Gegners ein und versuchten, ihn zum Zurückweichen zu bringen, indem sie Aedomon selbst töteten. Aber das Heer der Saferi war zu gewaltig. Es schloß sie ein und der Ring der Feinde wurde immer enger. Doch sie kämpften weiter, um den König und das Banner mit dem Roten Adler versammelt. Obwohl ihr Untergang sicher war, ergaben sie sich nicht.

Natael sang davon, wie ihr Mut schließlich sogar Aedomons Herz rührte, so daß er am Ende den Überlebenden freien Abzug gestattete und mit seinem Heer ihnen zu Ehre nach Safer zurückkehrte.

»Zurück über die blutroten Wasser
marschierten sie mit stolz erhobenem Kopf.
Sie hatten sich nicht ergeben,
ihren Stolz nicht dem Feinde geopfert.
Ruhm gebührt diesen Tapferen,
Ruhm, der die Zeit überdauert.«

Er zupfte den Schlußakkord, und die Aiel pfiffen begeistert und trommelten mit den Speeren auf die Lederschilde. Einige heulten sogar langgezogen wie die Wölfe.

Es war natürlich in Wirklichkeit anders verlaufen. Mat erinnerte sich daran – *Licht, ich will doch gar nicht!* Aber die Erinnerung drängte sich ihm auf. Er dachte daran, wie er Buiryn geraten hatte, das Angebot nicht anzunehmen, worauf der ihm gesagt hatte, daß auch eine geringe Chance besser sei als gar keine. Aedomon, dessen glänzend schwarzer Bart unter dem Gesichtsschutz aus Stahldraht heraushing, zog seine Pikeure zurück und wartete, bis sie alle in einer dünnen Reihe zur Furt marschierten. Dann erhoben sich plötzlich die vorher verborgenen Bogenschützen, und die Kavallerie griff an. Und ob sie wirklich nach Safer zurückkehrten ... Mat glaubte es nicht. Seine letzte Erinnerung an die Furt war, daß er bis zur Hüfte im Wasser stand, versuchte, sich auf den Beinen zu halten, und bereits von drei Pfeilen getroffen worden war. Es war später auch noch irgend etwas da, allerdings nur ein Bruchstück:

Aedomon, mittlerweile mit ergrautem Bart, der bei einem kurzen und heftigen Gefecht in einem Wald von seinem sich aufbäumenden Pferd stürzte. Den Speer, der in seinem Rücken steckte, hatte ein ansonsten unbewaffneter, bartloser Junge geschleudert. Das war alles noch schlimmer als die Gedächtnislücken vorher.

»Hat Euch das Lied nicht gefallen?« fragte Natael.

Mat brauchte einen Augenblick lang, bis ihm klar wurde, daß der Mann Rand und nicht ihn angesprochen hatte. Rand rieb sich die Hände und spähte in das kleine Feuer, bevor er schließlich erwiderte: »Ich weiß nicht, wie klug es ist, sich auf die Großzügigkeit eines Feindes zu verlassen. Wie denkt Ihr darüber, Kadere?«

Der Händler zögerte und blickte die Frau an, die an seinem Arm hing. »Ich denke nicht über solche Dinge nach«, sagte er endlich. »Ich denke an Profite und nicht an Schlachten.« Keille lachte rauh. Jedenfalls bis sie Isendres herablassendes Lächeln wahrnahm. Dann glitzerten ihre dunklen Augen gefährlich hinter diesen Fettpolstern.

Plötzlich erklangen Warnschreie aus der Dunkelheit hinter den Zelten. Die Aiel zogen sich blitzschnell die Schleier vor die Gesichter und nur einen Augenblick später stürmten Trollocs aus der Nacht heran. Mit ihren Schnauzen und den Hörnern auf vielen Köpfen überragten sie die Menschen, heulten wild und schwangen ihre gekrümmten Sichelschwerter, stießen mit harpunenartigen Speeren und mit Widerhaken versehenen Dreizacken zu und hackten mit ihren Dornenäxten drauflos. Myrddraal glitten zwischen ihnen heran wie tödliche, augenlose Schlangen. Es dauerte nur einen Herzschlag lang, aber die Aiel kämpften, als seien sie schon eine Stunde vorher gewarnt worden. Sie begegneten dem Ansturm mit den eigenen zuckenden Speeren.

Mat nahm ganz vage Rand wahr, der plötzlich wieder sein Feuerschwert in der Hand hatte, aber dann wurde er in diesen wahnwitzigen Wirbel hineingerissen, kämpfte mit seinem Speer, indem er sowohl zustach, wie ihn auch bei Bedarf als Bauernspieß zum Zuschlagen zu verwenden. Schlitzen und stoßen und schlagen, und der Schaft wirbelte. Diesmal war er froh über seine Traumerinnerungen, denn sie kamen ihm nun zugute. Es war ihm ein vertrautes Gefühl, mit der Waffe auf diese Art umzugehen, und jetzt benötigte er jedes bißchen Können, auf das er zurückgreifen konnte. Es war der vollkommene Wahnsinn.

Trollocs ragten vor ihm auf und fielen durch seinen Speer oder durch einen Aielspeer, oder sie wurden in das Durcheinander von Schreien, Heulen und dröhnendem Stahl hineingesogen. Myrddraal standen ihm gegenüber. Ihre schwarzen Klingen trafen auf seinen mit Raben gekennzeichneten Stahl, und blaue Blitze zuckten auf, Flächenblitze gar. Sie standen ihm gegenüber und waren im Tumult wieder verschwunden. Zweimal rettete ihn einer der kurzen Speere, zischte an seinem Kopf vorbei und traf einen Trolloc, der ihn gerade von hinten durchbohren wollte. Er jagte seine Schwertklinge an der Spitze des Speers in die Brust eines Myrddraal und wußte, daß dieser sterben würde, denn er fiel wohl nicht, grinste aber mit diesen blutleeren Lippen, sandte mit seinem augenlosen Blick Schauder durch Mats Körper und zog sein schwarzes Schwert zurück. Einen Augenblick später zuckte der Körper des Halbmenschen, als Aielpfeile aus ihm ein Nadelkissen machten. Das Zucken reichte Mat gerade, um aus der Reichweite des Dings zu springen, bevor es endlich zu Boden stürzte. Doch selbst im Fallen und im Liegen versuchte es noch, ihn zu erreichen, auf alles einzustechen, was sich in der Nähe befand.

Ein Dutzend Mal konnte er mit dem eisenharten Schaft seines schwarzen Speers gerade noch den Hieb eines Trollocs ablenken. Der Speer war das Werk von Aes Sedai, und er war froh darüber. Der silberne Fuchskopf auf seiner Brust schien kalt zu pulsieren, als wolle er ihn daran erinnern, daß auch er das Zeichen der Aes Sedai trug. In diesem Augenblick aber war ihm das gleich. Wenn er die Aes Sedai benötigte, um am Leben zu bleiben, dann war er bereit, wie ein Schoßhündchen hinter Moiraine herzurennen.

Er verlor jegliches Zeitgefühl, wußte nicht, ob der Kampf nur Minuten dauerte oder Stunden, aber mit einemmal war kein Myrddraal oder Trolloc mehr auf den Beinen, der sich in Sichtweite befand, obwohl Schreie und Heulen aus der Dunkelheit auf eine Verfolgung schließen ließen. Tote und Sterbende bedeckten den Boden, Aiel wie Schattenwesen. Die Halbmenschen schlugen immer noch um sich. Stöhnen erfüllte die Luft mit Schmerz. Plötzlich wurde ihm bewußt, wie seine Muskeln versagten und seine Lunge brannte. Schwer atmend sank er auf die Knie und stützte sich auf seinen Speer. Flammen wie von Freudenfeuern schlugen aus dreien der Planwagen. Bei dem einen war der Fahrer von einem Trolloc-Speer an die Seite genagelt worden. Auch ein paar der Zelte brannten. Schreie aus der Richtung des Shaidolagers und Feuerschein, der zu groß war für Lagerfeuer, zeigten, daß auch dieses Lager überfallen worden war.

Mit dem Flammenschwert in der Hand kam Rand herüber zu Mat. »Bist du in Ordnung?« Aviendha kam wie ein Schatten hinterher. Irgendwo hatte sie einen Speer und einen Schild aufgetrieben und hatte einfach ihren Schal statt eines Schleiers um ihr Gesicht gewunden. Selbst im Rock wirkte sie noch tödlich.

»Ach, mir geht's gut«, murmelte Mat und erhob sich mühsam. »Nichts geht über einen kleinen Tanz mit Trollocs, um einen so richtig müde zum Schlafen zu machen. Stimmt's, Aviendha?« Sie nahm den Schal vom Gesicht und schenkte ihm ein etwas gezwungenes Lächeln. Der Frau hatte das möglicherweise *Spaß gemacht!* Er war schweißüberströmt und fürchtete, der Schweiß werde an seinem Körper anfrieren.

Moiraine und Egwene waren mittlerweile zusammen mit zwei der Weisen Frauen – Amys und Bair – aufgetaucht, und sie gingen zwischen den Verwundeten umher. Überall, wo Moiraine sie heilen konnte, wanden sich die Verwundeten hinterher in Krämpfen, doch schlimmer war es, wenn sie nur den Kopf schüttelte und weiterging.

Rhuarc kam mit grimmiger Miene heran.

»Schlechte Nachrichten?« fragte Rand leise.

Der Clanhäuptling knurrte: »Abgesehen davon, daß sich Trollocs hier befinden, obwohl sie mindestens vierhundert Meilen von hier entfernt sein sollten? Vielleicht. Etwa fünfzig Trollocs haben das Lager der Weisen Frauen angegriffen. Es wären genug gewesen, um sie zu überwinden, wenn nicht Moiraine Sedai und das Glück auf unserer Seite gewesen wären. Wie auch immer, es scheint, die Shaido wurden von einer kleineren Gruppe überfallen als wir. Da ihres das größere Lager ist, hätte es logischerweise eigentlich umgekehrt sein müssen. Ich glaube beinahe, sie wurden nur angegriffen, um zu verhindern, daß sie uns zur Hilfe kamen. Nicht, daß ich mir dieser Hilfe sicher gewesen wäre bei den Shaido, aber das wissen die Trollocs und die Nachtläufer ja nicht.«

»Und hätten sie gewußt, daß sich bei den Weisen Frauen eine Aes Sedai befindet«, sagte Rand, »dann wäre auch dieser Angriff in der Absicht geführt worden, sie von uns fernzuhalten. Ich bringe Euch Feinde ein, Rhuarc. Denkt daran. Wo ich auch sein mag, meine Feinde sind nie fern.«

Isendre steckte den Kopf aus dem ersten Wagen. Einen Augenblick später kletterte Kadere an ihr vorbei herunter, und sie zog den Kopf wieder ein. Er schloß die weiß gestrichene Tür hinter sich. Dann sah er sich auf dem Schlachtfeld um. Der Feuerschein seiner brennenden Wagen warf flackernde Schatten auf sein Gesicht. Am konzentriertesten musterte er die Gruppe um

Mat herum. Die Wagen schienen ihn überhaupt nicht zu interessieren. Auch Natael stieg aus Keilles Wagen, redete noch mit ihr, als er schon auf der Treppe stand, und blickte derweil bereits Mat und die anderen an.

»Narren«, murmelte Mat in sich hinein. »Sich in den Wagen zu verstecken, als ob das einem Trolloc etwas ausmacht. Drinnen hätte man sie genauso leicht lebendig rösten können.«

»Sie leben ja noch«, sagte Rand, und Mat wurde bewußt, daß er sie auch beobachtet hatte. »Das ist immer wichtig, Mat, wer am Leben bleibt. Das ist wie beim Würfeln. Du kannst nicht gewinnen, wenn du nicht spielen kannst, und du kannst nicht spielen, wenn du tot bist. Wer weiß schon, welches Spiel diese Händler spielen.« Er lachte leise, und das Flammenschwert in seinen Händen verschwand.

»Ich werde jetzt ein bißchen schlafen«, sagte Mat und wandte sich ab. »Weck mich auf, falls die Trollocs wieder auftauchen. Oder besser, laß sie mich im Schlaf umbringen. Ich bin viel zu müde, um wieder aufzuwachen.« Rand schnappte nun wirklich beinahe über. Vielleicht konnte er heute nacht Keille und Kadere zum Umkehren überreden. Falls sie mitmachten, würde er dabei sein.

Rand ließ sich von Moiraine behandeln, obwohl er keine äußere Wunde davongetragen hatte. Sie knurrte irgend etwas. Da sie so viele Verwundete versorgen mußte, habe sie keine Zeit und Energie, seine bloße Erschöpfung mit Hilfe der Einen Macht wegzuwaschen.

»Der Angriff galt Euch«, sagte sie dann zu ihm inmitten des Stöhnens der Verwundeten. Die Trollocs schleifte man in die Nacht hinaus, im Notfall mit vorgespannten Packpferden und den Mauleseln der Händler. Die Aiel wollten offensichtlich die Myrddraal liegen lassen, bis sie aufhörten, sich zu bewegen und zu zucken. Sie wollten erst sicher gehen, daß sie wirklich tot waren. Der Wind frischte auf, wie ein Eishauch ohne jede Feuchtigkeit.

»Tatsächlich?« sagte er. Ihre Augen blitzten im Feuerschein auf, bevor sie sich wieder den Verwundeten zuwandte.

Auch Egwene kam zu ihm herüber, aber sie sagte nur in leisem, aber zornigem Flüsterton: »Was du auch machst, um sie wieder aufzuregen – hör auf damit!« Der Blick, den sie an ihm vorbei Aviendha zuwarf, ließ keinen Zweifel daran, wen sie gemeint hatte. Dann ging sie wieder, um Bair und Amys zu helfen. Er hatte keine Gelegenheit, etwas darauf zu sagen. Sie wirkte lächerlich mit diesen beiden Zöpfen und den hineingeflochtenen Bändern. Auch die Aiel schienen das so zu empfinden, denn ein paar von ihnen grinsten offen hinter ihr her.

Stolpernd und frierend suchte er sein Zelt. Er war noch niemals derart müde gewesen. Das Schwert war beinahe nicht erschienen. Er hoffte, daß es nur an seiner Erschöpfung gelegen hatte. Manchmal war überhaupt nichts da, wenn er nach der Wahren Quelle griff, und manchmal bewirkte die Macht nicht das, was er wollte, doch das Schwert war von Anfang an ohne Nachdenken einfach in seiner Hand erschienen. Und ausgerechnet diesmal … Es mußte an der Erschöpfung gelegen haben.

Aviendha bestand darauf, ihm bis zum Zelt zu folgen, und als er am nächsten Morgen erwachte, saß sie mit übergeschlagenen Beinen davor, wenn auch wieder ohne Speer und Schild. Ob sie nun spionierte oder nicht – er war froh über ihren Anblick. Wenigstens wußte er, wo und wer sie war und was sie für ihn empfand.

KAPITEL 16

Verborgene Gesichter

Der ›Garten der Silbernen Winde‹ war überhaupt kein Garten, sondern ein riesiges Weinlokal, eigentlich viel zu groß, um es noch als ›Wirtshaus‹ zu bezeichnen. Er lag oben auf einem Hügel mitten auf der Calpene, der westlichsten der drei Halbinseln Tanchicos, gleich unterhalb des Großen Kreises. Ein Teil des Namens zumindest entsprach der Wahrheit und rührte von der Brise her, die ständig auf einer Seite hereinwehte, wo statt einer Wand glänzende, grün gemaserte Marmorsäulen und eine Steinbalustrade standen. Nur im Obergeschoß war hier eine Wand durchgezogen. Goldfarbene, geölte Seidenvorhänge konnten unten vorgezogen werden, falls es gerade regnete. Auf dieser Seite fiel der Hügel steil ab und von den Tischen aus, die an der Balustrade standen, hatte man eine prächtige Aussicht über weiße Kuppeln und Türme und über den großen Hafen hinweg, in dem jetzt noch mehr Schiffe lagen als sonst schon. Tanchico benötigte praktisch alles äußerst dringend, und man konnte gutes Gold verdienen – zumindest solange, bis das Gold und die Zeit aufgebraucht waren.

Selbst in der Zeit vor den Unruhen war der ›Garten der Silbernen Winde‹ das teuerste Weinlokal in der Stadt gewesen. Vergoldete Lampen hingen von einer mit auf goldenen Hochglanz polierten Messingfriesen verzierten Decke. Die Bedienungen, gleich ob männlich oder weiblich, hatte man auf Grund ihrer Schönheit, Grazie und Diskretion ausgewählt. Die Preise waren mittlerweile völlig überhöht. Aber diejenigen, die täglich mit großen Summen Geldes umgingen oder die Macht und Einfluß besaßen oder es sich zumindest einbildeten, kamen immer noch. In mancher Hinsicht gab es weniger als zuvor, mit dem man handeln konnte, in mancher Hinsicht aber auch mehr.

Jeder Tisch war von einer niedrigen Mauer umgeben und wirkte wie eine Insel auf den grünen und goldfarbenen Fußbodenkacheln. Jedes Mäuerchen war wie geklöppelte Spitzen durchbrochen, so daß kein Lauscher sich ungesehen anschleichen konnte, und gerade hoch genug, um den vor flüchtigen Blicken zu verbergen, der sich dort mit jemand anderem getroffen hatte. Trotzdem liefen die Gäste gewöhnlich maskiert umher, besonders in letzter Zeit, und manche hatten Leibwächter neben ihrem Tisch stehen. Selbst diese waren bei besonders vorsichtigen Gästen ebenfalls maskiert, damit man auch sie nicht erkannte und auf den Gast schließen konnte. Kein Wächter führte sichtbare Waffen mit sich. Das gestattete die Besitzerin des ›Gartens der Silbernen Winde‹ nicht, eine schlanke Frau von unbestimmbarem Alter namens Selindrin. Waffen mußte man draußen abgeben. Ihre Vorschrift wurde zumindest nicht offen mißachtet.

Von ihrem üblichen Tisch an der Balustrade aus beobachtete Egeanin die Schiffe im Hafen, besonders die unter vollen Segeln. Sie wünschte sich bei diesem Anblick, wieder an Deck zu stehen und Befehle zu geben. Sie hatte nicht erwartet, daß die Pflicht sie einmal dahin führen würde, wo sie sich nun befand.

Unbewußt rückte sie die Samtmaske zurecht, die die obere Hälfte ihres Gesichts verbarg. Sie kam sich lächerlich vor mit diesem Ding, aber es war doch notwendig, sich den örtlichen Gegebenheiten bis zu einem gewissen Grad anzupassen. Die Maske – sie war blau und paßte somit zu ihrer hochgeschlossenen Seidenrobe –, die Robe selbst und ihr dunkles, mittlerweile schulterlanges Haar waren auch wirklich alles, was sie

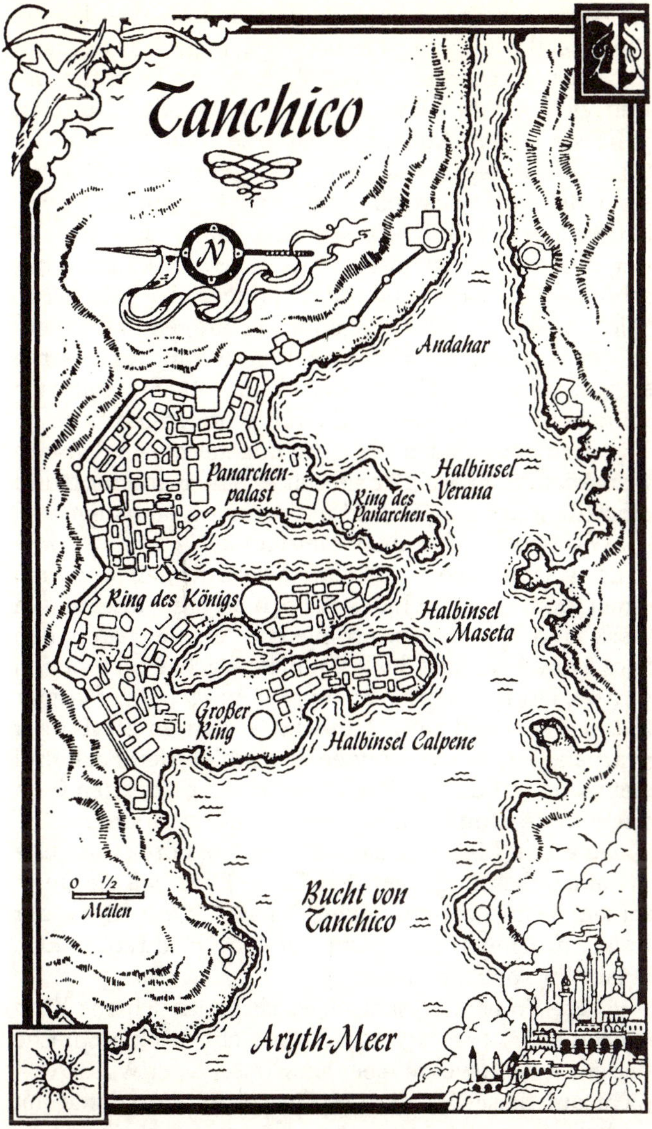

Tanchico
N
Andahar
Halbinsel Verana
Panarchen-palast
Ring des Panarchen
Ring des Königs
Halbinsel Maseta
Großer Ring
Halbinsel Calpene
0 1/2 1
Meilen
Bucht von Tanchico
Aryth-Meer

an Anpassung fertigbrachte. Es war unnötig, daß sie für eine Bewohnerin Tarabons gehalten wurde, denn Tanchico platzte aus allen Nähten vor Flüchtlingen, und viele davon waren Fremde, die vor den Unruhen geflohen waren. Außerdem hätte sie sowieso keine Tarabonerin darstellen können. Diese Leute waren Tiere; sie hatten keine Disziplin und kannten keine Ordnung.

Bedauernd wandte sie sich vom Hafen ab und wieder ihrem Tischgenossen zu, einem Burschen mit schmalem Gesicht und dem gierigen Lächeln eines Wiesels. Floran Gelbs ausgefranster Kragen paßte nicht in den ›Garten der Silbernen Winde‹, und er wischte sich ständig die Hände am Wams ab. Sie traf sich immer hier mit ihnen, diesen schmierigen kleinen Männern, mit denen sie gezwungenermaßen zusammenarbeiten mußte. Für sie war es eine Belohnung und ein Mittel, um sie dauernd in Spannung zu halten.

»Was habt Ihr für mich, Meister Gelb?«

Er wischte sich noch mal die Hände ab und hob einen grobgewebten Jutesack hoch. Er legte ihn auf den Tisch und sah sie erwartungsvoll an. Sie nahm den Sack vom Tisch und hielt ihn neben sich, bevor sie ihn öffnete. Drinnen lag ein aus silbrigem Metall gefertigter *A'dam,* Halsband und Armband, durch eine raffiniert gearbeitete Leine verbunden. Sie schloß den Sack und stellte ihn auf den Boden. Das war der dritte, den Gelb wieder aufgefunden hatte, mehr als jeder andere.

»Sehr gut, Meister Gelb.« Eine kleine Börse wanderte in seiner Richtung über den Tisch. Gelb ließ sie unter seinem Wams verschwinden, als stecke die Krone der Kaiserin drinnen und nicht nur eine Handvoll Silber. »Habt Ihr sonst noch etwas?«

»Diese Frauen. Diejenigen, nach denen ich für Euch suchen soll?« Sie hatte sich an die abgehackte Sprache dieser Leute gewöhnt, aber sie wünschte, er würde sich nicht auf diese Art die Lippen lecken. Sie konnte ihn deshalb genausogut verstehen, aber es sah ekelhaft aus.

Sie hätte ihm beinahe gesagt, sie habe kein Interesse mehr. Aber es war ein Teil des Grundes, aus dem heraus sie sich überhaupt in Tanchico befand und jetzt vielleicht sogar der Hauptgrund. »Was ist mit ihnen?« Die Tatsache, daß sie überhaupt daran gedacht hatte, ihre Pflichten zu vernachlässigen, ließ sie nun härter mit ihm umgehen, als sie vorgehabt hatte, und Gelb zuckte bei ihrem Tonfall prompt zusammen.

»Ich ... ich glaube, ich habe wieder eine gefunden.«

»Seid Ihr sicher? Es hat schon ... Fehler gegeben.«

Das Wort ›Fehler‹ war viel zu sanft ausgedrückt. Beinahe ein Dutzend Frauen, die den Beschreibungen nur in etwa ähnlich sahen, hatte sie noch als Ärgernisse betrachten können, sobald sie sie gesehen hatte. Aber dann diese Adlige, die von ihren im Krieg niedergebrannten Gütern geflohen war. Gelb hatte die Frau von der Straße weg entführt, weil er glaubte, mehr zu verdienen, wenn er sie ablieferte, als nur zu erzählen, wo er sie angetroffen hatte. Zu seiner Verteidigung mußte man ihm zugestehen, daß Lady Leilwin einer der Frauen, die Egeanin suchte, sehr ähnlich sah, aber sie hatte ihm auch gesagt, daß diese Frauen mit einem Akzent sprächen, den er bestimmt hier noch nicht gehört habe, und sich ganz sicher nicht im taraboner Dialekt verständigten. Egeanin hatte die Frau nicht töten wollen, aber selbst in Tanchico hätte ihr vielleicht jemand ihre Geschichte abgenommen. Leilwin war mitten in der Nacht gefesselt und geknebelt auf eines der Kurierboote gebracht worden. Sie war jung und hübsch, und irgend jemand würde sie vielleicht nützlich finden. Das war besser, als ihr die Kehle durchzuschneiden. Aber Egeanin befand sich nicht in Tanchico, um für den Heimatadel Dienerinnen zu suchen.

»Kein Fehler diesmal, Frau Elidar«, sagte er schnell, und seine Zähne blitzten in einem nervösen Lächeln auf. »Diesmal wirklich nicht. Aber ... ich brauche ein wenig Gold. Um sicher zu gehen. Um nahe genug heranzukommen. Vier oder fünf Kronen?«

»Ich zahle nur für Ergebnisse«, sagte Egeanin mit entschlossener Stimme zu ihm. »Nach Euren … Fehlern habt Ihr Glück, daß ich Euch überhaupt noch bezahle.«

Gelb leckte sich unsicher die Lippen. »Ihr habt gesagt … Damals, zu Anfang, habt Ihr gesagt, Ihr hättet ein paar Münzen übrig für diejenigen, die *besondere* Arten von Arbeit für Euch verrichten.« Ein Muskel in seiner Wange zuckte. Sein Blick huschte unstet umher, als lausche jemand hinter der durchbrochenen Mauer, die drei Seiten des Tisches umgab. Dann senkte er die Stimme zu einem heiseren Flüstern: »Schürt Ihr die Unruhen hier noch weiter? Ich habe ein Gerücht gehört – von einem Burschen, der Leibdiener bei Lord Brys ist – über die Versammlung und daß sie einen neuen Panarchen wählen wollten. Ich halte das für wahr. Der Mann war betrunken, und als ihm klar wurde, was er gesagt hatte, hätte er sich beinahe in die Hose gemacht. Aber selbst, wenn es nicht stimmt, würde es in Tanchico für neue Unruhen sorgen.«

»Glaubt Ihr wirklich, es sei in dieser Stadt noch notwendig, Unruhen durch Geld hintenherum zu schüren?« Tanchico war wie ein überreifer Apfel, den der erste Windstoß vom Baum fallen läßt. Das traf für dieses ganze armselige Land zu. Einen Augenblick lang war sie sogar versucht, sein ›Gerücht‹ zu kaufen. Man nahm von ihr an, sie handle mit allen Gütern und Informationen, über die sie stolperte, und sie hatte tatsächlich einige davon weiterverkauft, um diesen Eindruck zu untermauern. Aber mit Gelb umgehen zu müssen machte sie krank. Und sie fürchtete sich vor ihren eigenen Zweifeln. »Das war dann alles, Meister Gelb. Ihr wißt ja, wie Ihr mit mir Verbindung aufnehmen könnt, falls ihr eine weitere dieser Frauen aufspürt.« Sie berührte dabei den groben Jutesack.

Statt sich zu erheben, blieb er sitzen und blickte sie

unverwandt an, als wolle er durch ihre Maske hindurchsehen. »Wo kommt Ihr her, Frau Elidar? So, wie Ihr sprecht, so langgezogen, undeutlich und weich, kann ich Euch nirgends unterbringen. Verzeiht, ich wollte nicht unhöflich sein.«

»Das war alles, Meister Gelb.« Vielleicht war es ihr Befehlston, oder die Maske konnte ihren kalten Blick nicht verbergen, jedenfalls sprang Gelb auf, verbeugte sich hastig mehrmals und stammelte Entschuldigungen, während er ungeschickt die kleine Tür in dem Mäuerchen öffnete.

Sie blieb sitzen und gab ihm Zeit, den ›Garten der Silbernen Winde‹ zu verlassen. Draußen würde ihm jemand folgen, um sicherzugehen, daß er nicht auf sie wartete, um sie zu beschatten. Dieses ganze Herumdrücken und die Versteckspielerei ekelte sie an. Sie wünschte sich beinahe, jemand würde ihre Maskerade auffliegen lassen und ehrlich und offen mit ihr kämpfen.

Ein neues Schiff lief unten gerade in den Hafen ein. Es war ein Klipper des Meervolks mit hochaufragenden Masten und ganzen Wolken von Segeln. Sie hatte einmal einen gekaperten Klipper besichtigt, und nun hätte sie beinahe alles darum gegeben, als Kapitän mit einem davon in See zu stechen. Wahrscheinlich bräuchte sie eine Besatzung von Meerleuten, um wirklich alles aus dem Schiff herausholen zu können. Die Atha'an Miere weigerten sich aber stur, die Eide abzulegen. Es wäre nicht so gut, wenn sie die Besatzung kaufen müßte. Aber eine ganze Schiffsbesatzung kaufen! Ihr stieg wohl das viele Gold zu Kopfe, das ihr von Kurierbooten gebracht wurde, um es hier auszugeben.

Sie nahm den Jutesack und wollte aufstehen, setzte sich dann aber schnell wieder hin, als sie sah, wie ein breitschultriger Mann am nächsten Tisch aufstand und ging. Sein dunkles Haar fiel ihm bis auf die Schultern, und ein Bart, der seine Oberlippe frei ließ, rahmte

Bayle Domons rundes Gesicht ein. Er war natürlich nicht maskiert. Er hatte ein Dutzend Küstenschiffe, die in Tanchico stationiert waren, und offensichtlich war es ihm gleich, wo man ihn sah. Maskiert. Sie konnte einfach nicht mehr normal denken. Er würde sie mit der Maske nicht erkennen. Trotzdem wartete sie, bis er weg war, und verließ erst dann ihren Tisch. Falls dieser Mann zur Gefahr wurde, würde sie sich um ihn kümmern müssen.

Selindrin nahm das angebotene Gold mit verbindlichem Lächeln entgegen und murmelte etwas von guten Wünschen und möge Egeanin wiederkommen. Die Wirtin des ›Gartens der Silbernen Winde‹ trug ihr Haar zu Dutzenden kleiner Zöpfe geflochten und bevorzugte eng anliegende Kleider aus weißer Seide, beinahe so dünn wie das eines der Mädchen, die hier bedienten, und dazu einen dieser durchsichtigen Schleier, bei deren Anblick Egeanin immer versucht war, die Trägerin zu fragen, welche Tänze sie denn vorführen wolle. Die Shea-Tänzerinnen trugen beinahe identische Schleier und sonst nicht viel mehr. Andererseits, dachte Egeanin, als sie zur Straße ging, hatte die Frau einen scharfen Verstand, sonst könnte sie sich nicht so geschickt in Tanchico durchmanövrieren und ihr Etablissement halten. Sie mußte jedermann freundlich bewirten und sich keine Feinde machen, und das war nicht gerade einfach hier.

Ein typisches Beispiel dafür war der hochgewachsene Mann mit weißem Umhang und grauen Schläfen, mit hartem Gesicht und harten Augen, der an Egeanin vorbeiging und von Selindrin begrüßt wurde. Auf Jaichim Carridins Umhang war vorn ein goldenes Sonnenbanner aufgestickt, und dazu noch vier goldene Knoten mit einem roten Hirtenstab dahinter. Ein Inquisitor der Hand des Lichts und somit hochrangiger Offizier der Kinder des Lichts. Allein schon das Konzept hinter diesen Kindern des Lichts empörte Egeanin.

Eine militärische Organisation, die nur sich selbst verantwortlich war. Aber Carridin und seine paar hundert Soldaten hatten in Tanchico eine gewisse Machtposition, wo die meiste Zeit über sowieso eine Autorität völlig fehlte. Die Miliz ließ sich nicht mehr auf den Straßen blicken, und das Heer – soweit es überhaupt noch zum König stand – war zu sehr damit beschäftigt, wenigstens die Festungen in der Umgebung der Stadt zu halten. Egeanin bemerkte, daß Selindrin noch nicht einmal einen Blick auf das Schwert an Carridins Hüfte warf. Der Mann hatte eindeutig eine Machtposition inne.

Sobald sie auf die Straße kam, liefen ihre Träger mit der Sänfte aus dem Gewühl der Diener herbei, die auf ihre Herrschaften warteten. Ihre Leibwächter formierten sich mit ihren Speeren um sie herum. Sie waren ein ziemlich bunter Haufen. Manche trugen Stahlhelme, und drei von ihnen Lederhemden mit aufgenähten Stahlschuppen. Es waren Männer mit groben Gesichtern, vielleicht Deserteure aus dem Heer des Königs, aber sehr wohl bewußt, daß ihre gefüllten Mägen und das Silber, das sie ausgeben konnten, ganz auf ihrer fortgesetzten Sicherheit beruhten. Selbst die Träger hatten feste Messer am Gürtel, und aus ihren Schärpen ragten Knüppel heraus. Keiner, der irgendwie nach Geld roch, wagte sich ohne Wächter aus dem Haus. Und wenn sie es dennoch riskiert hätte, hätte es zuviel Aufmerksamkeit erregt.

Die Leibwächter bahnten ihr mühelos einen Weg durch die Menge. Die Menschenmassen strömten durch die engen Straßen, die sich um die Hügel der Stadt wanden, stauten sich hier und da, ließen aber genug Freiraum für die von Wächtern umgebenen Sänften. Es waren kaum Kutschen zu sehen. Pferde wurden allmählich hier zu Luxusgütern.

Der Ausdruck ›ausgelaugt‹ kam ihr in den Sinn, als sie die sich drängende Menge beobachtete – erschöpft und verängstigt. Erschöpfte Gesichter, abgetragene Kleidung, zu stark glänzende, verängstigte Augen, Hoffnung im Blick, obwohl sie wußten, daß es keine Hoffnung gab. Viele hatten aufgegeben, hockten an Hauswände gelehnt da, kauerten in Eingängen, hielten sich an ihren Frauen, Männern, Kindern fest, nicht nur ausgelaugt, sondern abgerissen und mit ausdruckslosen Gesichtern. Manchmal erwachten sie zu vorübergehender Aktivität, riefen den Passanten etwas zu und bettelten sie um eine Münze, ein Stück Brotrinde oder sonst irgend etwas an.

Egeanin richtete den Blick geradeaus und vertraute zwangsläufig darauf, daß die Leibwächter etwaige Gefahren entdecken würden. Einen Bettler direkt anzusehen hätte bedeutet, daß sich innerhalb von Sekunden zwanzig um ihre Sänfte drängen würden. Eine Münze zu werfen führte dazu, daß sich hundert schreiend und weinend herandrängten. Sie benützte ja bereits einen Teil des Geldes, das ihr die Kurierboote brachten, um eine Suppenküche zu unterhalten, genauso, als sei sie eine vom Blut. Sie schauderte, als sie daran dachte, welche Folgen es für sie haben könnte, wenn man entdeckte, wie sie Dinge tat, die ihrem Rang nicht entsprachen. Da konnte sie gleich ihren Kopf rasieren und eine Brokatrobe anlegen.

Aber all das konnte man wieder richtigstellen, wenn Tanchico einmal gefallen war. Dann würde jeder richtig ernährt und an seinen ihm zustehenden Platz gestellt. Und sie mußte sich nicht mehr mit schönen Kleidern und anderen Dingen abgeben, mit denen sie keine Erfahrung hatte, und konnte auf ihr Schiff zurückkehren. Zumindest Tarabon und vielleicht auch Arad Doman waren soweit, daß sie als Staaten beim geringsten Druck zusammenbrechen würden – wie verkohlte Seide. Warum griff Hochlady Suroth immer noch nicht an? Warum?

Jaichim Carridin saß bequem auf seinem Stuhl, den Umhang über die Armlehnen gelegt, und musterte die Adligen aus Tarabon, die auf den anderen Stühlen in diesem Séparée saßen. Sie saßen steif da in ihren goldbestickten Mänteln, die Lippen zusammengekniffen unter kunstvoll gearbeiteten Masken in Form von Habicht-, Löwen- und Leopardenköpfen. Er hatte bestimmt mehr Sorgen als sie, aber äußerlich hielt er sich ganz gelassen. Es war zwei Monate her, da hatte man ihm berichtet, daß man seinen Cousin tot im Schlafzimmer aufgefunden hatte. Man hatte ihm die Haut bei lebendigem Leib abgezogen. Vor drei Monaten war seine jüngste Schwester Dealda bei ihrer Hochzeit von einem Myrddraal entführt worden. Der Haushofmeister der Familie schrieb ihm verzweifelte Briefe über all die Tragödien, die sich in der Familie Carradin abspielten. Zwei Monate. Er hoffte, daß Dealda schnell gestorben war. Man sagte, daß eine Frau in den Händen eines Myrddraal schnell den Verstand verlor. Zwei ganze Monate. Jeder andere als Jaichim Carridin hätte längst Blut geschwitzt.

Jeder Mann hielt einen goldenen Pokal mit Wein in der Hand. Diener waren nicht zu sehen. Selindrin hatte sie persönlich bedient, bevor sie mit der Versicherung gegangen war, daß sie nicht gestört würden. Es befand sich auch sonst niemand mehr in diesem Obergeschoß des ›Gartens der Silbernen Winde‹. Zwei Männer, die mit den Adligen gekommen waren – vermutlich Mitglieder der königlichen Leibgarde –, standen am Fuß der Treppe und ließen niemanden nach oben, so daß sie dort ihre Ruhe hatten.

Carridin schlürfte seinen Wein. Keiner der Taraboner hatte bisher an seinem auch nur genippt. »Also«, sagte er im Plauderton, »König Andric möchte, daß die Kinder des Lichts ihm behilflich sind, in der Stadt wieder für Ruhe und Ordnung zu sorgen. Wir lassen uns nicht oft in die Angelegenheiten eines Staats verwickeln.« Jedenfalls nicht offiziell. »Ich kann mich nicht erinnern, ein solches Ansuchen schon einmal gehört zu haben. Ich weiß nicht, was der kommandierende Lordhauptmann dazu sagen wird.« Pedron Niall würde sagen, er solle tun, was notwendig sei, und sicherstellen, daß die Taraboner wußten, sie schuldeten den Kindern des Lichts einen Gefallen, für den eines Tages in vollem Maße bezahlt werden mußte.

»Die Zeit reicht nicht aus, um Euch Instruktionen aus Amador zu holen«, sagte ein Mann mit einer schwarzgefleckten Leopardenmaske in eindringlichem Tonfall. Keiner hatte seinen Namen gesagt, aber die brauchte Carridin gar nicht.

»Was wir von Euch verlangen, ist pure Notwendigkeit«, fauchte ein anderer empört, dessen dicker Schnurrbart unter einer Habichtsmaske ihn wie eine etwas eigenartige Eule aussehen ließ. »Ihr müßt wissen, daß wir Euch nicht darum bitten würden, wäre es nicht außerordentlich notwendig. Wir brauchen Einigkeit und nicht noch mehr Streit, der unser Land spaltet. Es gibt so viele Streitpunkte, selbst hier in Tanchico. Alles, was die Uneinigkeit schürt, muß unterdrückt werden, wenn wir auch nur etwas Hoffnung haben wollen, den Frieden im Land wiederherzustellen.«

»Der Tod der Panarchin hat alles noch viel komplizierter gemacht«, fügte der erste Bursche hinzu.

Carridin zog fragend eine Augenbraue hoch: »Habt Ihr bereits ermittelt, wer sie tötete?«

Seiner eigenen Meinung nach hatte Andric selbst den Befehl dazu gegeben, und zwar im Glauben, die Panarchin bevorzuge einen der Rebellen auf dem Königsthron. Da hatte der König möglicherweise sogar recht, aber nachdem er alles zusammengerufen hatte, was von der Versammlung der Lords erreichbar war – viele befanden sich bei einer der Rebellengruppen draußen auf dem Land –, fand er heraus, daß sie mit bemerkenswerter Sturheit seinen Vorschlag ablehnten. Und hätte auch Lady Amathera gerade nicht mit Andric das Bett geteilt, so wäre doch die Wahl des Königs und der Panarchin die einzige wirkliche Chance der Versammlung geblieben, politischen Einfluß auszuüben, und die wollten sie auf keinen Fall aufgeben. Außerdem waren die Differenzen in bezug auf Amathera offiziell nicht bekannt. Selbst die Versammlung hatte begriffen, daß diese Nachrichten aus dem Königshaus beim Volk Aufstände hervorgerufen hätten.

»Sicher einer von diesen drachenverschworenen Verrückten«, sagte der Mann, der wie eine Eule aussah, und zupfte heftig an seinem Schnurrbart. »Kein wahrer Taraboner würde der Panarchin etwas tun, oder?« Es klang beinahe, als glaube er selbst daran.

»Selbstredend«, sagte Carridin verbindlich. Er nippte wieder an seinem Wein. »Wenn ich den Panarchenpalast für die Thronbesteigung von Lady Amathera sichern soll, muß ich das vom König selbst hören. Sonst könnte es aussehen, als griffen die Kinder des Lichts in Tarabon nach der Macht, obwohl doch alles, was wir wollen, ist, die Spaltung zu beenden und den Frieden unter dem Licht wiederherzustellen. So sagtet Ihr ja.«

Ein älterer Leopard mit kantigem Kinn und grauen Strähnen im blonden Haar sagte in kaltem Tonfall: »Ich habe gehört, daß Pedron Niall Einigkeit gegen die Drachenverschworenen erreichen will. Einigkeit unter seiner Führung, oder?«

»Der kommandierende Lordhauptmann strebt nicht nach Macht und Herrschaft«, erwiderte Carradin genauso eisig. »Die Kinder dienen dem Licht, wie alle Menschen guten Willens.«

»Es kann gar keine Frage sein«, warf der erste Leopard ein, »daß Tarabon in irgendeiner Weise Amador untertan ist. Keine Frage!« Zornige Zustimmung erhob sich von beinahe jedem Stuhl.

»Natürlich nicht«, sagte Carridin, als sei ihm dieser Gedankengang völlig fremd. »Wenn Ihr mich um Hilfe bittet, bekommt Ihr sie – unter den von mir genannten Bedingungen. Wenn nicht, nun, es gibt immer Arbeit für die Kinder. Der Dienst im Namen des Lichts endet nie, denn überall wartet der Schatten.«

»Ihr werdet Sicherheiten bekommen, die vom König unterzeichnet und gesiegelt wurden«, sagte ein ergrauter Mann mit Löwenmaske. Es waren die ersten Worte, die er gesprochen hatte. Das war natürlich Andric selbst, aber man nahm an, daß Carridin nicht einmal eine Ahnung davon habe. Der König konnte sich nicht mit einem Inquisitor der Hand des Lichts treffen, ohne größtes Aufsehen zu erregen. Genauso konnte er öffentlich kein Weinlokal betreten, nicht einmal den ›Garten der Silbernen Winde‹.

Carridin nickte. »Wenn ich sie in Händen halte, werde ich den Panarchenpalast absichern, und die Kinder des Lichts werden alle … subversiven Elemente unterdrücken, die … die versuchen, die Thronbesteigung zu stören. Das schwöre ich unter dem Licht.« Die Spannung unter den Tarabonern ließ fühlbar nach. Nun kippten sie praktisch ihren Wein in einem Zug herunter, sogar Andric.

Soweit es die Einwohner Tarabons betraf, würden die Kinder des Lichts an dem unvermeidlichen Gemetzel die Schuld tragen und nicht der König oder das Heer von Tarabon. Sobald Amathera gekrönt und mit dem Stab des Baumes versehen war, konnte es geschehen, daß noch ein paar Mitglieder der Versammlung sich den Rebellen anschlossen, aber wenn die anderen zugaben, daß sie diese Frau gar nicht gewählt hatten, würde diese Nachricht in Tanchico ein Feuer entzünden. Was die Berichte derjenigen betraf, die geflüchtet waren – nun, Rebellen erzählten natürlich alle möglichen verräterischen Lügen. Und sowohl König wie auch Panarchin hingen dann an einem Gängelband, das Carridin Pedron Niall übergeben würde, der dann damit machen konnte, was er wollte.

Sicher bedeutete das nicht schrecklich viel, da der König von Tarabon lediglich ein paar hundert Quadratmeilen Fläche rund um Tanchico herum beherrschte, aber das Gebiet konnte ja wieder wachsen. Mit Hilfe der Kinder des Lichts, die dafür bestimmt ein oder zwei Legionen benötigten und nicht nur Carridins fünfhundert Mann, konnte man die Drachenverschworenen vielleicht doch noch zurückschlagen, die verschiedenen Rebellengruppen besiegen und sogar den Krieg mit Arad Doman erfolgreich beenden. Falls eines dieser Länder überhaupt noch wußte, daß es sich mit dem anderen im Krieg befand. Carridin hatte gehört, die Zustände in Arad Doman seien noch chaotischer als die in Tarabon.

In Wirklichkeit war es ihm völlig egal, ob Tarabon zum Herrschaftsbereich der Kinder des Lichts gehörte, oder Tanchico oder überhaupt etwas. Er tat das alles mechanisch, wie er es immer getan hatte, aber es fiel ihm schwer, dabei an etwas anderes zu denken als daran, wann man ihm die Kehle durchschneiden werde. Vielleicht würde er sich sogar eines Tages danach sehnen. Zwei Monate seit dem letzten Bericht.

Er blieb nicht länger, um mit den Tarabonern zu trinken, sondern verabschiedete sich so knapp, wie es nur möglich war. Falls sie sich dadurch beleidigt fühlten, so brauchten sie ihn doch zu nötig, um es sich anmerken zu lassen. Selindrin sah, wie er herunterkam, und als er auf die Straße trat, war da bereits ein Stallbursche, der sein Pferd zum Vordereingang führte. Er warf dem Jungen eine Kupfermünze zu und gab dem Wallach die Sporen, der daraufhin in einen schnellen Trab verfiel. Das zerlumpte Volk in den gewundenen Straßen sprang aus dem Weg, wenn er durchkam, und das war auch gut so. Er war nicht sicher, ob er es überhaupt bemerken würde, wenn er einen davon niedertrampelte. Nicht, daß es einen Verlust bedeutet hätte. Die Stadt war voll von Bettlern. Er konnte kaum einatmen, ohne den Gestank nach altem, saurem Schweiß und Schmutz zu riechen. Tamrin sollte sie zusammentreiben und hinauswerfen. Sollten doch die Rebellen auf dem Land mit ihnen fertigwerden.

Immer wieder beschäftigte ihn das Land draußen, aber nicht die Rebellen. Mit denen wurde man schnell genug fertig, wenn man das Gerücht verbreitete, dieser oder jener sei ein Schattenfreund. Und sobald er es geschafft hatte, daß ein paar davon der Hand des Lichts übergeben wurden, würden sie öffentlich erklären und gestehen, wie sie dem Dunklen König gedient und selbst Kinder aufgegessen hätten. Sie würden überhaupt alles gestehen, was man ihnen sagte. Danach würden sich die Aufständischen kaum noch halten können, und die paar, die immer noch zu kämpfen versuchten, stünden plötzlich allein da. Aber diese Drachenverschworenen, die Männer und Frauen, die sich als Anhänger des Wiedergeborenen Drachen zu erkennen gegeben hatten, konnte man nicht einfach dadurch wegfegen, daß man sie zu Schattenfreunden erklärte. Die meisten Leute hielten sie sowieso dafür, weil sie sich einem Mann verschworen hatten, der die Macht benutzen konnte.

Das eigentliche Problem war der Mann, dem sie Treue geschworen hatten. Man kannte noch nicht einmal seinen richtigen Namen. Rand al'Thor? Wo befand er sich? Da draußen gab es hundert Banden von Drachenverschworenen. Mindestens zwei davon waren groß genug, um Heere genannt zu werden. Sie kämpften gegen das Heer des Königs, soweit es überhaupt noch Andric gehorchte, und gleichzeitig kämpfte es gegen die Rebellen, die wiederum untereinander ganz fleißig kämpften und natürlich gegen die Drachenverschworenen und den König … Doch Carridin hatte keine Ahnung, bei welcher dieser Banden sich Rand al'Thor aufhielt. Er konnte sich sowohl auf der Ebene von Almoth befinden wie auch in Arad Doman, wo die

Lage sowieso die gleiche war. Sollte das der Fall sein, war Jaichim Carridin vermutlich bereits ein toter Mann.

In dem Schloß auf der Verana, das er als Hauptquartier für die Kinder des Lichts requiriert hatte, warf er die Zügel einem der weißgekleideten Wächter zu und stolzierte hinein, ohne ihren Gruß zu erwidern. Der Eigentümer dieser Ansammlung heller Kuppeln und zierlicher Türmchen und schattiger Gärten hatte seinen Anspruch auf den Thron des Lichts verkündet, und niemand beklagte sich nun über ihre Besetzung. Am wenigsten beklagte sich der Eigentümer. Was von seinem Kopf übriggeblieben war, steckte immer noch auf einem Spieß über der Treppe der Verräter auf der Maseta.

Diesmal verschwendete Carridin kaum einen Blick an die feingewebten Taraboner Teppiche oder die mit Gold und Silber verzierten Möbel oder die Innenhöfe mit ihren Brunnen, deren plätschernde Wasser allein durch ihr Geräusch schon kühlten. Die breiten Gänge mit ihren goldenen Lampen und den hohen, mit Goldfriesen verzierten Decken interessierten ihn überhaupt nicht. Dieser Palast hielt mit den schönsten in Amadicia mit und vielleicht auch mit den größten, doch er hatte im Augenblick nur den starken Branntwein im Kopf, der in dem Zimmer stand, das er als Arbeitszimmer erwählt hatte.

Er war schon halbwegs über den kostbaren blau- und rot- und goldgemusterten Teppich geschritten, den Blick auf das geschnitzte Schränkchen gerichtet, in dem die silberne Karaffe mit dem extrastarken Branntwein stand, da wurde ihm bewußt, daß er nicht allein war. Eine Frau in einem enganliegenden hellroten Kleid stand an einem der schmalen, hohen Fenster und blickte auf den Garten mit seinen vielen schattenspendenden Bäumen hinab. Ihr honigfarbenes Haar fiel, zu vielen Zöpfen geflochten, auf ihre Schultern herunter.

Ein Nichts von Schleier verbarg kaum ihr Gesicht. Jung und hübsch war sie, hatte einen Rosenknospenmund und große, braune Augen. Sie war keine Dienerin – bei dem Kleid, das sie trug.

»Wer seid Ihr?« fragte er ärgerlich. »Wie seid Ihr hier hereingekommen? Geht sofort wieder, oder ich lasse Euch hinauswerfen!«

»Drohungen, Bors? Ihr solltet einen Gast willkommen heißen, oder?«

Der Name erschütterte ihn bis ins Innerste. Ohne nachzudenken, riß er sein Schwert heraus und hieb nach ihrem Hals. Die Luft verwandelte sich in eine wabbelnde, klebrige Masse und packte ihn, zwang ihn auf die Knie, schloß ihn vom Hals bis an die Füße ein. Sie schloß sich besonders hart um das Handgelenk seines Schwertarms, bis die Knochen beinahe nachgaben. Seine Hand sprang auf und das Schwert polterte zu Boden. Die Macht. Sie band ihn mit Hilfe der Einen Macht. Eine Hexe aus Tar Valon. Und da sie diesen Namen kannte …

»Erinnert Ihr euch«, fragte sie und näherte sich ihm, »an ein Zusammentreffen, auf dem Ba'alzamon persönlich erschien und uns die Gesichter von Matrim Cauthon, Perrin Aybara und Rand al'Thor zeigte?« Sie spie die Namen aus, besonders den letzten, und zeigte ihre Abscheu deutlich. Ihr Blick hätte Löcher in Stahl bohren können. »Alles klar? Ich weiß, wer Ihr seid, oder? Ihr habt Eure Seele dem Großen Herrn der Dunkelheit verschrieben, Bors.« Ihr unvermitteltes Lachen war wie ein melodisches Klingeln von Glöckchen.

Schweiß rann ihm über das Gesicht. Nicht nur einfach eine der verachteten Hexen von Tar Valon. Eine Schwarze Ajah. Sie gehörte zu den Schwarzen Ajah. Er hatte geglaubt, wenn schon, dann werde ihn ein Myrddraal heimsuchen. Er hatte geglaubt, er habe noch etwas Zeit. Mehr Zeit. Noch nicht. »Ich habe versucht, ihn zu töten«, platzte er heraus. »Rand al'Thor. Ich

habe es versucht. Aber ich kann ihn nicht finden. Ich kann nicht! Man hat mir gesagt, meine Familie werde getötet, wenn ich versage, einer nach dem anderen. Man hat mir versprochen, daß ich der letzte sein werde. Ich habe aber noch Cousins. Neffen. Nichten. Ich habe noch eine zweite Schwester! Ihr müßt mir mehr Zeit geben!«

Sie stand da und beobachtete ihn mit diesen scharfen braunen Augen, lächelte mit diesem süßen Schmollmund und lauschte, während er alles herausplapperte … Wo Vanora zu finden sei, wo ihr Schlafzimmer sich befand, wie sie es liebe, allein in den Wald hinter Carmera auszureiten. Wenn er schrie, würden vielleicht ein paar Wachsoldaten kommen. Vielleicht könnten sie sie töten? Er öffnete den Mund etwas weiter, und diese dicke, zähe und unsichtbare Flüssigkeit schwappte hinein und zwang seine Kiefer auseinander, bis es in seinen Ohren knackte. Mit flatternden Nasenflügeln sog er verzweifelt Luft ein. Er konnte immer noch atmen, aber nicht schreien. Alles, was er herausbrachte, war ein gedämpftes Stöhnen, wie eine Frau, die hinter einer Mauer jammert. Er hätte so gern geschrien.

»Ihr seid sehr amüsant«, sagte die Frau mit dem Honighaar schließlich. »Jaichim. Das ist ein guter Name für einen Hund, glaube ich. Würdet Ihr gern mein Hund sein, Jaichim? Wenn Ihr ein sehr braver Hund seid, erlaube ich Euch eines Tages, Rand al'Thor beim Sterben zuzuschauen. Möchtet Ihr das?«

Er brauchte einen Augenblick, um zu begreifen, was sie gesagt hatte. Wenn er Rand al'Thor sterben sehen würde, dann wollte sie ihn nicht … Sie würde ihn nicht töten, ihm nicht bei lebendigem Leib die Haut abziehen, nichts von alledem tun, was sein Verstand heraufbeschworen hatte. Und er hatte geglaubt, selbst das Abhäuten werde ihn noch Erleichterung sein. Tränen rollten ihm über das Gesicht. Er schluchzte erleichtert und zitterte heftig, so sehr es eben in seinem gefesselten Zustand möglich war. Mit einemmal verschwand das, was ihn fesselte, und er brach zusammen, lag auf Händen und Knien und weinte weiter. Er konnte nicht mehr aufhören.

Die Frau kniete neben ihm nieder, fuhr ihm mit einer Hand ins Haar und zog seinen Kopf hoch. »Werdet Ihr mir jetzt endlich zuhören? Der Tod des Rand al'Thor liegt in der Zukunft und Ihr werdet ihn nur erleben, wenn Ihr ein braver Hund seid. Ihr werdet Eure Weißmäntel zum Panarchenpalast verlagern.«

»Wo... woher wißt Ihr das?«

Sie schüttelte seinen Kopf recht unsanft. »Ein guter Hund stellt seinem Frauchen keine Fragen. Ich werfe den Stock, und Ihr holt ihn. Wenn ich sage: Tötet, dann tötet Ihr. Ja? Ja.« Ihr Lächeln war nur ein kurzes Aufblitzen der Zähne. »Wird es Schwierigkeiten bei der Besetzung des Palastes geben? Die Legion der Panarchin befindet sich dort. Es sind tausend Mann, und sie schlafen sogar in den Gängen, den Ausstellungsräumen und den Innenhöfen. Ihr habt doch nicht so viele Weißmäntel, oder?«

»Sie...« Er mußte innehalten und schlucken. »Sie werden keine Schwierigkeiten machen. Sie werden glauben, die Versammlung habe Amathera gewählt. Es ist die Versammlung, die...«

»Langweilt mich nicht, Jaichim. Es ist mir gleich, ob ihr die gesamte Versammlung umbringt, solange Ihr nur den Panarchenpalast besetzt. Wann werdet Ihr losschlagen?«

»Es... es dauert noch drei oder vier Tage, bis Andric mir die Sicherheiten übergeben läßt.«

»Drei oder vier Tage«, murmelte sie, als sei es nur für die eigenen Ohren bestimmt. »Also gut. Noch ein wenig Verzögerung sollte eigentlich nicht schaden.« Er fragte sich, wie das mit der Verzögerung gemeint sei, aber dann zog sie ihm den Boden unter den Füßen weg. »Ihr werdet den Palast unter Kontrolle halten und die schönen Soldaten der Panarchin wegschicken.«

»Das ist unmöglich!« stieß er hervor, und sie riß seinen Kopf so hart nach hinten, daß er die Wahl hatte, ob zuerst sein Genick brechen oder die Kopfhaut weggerissen werde. Er wagte es nicht, sich dagegenzustemmen. Tausend unsichtbare Nadeln stachen auf ihn ein, in sein Gesicht, seine Brust, seinen Rücken, in Arme, Beine, überallhin. Unsichtbar, aber trotzdem äußerst real in ihrer Wirkung.

»Unmöglich, Jaichim?« fragte sie mit sanfter Stimme. »Unmöglich ist ein Wort, das ich nicht gern höre.«

Die Nadeln wanden sich tiefer in ihn hinein. Er stöhnte, aber er mußte es ihr einfach erklären. Was sie wollte, war wirklich unmöglich. Er atmete schwer und sprudelte heraus: »Sobald Amathera zur Panarchin gewählt wird, ist sie Befehlshaberin der Legion. Wenn ich versuche, den Palast endgültig zu besetzen, wird sie die Legion gegen mich stellen, und Andric wird sie dabei unterstützen. Es gibt keine Möglichkeit, daß wir uns gegen die gesamte Legion stemmen können und noch dazu gegen die Soldaten, die Andric aus den Ringforts abziehen kann.«

Sie betrachtete ihn so lang, daß er wieder ins Schwitzen kam. Er wagte nicht, sich zu rühren und auch nur mit der Wimper zu zucken. Diese tausend schmerzenden kleinen Nadelstiche ließen es nicht zu. »Wir werden uns selbst um die Panarchin kümmern«, sagte sie schließlich. Die Nadeln waren mit einemmal weg, und sie stand auf. Auch Carridin rappelte sich mühsam hoch und bemühte sich, ruhig dazustehen. Vielleicht konnte man sich irgendwie einigen. Die Frau schien ja jetzt gewillt, sich der Vernunft zu beugen. Seine Beine schlotterten noch vor Angst, aber er zwang sich, ruhig zu sprechen. »Selbst, wenn Ihr Amathera beeinflussen könnt…«

Sie unterbrach ihn. »Ich sagte Euch doch, Ihr solltet

mir keine Fragen stellen, Jaichim. Ein braver Hund gehorcht seinem Frauchen, ja? Ich verspreche Euch, wenn Ihr nicht folgsam seid, werdet Ihr mich noch darum anbetteln, einen Myrddraal zu suchen, der mit Euch spielt. Versteht Ihr mich?«

»Ich verstehe«, sagte er bleiern. Sie sah ihn weiter unverwandt an, und einen Augenblick später verstand er wirklich. »Ich werde tun, was Ihr wollt … Herrin.« Ihr kurzes, zustimmendes Lächeln ließ ihn erröten. Sie ging zur Tür und wandte ihm den Rücken zu, als sei er wirklich ein Hund, und ein zahnloser noch dazu. »Wie … Wie heißt Ihr eigentlich?«

Diesmal war ihr Lächeln besonders süß und spöttisch. »Ja. Ein Hund sollte den Namen seines Frauchens kennen. Ich heiße Liandrin. Aber dieser Name darf einem Hund niemals über die Lippen kommen. Sollte das doch passieren, werde ich sehr ungehalten sein.«

Als sich die Tür hinter ihr schloß, taumelte er hinüber zu einem mit Elfenbein eingelegten Lehnstuhl und ließ sich fallen. Den Branntwein ließ er stehen. Sein Magen rebellierte derart, daß er sich sonst bestimmt übergeben hätte. Welches Interesse konnte sie am Panarchenpalast haben? Vielleicht war das eine äußerst gefährliche Frage in dieser Lage, aber obwohl sie dem gleichen Herrn diente, empfand er nichts als Abscheu vor dieser Hexe aus Tar Valon.

Sie wußte auch nicht soviel, wie sie glaubte. Mit den Sicherheiten des Königs in der Hand konnte er sich Tamrin und das Heer vom Hals halten, wenn er drohte, alles dem Volk zu verraten. Auch Amathera war dann erpreßbar. Doch natürlich konnten sie immer noch versuchen, das Volk gegen ihn aufzuwiegeln. Und der kommandierende Lordhauptmann hatte vielleicht auch einiges gegen die ganze Unternehmung, weil er sie möglicherweise für einen Versuch Carridins hielt, selbst an die Macht zu kommen. Er ließ den Kopf auf seine Hände sinken und stellte sich vor, wie Niall sein

Todesurteil unterzeichnete. Seine eigenen Männer würden ihn festnehmen und hängen. Falls er aber für den Tod der Hexe sorgen könnte… Andererseits hatte sie versprochen, ihn vor den Myrddraal zu beschützen. Er hätte am liebsten wieder geweint. Sie war noch nicht einmal hier, und doch saß er so fest wie zuvor in ihrer Falle. Die Stahlklammern hatten sich um seine beiden Beine geschlossen, und um den Hals lag eine dicke Schlinge.

Es mußte einen Ausweg geben, aber wohin er auch blickte, standen überall nur neue Fallen.

Liandrin huschte wie ein Geist durch die Säle und mied ohne Schwierigkeiten Diener ebenso wie Weißmäntel. Als sie aus einer kleinen Hintertür auf eine enge Gasse hinter dem Palast trat, sah der hochgewachsene junge Wächter dort sie mit einer Mischung aus Erleichterung und Unsicherheit im Blick an. Bei Carridin hatte sie nicht einmal den kleinen Trick anwenden müssen, jemanden für ihre Suggestionen aufnahmebereit zu machen, indem sie nur ein ganz klein wenig von der Macht benützte. Aber bei diesem Narren hier hatte es bewirkt, ihn davon zu überzeugen, daß er sie einlassen mußte. Lächelnd winkte sie ihm, näher zu kommen. Der schlaksige Tor grinste, als erwarte er einen Kuß. Das Grinsen erfror ihm jedoch auf dem Gesicht, als ihr schmaler Dolch direkt durch sein Auge gestoßen wurde.

Sie sprang gelenkig zurück, als er wie ein Sack voll Fleisch, aber ohne Knochen zusammensackte. Jetzt konnte er nichts mehr über sie ausplaudern, nicht mal durch einen Zufall. Und nicht einmal ein einziger Tropfen Blut beschmutzte ihre Hand. Sie wünschte sich Chesmals Geschick, mit Hilfe der Macht zu töten, oder auch nur Riannas geringer einzuschätzendes Talent. Seltsam, daß die Fähigkeit, durch die Macht zu töten, ein Herz einfach anzuhalten oder das Blut in den

Venen zum Kochen zu bringen, so eng mit der Fähigkeit zu heilen verbunden war. Sie selbst konnte kaum mehr heilen als ein paar Kratzer oder Prellungen und hatte auch gar kein Interesse daran.

Ihre Sänfte, rot lackiert und mit Elfenbein und Gold verziert, wartete am Ende der Gasse, und mit ihr warteten ihre Leibwächter, ein Dutzend kräftige Männer mit Gesichtern wie verhungernde Wölfe. Einmal im Gewühl der Straße angekommen, bahnten sie ihr problemlos einen Weg durch die Menge mit Hilfe ihrer Speere, mit denen sie jedem einen kurzen Schlag versetzten, der nicht schnell genug aus dem Weg sprang. Sie waren alle dem Großen Herrn der Dunkelheit verschworen – selbstverständlich –, und obwohl sie nicht wußten, wer sie wirklich war, wußten sie, daß andere Männer verschwunden waren, die ihr nicht so gut gedient hatten.

Das Haus, das sie und die anderen bewohnten, zwei ausgedehnte Stockwerke hoch, mit flachem Dach und weiß getüncht, am Abhang eines Hügels eingangs der Verana, der östlichsten Halbinsel Tanchicos gelegen, gehörte einem Kaufmann, der ebenfalls seine Eide auf den Großen Herrn abgelegt hatte. Liandrin hätte ja lieber ein Schloß gehabt. Vielleicht würde ihr eines Tages der Königspalast auf der Maseta gehören. Wo sie aufgewachsen war, hatte sie immer neidvoll die Schlösser der Lords angesehen, aber warum sollte sie sich jetzt mit so einem begnügen? Doch trotz ihrer Vorliebe war es nur vernünftig, noch eine Weile versteckt auszuharren. Es war wohl unmöglich, daß die Närrinnen in Tar Valon auch nur auf die Idee kommen konnten, daß sie sich in Tarabon aufhielten, aber die Burg suchte gewiß noch nach ihnen, und Siuan Sanches Lieblinge konnten ja überall herumschnüffeln.

Ein Tor führte in einen kleinen Hof, der unten von fensterlosen Mauern umgeben war. Nur im Obergeschoß gab es Fenster. Sie verließ die Wächter und Träger dort und eilte hinein. Der Kaufmann hatte ihnen ein paar Dienerinnen zur Verfügung gestellt, wie er ihnen versicherte, alle im Dienst des Großen Herrn, aber es waren kaum genug für elf Frauen, die sich noch dazu kaum jemals nach draußen begaben. Eine der Dienerinnen, eine auf ihre stämmige Art gutaussehende Frau mit dunklen Zöpfen namens Gyldin, fegte gerade die roten und weißen Bodenplatten in der Eingangshalle, als Liandrin eintrat.

»Wo sind die anderen?« wollte sie wissen.

»Im vorderen Ruheraum.« Gyldin zeigte auf die große Doppeltür zur Rechten, als wisse Liandrin nicht, wo sich dieser Raum befand.

Liandrin verzog den Mund. Die Frau knickste nicht einmal und gebrauchte keine Titel und ähnliches. Sicher, sie wußte nicht, wer Liandrin wirklich war, aber Gyldin wußte auf jeden Fall, daß sie hoch genug gestellt war, um Befehle zu geben, denen man gehorchen mußte, und um den fetten Kaufmann mitsamt seiner Familie unter vielen Verbeugungen und Kratzfüßen wegzuschicken in irgendeinen Schuppen, den sie inzwischen bewohnen konnten. »Man erwartet von dir, daß du hier putzt, oder? Und nicht herumstehst? Also, dann putz gefälligst! Überall liegt hier Staub. Wenn ich heute abend auch nur noch ein Staubkorn entdecke, dumme Kuh, dann werde ich dich prügeln lassen!« Sie biß die Zähne zusammen. Sie hatte die Manieren der Adligen und Reichen mittlerweile schon so lange nachgeahmt, daß sie manchmal ihren Vater vergaß, der Obst vom Karren weg verkauft hatte. Aber in diesem einen Augenblick voller Zorn hatte sie sich vergessen und einen Ausdruck aus der Gassensprache verwendet. Zuviel Streß. Zu viel Warterei. Mit einem letzten harten »Arbeite!« trat sie in den Ruheraum und knallte die Tür zu.

Nicht alle der anderen befanden sich darin, und das regte sie noch mehr auf, aber es waren genug. Eldrith

Jhondar mit dem runden Gesicht saß an einem mit Lapislazuli eingelegten Tischchen unter einem Behang an einer ansonsten weiß getünchten Wand und machte sich sorgfältig Notizen aus einem zerfledderten Manuskript. Manchmal wischte sie geistesabwesend die Spitze ihrer Feder am Ärmel ihres dunklen Wollkleides ab. Marillin Gemalphin saß neben einem der schmalen Fenster und blickte mit ihren blauen Augen verträumt hinunter auf den winzigen Brunnen, aus dem in einem kleinen Innenhof das Wasser plätscherte. Sie kraulte gelangweilt eine magere gelbe Katze hinter den Ohren und schien die Haare nicht zu bemerken, die das Tier auf ihrem grünen Seidenkleid hinterließ. Sie und Eldrith waren beide Braune Schwestern, aber falls Marillin jemals herausfand, daß Eldrith der Grund war, warum die streunenden Katzen ständig verschwanden, die sie von der Straße aufgelesen hatte, dann würde es Zunder geben.

Sie waren Braune gewesen. Manchmal war es schwierig, nicht zu vergessen, daß sie keine mehr waren, oder daß sie selbst keine Rote mehr war. So vieles von dem, was sie vorher eindeutig als Mitglieder ihrer alten Ajahs geprägt hatte, war auch jetzt noch zu spüren, obwohl sie sich ganz offen den Schwarzen verschworen hatten. Da waren zum Beispiel die beiden ehemaligen Grünen. Jeaine Caide mit dem Schwanenhals trug auf ihrer kupferfarbenen Haut die dünnsten, am engsten anliegenden Seidenkleider, die sie hatte auftreiben können – heute trug sie ein weißes –, und meinte lachend, sie müsse damit auskommen, denn in Tarabon gebe es nichts, was einen Mann aufmerksam machen könne. Jeaine kam aus Arad Doman, und die Domanifrauen waren berüchtigt für ihre skandalöse Kleidung. Asne Zeramene mit ihren dunklen Augen und der auffallenden Nase wirkte dagegen züchtig in ihrem hellgrauen, einfach geschnittenen und hochgeschlossenen Kleid, aber Liandrin hatte oft genug gehört, wie sie ihren Behütern nachtrauerte, die sie zurückgelassen hatte. Und was Rianna Andomeran betraf… Schwarzes Haar mit einer auffälligen weißen Strähne über dem linken Ohr umrahmte ein Gesicht, dessen kaltes, arrogantes Selbstbewußtsein nur bei einer Weißen so ausgeprägt zu finden war.

»Es ist geschafft«, verkündete Liandrin nun. »Jaichim Carridin wird seine Weißmäntel zum Panarchenpalast verlegen und ihn für uns besetzen. Er weiß natürlich noch nicht, daß er… Gäste haben wird.« Ein paar verzogen das Gesicht. Der Wechsel der Ajahs hatte die Gefühle Männern gegenüber nicht geändert, die Frauen haßten, weil sie die Macht benutzen konnten. »Es gibt da noch eine interessante Tatsache. Er glaubte, ich sei gekommen, um ihn zu töten, da er es nicht geschafft hatte, Rand al'Thor umzubringen.«

»Das ergibt aber keinen Sinn«, sagte Asne mit gerunzelter Stirn. »Wir sollen ihn binden, überwachen, aber ihn nicht töten.« Sie lachte plötzlich weich und leise auf und lehnte sich in ihren Stuhl zurück. »Falls es möglich ist, ihn zu überwachen, hätte ich nichts dagegen, ihn an mich zu binden. Ich habe nicht viel von ihm gesehen, aber er scheint ein gutaussehender junger Mann zu sein.« Liandrin schnaubte. Sie konnte Männer grundsätzlich nicht leiden.

Rianna schüttelte besorgt den Kopf. »Es ergibt schon einen Sinn, auch wenn mich der nicht gerade beruhigt. Unsere Befehle waren ganz eindeutig, aber genauso klar ist ja wohl, daß Carridin seine eigenen Befehle bekommen hat. Ich kann nur glauben, daß unter den Verlorenen Uneinigkeit herrscht.«

»Die Verlorenen«, murmelte Jeaine und faltete die Arme. Unter der dünnen weißen Seide zeichneten sich ihre Brüste so noch deutlicher ab. »Was taugen schon Versprechen, daß wir die Welt regieren werden, wenn der Große Herr zurückkehrt, und zuerst werden wir zwischen den sich streitenden Verlorenen aufgerieben?

Glaubt eine von Euch, wir könnten auch nur einem davon entgegentreten?«

»Baalsfeuer.« Asne sah sich um und ihre dunklen, schrägstehenden Augen blickten die anderen herausfordernd an. »Baalsfeuer vernichtet sogar einen der Verlorenen. Und wir haben die Mittel, es hervorzubringen.« Einer der *Ter'Angreal,* die sie aus der Burg mitgenommen hatten, eine etwa einen Schritt lange schwarze Hohlröhre, diente genau diesem Zweck. Keine von ihnen wußte, warum ihnen aufgetragen worden war, sie mitzunehmen, nicht einmal Liandrin selbst. Das war das gleiche wie bei vielen *Ter'Angreal,* die sie auf Befehl mitgenommen hatten. Der Befehl war nicht begründet worden, aber es gab eben Aufträge, denen man einfach nachkommen mußte. Liandrin bedauerte, daß sie statt dessen keinen einzigen *Angreal* mitnehmen durften.

Jeaine schnaubte hörbar. »Falls eine von uns das unter Kontrolle halten könnte. Oder habt Ihr vergessen, daß ich bei der einen einzigen Probe fast getötet worden wäre? Und wie es sich durch beide Seiten des Schiffes hindurchbrannte, bevor ich es verhindern konnte? Es hätte uns ganz gewiß genützt, wenn wir vor der Ankunft in Tanchico ertrunken wären.«

»Wozu brauchen wir denn schon das Baalsfeuer?« fragte Liandrin. »Wenn wir den Wiedergeborenen Drachen am Gängelband haben, dann sollen die Verlorenen mal sehen, wo sie bleiben.« Plötzlich wurde ihr bewußt, daß noch jemand anders sich im Raum befand: die Frau Gyldin, die gerade einen geschnitzten Stuhl mit niedriger Lehne in einer Ecke des Raums abwischte. »Was tust du hier, Frau?«

»Saubermachen.« Die Frau mit den dunklen Zöpfen richtete sich unbeeindruckt auf. »Ihr habt mir aufgetragen, sauberzumachen.«

Liandrin hätte beinahe mit der Macht zugeschlagen. Beinahe. Aber Gyldin wußte mit Sicherheit nicht, daß sie Aes Sedai waren. Wieviel hatte die Frau gehört? Nichts Wichtiges wohl. »Du wirst zum Koch gehen«, sagte sie von kalter Wut erfüllt, »und ihm sagen, er solle dich mit dem Riemen prügeln. Hart! Und du wirst nichts zu essen bekommen, bis aller Staub weg ist!« Schon wieder. Wieder hatte dieses Weib es fertiggebracht, daß sie sich wie eine gewöhnliche Frau verhielt.

Marillin stand auf, hob die Katze empor und stupste ihre Nase gegen die des Tieres. Dann reichte sie es Gyldin. »Seht zu, daß er eine Schale Sahne bekommt, wenn der Koch mit Euch fertig ist. Und etwas von diesem guten Lammbraten. Schneidet das Fleisch für ihn in kleine Häppchen; er hat nicht mehr viele Zähne, der arme Kerl.« Gyldin sah sie mit großen Augen an und so fügte sie hinzu: »Gibt es etwas, das Ihr nicht versteht?«

»Ich verstehe schon.« Gyldins Mund war eine straffe Linie. Vielleicht verstand sie es nun endlich, daß sie nämlich eine Dienerin war und ihnen nicht gleichgestellt.

Liandrin wartete noch einen Moment, nachdem sie mit der Katze im Arm gegangen war, und dann riß sie plötzlich den einen Türflügel auf. Doch die Eingangshalle war leer. Gyldin lauschte nicht. Sie traute dieser Frau einfach nicht. Allerdings kannte sie überhaupt niemanden, dem sie traute. »Wir müssen uns mit unseren eigenen Problemen beschäftigen«, sagte sie nervös und schloß die Tür. »Eldrith, habt Ihr in diesen Papieren neue Hinweise gefunden? Eldrith?«

Die mollige Frau fuhr zusammen und blickte sich blinzelnd um. Es war das erste Mal, daß sie den Blick von dem zerfledderten, alten Manuskript hob. Sie schien überrascht, daß Liandrin anwesend war. »Was? Hinweise? O nein. Es ist schon schwierig genug, in die Bibliothek des Königs hineinzukommen. Falls ich nur eine Seite entnehme, merken die Bibliothekare es sofort. Aber wenn ich sie beseitige, finde ich überhaupt nichts mehr. Der Ort ist ein Labyrinth. Nein, das hier habe ich bei einem Buchhändler in der Nähe des Königspalastes gefunden. Es ist eine interessante Abhandlung über …«

Liandrin griff nach *Saidar* und verstreute die Blätter über den ganzen Fußboden. »Laß sie verbrennen, außer es ist eine Abhandlung darüber, wie man Rand al'Thor in die Hand bekommt! Was habt Ihr über das erfahren, was wir herausfinden müssen?«

Eldrith betrachtete blinzelnd die verstreuten Blätter. »Also, es befindet sich im Panarchenpalast.«

»Das habt Ihr vor zwei Tagen erfahren.«

»Und es muß sich um einen *Ter'Angreal* handeln. Um jemanden zu lenken, der die Macht benützen kann, braucht man selbst die Macht, und da dieser Zweck hochspezialisiert ist, muß man einen *Ter'Angreal* haben. Wir werden ihn im Ausstellungssaal finden oder vielleicht in der Sammlung der Panarchen.«

»Etwas Neues, Eldrith.« Mit Mühe beherrschte Laindrin sich, damit ihre Stimme nicht so schrill klang. »Habt Ihr etwas Neues herausgefunden? Irgend etwas?«

Die Frau mit dem runden Gesicht blinkerte unsicher. »Tatsächlich … Nein.«

»Es spielt keine Rolle«, sagte Marillin. »In ein paar Tagen, wenn sie endlich ihre kostbare neue Panarchin ins Amt eingeführt haben, können wir mit Suchen anfangen. Und wenn wir jeden Kerzenhalter untersuchen müssen: Wir werden es finden. Wir stehen an der Schwelle, Liandrin. Wir werden Rand al'Thor an die Leine legen und ihm beibringen, Männchen zu machen.«

»O ja«, sagte Eldrith mit glückseligem Lächeln. »An die Leine.«

Liandrin hoffte, es werde tatsächlich so kommen. Sie hatte genug vom Warten und von diesem Versteckspiel. Sollte die Welt sie doch endlich kennenlernen. Die Menschen sollten die Knie vor ihr beugen, wie es ihr versprochen worden war, als sie statt der alten Eide die neuen wählte.

Egeanin wußte, daß sie nicht allein war, sobald sie durch die Küchentür in ihr kleines Haus trat. Sie ließ ihre Maske und den Jutesack achtlos auf den Tisch fallen und ging hinüber zu dem gemauerten Kamin, neben dem ein Eimer Wasser stand. Als sie sich bückte, um den kupfernen Schöpflöffel zu nehmen, schoß ihre rechte Hand in eine kleine Öffnung hinter dem Eimer, wo sie zwei Backsteine herausgenommen hatte. Sie richtete sich blitzschnell auf und hielt eine kleine Armbrust in der Hand. Sie war wohl nicht mehr als einen Fuß lang und hatte weder viel Durchschlagskraft noch eine große Reichweite, aber sie hatte sie immer an diesem Ort bereits gespannt liegen, und der dunkle Fleck von einer Flüssigkeit an der Spitze des Stahlbolzens würde jeden innerhalb eines Herzschlags töten.

Falls der Mann, der entspannt in der Ecke an die Wand gelehnt dastand, die Armbrust sah, war zumindest kein äußeres Anzeichen dafür sichtbar. Er hatte blondes Haar und blaue Augen, war von mittleren Jahren und sah gut aus, wenn er auch für ihren Geschmack etwas zu schlank war. Ganz klar, daß er sie durch das mit einem Eisengitter versehene Fenster neben ihm beobachtet hatte, wie sie über den kleinen Hof schritt. »Glaubt Ihr, daß ich Euch bedrohe?« fragte er nach einem Augenblick des Wartens.

Sie bemerkte, daß er den vertrauten Dialekt ihrer Heimat sprach, senkte aber die Armbrust nicht. »Wer seid Ihr?«

Statt einer Antwort griff er vorsichtig und langsam mit zwei Fingern in seine Gürteltasche und holte etwas Kleines und Flaches heraus. Sie bedeutete ihm, den Gegenstand auf den Tisch zu legen und sich wieder zur Wand zurückzubegeben.

Erst als er wieder in seiner Ecke stand, ging sie zum Tisch vor, um zu nehmen, was er dort hingelegt hatte. Sie wandte den Blick nicht von ihm, und die Armbrust zeigte weiter auf seine Brust. So hob sie den Gegenstand auf und hielt ihn in ihr Sichtfeld. Es war eine kleine Elfenbeinplakette mit Goldrand, auf die ein Rabe und ein Turm eingraviert waren. Die Augen des Raben waren kleine schwarze Saphire. Ein Rabe, das Symbol der Kaiserfamilie, und der Turm der Raben, das Symbol der kaiserlichen Rechtsprechung.

»Normalerweise würde das ausreichen«, sagte sie zu ihm, »doch wir sind weit weg von Seanchan in einem Land, wo das Fremdartige beinahe schon alltäglich ist. Könnt Ihr mir noch weitere Beweise vorzeigen?«

Er lächelte amüsiert, zog seinen Mantel aus, band sein Hemd auf und entfernte auch das. Auf jeder Schulter waren der Rabe und der Turm eintätowiert.

Die meisten der Wahrheitssucher benützten sowohl den Raben wie auch den Turm, aber nicht einmal jemand, der es gewagt hatte, einem von ihnen die Plakette zu stehlen, würde sich selbst auf diese Art zeichnen. Wenn man den Raben trug, war man Eigentum der kaiserlichen Familie. Es gab da eine alte Geschichte über einen idiotischen jungen Lord und seine Lady, die sich im betrunkenen Zustand so tätowieren ließen. Das mußte ungefähr dreihundert Jahre her gewesen sein. Als die Kaiserin davon erfuhr, ließ sie die beiden zum Hof der Neun Monde bringen und von da ab nur noch Fußböden schrubben. Dieser Bursche hier konnte vielleicht einer ihrer Nachkommen sein. Das Zeichen des Raben trug man ein ganzes Leben lang.

»Verzeiht mir, Sucher«, sagte sie und legte die Armbrust weg. »Warum seid Ihr hier?« Sie fragte ihn nicht nach seinem Namen – er könnte so oder so falsch sein.

Er überließ ihr noch die Plakette und zog sich in aller

Ruhe wieder an. Damit wollte er sie gewiß an ihre unterschiedlichen Positionen erinnern. Sie war wohl Kapitän und er Eigentum, aber er war eben auch einer der Sucher und konnte sie ganz legal auf eigene Verantwortung verhören. Er hätte tatsächlich das Recht gehabt, sie wegzuschicken, um das Seil zu kaufen, mit dem er sie für das Verhör fesseln würde. Und – er konnte erwarten, daß sie tatsächlich mit dem Seil wiederkam. Flucht vor einem Sucher galt als Verbrechen. Sich zu weigern, mit einem der Sucher zusammenzuarbeiten, war ebenfalls ein Verbrechen. Sie hatte noch nie in ihrem ganzen Leben ein Verbrechen geplant, genausowenig wie Verrat am Kristallthron. Doch falls er die falschen Fragen stellte, die falschen Antworten forderte ... Die Armbrust lag ja immer noch in ihrer Nähe, und Cantorin war weit weg. Wilde Gedanken. Gefährliche Gedanken.

»Ich diene der Hochlady Suroth und der *Corenne* für die Kaiserin«, sagte er. »Ich überprüfe die Fortschritte der Agenten, die von der Hochlady in diese Regionen gesandt wurden.«

Überprüfen? Was mußte da überprüft werden und noch dazu von einem der Sucher? »Ich habe von den Kurierbooten nichts darüber erfahren.« Sein Lächeln vertiefte sich, und sie errötete. Natürlich würde die Besatzung nicht über einen Sucher sprechen. Doch er beantwortete ihre Frage, während er sich das Hemd zuband.

»Ich darf bei meinen Reisen die Kurierboote nicht benützen – das Risiko für sie wäre zu groß. Ich fahre statt dessen auf den Schiffen eines der hier ansässigen Schmuggler mit. Das ist ein Mann namens Bayle Domon. Seine Schiffe legen überall in Tarabon und Arad Doman und dazwischen an.«

»Ich habe von ihm gehört«, sagte sie gelassen. »Alles geht gut?«

»Jetzt schon. Ich bin froh, daß wenigstens Ihr Eure

Anweisungen richtig verstanden habt. Unter den anderen war das nur bei den Suchern der Fall. Es ist bedauerlich, daß sich nicht mehr Sucher bei den *Hailene* befinden.« Er zog sich das Wams über und nahm ihr die Plakette aus der Hand. »Es hat einige Verlegenheit ausgelöst, daß Deserteure aus den Reihen der *Sul'dam* zurückgekehrt sind. Solche Desertationen dürfen nicht allgemein bekannt werden. Es ist viel besser, wenn sie einfach für immer verschwinden.«

Sie konnte ihre Gesichtszüge auch nur deshalb beherrschen, weil sie ein wenig Zeit zum Nachdenken gehabt hatte. Bei dem Debakel von Falme waren einige *Sul'dam* zurückgeblieben, wie man ihr gesagt hatte. Möglicherweise waren also bei der Gelegenheit einige desertiert. Ihren Anweisungen von Hochlady Suroth zufolge, sollte sie jede zurückschicken, die sie aufspüren konnte, ob sie wollte oder nicht, und wenn das nicht möglich war, sollten sie beseitigt werden. Das letzere war ihr nur als eine Notlösung erschienen. Bisher.

»Ich bedaure, daß man in diesen Ländern keinen Kaf kennt«, sagte er und setzte sich an den Tisch. »Selbst in Cantorin haben mittlerweile nur noch die vom Blute Kaf. Wenigstens war es so, als ich abfuhr. Vielleicht sind seither Frachtschiffe aus Seanchan angekommen und haben mehr mitgebracht. Jetzt muß eben Tee ausreichen. Bereitet mir Tee zu.«

Sie hätte ihn am liebsten vom Stuhl geworfen. Der Mann war Eigentum. Und ein Sucher. Also kochte sie Tee. Und sie servierte ihm diesen Tee und blieb mit der Kanne neben seinem Stuhl stehen, um ihm nachzuschenken. Sie war überrascht, daß er sie nicht auch noch aufforderte, einen Schleier anzulegen und auf dem Tisch zu tanzen.

Schließlich gestattete er ihr, sich hinzusetzen, nachdem sie eine Feder, Tinte und Papier geholt hatte, und nun mußte sie für ihn Pläne von Tanchico und seinen Verteidigungsanlagen zeichnen, und dazu noch jede andere größere und kleinere Stadt, von der sie auch nur das Geringste wußte. Sie führte die einzelnen Streitkräfte auf, soweit sie darüber informiert war, berichtete über ihre Stärke und wo ihre Loyalität lag und was sie von ihren Absichten hielt.

Als sie fertig war, steckte er alles in seine Tasche, befahl ihr, den Inhalt des Jutesacks mit dem nächsten Kurierboot wegzuschicken und verließ sie wieder mit amüsiertem Lächeln. Er sagte noch, er werde in ein paar Wochen wieder nach ihr sehen.

Sie saß noch lange Zeit da, nachdem er gegangen war. Jede Karte, die sie gezeichnet hatte, jede Liste, war ein genaues Duplikat von einem Bericht, den sie bereits vor einiger Zeit mit dem Kurierboot abgeschickt hatte. Daß er sie gezwungen hatte, das alles noch mal zu machen, konnte ja eine Strafe dafür gewesen sein, daß sie ihn seine Tätowierungen hatte zeigen lassen. Die Gardesoldaten der Totenwache gaben mit ihren Raben an, die Sucher aber kaum jemals. Das konnte der Grund sein. Wenigstens war er nicht hinunter in den Keller gegangen, bevor sie zurückkehrte. Oder doch? Hatte er nur darauf gewartet, daß sie etwas davon erwähnte?

Das schwere Eisenschloß hing anscheinend unberührt an der Tür im Flur gegenüber der Küche. Aber man behauptete auch, daß die Sucher Schlösser ohne jeden Schlüssel öffnen könnten. Sie nahm den Schlüssel aus ihrer Gürteltasche, schloß auf und ging die schmale Treppe hinunter.

Eine Lampe auf einem Regalbrett beleuchtete den Kellerraum mit dem Natursteinboden. Lediglich vier Backsteinwände umgaben ihn, und an denen hing nichts, was bei einer Flucht behilflich sein konnte. Ein schwacher Latrinengeruch hing in der Luft. Auf der Seite der Lampe gegenüber saß eine Frau in einem schmutzigen Kleid verzagt auf einigen groben Wolldecken. Sie hob den Kopf, als sie Egeanins Schritte hörte. Ihre dunklen Augen waren voller Furcht und blickten sie bettelnd an. Sie war die erste *Sul'dam* gewesen, die Egeanin aufgespürt hatte. Die erste und die einzige, denn Egeanin hatte die Suche praktisch aufgegeben, seit sie Bethamin gefunden hatte. Und seither war Bethamin in diesem Kellerraum geblieben, während die Kurierboote kamen und gingen.

»Ist jemand hier herunter gekommen?« fragte Egeanin.

»Nein. Ich hörte Schritte oben, aber … Nein.« Bethamin streckte ihr die Hände entgegen. »Bitte, Egeanin. Das ist nur ein großer Fehler. Ihr kennt mich doch seit zehn Jahren. Nehmt mir dieses Ding ab.«

Um ihren Hals lag ein silbernes Band. Es war durch eine dicke Silberleine mit einem Armband aus dem gleichen Metall verbunden, das an einem Haken ein paar Fuß über ihrem Kopf hing. Sie hatte das Bethamin eigentlich nur aus der Absicht heraus umhängen wollen, weil sie die *Sul'dam* ein paar Minuten lang festhalten wollte – als normale Fessel mehr oder weniger. Doch dann hatte sie Egeanin zu Boden gestoßen und versucht, zu entkommen.

»Wenn Ihr es zu mir bringt, dann nehme ich es Euch ab«, sagte Egeanin zornig. Sie war einfach wütend, aber nicht auf Bethamin. »Bringt den *A'dam* her, und Ihr seid ihn los.«

Bethamin schauderte und ließ die Hände sinken. »Es ist ein Fehler«, flüsterte sie. »Ein schrecklicher Fehler.« Aber sie machte keine Bewegung in Richtung des Armbands. Nach ihrem ersten Fluchtversuch hatte sie oben auf dem Boden gelegen, sich vor Schmerzen gewunden, und ihr war furchtbar schlecht und schwindlig gewesen – zu Egeanins völliger Verblüffung.

Die *Sul'dam* beherrschten die *Damane,* Frauen, die mit der Macht arbeiten konnten, mit Hilfe des *A'dam.* Doch die *Damane* war es, die mit der Macht umging, und nicht die *Sul'dam!* Andererseits konnte ein *A'dam* ausschließlich eine Frau beherrschen, die die Macht benutzte. Keine gewöhnliche Frau und keinen Mann – junge Männer mit dieser Fähigkeit wurden sowieso hingerichtet –, sondern nur eine Frau mit der Eigenschaft, die Macht lenken zu können. Eine solche Frau, die das Halsband umhatte, konnte nicht mehr als ein paar Schritte tun, ohne daß das dazugehörige Armband am Arm einer *Sul'dam* die Verbindung schloß.

Egeanin war sehr müde, nachdem sie die Treppe wieder hinaufgestiegen war und die Tür abgeschlossen hatte. Sie hätte nun selbst gern etwas Tee getrunken, aber das wenige, was der Sucher übriggelassen hatte, war kalt, und sie hatte einfach nicht mehr die Energie, sich neuen zu kochen. Statt dessen setzte sie sich an den Tisch und zog den *A'dam* aus dem Jutesack. Für sie war es nur ein Gegenstand aus unglaublich feingliedrigem Silber. Sie konnte ihn nicht benutzen und er konnte ihr keinen Schaden zufügen, es sei denn, jemand schlug ihn ihr über den Kopf.

Aber sogar diese Art von Körperkontakt mit einem *A'dam,* der sie ja gar nicht beeinflussen konnte, jagte ihr einen Schauer den Rücken hinab. Frauen, die mit der Macht umgehen konnten, waren keine Menschen, sondern gefährliche Tiere. Sie waren es gewesen, die einst die Welt zerstörten. Man mußte sie beherrschen, denn sonst würden sie bald jeden anderen zu Eigentum degradieren. So hatte man es ihr beigebracht und so hatte man es in Seanchan tausend Jahre lang gelehrt. Seltsam, aber hier schien sich das nie durchgesetzt zu haben. Nein. Selbst das war ein gefährlicher Gedankengang, und unsinnig obendrein.

So stopfte sie den *A'dam* in den Sack zurück und spülte das Teegeschirr ab, damit sie auf andere Gedanken kam. Sie liebte die Ordnung und empfand ein wenig Befriedigung dabei, die Küche wieder richtig aufzuräumen. Bevor es ihr bewußt wurde, braute sie sich doch eine Kanne Tee. Sie wollte nicht über Bethamin nachdenken, und auch das war gefährlich und närrisch dazu. Also setzte sie sich bequem an den Tisch und rührte Honig in eine Tasse des schwärzesten Tees, den sie nur fertigbrachte. Immer noch kein Kaf, aber es ging auch so.

Trotz ihres Leugnens, trotz ihrer Bitten, war ihr klar, daß Bethamin die Macht benutzen konnte. Wie war das bei anderen *Sul'dam*? War das der Grund, warum die Hochlady Suroth so großen Wert darauf legte, daß diejenigen getötet wurden, die in Falme zurückblieben? Das war undenkbar. Es war unmöglich. Bei den jährlichen Überprüfungen in Seanchan fand man jedes Mädchen, das auch nur den Anflug einer solchen Fähigkeit zeigte. Jede von ihnen wurde aus der Liste der Bürger Seanchans gestrichen, wurde aus den Familienstammbäumen gestrichen und wurde fortgebracht, um sie mit dem Halsband der *Damane* auszustatten. Bei den gleichen Überprüfungen fand man auch die Mädchen mit der Fähigkeit, zu lernen, mit dem Armband der *Sul'dam* zu arbeiten. Keine Frau konnte diesen Überprüfungen entkommen, und zwar so lange, bis sie in dem Alter war, wo sie in jedem Fall auch auf eigene Faust mit dem Gebrauch der Macht begonnen hätte, sollte der Funke bei ihr vorhanden sein. Wie konnte man auch nur ein einziges Mädchen zur *Sul'dam* machen, wenn sie in Wirklichkeit eine *Damane* war? Und doch saß nun Bethamin in ihrem Keller und wurde von einem *A'dam* festgehalten, als sei er ein Anker um ihren Hals.

Eines war jedenfalls gewiß: Die Möglichkeiten, die sich aus dieser Sache ergaben, brachten tödliche Gefahren mit sich. Hier waren die vom Blute verwickelt und die Sucher. Vielleicht sogar der Kristallthron. Würde es Hochlady Suroth wagen, solche Kenntnisse der Kaiserin vorzuenthalten? In deren Gesellschaft konnte auch ein einfacher Kapitän eines Schiffes bereits schreiend sterben, wenn sie sich nur ein Stirnrunzeln erlaubt hatte. Oder sie könnte aus einer Laune heraus zum Eigentum degradiert werden. Sie mußte mehr erfahren, um auch nur hoffen zu können, dem Tod der Zehntausend Tränen zu entrinnen. Das bedeutete in diesem frühen Stadium, daß sie Gelb und anderen miesen Spitzeln wie ihm mehr Geld zuschieben mußte, mehr *Sul'dam* aufspüren und feststellen, ob auch sie von einem *A'dam* beherrscht wurden. Darüber hinaus... Darüber hinaus befuhr sie ein unbekanntes Meer ohne Navigator und Kompaß.

Als sie die Armbrust mit ihrem tödlichen Bolzen berührte, die immer noch auf dem Tisch lag, wurde ihr klar, daß noch etwas sicher war: Sie würde sich nicht von einem der Sucher umbringen lassen. Nicht, um lediglich Hochlady Suroth zu helfen, ein Geheimnis zu wahren. Überhaupt nicht, gleich aus welchem Grund. Der Gedanke kam einem Verrat so nahe, daß sie schauderte, aber er ging ihr nicht mehr aus dem Kopf.

KAPITEL 17

Ein Becher Wein

Als Elayne mit ihren sauber im Bündel verpackten Sachen an Deck kam, schien die untergehende Sonne das Wasser genau vor der Einfahrt in den Hafen von Tanchico zu küssen. Schnell war es soweit, daß die dicken Taue festgemacht wurden und der *Wogentänzer* als eines von vielen Schiffen am Kai der westlichsten Halbinsel der Stadt lag. Ein paar Besatzungsmitglieder falteten die letzten Segel ein. Jenseits der langen Hafenanlagen erhob sich die Stadt auf ihren Hügeln, blendend weiß, mit Kuppeln und Türmen, auf denen die metallnen Wetterfahnen im letzten Sonnenschein blitzten. Etwa eine Meile nördlich sah sie gerade noch eine hohe, runde Mauer. Wenn ihre Erinnerung sie nicht täuschte, mußte das der Große Kreis sein.

Sie hängte sich ihr Bündel über die gleiche Schulter, von der ihre Ledermappe hing, und ging hinüber zu Nynaeve, die mit Coine und Jorin an der Landungsbrücke stand. Es erschien ihr fast eigenartig, die beiden Schwestern wieder vollständig angezogen zu erblicken, mit blütenreinen, brokatbesetzten Seidenblusen, passend zu ihren Pumphosen. Sie hatte sich ja an die Ohrringe und sogar an die Nasenringe gewöhnt, und selbst die feine Goldkette, die über die dunkle Wange jeder der beiden Frauen hing, ließ sie mittlerweile kaum noch zusammenzucken.

Thom und Juilin standen mit ihren eigenen Bündeln ein Stückchen entfernt. Sie blickten etwas mürrisch drein. Nynaeve hatte recht gehabt. Sie hatten ihre eigenen Vorstellungen entwickelt, seit man ihnen vor zwei

Tagen den wirklichen Zweck – oder zumindest einiges davon ihrer Reise mitgeteilt hatte. Beide schienen zu glauben, zwei junge Frauen seien einfach nicht fähig – *fähig!* – die Schwarzen Ajah aufzuspüren. Das war allerdings im Keim erstickt worden, als Nynaeve ihnen drohte, sie auf ein anderes Schiff des Meervolks bringen zu lassen, das wieder zurückfuhr. Die Drohung hatte aber schon massiv sein müssen und erst gewirkt, nachdem Toram und ein Dutzend Besatzungsmitglieder sie umstellt hatten, bereit, sie sofort zu packen, in ein Boot zu stecken und hinüberzurudern. Elayne blickte sie forschend an. Unzufriedenheit bedeutete Rebellion. Die beiden würden ihnen noch Schwierigkeiten bereiten.

»Wo werdet Ihr als nächstes hinfahren, Coine?« fragte Nynaeve gerade, als sich Elayne ihnen anschloß.

»Nach Dantora und zur Aile Jafar«, antwortete die Segelherrin, »und von dort nach Cantorin und zur Aile Somera, um die Nachricht vom Coramoor zu verbreiten, wenn es dem Licht gefällt. Aber ich muß zuerst einmal Toram gestatten, hier seinen Handel abzuwickeln, sonst platzt er mir noch.«

Ihr Mann befand sich bereits unten auf dem Kai, diesmal ohne seine eigenartigen Augengläser, aber mit nacktem Oberkörper und all seinen Ringen, und er diskutierte ernsthaft mit Männern in bauschigen weißen Hosen und kurzen Mänteln, die auf den Schultern mit Runen bestickt waren. Jeder dieser Männer aus Tanchico trug eine dunkle, zylindrische Kappe auf dem Kopf und dazu einen durchsichtigen Schleier vor dem Gesicht. Diese Schleier wirkten wirklich lächerlich, besonders bei Männern mit dichten Schnurrbärten.

»Das Licht gebe Euch eine sichere Reise«, sagte Nynaeve und verlagerte das Gewicht der Bündel auf ihrem Rücken. »Falls wir hier auf irgendeine Gefahr stoßen, die Euch bedroht, bevor Ihr wieder absegelt, werden wir Euch benachrichtigen.« Coine und ihre

Schwester wirkten bemerkenswert ruhig. Das Wissen von den Schwarzen Ajah berührte sie nicht besonders. Für sie spielte nur der Coramoor, also Rand, eine Rolle.

Jorin küßte ihre Fingerspitzen und drückte sie auf Elaynes Lippen. »So das Licht will, treffen wir uns wieder.«

»So das Licht will«, gab Elayne zurück und imitierte die Geste der Windsucherin. Es kam ihr wohl noch immer eigenartig vor, doch es war auch eine Ehre, so verabschiedet zu werden. Man sah das eigentlich nur unter Familienmitgliedern und bei Liebenden. Sie würde diese Meervolkfrau sehr vermissen. Sie hatte eine Menge von ihr gelernt und ihr auch ein wenig von ihrem Wissen beigebracht. Jorin konnte jetzt beispielsweise mit dem Element Feuer viel besser umgehen.

Als sie den Landesteg hinuntergegangen waren, seufzte Nynaeve erleichtert auf. Wohl hatte eine ölige Tinktur, die ihr Jorin verpaßt hatte, nach etwa zwei Tagen auf See ihren Magen einigermaßen beruhigt, aber sie war trotzdem verkrampft und unsicher gewesen, bis Tanchico endlich in Sicht kam.

Die beiden Männer nahmen sie sofort unaufgefordert in die Mitte. Juilin übernahm die Führung mit seinem Bündel auf dem Rücken und dem hellen, daumendicken Stock in beiden Händen. Seine dunklen Augen blickten sich wachsam um. Thom machte den Abschluß und brachte es irgendwie fertig, trotz seiner weißen Haare, seines Hinkens und des Gauklerumhangs einen gefährlichen Eindruck zu erwecken.

Nynaeve schürzte die Lippen einen Augenblick lang, sagte aber nichts, und Elayne hielt das auch für weise. Bevor sie auch nur fünfzig Schritt weit über den langen, gepflasterten Kai gegangen waren, waren sie bereits von ebenso vielen Männern mit zusammengekniffenen Augen und hungrigen Gesichtern gemustert worden. Überall um sie herum trugen Hafenarbeiter ihre Kisten und Ballen und Säcke zu und von den Schiffen. Sie vermutete, daß beinahe jeder von diesen Männern ihr durchaus die Kehle durchschneiden würde, in der Hoffnung, ihr teures Seidenkleid bedeute gleichzeitig, daß sie einiges Geld im Beutel habe. Sie jagten ihr aber keine Angst ein. Mit zwei oder drei von denen würde sie bestimmt fertigwerden. Doch sie und Nynaeve trugen ihre Schlangenringe in den Gürteltaschen, um nicht erkannt zu werden. Wenn sie aber vor hundert Männern die Macht gebrauchte, wäre es sinnlos, noch die Verbindung zur Weißen Burg leugnen zu wollen. Also war es am besten, wenn Thom und Juilin so wild dreinblickten wie möglich. Sie hätte nichts dagegen gehabt, noch zehn Mann mehr von der Sorte dabei zu haben.

Plötzlich erscholl ein Brüllen vom Deck eines der kleineren Schiffe her: »Ihr! Es sein wirklich Ihr!« Ein untersetzter Mann mit rundem Gesicht und einem grünen Seidenwams sprang herunter auf den Kai und beachtete Juilins drohend erhobenen Stock gar nicht. Er starrte sie und Nynaeve aus der Nähe an. Der Bart, der die Oberlippe frei ließ, zeigte, daß er aus Illian kam, und sein Akzent stammte auch von dort. Er kam ihr bekannt vor.

»Meister Domon?« fragte Nynave nach einem Augenblick des Überlegens, wobei sie wieder an ihrem Zopf zupfte. »Bayle Domon?«

Er nickte. »Ja. Ich niemals glauben, Euch wiederzusehen. Ich … ich warten solange es ging in Falme, aber Zeit kommen, wo ich entweder auslaufen müssen oder sehen, wie mein Schiff brennen.«

Elayne erkannte ihn nun auch wieder. Er hatte sie damals aus Falme herausbringen wollen, aber die Stadt war im Chaos versunken, bevor sie sein Schiff erreichten. Dem Wams nach war es ihm seither nicht schlecht ergangen.

»Wir freuen uns, Euch wiederzusehen«, sagte Nynaeve kühl, »doch jetzt müßt Ihr uns entschuldigen, denn wir müssen uns Zimmer in der Stadt suchen.«

»Das werden aber schwer. Tanchico platzen aus allen Nähten. Aber ich kennen einen Ort, wo mein Wort werden helfen. Ich können nicht länger warten in Falme, aber ich fühlen in Eurer Schuld.« Domon schwieg einen Moment und runzelte mit einemmal besorgt die Stirn. »Ihr hier sein. Bedeuten das, dasselbe werden geschehen wie in Falme?«

»Nein, Meister Domon«, sagte Elayne, als Nynaeve zögerte. »Selbstverständlich nicht. Und wir schätzen uns glücklich, Eure Hilfe in Anspruch nehmen zu können.«

Sie erwartete beinahe einen Protest von Nynaeve, aber die etwas ältere Frau nickte nur nachdenklich und stellte die Männer sich gegenseitig vor. Beim Anblick von Thoms Umhang runzelte Domon die Stirn wieder, aber der finstere Blick, den er Juilin zuwarf, als er dessen Tairener Kleidung wahrnahm, wurde von diesem mit gleicher Münze erwidert. Keiner der beiden sagte allerdings etwas. Vielleicht wollten sie die Feindseligkeit zwischen Tear und Illian wenigstens aus Tanchico heraushalten. Falls nicht, würde sie ein ernstes Wort mit den beiden reden.

Domon erzählte, was ihm seit den Ereignissen von Falme alles passiert war, und begleitete sie den Kai entlang. Es war ihm wirklich nicht schlecht gegangen. »Ein Dutzend gute Küstenschiffe, von denen wissen die Steuereintreiber der Panarchin«, lachte er, »und vier Hochseeschiffe sie wissen nichts darüber.«

Soviel konnte er auf ehrliche Art in dieser kurzen Zeit gar nicht verdient haben. Sie war aber doch überrascht, daß er auf einem Kai voller Menschen so offen darüber sprach.

»Ja, ich tun schmuggeln und machen soviel Gewinn, ich nie haben geträumt von. Zehnte Teil von Steuer in Taschen von Zollmänner und sie wegschauen und Mund halten.«

Zwei typische Männer aus Tanchico schlenderten

vorbei, die Schleier vor dem Gesicht, runde Hüte auf dem Kopf und die Hände hinter dem Rücken gefaltet. Jeder hatte einen schweren Messingschlüssel an einer dicken Goldkette um den Hals hängen. Es sah so aus, als seien das Kennzeichen ihrer Ämter. Sie nickten Domon vertraut zu. Thom wirkte belustigt, aber Juilin blickte sowohl Domon wie auch die beiden Tanchicaner finster an. Als Diebfänger konnte er eben Leute nicht leiden, die das Gesetz mißachteten. »Ich aber nicht glauben, es noch lange so weitergehen«, sagte Domon, als die beiden weg waren. »Es sein noch schlimmer in Arad Doman als hier, und hier alles sein schon schlimm genug. Vielleicht der Lord Drache nicht zerstören werden die Welt, aber er haben zerstört Arad Doman und Tarabon.«

Elayne hatte schon eine scharfe Erwiderung auf der Zunge, aber sie hatten das Ende des Kais erreicht, und so sah sie schweigend zu, als er Sänften und Träger auswählte und bezahlte, und dazu noch ein Dutzend Männer mit festen Stöcken und harten Gesichtern engagierte. Am Ende des Kais standen Wachen mit Schwertern und Speeren. Sie wirkten wie Söldner und nicht wie reguläre Soldaten. Von der anderen Seite der breiten Hafenstraße her blickten Hunderte von niedergeschlagenen, eingefallenen Gesichtern die Wächter an. Manchmal huschten die Blicke zu den Schiffen hinüber, aber meist waren sie auf die Männer gerichtet, die sie am Erreichen dieser Schiffe hinderten. Elayne schauderte, als sie daran dachte, was Coine erzählt hatte – wie die Menschen sie auf ihrem eigenen Schiff überrannt hatten und verzweifelt versuchten, sich eine Passage irgendwohin zu erkaufen, nur weg von Tanchico. Wenn diese hungrigen Augen die Schiffe ansahen, glühte die blanke Not in ihnen. Elayne saß steif in ihrer Sänfte, als sie hinter den die Menge zurückdrängenden Stöcken durch die Straßen schwankte. Sie bemühte sich, niemanden direkt anzusehen. Sie wollte diese Gesichter nicht sehen. Wo war denn ihr König? Warum kümmerte er sich nicht um sie?

Das Schild über der Toreinfahrt zu der weißgetünchten Schenke, zu der Domon sie brachte, verkündete stolz den ›Hof der Drei Pflaumen‹. Aber der einzige Hof, den Elayne entdecken konnte, war der von hohen Wänden umgebene und mit großen Steinplatten gepflasterte vor der Schenke, auf dem sie standen. Das Gebäude war quadratisch und dreistöckig. Das Erdgeschoß wies keine Fenster auf, und die Fenster oben hatten alle schmiedeeiserne Gitter. Drinnen drängten sich Männer und Frauen im Schankraum. Die meisten trugen einheimische Kleidung. Das Stimmengewirr übertönte beinahe noch den Klang eines Hackbretts.

Nynaeve schnappte unwillkürlich nach Luft, als sie den ersten Blick auf die Wirtin erhaschte, eine hübsche Frau, nicht viel älter als sie selbst, mit braunen Augen und hellen, honigfarbenen Zöpfen, deren Schleier den Schmollmund mit seinen vollen Lippen nicht verbarg. Auch Elayne fuhr erst einmal zusammen, aber es war nicht Liandrin. Die Frau, sie hieß Rendra, kannte Domon offensichtlich gut. Mit freundlichem Lächeln hieß sie Elayne und Nynaeve willkommen, und besonders schien ihr zu gefallen, daß Thom ein Gaukler war. Sie gab ihnen ihre letzten beiden Zimmer zu einem Preis, der Elaynes Vermutung nach unter dem augenblicklich Üblichen lag. Elayne überzeugte sich zuerst davon, daß sie und Nynaeve das Zimmer mit dem größeren Bett bekamen. Sie hatte schon öfters das Bett mit Nynaeve geteilt und wußte deshalb, daß die andere nachts ziemlich mit den Ellbogen herumfuhrwerkte.

Rendra ließ ihnen auch von zwei verschleierten jungen Kellnern ein Abendessen in einem separaten Speisezimmer servieren. Elayne ertappte sich dabei, wie sie lediglich den Teller anstarrte: Lammbraten mit Apfelgelee und eine Art langer, gelblicher Bohnen in Nußsauce. Sie brachte es nicht fertig, davon zu essen. All diese hungrigen Gesichter! Domon schlug dagegen kräftig zu. Er mit seiner Schmuggelei und seinem Gold! Auch Thom und Juilin übten keine Zurückhaltung.

»Rendra«, sagte Nynaeve leise, »hilft hier eigentlich niemand den Armen? Falls es helfen würde, kann ich über einiges Gold verfügen.«

»Ihr könnt es Bayles Küche spenden«, antwortete die Wirtin mit einem verschmitzten Lächeln in Richtung Domon. »Der Mann meidet wohl alle Steuern, aber er besteuert sich selbst. Für jede Krone, die er als Bestechungsgeld zahlt, spendet er zwei für Suppe und Brot für die Armen. Er hat sogar mich zum Spenden überredet, und ich *zahle* meine Steuern.«

»Es sein weniger als die Steuern«, murmelte Domon, und er zog abwehrend die Schultern ein. »Ich machen wirklich guten Profit. Glück stech mich, wenn nicht.«

»Es ist eine gute Eigenschaft, daß Ihr gern anderen Menschen helft, Meister Domon«, sagte Nynaeve, als Rendra und die Kellner weg waren. Thom und Juilin standen beide auf, um nachzusehen, ob die anderen wirklich gegangen waren und nicht lauschten. Mit einer leichten Verbeugung überließ Thom Juilin den Vortritt. Der Flur draußen war leer. Nynaeve fuhr fort: »Wir brauchen vielleicht auch Eure Hilfe.«

Messer und Gabel des Illianers unterbrachen ihren Weg zu einer Scheibe Lammbraten. »Wie?« fragte er mißtrauisch.

»Ich weiß nicht genau, Meister Domon. Ihr habt Schiffe. Ihr müßt ja auch Männer zur Verfügung haben. Wir brauchen vielleicht Augen und Ohren. Ein paar der Schwarzen Ajah halten sich möglicherweise in Tanchico auf, und wenn, dann müssen wir sie aufspüren.« Nynaeve führte eine Gabel mit Bohnen zum Mund, als habe sie nichts Ungewöhnliches gesagt. In letzter Zeit erzählte sie ja wohl jedem von den Schwarzen Ajah.

Domon starrte zuerst sie mit offenem Mund an und warf dann Thom und Juilin ungläubige Blicke zu, als die sich wieder hinsetzten. Sie nickten, und er schob resigniert seinen Teller weg und legte den Kopf auf die Arme. Beinahe hätte er ja eine Kopfnuß von Nynaeve abbekommen, so indigniert sah sie ihn an. Elayne hätte ihr keinen Vorwurf gemacht. Warum suchte er noch eine Bestätigung für ihre Worte? Glaubte er ihr vielleicht nicht?

Schließlich raffte sich Domon auf. »Es werden doch wieder geschehen. Schon wieder Falme. Vielleicht es sein Zeit für mich, einzupacken und zu fahren weg. Wenn ich bringen meine Schiffe nach Illian, ich auch sein dort ein reicher Mann.«

»Ich glaube nicht, daß Ihr Illian heute als gutes Pflaster bezeichnen könnt«, sagte Nynaeve mit energischer Stimme. »Soviel ich weiß, regiert dort mittlerweile Sammael, vielleicht nun schon ganz offen. Unter einem der Verlorenen werdet Ihr Euren Reichtum kaum genießen können.« Domon fielen beinahe die Augen aus dem Kopf, doch sie fuhr gelassen fort: »Es gibt keine sicheren Orte mehr. Ihr könnt wie ein Kaninchen wegrennen, aber verstecken könnt Ihr euch nicht. Ist es da nicht besser, Ihr tut Euer Bestes, um wie ein Mann dagegen anzukämpfen?«

Nynaeve ging zu hart mit ihm um. Sie mußte eben immer die Leute herumschubsen. Elayne lächelte und beugte sich vor, um eine Hand auf Domons Arm zu legen. »Wir wollen Euch nicht herumscheuchen, Meister Domon, aber wir benötigen vielleicht wirklich Eure Hilfe. Ich kenne Euch als tapferen Mann, denn sonst hättet Ihr in Falme nicht so lange auf uns gewartet. Wir wären Euch sehr dankbar.«

»Ihr machen das äußerst geschickt«, knurrte Domon. »Die eine mit Ochsenpeitsche und die andere mit Honig im Mund. Oh, also gut. Ich werden helfen, wie ich können. Aber ich nicht versprechen, daß ich bleiben, wenn neues Falme passieren.«

Thom und Juilin knöpften ihn sich anschließend beim Essen vor und fragten ihn über Tanchico aus. Jedenfalls stellte Juilin die allgemeinen Fragen und legte Thom einige Fragen in den Mund, wie beispielsweise, in welchen Vierteln vor allem Räuber, Taschendiebe und Einbrecher ihr Unwesen trieben, welche Weinlokale sie bevorzugten und wer ihre gestohlenen Waren kaufe. Der Diebfänger beharrte nämlich darauf, daß solche Leute mehr von dem wußten, was in der Stadt vor sich ging, als die Stadtverwaltung. Er schien sich nicht unmittelbar mit dem Illianer unterhalten zu wollen, und Domon schnaubte immer, wenn er eine der Fragen des Taireners beantwortete, die Thom weitergegeben hatte. Er beantwortete sie überhaupt erst, wenn Thom sie gestellt hatte. Thoms eigene Fragen schienen keinen Sinn zu ergeben, jedenfalls nicht, wenn ein Gaukler sie stellte. Er fragte nach Adligen und politischen Parteien, wer mit wem verbündet sei und gegen wen, wer welche Ziele verfolge und was sie erreicht hatten und ob die Resultate anders ausgefallen seien, als sie erwartet hatten. Das waren ganz und gar nicht die Fragen, die sie von ihm erwartet hatte, trotz all ihrer Unterhaltungen an Bord des *Wogentänzers*. Er hatte sich durchaus gern mit ihr unterhalten – es schien ihm Spaß zu machen –, aber jedesmal, wenn sie glaubte, ihn soweit zu haben, daß er etwas über seine Vergangenheit erzählte, schaffte er es, sie durch irgend etwas abzulenken und wegzuschicken. Domon beantwortete Thoms eigene Fragen denn auch eifriger als die Juilins. Auf jeden Fall schien er Tanchico sehr gut zu kennen, sowohl die Lords und Stadtoberen, wie auch die düstere Unterschicht. So, wie er davon erzählte, klang es, als bestehe da kein großer Unterschied.

Nachdem die beiden Männer den Schmuggler ausgequetscht hatten, holte Nynaeve Rendra und ließ sie gleich Feder, Tinte und Papier mitbringen. Dann schrieb sie eine Liste mit Beschreibungen aller Schwarzen

Schwestern. Domon hielt anschließend das Bündel Blätter mißtrauisch in der Hand und runzelte nervös die Stirn, als seien es die Frauen selbst, aber er versprach, daß diejenigen seiner Männer, die er hier im Hafen zur Verfügung hatte, die Augen nach ihnen offenhalten würden. Als Nynaeve ihn mahnte, daß sie alle extrem vorsichtig sein müßten, da lachte er, als habe sie ihm geraten, sich nicht selbst mit seinem Schwert zu durchbohren.

Juilin ging gleich nach Domon. Er wirbelte seinen dünnen Stock und bemerkte, die Nacht sei die beste Zeit, um Diebe aufzuspüren und die Leute, die von der Arbeit der Diebe lebten. Nynaeve verkündete, sie werde sich in ihr Gemach zurückziehen – *ihr* Gemach! – und sich eine Weile hinlegen. Sie schien ein wenig unsicher auf den Beinen, und plötzlich war Elayne klar, warum. Nynaeve hatte sich an das Schwanken des *Wogentänzers* gewöhnt, und nun hatte sie Probleme, weil der feste Boden eben *nicht* schwankte. Der Magen dieser Frau war kein angenehmer Reisebegleiter.

Sie selbst folgte Thom hinunter in den Schankraum, denn er hatte Rendra versprochen, dort aufzutreten. Erstaunlicherweise fand sie eine Bank an einem unbesetzten Tisch, und kühle Blicke reichten aus, um die Männer zu verscheuchen, die mit einemmal gerade dort sitzen wollten. Rendra brachte ihr einen silbernen Becher mit Wein, und sie nippte daran, während sie Thom lauschte, der seine Harfe spielte und Liebeslieder sang, wie ›Die erste Rose des Sommers‹ und ›Der Wind, der die Weide beugt‹, und lustige Lieder wie ›Nur ein Stiefel‹ und ›Die alte graue Gans‹. Seine Zuhörer genossen die Lieder und klatschten Beifall auf die Tischflächen. Nach einer Weile machte Elayne es ihnen nach. Sie hatte nicht mehr als den halben Becher leergetrunken, doch ein gutaussehender junger Bediensteter lächelte sie an und füllte ihr nach. Es war alles so eigenartig und erregend. In ihrem ganzen Leben war sie noch nicht einmal ein halbes Dutzend Mal in einem Schankraum gewesen, und sie hatte noch nie dort ihren Wein getrunken und sich wie jemand aus dem gewöhnlichen Volk unterhalten lassen.

Thom spreizte seinen Umhang, daß die bunten Flicken flatterten, und erzählte Geschichten – ›Mara und die drei närrischen Könige‹ und mehrere über Anla, die weise Ratgeberin, und dann rezitierte er einen langen Ausschnitt aus *Die Große Jagd nach dem Horn,* und das so gut, daß die Rösser vor ihren Augen tänzelten und die Trompeten im Schankraum erschollen und Männer und Frauen vor ihnen kämpften und liebten und starben. Bis spät in die Nacht hinein sang und rezitierte er und schwieg nur dann und wann, um seine Kehle mit einem Schluck Wein zu befeuchten, während die Gäste eifrig nach mehr verlangten. Die Frau mit dem Hackbrett saß verloren in einer Ecke mit ihrem Instrument auf den Knien und einem sauren Gesichtsausdruck. Die Leute warfen Thom öfters Münzen zu. Er hatte einem kleinen Jungen als seinem Helfer den Auftrag gegeben, sie aufzusammeln. Es war unwahrscheinlich, daß sie für ihre Musik genausoviel gespendet hatten.

Das schien alles so gut zu Thom zu passen – die Harfe und besonders das Rezitieren. Nun, er war ja ein Gaukler, aber an ihm war eben noch mehr als nur das. Elayne hätte schwören können, daß sie ihn schon zuvor *Die Große Jagd* hatte rezitieren hören, aber im Hochgesang und nicht der modernen Sprache. Doch wie konnte das sein? Er war doch nur ein einfacher, alter Gaukler.

Schließlich, es war schon mitten in der Nacht, verbeugte sich Thom ein letztes Mal mit weitgespreiztem Umhang und schritt dann unter heftigstem Tischklatschen zur Treppe. Elayne klatschte genauso enthusiastisch wie die anderen auf die Tischfläche.

Sie wollte sich ebenfalls erheben, rutschte jedoch aus

und landete ziemlich hart auf ihrem Hinterteil. Sie blickte finster ihren silbernen Becher an. Er war voll. Aber sie hatte doch bestimmt ein wenig getrunken? Aus irgendeinem Grund war ihr schwindlig. Ja. Dieser süße junge Mann mit den warmen braunen Augen hatte ihren Becher wieder aufgefüllt – aber wie oft? Nicht, daß es eine Rolle spielte. Sie trank niemals mehr als einen Becher Wein. Niemals. Das kam nur davon, daß sie sich nicht mehr auf dem *Wogentänzer* befand, sondern auf festem Land. Sie reagierte darauf genau wie Nynaeve. Das war alles.

Sie stand vorsichtig wieder auf, wobei sie die äußerst rücksichtsvolle Hilfe des süßen jungen Mannes ablehnte, und brachte es fertig, die Treppen hochzusteigen, obwohl sie doch derart schwankten. Sie blieb aber nicht im zweiten Stock, wo ihr und Nynaeves Zimmer lag, sondern stieg hoch in den dritten und klopfte an Thoms Tür. Er öffnete sie ganz langsam und spähte mißtrauisch hinaus. Er schien erst ein Messer in der Hand zu halten, doch dann war es weg. Seltsam. Sie packte ihn an einem Zipfel seines langen, weißen Schnurrbarts.

»Ich erinnere mich«, sagte sie. Sie konnte ihre Zunge nicht so richtig bewegen, und die Worte klangen etwas... verschwommen. »Ich habe auf Euren Knien gesessen und an Eurem Schnurrbart gezupft...« Sie zog daran, um es ihm zu demonstrieren, und er zuckte zusammen und verzog das Gesicht. »... und meine Mutter hat sich über Eure Schulter gebeugt und mich angelacht.«

»Ich halte es für das Beste, wenn Ihr euch jetzt in Euer Zimmer begebt«, sagte er und versuchte, ihre Hand von seinem Schnurrbart zu lösen. »Ich denke, Ihr braucht Schlaf.«

Sie ließ aber nun nicht mehr locker. Es schien ihr sogar, sie habe ihn einfach in sein Zimmer zurückgezerrt. An seinem Schnurrbart. »Meine Mutter hat auch auf Eurem Schoß gesessen. Ich habe es gesehen. Ich erinnere mich ganz deutlich.«

»Schlafen müßt Ihr jetzt, Elayne. Am Morgen fühlt Ihr euch wieder wohl.« Er löste endlich ihren Griff und bemühte sich, sie zur Tür zu drängen, doch sie schlüpfte an ihm vorbei wieder ins Zimmer hinein. Das Bett hatte leider keine Pfosten. Wenn sie sich an einem Bettpfosten festhalten könnte, würde das Zimmer vielleicht mit der Schaukelei aufhören.

»Ich will wissen, warum Mutter auf Eurem Schoß saß.« Er trat zurück und ihr wurde bewußt, daß sie schon wieder nach seinem Schnurrbart griff. »Ihr seid ein Gaukler. Meine Mutter sitzt doch nicht auf dem Schoß eines Gauklers herum.«

»Geht ins Bett, Kind.«

»Ich bin *kein* Kind mehr!« Sie stampfte zornig mit dem Fuß auf und wäre beinahe gestürzt. Der Fußboden war näher, als es aussah. »Kein Kind. Ihr werdet es mir sagen. Jetzt gleich!«

Thom seufzte und schüttelte den Kopf. Schließlich sagte er unwillig: »Ich war nicht immer Gaukler. Einst war ich Barde. Hofbarde. Wie der Zufall will, ausgerechnet in Caemlyn. Bei Königin Morgase. Ihr wart noch ein Kind. Ihr habt nur ein wenig verdrehte Erinnerungen an diese Zeit, das ist alles.«

»Ihr wart ihr Liebhaber, nicht wahr?« Ein Zucken seiner Augenlider reichte ihr. »Es stimmt also! Ich habe immer schon in bezug auf Gareth Bryne Bescheid gewußt. Zumindest habe ich es mir gedacht. Aber ich habe immer gehofft, sie werde ihn heiraten. Gareth Bryne und Ihr und dann dieser Lord Gaebril, von dem Mat behauptet, daß sie ihm schöne Augen macht, und... Wie viele noch? Wie viele? Worin besteht da noch ein Unterschied zu Berelain, die jeden Mann in ihr Bett zieht, auf den sie ein Auge wirft? Sie ist auch nicht anders...« Ihr Gesichtsfeld wankte und ihr Kopf schmerzte plötzlich. Sie brauchte einen Moment, bis ihr klar wurde, daß er sie geohrfeigt hatte. *Ihr eine Ohrfeige zu geben!* Sie richtete sich auf und wünschte sich dabei, er würde nicht so schwanken. »Wie könnt Ihr das wagen? Ich bin die Tochter-Erbin von Andor und ich lasse mich nicht …«

»Ihr seid ein kleines Mädchen, das zuviel Wein getrunken und einen Wutanfall bekommen hat«, schnauzte er sie an. »Und wenn ich jemals wieder höre, daß Ihr so etwas über Morgase sagt, ob betrunken oder nüchtern, dann lege ich Euch übers Knie, und wenn Ihr noch so sehr versucht, die Macht dagegen einzusetzen! Morgase ist eine gute Frau – es gibt keine bessere!«

»Tatsächlich?« Ihre Stimme schwankte und ihr wurde bewußt, daß sie weinte. »Warum hat sie dann …? Warum …?« Auf irgendeine Art war ihr Gesicht plötzlich an sein Wams gepreßt, und er streichelte ihr über das Haar. »Als Königin zu regieren ist eine ziemlich einsame Sache«, sagte er leise. »Weil die meisten Männer, die sich für eine Königin interessieren, nur ihre Macht sehen und nicht die Frau. Ich habe sie nur als Frau angesehen, und das wußte sie. Ich denke, auch Bryne hat in ihr die Frau gesehen, und dieser Gaebril wohl ebenfalls. Das müßt Ihr verstehen, Kind. Jeder sucht im Leben einen Menschen, der einen liebt und den man lieben kann. Selbst eine Königin.«

»Warum seid Ihr weggegangen?« murmelte sie an seine Brust gewandt. »Ihr habt mich zum Lachen gebracht. Daran kann ich mich erinnern. Ihr habt auch sie zum Lachen gebracht. Und Ihr habt mich auf den Schultern getragen.«

»Das ist eine lange Geschichte.« Er seufzte, als habe er Schmerzen. »Ich erzähle es Euch ein andermal. Wenn Ihr mich danach fragt. Mit Glück habt Ihr es bis morgen vergessen. Es ist Zeit, daß Ihr ins Bett kommt, Elayne.«

Er führte sie zur Tür und sie nutzte die Gelegenheit und zupfte noch mal an seinem Schnurrbart. »So wie früher«, sagte sie zufrieden. »Genauso habe ich daran gezupft.«

»Ja, stimmt. Könnt Ihr allein hinuntersteigen?«

»Natürlich kann ich.« Sie sah ihn so hochmütig wie möglich an, und er erweckte daraufhin noch mehr den Eindruck, er wolle sie hinunterbegleiten. Um zu beweisen, daß es nicht notwendig sei, schritt sie – äußerst vorsichtig – bis zur Treppe. Er blickte ihr noch immer besorgt von der Tür her nach, als sie hinunterging.

Glücklicherweise kam sie nicht ins Stolpern, solange er hinsah, aber dafür lief sie an ihrer Zimmertür vorbei, bemerkte ihren Irrtum und ging zurück. Zwei Lampen brannten im Zimmer, eine auf dem kleinen runden Tisch am Bett und die andere auf dem weißen Gipssims über dem gemauerten Kamin. Nynaeve lag vollständig angezogen und lang ausgestreckt auf der Bettdecke. Ihre Ellbogen standen weit ab, wie Elayne bemerkte.

Sie platzte mit der ersten Bemerkung heraus, die ihr in den Kopf kam: »Rand muß glauben, daß ich spinne. Thom ist ein Barde und Berelain ist doch nicht meine Mutter.« Nynaeve sah sie ganz eigenartig an. »Mir ist ein wenig schwindlig, ich weiß nicht, warum. Ein netter Junge mit süßen braunen Augen hat mir angeboten, mich hinaufzubringen.«

»Ich wette, das hätte ihm Spaß gemacht«, sagte Nynaeve grimmig. Sie stand vom Bett auf, kam herüber und legte Elayne einen Arm um die Schultern. »Komm einen Moment lang mit dort hinüber. Es gibt etwas, das du sehen solltest.« Sie schien auf einen Eimer Wasser neben dem Waschtischchen zu deuten. »Hier. Wir knien uns hin, damit du es richtig sehen kannst.«

Elayne schaute hinein, aber außer ihrem Spiegelbild konnte sie nichts im Wasser erkennen. Sie fragte sich, warum Nynaeve so komisch grinste. Dann spürte sie

Nynaeves Hand in ihrem Nacken und plötzlich war ihr Kopf im Wasser.

Sie fuchtelte mit den Händen und versuchte, sich aufzurichten, aber Nynaeves Arm war wie aus Eisen. Man sollte unter Wasser eigentlich die Luft anhalten. Das war Elayne klar. Sie konnte sich nur nicht daran erinnern, wie man das machte. Alles, was sie fertigbrachte, war, herumzufuchteln, zu gurgeln und halb zu ersticken.

Nynaeve zog sie hoch. Wasser strömte ihr über das Gesicht und sie holte tief Luft. »Wie – kannst du es – wagen«, keuchte sie. »Ich bin – die Tochter-Erbin von...«, brachte sie gerade noch heraus, und dann klatschte ihr Kopf wieder ins Wasser. Sie packte wohl den Eimer mit beiden Händen und wollte ihn wegschieben, doch das half nichts. Auch mit den Füßen auf den Boden trommeln half nichts. Sie würde ertrinken. Nynaeve wollte sie ersäufen.

Nach einer Ewigkeit befand sie sich wieder an der Luft. Klitschnasse Haarsträhnen hingen ihr über das Gesicht. »Ich glaube«, sagte sie mit der festesten Stimme, die sie fertigbrachte, »ich muß mich übergeben.«

Nynaeve konnte ihr gerade noch die weiß emaillierte Schüssel vom Waschtisch vor die Nase stellen. Sie hielt Elaynes Kopf fest, während die alles herauswürgte, was sie je in ihrem Leben gegessen hatte. Ein Jahr später – nun ja, es waren vielleicht nur ein paar Stunden, aber so lang kam es ihr halt vor – wusch Nynaeve ihr Gesicht, wischte ihr den Mund, die Hände und Unterarme ab. In ihrem Tonfall lag allerdings nichts Beruhigendes.

»Wie konntest du das tun? Was ist denn in dich gefahren? Ich hätte ja von einem idiotischen Mann erwartet, daß er sich total betrinkt, aber von dir? Und das heute abend!«

»Ich hatte doch nur einen Becher«, murmelte Elayne

erschlagen. Auch wenn dieser junge Mann nachgefüllt hatte, konnte sie nicht mehr als zwei Becher voll getrunken haben. Bestimmt nicht.

»Ein Becher so groß wie ein ganzer Krug«, schnaubte Nynaeve und half ihr auf die Beine. Es war mehr ein Hochzerren. »Kannst du wach bleiben? Ich will nach Egwene suchen, und ich traue mir noch nicht zu, allein wieder aus *Tel'aran'rhiod* zu kommen, ohne jemanden, der mich aufweckt.«

Elayne blinzelte sie müde an. Sie hatten erfolglos nach Egwene gesucht seit jener Nacht, in der sie so plötzlich aus ihrem Treffen im Herz des Steins verschwunden war. »Wach bleiben? Nynaeve, ich bin mit Suchen dran und das ist auch besser so. Du weißt, daß du die Macht nicht benützen kannst, wenn du nicht gerade wütend bist, und...« Dann wurde ihr bewußt, daß die andere Frau vom Glühen *Saidars* umgeben war. Und das war schon seit einiger Zeit der Fall gewesen; sie hatte es nur nicht bewußt bemerkt. Sie hatte ein Gefühl im Kopf, als hätte man ihn voll Wolle gestopft, und jeder Gedanke mußte sich erst hindurchwühlen. Sie konnte kaum die Wahre Quelle wahrnehmen. »Na, vielleicht gehst du doch besser. Ich werde wach bleiben.«

Nynaeve runzelte die Stirn, nickte aber schließlich. Elayne versuchte, ihr beim Ausziehen zu helfen, aber ihre Finger waren heute irgendwie ungeschickt, als sie diese kleinen Knöpfe aufmachen wollte. Nynaeve grollte leise vor sich hin und schaffte es dann auch allein. Nur mit ihrem Unterhemd angetan, steckte sie den verdrehten Steinring an die Lederschnur, die sie um den Hals trug, neben einen schweren, goldenen Männerring. Das war Lans Ring. Nynaeve trug ihn immer zwischen den Brüsten.

Elayne zog einen niedrigen Holzhocker neben das Bett, während sich Nynaeve wieder ausstreckte. Sie fühlte sich wohl sehr schläfrig, aber wenn sie auf diesem Hocker saß, würde sie nicht einschlafen. Das einzige Problem war wohl, nicht zu Boden zu fallen. »Ich werde etwa eine Stunde abschätzen und dich dann wecken.«

Nynaeve nickte und schloß dann die Augen. In ihren Händen hielt sie die beiden Ringe. Nach einer Weile wurden ihre Atemzüge tiefer und ruhiger.

Das Herz des Steins war leer. Nynaeve spähte in die Dämmerung zwischen den mächtigen Säulen hinein, nachdem sie *Callandor* umrundet hatte, das aus den Fußbodenplatten herausfunkelte. Mit einemmal wurde ihr bewußt, daß sie immer noch ihr Unterhemd trug und die Lederschnur mit beiden Ringen um den Hals hatte. Sie runzelte die Stirn, und einen Augenblick später trug sie ein typisches Kleid, wie es an den Zwei Flüssen üblich war, aus guter, brauner Wolle gestrickt und mit festen Wanderschuhen dazu. Elayne und Egwene schien dieser Kleidungswechsel in der Welt der Träume leicht zu fallen, aber sie hatte ihre Probleme damit. Bei früheren Besuchen in *Tel'aran'rhiod* hatte es peinliche Momente gegeben, meistens wenn sie zumindest flüchtig an Lan gedacht hatte, aber ganz bewußt ihre Kleidung zu ändern fiel ihr noch immer schwer. Es genügte schon, wenn sie sich wieder daran erinnerte, und sie trug ein Seidenkleid, so durchsichtig wie Rendras Schleier. Selbst Berelain wäre darin errötet. So ging es nun Nynaeve bei der Vorstellung, Lan könne sie so sehen. Mit einiger Mühe holte sie das braune Wollkleid zurück.

Noch schlimmer: Ihr Zorn war verraucht. Dieses närrische Mädchen! War ihr nicht klar, was geschah, wenn man zuviel Wein trank? Hatte sie noch nie allein in einem Schankraum gesessen? Nun ja, möglicherweise wirklich noch nicht. Jedenfalls war mit ihrer Wut auch der Kontakt zur Wahren Quelle abgerissen. Vielleicht spielte es keine Rolle. Nervös überblickte sie den Wald der riesigen Sandsteinsäulen und drehte sich dabei einmal um die eigene Achse. Wieso war Egwene so plötzlich von hier verschwunden?

Im Stein war es still – eine hohle Leere. Sie konnte das eigene Blut in den Ohren rauschen hören. Und doch prickelte es zwischen ihren Schulterblättern, als beobachte jemand sie.

»Egwene?« In der Tiefe des Säulenwaldes hallten Echos. »Egwene?« Nichts.

Als sie die Hände an ihrem Rock abwischen wollte, wurde ihr bewußt, daß sie einen verknorzten Stock mit einem dicken Knauf am Ende festhielten. Nun, das war einmal eine Hilfe! Trotzdem umklammerte sie ihn fester. Ein Schwert könnte schon mehr ausrichten. Einen Moment lang flackerte der Stock und änderte bereits seine Form zu der eines Schwertes, doch sie erinnerte sich daran, daß sie nicht einmal mit einem solchen umgehen konnte. Sie lachte bedauernd. Hier war ein Knüppel genausogut wie ein Schwert – nämlich so gut wie nutzlos. Die einzige wirkliche Verteidigung lag in der Anwendung der Macht, nun, und wegrennen konnte sie natürlich auch noch. Damit reduzierten sich ihre sämtlichen Alternativen auf eine einzige.

Sie wäre jetzt schon am liebsten weggelaufen, bei diesem Gefühl, beobachtet zu werden, doch so schnell gab sie nicht auf. Nur, was sollte sie unternehmen? Egwene war nicht hier. Sie befand sich irgendwo in der Wüste. In Rhuidean, hatte Elayne gesagt. Wo immer das auch sein mochte.

Von einem Schritt zum anderen befand sie sich plötzlich an einem Berghang. Eine gleißende Sonne erhob sich über weiteren zerklüfteten Bergen jenseits des Tales unter ihr und erhitzte die trockene Luft. Die Wüste. Sie war in der Wüste. Einen Augenblick lang überraschte die Sonne sie, doch die Wüste lag weit genug im Osten, daß sich dort die Sonne erhob, obwohl es in Tanchico noch Nacht war. Aber das spielte in

Tel'aran'rhiod sowieso keine Rolle. Sonnenschein und Dunkelheit hatten in der Welt der Träume nichts mit den gleichen Erscheinungen in der Wirklichkeit gemein, soweit sie das beurteilen konnte.

Lange, blasse Schatten hüllten immer noch das halbe Tal ein, aber seltsamerweise quoll dort unten eine dichte Nebelwand empor, die trotz des stärker werdenden Sonnenscheins nicht zu schrumpfen schien. Hohe Türme ragten aus diesem Nebel auf. Einige davon schienen ihr unvollendet. Eine Stadt. In der Wüste?

Mit zusammengekniffenen Augen konnte sie dort unten im Tal eine Person ausmachen. Einen Mann, obwohl sie auf diese Entfernung nur jemanden erkannte, der Hosen und ein hellblaues Wams trug. Bestimmt also kein Aiel. Er schritt am Rand der Nebelwand entlang und blieb von Zeit zu Zeit stehen, um die Hand nach dem Nebel auszustrecken und hineinzustoßen. Sie war nicht ganz sicher, glaubte aber zu erkennen, daß seine Hand jedesmal vorher aufgehalten wurde. Vielleicht war es überhaupt kein Nebel.

»Ihr müßt weg von hier«, warnte eine Frauenstimme eindringlich. »Wenn der Euch sieht, seid Ihr tot oder noch Schlimmeres.«

Nynaeve fuhr zusammen und wirbelte mit erhobenem Knüppel herum, wobei sie beinahe ihr Gleichgewicht verlor.

Die Frau, die ein wenig oberhalb ihres Standorts am Hang stand, trug ein kurzes, weißes Wams und eine bauschige, hellgelbe Hose, die über den kurzen Stiefletten zugebunden war. Ihr Umhang blähte sich in einem trockenen Windstoß. Es waren ihr langes, goldenes Haar, zu vielen kleinen Zöpfen geflochten, und der silberne Bogen in ihren Händen, die Nynaeve sofort ungläubig einen bestimmten Namen ins Gedächtnis riefen.

»Birgitte?« Birgitte, Heldin hundert verschiedener Sagen, und der silberne Bogen, mit dem sie nie ihr Ziel

verfehlte. Birgitte, eine der toten Helden, die das Horn von Valere aus dem Grab zurückrufen würde, um in der Letzten Schlacht zu kämpfen. »Das ist unmöglich. Wer seid Ihr?«

»Ihr habt keine Zeit, Frau. Ihr müßt weg, bevor er Euch sieht!« Mit einer geschmeidigen Bewegung zog sie einen silbernen Pfeil aus dem Köcher an ihrer Hüfte, legte ihn auf und zog die Sehne bis an ihr Ohr. Die silberne Pfeilspitze zeigte direkt auf Nynaeves Herz. »Geht!«

Nynaeve floh.

Sie war sich nicht im klaren darüber, wie sie hierher gekommen war, aber sie stand auf dem Anger von Emondsfeld und blickte direkt auf die Weinquellenschenke mit ihren Schornsteinen und dem roten Ziegeldach. Strohgedeckte Dächer umgaben den Anger, an dessen einer Seite der Weinquellenbach sich aus einem Felsvorsprung heraus ergoß. Hier stand die Sonne hoch am Himmel, obwohl die Zwei Flüsse weit im Westen von der Wüste aus lagen. Doch trotz des wolkenlosen Himmels lag ein tiefer Schatten über dem Dorf.

Sie hatte nur einen Augenblick lang Zeit, sich zu fragen, wie sie wohl ohne sie auskamen. Dann erregte eine blitzschnelle Bewegung ihre Aufmerksamkeit, ein Aufblitzen von Silber, und eine Frau duckte sich hinter die Ecke von Ailys Candwins sauberem Häuschen auf der anderen Seite des Weinquellenbachs. Birgitte.

Nynaeve zögerte nicht. Sie rannte auf eine der Fußgängerbrücken über den schmalen, reißenden Bach. »Kommt hierher zurück!« rief sie. »Kommt gefälligst zurück und beantwortet meine Fragen! Wer war das vorhin? Ihr kommt hierher, oder ich gebe Euch Eure Heldin! Ich werde Euch so verhauen, daß Ihr euch einbildet, Ihr hättet ein Abenteuer erlebt!«

Sie kam um die Ecke von Ailys Haus, wobei sie eigentlich kaum noch erwartete, Birgitte zu sehen. Wen sie aber bestimmt nicht zu sehen erwartete, war ein

Mann in dunklem Wams, der weniger als hundert Schritt entfernt auf der Lehmstraße auf sie zukam. Ihr stockte der Atem. Lan. Nein, aber sein Gesichtsschnitt, seine Augen, waren Lans sehr ähnlich. Er blieb stehen, hob seinen Bogen und schoß den Pfeil ab. Direkt auf sie. Schreiend warf sie sich zur Seite und versuchte, mit aller Macht aufzuwachen.

Elayne sprang auf, so daß der Hocker nach hinten umfiel, als Nynaeve schrie und mit aufgerissenen Augen vom Bett hochfuhr.

»Was ist passiert, Nynaeve? Was ist los?«

Nynaeve schauderte. »Er sah wie Lan aus. Er sah wie Lan aus und versuchte, mich zu töten.« Sie legte eine zitternde Hand auf ihren linken Arm, wo Blut aus einer Fleischwunde ein paar Zentimeter unterhalb ihrer Schulter drang. »Wenn ich nicht weggesprungen wäre, hätte der Pfeil mein Herz durchbohrt.«

Elayne setzte sich auf die Bettkante und untersuchte den Schnitt. »Das ist nicht so schlimm. Ich werde die Wunde auswaschen und verbinden.« Sie wünschte, sie könne statt dessen Wunden mit Hilfe der Macht heilen. Aber es jetzt ohne wirkliche Vorkenntnisse einfach zu versuchen könnte alles nur noch schlimmer machen. Es war auch wirklich nicht viel mehr als ein Kratzer. Ganz zu schweigen davon, daß sie immer noch ein so eigenartiges Gefühl im Kopf hatte. Wie wabbelnde Gelatine statt eines Gehirns. »Das war nicht Lan. Beruhige dich. Wer es auch war, Lan war es bestimmt nicht.«

»Das weiß ich«, sagte Nynaeve beißend. Dann berichtete sie mit zorniger Stimme, was inzwischen mit ihr geschehen war. Sie war nicht einmal sicher, ob der Mann, der in Emondsfeld auf sie geschossen hatte, und der in der Wüste ein und derselbe seien. Doch schon Birgitte war unglaublich genug.

»Bist du sicher?« fragte Elayne. »Birgitte?«

Nynaeve seufzte. »Das einzige, was ich sicher weiß,

ist, daß ich Egwene nicht gefunden habe. Und daß ich heute nacht nicht mehr dorthin gehen werde.« Sie schlug sich mit der Faust auf die Hüfte. »Wo ist sie? Was ist mit ihr geschehen? Falls sie diesem Burschen mit dem Bogen begegnet ist ... O Licht!«

Elayne mußte eine Weile nachdenken. Sie brauchte so dringend Schlaf, daß ihre Gedanken ständig verschwammen. »Sie sagte, daß sie vielleicht nicht dasein wird, wenn wir uns wie verabredet treffen wollen. Vielleicht ist sie deshalb so schnell verschwunden. Aus dem Grund, aus dem sie nicht ... Ich meine ...« Es schien nicht viel Sinn zu ergeben, aber sie brachte es nicht richtig heraus.

»Ich hoffe es«, sagte Nynaeve erschöpft. Als sie Elayne ansah, fügte sie dann noch hinzu: »Wir müssen dich wohl besser ins Bett bringen. Du siehst aus, als würdest du gleich umfallen.«

Elayne war dankbar dafür, daß Nynaeve ihr aus den Kleidern half. Sie dachte wohl daran, deren Arm noch schnell zu bandagieren, aber ansonsten hatte sie nur den Anblick des verlockenden Bettes vor Augen. Am Morgen würde vielleicht auch das Zimmer aufhören, langsam um das Bett zu kreisen. Ihr Kopf berührte kaum das Kopfkissen, da war sie schon eingeschlafen. Am Morgen wünschte sie sich, sie könnte sterben.

Die Sonne stand noch kaum am Himmel und der Schankraum war bis auf Elayne ganz leer. Sie stützte den Kopf auf die Hände und starrte eine Tasse an, die Nynaeve vor sie hingestellt hatte, bevor sie wegging, um die Wirtin zu suchen. Bei jedem Atemzug roch sie den Inhalt und ihre Nase hätte sich fast verkrampft. Im Kopf hatte sie ein Gefühl ... Es war einfach unbeschreiblich. Hätte ihr jemand angeboten, ihren Kopf abzuschneiden, wäre dieses Angebot dankend angenommen worden.

»Geht es Euch gut?«

Beim Klang von Thoms Stimme zuckte sie zusammen und konnte gerade noch ein leises Wimmern unterdrücken. »Es geht mir gut, danke.« Beim Sprechen pulsierte ihr ganzer Kopf. Er zwirbelte unsicher an seinem Schnurrbart herum. »Eure Geschichten gestern abend waren wunderbar, Thom. Jedenfalls das, woran ich mich noch erinnere.« Sie brachte ein leicht schuldbewußt klingendes Lachen zustande. »Ich fürchte allerdings, ich kann mich an nicht gerade vieles erinnern, außer daß ich dasaß und zuhörte. Ich habe anscheinend verdorbenes Apfelgelee gegessen.« Sie würde bestimmt nicht zugeben, daß sie zuviel getrunken hatte. Wieviel es gewesen war, wußte sie selbst nicht. Genausowenig konnte sie zugeben, daß sie sich in seinem Zimmer zum Narren gemacht hatte. Das noch weniger. Er schien ihr zu glauben, denn es wirkte erleichtert, als er sich neben sie setzte.

Nynaeve erschien und reichte ihr ein feuchtes Tuch, bevor sie sich hinsetzte. Sie schob auch die Tasse mit diesem furchtbaren Gebräu näher vor sie hin. Elayne drückte dankbar das Tuch an die Stirn.

»Hat eines von Euch heute morgen schon Meister Sandar gesehen?« fragte die ältere der beiden Frauen.

»Er hat jedenfalls nicht in unserem Zimmer geschlafen«, antwortete Thom. »Dafür sollte ich ja dankbar sein, wenn man bedenkt, welche Größe unser Bett hat.«

Wie gerufen erschien in diesem Moment Juilin durch den Vordereingang. Sein Gesicht war erschöpft und das sonst eng anliegende Wams verknittert. Unter dem linken Auge hatte er eine Schramme, und das kurze, schwarze Haar, das er normalerweise glatt angekämmt trug, wirkte, als sei er lediglich mit den Fingern einmal durchgefahren. Doch er lächelte, als er sich zu ihnen setzte. »Die Diebe sind in dieser Stadt genauso zahlreich wie die Elritzen im seichten Wasser, und sie sind durchaus zum Reden bereit, wenn man ihnen etwas zum Trinken spendiert. Ich habe mit zwei Männern gesprochen, die behaupteten, sie hätten eine Frau mit einer weißen Haarsträhne über dem linken Ohr gesehen. Ich glaube, einer von beiden war vertrauenswürdig.«

»Also sind sie hier«, sagte Elayne, doch Nynaeve schüttelte den Kopf.

»Vielleicht. Mehr als nur eine Frau trägt eine weiße Strähne im Haar.«

»Er konnte nicht sagen, wie alt sie sei«, sagte Juilin und gähnte hinter vorgehaltener Hand. »Überhaupt kein Alter, behauptete er. Er riß einen Witz darüber, daß sie vielleicht eine Aes Sedai sei.«

»Ihr geht zu schnell vor«, sagte Nynaeve mit nervösem Unterton zu ihm. »Ihr helft uns nicht, falls Ihr sie auf uns aufmerksam macht.«

Juilin lief dunkelrot an. »Ich bin schon vorsichtig. Ich sehne mich nicht gerade danach, daß mich Liandrin wieder in die Finger bekommt. Ich stelle keine Fragen. Ich unterhalte mich. Manchmal erzähle ich von Frauen, die ich einmal kannte. Zwei Männer haben bei der Erwähnung dieser weißen Strähne angebissen, und keiner von ihnen hielt es für mehr als eine belanglose Unterhaltung über einem Krug billigen Bieres. Heute abend geht mir vielleicht ein anderer ins Netz, nur daß es diesmal eine zerbrechlich wirkende Frau aus Cairhien mit sehr großen blauen Augen betreffen wird.« Das war Temaile Kinderode. »Ganz langsam werde ich die Orte einkreisen, an denen man sie gesehen hat, bis ich weiß, wo sie sich aufhalten. Ich werde sie für Euch finden.«

»Oder ich finde sie.« Bei Thom klang das, als halte er es für viel wahrscheinlicher. »Sie werden sich wohl kaum mit Dieben abgeben, sondern sich statt dessen in die Politik und die Angelegenheiten des Adels einmischen. Irgendein Lord in dieser Stadt wird etwas Ungewöhnliches tun und mich damit in ihre Nähe führen.«

Die beiden Männer blickten sich an. Elayne erwartete jeden Moment, daß der eine den anderen zum

Ringkampf herausfordern werde. Männer. Erst Juilin und Domon, nun Juilin und Thom. Höchstwahrscheinlich würden am Ende noch Thom und Domon mit Fäusten aufeinander einschlagen. Männer. Das war ihr einziger Kommentar, aber sie sprach ihn nicht aus.

»Vielleicht werden Elayne und ich Erfolg haben, ohne einen von Euch zu brauchen«, sagte Nynaeve trocken. »Wir werden auch heute unsere Suche beginnen.« Ihr Blick wanderte ganz kurz zu Elayne hinüber. »Ich jedenfalls. Elayne braucht womöglich noch etwas Ruhe, um sich von ... der Reise zu erholen.«

Elayne legte das Tuch vorsichtig auf den Tisch und griff mit beiden Händen nach der Tasse vor sich. Die dicke, graugrüne Flüssigkeit schmeckte noch übler, als sie roch. Schaudernd zwang sie sich, alles zu schlucken. Als sie ihren Magen erreichte, fühlte sie sich einen Augenblick lang wie ein Umhang, der in starkem Wind flattert. »Zwei Augenpaare sehen mehr als eines«, sagte sie zu Nynaeve und stellte die leere Tasse hart auf den Tisch zurück.

»Hundert Paare sehen noch besser«, sagte Juilin schnell, »und wenn dieser Illianer Aal wirklich seine Leute ausschickt, haben wir mindestens so viele, zusammen mit all den Räubern und Taschendieben.«

»Ich – *wir* – werden diese Frauen für Euch finden, falls sie überhaupt zu finden sind«, sagte Thom. »Es ist nicht notwendig, daß Ihr aus der Schenke geht. Diese Stadt ist wie ein gefährliches Raubtier, auch ohne Liandrins Anwesenheit.«

»Außerdem«, fügte Juilin hinzu, »kennen sie Euch zwei. Sie kennen Eure Gesichter. Viel besser, Ihr bleibt hier in der Schenke außer Sicht.«

Elayne sah die Männer verblüfft an. Noch vor einem Moment waren sie wie Hund und Katze gewesen, und nun hielten sie zusammen wie Pech und Schwefel. Nynaeve hatte recht gehabt, daß sie ihnen Schwierigkeiten bereiten würden. Nein, die Tochter-Erbin von

Andor würde sich nicht hinter Meister Juilin Sandar und Meister Thom Merrilin verstecken. Sie öffnete den Mund, um ihnen das mitzuteilen, aber Nynaeve ergriff zuerst das Wort.

»Ihr habt recht«, sagte sie gelassen. Elayne starrte sie ungläubig an. Thom und Juilin wirkten überrascht und gleichzeitig entschieden zufriedengestellt. »Sie kennen uns wirklich«, fuhr Nynaeve fort. »Ich habe dieses Problem heute morgen gelöst, glaube ich. Ach, da ist ja Frau Rendra mit unserem Frühstück.«

Thom und Juilin tauschten einen besorgten Blick, aber sie konnten nichts sagen, da die Wirtin dabei stand und hinter ihrem Schleier lächelte.

»Wie steht es mit dem, worum ich Euch gebeten hatte?« fragte Nynaeve, als die Frau eine Schüssel Haferbrei vor sie stellte.

»Ach, ja. Es wird keine Schwierigkeiten geben, Kleidung zu finden, die Euch beiden paßt. Und das Haar – Ihr habt so wunderschönes, langes Haar – wird im Nu hochgesteckt sein.« Sie faßte an ihre eigenen goldenen Zöpfe.

Thoms und Juilins Gesichter brachten Elayne zum Lächeln. Sie waren vielleicht auf eine heiße Diskussion gefaßt gewesen, aber sie hatten kein Mittel dagegen, einfach ignoriert zu werden. Ihrem Kopf ging es jetzt auch ein wenig besser. Nynaeves üble Mixtur schien zu wirken. Während Nynaeve und Rendra über die Kosten, die Schnitte und Stoffe sprachen – Rendra wollte ihnen Kleider im Stil ihres eigenen enganliegenden Kleides beschaffen, das sie heute in Hellgrün trug, doch Nynaeve war dagegen, wurde aber langsam schwankend –, begann Elayne ihren Haferbrei zu essen, um den Geschmack dieses Gebräus im Mund loszuwerden. Das brachte ihr zu Bewußtsein, daß sie tatsächlich ziemlichen Hunger hatte.

Es gab noch ein Problem bei der ganzen Sache, das keine von beiden erwähnt hatte. Thom und Juilin wußten gar nichts davon. Wenn sich die Schwarzen Ajah in Tanchico befanden, befand sich auch das hier, was Rand so in Gefahr brachte. Etwas, das ihn mit seiner eigenen Macht fesseln konnte. Es reichte nicht, Liandrin und die anderen aufzuspüren. Sie mußten auch das finden, was immer es auch war. Mit einemmal war ihr gerade erst aufgekommener Appetit vollständig verflogen.

GLOSSAR

VORBEMERKUNG ZUR DATIERUNG

Der Tomanische Kalender (von Toma dur Ahmid entworfen) wurde ungefähr zwei Jahrhunderte nach dem Tod des letzten männlichen Aes Sedai eingeführt. Er zählte die Jahre Nach der Zerstörung der Welt (NZ). Da aber die Jahre der Zerstörung und die darauf folgenden Jahre über fast totales Chaos herrschte und dieser Kalender erst gut hundert Jahre nach dem Ende der Zerstörung eingeführt wurde, hat man seinen Beginn völlig willkürlich gewählt. Am Ende der Trolloc-Kriege waren so viele Aufzeichnungen vernichtet worden, daß man sich stritt, in welchem Jahr der alten Zeitrechnung man sich überhaupt befand. Tiam von Gazar schlug die Einführung eines neuen Kalenders vor, der am Ende dieser Kriege einsetzte und die (scheinbare) Erlösung der Welt von der Bedrohung der Trollocs feierte. In diesem zweiten Kalender erschien jedes Jahr als sogenanntes Freies Jahr (FJ). Innerhalb der zwanzig auf das Kriegsende folgenden Jahre fand der Gazarenische Kalender weitgehend Anerkennung. Artur Falkenflügel bemühte sich, einen neuen Kalender durchzusetzen, der auf seiner Reichsgründung basierte (VG = Von der Gründung an), aber dieser Versuch ist heute nur noch den Historikern bekannt. Nach weitreichender Zerstörung, Tod und Aufruhr während des Hundertjährigen Krieges entstand ein vierter Kalender durch Uren din Jubai Fliegende Möwe, einen Gelehrten der Meerleute, und wurde von dem Panarchen Farede von Tarabon weiterverbreitet. Dieser Farede-Kalender zählt die Jahre der Neuen Ära (NÄ) von dem willkürlich angenommenen Ende des Hundertjährigen Kriegs an und ist während der geschilderten Ereignisse in Gebrauch.

A'dam (aidam): ein Gerät der Seanchan, mit dessen Hilfe man Frauen kontrollieren kann, die die Macht lenken. Er besteht aus einem Halsband und einem Armreif, die durch eine Leine miteinander verbunden sind. Alles besteht aus einem silbrigen Metall. Auf eine Frau, die mit der Einen Macht nichts anfangen kann, hat er keinen Einfluß (*siehe auch: Damane,* Seanchan, *Sul'dam*).

Adelin: eine Frau der Jindo-Septime der Taardad Aiel. Eine Tochter des Speers, die zum Stein von Tear kam.

Aes Sedai (Aies Sehdai): Träger der Einen Macht. Seit der Zeit des Wahnsinns sind alle überlebenden Aes Sedai Frauen. Man mißtraut ihnen und fürchtet, ja haßt sie. Viele geben ihnen die Schuld an der Zerstörung der Welt und allgemein glaubt man, sie mischten sich in die Angelegenheiten ganzer Staaten ein. Gleichzeitig aber findet man nur wenige Herrscher ohne Aes-Sedai-Berater, selbst in Ländern, wo schon die Existenz einer solchen Verbindung geheimgehalten werden muß. Nach einigen Jahren, in denen sie die Macht gebrauchen, beginnen die Aes Sedai, alterslos zu wirken, so daß auch eine Aes Sedai, die bereits Großmutter sein könnte, keine Alterserscheinungen zeigt, außer vielleicht ein paar grauen Haaren (*siehe auch:* Ajah; Amyrlin-Sitz).

Aiel (Aiiehl): die Bewohner der Aiel-Wüste. Gelten als wild und zäh. Man nennt sie auch Aielmänner. Vor dem Töten verschleiern sie ihre Gesichter. Das führte zu der Redensart: ›Er benimmt sich wie ein Aiel mit schwarzem Schleier‹, um einen gewalttätigen Menschen zu beschreiben. Sie nehmen kein Schwert in die Hand, sind aber tödliche Krieger, ob mit Waffen oder nur mit bloßen Händen. Während sie in die Schlacht ziehen, spielen ihre Spielleute Tanzmelodien auf. Die Aielmänner benützen für die Schlacht das Wort ›der Tanz‹ und ›der Tanz der Speere‹ (*siehe auch:* Aiel-Kriegergemeinschaften; Aiel-Wüste).

Aielkrieg (976–78 NÄ): Als König Laman von Cairhien den *Avendoraldera* fällte, überquerten mehrere Clans der Aiel das Rückgrat der Welt. Sie eroberten und brandschatzten die Hauptstadt Cairhien und viele andere kleine und große Städte im Land. Der Konflikt weitete sich schnell nach Andor und Tear aus. Im allgemeinen glaubt man, die Aiel seien in der Schlacht, an der Leuchtenden Mauer vor Tar Valon endgültig besiegt worden, aber in Wirklichkeit fiel König Laman in dieser Schlacht und die Aiel, die damit ihr Ziel erreicht hatten, kehrten über das Rückgrat der Welt in ihre Heimat zurück (*siehe auch: Avendoraldera,* Cairhien).

Aiel-Kriegergemeinschaften: Alle Aiel-Krieger sind Mitglieder einer der Kriegergemeinschaften. Es gibt z. B. die Steinsoldaten, die Roten Schilde oder die Töchter des Speers. Jede Gemeinschaft hat eigene Gebräuche und manchmal auch ganz bestimmte Pflichten. Zum Beispiel fungieren die Roten Schilde als Polizei. Steinsoldaten schwören oftmals, sich nicht zurückzuziehen, wenn einmal eine Schlacht begonnen hat. Um diesen Eid zu erfüllen, sterben sie, wenn nötig, bis auf den letzten Mann. Die Clans der Aiel bekämpfen sich auch gelegentlich untereinander, aber Mitglieder der gleichen Gemeinschaft kämpfen nicht gegeneinander, selbst wenn ihre Clans im Krieg miteinander liegen. So gibt es jederzeit, sogar während einer offenen kriegerischen Auseinandersetzung, Kontakt zwischen den Clans (*siehe auch:* Aiel-Wüste, *Far Dareis Mai*).

Aiel-Wüste: das rauhe, zerrissene und fast wasserlose

Gebiet östlich des Rückgrats der Welt. Nur wenige Außenseiter wagen sich dorthin, nicht nur, weil es für jemanden, der nicht dort geboren wurde, fast unmöglich ist, Wasser zu finden, sondern auch, weil die Aiel sich im ständigen Kriegszustand mit allen anderen Völkern befinden und keine Fremden mögen. Nur fahrende Händler, Gaukler und die Tuatha'an dürfen sich in die Wüste begeben, und sogar ihnen gegenüber sind die Kontakte eingeschränkt. Es sind keine Landkarten der Wüste bekannt.

Aile Jafar (Ajel Jahfar): eine Inselgruppe des Meervolks ungefähr westlich von Tarabon.

Aile Somera: eine Inselgruppe des Meervolks ungefähr westlich der Toman-Halbinsel.

Ajah: Gesellschaftsgruppen unter den Aes Sedai. Jede Aes Sedai gehört einer solchen Gruppe an. Sie unterscheiden sich durch ihre Farben: Blaue Ajah, Rote Ajah, Weiße Ajah, Grüne Ajah, Braune Ajah, Gelbe Ajah und Graue Ajah. Jede Gruppe folgt ihrer eigenen Auslegung in bezug auf die Anwendung der Einen Macht und die Existenz der Aes Sedai. Zum Beispiel setzen die Roten Ajah all ihre Kraft dazu ein, Männer zu finden und zu beeinflussen, die versuchen, die Macht auszuüben. Eine Braune Ajah andererseits leugnet alle Verbindung zur Außenwelt und verschreibt sich ganz der Suche nach Wissen. Die Weißen Ajah meiden soweit wie möglich die Welt und das weltliche Wissen und widmen sich Fragen der Philosophie und Wahrheitsfindung. Die Grünen Ajah (die man während der Trolloc-Kriege auch Kampf-Ajah nannte) stehen bereit, jeden neuen Schattenlord zu bekämpfen, wenn Tarmon Gai'don naht. Es gibt Gerüchte über eine Schwarze Ajah, die dem Dunklen König dient.

Alanna Mosvani: eine Aes Sedai der Grünen Ajah.

al'Meara, Nynaeve (Almehra, Nainiev): eine Frau aus

Emondsfeld im Distrikt der Zwei Flüsse in Andor. Sie gehört jetzt zu den Aufgenommenen.

Alte Sprache, die: die vorherrschende Sprache während des Zeitalters der Legenden. Man erwartet im allgemeinen von Adligen und anderen gebildeten Menschen, daß sie diese Sprache erlernt haben. Die meisten aber kennen nur ein paar Worte. Eine Übersetzung stößt oft auf Schwierigkeiten, da sehr häufig Wörter oder Ausdrucksweisen mit vielschichtigen, subtilen Bedeutungen vorkommen.

al'Thor, Rand: ein junger Mann aus Emondsfeld, ein Ta'veren, der einst Schäfer war und nun zum Wiedergeborenen Drachen ausgerufen wurde.

al'Thor, Tam: ein Bauer und Schäfer von den Zwei Flüssen. Als junger Mann zog er aus, um Soldat zu werden. Er kehrte später mit seiner Frau (Kari, mittlerweile verstorben) und einem Kind (Rand) zurück nach Emondsfeld.

Alteima: eine Hochlady aus Tear. Sie ist sehr ehrgeizig und um die Gesundheit ihres Mannes besorgt.

al'Vere, Egwene (Alwier, Egwain): eine junge Frau aus Emondsfeld, die in der Ausbildung zur Aes Sedai steht und mittlerweile zur Aufgenommenen erhoben wurde.

Alviarin: eine Aes Sedai von den Weißen Ajah.

Amyrlin-Sitz, der: (1.) Titel der Führerin der Aes Sedai. Auf Lebenszeit vom Turmrat, dem höchsten Gremium des Aes Sedai, gewählt; dieser besteht aus je drei Abgeordneten (Sitzende genannt, wie z. B. in ›Sitzende der Grünen‹ …) der sieben Ajahs. Der Amyrlin-Sitz hat, jedenfalls theoretisch, unter den Aes Sedai beinahe uneingeschränkte Macht. Er hat in etwa den Rang einer Königin. Etwas weniger formell ist die Bezeichnung: die Amyrlin. (2.) Thron der Führerin der Aes Sedai.

Amys: die Weise Frau der Kaltfelsenfestung. Sie ist eine Traumgängerin, eine Aiel der Neun-Täler-Septime der Taardad Aiel. Verheiratet mit Rhuarc, Schwesterfrau der Lian, der Dachherrin der Kaltfelsenfestung, und Schwestermutter der Aviendha.

Angreal: ein Überbleibsel aus dem Zeitalter der Legenden. Es erlaubt einer Person, die die Eine Macht lenken kann, einen stärkeren Energiefluß zu meistern, als das sonst ohne Hilfe und ohne Lebensgefahr möglich ist. Einige wurden zur Benützung durch Frauen hergestellt, andere für Männer. Gerüchte über *Angreal,* die von beiden Geschlechtern benützt werden können, wurden nie bestätigt. Es ist heute nicht mehr bekannt, wie sie angefertigt wurden. Es existieren nur noch sehr wenige (*siehe auch: sa'Angreal, ter'Angreal*).

Arad Doman: Land und Nation am Aryth-Meer. Im Augenblick durch einen Bürgerkrieg und gleichzeitig ausgetragene Kriege gegen die Anhänger des Wiedergeborenen Drachen und gegen Tarabon zerrissen. Die meisten Kaufleute der Domani sind Frauen. Es gibt eine Redensart: ›Laß einen Mann mit einer Domani feilschen.‹ Sie steht für eine äußerst törichte Handlungsweise. Domani-Frauen sind berühmt und berüchtigt für ihre Schönheit, Verführungskunst und für ihre skandalös-offenherzige Kleidung.

Aram: ein gut aussehender junger Mann der Tuatha'an.

Atha'an Miere: siehe Meervolk, Meerleute.

Aufgenommene: junge Frauen in der Ausbildung zur Aes Sedai, die eine bestimmte Stufe erreicht und einige Prüfungen bestanden haben. Normalerweise braucht man ca. fünf bis zehn Jahre, um von der Novizin zur Aufgenommenen erhoben zu werden. Die Aufgenommenen sind in ihrer Bewegungsfreiheit weniger eingeschränkt als die Novizinnen, und es ist ihnen innerhalb bestimmter Grenzen sogar erlaubt, eigene Studiengebiete zu wählen. Eine Aufgenommene hat das Recht, einen Großen Schlangenring zu tragen, aber nur am dritten Finger ihrer linken Hand. Wenn eine Aufgenommene zur Aes Sedai erhoben wird, wählt sie ihre Ajah, erhält das Recht, deren Stola zu tragen, und darf den Ring an jedem Finger oder auch gar nicht tragen, je nachdem, was die Umstände von ihr verlangen.

Avendesora: in der alten Sprache der Baum des Lebens. Wird in vielen Geschichten und Legenden erwähnt, die ihn an ganz unterschiedlichen Orten ansiedeln.

Avendoraldera: ein in Cairhien aus einem *Avendesora*-Keim gezogener Baum. Der Keimling war ein Geschenk der Aiel im Jahre 566 NÄ. Es gibt aber keinen zuverlässigen Bericht über eine Verbindung zwischen den Aiel und *Avendesora* (*siehe auch:* Aielkrieg).

Aviendha (Awi-enda): eine Frau aus dem Bitteres-Wasser-Clan der Taardad Aiel; eine *Far Dareis Mai* – also eine Tochter des Speers.

Aybara, Perrin: ein junger Mann aus Emondsfeld, der früher Gehilfe eines Hufschmieds war. Er ist *ta'veren* (*siehe auch: Ta'veren*).

Ba'alzamon: in der Trolloc-Sprache ›Herz der Dunkelheit‹. Es wird fälschlich angenommen, dies sei der Trolloc-Name für den Dunklen König (*siehe auch:* Dunkler König; Trollocs).

Bain: eine Frau der Schwarzfelsen-Septime der Shaarad Aiel; eine Tochter des Speers.

Bair: Weise Frau der Haido-Septime der Shaarad Aiel; eine Traumgängerin.

Behüter: ein Krieger, der einer Aes Sedai zugeschworen ist. Das geschieht mit Hilfe der Einen Macht, und er gewinnt dadurch Fähigkeiten wie schnelles Heilen von Wunden, er kann lange Zeiträume ohne Wasser, Nahrung und Schlaf auskommen und den Einfluß des Dunklen Königs auf größere Entfernung spüren. Solange er am Leben ist, weiß die mit ihm verbundene Aes Sedai, daß er lebt, auch wenn er noch so weit entfernt ist, und sollte er sterben, dann weiß sie den genauen Zeitpunkt und auch den Grund seines Todes. Allerdings weiß sie nicht, wie weit von ihr entfernt er sich befindet oder in welcher Richtung. Die meisten Ajahs gestatten einer Aes Sedai den Bund mit nur einem Behüter. Die Roten Ajah allerdings lehnen die Behüter für sich selbst ganz ab, während die Grünen Ajah eine Verbindung mit so vielen Behütern gestatten, wie die Aes Sedai es wünscht. An sich muß der Behüter der Verbindung freiwillig zur Verfügung stehen, es gab jedoch auch Fälle, in denen der Krieger dazu gezwungen wurde. Welche Vorteile die Aes Sedai aus der Verbindung ziehen, wird von ihnen als streng gehütetes Geheimnis behandelt (*siehe auch:* Aes Sedai).

Berelain sur Paendrag: die Erste von Mayene, Gesegnete des Lichts, Verteidiger der Wogen, Hochsitz des Hauses Paeron. Eine schöne und willensstarke junge Frau und eine geschickte Herrscherin. Sie bekommt gewöhnlich, was sie will, was es sie auch koste, und sie hält immer ihr Wort (*siehe auch:* Mayene).

Birgitte: legendäre Heldin, sowohl ihrer Schönheit wegen wie auch ihres Mutes und ihres Geschicks als Bogenschütze halber berühmt. Sie trug einen silbernen Bogen, und ihre silbernen Pfeile verfehlten nie ihr Ziel. Eine aus der Gruppe von Helden, die herbeigerufen werden, wenn das Horn von Valere geblasen wird. Sie wird immer in Verbindung mit dem heldenhaften Schwertkämpfer Gaidal Cain genannt (*siehe auch:* Cain, Gaidal; Horn von Valere).

Bornhald, Dain: ein Hauptmann der Kinder des Lichts.

Byar, Jaret: ein Offizier der Kinder des Lichts.

Cadin'sor: Uniform der Aielsoldaten: Mantel und Hose in Braun und Grau, so daß sie sich kaum von

Felsen oder Schatten abheben. Dazu gehören weiche, bis zum Knie hoch geschnürte Stiefel. In der Alten Sprache ›Arbeitskleidung‹.

Caemlyn: Die Hauptstadt von Andor.

Cain, Gaidal: Legendärer heldenhafter Schwertkämpfer, immer in Verbindung mit Birgitte erwähnt. Er soll genauso gut ausgesehen haben, wie sie schön war. Man sagte ihm nach, er sei unbesiegbar, solange seine Füße auf Heimaterde stehen. Einer der durch das Horn von Valere zurückgerufenen Helden (*siehe auch:* Birgitte; Horn von Valere).

Cairhien: sowohl eine Nation am Rückgrat der Welt wie auch die Hauptstadt dieser Nation. Die Stadt wurde im Aielkrieg (976–978 NÄ) wie so viele andere Städte und Dörfer niedergebrannt und geplündert. Als Folge wurde sehr viel Agrarland in der Nähe des Rückgrats der Welt aufgegeben, so daß seither große Mengen Getreide importiert werden müssen. Auf den Mord an König Galldrian (998 NÄ) folgten ein Bürgerkrieg unter den Adelshäusern um die Nachfolge auf dem Sonnenthron, die Unterbrechung der Lebensmittellieferungen und eine Hungersnot. Im Wappen führt Cairhien eine goldene Sonne mit vielen Strahlen, die sich vom unteren Rand eines himmelblauen Feldes erhebt.

Callandor: ›Das Schwert, das kein Schwert ist‹ oder ›Das unberührbare Schwert‹. Ein Kristallschwert, das im Stein von Tear aufbewahrt wurde in einem Raum, der den Namen ›Herz des Steins‹ trägt. Es ist ein äußerst mächtiger *Sa'Angreal,* der von einem Mann benützt werden muß. Keine Hand kann es berühren, außer der des Wiedergeborenen Drachen. Den Prophezeiungen des Drachen nach war eines der wichtigsten Zeichen für die erfolgte Wiedergeburt des Drachen und das Nahen von Tarmon Gai'don, daß der Drache den Stein von Tear einnahm und *Callandor* in seinen Besitz brachte (*siehe* *auch:* Wiedergeborener Drache; *Sa'Angreal;* Stein von Tear).

Carridin, Jaichim: ein Inquisitor der Hand des Lichts, also ein hoher Offizier der Kinder des Lichts.

Cauthon, Abell: ein Bauer von den Zwei Flüssen, Vater des Matrim Cauthon. Frau: Natti. Töchter: Eldrin und Bodewhin, Bode genannt.

Cauthon, Matrim (Mat): ein junger Mann aus Emondsfeldain den Zwei Flüssen. Er ist *ta'veren.*

Chaendaer (Kayendär): ein Berg in der Aiel-Wüste über dem Tal von Rhuidean (*siehe auch:* Aielwüste; Rhuidean).

Chiad: eine Frau der Steinfluß-Septime der Goshien Aiel, die eine Blutfehde mit den Shaarad Aiel austragen; eine Tochter des Speers.

Chronik, Behüter der: Unter den Aes Sedai ist dies die Stellvertreterin des Amyrlin-Sitzes. Sie fungiert auch als deren Sekretärin. Sie wird von der Vollversammlung auf Lebenszeit gewählt und kommt gewöhnlich aus der gleichen Ajah wie die Amyrlin (*siehe auch:* Amyrlin-Sitz; Ajah).

Congar, Daise: Eine Frau von den Zwei Flüssen, jetzt Seherin von Emondsfeld. Ehemann: Wit.

Couladin: ein ehrgeiziger Mann aus der Domai-Septime der Shaido Aiel. Seine Kriegergemeinschaft heißt *Seia Doon,* die Schwarzen Augen.

Cuendillar: eine unzerstörbare Substanz, die im Zeitalter der Legenden erschaffen wurde. Jede Energie, die darauf angewandt wird, sie zu zerstören, wird absorbiert und macht sie nur noch stärker. Auch als Herzstein bekannt.

dämpfen (einer Dämpfung unterziehen): Wenn ein Mensch die Anlage zeigt, die Eine Macht zu beherrschen, müssen die Aes Sedai seine Kräfte ›dämpfen‹, also komplett unterdrücken, da er sonst wahnsinnig wird, vom Verderben der *Saidin* bzw. *Saidar* getroffen, und möglicherweise schreckliches Unheil mit seinen Kräften anrichten wird. Ein Mensch, der einer Dämpfung unterzogen wurde, kann die Eine Macht immer noch spüren, sie aber nicht mehr benützen. Wenn vor der Dämpfung eines Mannes der beginnende Wahnsinn eingesetzt hat, kann er durch den Akt der Dämpfung aufgehalten, jedoch nicht geheilt werden. Hat die Dämpfung früh genug stattgefunden, kann das Leben des Mannes gerettet werden. Dämpfungen bei Frauen sind so selten gewesen, daß man von den Novizinnen der Weißen Burg verlangt, die Namen und Verbrechen aller auswendig zu lernen, die jemals diesem Akt unterzogen wurden. Die Aes Sedai dürfen eine Frau nur dann einer Dämpfung unterziehen, wenn diese in einem Gerichtsverfahren eines Verbrechens überführt wurde. Eine unbeabsichtigte oder durch einen Unfall herbeigeführte Dämpfung wird auch als ›Ausbrennen‹ bezeichnet.

Damane: in der Alten Sprache: ›die Gefesselten‹. Frauen, die die Eine Macht lenken können, werden mit Hilfe eines *A'dam* unter Kontrolle gehalten und von den Seanchan zu verschiedenen Zwecken benutzt, vor allem als Wunderwaffen im Krieg. Im ganzen Reich von Seanchan werden jedes Jahr junge Frauen geprüft, bis hin zu dem Alter, in dem sich die Gabe, die Macht gebrauchen zu können, in jedem Fall bereits gezeigt hätte. Genauso wie junge Männer mit diesem Talent (die hingerichtet werden), werden die *Damane* aus den Familienbüchern und allen Bürgerlisten des Reichs gestrichen. Sie hören auf, als eigenständige Menschen zu existieren. Frauen, die dieses Talent besitzen, aber noch nicht zu *Damane* gemacht wurden, nennt man *Marath'Damane,* ›die gefesselt werden müssen‹ (*Siehe auch: A'dam;* Seanchan; *Sul'dam*).

Damodred, Lord Galadedrid: der einzige Sohn von Taringail Damodred und Tigraine; Halbbruder von

Elayne und Gawyn. Im Wappen führt er ein geflügeltes, silbernes Schwert, das nach unten zeigt.

Diener, Saal der: Im Zeitalter der Legenden war dies der große Versammlungsraum aller Aes Sedai.

din Jubai Wilde Winde, Coine (dihn Jubai Koehn): eine Frau der Atha'an Miere, der Meerleute; Segelherrin des Klippers *Wogentänzer.* Schwester der Jorin.

din Jubai Weiße Schwinge, Jorin: eine Frau der Atha'an Miere, der Meerleute; Windsucherin des Klippers *Wogentänzer.* Schwester der Coine.

Domon, Bayle: in Illian geborener Schiffskapitän, einst Gefangener der Seanchan, jetzt erfolgreich als Schmuggler zwischen den von Kriegen zerrissenen Nationen Tarabon und Arad Doman. Er sammelt Altertümer und ist ein Mann, der immer seine Schulden bezahlt.

Drache, der: Ehrenbezeichnung für Lews Therin Telamon während des Schattenkriegs. Als der Wahnsinn alle männlichen Aes Sedai befiel, tötete Lews Therin alle Personen, die etwas von seinem Blut in sich trugen, und jede Person, die er liebte. So bezeichnete man ihn anschließend als Brudermörder (*siehe auch:* Hundert Gefährten; Wiedergeborener Drache, Prophezeiungen des Drachen).

Drache, falscher: Manchmal behaupten Männer, der Wiedergeborene Drache zu sein, und manch einer davon gewinnt so viele Anhänger, daß eine Armee notwendig ist, um ihn zu besiegen. Einige davon haben schon Kriege begonnen, in die viele Nationen verwickelt wurden. In den letzten Jahrhunderten waren die meisten falschen Drachen nicht in der Lage, die Eine Macht richtig anzuwenden, aber es gab doch ein paar, die das konnten. Alle jedoch verschwanden entweder, oder wurden gefangen oder getötet, ohne eine der Prophezeiungen erfüllen zu können, die sich um die Wiedergeburt des Drachen ranken. Diese Männer nennt man falsche Drachen. Unter jenen, die die Eine Macht lenken konnten, waren Raolin Dunkelbann (335–36 NZ), Yurian Steinbogen (ca. 1300–1308 NZ), Davian (FJ 351), Guaire Amalasan (FJ 939–43) und Logain (997 NÄ) (*siehe auch:* Wiedergeborener Drache; Krieg des Zweiten Drachen).

Dunkler König: gebräuchlichste Bezeichnung, in allen Ländern verwendet, für Shai'tan: die Quelle des Bösen, Antithese des Schöpfers. Im Augenblick der Schöpfung wurde er vom Schöpfer in ein Verlies am Shayol Ghul gesperrt. Ein Versuch, ihn aus diesem Kerker zu befreien, führte zum Schattenkrieg, dem Verderben der *Saidin,* der Zerstörung der Welt und dem Ende des Zeitalters der Legenden.

Dunklen König nennen, den: Wenn man den wirklichen Namen des Dunklen Königs erwähnt (Shai'tan), zieht man seine Aufmerksamkeit auf sich, was unweigerlich dazu führt, daß man Pech hat oder schlimmstenfalls eine Katastrophe erlebt. Aus diesem Grund werden viele Euphemismen verwendet, wie z.B. der Dunkle König, der Vater der Lügen, der Sichtblender, der Herr der Gräber, der Schäfer der Nacht, Herzensbann, Herzfang, Grasbrenner und Blattverderber. Jemand, der das Pech anzuziehen scheint, ›nennt den Dunklen König‹.

Egeanin: Kapitän eines Seanchan-Schiffes in geheimer Mission.

Eide, Drei: die Eide, die eine Aufgenommene ablegen muß, um zur Aes Sedai erhoben zu werden. Sie werden gesprochen, während die Aufgenommene eine Eidesrute in der Hand hält. Das ist ein *Ter'Angreal,* der sie an die Eide bindet. Sie muß schwören, daß sie (1) kein unwahres Wort ausspricht, (2) keine Waffe herstellt, mit der Menschen andere Menschen töten können, und (3) daß sie niemals die Eine Macht als Waffe verwendet, außer gegen Abkömmlinge des Schattens oder um ihr Leben oder das ihres Behüters oder einer anderen Aes Sedai in höchster Not zu verteidigen. Diese Eide waren früher nicht zwingend vorgeschrieben, doch nach verschiedenen Geschehnissen vor und nach der Zerstörung hielt man sie für notwendig. Der zweite Eid war ursprünglich der erste und kam als Reaktion auf den Krieg um die Macht. Der erste Eid wird wörtlich eingehalten, aber oft geschickt umgangen, indem man eben nur einen Teil der Wahrheit ausspricht. Man glaubt allgemein, daß der zweite und dritte nicht zu umgehen sind.

Eine Macht, die: die Kraft aus der Wahren Quelle. Die große Mehrheit der Menschen ist absolut unfähig zu lernen, wie man die Eine Macht anwendet. Eine sehr geringe Anzahl von Menschen kann die Anwendung erlernen, und noch weniger besitzen diese Fähigkeit von Geburt an. Diese wenigen müssen ihren Gebrauch nicht lernen, denn sie werden die Wahre Quelle berühren und die Eine Macht benützen, ob sie wollen oder nicht, vielleicht sogar, ohne zu merken, was sie tun. Diese angeborene Fähigkeit taucht meist zuerst während der Pubertät auf. Wenn man dann nicht die Kontrolle darüber erlernt – durch Lehrer oder auch ganz allein (äußerst schwierig, die Erfolgsquote liegt bei eins zu vier) –, ist die Folge der sichere Tod. Seit der Zeit des Wahns hat kein Mann gelernt, die Eine Macht kontrolliert anzuwenden, ohne dabei auf die Dauer auf schreckliche Art dem Wahnsinn zu verfallen. Selbst wenn er in gewissem Maß die Kontrolle erlangt hat, stirbt er an einer Verfallskrankheit, bei der er lebendigen Leibs verfault. Auch diese Krankheit wird, genau wie der Wahnsinn, von dem Verderben hervorgerufen, das der Dunkle König über die *Saidin* brachte (*siehe auch:* Zeit des Wahns, die Wahre Quelle).

Elaida: eine Aes Sedai von den Roten Ajah; vormals

Ratgeberin der Königin Morgase von Andor. Sie kann manchmal die Zukunft vorhersagen.

Elayne: Königin Morgases Tochter, die Tochter-Erbin des Throns von Andor. Sie befindet sich in der Ausbildung zur Aes Sedai und gehört mittlerweile zu den Aufgenommenen. Sie führt im Wappen eine goldene Lilie.

Fäule: *siehe* Große Fäule.

Faile (Faiehl): in der Alten Sprache: ›Falke‹. Der Name wurde von Zarine Baschere angenommen, einer jungen Frau aus Saldaea.

Falkenflügel, Artur: ein legendärer König (Artur Paendrag Tanreall, 943–994 FJ), der alle Länder westlich des Rückgrats der Welt und einige von jenseits der Aiel-Wüste einte. Er sandte sogar eine Armee über das Aryth-Meer, doch verlor man bei seinem Tod, der den Hundertjährigen Krieg auslöste, jeden Kontakt mit diesen Soldaten. Er führte einen fliegenden goldenen Falken im Wappen (*siehe auch:* Hundertjähriger Krieg).

Far Dareis Mai: wörtlich ›Töchter des Speers‹. Eine von mehreren Kriegergemeinschaften der Aiel. Anders als bei den übrigen werden ausschließlich Frauen aufgenommen. Sollte sie heiraten, darf eine Frau nicht Mitglied bleiben. Während einer Schwangerschaft darf ein Mitglied nicht kämpfen. Jedes Kind eines Mitglieds wird von einer anderen Frau aufgezogen, so daß niemand mehr weiß, wer die wirkliche Mutter war. (›Du darfst keinem Manne angehören, und kein Mann oder Kind darf dir angehören. Der Speer ist dein Liebhaber, dein Kind und dein Leben.‹) Diese Kinder sind hoch angesehen, denn es wurde prophezeit, daß ein Kind einer Tochter des Speers die Clans vereinen und zu der Bedeutung zurückführen wird, die sie im Zeitalter der Legenden besaßen (*siehe auch:* Aiel-Kriegergemeinschaften).

Flamme von Tar Valon: das Symbol für Tar Valon und die Aes Sedai. Die stilisierte Darstellung einer Flamme: eine weiße, nach oben gerichtete Träne.

Fünf Mächte, die: Das sind die Stränge der Einen Macht, und jede Person, die die Eine Macht anwenden kann, wird einige dieser Stränge besser als die anderen handhaben können. Diese Stränge nennt man nach den Dingen, die man durch ihre Anwendung beeinflussen kann: Erde, Luft, Feuer, Wasser, Geist – die Fünf Mächte. Wer die Eine Macht anwenden kann, beherrscht gewöhnlich einen oder zwei dieser Stränge besonders gut und hat Schwächen in der Anwendung der übrigen. Einige wenige beherrschen auch drei davon, aber seit dem Zeitalter der Legenden gab es niemand mehr, der alle fünf in gleichem Maße beherrschte. Und auch dann war das eine große Seltenheit. Das Maß, in dem diese Stränge beherrscht werden und Anwendung finden, ist individuell ganz verschieden; einzelne dieser Personen sind sehr viel stärker als die anderen. Wenn man bestimmte Handlungen mit Hilfe der Einen Macht vollbringen will, muß man einen oder mehrere bestimmte Stränge beherrschen. Wenn man beispielsweise ein Feuer entzünden oder beeinflussen will, braucht man den Feuer-Strang; will man das Wetter ändern, muß man die Bereiche Luft und Wasser beherrschen, während man für Heilungen Wasser und Geist benutzen muß. Während Männer und Frauen in gleichem Maße den Geist beherrschten, war das Talent in bezug auf Erde und/oder Feuer besonders oft bei Männern ausgeprägt und das für Wasser und/oder Luft bei Frauen. Es gab Ausnahmen, aber trotzdem betrachtete man Erde und Feuer als die männlichen Mächte, Luft und Wasser als die weiblichen.

Gaidin: wörtlich ›Bruder der Schlacht‹. Ein Titel, den

die Aes Sedai den Behütern verleihen (*siehe auch:* Behüter).

Galad: *siehe* Damodred, Lord Galadedrid.

Gaukler: fahrende Märchenerzähler, Musikanten, Jongleure, Akrobaten und Alleinunterhalter. Ihr Abzeichen ist die aus bunten Flicken zusammengesetzte Kleidung. Sie besuchen vor allem Dörfer und Kleinstädte, da in den größeren Städten schon zuviel andere Unterhaltung geboten wird.

Gaul: ein Aiel aus der Imran-Septime der Shaarad, die eine Blutfehde mit den Goshien austragen. Ein *Shae'en M'taal,* also ein Steinsoldat.

Gawyn: Sohn der Königin Morgase, Bruder von Elayne, der bei Elaynes Thronbesteigung Erster Prinz des Schwertes wird. Er führt einen weißen Keiler im Wappen.

Gewichtseinheiten: 10 Unzen = 1 Pfund; 10 Pfund = 1 Stein; 10 Steine = 1 Zentner; 10 Zentner = 1 Tonne.

Gelb, Floran: ein früherer Seemann, der allen Grund hat, Bayle Domon zu meiden.

Grauer Mann: jemand, der freiwillig seine oder ihre Seele dem Schatten geopfert hat und ihm nun als Attentäter dient. Graue Männer sehen so unauffällig aus, daß man sie sehen kann, ohne sie wahrzunehmen. Die große Mehrheit der Grauen Männer sind tatsächlich Männer, aber es gibt darunter auch einige Frauen. Sie werden auch die ›Seelenlosen‹ genannt.

Grenzlande: die an die Große Fäule angrenzenden Nationen: Saldaea, Arafel, Kandor und Schienar.

Grimme, der alte: *siehe* Dunkler König, Wilde Jagd.

Große Fäule: eine Region im hohen Norden, die durch den Dunklen König vollständig verdorben wurde. Sie stellt eine Zuflucht für Trollocs, Myrddraal und andere Kreaturen des Dunklen Königs dar.

Großer Herr der Dunkelheit: Diese Bezeichnung verwenden die Schattenfreunde für den Dunklen

König. Sie behaupten, es sei Blasphemie, seinen wirklichen Namen zu benützen.

Große Jagd nach dem Horn, die: ein Zyklus von Erzählungen über die legendäre Suche nach dem Horn von Valere in den Jahren zwischen dem Ende der Trolloc-Kriege und dem Beginn des Hundertjährigen Kriegs. Um sie vollständig zu erzählen, benötigt man viele Tage (*siehe auch:* Horn von Valere).

Große Schlange: ein Symbol für die Zeit und die Ewigkeit, das schon uralt war, bevor das Zeitalter der Legenden begann. Es zeigt eine Schlange, die ihren eigenen Schwanz verschlingt. Man verleiht einen Ring in der Form der Großen Schlange an Frauen, die unter den Aes Sedai zu Aufgenommenen erhoben werden.

Haid: Flächenmaß zur Vermessung von Land; etwa 100 x 100 Schritte.

Hochlords von Tear: Die Hochlords von Tear regieren als Rat diesen Staat, der weder König noch Königin aufweist. Ihre Anzahl steht nicht fest. Im Laufe der Jahre hat es Zeiten gegeben, wo nur sechs Hochlords regierten, aber auch zwanzig kamen bereits vor. Man darf sie nicht mit den Landherren verwechseln, niedrigeren Adeligen in den ländlichen Bezirken Tears.

Horn von Valere: das legendäre Ziel der Großen Jagd nach dem Horn. Man nimmt an, das Horn könne tote Helden zum Leben erwecken, damit sie gegen den Schatten kämpfen. Eine neue Jagd nach dem Horn wurde ausgerufen, und die Jäger haben in Illian ihren Jägereid abgelegt.

Hundert Gefährten: hundert männliche Aes Sedai, ausgewählt aus den mächtigsten des Zeitalters der Legenden, die – von Lews Therin Telamon geführt – den letzten Angriff durchführten und den Schattenkrieg beendeten, indem sie den Dunklen König erneut in seinen Kerker sperrten und diesen versiegelten. Der Gegenangriff verdarb die *Saidin;* die Hundert Gefährten verfielen dem Wahnsinn und begannen die Zerstörung der Welt (*siehe auch:* Zeit des Wahns, Zerstörung der Welt, Wahre Quelle, Eine Macht).

Hundertjähriger Krieg: eine Reihe sich überschneidender Kriege, geprägt von sich ständig verändernden Bündnissen, ausgelöst durch den Tod von Artur Falkenflügel und die darauf folgenden Auseinandersetzungen um seine Nachfolge. Er dauerte von 994 FJ bis 1117 FJ. Der Krieg entvölkerte weite Landstriche zwischen dem Aryth-Meer und der Aiel-Wüste, zwischen dem Meer der Stürme und der Großen Fäule. Die Zerstörungen waren so schwerwiegend, daß über diese Zeit nur noch fragmentarische Berichte vorliegen. Das Reich Artur Falkenflügels zerfiel, und die heutigen Staaten bildeten sich heraus (*siehe auch:* Falkenflügel, Artur.

Illian: ein großer Hafen am Meer der Stürme, Hauptstadt der gleichnamigen Nation. Im Wappen von Illian findet man neun goldene Bienen auf dunkelgrünem Feld.

Isendre: eine schöne, geheimnisvolle Frau, die durch die Aielwüste reist.

Kadere, Hadnan: Ein fahrender Händler im Gebiet der Aiel-Wüste. Ein Mann, der zu verkaufen versteht, sofern der Preis stimmt.

Kaf: ein Getränk der Seanchan, das schwarz gebraut und dampfend heiß getrunken wird. Es wird gelegentlich, aber keineswegs immer gesüßt. Ein anregendes Getränk.

Keille Shaogi: *siehe* Shaogi, Keille.

Kinder des Lichts: eine Gemeinschaft von Asketen, die sich den Sieg über den Dunklen König und die Vernichtung aller Schattenfreunde zum Ziel gesetzt hat. Die Gemeinschaft wurde während des Hundertjährigen Kriegs von Lothair Mantelar gegründet, um gegen die ansteigende Zahl der Schattenfreunde als Prediger anzugehen. Während des Kriegs entwickelte sich daraus eine vollständige militärische Organisation, extrem streng ideologisch ausgerichtet und fest im Glauben, nur sie dienten der absoluten Wahrheit und dem Recht. Sie hassen die Aes Sedai und halten sie sowie alle, die sie unterstützen oder sich mit ihnen befreunden, für Schattenfreunde. Sie werden geringschätzig Weißmäntel genannt. Im Wappen führen sie eine goldene Sonne mit Strahlen auf weißem Feld.

Krieg des Zweiten Drachen: der Krieg der Jahre 939–943 FJ gegen den falschen Drachen Guaire Amalasan. Während dieses Kriegs erlangte ein junger König namens Artur Tanreall Paendrag, später als Artur Falkenflügel bekannt, großen Ruhm.

Krieg um die Macht: *siehe* Schattenkrieg.

Längenmaße: 10 Finger = 3 Hände = 1 Fuß; 3 Fuß = 1 Schritt; 2 Schritte = 1 Spanne; 1000 Spannen = 1 Meile.

Lan; al'Lan Mandragoran: ein Behüter, der Moiraine zugeschworen wurde. Ungekrönter König von Malkier, Dai Shan (Kriegsherr) und der letzte Überlebende Lord von Malkier (*siehe auch:* Behüter, Moiraine, Malkier).

Lanfear: in der Alten Sprache ›Tochter der Nacht‹. Eine der Verlorenen, vielleicht sogar die mächtigste neben Ishamael. Im Gegensatz zu den anderen Verlorenen wählte sie ihren Namen selbst. Man sagt von ihr, sie habe Lews Therin Telamon geliebt und seine Frau Ilyena gehaßt (*siehe auch:* Verlorene; Drache).

Laras: Herrin der Küche in der Weißen Burg, dem Zentrum der Macht der Aes Sedai in Tar Valon. Eine Frau von überraschend großem Wissen und einer schockierenden Vergangenheit.

Leane: eine Aes Sedai der Blauen Ajah und Behüterin der Chronik (*siehe auch:* Chronik, Behüter der).

Lews Therin Telamon; Lews Therin Brudermörder: *siehe* Drache.

Liandrin: eine Aes Sedai der Roten Ajah aus Tarabon. Mittlerweile wurde bekannt, daß sie in Wirklichkeit eine Schwarze Ajah ist.

Lini: Kindermädchen der Lady Elayne in ihrer Kindheit. Davor war sie bereits Erzieherin ihrer Mutter Morgase.

Logain: ein Mann, der einst behauptete, der Wiedergeborene Drache zu sein, und der jetzt nach einer Dämpfung als Gefangener in der Weißen Burg in Tar Valon lebt.

Loial, Sohn des Arent, Sohn des Halan: ein Ogier aus dem Stedding Schangtai. Er möchte ein Buch über den Wiedergeborenen Drachen schreiben.

Luhhan, Haral: ein Schmied aus Emondsfeld im Gebiet der Zwei Flüsse und Mitglied des dortigen Rats der Gemeinde. Seine Frau Alsbet ist Mitglied der Versammlung der Frauen.

Malkier: eine Nation, einst eins der Grenzlande, mittlerweile Teil der Großen Fäule. Im Wappen führte Malkier einen fliegenden goldenen Kranich.

Manetheren: eine der Zehn Nationen, die den Zweiten Pakt schlossen; Hauptstadt des gleichnamigen Staates. Sowohl die Stadt wie auch die Nation wurden in den Trolloc-Kriegen vollständig zerstört (*siehe auch:* Trolloc-Kriege).

Mayene (Mai-jehn): Stadtstaat am Meer der Stürme, der seinen Reichtum und seine Unabhängigkeit der Kenntnis verdankt, die Ölfischschwärme aufspüren zu können. Ihre wirtschaftliche Bedeutung kommt der der Olivenplantagen von Tear, Illian und Tarabon gleich. Ölfisch und Oliven liefern nahezu alles Öl für Lampen. Die augenblickliche Herrscherin von Mayene ist Berelain. Ihr Titel lautet: die Erste von Mayene. Die Herrscher von Mayene führen ihre Abstammung auf Artur Falkenflügel zurück. Das Wappen von Mayene zeigt einen fliegenden goldenen Falken.

Meerleute, Meervolk: genauer: Atha'an Miere, das Volk des Meeres. Geheimnisumwitterte Bewohner der Inseln im Aryth-Meer und im Meer der Stürme. Sie verbringen wenig Zeit auf diesen Inseln und leben statt dessen meist auf ihren Schiffen. Sie beherrschen den Seehandel fast vollständig.

Meile: *siehe* Längenmaße

Melaine (Mehlein): Weise Frau der Jhirad-Septime der Goshien Aiel. Eine Traumgängerin.

Merrilin, Thom: ein ziemlich vielschichtiger Gaukler, einst Geliebter von Königin Morgase.

Min: eine junge Frau mit der Fähigkeit, die Aura der sie umgebenden Menschen erkennen und auf ihre Zukunft schließen zu können.

Moiraine (Moarän): eine Aes Sedai der Blauen Ajah. Sie stammt aus dem Hause Damodred, aber nicht aus der direkten Linie der Thronfolger. Sie wuchs im Königlichen Palast von Cairhien auf.

Morgase (Morgeis): Von der Gnade des Lichts, Königin von Andor, Verteidigerin des Lichts, Beschützerin des Volkes, Hochsitz des Hauses Trakand. Im Wappen führt sie drei goldene Schlüssel. Das Wappen des Hauses Trakand zeigt einen silbernen Grundpfeiler.

Muster eines Zeitalters: Das Rad der Zeit verwebt die Stränge menschlichen Lebens zum Muster eines Zeitalters, das die Substanz der Realität dieser Zeit bildet; auch als Zeitengewebe bekannt (*siehe auch: Ta'veren*).

Myrddraal: Kreaturen des Dunklen Königs, Kommandanten der Trolloc-Heere. Nachkommen von Trollocs, bei denen das Erbe der menschlichen Vorfahren wieder stärker hervortritt, die man benutzt hat, um die Trollocs zu erschaffen. Trotzdem deutlich vom Bösen dieser Rasse gezeichnet. Sie sehen äußerlich wie Menschen aus, haben aber keine Augen. Sie können jedoch im Hellen wie im Dunkeln wie Adler sehen. Sie haben gewisse, vom Dunklen König stammende Kräfte, darunter die Fähigkeit, mit einem Blick ihr Opfer vor Angst zu lähmen. Wo Schatten sind, können sie hineinschlüpfen und sind nahezu unsichtbar. Eine ihrer wenigen bekannten Schwächen besteht darin, daß sie Schwierigkeiten haben, fließendes Wasser zu überqueren. Man kennt sie unter vielen Namen in den verschiedenen Ländern, z. B. als Halbmenschen, die Augenlosen, Schattenmänner, Lurk und die Blassen.

Natael, Jasin: ein Gaukler, der die Aiel-Wüste bereist.

Niall, Pedron: Lordhauptmann und Kommandeur der Kinder des Lichts (*siehe auch:* Kinder des Lichts).

Ogier: (1.) Eine nichtmenschliche Rasse. Typisch für Ogier sind ihre Größe (männliche Ogier werden im Durchschnitt zehn Fuß groß), ihre breiten, rüsselartigen Nasen und die langen, mit Haarbüscheln bewachsenen Ohren. Sie wohnen in Gebieten, die sie *Stedding* nennen. Nach der Zerstörung der Welt (von den Ogiern das Exil genannt) waren sie aus diesen *Stedding* vertrieben, und das führte zu einer als ›das Sehnen‹ bezeichneten Erscheinung: Ein Ogier, der sich zu lange außerhalb seines *Stedding* aufhält, erkrankt und stirbt schließlich. Sie sind weithin bekannt als extrem gute Steinbaumeister, die fast alle großen Städte der Menschen nach der Zerstörung erbauten. Sie selbst betrachten diese Kunst allerdings nur als etwas, das sie während des Exils erlernten und das nicht so wichtig ist, wie das Pflegen der Bäume in einem *Stedding,* besonders der hochaufragenden Großen Bäume. Außer zu ihrer Arbeit als Steinbaumeister verlassen sie ihr *Stedding* nur selten und wollen wenig mit der Menschheit zu tun haben. Man weiß unter den

Menschen nur sehr wenig über sie, und viele halten die Ogier sogar für bloße Legenden. Obwohl sie als unkriegerisch gelten und nur sehr schwer aufzuregen sind, heißt es in einigen alten Berichten, sie hätten während der Trolloc-Kriege Seite an Seite mit den Menschen gekämpft. Dort werden sie als mörderische Feinde bezeichnet. Im großen und ganzen sind sie ungemein wissensdurstig, und ihre Bücher und Berichte enthalten oftmals Informationen, die bei den Menschen längst verlorengegangen sind. Die normale Lebenserwartung eines Ogiers ist etwa drei- oder viermal so hoch wie bei Menschen. (2.) Jedes Individuum dieser nichtmenschlichen Rasse (*siehe auch:* Zerstörung der Welt; *Stedding;* Baumsänger).

Ordeith (or-dies): in der Alten Sprache ›Wurmholz‹. Dieser Name wurde von einem Mann angenommen, der den kommandierenden Lordhauptmann der Kinder des Lichts, Pedron Niall, berät.

Prophezeiungen des Drachen: ein im *Karaethon-Zyklus* enthaltener, wenig bekannter und selten erwähnter Text, der voraussagt, daß der Dunkle König wieder befreit wird und über die Welt kommt. Lews Therin Telamon, der Drache, Zerstörer der Welt, wird wiedergeboren, um Tarmon Gai'don, die Letzte Schlacht, gegen den Schatten zu schlagen (*siehe auch:* Drache).

Rad der Zeit: Die Zeit stellt man sich als ein Rad mit sieben Speichen vor – jede Speiche steht für ein Zeitalter. Wie sich das Rad dreht, so folgt Zeitalter auf Zeitalter. Jedes hinterläßt Erinnerungen, die zu Legenden verblassen, zu bloßen Mythen werden und schließlich vergessen sind, wenn dieses Zeitalter wiederkehrt. Das Muster eines Zeitalters wird bei jeder Wiederkehr leicht verändert, doch auch wenn die Änderungen einschneidender Natur sein sollten, bleibt es doch das gleiche Zeitalter.

Rendra: eine Frau aus Tarabon, Wirtin im Drei-Pflaumen-Hof in Tanchico.

Rhuarc: ein Aiel, der Häuptling des Taardad-Clans.

Rhuidean: ein Ort in der Aiel-Wüste, an den jeder Mann gehen muß, der Clanhäuptling werden will, und jede Frau, die als Weise Frau arbeiten will. Männer können sich nur ein einziges Mal dorthin begeben, Frauen zweimal. Nur einer von drei Männern überlebt die Reise nach Rhuidean. Bei den Frauen ist die Zahl der Überlebenden für beide Besuche wesentlich höher. Die Lage Rhuideans wird von den Aiel streng geheimgehalten. Ein Nicht-Aiel, der das Tal von Rhuidean betritt, ist eigentlich damit bereits zum Tode verurteilt. Einige wenige Bevorzugte jedoch (wie Händler oder Gaukler) werden manchmal nur nackt ausgezogen, bekommen Wasserbeutel und dürfen, wenn sie das schaffen, allein durch die Wüste zurückwandern.

Rückgrat der Welt: eine hohe Bergkette, über die nur wenige Pässe führen. Sie trennt die Aiel-Wüste von den westlichen Ländern.

Sa'angreal: ein extrem seltenes Objekt, das es einem Menschen erlaubt, die Eine Macht in viel stärkerem Maße als sonst möglich zu benützen. Ein *Sa'angreal* ist ähnlich, doch ungleich stärker als ein *Angreal.* Die Menge an Energie, die mit Hilfe eines *sa'Angreals* eingesetzt werden kann, verhält sich zu der eines *Angreals* wie die mit dessen Hilfe einsetzbare Energie zu der, die man ganz ohne irgendwelche Hilfe beherrschen kann. Relikte des Zeitalters der Legenden. Es ist nicht mehr bekannt, wie sie angefertigt wurden. Es gibt nur noch eine Handvoll davon, weit weniger sogar als *Angreale.*

Sanche, Siuan (Santschei, Swahn): eine Aes Sedai, die früher der Blauen Ajah angehörte. Im Jahre 985 NÄ zum Amyrlin-Sitz erhoben. Sie war die Tochter eines Fischers aus Tear und wurde vor dem zweiten Sonnenuntergang, nachdem man entdeckt hatte, daß sie die Fähigkeit besaß, per Schiff nach Tar Valon geschickt. So verlangt es das Gesetz von Tear.

Saidar, Saidin: *siehe* Wahre Quelle.

Sa'sara: ein anrüchiger Tanz aus Saldaea, der von einigen Königinnen dieses Landes bereits verboten wurde, was aber keinerlei Erfolg zeitigte. In der Geschichte Saldaeas wird von drei Kriegen, zwei Aufständen, unzähligen Bündnissen und Fehden zwischen den Adelsgeschlechtern und einer großen Zahl von Duellen berichtet, die alle von Frauen ausgelöst wurden, die den Sa'sara tanzten. Ein Aufstand wurde angeblich dadurch beendet, daß eine besiegte Königin für den General der Siegermächte den Sa'sara tanzte, woraufhin dieser sie heiratete und wieder auf den Thron setzte. Diese Geschichte findet sich allerdings nicht in den offiziellen Geschichtsbüchern und wurde von jeder Königin Saldaeas verleugnet.

Schattenfreunde: die Anhänger des Dunklen Königs. Sie glauben, große Macht und andere Belohnungen zu empfangen, wenn er aus seinem Kerker befreit wird.

Schattenkrieg: auch als der Krieg um die Macht bekannt; mit ihm endet das Zeitalter der Legenden. Er begann kurz nach dem Versuch, den Dunklen König zu befreien, und erfaßte bald schon die ganze Welt. In einer Welt, die selbst die Erinnerung an den Krieg vergessen hatte, wurde nun der Krieg in all seinen Formen wiederentdeckt. Er war besonders schrecklich, wo die Macht des Dunklen Königs die Welt berührte, und auch die Eine Macht wurde als Waffe verwendet. Der Krieg wurde beendet, als der Dunkle König wieder in seinen Kerker verbannt werden konnte (*siehe auch:* Hundert Gefährten, Drache).

Schattenlords: diejenigen Männer und Frauen, die der Einen Macht dienten, aber während der Trolloc-

Kriege zum Schatten überliefen und dann die Trolloc-Heere kommandierten. Weniger Gebildete verwechseln sie mit den Verlorenen.

Seana: Weise Frau der Schwarzklippen-Septime der Nakai Aiel. Eine Traumgängerin.

Seanchan (Schantschan): (1.) Nachkommen der Armeemitglieder, die Artur Falkenflügel über das Aryth-Meer sandte und die zurückgekehrt sind, um das Land ihrer Vorfahren wieder in Besitz zu nehmen. (2.) Das Land, aus dem die Seanchaner kommen..

Seherin: eine Frau, die in den Frauenzirkel ihres Dorfs berufen wird, weil sie die Fähigkeit des Heilens besitzt, das Wetter vorhersagen kann und auch sonst als kluge Frau anerkannt wird. Ihre Position fordert großes Verantwortungsbewußtsein und verleiht ihr viel Autorität. Allgemein wird sie dem Bürgermeister gleichgestellt, in manchen Dörfern steht sie sogar über ihm. Im Gegensatz zum Bürgermeister wird sie auf Lebenszeit erwählt. Es ist äußerst selten, daß eine Seherin vor ihrem Tod aus ihrem Amt entfernt wird. Ihre Auseinandersetzungen mit dem Bürgermeister sind auch zur Tradition geworden. Je nach dem Land wird sie auch als Führerin, Heilerin, Weise Frau, Sucherin oder einfach als Weise bezeichne (*siehe auch:* Frauenzirkel).

Seelenloser: *siehe* Grauer Mann.

Sevanna: Eine Frau der Domai-Septime der Shaido Aiel; Witwe des Suladric, des Clanhäuptlings der Shaido, und Dachherrin der Comarda-Festung, bis ein neuer Clanhäuptling feststeht.

Shaogi, Keille: eine Händlerin, die die Aiel-Wüste bereist; eine Frau mit äußerst ehrgeizigen Plänen.

Shayol Ghul: ein Berg im Versengten Land; dort befindet sich der Kerker, in dem der Dunkle König gefangengehalten wird.

Spanne: *siehe* Längenmaße.

Stedding: eine Ogier-Enklave. Viele *Stedding* sind seit der Zerstörung der Welt verlassen worden. In Erzählungen und Legenden werden sie als Zufluchtsstätte bezeichnet, und das aus gutem Grund. Auf eine heute nicht mehr bekannte Weise wurden sie abgeschirmt, so daß in ihrem Bereich kein Aes Sedai die Eine Macht anwenden kann und nicht einmal eine Spur der Wahren Quelle wahrnimmt. Versuche, von außerhalb eines *Stedding* mit Hilfe der Einen Macht im Inneren einzugreifen, bleiben erfolglos. Kein Trolloc wird ohne Not ein *Stedding* betreten, und selbst ein Myrddraal betritt es nur, wenn er dazu gezwungen ist, und auch dann nur zögernd und mit größter Abscheu. Sogar echte Schattenfreunde fühlen sich in einem *Stedding* nicht wohl.

Stein von Tear: die mächtige Festung über der Stadt Tear. Man sagt, sie sei die erste Festung gewesen, die nach der Zeit des Wahns gebaut wurde. Manche behaupten sogar, sie sei *während* der Zeit des Wahns und mit Hilfe der Einen Macht erbaut worden. Sie wurde unzählige Male angegriffen und belagert, ist aber niemals gefallen. Der Stein wird zweimal in den Prophezeiungen des Drachen erwähnt. Zum einen steht darin, daß die Festung nur dann fallen werde, wenn das Heer des Drachen kommt. An einer anderen Stelle steht, die Festung werde erst dann fallen, wenn die Hand des Drachen das Unberührbare Schwert *Callandor* führt. Manche glauben, daß davon die Abneigung der Hochlords der Einen Macht gegenüber und auch das Gesetz der Tairen herrührt, das den Gebrauch der Macht verbietet. Trotz dieser Antipathie enthält der Stein eine Sammlung von *An'greal* und *Ter'Angreal,* die beinahe derjenigen in der Weißen Burg gleichkommt. Es gibt Leute, die behaupten, die Sammlung sei nur deshalb angelegt worden, um den überragenden Glanz von *Callandor* zu mindern.

Sul'dam: wörtlich ›Trägerin der Leine‹. Bezeichnung der Seanchan für eine Frau mit der Fähigkeit, *Damane,* Frauen, die die Eine Macht benützen können, zu beherrschen und mit Hilfe eines *A'dam* unter Kontrolle zu halten. Junge Frauen werden von den Seanchan im gleichen Alter und zur gleichen Zeit auf diese Fähigkeit hin überprüft wie die *Damane* selbst. Eine relativ ehrenvolle Position in der Seanchan-Gesellschaft. Man findet viel mehr *Sul'dam* als *Damane* (*siehe auch: A'dam; Damane;* Seanchan).

Sursa: dünne, paarweise benützte Stäbchen, die in Arad Doman anstelle von Gabeln verwendet werden. Manche behaupten, die Schwierigkeiten und die benötigte Zeit, mit den *Sursa* zu essen, hätten zu der allseits bekannten Durchhaltefähigkeit der Kaufleute aus Arad Doman geführt, andere wiederum meinen, der Frustration beim Essen mit den *Sursa* entspringe das gefürchtete aufbrausende Temperament der Domani.

Talente: Fähigkeiten, die Eine Macht auf ganz spezifische Weise zu gebrauchen. Das naturgemäß populärste Talent ist das des Heilens. Manche sind verlorengegangen, wie z. B. das Reisen, eine Fähigkeit, sich von einem Ort zu einem anderen zu bewegen, ohne den Zwischenraum durchqueren zu müssen. Andere wie z. B. das Vorhersagen (die Fähigkeit, zukünftige Ereignisse zumindest auf allgemeinere Art und Weise vorhersehen zu können) sind mittlerweile selten oder beinahe verschwunden. Ein weiteres Talent, das man seit langem für verloren hielt, ist das Träumen. Unter anderem lassen sich hier die Träume des Träumers so deuten, daß sie eine genauere Vorhersage der Zukunft erlauben. Manche Träumer hatten die Fähigkeit, *Tel'aran'rhiod,* die Welt der Träume, zu erreichen und sogar in die Träume anderer Menschen einzudringen. Die letzte bekannte Träumerin war Corianin Nedeal, die im Jahre

526 NÄ starb, doch nur wenige wissen, daß es jetzt eine neue gibt.

Ta'maral'ailen: in der Alten Sprache ›Schicksalsgewebe‹. Eine einschneidende Änderung im Muster eines Zeitalters, die von einer oder mehreren Personen ausgeht, die *ta'veren* sind (*siehe auch:* Muster eines Zeitalters, *ta'veren*).

Tarabon: Land und Nation am Aryth-Meer. Hauptstadt: Tanchico. Einst eine große Handelsmacht und Quelle von Teppichen, Farbstoffen und Feuerwerkskörpern, die von der Gilde der Feuerwerker hergestellt werden. Jetzt von einem Bürgerkrieg und gleichzeitigen kriegerischen Auseinandersetzungen mit Arad Doman und den Anhängern des Wiedergeborenen Drachen zerrissen.

Tarmon Gai'don: die Letzte Schlacht (*siehe auch:* Drachen, Prophezeiungen des; Horn von Valere).

Ta'veren: eine Person im Zentrum des Gewebes von Lebenssträngen aus ihrer Umgebung, möglicherweise sogar *aller* Lebensstränge, die vom Rad der Zeit zu einem Schicksalsgewebe zusammengefügt wurden (*siehe auch:* Muster eines Zeitalters).

Tear: Ein großer Hafen und ein Staat am Meer der Stürme. Das Wappen von Tear zeigt drei weiße Halbmonde auf rot- und goldgemustertem Feld. siehe auch: Stein von Tear.

Telamon, Lews Therin: *siehe auch* Drache.

Tel'aran'rhiod: in der Alten Sprache ›die unsichtbare Welt‹, oder ›die Welt der Träume‹. Eine Welt, die man in Träumen manchmal sehen kann. Nach den Angaben der Alten durchdringt und umgibt sie alle möglichen Welten. Im Gegensatz zu anderen Träumen ist das in ihr real, was dort mit lebendigen Dingen geschieht. Wenn man also dort eine Wunde empfängt, ist diese beim Erwachen immer noch vorhanden, und einer, der dort stirbt, erwacht nie mehr.

Ter'Angreal: jedes einer Anzahl von Überbleibseln aus

dem Zeitalter der Legenden, die die Eine Macht verwenden. Im Gegensatz zu *Angreal* und *Sa'Angreal* wurde jeder *Ter'Angreal* zu einem ganz bestimmten Zweck hergestellt. Z. B. macht einer jeden Eid, der in ihm geschworen wird, zu etwas endgültig Bindendem. Einige werden von den Aes Sedai benützt, aber über ihre ursprüngliche Anwendung ist kaum etwas bekannt. Einige töten sogar oder zerstören die Fähigkeit einer Frau, die sie benützt, die Eine Macht zu lenken (*siehe auch: Angreal; Sa'Angreal*).

Tochter-Erbin: Titel der Erbin des Throns von Andor. Die älteste Tochter der Königin folgt ihrer Mutter auf den Thron. Sollte keine Tochter geboren oder am Leben sein, geht der Thron an die nächste Blutsverwandte der Königin.

Tochter der Nacht: *siehe* Lanfear.

Torean: einer der Hochlords von Tear. Ein Mann, der etwas anstrebt, was er weder durch seinen enormen Reichtum noch durch sein Aussehen erreichen kann.

Träumer: *siehe* Talente

Traumgänger: Bezeichnung der Aiel für eine Frau, die *Tel'aran'rhiod* aus eigenem Willen erreichen kann.

Trolloc-Kriege: eine Reihe von Kriegen, die etwa gegen 1000 NZ begannen und sich über mehr als 300 Jahre hinzogen. Trolloc-Heere verwüsteten die Welt. Schließlich aber wurden die Trollocs entweder getötet oder in die Große Fäule zurückgetrieben. Mehrere Staaten wurden im Rahmen dieser Kriege ausgelöscht oder entvölkert. Alle Aufzeichnungen aus dieser Zeit sind fragmentarisch.

Trollocs: Kreaturen des Dunklen Königs, die er während des Schattenkriegs erschuf. Sie sind körperlich sehr groß und extrem bösartig. Sie stellen eine hybride Kreuzung zwischen Tier und Mensch dar und töten aus purer Mordlust. Nur diejenigen, die selbst von den Trollocs gefürchtet werden, können diesen trauen. Trollocs sind schlau, hinterhältig und verräterisch. Sie essen alles, auch jede Art von Fleisch, das von Menschen und anderen Trollocs eingeschlossen. Da sie zum Teil von Menschen abstammen, sind sie zum Geschlechtsverkehr mit Menschen imstande, doch die meisten einer solchen Verbindung entspringenden Kinder werden entweder tot geboren oder sind kaum lebensfähig. Die Trollocs leben in stammesähnlichen Horden. Die wichtigsten davon heißen: Ahf'frait, Al'ghol, Bhan'sheen, Dha'vol, Dhai'mon, Dhjin'nen, Ghar'ghael, Ghob-'hlin, Gho'hlem, Ghraem'lan, Ko'bal und Kno'mon.

Tuatha'an: ein Nomadenvolk, auch als die Kesselflicker oder das Fahrende Volk bekannt. Sie wohnen in buntbemalten Wagen und folgen einer total pazifistischen Weltanschauung, die sie den Weg des Blattes nennen. Die von den Kesselflickern reparierten Gegenstände sind häufig besser als vorher. Sie gehören zu den wenigen, die unbehelligt durch die Aiel-Wüste ziehen können, denn die Aiel meiden jeden Kontakt mit ihnen.

Verin Mathwin: Eine Aes Sedai der Braunen Ajah.

Verlorene: Name für die dreizehn der mächtigsten Aes Sedai, die es jemals gab, die während des Schattenkriegs zum Dunklen König überliefen, weil er ihnen dafür die Unsterblichkeit versprach. Sowohl Legenden wie auch fragmentarische Berichte stimmen darin überein, daß sie zusammen mit dem Dunklen König eingekerkert wurden, als dessen Gefängnis wiederversiegelt wurde. Ihre Namen werden heute noch benützt, um Kinder zu erschrecken. Es waren: Aginor, Asmodean, Balthamel, Be'lal, Demandred, Graendal, Ishamael, Lanfear, Mesaana, Moghedien, Rahvin, Sammael und Semirhage.

Wahre Quelle, die: die treibende Kraft des Universums, die das Rad der Zeit antreibt. Sie teilt sich in eine männliche (Saidin) und eine weibliche Hälfte (Saidar), die gleichzeitig miteinander und gegeneinander arbeiten. Nur ein Mann kann von Saidin Energie beziehen und nur eine Frau von Saidar. Seit dem Beginn der Zeit des Wahns ist Saidin von der Hand des Dunklen Königs gezeichnet (*siehe auch*: Eine Macht, die).

Wahrheitssucher: eine Polizei- und Spionageorganisation des Kaiserlichen Throns der Seanchan. Obwohl die meisten ihrer Angehörigen der kaiserlichen Familie gehören, besitzen sie weitreichende Machtbefugnisse. Selbst einer vom Blute (ein Seanchan-Adeliger) kann verhaftet werden, wenn er die Fragen eines Wahrheitssuchers nicht beantwortet oder eine Zusammenarbeit verweigert. Ob das der Fall ist, bestimmen die Wahrheitssucher selbst. Nur die Kaiserin hat das Recht, ihre Entscheidungen in Frage zu stellen.

Weißmäntel: *siehe:* Kinder des Lichts.

Weise Frau: Unter den Aiel werden Frauen von den Weisen Frauen zu dieser Berufung ausgewählt und angelernt. Sie erlernen die Heilkunst, Kräuterkunde und anderes, ähnlich wie die Seherinnen. Gewöhnlich gibt es in jeder Septimenfestung oder bei jedem Clan eine Weise Frau. Manchen von ihnen sagt man wundersame Heilkräfte nach, und sie vollbringen auch andere Dinge, die als Wunder angesehen werden. Sie besitzen große Autorität und Verantwortung sowie großen Einfluß auf die Septimen und die Clanhäuptlinge, obwohl diese Männer sie oft beschuldigen, daß sie sich ständig einmischten.

Wiedergeborener Drache: Nach der Prophezeiung und der Legende wird der Drache dann wiedergeboren werden, wenn die Menschheit in größter Not ist und er die Welt retten muß. Das ist nichts, worauf sich die Menschen freuen, denn die Prophezeiung sagt, daß die Wiedergeburt des Drachen zu einer neuen Zerstörung der Welt führen wird, und außerdem erschrecken die Menschen beim Gedanken an

Lews Therin Brudermörder, den Drachen, auch wenn er schon mehr als dreitausend Jahre tot ist (*siehe auch:* Drache, Drache, falscher).

Wilde: Eine Frau, die allein gelernt hat, die Eine Macht zu lenken, und die ihre Krise überlebte, was nur etwa einer von vieren gelingt. Solche Frauen wehren sich gewöhnlich gegen die Erkenntnis, daß sie die Macht tatsächlich benützen, doch durchbricht man diese Sperre, dann gehören die Wilden später oft zu den mächtigsten Aes Sedai. Die Bezeichnung ›Wilde‹ wird häufig abwertend verwendet.

Zeit des Wahns: die Jahre, nachdem der Gegenschlag des Dunklen Königs die männliche Hälfte der Wahren Quelle verdarb und die männlichen Aes Sedai dem Wahnsinn verfielen und die Welt zerstörten. Die genaue Dauer dieser Periode ist unbekannt, aber es wird angenommen, sie habe beinahe hundert Jahre gedauert. Sie war erst vollständig beendet, als der letzte männliche Aes Sedai starb (*siehe auch:* Hundert Gefährten; Wahre Quelle; Eine Macht; Zerstörung der Welt).

Zeitalter der Legenden: das Zeitalter, welches von dem Krieg des Schattens und der Zerstörung der Welt beendet wurde. Eine Zeit, in der die Aes Sedai Wunder vollbringen konnten, von denen man heute nur träumen kann (*siehe auch:* Rad der Zeit, Zerstörung der Welt; Schattenkrieg).

Zeitgewebe: andere Bezeichnung für das Muster (*siehe auch:* Muster eines Zeitalters).

Zerstörung der Welt: Als Lews Therin Telamon und die Hundert Gefährten das Gefängnis des Dunklen Königs wieder versiegelten, fiel durch den Gegenangriff ein Schatten auf die Saidin. Schließlich verfiel jeder männliche Aes Sedai auf schreckliche Art dem Wahnsinn. In ihrem Wahn veränderten diese Männer, die die Eine Macht in einem heute unvorstellbaren Maße beherrschten, die Oberfläche der Erde.

Sie riefen furchtbare Erdbeben hervor, Gebirgszüge wurden eingeebnet, neue Berge erhoben sich, wo sich Meere befunden hatten, entstand Festland, und an anderen Stellen drang der Ozean in bewohnte Länder ein. Viele Teile der Welt wurden vollständig entvölkert und die Überlebenden wie Staub vom Wind verstreut. Diese Zerstörung wird in Geschichten, Legenden und Geschichtsbüchern als die Zerstörung der Welt bezeichnet (*siehe auch:* Zeit des Wahns; Hundert Gefährten).

Zweifler: Ein Orden innerhalb der Gemeinschaft der Kinder des Lichts. Sie sehen ihre Aufgabe darin, die Wahrheit im Wortstreit zu finden und Schattenfreunde zu erkennen. Ihre Suche nach der Wahrheit und dem Licht, so wie sie die Dinge sehen, wird noch eifriger betrieben, als das bei den Kindern des Lichts allgemein üblich ist. Ihre normale Befragungsmethode ist die Folter, wobei sie der Auffassung sind, daß sie selbst die Wahrheit bereits kennen und ihre Opfer nur dazu bringen müssen, sie zu gestehen. Die Zweifler bezeichnen sich als die Hand des Lichts und verhalten sich gelegentlich so, als seien sie völlig unabhängig von den Kindern und dem Rat der Gesalbten, der die Gemeinschaft leitet. Das Oberhaupt der Zweifler ist der Hochinquisitor, der einen Sitz im Rat der Gesalbten hat. Ihr Wappen ist ein blutroter Hirtenstab.

Von Robert Jordans »Das Rad der Zeit« liegen in der Serie Piper vor:

1. Roman: Drohende Schatten (8551)
2. Roman: Das Auge der Welt (8552)
3. Roman: Die Große Jagd (8553)
4. Roman: Das Horn von Valere (8554)
5. Roman: Der Wiedergeborene Drache (8555)
6. Roman: Die Straße des Speers (8556)
7. Roman: Schattensaat (8557)
8. Roman: Die Heimkehr (8558)
9. Roman: Der Sturm bricht los (8559)
10. Roman: Zwielicht (8560)
11. Roman: Scheinangriff (8561)
12. Roman: Der Drache schlägt zurück (8562)
13. Roman: Die Fühler des Chaos (8563)
14. Roman: Stadt des Verderbens (8564)
15. Roman: Die Amyrlin (8565)
16. Roman: Die Hexenschlacht (8566)
17. Roman: Die zerbrochene Krone (8567)
18. Roman: Wolken über Ebou Dar (8568)
19. Roman: Der Dolchstoß (8569)
20. Roman: Die Schale der Winde (8570)
21. Roman: Der Pfad der Dolche (8571)
22. Roman: Neue Bündnisse (8572)
23. Roman: Kriegswirren (8573)
24. Roman: Das Herz des Winters (8574)
25. Roman: Die Herrschaft der Seanchaner (8575)
26. Roman: Flucht der Sklaven (8576)
27. Roman: Pfade ins Zwielicht (8577)
28. Roman: Die Weiße Burg (8578)
29. Roman: Der neue Frühling (8579)

Als Hardcover-Broschur bei Piper:

Das Rad der Zeit 1. Das Original. Die Suche nach dem Auge der Welt
Das Rad der Zeit 2. Das Original. Die Jagd beginnt
Das Rad der Zeit 3. Das Original. Die Rückkehr des Drachen

SERIE PIPER

Robert Jordan

Die Herrschaft der Seanchaner

Das Rad der Zeit 25. Aus dem Amerikanischen von Andreas Decker. 348 Seiten. Serie Piper

Mat Cauthon, der treue Gefährte des Wiedergeborenen Drachen, gerät in Ebou Dar in größte Gefahr: Die Invasoren aus Seanchan festigen durch fortwährende Kämpfe ihre Herrschaft und bauen ihre Stellungen immer weiter aus. Mat muss fliehen. Doch er ist der Geliebte der Königin, die ihn nicht gehen lassen will. Und die Hochlady Tuon, die Tochter der Neun Monde, steht mit ihren Heeren schon vor den Toren der Stadt …

»Jordans Werk erinnert in seiner Dichte und Wärme an Tolkien.«
Publishers Weekly

05/1735/01/L

Robert Jordan

Der neue Frühling

Das Rad der Zeit 29. Aus dem Amerikanischen von Andreas Decker. 429 Seiten. Serie Piper

Was geschah vor der Rückkehr Rand al'Thors, des legendären Wiedergeborenen Drachen? Welche Ereignisse führten zu Rands Flucht aus seiner Heimat? Das langerwartete Prequel über die Vorgeschichte und die Hintergründe zum Welterfolg »Das Rad der Zeit« ist eine faszinierende Reise in die Vergangenheit, eine Zeit voll düsterer Schlachten und mystischer Magie. Endlich lüftet Robert Jordan eines der bestgehüteten Geheimnisse seiner Welt – unverzichtbar für Robert Jordan-Fans und alle, die es werden wollen!

»Jeder Roman dieses Zyklus ist wie der Satz einer Sinfonie!«
Interzone

05/1784/01/R

Markus Heitz

Trügerischer Friede

Ulldart – Zeit des Neuen 1.
448 Seiten. Serie Piper

Nach der großen, verheerenden Schlacht ist auf dem Kontinent Ulldart wieder Frieden eingekehrt. Doch die Ruhe trügt: Während Lodrik sich immer weiter zurückzieht, plant seine erste Frau Aljascha, die Herrschaft über Tarpol zu erlangen. Und im fernen Norden ist jemand erschienen, den alle für tot gehalten haben. Die ehemaligen Kampfgefährten müssen erneut zusammentreffen, um die Katastrophe zu verhindern …

Mit dem Zyklus »Zeit des Neuen« kehrt der Bestsellerautor auf den Kontinent Ulldart zurück – ein idealer Einstieg für Neuleser und zugleich ein Wiedersehen mit den beliebtesten Helden und größten Schurken.

05/1869/01/L

Tobias O. Meißner

Die dunkle Quelle

Im Zeichen des Mammuts 1.
384 Seiten. Serie Piper

In einer phantastischen Welt zieht ein Geheimbund die Fäden: Im Zeichen des Mammuts haben sich der Rathausschreiber Rodraeg, eine Schmetterlingsfrau und andere illustere Gestalten zusammengefunden, um gegen die Umweltzerstörung in ihrer Welt zu kämpfen. Doch schon beim ersten Einsatz in den berüchtigten Schwarzwachsminen werden die Gefährten in die dunkle Hölle der endlosen Stollen und Gänge verschleppt und müssen sich ihren Widersachern in einem tödlichen Duell stellen … Fantasy, wie sie moderner und spannender nicht sein kann

»Fast überflüssig zu sagen, dass Meißners schriftstellerisches Können überragend ist …«
Frankfurter Allgemeine Zeitung

05/1904/01/R